U0530132

茅盾文学奖
获奖作品全集

战争和人 一

王火 著

人民文学出版社

图书在版编目（CIP）数据

战争和人：全3册/王火著.—北京：人民文学出版社，2018（2025.2重印）
（茅盾文学奖获奖作品全集）
ISBN 978-7-02-013958-3

Ⅰ.①战… Ⅱ.①王… Ⅲ.①长篇小说—中国—当代 Ⅳ.①I247.5

中国版本图书馆 CIP 数据核字（2018）第 046727 号

责任编辑　范维哲
装帧设计　刘　远
责任印制　张　娜

出版发行　人民文学出版社
社　　址　北京市朝内大街 166 号
邮政编码　100705

印　　刷　三河市宏盛印务有限公司
经　　销　全国新华书店等

字　　数　1687 千字
开　　本　890 毫米×1290 毫米　1/32
印　　张　68.625　插页 6
印　　数　25001—28000
版　　次　1993 年 7 月北京第 1 版
印　　次　2025 年 2 月第 8 次印刷

书　　号　978-7-02-013958-3
定　　价　179.00 元（全三册）

如有印装质量问题，请与本社图书销售中心调换。电话：010-65233595

出 版 说 明

一九八一年三月十四日，病中的中国作家协会主席茅盾致信作协书记处："亲爱的同志们，为了繁荣长篇小说的创作，我将我的稿费二十五万元捐献给作协，作为设立一个长篇小说文艺奖金的基金，以奖励每年最优秀的长篇小说。我自知病将不起，我衷心地祝愿我国社会主义文学事业繁荣昌盛！"

茅盾文学奖遂成为中国当代文学的最高奖项，自一九八二年起，基本为四年一届。获奖作品反映了一九七七年以后长篇小说创作发展的轨迹和取得的成就，是卷帙浩繁的当代长篇小说文库中的翘楚之作，在读者中产生了广泛的、持续的影响。

人民文学出版社曾于一九九八年起出版"茅盾文学奖获奖书系"，先后收入本社出版的获奖作品。二〇〇四年，在读者、作者、作者亲属和有关出版社的建议、推动与大力支持下，我们编辑出版了"茅盾文学奖获奖作品全集"，并一直努力保持全集的完整性，使其成为读者心目中"茅奖"获奖作品的权威版本。现在，我们又推出不同装帧的"茅盾文学奖获奖作品全集"，以满足广大读者和图书爱好者阅读、收藏的需求。

获茅盾文学奖殊荣的长篇小说层出不穷，"茅盾文学奖获奖作品全集"的规模也将不断扩大。感谢获奖作者、作者亲属和有关出版社，让我们共同努力，为当代长篇小说创作和出版做出自己的贡献，为广大读者提供更多的优秀作品。

人民文学出版社编辑部

写给读者

　　《战争和人》三部曲，在我心中酝酿很久，从上世纪四十年代末，就利用业余时间开始创作。六十年代写成，得到了中国青年出版社肯定，认为是"百花园中一株独特的鲜花"。但不幸全稿毁于"文革"。以后开始重写，从一九八〇年一月在山东开始重写第一部到一九九〇年八月在成都写完第三部，历时又是十年有余。创作艰苦，难以形容。但做完了一件想做而认为值得做的事，是欣慰的。

　　三部曲原来以《月落乌啼霜满天》《山在虚无缥缈间》《枫叶荻花秋瑟瑟》三部单行本形式先后在一九八七年、一九八九年、一九九二年陆续出版。一是因为写成一部先由出版社审发一部，二是因为每部都能单独阅读，独立存在。但无论从写作时的整体构思还是读者的阅读效果、阅读要求来说，三部曲是有连续性的，是一个系列、一个整体。所以，从一九九三年开始再版就以《战争和人》为总名，三部合为一套献给读者。

　　一九九二年八月，四川省作协和《当代文坛》编辑部在成都召开了《战争和人》讨论会。

九月,人民文学出版社又在北京召开了有众多评论家参加的研讨会。这前后,《人民日报》《光明日报》等多家全国性报刊和省市报刊杂志,发表了七十多篇评论、专访、答问、报道及有关文章(现在,早已超越百篇以上了)。《作品与争鸣》集中发表了一个单元的评论,《当代文坛》发了特辑,《文艺报》发了专版评论。四川人民广播电台长篇连播节目应听众要求连续九个月三次在固定时间全部播讲《战争和人》(后来获中央人民广播电台长篇小说连播大奖)。

《战争和人》三部曲获奖情况主要如下:

一九九五年获炎黄杯人民文学奖;一九九六年获第四届国家图书奖;一九九七年获第四届茅盾文学奖;一九九八年获全国"八五"期间优秀长篇小说奖。

一九九四年《战争和人》被选入《世界反法西斯文学书系》中国编,二〇〇九年又被选入《中国新文学大系》第五辑。

有版本研究家问我关于《战争和人》的版本情况。它有五种版本:最初第一版的封面是于绍文同志设计的,按《月落乌啼霜满天》《山在虚无缥缈间》《枫叶荻花秋瑟瑟》三句诗的意境设计了不同封面,颇有诗情画意,书名是我的毛笔字,并有印章。第二个版本仍是于绍文设计,书脊用红、黄、蓝三色,封面是熊熊战火燃烧在黑暗中的意境。第三版是精装本,华丽大方,书名是深粉红色烫金字。第四个版本的封面是由茅盾先生侧面头像和素雅的图案构成。从第一版到第四版均有我的照片及我与夫人的合影,合影的说明文字是:"1990年5月同游四川眉山三苏祠摄于苏东坡座像前。熟人都知道我有值得羡慕的'大后方'。几十年来我和凌起凤在生活和创作上始终是最好的合作者。书成之日,请允许我用这张合影作为纪念。王火1990年8月"。从一九九三年七月起,改成了第五种版本,就是现在的"茅盾文学奖获奖作品全集"版本,这种深紫红色的封面,有隐形凸出的"茅盾文学奖"大字衬底,有烫银的书名,但取消了照片。

《战争和人》最初的责编是于砚章同志,终审是王笠耘同志。砚章同志退休后,这些年来,有关责编的工作交给了年轻同志。笠耘同志已去世,我在此谨致悼念之意。

王 火
2011年12月25日

□　能告诉我吗？你写的是……？
■　我想写的是战争和人,写战争与和平,写美与丑、善与恶、生与死、爱与恨、肯定与否定、是与非的选择。当时的人物、生活、氛围……如果再往下写,将写出一个时代的结束和一个时代的开始。

□　为什么要写这样一段过去的事呢？
■　正如歌德说的:"现在的东西,过去从来没有过;过去的东西,今后也不会再回来。——一切都是新的,又不断变成旧的。"旧事,我希望有新的思索。

□　它能像一面镜子吗？
■　战争本身对人来说,就是一面镜子。
　　往事构成的画卷,通过艺术的聚光镜,有助于人们认识历史、启示生活。

□　是一个真实的故事？
■　小说,终究是小说。
　　但,它不该是虚假编织的赝品。历史的波涛会使它有复杂、深刻的内涵。它的生命力依赖于生活的真实和艺术的真实。

□　你是否同意"人物性格二重组合"的原理？
■　我只愿从生活出发来塑造人物,并没有遵循任何模式。但我确实写了人物性格深层结构中的不安、动荡、痛苦、搏斗。
　　…………

目录

第一卷 "双十二",狂飙从西安来
　　　（1936年12月） 1

第二卷 旧梦新怨,一支金陵散曲
　　　（1937年2月—1937年6月） 95

第三卷 "八·一三"前后,那个不平凡的夏天
　　　（1937年6月—1937年8月） 181

第四卷 意马心猿,蛰居流离
　　　（1937年8月—1937年11月） 257

第五卷 滔滔洪波曲,武汉有低调
　　　（1937年11月—1937年12月） 341

第六卷 啊!血雨腥风南京城
　　　（1937年12月） 437

第七卷 香港宦游人,满目兴亡事
　　　（1937年12月—1938年4月） 529

第八卷 潮生潮落,海天悠悠
　　　（1938年6月—1938年11月） 645

失而复得的喜悦(后记) 748

第一卷 『双十二』，狂飙从西安来

（1936年12月）

> 有时候，一个人或一家人的一生，可以清楚而有力地说明一个时代。历史本身，我们未曾意识到、感觉到或者判定它的地方，那真是太多太多了！从人生去发现历史，常会更真实形象些。
>
> ——摘自创作手记

一

从昨天晚上开始,十四岁的童家霆突然感到家里的气氛有点异常。

家霆的爸爸童霜威,字啸天,是司法行政部秘书长,又是中央公务员惩戒委员会委员兼秘书长。昨天傍晚,爸爸回来了,家霆发现爸爸脸色沉重,有心事,吸着香烟,在客厅里来回踱躞了很久。然后,天黑下来了,吃晚饭时,听到秘书冯村同他谈话。

黑黑瘦瘦的冯村,用匙喝着蛋花汤,不温不火地问:"秘书长,看来,老蒋在西安生命危险了?"

童霜威先是嚼着饭沉吟,接着点头:"唔,事态严重呢!"语气就像轻微的叹息。

"中枢准备怎么办呢?"

"今夜中常会和中政会都要开会讨论处置办法。看来,张学良是要褫职严办的,可那有什么用!"

"您看这事会怎么发展?"

"等着看吧。"

家霆有一张天真快乐的面孔,逗人欢喜,用筷夹着红烧鲫鱼吃,眼里充满询问,抬起脸插嘴问:"发生什么事啦?"

童霜威一脸不容置辩的神气,皱皱眉训着说:"小孩子,不要多管闲事!"

晚饭后,虽然北风呼啸,窗子上结满了冰霜,童霜威仍让尹二开着那辆深蓝色"雪佛兰"轿车送他外出,上友人家串门去了。冯村在楼下自己的房间里像吃生蚕豆似的读日语:"阿纳得汪,堕纳多的斯卡,划达古西划……"家霆的房间,在冯村的隔壁,嫌冯村读日语的声音讨厌,"乒"地关上了门。他心里空荡荡的,先做功课,后来孤寂得要命,钻进被窝,戴上了矿石收音机的耳机听中央广播电台的儿童故事节目。听着听着竟迷迷糊糊睡着了,电灯还是冯村走过来替他关的。

今天,是礼拜天。上午,童霜威一早就心事重重,打了两个电话,匆匆忙忙坐尹二驾驶的"雪佛兰"又出去了。家霆和初一同班的好友谢乐山去玄武湖钓鱼。

谢乐山是广东人,绰号叫"皮猴",长得矮小结实,在班上调皮捣蛋出名。他父亲是监察院的监察委员谢元嵩,跟家霆的爸爸熟识。老子是朋友,儿子做了同学当然也会亲三分。两家住处离得近,放学两人常常一同骑自行车回来。天冷风大,寒气凛冽,湖水清澈,鱼不上钩。上午,两人钓不到鱼都很扫兴。

中午,爸爸没有回来。午后,家霆同谢乐山到学校练习吹号、打鼓,为开冬季运动会作准备。同学里大家都在传说:"老蒋昨天在西安给张学良抓起来了!""说不定会给杀了!"……是怎么回事也弄不清。问教童子军课的体育教师刘克平,刘老师脸上毫无表情,说:"报上登了,自己去看吧!"学校里张贴了《中央日报》,围着一些人看。反正,有人紧张,有人气愤,有人无所谓,有人照样很高兴。家霆是属于无所谓和照样很高兴的。这恐怕同爸爸和冯村都并不崇拜蒋委员长有点关系吧。爸爸有时摇头说:"老蒋这个人呀!……"冯村有一次说:"老蒋是在学德国的希特勒和意大利的墨索里尼!……"家霆上初一还不满一学期,对这一类事儿既搞不太清,兴趣也不大。打了一会鼓,咚不隆咚咚……就跟谢乐山他们打打闹闹玩篮球去了。五点钟光景,刘克平老师跑来说:"别嘻嘻哈哈了,都回家去吧!"谢乐山还要玩,家霆就独自骑车回家了。

学校在大石桥,经过石婆婆巷,穿丹凤街、安仁街,过小铁路,经过高楼门、百子亭到家。除了丹凤街那一小段是菜市,鹅卵石的路面,两侧挤满店铺,车辆行人熙熙攘攘,其他街路都比较冷清。

天冷,西北风打着唿哨,吹得地上尘土飞扬,家霆踩着"海格里斯"跑车,忽然又想到了昨天吃晚饭时爸爸沉重的脸色。那样沉重的脸色平日很少见到。是为什么呢?难道西安发生的事真有天塌下来那么严重?……

天空一片灰色,树梢晃动,时而剧烈,时而缓慢。剧烈时,树枝就发出呻吟般的叽叽嗞嗞声。

家霆轻轻哼着学校里音乐老师新教的歌:

男儿报国志气豪,

热血涌如潮……

"海格里斯"跑车转弯到了潇湘路,家霆已经可以看到自己家里那幢青砖三层楼大洋房的屋顶上停歇着的六十多只鸽子了。白色的,花的,蓝灰的……鸽子,有的翻飞扑翅,有的咕咕啼叫。"海格里斯"跑车上了潇湘路,开始颠簸起来。潇湘路两侧都是老柳树,路面是用巴掌大的石块铺设的。现在是寒冬,粗壮的、歪脖子的老柳树的叶片早已脱光,只剩下了轻盈、低垂的枝条。这条路本来没有。三年前童霜威以七千块钱一亩的地皮价,向保长夏德宜买下了二亩七分菜园地,又花了两万六千元,在去年盖起了这幢假三层青灰砖挂洋瓦的别墅式花园洋房。需要建一条通道外出,他就设计了一条绕过水塘穿过大柳树间的通幽曲径,取唐代张若虚[①]《春江花月夜》诗中的"碣石潇湘无限路"一句中的"潇湘"二字,给这条未来的通道起了一个诗意的名字:"潇湘路",让冯村拿了他的名片找南京市地政局去交涉。地政局给修了这条约摸有五百米长

[①] 张若虚:唐代扬州人,做过兖州兵曹,与贺知章、张旭、包融齐名,并称"吴中四士",他写的《春江花月夜》诗中有"斜月沉沉藏海雾,碣石潇湘无限路"句。

的石子路，答应以后再改成柏油路。自此南京市城北就多了一条新路。在路口的一棵大柳树上，民政局来钉上了一块蓝底白字搪瓷牌，上写三个魏碑字："潇湘路"。

潇湘路，本来只有童公馆一家，列为一号。接着，去冬到今夏又迅速增加了两家邻居。二号，是军委会办公厅的副主任，贵州人管仲辉；三号，是中央党部党务调查处处长，浙江人叶强。他两家也盖的花园洋房，只是后来居上，盖得更讲究。童霆威公馆在西面，东面左边是管公馆，右边是叶公馆。

家霆骑车到了潇湘路一号自家门口，朱红大门紧闭着。十多只鸽子正在天上绕圈子飞翔，又有一批鸽子"咕咕咕"地停歇在矮小的青砖红瓦的门房顶上。家霆按了电铃。顿时，透过铁门边的缝隙，看到门房里走出来了"老寿星"。

"老寿星"是门房兼花匠刘三保的绰号。刘三保身材粗壮，日晒加上嗜酒，脸是古铜色的，神情有点木讷、憨厚。当年，盖潇湘路一号童公馆时，刘三保是泥瓦工。年岁大了，一天失足从三楼脚手架上跌下来，瘸了一条腿。他会侍弄花草，童霆威又需要个门房兼花匠。五十五岁的刘三保孤身一人，无家无眷，只要求有个安身之地赏口饭吃。童霆威觉得"上天有好生之德"，见他笑呵呵的长得又像个寿星，就收容了他。

刘三保年轻时，在左臂和右臂上各刺了一条青龙。家霆喜欢看他臂上两条张牙舞爪的青龙。前两年，南京市警察厅下令抓过"刺花党"，凡身上、背上、臂上刺花的抓了不少。刘三保哪是什么"刺花党"，当时怕出事，找江湖医生用石灰拌药膏想将臂上的青龙烧掉，但未成功。逮"刺花党"的风过去后，刘三保的两条青龙保存下来了。他轻易不给人看，夏天也不愿多露胳臂。可是他喜欢家霆，家霆要看，他总捋起袖子光着臂膀笑着说："看吧，可惜没法剜下来。不然，准送你一条！"刘三保头发银白，头顶大部牛山濯濯，一脸笑容,额上多皱,确像福禄寿三星中的老寿星。开汽车的司机尹二说:"你不但长得像寿星,从三楼跌下来跌不死也算老寿星了!"给他起了个"老寿星"的绰号。现在,潇湘路一号里,除了童霜威和方丽清夫妇俩,家霆、秘书冯村、烧饭的庄嫂、侍候方丽清的丫头金娣以及司机尹二,都叫惯他"老寿星"了。

"老寿星"给家霆开了门,说:"少爷……回来了!"他一定又在门房里用花生米、豆腐干下酒了,脸上红通通的,近前叫人闻到一股刺鼻的酒味儿。喝了酒,他说起话来显得笨嘴拙舌。

家霆将跑车架在门房边,从车笼头上拿下挂着的书包,照例问:"鸽子喂了没有?"

"喂了,喂了,你的宝贝还能不喂?个个都吃饱喝足了!"刘三保跛着腿,显得有点弯腰驼背,去关大门。

家霆说:"老寿星,快把窝里的鸽子都赶上房顶,我马上去赶它们飞!"

刘三保刚笑着答了一声:"行!"关好铁门回身看时,家霆影子也不见了。

家霆习惯地绕过洋房正门,跑到厨房找庄嫂。庄嫂年轻守寡,一头乌黑的长发在脑后梳了个漂亮的发髻。她默默地攒钱,自己俭省过日子,身上总穿得干干净净、板板正正,常有客人夸她"能干""标致"。

进了厨房门,见庄嫂围着"波俏"①,正在灶上铁锅里用麻油煎豆腐。厨房里暖和,家霆跑到灶前暖手,说:"饿死了!什么点心?"

庄嫂去拿桌上一只小钢精锅,说:"红枣百合汤。"

家霆嘟嘴:"又是百合汤!"

"先生让煮给你吃的!"庄嫂说的"先生",指的就是童霜威。南京城里的规矩,用人普遍叫东家"老爷"。童霜威不喜欢用人叫"老

---

① 波俏:一种围裙。

爷",规定只许叫"先生"。南京出产野生的百合,百合吃了补中益气、温肺止咳、滋补营养。可是百合味苦,尽管加了白糖,家霆总不爱吃,只是听庄嫂抬出了爸爸,只好不做声。

家霆端着钢精锅,走出厨房,从侧门一跳一蹦进了吃饭间,将书包"乓"地扔在桌上,去碗橱里拿出小碗和调羹,盛了一碗百合汤,三匙两匙喝干了甜汤,匆匆吃掉了红枣,百合全剩了下来。他边吃边想着心爱的鸽子。明年春天,南京又要举行赛鸽大会。家霆同班同学杨南寿家里养了四十几只鸽子,今春比赛,一只"青毛"得了一等奖,发了银盾和奖状,还发了鸽笼、鸽哨、鸽子雕塑模型等奖品。家霆真羡慕呀!做梦也常想着自己养的鸽子里能冒尖飞出一只得奖的信鸽。他也学杨南寿,天天都要赶鸽子飞,训练鸽子的耐力。昨天他要汽车夫尹二给他做一面大旗子绑在竹竿上,他好拿了旗子上屋顶挥舞,赶鸽子飞。尹二答应了。可是,尹二现在没在家,做的旗子放到哪里去了?

家霆本来决定到尹二的房里找一找。走出吃饭间到了厨房门口,想:还是先问问庄嫂吧,就站在厨房门口问正在向炉膛里塞柴火的庄嫂:"庄嫂,我让尹二做的旗子他做好了没有?"

"对对对!"庄嫂白净的脸孔被火光映得红通通的,用手背拂着额前的头发指着门后说:"我拿给你,在门背后靠着呢。他昨晚找了床破绸被面给我,要我给剪裁。说是他做的,其实你差使他,他差使我!"

家霆拿起大旗子一看,乐了。做得真好,真像面大旗子!绸被面是鲜红的,经过剪裁,崭新,红光灿烂,有方桌那么大,手一扬,轻盈地呼喇喇飘起来了。家霆夸了一句:"真棒!"拔腿就跑。

他从边门进了吃饭间,又从吃饭间穿过通道经过冯村的房门口,"咚咚咚"上了楼。冯村的房门开着,冯村正在写字桌前趴着,不知用毛笔在写什么。估计总是给爸爸起草或抄写什么东西吧。

家霆的脚步声也没有惊动他。家霆先到二楼。二楼自从方丽清带了丫头金娣回上海后，门都紧闭着，阒静无声。家霆又"咚咚咚"到了三楼，拉只凳子垫脚，要从大气窗里爬出去上屋顶。

他在学校运动场上荡秋千、走浪木、攀绳索，把胆练得很大。第一次从这大气窗里爬上屋顶，是今春为了掏麻雀蛋。成群的麻雀都在屋顶的洋瓦下面衔草做窝。春天时，下了蛋，挨着瓦翻开找，可以掏到许多一个个有棕色花纹的小蛋。可是屋顶是斜的，从屋顶到了屋脊可以骑马式地坐在上面，比较保险；在爬上屋脊去时，却非常危险。万一失足滑跌，从三层楼上翻滚下去，下边是水泥地，准会脑袋开花。"老寿星"见他爬屋顶，笑着警告过他："可别学我呀，你也想做瘸子？"他根本不当一回事。他在家里调皮捣蛋，好在没有谁跟在后边管他，他也有心避着不让人知道，只要不被爸爸知道就挨不了骂。今天也这样。他将套着红旗的竹竿送出大气窗，接着，双手使劲一撑，玩双杠似的身子凌空攀上了气窗。两腿一曲一甩爬出气窗到了屋顶瓦片上。他一手攥着套着红绸的竹竿，一手扶着屋椽，踩着瓦顺着斜坡向上，伛偻着身子猴子似的爬到了屋顶最高处，骑马式地跨坐在屋脊上。

黄昏停留在四外，白昼的余光还闪耀在天边。天真冷，北风呼呼地吹，成群的乌鸦在远处天空中聒噪地飞叫。家霆挥舞着竹竿，红绸飞扬。屋顶上停留的鸽子都被赶上了天：小巧玲珑的"青毛"，肥大的黑头、黑尾、白身子的"点子"，雪白的"白儿"，翅上带着蓝黑花纹的"鱼鳞斑"，通体瓦灰、长嘴白鼻的"大鼻子"……合成一群绕着圈子飞。圈子越飞越大，六十来只鸽子越飞越高，瑟瑟的北风中，尾部带着哨子的鸽子振翅翱翔，哨音"嗡嗡嗡""呜呜呜"忽沉忽细地响着，真是好听。鸽子多数是从城南夫子庙买来的。家霆仰脸看见：他最喜爱的花了十元买来的那只"鱼鳞斑"和另一只尹二给他挑选来的"点子"，始终是带头飞在鸽群最前边，他心里高兴，明年春天，它俩是一定要送去参加比赛的。

　　天，阴阳怪气，云层浓厚。家霆跨坐在屋脊上不断挥舞红旗。一会儿，感到有点累了，鼻尖和双手也被冻得红疼了。他将竹竿插在屋顶瓦缝里。竹竿笔立，大红绸随风翻飞。仰脸看着红绸火苗似的鲜艳飘抖，他觉得美极了，歇着张望起四周来。

　　如今，南京的要人们都时兴盖住宅。城南住户栉比鳞次，要人们选中了城北的处女地。曾几何时，城北从山西路一直延伸到玄武门，本来一些空旷荒凉的菜地、野坟地、荒地，都成了中央要人们的公馆和花园。达官显要们的花园、洋房连成一片以后，形成了一个"新住宅区"。南京的城北和城南顿时分成了两个不同的世界。城北高雅、洁净、现代化；城南肮脏、拥挤，古老破旧。平时，在地面上看不鲜明，现在，家霆上了屋顶向下鸟瞰。南面、西面、北面一幢幢、一所所拉开距离的新建花园、洋房，式样多变，颜色各异：西班牙式、德国哥特式、法国式、日本式……奶油粉墙红瓦顶的、红砖红瓦的、青砖青瓦的、青砖红瓦的……真是好看！远处靠近丹凤街的小铁路上，一列火车正呼啸着驶行，"喀喀喀喀"的车轮声和"呜呜"的汽笛声听得很清楚。

　　往近处看，自家花园前面的清水塘边，长满了密密灰黄的芦苇。两亩多地的花园里，草坪和大树枯萎、萧索，雪松、龙柏和竹林在寒风中绿茸茸。一条煤屑路由北向南，笔直通往池塘边。花园中央的琉璃瓦八角亭，色彩绚丽。东面，是邻居管仲辉和叶强两家。管公馆的花园里有假山石，树木蓊郁，藤萝虬盘，住宅很大，东洋式二层楼的房子。据说是管仲辉到日本考察时看中的式样，让人从日本弄来了图纸仿建的。叶公馆的花园里，新修砌了莲花喷泉。天冷，喷泉的水停了，正雇了几个壮工在挖地，不知是不是挖个养鱼池。一条黑白花的矮腿哈巴狗摇着尾巴在花园里跑来跑去。叶公馆的洋房，说不出是哪国式样的，精美、新颖，莹光耀目，玻璃门、玻璃窗特别多,阳台也多。

看着鸽子飞翔,听着鸽子的悦耳哨音,家霆忽然看见叶公馆洋房里走出来了一个人:瘦高挑的个儿、瘦长条的白净脸,一头稀疏的黑发,戴副眼镜,披件黑呢西装大衣。他一出来,黑白花的矮脚哈巴狗就蹿上来摇头摆尾"汪汪"地跟着他摩耳擦身。虽然离得远,家霆仍感到那人锐利、凶狠的目光正在下边仰着脸看自己。这不正是叶强吗?家霆早听说叶强权大,能随便抓人、杀人,他心里含糊这种人。叶强身后跟着出来了一个矮个子、穿黑色中山服的副官模样的人。叶强手搭凉棚盯着在屋顶上的家霆看看,又用手指指点点,同矮子叽叽咕咕,不知说了些什么。哈巴狗也昂头对着家霆"汪汪"吠叫。

家霆心里发窘,想:一定是说我顽皮,爬屋顶!他爱面子,向后挪了个位置,把身子移到叶强看不到的地方,低着头,想:反正你看不到我,我也不在乎你!他同叶强并没有什么接触,却厌恶这个大特务。叶强两只眼像蛇一样,寒丝丝的;叶强笑起来,是皮笑肉不笑。今天,偏偏上屋顶赶鸽子飞又招惹了他。家霆决定避开同他照面,恶作剧地想:我赶鸽子飞,你管得着吗?

绑在竹竿上赶鸽子飞的红绸像面大红旗,随风呼喇喇飘。家霆拔起旗子,为了向叶强示威,他用力挥舞。红旗"哗哗"响,鸽群绕着大圈子、响着哨音飞得更高了。家霆忽然发现:远处通向百子亭的柏油马路上,有些行人停步在瞩目张望。是张望我吗?是张望鸽群飞舞?

他无法判断为什么那些瞩目张望的人指指点点,好像在议论些什么。他骑在屋脊上又向前挪了一步,偷偷伸头窥视叶强家里。叶强已经不见踪影,估计是进屋去了,只剩下哈巴狗仍在跑前跑后。家霆挺一挺胸,伸直了身子,又将红旗插好。蓦然听到"雪佛兰"轿车的喇叭"嘀——嘀"两响。由西面湖南路方向对直开来的深蓝色"雪佛兰",已经轻盈起伏地开到潇湘路上来了。

尹二的习惯是每到潇湘路口,先揿两下喇叭通知"老寿星"准备开门。

深蓝色的轿车正在潇湘路上驶来。

是爸爸坐的汽车!家霆心里一惊,突然想到了爸爸昨天吃晚饭时沉重的脸色。爸爸心里不高兴,要是看到儿子爬在屋顶上赶鸽子飞,准要大发雷霆。家霆估计:爸爸的汽车从远处开来时,一定已经看到一切了!躲也来不及了!惟一办法是赶快离开屋顶爬进屋子,下楼钻到自己房里去假装做功课。

他将插在屋顶上的套着红绸的竹竿忘掉了。像个猴子似的,他"哧溜溜"地顺着瓦楞往下滑,滑近大气窗口,猛地攀住窗户,闪身用两腿往里揣,"乒"地一跳,双脚落地进了三楼。"哧"的一溜烟"咚咚"由三楼一直跑到了楼下,才惊魂稍定,到吃饭间里拿了书包,跑回房去掏出英文课本装作读书。

"雪佛兰"的喇叭又响了两下,听到刺耳的开铁门声。冯村皮鞋"橐橐"地从房里走出来,绕进客厅出正门迎接童霜威去了。家霆也想出去,一想到刚才爬屋顶的事,怕挨骂,终于决定:不去!一会儿,听到爸爸皮鞋"喀喀"的脚步声:稳健,沉重。爸爸从正门走进客厅里了!客厅里的电灯金光闪闪地亮了。

听到童霜威在问:"家霆呢?"

冯村的声音在回答:"放学回来了!大概在……做功课。"

"喀"的一声,门开了!家霆看到爸爸满脸涂霜地站在屋门口,背后跟着冯村和替童霜威提着黑色公事皮包的汽车夫尹二。童霜威两只严厉的眼睛瞪得很大,饱含责怪之意。

"又爬屋顶了!不怕摔死吗?"童霜威摇头叹气,"看你,这么冷的天,穿得这么少,不怕冻病了吗?"

家霆站起身来,手摸着英文课本,低着头,不敢言语。

童霜威把怒气对着冯村发泄了:"我不在家,不管管事吗?由着小孩子胡来!"他回身在客厅里踱步,边踱边说。

家霆耷拉着脑袋也进了客厅,躲在冯村身后。

冯村挨了训,仍旧笑着,也不解释,这是他的本事。童霜威喜欢秘书这样。

童霜威继续在发火,对着家霆来了:"家霆,你在屋顶上挥舞的红旗哪里来的?"见家霆仍闷不作声,又问冯村:"你知道不?我不在家,屋顶上,家霆竟在那里挥舞红旗赶鸽子飞,像话吗?"

冯村突然变得目瞪口呆,用一种莫名其妙的脸色望望家霆,嗫嚅着:"红旗?"

童霜威回身在客厅里一张沙发上坐下,从"茄立克"香烟罐里抽出一支烟,擦洋火点上,吸一口,吁了一口气,继续训斥:"西安事变,今天报上说:西安城上发现红旗!好呀!我家屋顶上也出现了红旗,潇湘路有好些人站着围观呢!这不是要找事吗?"

家霆抬起头来,眼睛正同尹二的目光碰个正着。尹二挤挤眼睛,给家霆做了个鬼脸。家霆明白,尹二是说:可别说红旗是我给你做的呀!……家霆又低下头去。他喜欢尹二,当然不会出卖尹二。他决定采用低头沉默战术。向来如此,爸爸发火的时候,让爸爸去骂,你低下头默不作声。骂上一阵,他火气消了,事情也就完了。这一点,冯村懂得,家霆也懂得。

童霜威火还没泄完:"从今天起,不准再上屋顶赶鸽子飞,要再不听话,不准你再养鸽子!把你的鸽子全都杀了吃掉!"

这话家霆最怕听。去年春天,后母方丽清就说要庄嫂杀几只鸽子吃。家霆知道了,大哭了一次才没杀。要是爸爸下命令不准养鸽子,把鸽子全部杀了吃掉,那是完全可能的。挨训到这里,家霆淌眼泪了,用手背拭泪,呜咽起来,泪水滴到客厅海蓝色的地毯上了。

见儿子哭了,童霜威火气消了一些,语气和缓了,吸着香烟说:"以后,给我好好用功,少顽皮!"

冯村见机缓和了一句,说:"今天是礼拜天。"

戴顶褐色鸭舌帽的尹二,在一边也顺水推舟:"先生,上楼歇一歇吧。"他将黑牛皮公事皮包递给冯村,说:"冯秘书,我去擦车了!"他这是打岔,想调和气氛,也放了心,知道家霆不会讲那块红绸的事。说完要走,忽然听到过道里电话铃响:"滴铃铃,滴铃铃……"

冯村用手捋了一下头发,说:"电话!"转身从边门走出客厅,赶快到过道里接电话去了。

大家都在听着是谁的电话,连尹二也停住了脚步。

只听冯村"喂"了一声后,接着"是的!""是的!"马上说:"好,请等一下。"立刻走到客厅边门口,说:"秘书长,隔壁叶处长的电话!"

"他的电话?"童霜威皱一皱眉,脸上似是在思索,自言自语,"他什么事?"说着,将香烟揿灭在一只船形细瓷英国烟灰缸里,站起身来,迈着稳健、沉重的步子去接电话。

家霆细细听着,心里有一种预感,说不出为什么,仿佛预感到叶强打来的电话可能同自己有关。只见冯村轻声对尹二说:"尹二,快!快上三楼屋顶上去把一杆红旗拿掉!"

尹二机灵,点头说:"红旗插在屋顶上?对!我去!"

说完,尹二"通通通"跨着大步就上楼去了。

家霆呆若木鸡地听到过道里响起了童霜威清晰果断的声音:"啊,是秋萍兄吗?对对对,我是啸天啊!什么事?……红旗?……屋顶上还插着红旗?……啊,小孩子太调皮,胡闹!……是的,马上……叫人去拿掉!……对对,对对对,谢谢,谢谢,好!好!"

家霆心里火烧火燎,不知如何是好。童霜威挂断电话已经回身又进客厅来了,脚步声一步一步,重得好像每一步要踩死一堆蚂蚁似的,大声说:"叶秋萍!这个混账王八蛋!什么事他都要监视!为这还亲自打个电话给我,混蛋之至!"

冯村解释:"我已经叫尹二去三楼上屋顶了!"

童霜威气得又在沙发上坐下了,火上加了油,大声训斥家霆:"给我这样闯祸,还了得吗?红旗,是共产党挂的,你懂吗?雨花台,杀了那么多共产党,没听说?……唉!唉!"他一声一声叹着气,"西安事变,你不知道吗?"

家霆低着头用手背揉眼睛,其实并没有眼泪,他是想用眼泪软化爸爸的心,减少爸爸的火气。

冯村在一边圆场,也是故意岔开话题:"秘书长,小孩赶鸽子飞的东西跟红旗根本不是一回事!叶秋萍也太小题大做了!西安方面有新消息没有?"

童霜威叹气摇头,似乎没有情绪多谈什么,摸出万金油来往太阳穴上搽,勉勉强强答了一句:"看来,西安已被共产党控制了。今天听说,老蒋的顾问端纳①打算坐飞机去西安了!"说到这里,童霜威叹着气问冯村:"你看,这局势会怎么样?看来,张学良、杨虎城是被共产党操纵了!"

冯村思索着说:"唉,事情坏就坏在这多年来的剿共上。说实话,决不可将具有武装力量的共产党军队拿来同乌合之众打家劫舍的土匪等量齐观。共产党是个政党,有主义,有组织,有那么多不怕死的党员,有纪律,又有第三国际做背景,主张抗日,能争取人心。剿了这么多年,元气大伤,外患更深。"

"我不是问你那些,我是问你,你看老蒋会怎么样?"

"难说。生杀之权在共产党和张、杨手里。老蒋为消除异己,杀人从不手软。谁也可以'以其人之道还治其人之身'!"

---

① 端纳:英籍澳大利亚人,曾任张学良顾问,当时任蒋介石顾问。

童霜威点头,说:"是呀!要是那样谁将上台呢?"

冯村说:"秘书长,您看呢?"

童霜威思索着说:"胡汉民死了!汪精卫在国外,说不定,又是汪呢!何应钦,也未始不想染指。"

冯村笑笑,说:"唉,那就真是'一蟹不如一蟹'了!"

童霜威不再说话,站起来踱步,摸出有金链子的金怀表来看时间,心情烦躁。他对蒋,心里历来不满。这样的大事,说与他有关实在好像关系不大,说与他无关却又不是完全无关。他总是一个不大不小的官儿嘛!蒋在,他不满,蒋不在,换了别人,他也不满。一种预感使他感到时局要有大的变动,使他不安,使他理不清思绪,想不出前景。所以,他只有叹气了。

空气沉闷,只有壁上的自鸣钟"滴答滴答"在正步走。

突然,"咚咚咚"楼梯响,是尹二从三层楼屋顶上取了红旗下来了。

尹二出现在客厅边门的门口,轻松地抖抖手里半尺宽的一条红绸,说:"先生,其实嘛,哪是什么红旗呀!就这么一条旧绸被面上撕下来的赶鸽子飞的飘带!隔壁姓叶的真是吃饱了饭乱管闲事欺侮人!"

童霜威看看那一长条红绸,不吱声:颜色倒是红的,在电灯下绸面闪闪发亮,但确乎不是一面红旗。

冯村为了缓和局面,也帮腔说:"是呀,这算什么红旗呢?"

家霆瞅瞅尹二手里的红绸子,心里明白:滑头的尹二,他将原来那块大红绸撕掉了一大半,这当然不像红旗啦!

只听童霜威生气地骂了一声:"叶秋萍这个王八蛋!"

家霆心里想笑,但不敢笑出声来。

二

西安事变发生后的第六天——十二月十七日,国民政府已经明令颁布讨伐张学良,何应钦被特派为讨逆总司令,空军已经开始轰炸渭南。

童霜威看得很清楚:中枢主要是两派,一派以何应钦为首,主张讨伐西安,趁此使老蒋送命,好取而代之,也在反共这一点上讨好了日本,可以和缓中日关系。一派是以宋美龄、宋子文、孔祥熙等为代表的蒋系亲属集团和嫡系人物,主张和平解决,以营救蒋介石。这做法,英、美也支持。谁胜谁负,难以预言。童霜威不属于甲,也不属于乙,既感到超然,也感到惶惶惑惑,无所适从。

晚饭后,一种郁闷无奈的心情笼罩在童霜威胸中。他穿着古铜色的厚骆驼绒长袍,围上围巾,戴上礼帽,带了冯村就近抄小路,向东去不远处玄武门的城墙上散步。

荒烟衰草,一登古城墙,天已暮色四合。冷月升起。银光下,湖上和四下里淡淡的白雾氤氲浮动,到处仿佛都蒙上了清凉的水气。南京城北,此时已经清静下来。远处近处电线杆上都亮着昏黄的金莲似的灯泡。夜,幽深、萧条。看看朦胧中的湖光山影和冬日的枯树荒草,看六朝时留下的古意盎然的城堞,再看看从十六日起戒严的南京城,童霜威沐着冷风,心事浩茫,也说不出为什么会有凄凉心情。那玄武湖畔台城上的垂柳和烟景,是清代公认的"金陵十八景"中著名的一景,叫作"北湖烟柳",亦即唐诗中写的"无情最是台城柳,依旧烟笼十里堤"。此刻,夜色茫茫,从台城上眺望岸堤,叶片落尽的垂柳,朦朦胧胧,烟气更盛,使人有一种置身幻境的意味。童霜威不同冯村说话,只是俯瞰景色闷闷散步。冯村懂得他的脾气,也默不作声紧紧相随。

向东望去,月光下水光粼粼,是玄武湖五洲公园;向南向西张望,树影掩映间一幢幢公馆洋房已经家家灯火辉耀。也说不出为什么,童霜威忽然吟起王安石的《桂枝香·金陵怀古》来了:"……叹门外楼头,悲恨相续。千古凭高对此,漫嗟荣辱。六朝旧事随流水,但寒烟衰草凝绿。至今商女,时时犹唱,《后庭》遗曲。"吟着吟着,牢骚地对冯村说:"在南京建都快十年了,现在该算是老蒋的鼎盛春秋时期吧!可是我看国民党也贪污腐化得差不多了!不说别的,你就看看这些花园洋房吧!钱是哪里来的?我盖房子,是用的我做律师时的积蓄,加上方丽清的财产。我是个搞司法的,我问心无愧。可是,叶强、管仲辉他们呢?他们要是不靠贪赃枉法,能盖比我还大还讲究的花园洋房?"他说这话时,怀着的是一种狐狸没吃到葡萄说葡萄酸的复杂心理。他历来有个想法:有个清廉的名声,有利于自己的宦途飞黄腾达。但这个目的达不到,心中就不能不有怨尤。见人贪污,他也眼红,但心中总想:违法乱纪的事可干不得,损了名誉太不值得!复杂心理就是这么来的。

冯村懂得他这种心理,点头像是发自内心地说:"秘书长说得对啊!现在就是正派的好人吃亏啊!你清廉,可是你既不是C.C.,也不是黄埔;既不是宋家孔家的亲戚,又不是西山会议派或者政学系,就无人器重你这种清廉。要不,你早就一定更加得意了。"

童霜威未予置答,只是吁一口闷气。

他早年从上海南洋公学毕业后,去日本东京帝国大学学的法律。回国后,做过律师,与现在中枢的一些要人一同办过《民国日报》。后来,又参与创办《上海大学》。加入国民党后,在暨南、大夏等大学做教授,先后著有《中国法制现状研究》《历代刑法史论》《刑法释义》《民权与法治》等书。因为早年留学日本,有些日本法界人士的关系,一度应日本法学界之聘,去东京主讲过中国古代刑法。回国后，司法界一些上层人士大为重视，被请入南京，任过司法院顾问、法官训练所所长、中惩会委员。正因为他不属于任何派系，又有学术地位，外加是留日的，遂被安排为现在的职务：司法行政部秘书长、中惩会委员兼秘书长。这是可起点缀门面的作用的。这一点，他心中有数：自己既是占了无派系的便宜，也吃了无派系的亏。所以听了冯村的话，感到无言可答，只是皱着眉叹一口气，说："大局要起变化了啊！看来，老蒋能否生还，难说。中枢已经陷入一片明争暗斗的混乱中了！……"

西安事变的发生，实在出乎意外，这事变会使南京政界起什么沉浮变化呢？他说不准，心中忐忑，就是苦恼的根由了。

冯村摸不透童霜威心里想的什么，像谋士似的献策说："看来，何应钦已有了指挥调动军队讨伐的大权，举足轻重。今夜，您是否到管仲辉家去坐坐。他是何的亲信，又是何的同乡。这两天，我见他家的汽车进进出出。今天白天，到他家的汽车也不少。他的看法一定能代表何的看法。去谈谈，听听消息也好。"

童霜威点头"唔"了一声，说："对！"心中想：看来，何敬之如果得意，管仲辉也要大得意的。在他那里听听消息，联络联络感情，颇有必要嘛！前几天我按兵不动，是要看看事态的发展。今天，是到时候了！为什么不去管仲辉那儿聊聊呢？平时大家私交不错，心中既然苦闷，听听聊聊也好。……想着，说："回去吧，今夜我去拜访一次。"

两人默默无声。冯村打着手电筒，陪童霜威又从原路漫步回来。

冷月在天，北风瑟瑟，口中嘘出的热气化为白雾。寒冷无声无息地侵入全身。天有雪意，远远空旷处，有些本地小户人家住的平房，灯火宛如萤光。有一家门前，好像正在烧化一堆锡箔，火光闪烁，衬得夜色分外浓黑。

经过潇湘路一号后边靠近三号叶强公馆旁边的池塘,只听风吹塘边的芦苇萧萧作响。叶公馆黑色大铁门两边,水泥灯柱上的两盏白圆灯罩的门灯雪亮,哈巴狗正在里边"汪汪"乱吠。不远处二号管仲辉公馆的大门口,停放着两辆轿车,门灯也是灿烂辉煌。

童霜威轻声对冯村说:"看!找管仲辉的人不少啊!今夜要迟一点去。"

冯村机灵地点头:"我先打个电话同他给您约好。"

童霜威点头,说:"对!"

两人绕了一个圈子,回潇湘路一号来,门灯熄着,虽有月光,门前仍黑黝黝的,同管、叶两家一对比,童霜威心里有点生气,说:"省这点电干什么?关照刘三保:夜里门灯要开着!"

冯村应了一声:"是!"正去揿门上的电铃,却发觉后边不远处有一道强烈的电筒光射来。他同童霜威都回头一看,童霜威已经轻轻在说了:"咦!叶秋萍!"语气意外而惴惴不安。

冯村看到,正是叶强。

叶强穿一身黑中山装,披着件黑马裤呢獭皮领大衣,头戴一顶呢礼帽,手拄"司的克",由一个打电筒也穿黑大衣的副官陪着,正在从岑寂中走过来。显然是到潇湘路一号来拜访童霜威的。

潇湘路一号两盏乳白圆灯罩的门灯一起亮了,照得四下里白亮亮一大片。"老寿星"刘三保开了大铁门。童霜威带着拖拖沓沓的迟疑,迎着走过来的叶强跨步过去,说:"啊,秋萍兄!你?"

穿黑大衣的副官手里提着四瓶不知什么东西,抢先一步递给冯村说:"嘉兴的莼菜,处长特地让带来送给秘书长尝尝的。"

叶秋萍脸上阴阳怪气,一双眼睛冷冷的,温文尔雅地左手拄着"司的克",伸出右手来同童霜威紧握,一口浓重的浙江口音,说:"啸天兄,我是特地来看望你作夜谈的。先一会儿,听说你去台城上散步了。恰巧,我也有客人在。客人走了,听说你散步回来了,我立刻跟踪而来！夫人到上海去了？估计你一定清闲，我来夜访，大局蜩螗，很想听听高见啊！"

童霜威心头泛起一阵反感：他这么说，是向我示威还是怎么？这种干特工的，真像明朝的"厂卫"、清朝雍正时的"血滴子"，监视人的行动倒成了习惯，连我的散步他都监视着呢！那天为家霆赶鸽子飞引起叶强打电话来的事又浮上心头。他想：看来，对这种人不可不防！由此，想到：今夜要是去管仲辉家，倒是必须小心，可不能让他看见了。心里想着，脸上却哈哈笑着，举起右手作"请"的姿势，说："请请请，请进去坐。"

叶秋萍嘴里连声说："好好好！"随童霜威进了大门朝里边走。

冯村当先去开了客厅的大门，"啪啪"拨亮了客厅里的梅花形大挂灯和枝形壁灯，将叶秋萍请入客厅。穿黑大衣的副官将叶秋萍送进客厅，替叶秋萍将呢礼帽、獭皮领大衣挂上衣架。冯村邀他说："走走走，到我房里坐坐。"两人一同从客厅侧门走出去了。

童霜威请叶秋萍在上首沙发上坐下。庄嫂已经用托盘送了两碗新泡的盖碗龙井茶进来，给叶秋萍敬了茶，也给童霜威敬了一碗。童霜威正同叶秋萍寒暄着，庄嫂已经轻轻退出客厅掩上门走了。

两只泡茶的江西景德镇盖碗瓷质细腻白亮，使人看了心里爽豁清净，冒着腾腾热气的碧绿茶叶幽爽清醇，馨香甘雅。叶秋萍和童霜威都端杯呷了一口。客厅里，生着有洋铁皮管子的花盆式大火炉。火封着，温度适中。叶秋萍放下手杖，搓着双手。他仅不过四十岁光景，拿手杖是讲究气派，当然也是防身。那是一种拔开就是利剑的手杖。童霜威将"茄力克"香烟罐递去，叶秋萍却摸出自己的扁金烟盒"嗒"地打开取了一支香烟衔在嘴上。

叶秋萍用打火机点烟，忽然用手指指通向家霆卧室的那扇门，问："啸天兄，这里可有耳目否？可以密谈一番的吧？"

童霜威心里颤动了一下,明白:刚才进客厅时,家霆的房里亮着灯,叶秋萍一定也注意到了。这种干特务的,真是处处精细小心!呵呵一笑,说:"那是小儿的房间,他还小,大概在做功课什么的,一会儿也就睡了。我们所谈的事,他听不清也听不懂。"

叶秋萍近视眼镜下,两只蛇眼忽然泛出一种肃杀之气,带着一种逼人的猜度和审视,吐口烟,点头说:"西安出了张学良劫持统帅的事,最高领袖蒋先生蒙难已经六天了。这次事变,令人切齿痛心。蒋先生的蒙难,是国家民族的大不幸。其蒙难情形之严重,胜过于民国十一年总理在观音山的蒙难。张学良所标榜的口号,根据报告有所谓'容共抗战',想必啸天兄也有所闻,不知对此有何见教?"

叶秋萍是蒋的同乡嫡系,又是 C.C. 陈立夫的同学,也留过美,他的观点、态度,不说童霜威也明白。

童霜威心里想:你今夜来的目的何在呢?还判断不明白,也许是来看看我的态度?他带着戒心,装得庸碌地叹口气说:"唉,现在,最关心的是蒋先生的安危了!不知实情究竟如何?秋萍兄,你消息灵通,我本来早想去拜望你听你谈谈。现在大驾光临,望能赐告一二。"

这是官场上的一种谈话伎俩:对付无从回答的问题时,就反答为问,或答非所问,再或王顾左右而言他,让对方来谈。

叶秋萍掏出手帕来擤鼻涕,端起盖碗茶,喝了一口,脸上又阴阳怪气了,捧着茶碗说:"南京现在是戏中有戏啊!有人正在玩一套把戏,表面看来是为了要营救领袖,出动大军讨伐西安,实际是想置领袖于死地!然后取而代之。真是司马昭之心路人皆知,令人气恼哇!"

童霜威抻了抻皱缩的厚骆驼绒袍衣边,点头,也佯作义愤地说:"是啊,但不知蒋先生陷入张、杨之手,能否吉人天相脱险归来?"

叶秋萍吸着烟思索着说:"据端纳去西安后传来给蒋夫人的消息,蒋先生的安全以及和平解决的希望都是有的。现在,就是要节制军事行动,以便顺利进行商量和营救。"

窗外,北风呼啸拍打着窗子,吹得花园里的大树枝杈晃动,传来一种野兽吼叫般的声音和"吱吱叽叽"的音响。

有打更的敲着竹梆子走过:"笃!笃笃!笃笃!"城北一带,中央要人的公馆多,游民乞丐早被取缔,常有军警宪巡逻,但仍保持着更夫打更的制度。冬夜听到古老、单调的更声,使人有一种寂寥、凄恻的感觉。

童霜威故作坦率地说:"西安兵变,显然同东北军与西北军之赤化有关。如果提出容共抗战的条件,怎么处理呢?"

叶秋萍苍白的脸上气色阴沉,用食指往烟灰缸里轻轻敲着烟灰,说:"张学良勾结逆寇,劫持长官,延续残匪生命,阻碍中央大计,罪无可逭。所谓容共抗战,实在是幼稚可笑。抗战目标在求生存,而容共的结果必致灭亡。所以抗战与容共合在一起,根本是有害无利,达不到救亡图存之目的。但现在领袖在危险之中,一切应当将他的安危放在第一位!适当施加军事力量,使张、杨就范,不是不可显示,但有人毛毛躁躁,别有用心,想从中渔利,就是其心可诛了!"

童霜威怕得罪他,心里凉丝丝地凑合着说:"秋萍兄说得有理!"

叶秋萍将吸着的半支烟揿熄在烟灰缸里,又掏手帕擤鼻涕,听了童霜威的话,表示欣悦,说:"啸天兄,今夜我来,是想拜托你一件事的……"

童霜威忽然感到一阵燥热,是坐得离火炉近了,说:"愿意效劳!不知是什么事?"

"这些天,管仲辉家里车水马龙,他自己也很活跃。据我所知,他的言行已到了赤膊上阵的地步了。你是知道的,他是谁的亲信?所以,我很想知道一下他的想法。也想通过他,知道一下他上边的人的想法。别看他庸庸碌碌大大咧咧,我自己去既不方便,去了他也是什么都不会说的。啸天兄,你去,可就不一样了。你无派无系,向来超然。再说,平时你们私交也不错……"

童霜威有意声明一句:"哈哈,西安出事到今天,我同管慎之还没有见过面哩!"想假笑未笑出来。

"是的!"叶秋萍点头,又掏出烟盒取一支香烟点火,目光执拗,说:"所以,想请啸天兄不露形迹地去同他谈谈。"叶强经常是个飞扬跋扈独断独行的人,此刻,给童霜威的感觉又是如此。

童霜威心里有点生气,沉吟着,摇摇颧骨,但想:倒也好,本来今夜我正想去同管仲辉谈谈的,怕被你知道。这一来,我干脆大摇大摆去了。面上佯作盛情难却,说:"嗨,行!我就遵秋萍兄之命勉为其难吧!"

叶秋萍表示满意,苍白、瘦削、阴阳怪气的脸上隐隐一笑,说:"那,我就告辞了!"他准备要走,拾起倚在茶几上的"司的克",去拿衣架上的呢礼帽。

童霜威起身开了通向过道的边门,叫了一声:"冯村!"

冯村陪同叶秋萍的副官马上踢踢踏踏走过来。副官从衣架上拿起獭皮领大衣给叶秋萍穿上。

叶秋萍拱拱手,说:"打扰打扰!"态度谦恭。

冯村早已去叫尹二开车送叶秋萍。刘三保也早开了大铁门。叶秋萍摆手说:"就在后边,不要车送,我走走很好。"但童霜威坚持,叶秋萍也就带副官上了尹二开的"雪佛兰",招手告别。

送罢叶秋萍,回到客厅里,童霜威对冯村说:"你打个电话给我联系一下管仲辉,说我马上去看他。"

冯村提醒说:"要不要迟一点去?"

童霜威哈哈笑了。他并不想把刚才叶秋萍托办的事告诉冯村,摇头说:"无需顾忌,我这人无派无系,比较超然,人所共知。再说,都是近邻嘛!走访走访也很正常。"

冯村眨眨两只好思索的眼睛,顺从地点头应了一声"嗳",去过道电话机旁拨号打电话。

童霜威独自在客厅里踱步,想:哼!我能为你叶强作奸细送情报干特工吗?你也忒小看我童某人了!依我的身份、地位和为人,有必要为你干这种勾当吗?我当然是犯不着得罪你的。我去谈我的,不管他管慎之说什么,有干系的话我一句也不会告诉你!……正在想,冯村打完电话回来了,说:"管主任在家,说恭候大驾。"

尹二送叶秋萍已开车回来。但童霜威不坐车,围上围巾,也不戴礼帽,决定带冯村走到潇湘路二号去。

管仲辉,字慎之,他是办公厅副主任,但掌着实权。他公馆前两盏白圆灯罩的大门灯仍旧雪亮,但门口先前停着的小轿车已经不在了。冯村陪童霜威到达潇湘路二号时,除了门口的卫兵外,管慎之的一个戎装佩上尉衔的副官,已经笑容可掬地伫候在门口。将客人引进了陈设华丽的客厅,童霜威让冯村回去。

冯村刚走,管仲辉就出现在客厅门口了,热呵呵地咧嘴笑着说:"啊,啸天兄,什么风把你吹来的?欢迎欢迎!"

童霜威打着哈哈,说:"慎之兄,我们近在咫尺之间,我怎么能不来聆教?"

管仲辉是那种"脑满肠肥"型的军人,凸着大肚子,头上已经开始拔顶。今夜,可能客人刚走,身上仍旧穿着呢军装,挂着武装带,中将领章发出闪闪金光。同童霜威握着手,马上说:"走走走,啸天兄,到楼上去坐坐!"

见他亲切热情,童霜威心里高兴,跟他穿过宽大的过道,从铺着毡毯的楼梯走上二楼。

二楼上,暗香浮动,一间大卧室里门半开着,看到一座四扇排门的织锦屏风挡着视线。听到里边隐隐约约有女眷的说笑声。管仲辉将童霜威带到了一间小会客室。壁炉里烧着木柴,炉火正旺,温暖如春,室内布置得很雅致。沙发前的平桌上摊着几本《良友》杂志,几上一只白瓷盆里养着一盆清水,里边是雨花台的文石和一棵葱绿的水仙。壁上挂的是刘海粟的一幅画,还有于右任写的一幅字,都用绫缎裱得精美、素雅。于右任的字写的是李商隐的金陵怀古诗《咏史》:

　　北湖南埭水漫漫,一片降旗百尺竿。
　　三百年间同晓梦,钟山何处有龙盘?

一个标致的小大姐,用福建漆盘托着送来了两盖碗龙井茶。管仲辉见童霜威在看于右任写的字,问:"写得如何?"

字当然写得好。童霜威知道管仲辉对诗文书法基本一窍不通,只不过是附会风雅追趋时尚才挂点字画的。这点现在南京城里官场上很时兴。便说:"于胡子这字写得很好啊!"

管仲辉用手指敲着沙发扶手说:"不怕啸天兄见笑,这字的好坏我是不大懂的。再说,这诗的第一句我就不大懂。整首诗的意思说懂也懂,说不懂也不懂。做诗的人好像都喜欢这样,叫人似懂非懂。"

童霜威倒喜欢他的坦率,说:"这第一句上的北湖,指的就是玄武湖。南埭,指的就是鸡鸣埭。这首诗《咏史》是读史有感于陈后主因荒淫亡国的历史教训,指出仅仅依靠优越的山川形势而不注意政治清明,仍旧挽救不了灭亡的命运。"

童霜威是据实而言,说这番话并无什么影射或寓意。管仲辉听了,木木呆呆,也毫无任何触动。他气色红润,情绪很高,似乎有什么得意事,常有笑容和笑声,转身从玻璃橱里拿出一瓶进口的

"三星斧头"白兰地酒和两只高脚玻璃杯来,给童霜威和自己各斟了半杯,举杯敬童霜威说:"我今天下午去汤山温泉洗了个澡,浑身舒坦。来来来,啸天兄,喝一点解寒。"又将一木盒马尼拉雪茄烟递过来,请童霜威抽一支。

童霜威接过雪茄,剥去玻璃纸,嗅了一嗅,点火吸了一口,感到辛辣。他平时偶尔也到管仲辉公馆里来过,每次均是在楼下大客厅里谈谈。今天,管仲辉请他上楼在小会客室里坐,使他感到高兴。又见管仲辉那种舒畅得意的神态,更料到这是与时局脉搏息息相关的。因此,不卑不亢却又带几分亲热地开头说:"慎之兄,张、杨在西安率部叛变后,早就想来找你聆教了。只是见你这里门庭若市……哈哈……拖到今晚才来。时局方面,你了解内情,应当指点一二啊!"

管仲辉喝着白兰地,辣得半闭着眼睛,呕着嘴巴笑声朗朗:"啸天兄,我也实在是瞎忙,天天想去拜访,总是杂事牵扯,未能如愿。西安之事,实在出人意料。所好南京城里,还有人能中流砥柱做出决策,进行讨伐。不给叛军和共产党一点厉害,事情是不好解决的!"

童霜威夹着雪茄,轻描淡写地问:"老蒋的生命不会有危险吧?"

管仲辉笑笑,淡漠地说:"兵法上说,'置之死地而后生'嘛!要是不讨伐,不轰炸,靠京沪基督徒禁食一日为他祈祷祝其早日脱险,恐怕人家也不能轻易放了他。讨伐了,轰炸了,用铁腕手段,倒是有用军事进攻做讨价还价的资本。你说是不是?"

传来一阵悠扬的风琴声,不知弹的是什么曲子,软绵绵的,很好听。不知是管仲辉家什么人弹的。

童霜威倚在沙发上听着风琴声,点头说是,问:"西安方面有什么新消息否?"

管仲辉热得敞开了军衣领子,松了武装带,说:"听说共产党的代表团已经到了西安。我看呀,共产党去了,戏就唱得火爆热闹了!委员长也就更危险了!剿共十年,仇气那么深,他们能不杀他?……今天,听说委员长让人由陕西带了手令给何敬之,说是叫停止轰炸。"

童霜威说:"他就是喜欢下手令!手令是真的吗?"

管仲辉笑笑,说:"我看是挟持之下写的手令。用的是缓兵之计,轰炸也许会暂停,但是刘峙已是讨逆军东路集团军总司令,顾祝同是西路集团军总司令,统归讨逆军总司令何敬之指挥,今天已经通电就职,一声行动,马上能直捣西安彻底扫荡!"

童霜威从管仲辉的话语、表情中,感触到了一种政治上的得失感,忽然觉得自己今夜在管仲辉这里挂个号是对的了。他同何应钦平时毫无来往,更无渊源。现在看来,蒋要脱险,确乎有点不可想象。何应钦取而代之似乎颇有可能了!何应钦上台后会怎么样?难说。但比蒋也差不到哪里去吧?点着头,问:"慎之兄,你我虽然交往不多,但互相知心,可以无话不谈。打个比方,如果万一委员长在西安被害,这是很有可能的,中枢会有何种人事安排呢?"

风琴声仍在继续。童霜威听得清,弹的是家霆最近常在唱的那支什么《大路歌》的曲子。但,琴声忽又戛然而止了。

管仲辉有点得意忘形,笑得朗朗出声,说:"你还看不出来吗?我看,军事方面,众望所归在何敬之,比较明显用不着说了。党务方面,中央在西安事变发生后立即电告在海外疗养的汪精卫。汪先生十四日有复电到京,今天得到消息,说他即由法国马赛启程回国。他如回来,领导全党绝无问题。政府方面,林森是尊烂泥菩萨,他的国府主席总是不会动的。汪精卫任行政院长,其他各院、部作些适当调整,那也好办。你说是不是?"

童霜威吸着雪茄,头有点晕,心里想:怪不得外边说何应钦有野心,叶秋萍也大为戒备,让我从管仲辉这里探听消息。看来,的确可能连组阁计划都订定了呢!沉住气,脸上平静,一切都不形于色。

远处隐隐有火车汽笛声"呜呜——",从和平门方向传来。听到火车汽笛声,使人仿佛连火车车轮在铁轨上那种"喊喀喊喀"声都能听见似的。

管仲辉起身去壁炉前用铁叉拨动柴火,突然放下铁叉转身笑盈盈地说:"啸天兄,听说你同汪兆铭过去私交不错呀,是吗?"

童霜威同汪精卫仅仅是一般的关系。汪精卫在民国二十四年十一月一日国民党四届六中全会开幕式上照相时被刺,枪伤治好后就出国赴欧洲到法国去了。在那个阶段,童霜威出于对蒋的一种不满,也出于一种官场上应酬交往的惯例,曾偶尔去登门看望。汪精卫却表现得诚恳热情,待之以礼。但童霜威并不愿做亲日派,也不是改组派,更不是汪精卫的广东同乡。见全国多数人都把汪精卫骂作秦桧,他也不想往那个茅屎坑里跳,沾得一身臭。后来,就不去了。但此一时也,彼一时也!现在,听管仲辉这么说,为提高自己身价,就不否认,慢悠悠地说:"熟是熟的,私交也许谈不上啊!你知道,我是个无派无系的人啊!"说这话时,心里懊丧,忍不住又说:"汪回来了,政治上的事,怕就要按他的决策办了呢。"

管仲辉回身来仍在沙发上坐下,连连点着大脑袋,说:"对对对,汪兆铭如果回来,当然要联日剿共。从东京来的消息,日本外务省首脑开会作了决定:关于张学良的叛变,日本政府不应采取利用中国乱事而为日本图谋或易滋误解之任何行动。是友好的表示呀!中日两国同文同种,孙总理当年革命,深受日本朝野人士的支持。对日空气一天比一天紧张起来并非上策呀!"

童霜威不想点头,也不想摇头,哑一口酒不咸不淡地说:"唔,中枢要人中,日本留学生不少啊!"这句话什么意思,他自己也说不清。

管仲辉继续慷慨激昂："近年来，政府对日政策的动摇和欧美派的影响，加上共产党到处火上加油，促使日本一步一步敌视并进逼我们。其实，明眼人都知道，国联本身是没有力量的。英法对于中国是不愿帮忙的，美国是保持孤立的，苏俄是靠不住的！中国想同日本交战，打败日本，那是痴心妄想。中日邦交确实需要赶快修补了！也许这次会是一个大好转机呢！"

窗外北风呼啸，白兰地酒辛辣刺鼻，童霜威揿灭雪茄，一口一口微呷着酒，感到身上火辣辣的。管仲辉的话太大胆了！近年来，"亲日派"已是"汉奸"的代名词。日本留学生都不愿意沾上一顶"亲日派"的帽子。可又很容易被人戴上这样一顶帽子。汪精卫沾了这顶帽子，在中央党部吃了三枪。虽有人私下议论这是蒋介石蓝衣社干的，太不应该。可是喝彩的人比比皆是，很不少。童霜威平时就特别警惕这一点。问诸内心，对于日本，他有点旧的感情，也有些日本好朋友，觉得自己是个日本留学生无形中就有一种背景上的依靠力量。可是，另一方面，日本野心太大。占了东北，又占华北，更在绥东嗾使匪伪进攻，实在难以忍受。一种民族感情，在他心上占了主要地位，他心里不能不激起民族义愤，希望中国强硬些，希望用抗日情绪和抗日行动来使日本收敛些。现在听了管仲辉一番言论，他不但不同意，甚至还颇有反感。却不想反驳、辩论，只是暗自心里叹息。他点着头，嘴里说着："慎之兄高见！高见！"心里却大不以为然。

管仲辉喝干了杯中的白兰地，脸色更加红润，显得十分高兴。突然又叹口气，搔着快拔顶的头皮，发牢骚说："啸天兄，你过于夸奖了！我这人，不像你有学问，是个武人！这些年，实在不得意！一个不值钱的中将，有兵权的肥缺总是轮不到我。老蒋对我总是那么吝啬，仿佛别人干得了的差使就不能给我干！其实，酒囊饭袋身在高位的人太多了！人只以为我也是黄埔系，可不知道我这黄埔系与老蒋不是同乡,走不通裙带上的路子,拽不着英美派的关系,进不了复兴社的大门。这就不值钱了!"

童霜威插上一句说:"你同何敬之既是同乡,又是先后袍泽,他对你可是不错的。"

管仲辉扳着手指头,骨节扳得"啪啪"响,叹口气带点酒意说:"平心而论,他对我是还可以。但你要知道,他这人呀,有点优柔寡断婆婆妈妈,极怕老蒋猜疑,遇事总是谨慎三分。他这军政部长,连擢用一个营长都要签请老蒋批示。至于党国大计,更是只能听语气看脸子,不敢随便开口。其中苦衷,只有我这种知情人明白。老蒋他,现在我是可以斗胆议论几句了。这人毒辣凶残,奸诈阴险,最会消除异己。上海滩上青红帮流氓的那套手腕他最会应用,对人是睚眦必报。这次西安出了事,虽然如丧考妣者不少,拍手称快的也不少。等着看三本铁公鸡吧!"

童霜威暗想:要是我把今夜管仲辉讲的原原本本都搬给叶秋萍,叶秋萍真是如获至宝了。但何必这样做呢?我会给你叶秋萍当特务吗?我宁可脚踩两条船,你们两方面,我都不得罪,我都挂个号!……想到这里,又自然而然地流露出微笑来了,只是心里并没有愉悦感。

管仲辉看见童霜威露出微笑,以为是同意自己刚才谈的那番话,嘴角掠过欣喜和得意,说:"啸天兄,今夜我也是兴之所至,同你赤裸裸谈了心里话,只能你知我知,不足为外人道也。"

童霜威连连点头,说:"慎之兄,这你放心。你所谈的,我深有同感。我与人相交,历来抱着亲爱精诚之心,宁可天下人负我,我不负天下人。正因如此,到今天,既不愿在派系上卖身投靠,也不愿像邵元冲[①]那样著书立说作违心之论吹捧老蒋。于是,人都说我

[①] 邵元冲:国民党中央执行委员会委员,曾写《蒋介石先生的家庭教育与学术修养》等书免费散发,歌功颂德。

书生气,我才真是最不值钱的法界人士了!"说到这里,频频摇头,叹口气说:"改天,找个合适的时机,慎之兄你陪我去看看何敬之。对他,我是素所仰慕的。"

管仲辉虽然似乎大大咧咧,其实是个精明人。听话听音,颇能明白童霜威的心意,马上大包大揽地说:"行!我也早有此心。何敬之对啸天兄你是久仰的,以后依仗之处甚多。我陪你同去谈谈,同去谈谈。"

童霜威感到满足,欣慰地哈哈一笑,掏出怀表一看,站起来说:"慎之兄,早点休息吧!我回去了,以后再来聆教。"

管仲辉倒也不留,亲热地站起身来送客,说:"过几天,我去回访你。远亲不如近邻嘛。我们做邻居是叫人高兴的事。可惜,潇湘路不该盘踞着搞调查做爪牙的坏家伙。听说,这些天,有人专在数点我家门口的小汽车,明明是监视我的行动嘛。这种坏蛋,啸天兄,你也不可不防。有朝一日,我——"他咽住半句话未往下说。

童霜威点头表示同意,为了谨慎,一字未答。

两人一同下楼,一个副官早在楼下客厅门首备好了管仲辉那辆新式"福特"轿车。管仲辉送童霜威上车,副官也上车与司机并肩坐着,陪送童霜威回到潇湘路一号。

轿车喇叭一响,刘三保开了大门,冯村出来接童霜威进客厅,那副官同驾车的司机回去了。童霜威跨步走进客厅,见家霆房里已经熄灯,问:"家霆睡了?"

冯村答:"睡了。"忽然神秘地凑上来说:"秘书长,刚才有件怪事!来了一个人……"

童霜威诧异冯村的神情和语气为什么如此紧张,在沙发上坐下,问:"什么人?"他察觉冯村的脸色特别,惊骇中带着忐忑,不禁诧异地看着冯村。

冯村声音里有一种严重的语气,说:"刚才,日本总领事馆来了一个人……"他在靠近童霜威的沙发上坐下了。

"什么?"童霜威心上如有火一灼,额上冒汗了,从双眉的皱纹中,显出踌躇与思考,反感地说,"夜间上我这儿干什么?这时外边不是戒严了吗?"

冯村压低嗓子说:"戒严哪挡得住他们哟!从高楼门到这里很近。来人是个身穿薄棉袍外加中式马裤呢大衣的人,戴顶礼帽,腋下夹个黑皮包,像个办公事的,一点看不出是个日本人。他知道我的名字,在这儿等了你约摸一刻钟。自称是日本总领事馆的,有重要机密事要面谈,名叫若杉。"

"若杉?"童霜威挖掘着记忆的深井,思索着记忆中有无这个名字,毫无印象。只想到去年,日本总领事馆有个名叫吉野的人来潇湘路夜访,说他也是日本东京帝国大学的学生,来叙叙同窗之谊的。但后来,这个吉野竟在谈话时说:"中国积弱,赤祸弥漫,苏俄最后必将占领中国而侵入太平洋、赤化东南亚。中国对内力不能剿灭共产党,对外难以御苏。中国应当与日本提携,反共防苏,由日本代庖对付苏俄。"

当时,童霜威听了忍不住说:"中日两国同文同种,中日两民族应当相亲相重,但是日本一意步西方帝国主义后尘,不断侵略中国,这样岂能谈到什么提携?日本应当退出华北,退出东北。现在,中国民众抗日情绪高涨,日本如果不断咄咄进逼,迟早中国人是要抗战的。那样,必然对中日两国都不利,望你们三思。"……

那夜,谈得不欢而散。今天,日本人又来了!这是为什么?显然,他们在中国的活动是不会放松的。准是想四面八方打听西安出事后中枢的情况。这个"若杉",也许是个假名字呢!他们的"中国通"是非常多的!……

童霜威想到这里,紧张地问:"他找我干什么?"

"没说干什么。"冯村答,"我估计也许是想打听西安出事后中央的情况。"

"你没跟他说什么吧？"

"当然没有！"冯村摇头，"看到日本鬼子我就心里烦,我知道你去年跟那个日本人吉野谈话的情况。这种人现在万万沾不得！这我明白。"

"那就好！他们也真厉害呀！简直是无孔不入了。没想到对我,他们也在注意！"童霜威连连摇头有点烦恼,"我虽是留日的,可我决不做亲日派！我同他们素来不搞什么名堂。再说,我是个中国人,堂堂正正的中国人！我决不去沾他们这股臊气。"

"可他丢下了一小盒东西！"冯村从沙发上起身去壁橱上面取下一个四寸见方的用黄绸布包着的小盒子。

"什么东西？为什么收下？"童霜威快发火了。

"他坚决要留下。再说,当时,我既不便贸然做主,也想了解他们到底想干什么。我问他：要是你回来知道了不收怎么办？他说：不收,可以退到总领事馆给他。所以他丢下就走,我怕声张,也没有去追赶。"

童霜威拿手掂掂小盒子,小盒子很轻。童霜威递给冯村说："打开看看！"忽又说："不！不能开,不要开它！估计总是什么礼品之类的东西。混蛋！不能收它,这是毒药砒霜！明天,你亲自给我退回去！"稍沉吟一下,又说："不行！这样退不妥当。还是我去同叶秋萍谈一谈,让他派个人代为退去的好！"话刚说完,又变了主意,忽又说："不,也无需给他这种人知道。'不做亏心事,敲门心不惊'！还是明天你给我送去的好。就写张纸条附去,上写：'素昧平生,原物退还'！"

冯村斟酌着说："对,这样写好！既不得罪他,也表白了态度。"

童霜威忽然似乎感到一阵疲劳,看看手表,见刚只十点钟,琢磨了一下,对冯村说："给我接个电话给叶秋萍,我要同他谈谈同管仲辉谈话的情况。"

冯村问:"管仲辉说了什么没有?"

童霜威笑了,说:"说得不少,我慢慢再告诉你。可是,我一句也不会告诉叶秋萍。我要对叶秋萍说:'管仲辉是个滑头,什么要紧话都没说。'"

冯村也笑了,去拨号打电话。

炉火,可能熄灭了。看不见的寒冷,溶化、侵入他的全身。这时,童霜威望望北风呼啸的黑黝黝的窗外,发现月儿被灰色的云团遮没,天开始飘雪了。鹅毛般的雪花,正漫天飞舞地飘降下来,天气也真像这时局和人事一样变幻无常啊!

三

十二月二十一日是星期一。虽然西安出了事,星期一上午,中央各部会,照例是做纪念周。

八点四十五分,童霜威穿了蓝袍黑马褂,外罩黑披风,让尹二开车到丁家桥附近的中央党部去。

他本来可以在本机关里参加纪念周,但也可以参加中央党部的纪念周。中央党部举行的纪念周,《中央日报》上次日照例都要发消息,公布出席总理纪念周的中委和其他委员名单。童霜威老是觉得自己不得意,无论如何在报上登一下名字总比不登好。所以,星期一上午总是到中央党部去参加纪念周。偏偏事与愿违,有时,他的名字偶然会在报上出现一次;更多的时候,他的名字却在"出席纪念周的有×××、×××等"那个"等"字里给"等"掉了。今天,到中央党部出席纪念周,他是别有一番打算的,目的是想了解了解政治气候,看看和听听,借以判断情势。

从潇湘路一号到丁家桥中央党部,轿车只有五分钟路程。小雪已快化尽,道路湿润,常有些泥泞。一路上,那几幅蓝底白字的宣传牌,童霜威早看腻了。宣传牌上写着大字的标语口号:"礼义廉耻,国之四维,四维不张,国乃灭亡!""礼是规规矩矩的态度,义是正正当当的行为,廉是清清白白的辨别,耻是切切实实的觉悟。"老蒋提倡的"新生活运动"敲锣打鼓已经两年多了,但谁照着在办呢?童霜威觉得这真有点像挂羊头卖狗肉的招牌。

远远的已经看到中央党部的屋顶了。每次,到了中央党部,看到那攀满"爬山虎"藤萝的礼堂,童霜威不禁就要想起去年十一月开六中全会的第一天,汪精卫在这儿被刺的事。那天,中执会推定汪精卫演说。他演说完毕,中委全集中在中政会新厦门首等摄影。蒋介石迟迟不来。末后,说他不来了,摄影师才动手拍照。结果,一个"晨光社"的记者刺客孙凤鸣开了三枪,到底是怎么回事一直也弄不清。反正,汪被刺以后,改组派、亲日派如丧考妣,有许多人却是内心喜悦的,蒋介石当然也是高兴的。蒋、汪其实无法合作,两人个性不同,汪爱说话,蒋爱缄默;汪的感应很快,蒋的城府很深,这固然是原因。更重要的是他二人表面上虽好像客客气气,二人是把兄弟,私人来往电报,汪称蒋为弟,而称自己为兄。但实际上二人暗中始终在争做领袖。有这一条,合作两字就无从提起。现在倒有趣!汪被刺未死,出国去海外疗养了,看来是蒋一人的天下,谁又料到西安出了事,现在蒋生死难以猜度,汪又要大摇大摆回来了!政治舞台真像跑马灯呀!

尹二驾驶的"雪佛兰",快到中央党部大门前了,只见一家柴炭商店旁的一个烧饼铺前,围着一堆人,在看两个皖北逃灾来南京的年轻女人舞着花棍打莲湘,唱着《凤阳花鼓》,卖唱乞讨。实在有伤大雅!

两个宪兵正气势汹汹地赶散唱花鼓的和围观的群众。尹二开的轿车连声揿喇叭,车子被人挡住了。烧饼铺上的一股"蟹壳黄"小烧饼的葱油芝麻香味飘进车窗。直到两个唱《凤阳花鼓》讨钱的女人背起包袱走了,轿车好不容易才穿过人丛,开进了中央党部的大门。

今天,门前栽着雪松的大礼堂里炉火温暖,到的中委和要人比平时多,估估数竟有六、七十人。中委里,西山会议派的居正和叶楚伧、石瑛等都来了。冯玉祥、于右任、戴传贤、吴敬恒等来了。孔祥熙、孙科、王宠惠、陈布雷等来了。南京市长马超俊来了。亲日派的褚民谊等都来了。C.C.的陈立夫、周佛海、方治、邵华、陈访先等都聚在一堆聊天。司法界的王用宾、洪兰友等来了。有些平时不大露脸也不值钱的凑数中委,像乐景涛、姚大海之流也出现了。中枢各院、部的要人也来了不少。后边许多排的椅子上坐的都是中央党部的工作人员。整个礼堂里,一共有六七百人,多数沉默着,不苟言笑。即使说话,也"嗡嗡"低声,保持住严肃、安静。只有中央党部秘书处姓杨的那位女士,是个著名的"花瓶",画着眉毛,涂了一脸的雪花膏,穿着高跟鞋,烫着头发,穿着水蛇腰的长旗袍,人前人后,高跟鞋橐橐地敲打着地板,在殷勤指挥着端茶送水并且补送签到簿给要人们签名。往日,她一脸媚笑,今天,当然端庄得多。

可能是由于西安出事的原因,许多人都泥塑木雕似的坐在那里,各人肚里都在想各人的一本经。身材高大、粗壮的冯玉祥穿套厚棉袄棉裤,正同长髯飘拂、身躯与他能匹配的监察院长于右任在说悄悄话,于右任一下又一下地用手捋着长须听着他讲,不断点头。干瘪瘦矮的陈布雷,皱眉苦脸,好像古怪地在独自生气。戴眼镜长得像日本人的王宠惠正同脸圆圆的胖孙科交谈。孙科也戴眼镜,两人八只眼相视,一胖一瘦,谈得似乎淡而无味。拔顶的无锡矮老头吴敬恒在打呵欠,穿西装瘦得像唱小旦的洪兰友在用手帕擦鼻子,以给"美人鱼"杨秀琼赶马车出名的褚民谊,可能酒色过度也已拔顶,正同戴眼镜的周佛海并肩坐着看《中央日报》。……大家脸上都很严肃又很平静,谁都不大活跃。童霜威忽然觉得气氛有点像办丧事的殡仪馆,叫人压抑。

会前,互相谈话都轻声细语。静得外边廊檐上和法国梧桐树上的麻雀"叽叽喳喳"叫,都听得一清二楚。童霜威就近同一些熟人握握手,坐在中间一个靠边的位置上闭嘴养神。他不想讲话,怕言多必失。既听不见人们说什么,就干脆沉默。九点钟,纪念周开始,由瘦削的湖北佬居正做主席,领导全体行礼如仪:全体肃立、唱党歌、向总理遗像行三鞠躬礼,静默三分钟,背诵总理遗嘱……

童霜威对这一套,很感厌烦。他早就发现:这一套对谁也不起作用,也引不起谁重视。由于每个星期一都像耶稣教徒做礼拜地这么例行公事地来一下,大家习惯了,也疲沓了。念起总理遗嘱来,就像酒肉和尚念糊涂经,反正"纪念周"时嘴上念归念,散会以后谁想怎么干就怎么干:娶小老婆的,玩交际花和舞女的,都是公开的事;抽鸦片也不少见,虽然说明年元旦起实行禁毒禁烟治罪条例,凡售毒、吸毒犯一律枪毙,但实际中枢要人家里放着烟灯烟枪毫不避讳人当面吸毒的并不少。赌钱,当然更算不得一回事了!连贪赃的、枉法的、受贿的,都是上行下效。五花八门,无奇不有。童霜威人在行礼如仪,脑子里在胡思乱想。静默三分钟后坐下,古板瘦削的居正用湖北口音开始演说。

童霜威对这个担任司法院长的湖北佬、西山派元老,平日不感兴趣。他做司法院长,自院长以下,如秘书长、会计长、总务科长、简任秘书、简任参事……都是湖北同乡。有人把司法院叫作"湖北同乡会"。他还兼着中惩会主任委员,在中惩会里也安插同乡。童霜威平日见到他时,当面也握手言欢,心里是瞧不起这个湖北佬的。但这个人,是同盟会员,大家都尊重他三分。这个人,同日本人关系很深,同汪精卫私交也深,又是反共的老将。今天这纪念周由他主持,怕也不偶然呢!

居正在台上,抬起右手做个姿势,说:"各位同志,今天,我要讲的题目是,《本党同志应一致起来奋斗,敉平事变使领袖安然归来》!"

童霜威倒是想仔细听听他讲些什么,看看有没有什么新鲜东西。可是,听来听去空空洞洞,偶尔说点具体的还都是旧闻。说十九日下午六时以前已经暂停轰炸,说西安正在进行谈判,宋子文和端纳到了西安,说蒋夫人宋美龄可能去西安继续谈判。……最后,说到汪精卫,语气突然变得响亮,说:汪先生即将在法国马赛乘法国邮船起程回国,汪夫人陈璧君和陈公博将由上海去香港迎候等等。

纪念周散了,童霜威掏出金怀表来看,刚十点钟。他发现大家都没劲道,都疲疲沓沓。可能是为老蒋担心的人沮丧,希望老蒋被杀好取而代之的人隐讳,欢迎汪精卫快回来的人收敛,无可无不可的人观望,才造成这种气氛的吧?

大部分中委和要人都各自坐自己的轿车离开中央党部。大门口车子很拥挤。园子里一棵大法桐树上有个被乌鸦占了的喜鹊窠,乌鸦叫是不吉利的,两只白脖子乌鸦偏偏在树杈上"呱呱"地叫得使人听了纠眉。童霜威走到停车场,找到尹二和自己的"雪佛兰",决定到中惩会去视事,说:"尹二,我先到机关里看看,中午十一点半到大同粤菜馆,有人请吃饭。"

戴褐色鸭舌帽的尹二,放下刚刚在看的报纸,"晤"了一声。他"嘀嘀"揿揿车喇叭,开车驶离中央党部。

童霜威办公的中惩会和司法行政部同在干河沿的一幢西式淡黄色的大楼里。童霜威大部分时间在中惩会办公事,司法行政部的差使比较空闲,他有时每天去签个到,有时隔天去点个卯。

电线杆一根一根迅速掠过眼前,车子一刹那快驶近鼓楼了。鼓楼饭店和近旁的澡堂、南货店、成衣铺、小馆子都敞着门。一个出租小书摊前坐着许多小孩。一些长衫、旗袍、西装、短打的人进进出出,来来往往。派出所门口,有个警察对一个路人指手画脚不知吵嚷些什么。

尹二驾驶着车子,忽然说:"先生,今天报上登了你们中央公务员惩戒委员会的消息,真有意思!你们做老爷的把些贪官污吏像这样惩办了,老百姓一定又高兴又满意!"

说着,他将一份报纸递到后面,给童霜威看。

童霜威接报一看,这报早上他还未看过。报上登有"中惩会发表惩戒案二起"的消息。原文是:"中央公务员惩戒委员会二十日发表惩戒案二起:(一)前河南新蔡县县长余斌,因违法渎职案,减月俸百分之十,期间三月;(二)前河北滦县长芦税警第二十五队队长侯鸿升,因枉法殃民案免职。并停止任用一年。"

童霜威没做声,明白尹二是说惩办得太轻了。这两个案件,前面那个是毕鼎山委员办的;后面那个是焦毅委员办的。看来,两人都不知收了当事人什么好处。在开会通过时都据理为当事人力争通过。确是惩处得太轻了呀!中央公务员惩戒委员会直隶于司法院司法委员会,职权是掌管一切公务员惩戒事宜,设置特任委员九至十一人,掌管全国荐任职以上公务员及中央各官署委任职公务员的惩戒事宜。说来权似乎很大,实际只能打打蚊虫苍蝇。而且就是蚊虫苍蝇,只要有靠山、有背景的,也只能放条生路网开一面或者轻轻拍打。日常处理的案件中,被惩戒的官吏最多的是小小的县长或地方法院院长,甚至是更小的毛毛虫。童霜威干这差使早腻烦了,给尹二一说,看了报纸,心里有点不是味儿。他一直发现这个年轻司机,不多张口,却常常会说些使人听了不太受用的话。现在说这些反话,叫人无言对答。童霜威闷不作声,转移视线去看报纸上的电影广告:新都大戏院在映卓别林的《摩登时代》,大华电影院在映秀兰·邓波儿的《小千金》,首都大戏院在映林楚楚、黎铿的《母爱》,国民大戏院映的是卡洛夫的《科学女人》。美国这个专演恐怖片的卡洛夫那张脸真是可怕!……忽听汽车喇叭声响"嘀嘀——",才知车已经停在机关门前了。

童霜威的披风和蓝袍马褂,一般只在谒陵、做纪念周时穿。他这时穿了黑披风和蓝袍马褂来机关,人们一看就知道是去中央党部做了纪念周来的。

从宽阔曲折的楼梯上往二楼走的时候,先是遇见了留法派的毕鼎山委员下楼,一见他,毕鼎山就比平时客气地连连点头:"童委员来了?"因为他也是中惩会委员,所以也称呼童霜威"委员",接着就说:"一会儿我想去找你聊聊呢。"

童霜威见他客气里带着一种羡慕,明白这是自己穿着蓝袍马褂和披风刚从中央党部参加纪念周回来的原因,说:"好好好!"

又上楼,迎面见到了总务科长李思钧,也点头哈腰特别客气。童霜威走进自己的办公室,刚在皮转椅上坐定,翻阅着放在面前的几叠卷宗,坐在对面办公室里的一个被叫作"景泰蓝花瓶"的女秘书钱敏敏看见他了,伸头伸脑在张望。钱敏敏,流传的风流韵事够写一本书。据说,同毕鼎山就一起秘密去莫干山春游过三天。她涂着胭脂口红,头发烫得蓬蓬松松像只狮子,袅袅婷婷走过来,用一口清脆的北京话说:"秘书长,刚才监察院谢元嵩委员来过电话找您。"又将当天送到的一叠京沪报纸:《中央日报》《新闻报》《申报》,讨好地给童霜威放在桌上,更将一本签到簿送到童霜威面前。

签到簿,各机关都有,规定人人都签。不但签名字,还要签上日期、时间,但只不过是种形式,签了到就走的人有,代别人签到的也有。童霜威拿起毛笔,在墨盒里舔舔,在簿上龙飞凤舞地签了个名字。"景泰蓝花瓶"就办例行公事似的捧着签到簿走了。

童霜威脱下披风挂在衣架上,感到办公室里空气不足,站起身来开了窗户。

窗外,远处一片错落参差的屋顶中间,耸立着红砖砌的一个尖顶的来复会教堂。中山北路上来往奔驰着汽车。新竖立在对面街边的,是德商咪哋洋行总经理的"来沙而"消毒药水和拜耳阿司匹灵迅治伤风头痛风湿等症以及Parker自来水笔、双妹老牌花露水的大广告牌。有个警察做着手势,在叫一些行人靠左边走。离那警察站岗不远的地方,一个送包饭挑担的大师傅,被几个小瘪三掀翻了担子,抢了饭菜就跑。送包饭的大师傅,围着白裙,是个胖子,急得跺脚大骂。白米饭撒了一地,抢饭的小瘪三们都一哄跑散了。

童霜威无聊地回到柚木办公桌前。桌上那些墨盒、笔筒、红蓝色墨水瓶,都放得端端正正。笔筒里的钢笔杆上G字笔尖仍旧银光闪闪。他不爱用钢笔,爱用七紫三羊的毛笔。一只装着吸墨水纸的摇摆器,一只呼唤公役的揿铃,一只放文件的铁丝笼,一块白色搪瓷记事牌,一只茶垫,一叠卷宗,都一尘不染。公役恭敬地送了刚泡的茶上来。他无聊地又翻阅起卷宗来,那是新分到自己名下的一个案件:吴江县县长江怀南违法渎职案,由监察院提付弹劾移交中惩会惩戒的。吴江县属江苏,靠近苏州。童霜威大致浏览了一下案情。这个县长,看来是个足智多谋刮地皮吞钱财的能手,他贪赃枉法的手法很多:一是买卖案件,收贿释放了两个死刑罪犯——一个是太湖里的强盗头,一个是当地豪绅家强奸杀人的少爷。二是将去年秋天出土的三个古墓里的一批珍宝私自侵吞。三是勾结田粮处长、税务局长伪造假账贪污大笔田粮税及各种捐税,数字有案可查的即达七万余元。但监察委员谢元嵩查访以后,认为二三两项,"事出有因,查无实据",仅第一项,江怀南确有徇情并收受礼品等情……

童霜威看着案卷,忽然头脑里电光一闪,解悟了!怪不得谢元嵩又是发请帖,又是来电话,会不会同这个案子有关呢?又一想,也许还是以前想的对:他是为汪精卫回来,替汪派在做工作,拉点人,造点声势。本来,想打个电话给谢元嵩问问,这时,心里有些想法,决定不打了。反正,中午去赴宴就是,要不冷不热。过于冷,会得罪人;过于热,有失身份。因此,把卷宗推到一边,拿起报纸来翻看。

报上最多的当然仍是有关西安事变的消息。像"蒋委员长亲函何应钦,有即可返京之说"……这些童霜威兴趣不大了。这几天的形势,叫人不好捉摸。童霜威觉得表什么态都是危险的,还是平正中庸,少张口,多听多看,不表态为佳。看来,必须要再等几天,才可看出眉目。所以,那夜同管仲辉深谈后,又打了电话给叶秋萍。这几天,却有意避开他们,对他们两人实行等距离均衡外交,稳一稳后再说。好在号已经都挂了,再进一步就要十分慎重了。他翻阅着《申报》,挑一些有趣味的东西看。

社会新闻版上,有篇文章,写的是蛰居故都名闻全国的名妓赛金花死在北京身后萧条的情况,说赛金花六十二岁了,经友人帮助才草草成殓葬在北平陶然亭鹦鹉冢旁。一代美人,身后如此,童霜威不禁动心。又看了一段国际版上登的关于英皇逊位的报道。写的是英皇爱德华八世不爱江山爱美人,为了要同辛博森夫人结婚,下诏逊位,由乔治六世登位继承大宝。再看了一段《美总统罗斯福当选连任》的华盛顿邮讯,笔者文句间流露出一种欣慰之情。童霜威也觉得罗斯福比那些门罗主义、孤立主义者好,罗斯福连任是件对中国有好处的消息。

正在看报,见穿西装大衣、打条黑领带的毕鼎山衔着烟斗出现在门口了,说:"童委员,今天去中央党部做纪念周,有什么最新消息没有?"说着,人已跨步进来,往童霜威办公桌旁的大沙发上一坐,用右手捻掐着脸上疙疙瘩瘩的粉刺。

童霜威起身走到毕鼎山身边,也在大沙发上挨着坐下,说:"无可奉告,听到的都是报上已有的种种。我还想问一问阁下有没有新消息哩!"

毕鼎山,是居正的湖北同乡,又是司法界里的留法派。在北洋军阀统治时期,司法界只有留学英、美和留学日本两派,以留日派得势的时期为多。那时,留法派还未出现。到这些年,一些留法出身的法学人士,涌进司法部门,形成了留法派。像毕鼎山,他一方面是湖北人,一方面是留法派,一方面又投靠了C.C.,简直像一只三脚鼎了!C.C.一直在叫嚷"司法党化",并且付诸行动,培养司法人才的"法官训练所",掌握在C.C.手里。在司法界,C.C.逐渐有举足轻重之势。所以,毕鼎山是个实力派人物,童霜威虽然心里厌恶他平时的刚愎跋扈,也看不起他的贪污腐化,认为他是蝇营狗苟之流,脸上却不能不敷衍他。

毕鼎山虽是法国留学生,有趣的是他向来迷信拆字、算命、相面、打卦、起课,也相信扶乩。南京的新街口、夫子庙一带的星相名家,不管是男是女,是瞎子还是"铁嘴",他都躬诣聆教,出高价请人相面、批八字……他公馆里有时也摆乩坛,请人在家里装神弄鬼扶乩。只要谈起此道,他就津津有味,滔滔不绝。今天,他来,刚谈几句话,就见他从口袋里摸出一份毛笔朱批的旋风装纸帖,说:"我给你看样宝贝!昨天,我拿了蒋委员长的生辰八字没有明说,在夫子庙花了三十块钱,请鼎鼎大名的徐文明给批了个命。徐文明虽是瞎子,人都称他徐半仙,你看看,委员长的生辰八字多好啊!徐文明说他五十岁到六十岁之间,能逢凶化吉。看了这,我算是放心了!我看,吉人天相,他一定能回来!"

童霜威只能翻阅着他递来的"宝贝",顺着说:"是啊,我也这样想啊!"

童霜威倒也不是不相信算命看相。中央要人里,相信命运,迷信星相,喜欢找人看相算命的十分普遍。童霜威有时遇到心里烦闷或有疑难无法解决时,也曾找过算命看相的问一问进退。但总觉得自己是带点逢场作戏,虽"信"而不"迷",自己更不相信扶乩,不会在家里摆乩坛。现在蒋介石出事在西安被扣,他当然不相信凭一个瞎子信口开河就能回来。虽这样想,却想把算命的事岔开去,免得毕鼎山谈得没完,就说:"张、杨在西安事变后发出的通电,提出的八项主张,不外是停止剿共、改组政府、释放政治犯等,你听说没有?"

毕鼎山点着拔顶的脑袋,点头说:"听说了!其实,我看全答应了也可以,目的只要争取蒋委员长能回来。至于回来后是不是那么办,或者办到个什么程度,只要蒋委员长回来了,主动权还是在委座手里。你说是不是?"

有喜鹊在外边"喳喳"叫。喜鹊也许是停在屋脊上或是停在大树上。这种黑白花翘着长尾巴喜欢跳跃的鸟,人都喜欢听它叫,说是听到它叫吉祥如意。听着喜鹊叫,童霜威不禁想:到底鸟就是鸟!它并不知道谁在西安遭到了劫持,也不介意谁的死活,叫得多么欢乐多么高兴呀!……听毕鼎山在问:"你说是不是?"他忙敷衍着点头:"唔唔,唔唔!"

毕鼎山摸洋火点烟斗,继续说:"啸天兄,那八条我仔细研究过。比如说吧,要改组政府,容纳各党派共同负责救国,答应了我看也没什么大不了。容纳的权在我们,容纳多少,容纳多长时间,吞掉你,吃掉你,翻手是云,覆手是雨,可以灵活的嘛!国与国之间,签订的条约说撕毁都可以撕毁,何况同张、杨他们打交道!"

童霜威不想听他发表高论,将那份"宝贝"退还到毕鼎山手里,起身踱着方步,说:"收着吧!就这么一件事,已经看得出你的一片忠心了!"心里却想:无聊之至!

毕鼎山听了高兴,吸着烟斗说:"是呀,自从委座在西安蒙难到今天，我真是食不甘味、寝不安枕。我们可以失去一切，但不能失去最高领袖！说心里话，我真怕有人借机打着营救蒋委员长的招牌，却要置蒋委员长于死地！直到昨天，徐文明给批了命，我才算是安了心。你明白，现在除了亲日派，差不多的中国人都恨日本帝国主义。我看得出，连你这位日本留学生也反对日本侵略。蒋委员长其实何尝忍得住日本人的气，但他面对的困难太多了，有他，才有我们的国家民族，说他不抗日那是冤枉他。要是将他害了，共产党如洪水，亲日派和日本人如猛兽，中国何堪设想呀！"

童霜威明白毕鼎山这段话颇能代表 C.C. 中的一些人的看法，点头说："说得极是！说得极是！这两天报载绥东、察北伪军又在进攻，我军正在风雪中奋勇杀敌！日本飞机在侦察助战，军用品也都是日本派汽车运送，确实不能叫人忍受啊！"说到这里，他站起身来，来回踱蹀，心里充塞着愤愤的情绪。忽又想起那夜日本总领事馆派个名叫"若杉"的人送礼品的事，心头混杂着一种生气和懊糟的感觉。那件事，退掉礼品后他秘而不宣，从未声张，只怕惹起麻烦，造成事端，遭人误解和物议。因此，沉默不语，下意识地向窗外马路上张望。窗外，有了阳光，马路上有汽车驶过，一辆捕捉野狗的木栏推车走过，栅栏里被捕囚的几只野狗汪汪乱吠；有一群附近汇文女中穿制服的女学生嘻嘻哈哈有说有笑地在路边走。……

办公桌上电话"滴铃铃"响了。童霜威接起电话，听出并猜出是谢元嵩的声音，碍于毕鼎山在身边，开口先说："啊，听说早上你给我打过电话？"

谢元嵩的声音总是那样神采飞扬："是啊！我的……"

童霜威打断他话说："收到了！收到了！我准时来！"

谢元嵩哈哈笑了，说："提前吧，马上光临！现在也快十一点了，我恭候大驾！"

童霜威怕他噜唆，又觉得同毕鼎山谈得味同嚼蜡，说："好好好,我马上就来!"说完,挂上了电话。

毕鼎山识相地站起身来,说:"怎么?有人请吃饭?"

童霜威含糊地笑笑,也不正面回答,却把桌上的卷宗朝黑皮公事包里一塞,"啪"地揿上揿扣,有下逐客令的意思,说:"下午再接着聆教吧,刚才谈得很痛快,得益匪浅。"

毕鼎山叼着烟斗,喷着烟,打个招呼朝对面女秘书钱敏敏的办公室里去了。童霜威匆匆提着公事包下楼,让尹二开车送自己到杨公井大同粤菜馆去。

太阳时隐时现,道路潮湿。街两边的招牌像春日天空中的风筝琳琅满目。童霜威的"雪佛兰"车与一些鸣着喇叭的汽车擦肩而过,超过差点将路堵塞的许多黄包车,到达大同粤菜馆门首时,车刚一停,讨钱的小叫花子一下就拥来三四个。只见一个穿长袍外罩黑色马裤呢中式长大衣戴呢礼帽的人走上来,掏出些两角小洋银币打发走了叫花子,满面春风地开了车门,九十度鞠躬,上来迎接,嘴里恭敬地招呼:"秘书长来了!"

童霜威开初见这人用两角小洋的银币打发小叫花子,心里就想:好阔气呀!现在,打量这人,约摸三十几岁年纪,白净脸透着秀气,中等个儿,微胖身材,有点气度,仪表不凡。因为不认识,童霜威只是轻轻哼了一下,算是回答。中年人却像十分熟悉地把右手作出"请"的姿势,说:"秘书长,请进!谢委员在里边恭候大驾,在二楼雅座里。"

童霜威估摸不透此人是谁,点点头。迈着沉重、稳健的步子走进肉香、油味弥漫的大同粤菜馆去。只见那人拿出一张五元的新钞票在递给尹二作小费。童霜威佯作看不见,心里却想:谢元嵩手面这么阔绰干什么?此人又是干什么的?纳着闷葫芦,跨步进了大同粤菜馆的大门。

中午时分,馆子外是匆忙来往的行人。馆子里门庭若市,门口也有许多好奇围观的人。放在柜台旁边的几个大铅丝笼子里边，养的尽是黄、黑、青各色相间的斑纹蛇。一只最大的铅丝笼子里，养着一条粗若碗口大的花蛇，上竖一块木牌子，用红字写的是"广西金钱豹"大蟒蛇。它盘绕在那里不时伸缩着身子，间或昂起头来，吐吐Y形血红可怕的舌头。

童霜威引起一阵生理上的厌恶。蛇这种动物，他怕看，对吃蛇，也无兴趣。他急匆匆地朝楼上走去。

大同粤菜馆在南京是个讲究的时髦馆子，价钱贵，来吃的不是官场中人，就是商界巨子。

一个围着狐狸披肩的贵妇人，雍容华贵地挽着一个穿西装大衣的中年人也在往楼上走。童霜威认得那个中年人好像是市党部的某副主任委员。有一次，在一个宴会上见过的。他有心避开，不想打招呼，跟在后面低着头上楼。

楼上雅座的男女招待，一个个油头粉面穿得雪白干净。四壁墙上有山水花卉画和钟鼎文、石鼓文屏条，布置得不俗。一扇大屏风上边写着菜单和"龙凤会""龙虎会""三蛇会"的介绍，童霜威也不多看。上了楼，楼上有留声机轻轻在播放着一张嗲声嗲气的唱片，好像是黎明晖在唱什么歌。一个女招待笑脸迎上，似乎看到了童霜威的披风和蓝袍马褂，已经知道来的是谁，一下子就将童霜威引进一间单独隔开的雅座室里去了。

雅座室里，布置却很俗气。挂了些京剧名伶、电影明星的染色照片。圆桌上放着瓶花，朝街的玻璃门窗洁净明亮。女招待掀开门帘，童霜威见谢元嵩正坐在那里喝茶。桌上早已摆好了三副象牙箸和红花瓷精致仿古匙碟。

谢元嵩见童霜威进来，满面是笑地起来拱手，亲热而又玩笑地说："啸天兄来了，好好好，好好好，恭候大驾，如久旱之望云霓了！"

两人握手毕，童霜威脱下披风，一个女招待给他挂上披风、礼帽与围巾。坐定,接过谢元嵩从茶壶中倒了递过来的一杯热气腾腾的香茶,看着桌上已经摆好的三副杯碟和筷子,说:"有外客?"

"没有。"谢元嵩答,脸上神秘难测。

"你今天有什么事不成?不要故弄玄虚了!把闷葫芦揭开不好吗?"童霜威接过女招待送来的热手巾把揩着脸,带三分打趣地说。

矮胖秃顶皮肤光溜溜的谢元嵩,长着两只蛤蟆眼和一张蛤蟆嘴,笑起来给人一种挺老实憨厚的印象。他穿藏青西装,打条黑领带,西装有九成新,胸前早已油汪汪有了不少汤渍。他"咯咯"笑着说:"你真是法官做久了,时刻想到判案子和审案子。有什么闷葫芦呢?我是诚心诚意请你来尝尝我们广东风味的。这蛇肉是不可不吃的美味。吃后,肾力充足,精神健旺。乌蛇肉、金脚带、过树龙这三种蛇一起烹调,叫作'三蛇会',同鸡调制叫作'龙凤会',同果子狸调制,叫作'龙虎会'。我看,'龙虎会'你可能吃不消。尝尝'龙凤会'如何?"说着,将金烟盒递过来说:"吸一支吧。"

童霜威抽烟没有瘾,可抽可不抽,摇摇手说:"这两天有点咳嗽,不吸了。"他被谢元嵩那种手舞足蹈的样子逗笑了,说:"尝尝未始不可,但我是爱吃清淡之物的。不如点上几样广东小吃,促膝谈心才是目的,吃是次要的。"说到这里,偶然眼光一瞥,透过玻璃窗,看见了楼下菜馆前停车处停着的尹二驾驶的那辆"雪佛兰",忽然想起,说:"啊,忘记问了!刚才,我车到楼下,有个中年人上来招呼,这人我不认识,是谁啊?"

谢元嵩又是哈哈一笑,说:"啊,是我内弟。他由外地来,我拉他一块叙叙的。我们先吃,他有些事要出去办,等一会儿就来。我们先谈先吃,也不一定等他。"

童霜威听他这一说,也不太介意,点着头幽默地说:"我们兴致不低啊!西安老蒋蒙难,各戏院今天起为老蒋蒙难停业三天,我们俩却在此吃喝聚会,给人知道了,可就上得小报招人闲话了!"

谢元嵩点一支烟吸着,悻悻地说:"不知哪个马屁虫想出这种倒霉的馊主意。老蒋没翘辫子,就像给他办丧事。你不知道吗?从明天起馆店的宴会也一律要停止营业。今天能吃就先吃一顿,国事管他娘的!谁愿绝食我们也管不着。我们该吃还得努力加餐!菜,我早点好了,一会儿就上。我喜欢在这家粤菜馆陪你吃家乡风味!"

童霜威笑着想:看来,你一定有什么事要找我!不然不会这么殷勤。是为汪精卫要回来的事招兵买马寻求支持者吗?有意拿话引他,说:"今天上午,在中央党部做纪念周,听说汪先生快回来了!"

谢元嵩摇摇头,说:"这些事我现在不管!"说着,大口喷烟。

童霜威笑了,想:怪不得有人说你谢元嵩是个"玻璃蛋",圆滑和蔼,貌似马马虎虎,实际老谋深算。说:"你是汪派圈子里的人,谁不知道!怎么能撇清不管?"

谢元嵩咧着蛤蟆嘴,叹口气说:"啸天兄,你可能不知道,我哪是圈子里的人呀?圈子外的人看着我在圈里,圈子里的人向来把我看作在圈外。他们哪点对得起我?不想则已,想起来我只有一腔牢骚,满肚义愤!"

童霜威暗想:唉,有趣!遇到的人常都感到自己不得意,我也这样。看来,人心难知足呀!他坦率地说:"我还以为你是为汪的回国给他在首都造造声势、听听舆论来找我的呢!"

那个漂亮活泼的广东女侍扭着苗条的腰肢来送菜了,按照规定穿了白色制服佩着证章。这是市里推行新生活运动新规定的:不许女侍侑酒陪客,规定女侍必须穿制服戴证章。她甜甜地笑着端来了一大瓶进口的"维尔趣"纯葡萄汁和一只什锦大拼盘,外加一盘白斩油鸡,一盘脆皮乳猪肉,一盘拷子鱼,一盘罐头金钱鲍。

童霜威说:"不必把菜点得太多了,吃不下!"

谢元嵩摇头说:"本想邀你到夫子庙去乐一乐的。可惜那里越来越比不得从前了,连女招待也取缔了,没什么意思。再说,环境太差,见到秦淮河的臭水,见到那些算命的、拔牙的、卖毒鼠药的……我就倒胃口,所以还是请你上这儿来了。你和我都不会喝酒,所以我们喝点美国来的葡萄汁,主要是谈谈心。"

雅座屋里一只小花盆炉烧得挺旺,炉壁通红。谢元嵩给童霜威和自己往玻璃杯里倒出紫浓的葡萄汁。童霜威感到燥热,脱了马褂,同谢元嵩边吃边谈。

谢元嵩举杯同童霜威轻轻一碰,说:"啸天兄,老汪这个人,现在给人骂成了秦桧。他过去不把我当圈里的亲信,我也落得站到圈外。我看,我们不去沾他也好。我们厕身政界,别的都是假的,还是为自己和子孙多盘算盘算才是真的。"

童霜威大口呷着甜涩爽口的葡萄汁,琢磨着他的话,似乎体味到他在这方面要说些什么有门道的话了。佯作不解地用筷子去夹鲍鱼吃,问:"愿闻高见,怎么个盘算法呢?"

谢元嵩见话已搭上碴儿,咂着嘴说:"这政局,我看怎么也搞不好的!你说现在是三民主义吗?我看,中央要人个个都是一民主义,只为自己,不为别人!在南京建都不到十年,你看看这副局面吧,已经搞成了个什么样子!剿共十年,民穷财尽,不但没剿光共产党,反倒剿出个西安事变来啦!雨花台不断杀共产党,共产党却到处在活动……"

听他这么说,童霜威忽然深深叹了一口气,点头说:"那些闹事的学生,罢工的工人,抗租的种田人,上海的所谓'七君子',看来,不是共产党也都是跟他们通着气的啊!"

谢元嵩嚼烂了一条拷子鱼,说:"内忧不谈,外患真是十分严重。中国地图像片桑叶,桑叶上的那条日本蚕吃了东北,又吃华北、河北、察哈尔、绥远……永远不会有满足野心的时候。看看这中枢所在地的南京吧！派系倾轧,争权夺利,恶狗抢夺肉骨头。有些人满口礼义廉耻仁义道德,实际呢？男盗女娼！做了婊子还要人给他立贞节牌坊。我这人,为人最讲个'真'字！主张说真心话、办真心事。看穿了！我们不必去抢肉骨头,但有好吃的肥肉送上嘴来,就得吃！要讲实惠,不图虚名！"说着,一口一个嚼着鲍鱼,又去夹拼盘里的油爆虾,对童霜威说:"啸天兄,吃啊吃啊！'有花堪折直须折',有虾堪吃赶快吃！"说完,朗朗傻笑。

童霜威喝着鲜美的葡萄汁,吃着油爆虾,心里像有点明白,也不太明白,皱眉思索着说:"你这是指的……"

谢元嵩轻声说:"我这是指的你我这样的人,不能说没有那么一点儿权力,要好自为之！比如,有些事,找上门来了！只要实惠,能吃则吃,何乐而不为？"

童霜威明白谢元嵩说的是什么意思了,犹豫地说:"怕不妥当吧？"为免得过于严肃,带着笑说:"知法犯法,罪加一等！你是监察委员,我是惩戒委员,贪赃枉法,干得？"

谢元嵩放下象牙筷子,把头摇了又摇,说:"啸天兄,中国的事啊,你别信嘴上那一套。新生活运动不是规定过吃饭只许两菜一汤吗？谁听他的？我给你看个材料！"说着,去西装口袋里掏材料。

雅座的留声机里在轻轻播放《毛毛雨》:"毛毛雨,下个不停;微微风,吹个……"歌声好像从很远很远的地方传来。这支歌,自从新生活运动开始以后,颇遭非议,曾禁止过。但却和那只著名的《桃花江》同样仍在流行。听了叫人身上软绵绵热辣辣的。西安发生的震动中外的大事,在此地似乎是被排除在外与人无涉了。有的只是歌舞升平的气氛。

那个甜甜微笑的女招待又来了,送来了几味清淡的广东小吃:蚝油牛肉、橄榄菜炒烧鸭片,清炒明虾片,冬菇笋片,外加一只金色大鱼盘,内盛两条清蒸比目鱼。她轻轻放上,又轻轻走了。

谢元嵩将一封白底红框的中式信封装的信件,交给童霜威,说:"你看看吧!这是一个市工务局的小公务员写的检举信,寄给监察院的。希望我们彻查南京中央要人们盖的大洋房,提出弹劾。他说:中央揭橥新生活运动,但要人们大兴土木,南京城里花园洋房如雨后春笋,不断出现,此为人所目睹者。请问凭公务员正当收入能有钱购地置房产否?花园洋房即贪污罪证,请监察院秉公处理。厉害得很哪!"

童霜威看着信,信中还有些数字:"据市工务局统计,自民国二十四年四月至现在,不到两年,由该局发照新建之房屋,共二千七百一十七所,面积六万一千七百余市方,造价达一千四百七十三万二千五百余元。"童霜威想:确实惊人!说:"哈,房子你有,我也有!这事涉及的面很广呀!"但为了撇清,又说:"不过,我那房子,我于心无愧!我那是用做律师时的积蓄加上内人的私产盖成的。"

谢元嵩给童霜威斟着葡萄汁,似乎没有听见童霜威说什么,只一味自言自语,似是指着和尚骂贼秃地说:"嘻嘻,不要相信那些装得清廉得一尘不染的人。这种障眼法人人会用,找个借口编点理由说谁不会干?我倒也不是一定说谁,我是说这南京城里的大官儿们都不是《红楼梦》上宁国府门前的石狮子。我看,干净的一个也没有。我自己就不那么干净。我看,谁说自己干净都是鬼话。再说,为什么众人皆浊,惟我独清呢?屈原想要'清',只能跳汨罗江。你说是不是?"说着,他接回童霜威手中看完了的那封信,说:"这种信屁用也没有!南京城的贪官浮在面上的,何止成千上万,老蒋自己干净吗?"说完,哈哈一笑,打了个饱嗝。

童霜威见这人坦率得惊人,讲起这种话来就像一个人脱光了衣服在大街上行走也无所谓的样子,只好哑口无言。脑子里却在打转转,想:是呀,我是宁国府门前的石狮子吗?也不是呀!我也不是没收过礼,也不是没吃过请,也不是不照顾情面。办案中,不少事,人家托人写信或来说情,我在无法推辞时也勉为其难地大事化小、小事化了的。再说,我同方丽清结婚,主要也是因为她有经济基础呀!她哥哥找我托人在上海给办事,我也给他照办无误。我又是什么干净人呢!——但终于又不甘心赤裸裸地承认自己不干净,总觉得自己比起许许多多人来还是干净的。因此,只能苦笑笑,夹菜,喝葡萄汁。嘴巴像被堵住了似的说不出话来。

谢元嵩似乎察觉到童霜威心里想什么,哈哈朗笑,说:"啸天兄!我早说过,我这人是爱说真心话、办真心事的。我建议你:不要做什么清官!《老残游记》上把清官骂得够厉害的了,我看很有道理。有的清官有时比贪官还坏。从今往后,你我不要做那样的清官。我们不要太昧良心,但有些事上讲讲人情还是必要的。人与人相交,有个'情'字。当前我们遇到的不少案件,有些当事人不是不可结交的。遇到这样的人,高抬贵手留个余地利人利己。这我深有体会。"

童霜威忽然感到心里豁亮了。谢元嵩今天请吃饭,看来目的一定是要说什么案子,莞然笑了,说:"看来,你今天是为人在作说客,是不是?"

马路上有一辆摩托车,"啪啪啪啪"地响着驶过。

谢元嵩哈哈笑着,说:"明人面前不做暗事,确有这么一件事要拜托老兄,老兄是否可以帮忙?"

童霜威扬起眉毛,一本正经地问:"是件什么案子?"

谢元嵩滑得像条泥鳅似的说:"具体的今天不谈。反正总不能使你啸天兄上当吃亏。只要你我有个默契就好。"说着,举起玻璃杯,大声说:"来,碰杯!"

他声音大得炸耳,童霜威心里虽有点忐忑,不能不碰杯,刚碰完杯,只见半截活动木门被人推开了,进来了谢元嵩的内弟——那个白净脸透着秀气相貌堂堂的中年人。

谢元嵩站起来说:"我给介绍一下,这是童秘书长!这是我内弟。"

白净脸的人九十度鞠躬,文质彬彬。

童霜威同白净脸握握手。那中年人圆圆的脸上谦虚、热情,一举一动都透出尊敬,脱下黑马裤呢大衣去挂在衣架上,回身到席前坐下,脸上带笑,沉默不语。只是像个晚辈似的给童霜威和谢元嵩倒酒,夹菜。他来了,谢元嵩和童霜威却未继续再谈刚才的题目,都又闲扯起来。谢元嵩先问童霜威买了多少航空奖券,童霜威说没有买,谢元嵩说:"买吧买吧,可以多买点,还有半个月就开奖了。一等奖一张独得二十五万元,何乐而不为!"接着,谢元嵩又谈起前几天集团结婚在励志社大礼堂举行的事,说:"证婚人是南京市长和社会局长,男傧相和女傧相各四名,全用的是小学童子军。一出来,哄堂大笑!"

白净脸在一边陪着,听着他们谈,自己始终不说话,也始终表现得微笑谦恭。

童霜威无话找话,对他笑笑,随口问了一句:"府上是?"

他马上谦恭地回答:"小地方安徽南陵。"

童霜威想:咦,谢元嵩的夫人也是广东人呀!怎么这内弟是安徽人呢?觉得蹊跷,也不想探究,听了也就罢了。

谈着谈着,那个一身雪白甜甜微笑的女招待端来了"三蛇会"和"龙凤会"。童霜威过去在羊城广州吃过蛇,对"三蛇会"并不觉得稀罕,但"龙凤会"是第一次吃,倒有新鲜感。见"龙凤会"里的"凤",用的是乌骨鸡,皮、骨都是乌黑的,尝了一尝,鲜倒是鲜,只是心里总不免腻味。

谢元嵩的内弟忙着给童霜威舀鸡肉、蛇肉和汤。他那十分殷勤巴结的样子,使童霜威很明显地有所感觉。但,现在那种伸头觅缝想结交权贵的人太多了！见怪不怪，童霜威也就不太介意了。谢元嵩忙着得意地在热情介绍："凡吃过蛇肉的人，身上有时发痒，排泄出的汗渍是黄色的，沾衣不易濯去，这就是食蛇后的特征。但蛇肉可治头昏眼花、伤风鼻塞、肾亏腰痛、手足麻痹，治风湿尤有特效。"

童霜威听着他介绍，开始嚼肉喝汤。心里那种腻味感仍排除不了，又想起先一会儿谢元嵩大胆赤裸说的那些话，心里也有一种腻味感。吃蛇肉喝蛇汤和干那些谢元嵩所说的"真心事"一样，对自己有好处，但那种形容不出的腻味感却总是摆脱不了的。默默吃了一些，喝了一些，嘴上说："很好很好！"心里却再也不想多吃了。

一顿饭，后来匆匆结束。童霜威说要回去休息一下，下午还要有会议。谢元嵩也不挽留，只让他内弟送童霜威上汽车。那温文尔雅的白净脸，又殷勤万分地九十度鞠躬，送童霜威下楼出门。开车门，鞠躬如仪，满面笑容地恭敬送别。

尹二驾驶"雪佛兰"回到潇湘路一号，还不到一点钟。童霜威走进客厅，冯村和家霆都迎出来了。他们正在吃饭。

童霜威用宽厚平和的音调说："你们快去吃饭吧，我要上楼睡一会儿。"

家霆去吃饭了，冯村却走近前说："十一点多钟的时候，谢元嵩让一个白净脸穿黑马裤呢大衣的人，说是他的内弟，来送了一份礼，说你知道。"

童霜威皱眉，想：我知道什么呀！心里一算，正是他在大同粤菜馆同谢元嵩两人酌谈的时刻。那时，谢元嵩的"内弟"不在，准是来办这种事来了！问："送的什么？"

冯村心里揣着明白装糊涂，说："不清楚，我都放到你楼上书房桌上了。"

童霜威"唔"了一声,独自上楼。走到书房,见书桌上果然放着一尺多长的一个大木盒子,用牛皮纸包扎得整齐坚固。用剪刀剪开绳子,打开盒子,出乎意外地看到,一边软缎中嵌放的是一对价值难以估计的七八寸长的古董翡翠花瓶;另一边是一厚叠航空奖券,每条十元,粗粗一数估计四百张。四百张就是四千元,但是里边万一包括一个头奖可就是二十五万元了!好巧妙动人的厚礼哟!

谢元嵩为什么送这样的厚礼?

忽然,航空奖券底下露出一张布纹纸精印的名片来。一看,名片写的是:

```
江苏吴江县县长

        江  怀  南

                    安徽南陵
```

童霜威沉吟起来:"江怀南?"

这不是那份卷宗上的那个违法渎职的县长吗?

他心里豁然透亮,什么都明白了。

四

大同粤菜馆赴宴后的隔一天傍晚,童霜威从机关里坐"雪佛兰"轿车回到家里。

天上的鸽群正在飞,鸽哨"呜呜嗡嗡"地响着。花园前边的池塘周围,粗脖子老柳树和枯黄的芦苇间,正在升腾起淡乳白色的灰暗薄雾。

冯村从客厅门口上来,接过他的礼帽、围巾和披风,告诉他:"师母从上海来信了,信在您楼上书房桌上。""师母"指的是方丽清。

童霜威点点头,穿过客厅准备上楼,经过家霆房间,见门敞着,人却没有,突然问:"家霆呢?"

冯村回答:"他小叔来了,叔侄俩先一会儿高高兴兴上玄武湖划船去了。"

这"小叔"指的是童霜威的同父异母弟童军威。童霜威是江苏丹徒人,父亲是个秀才,早年充当过幕僚,后来行医,在江南、上海一带很出名。快近花甲时又纳了个小妾生了童军威。但后来,童霜威的父母连同军威的母亲都病故了。军威从十六岁开始是童霜威抚养成人的。童军威今年二十三岁,三年前在上海读完高中毕业后,考取了南京中央军校第十一期,学制四年,也快要毕业了。军校管理很严,他也很少来潇湘路看望哥哥和侄子。家霆却最喜欢这个"小叔",见到后总是缠着小叔陪他玩,亲热得不行。

童霜威是喜欢同父异母弟军威的。好几个礼拜都没见到他了,问冯村:"今天又不是礼拜天,他怎么突然来了?有什么事吗?"

冯村摇头,习惯地用手拢拢头发,说:"他没有说。好像就是来玩玩的。来了先同家霆一起把鸽子赶得满天飞,又拿气枪在花园里打麻雀,接着就带家霆去玄武湖了。"

童军威是个有性格的青年人。他平时很喜欢冯村,但又常说冯村世故、圆滑、唯唯诺诺,在学小官僚的派头。冯村则说他愣头愣脑、军人脾气,不易与人打成一片。但在抗日这一点上,两人私下里谈起来倒总是比较合拍,都认为对日本人决不能再忍让了,非要同日本人打仗不可!仅这一点,两人就很热络,见面双方都高兴。

听冯村这么说,童霜威点点头,走上楼去。他先开了寝室的门,放下公事皮包,去盥洗室洗了手,擦了脸,又往书房走去。方丽清和金娣不在,二楼静悄悄的。他只要回来,就有一种寂寞之感。雅致的书房里,金娣走后,庄嫂每天来打扫,明窗净几,干干净净。从窗里远望,紫金山、古台城都冷冷清清地蹲在那里,鸡鸣寺的红墙,北极阁的白垩都在傍晚淡淡的雾气中展现着姿色。火炉封着火,不冷不热。热水瓶放在茶几上,童霜威自己走过去,在盖杯里泡了一杯西洋参茶,端到书桌前,坐了下来。看到桌上放着方丽清的来信,就撕开信封看了起来。

　　方丽清神韵俏丽,体态、面貌是有魅力的。不少人都说她像"电影皇后"胡蝶,尤其腮上那深深的酒窝更像。可惜造物主吝啬,给了她美貌却没有给她别的。当童霜威欣赏到她的外形美的时候,同样会更多地发现她那些古怪、残忍、无理取闹的习性。随着岁月的推移,他渐渐认识到,自己娶了一个虽有姿色,却目光短浅、庸俗狭隘、心地不好的女人。他不能不让她像橡皮膏粘在身上似的同她共同在一起生活。他不能说她在肉体方面不合他的心意,遗憾的是她太不符合他的理想了。

　　方丽清在上海读过初中。那时,"女子无才便是德"的观念还在她家中盛行,她又不爱念书,就辍学了。她的来信上,一笔用她那支美国派克金笔写的字歪歪扭扭像螃蟹爬,蹩脚得很。手也够懒的,回上海快一个月了,才来第二封信。信上不外是"你好吗?我很好"之类的话,并说上海永安公司、先施公司正在冬季大减价;最近吃了老正兴的虾仁面和圈子肥肠价廉物美;袁美云主演的《广陵潮》不可不看;要是咳嗽可以叫冯村去买瓶《康福多》,很灵光。又叮嘱:要是有人送礼千万不要不收。说上海这一度全市童子军分组出发到处向住户募捐慰劳绥远将士,很讨厌;要是南京也有来募捐的,一定不要大手大脚捐款。最后提起:她打算再住些日子就回来,问童霜威能不能到上海接她,顺便也到上海玩一次。

童霜威看着信不禁想:西安事变这么大的一件事,她竟无动于衷,信上一字不提一字不问,似乎这没有老正兴的虾仁面重要。上海这些商人家出身的子女,头脑里似乎中国只有一个上海是洞天福地人间乐园,似乎只有吃喝玩乐才是人间正事。又想:怎么信上连家霆也不问一声呢?她对这孩子也太无感情了!想着这,心里来了一阵烦恼,不禁深深叹了一口气。

他把信纸塞进信封,往桌上一甩。站起身来,喝了一口西洋参茶踱起了方步。鸽群不知什么时候已经停飞了。从二楼书房朝南的玻璃窗里远望出去,东南面远处的紫金山在傍晚蒙蒙雾霭中,看上去仍旧苍翠。稍近处北极阁上的天文台和鸡鸣寺上云树苍苍间的红墙黑瓦,都依稀可见。从东边窗口望出去,黑黝黝灰蒙蒙的古台城龙蟠似的围向远方。夜色将临,从窗户里向下望去,花园里冬日草木凋零的景象显得凄凉。只有大花坛旁琉璃亭的红柱黄瓦,还点缀出一点生气。他心事历落,不禁低声吟起元代萨都剌的《念奴娇·登石头城》来了:"石头城上,望天低吴楚,眼空无物。指点六朝形胜地,惟有青山如壁……"

书房墙上,挂着于右任前年给他写的一幅精裱的屏条,上边是杜甫的一首诗:"风急天高猿啸哀,渚清沙白鸟飞回。无边落木萧萧下,不尽长江滚滚来……"于右任当时为什么写录这首诗呢?他当时的心情是怎样的呢?童霜威记不真切了。童霜威现在觉得自己的心情与这诗中所说的"无边落木萧萧下,不尽长江滚滚来"是相通的。他心有块垒百无聊赖,下意识地拿起方丽清的信又看一遍,看到"有人送礼千万不要不收"时,忽又想起在大同粤菜馆赴宴时,谢元嵩说的话和那个白净脸的吴江县县长江怀南来了。

从那天江怀南送了礼后,还未见下文。童霜威昨天将江怀南的案卷细看了一遍,今天上午又细看过一遍,心里想:送我的翡翠古董花瓶看来就是古墓中出土的珍贵宝贝……此人手面很大,不知贪污了多少钱财?……谢元嵩那儿,他一定也烧了高香,不知孝敬了多少!不然,何至于如此为他出力?……他是谢元嵩的"内弟"吗?当然绝对不是!谢元嵩的夫人姓区呀,是广东人!听说谢元嵩有个外室在上海,好像姓陶,是苏州人。江怀南是安徽人,显然不是什么"内弟"。这件事怎么处理呢?想着想着,感到烦恼,抛开不想,继续踱起方步来。

就在这时,他听到楼下"老寿星"刘三保用大竹枝扫帚扫地的"沙""沙"声停止了,有开铁门的声音,接着,听到了家霆童稚清脆的银铃般的声音,充满着高兴,在喊:"小叔!你给我!给我!"

童霜威走近窗户,把脸贴在玻璃上朝下望去,看到穿着黄呢军装、束着皮腰带、胸前戴着中央军校学员符号的童军威,在前面笑着跑,手里提着一只死斑鸠逗引着家霆,后边追着的家霆提着气枪笑着在嚷嚷。

童霜威不禁也笑了,决定下楼去同童军威谈谈,走出书房通过走廊下楼。

他刚走下扶梯,见童军威正从客厅的边门走出来,像要上楼的样子,他叫了一声:"军威!"

童军威"啪"地立正,敬了一个军礼,叫了一声:"大哥!"

童霜威亲切地说:"这么冷的天,还去玄武湖划船,你兴致真高!"

童军威也亲切地笑笑:"陪家霆玩玩,他喜欢去玄武湖,我给他打了个斑鸠。"

童霜威已经走到楼下,好奇地说:"今天不是礼拜日,怎么有空来的?走——"他做个手势,让童军威到客厅里去谈谈。他当头,童军威跟着,两人进了客厅。

客厅里亮着电灯,冯村正在客厅沙发上坐着看一本厚厚的《东方杂志》。他的房里没有火炉,这里暖和。见童霜威带军威进来了,怕他们要谈什么兄弟间的知心话,站起身搭讪着说:"我让庄嫂给你们泡点茶送来,新买的'碧螺春'。"说着,人就出去了。

童霜威和童军威在客厅里坐下。

童军威说:"大哥,今天不是礼拜天,我是请假来的。有件事要来跟您商量,听听您的意见。"

童霜威从弟弟的语气里听出是一件重要的事,问:"什么事?"

外边水门汀地上,"老寿星"刘三保仍在用大竹扫帚扫地,"沙""沙""沙"。

童军威把黄呢军帽脱下,随手甩在身边沙发上,露出剃得雪青的光头,两道浓眉下两只大眼炯炯发光,说:"大哥,你是知道教导总队的吧?它是原有的中央军校教导总队扩编成的,驻在中山门外孝陵卫营房。它是按照德国希特勒的铁卫队进行训练的,目的是要它成为校长——也就是蒋委员长的铁卫队!西安出事后,教导总队大部分已经带了大批催泪性毒气弹开赴陕西,并且已由潼关向前推进了。目前,由于蒋夫人和宋子文他们已经乘机飞往西安同张学良会谈,正停止攻击,在原地待命。教导总队最近在军校要挑选十多个人去作专业培训,未毕业就算毕业,挑中了我去做参谋工作……"

"你准备去吗?"童霜威忍不住问。

"我拿不定主意。"童军威直爽地说,"所以我才请假来同大哥商量。"

刘三保的扫地声仍在"沙沙沙"地响着,外边天开始有点暗将下来了。庄嫂走进客厅里来,用托盘给童霜威和童军威送上了新沏的"碧螺春",茶水清幽幽地泛出香气。送完茶,她就退出客厅去了。

"为什么?"童霜威平日对一些问题是愿意听这个弟弟的意见

的。童军威平素对一般人话很少,甚至可以说是做到了沉默寡言,只有对于这个抚养他成人的哥哥,则是无话不谈的。这个年轻人,有一颗狂热的爱国心,他高中毕业所以投考军校,就是为了要抗日。一九三一年的"九·一八",一九三二年的"一·二八",日本帝国主义的炮火,使许多青年人觉醒,童军威也不例外,他抱着将来同日本强盗拼一拼的意志要入军校。当时,童霜威并不愿意他考军校,说:"还是上个大学的好。学一门技术技能,将来工业救国、科学救国!我们童家历来不出军人!我也不希望你喋血沙场马革裹尸。我知道你爱国,我做哥哥的也爱国,也看不得人家侵略欺侮我们,但爱国不一定非当军人!"劝虽是劝,扭转不了童军威的决心,他还是报考军校并且被录取了。只是录取后,这两年,苦恼并不少。

他入军校,同许多同学一样,主要是为了痛恨中国羸弱,痛恨日寇侵略、征服中国的野心无尽无休,痛恨弱国无外交可言,痛恨中央向日本妥协退让丧权辱国,恨不得立刻请缨杀敌。可是逐渐发现,军校毕业的同学们都是到了剿共的战场上去了,这使他痛苦。军校里,非常注意学员们的思想行为,努力将他们训练得忠于党国、忠于领袖,却常使他反感。他初中时,在上海进过教会学校,教会学校里成天带着强制要他们参加主日学、圣经班、唱诗班,越强制他却越反感,怎么样也信仰不起上帝来。在军校,天长日久,一方面他逐渐对蒋介石是敬重起来了,认为这个校长应该拥护,拥护他为领袖,才能抗日救中国;一方面,又十分纳闷:为什么对日本帝国主义老是忍让、老是不抵抗呢?……上一年冬天,北平学生抗议冀东成立防共自治区的伪组织,要求停止内战,团结抗日,举行了游行示威,遭到逮捕和殴打、压制,全国各大都市学生都起来响应。上海和苏州的大学生决定乘火车到南京请愿,要求蒋介石停止内战,团结抗日。蒋介石听到这个消息,就下令上海、南京戒严,阻止学生到南京请愿。这时,上海、苏州的大学生,不顾军警阻止,由上海交通大学学生领头,自己开火车到了南京,决定同南京各大学学生一起举行游行示威和请愿。南京军警力量一起出动。军校的学员也全部被临时调来担任警戒,协助宪警禁止学生游行示威。童军威参加了这一行动。出发之前,中队长训话,说:"学生闹事是共产党暗中策划的捣乱行动,会引起中日外交纠纷。蒋委员长说,必要时,你们可以打!可以抓!"

他和军校的同学们在中央大学把住前门,不让学生出门,却老在琢磨中队长说的话,心里打了不少问号。学生们冲到门口,声泪俱下大声高叫:"打倒日本帝国主义!""中国人不打中国人!""停止内战,一致抗日!""中国人决不做亡国奴!"……一个领头的大学生跑到童军威面前,低沉激昂地说:"你不也是热血青年吗?我们要抗日有什么罪?为什么要打学生、抓学生、杀学生?你知道平津的宪兵秘密逮捕、杀害了多少学生吗?为什么禁止我们的爱国行动?"

那天,不但童军威,大多数军校同学都不愿打人,不愿抓人。结果,都没有像宪警那样认真执行命令。学生游行队伍冲出中央大学前门,经过石板桥、成贤街到国府路,向国民政府行政院请愿,沿途散发了传单标语。事后,童军威等回校却被关了禁闭。童军威反而觉得清醒:学生抗日不对吗?他们叫的口号、提的问题没有道理吗?假如共产党要抗日,有什么不好呢?难道不抵抗、镇压要抗日的学生是对的吗?大学生都是有思想的青年,他们绝不是糊涂蛋呀!

下一个礼拜天,他到潇湘路来,同童霜威谈到这件事和自己的想法时,竟大胆地说:"我是坚决主张抗日的,再忍也忍不住了!我觉得校长的所作所为并不令我崇拜!我觉得与其亡于日本,宁可亡于共产党,那到底是中国人!"

童霜威听了这话,大吃一惊,当时板着脸说:"不准胡说!年轻人,不要幼稚!你忘了父亲当年常教诲我们的家训了吗?"他说这话是有来由的。早年,他们的父亲童南山在世时,常教诲儿子说:"为人不要贪图伸枝展叶!言谈要谨慎,遇事要三思,爱国莫为人后,趋利莫在人先。"所以,他这一说,童军威不再说什么了,咬着嘴唇闷声不语。

童霜威又说:"说实在的,我太替你担心了。你既入了军校,头脑里又有这么多的怪想法,我真担心你要出事!"

"不会的!"童军威摇摇头,自负地说,"我没那么傻!除了对您,我在校像哑巴,啥也不说。再说,我既不是共产党,也不相信共产主义,又有您这样一个哥哥,我怕什么!"

童霜威只好叹口气。他从小随父客居苏州、杭州和上海。长大从日本留学回来后,民国十三年拥护过国共合作,与人办过报,与人办过私立大学。后来见政海波澜太大,不愿多涉及两党之事,一心当报人,做教授,又著书立说探讨法学。民国十六年,见大局已定,遂被邀请到南京做官。他自己分析自己,对蒋介石是既拥护也反对:他在国民政府里做官,自然是拥护的表现;可是他从来不认为这个在上海洋场中混过、靠阴险奸诈和枪杆子爬上来的浙江奉化佬有多么伟大,他也从来不认为蒋介石能把中国治理得清平富强。他对那种不抵抗主义和对日本的卑躬屈膝以及对英美的逢迎谄媚,都感到从心里发出厌恶。但已经形成的蒋介石那炙手可热的权势,使他不能不俯首在南京的官场中鬼混。他害怕共产党那种极端的左的做法,觉得那不符合国情,他认为自己不会信仰共产主义。但对用屠杀的血腥办法来剿灭共产党,他又从心里反感。他认为自己不是国民党中的右派,也不是左派,是国民党中的中派。他的特点是:虽也随波逐流,在官场宦海中沉浮,但对现状不满,对自己的不得意不满,抗日爱国心是有的,对蒋介石是不满的,对共产党是既无好感也无仇恨的。但他到底熟悉世故，许多事都能稳健处理。对童军威，他最后也只好再三叮嘱："谨慎些吧！我不希望你能多么得意，我只希望你能使我放心。你总不会忘了你从前的那位嫂嫂的事吧？"

说这话时，童霜威的心是酸楚的，童军威的心也颤动了一下，感到酸楚，想起了凶险的灾难、神秘的人生。

今天，童军威来了，谈到教导总队的事，这显然属于对他的"重用"。但教导总队听说是由复兴社特务组织掌握的，童军威说拿不定主意是不是由于这原因呢？

果然，他问了一句"为什么"，童军威点头了，说："我怕两样：一是去了教导总队马上派去打共产党，我这条命是想死在抗日的沙场上。如果死在中国人手里，我不愿意。二是教导总队里有复兴社、力行社，都是特务组织。听说其中有些人常在浙江会馆里秘密开会什么的。进了这些组织的人，言行比军校还控制得严。我在军校憋气已经憋得够了！再钻进教导总队这个丝绵被套里去，我怕闷死！"

"老寿星"刘三保用大竹扫帚扫地的声音已经远去，听不真切了。外边天更黑了。门"乒"地开了，家霆进来了，朝童军威身边的沙发扶手上一坐，听着他们谈话。

童霜威觉得自己没料错，说："你当初要干军界，我就不赞成；如今你要到教导总队，我更不赞成。我这人一向是反对搞特务的，我不愿我的兄弟卷到那里边去。但如今到了这一步，我觉得你如果不去，怕也由不得你。军人以服从为天职，这你还能不明白？你要脱离军界，似乎不可能了。真要你到教导总队，我怕你不去也办不到，你就力争不去吧。你看如何？"

童军威深深点头，"唔"了一声。

童霜威端起茶来喝，说："唉！做军人，当然不能怕牺牲，为抗日死在沙场,那是光荣的。去剿共送命,我也觉得不值得!只是当了军人,服从就是天职了,自己能做什么主呢?现在,西安出了事,形势正在起变化,我说不准,却有些预感。"

童军威也端起盖碗,喝了一口冒着热气的绿茵茵的茶水,问:"大哥,你有些什么预感?"

童霜威说:"前几天,日本报纸上说西安'大火烛天,尸横遍野',又说苏俄在阴谋策动什么的,现在看来都不可信。从目前看,老蒋是一定会平安回来了,既然共产党和张学良他们放他回来,实在出人意料,那就说明国内形势要起一些大变化。剿共,暂停的可能性很大了;抗日,看来也是一定要实行的了。"

童军威点头说:"中国人实在受不了日本的欺侮啦!民心所向,蒋委员长其实也明白。"

童霜威赞同地说:"是啊,老蒋是背不住这种压力的,加上英美同日本矛盾很大,当然会支持老蒋抗日,客观形势如此。不知你是不是这样看?"

家霆一直坐在边上静听,插嘴说:"同小日本打仗最好了!日本鬼子太坏!"

童霜威训斥:"小孩子,懂什么?大人谈话,不要插嘴!"

家霆不吱声。童军威拍拍他的脑袋,朝他笑笑,意思是:别做声了,听我们谈吧。转脸朝着童霜威说:"大哥,你分析得很有道理!我决定努力争取不去教导总队。本来,我想找您帮我托托人别让我去,现在你一分析,我觉得不必了。真一定要我去,您就是帮我托人也无用。反正,我不是窝囊废,如果在战场上杀鬼子雪耻,我要做个好军人,死也不怕!如果不抗日,我绝不瞎送命!即使到了教导总队,对于特务组织,我要远离他们。我是个国民党员,这就够了!要像您一样,什么派系团体都不参加!"

童霜威心里好似有激浪翻滚,捧着茶杯,看着在杯上逐渐沉下去的一片碧螺春叶片,嘴唇下意识地嚅动,叹口气说:"好自为之吧!我就你这么一个弟弟,我希望你好,可并不希望你随便牺牲。动枪动炮的事,你去干,我总是挂着心的啊!"

童军威突然站起身来,戴上军帽,说:"大哥,我回去了。我就说,您叫我服从命令!"他浑身溅发着青春气息和一种军人的气魄。

童霜威摆摆右手,关心地说:"急什么?吃了饭走。"他叫家霆:"家霆,叫庄嫂快开饭,让你小叔吃了好回去。"

家霆一溜烟地跑了,只听到传来他在吃饭间门口大叫的声音:"庄嫂!快开饭,小叔要赶紧吃了饭回军校去!"

冯村适时地走进客厅来了。他就有这审时度势的本事,你们谈要紧话时他让开,你们闲谈时他来参加。既不疏远,也不冷淡,恰到好处,是个能干的秘书人才。他进来,在童军威身边另一只小沙发上坐下,因童霜威兄弟两人冷着场,就找着话把儿像电台广播似的说:"这两天,叶秋萍家来的客人突然多了,管仲辉家来的客人少了!"

童霜威很注意地听着,说:"嘀,倒是有趣,河东转成河西了!"他没多说,心里想得并不少:一滴水能反映太阳七色,潇湘路上这两家在西安出事后倒也像晴雨温度计哩!

闲谈着,家霆跑来嚷嚷:"吃饭了!吃饭了!"

大家一起到吃饭间去。庄嫂已经把两荤两素四菜一汤放在桌上,不但筷碟调羹,连米饭也盛好了。童霜威坐在上首,童军威和家霆一左一右,冯村坐在下首,四人边吃边谈。一会儿谈谈孔德成与状元孙家鼐的女儿孙琪芳在曲阜大摆喜筵结婚的盛况,一会儿又谈到玄武湖的"玄武"是什么意思。

冯村说:"'玄武'就是黑龙的意思。古时候,传说湖中出现过'黑龙',就得了这么个名字。"

童霜威说:"那也是一种说法。'玄武'在中国古代神话中通常是指北方之神，它的具体形象是乌龟身上缠绕了一条蛇。青龙、朱雀、白虎与玄武合称为'四神'，代表东、南、西、北四个方位。因此，玄武湖实际上也就是北湖的意思。"

家霆大口吃着虾米炒蛋，听得似懂非懂，但眼神里露出惊讶，不由得钦佩爸爸真有学问。

正谈得热闹，听到汽车喇叭响，又听到电铃响，有铁门开门声。冯村放下饭碗匆匆走去接待客人。一会儿走进来了，递一张名片给童霜威说："秘书长，这就是那天我说的谢元嵩的内弟，坐丁三出租汽车来的，现在正在客厅里坐着。但……真奇怪！"他知情解意地靠近童霜威的耳朵低声说："最近监察院提付来惩戒的吴江县县长就叫江怀南！"

童霜威明知故问："没弄错吧？"

冯村语气肯定："绝对不错！我问他贵干，他递的名片就是吴江县县长。"

童军威已经吃完饭，见来了客，起身说："大哥，那我回去了。"

家霆挽留说："不，你今晚不回去！你跟我睡。"

童军威说："下次礼拜天放假我再来。"

童霜威心里有事，扒掉最后一口饭，说："好，你回去吧。"他手里拿着名片，心事重重，已经无心考虑其他，挪步向客厅走去，边走边考虑着怎么办。从边门走进客厅，见那年轻白净脸的江怀南，正坐在中间一张沙发上凝目张望墙上的一幅《莫愁烟雨》。那是一幅烟雨迷濛的泼墨山水，朦朦胧胧，意境深远。江怀南也许被这画吸引住了吧？愣愣看着画，默然不语。

童霜威迈步进了客厅。江怀南微微一怔，才连忙站起身来，脸上堆笑，恭恭敬敬九十度鞠躬，叫了一声："秘书长！"

童霜威在他近旁上首的一张沙发上坐下，脸上涂霜，威严地说："你是当事人，怎么跑我公馆里来了？这不好！"

庄嫂进来,向客人敬上盖碗茶,童霜威停止了说话,摆摆手,叫庄嫂快走。

江怀南心里像灌了铅,稳住情绪,依然笑脸相向。

童霜威皱皱浓眉。俗话说:拳头不打笑脸。他见江怀南双手搁在膝上,脸上仍旧堆笑,侧过脸,态度更为谦恭,手里提着个橘红色公事皮包,这时说:"我是专门给您送照片来的。"

"照片?"童霜威看着他打开公事皮包,掏呀掏的,掏出一张六英寸大小的照片来,诧异地问:"什么照片?"

"啊!"江怀南的圆白净脸上依旧笑眯眯,两只眼睛闪着狡黠的光:"就是那天在大同粤菜馆门口拍的照片。您看看,拍得还可以,特地送上请童秘书长留下做个纪念吧!"

童霜威接过照片一看:是那天离开大同粤菜馆上汽车时的情景,背景是大同粤菜馆,自己在"雪佛兰"轿车门前站着。进车之前,因为谢元嵩让江怀南送他上车,他同江怀南握握手表示感谢,脸上带笑。想不到这个握手场面竟被偷拍成了照片。照片上,童霜威看到自己笑容满面,江怀南也笑容满面,真是一张"握手言欢"的照片呀!童霜威心里明白:嗨!这个江怀南不简单呀!别看他没说什么,他拿出这张照片来比说一百句凶狠话还厉害!这是上海滩上那些青红帮人物常用的办法呀!童霜威早年在上海做律师,遇过的事可多了!这种事,见闻不少!这当然是厉害的一招:活生生的凭证在他手里了!堂堂的司法行政部秘书长、中央惩戒委员会委员兼秘书长,竟同被弹劾的当事人在菜馆门口握手言欢,成何体统?搞的是什么勾当呀?真是"此时无言胜有言"!童霜威看着手上照片,心里咒骂了一声,像百爪挠心。却以不满的眼神乜斜着江怀南,不失身份地依旧咄咄逼人地说:"你这是什么意思?是来威胁吗?"俨然虎啸于前、泰山崩于后也不动毫发的样子。

"不不不!"江怀南文质彬彬地连忙摇手,"绝对不是,学生哪敢！学生素来对秘书长的为人十分仰慕，又经谢委员介绍，更想同秘书长结识，想拜在秘书长门下聆教，以后能在秘书长提携栽培之下，好为秘书长效犬马之劳！"

问诸内心，童霜威在大同粤菜馆那天，听了谢元嵩的一番"能吃则吃"的"实惠"论并答应了谢元嵩的要求后，决心已是下定了。回家见到了江怀南的重礼，又斟酌起来，心情矛盾，摇摆晃动，觉得这事只能这么办，礼也只能收下，可又有点顾虑。他这人自己觉得有点学者风度，交人处世常有复杂矛盾的心理，不愿做那些过于违背自己良心的事，有点文人干司法工作养成的"清高"。最后，处在一种暂时放它两天，看看谢元嵩下一步怎么办再说的心情之中，可未想到江怀南自己今夜敢亲自又跑来，并且拿出了这么一张照片。显然，这个满面堆笑的白净脸是个有心计的人物！同他闹"顶"了，他狗急跳墙有没有麻烦很难说。这一想，加上财物的诱惑，谢元嵩那套洋洋洒洒、铿铿锵锵的"实惠"论，和平日感到不得意的牢骚情绪，又在心头撞击。心上那道本来并不坚固的防线立刻决了口子。只是依旧故作矜持地带着一种愤怒和反驳的神气说："作为你是谢委员的内弟，你们是至亲，我同他是至交，有些事我可以酌情考虑，但你亲自来，就不好了！"他明知江怀南根本不是谢元嵩的什么"内弟"，偏要这样说，脸色和语气却已和缓了下来。

江怀南是多么精灵的人，见貌辨色，已经看出变化，连声说："是是是。其实，我在吴江政绩和声望还是很好的。只是有仇家作祟，才遭牵连。监察院本来不会提付弹劾，只因我内兄麻痹大意了。他去调查时，我未能事先上下打点，形势迫使他不能不移付惩戒。现在，既已到了中惩会，中惩会其他委员将案子搁置三年两年的不胜枚举，秘书长只要将我的这件事搁一搁也就行了！"

童霜威知道，像毕鼎山他们，搁置案件的情况十分严重，难办的案子都是搁置起来，拖上一年二年三年以上。有时他曾催询案件办理情况，仅仅认为这主要不过是拖拉，现在进一步明白：其中都有类似的奥妙。又想：这搁案子的方式倒是比较巧妙！案子搁着，可随时办理，贪污也不落痕迹，顶多赚个"拖拉"的名声。而当事人被掌握在手里，就得源源孝敬。但江怀南的要求岂会仅止于"搁"着呢？看来，这是第一步，他第二步还是要求撤销或免予惩戒或从轻发落的吧。……他焦虑不安地想让脑袋冷静一下，一边想，一边不禁说："等我看看案情，我会秉公办理的。"

说这话时，他心里懊丧地想：唉，学法律，本来是为了明判是非，我却常常被摆弄得是非不明，困扰丛生。法律的最高目的是在于端正人心，实际上呢？却无法达到目的。举世混浊，我又何能独清……

江怀南从童霜威的脸色和答话中，悟到他其实已是答应了。心里仍不踏实，满面笑容地说："秘书长，我今夜来，还有一件更重要的事，是想请秘书长办一个农场。这可是实业救国的好途径！我想，秘书长是一定会有兴趣的。"

炉火温暖，童霜威感到手心出汗，脸上更形和缓，假作不经意地随口问道："农场？"心里却在咀嚼对方的话。

江怀南露出那种沾沾自喜的自命不凡的样子，点头说："是呀，就在吴江太湖与苏州太湖边上，多年来淤积成大片无主湖田。我已早早圈定。湖田十分肥沃，本无地主，只要登记造册申请认领即可。如果秘书长有兴趣，无需入股，一切手续怀南全可代为办理。请秘书长看看这个农场的名字行不行？"他话声忽然压低，神态诡秘，"此事只有你知我知，神不知鬼不晓。兴办实业，非比其他，将来农场上除可雇人耕种湖田外，也可兴办水产、蛋品、果品和罐头事业。怀南如在吴江继续当这父母官，自然能就近代劳；如果离任，那里人头很熟，也好照应。"说到这里，没等童霜威表态，已从公事皮包里取出一份折叠好的"威南农场合作股份有限公司章程"，双手恭恭敬敬地递到童霜威手上,忽然叹口气说:"唉,其实,宦途崎岖,人事倾轧,派系矛盾,我早有归去来兮办点实业的想法,利国利己利民,得意则遨游于苏州吴江之间,失意则泛舟于浩瀚太湖之上,优哉游哉!我想,秘书长是会有兴趣的。"

他这话说的是他自己,童霜威心弦同样被打动了。外边,起大风,风声击窗,窗棂"咯咯"发响。

童霜威接过"威南农场合作股份有限公司章程",并不去看,装作漫不经心地朝身边茶几上一放,说:"研究研究吧,办点实业当然是好事。"

江怀南识相。他办事像木匠钉箱子,一步一个钉钉,不急不慌,牢牢实实。这时,觉得要闲谈几句了,搭讪着说:"其实,我还真是秘书长的门生哩!我是前年参加文官高等考试合格被行政院委任为县长的。那一届,秘书长您是典试委员。"

童霜威听到这里,哈哈笑了,心里想:这个江怀南,精明得很也能干得很哪!看来,他来之前,早已将我的一切都摸清楚了才来的哩。既是门生,情谊又增三分,因此说:"是呀是呀,我们既是师生,我自然应当多关照你!"

江怀南从童霜威脸上已经察觉到了气候,觉得不必再多打扰,恰到好处地站起身来九十度鞠躬,说:"秘书长请休息吧。这以后我就是您的心腹门生了!一切请多费心。"

童霜威左思右想,心情变幻不定,不再板脸,想:不能再拒人于千里之外了。这件事既是谢元嵩穿针引线的,送个人情给他也十分必要,得罪了他可就不好了!何况,江怀南又是这么个懂人心思的能干人。我宦途正如他所说的也很崎岖。中枢要人里,你们卖官鬻爵都在搞"实惠"学,我为什么要做披发行吟于泽畔的三闾大夫屈原呢?为什么遇到这种事不能像谢元嵩坦然处之呢?因此含笑起身送客,说:"我让车子送你,你住在哪里?"

江怀南倒也不推辞,喜滋滋地两眼闪着愉快的光彩,恭敬地说:"学生住在安乐酒店。"

那是个大酒店,在杨公井那儿。童霜威叫冯村派尹二用"雪佛兰"送江怀南去安乐酒店。

不知为什么,送走了江怀南,童霜威独自在客厅里手拿着"章程"坐了好大一会,不言也不语。心里很复杂,有兴奋、喜悦,也有一种若有所失的感觉。窗外夜色浓黑。夜是宏大的,无声无息。他忘记谁说过:夜,使人想到暗无天日、邪恶、肮脏、恐怖与幽灵出现……此刻,他愣愣的,也有这种感觉,除了听到灵魂深处空洞的回声之外,一切寂然。

五

时局急转直下。十二月二十五日下午,蒋介石被释放,由张学良、宋子文等陪同离西安飞到了洛阳。十二月二十六日飞回南京。从十二月二十五日夜里到十二月二十六日,南京中央各院部和中枢要人家里,都纷纷买了爆竹放。在凛冽的西北风里,市民们有不少也跟着放爆竹。"噼噼啪啪"的爆竹声和"乒——乓"的"天地响",此起彼落,连续不断,响了一夜。

潇湘路上,首先是叶秋萍公馆放了爆竹。天黑以后,九点钟光景,叶公馆的用人用竹竿拴起了好几挂"一百响"的大串红爆竹燃放。给他家这一放,冯村立刻去请示童霜威:"秘书长,隔壁叶秋萍公馆放了那么多爆竹,我们恐怕也得放上几挂吧?"

童霜威自然点头,说:"当然,快叫尹二去买,放一点的好!"

谁知,这里尹二开了小汽车出去,爆竹尚未买来,管仲辉公馆的"一百响"已经先"噼噼啪啪"响起来了。童霜威心里很不高兴,他觉得自己家的爆竹应当先于管公馆放才对。现在放得比管仲辉公馆迟了,给叶秋萍造成什么印象呢?还好,管公馆放的爆竹不多,"噼噼啪啪"一阵就完了。尹二买了五大盘爆竹回来。冯村出了点子,吩咐尹二:先放一大盘,以后每隔半小时再放一大盘。

家霆本来已经睡了,被机关枪一样的爆竹声炸醒,知道要放爆竹,干脆穿衣起床,也不睡了。尹二回来,家霆抢了一大盘爆竹,拆散开来,"乒"地放一个,又"乓"地放一个。他倒不是为老蒋从西安脱险回来高兴,他是觉得放爆竹有趣。直到十一点钟光景,实在疲倦了,童霜威也出来干涉了,在楼上高叫:"家霆,快给我睡觉!不准再放炮仗!你明天一早上不上学?"家霆才将剩下的爆竹放进书包,脱衣上床去睡。

二十六日上午,童霜威正在办公,司法行政部来了电话通知,说:蒋委员长将于中午抵京,让他中午十二点也到明故宫机场参加迎候。童霜威决定准时前去,十点多钟,就坐尹二的"雪佛兰"车回家,早早让庄嫂下了鸡汤挂面吃,穿上黑马裤呢的披风,十一点半时,让尹二开车到明故宫飞机场。

车子飞也似的疾驶,童霜威靠在舒适的软垫上,头脑里乱七八糟想得很多。今晨,他在机关里看到了以杨虎城领衔的西安各东北军和西北军将领昨天下午五时向全国发出的通电。电文中说:"自委座留住西安,对于副司令及虎城等救国主张已表完全容纳,即定返京施行。……爰于本日下午四时,由副座恭谨陪送洛阳,特电奉闻。"童霜威不禁想:不知这台戏怎么唱下去?目前看来,蒋是让步了,至少是基本答应了张、杨方面的条件了。可是,张学良竟敢陪送,又是怎么一回事?

车子经过新街口,新街口拥挤着汽车、自行车、黄包车。新开的一家苏杭广货店的大橱窗布置得很漂亮,挂着"开张大减价"的招旗。那些大广告牌上:首都大戏院正在上演袁美云的《广陵潮》,

国民大戏院放映的是美国性感女明星琪茜·麦佐丝主演的《春色天涯》……童霜威看着广告牌上的彩色广告，心里忽然觉得《广陵潮》和《春色天涯》这两张片名此时此地仿佛若含有深意似的。政潮起伏，许多问题尚难预卜，以蒋介石的为人，难道对张学良、杨虎城这次劫持就会释然于怀？蒋的亲信邵元冲和蒋的侄子宪兵第三团团长蒋孝先都在西安事变中被打死了，难道蒋就会甘休？不过，张学良既然亲自送蒋出西安到洛阳又伴来南京，看来也是得到了蒋的保证的。如能从此真正抗日救国，倒也是国家百姓之幸事。这倒仿佛真是行将看到"春色"来到了！

他忽然觉得自己这样的人物很可怜：人家把我看作是大官儿了，其实我算什么呢？在政治的漩涡中，我只像一滴随波逐流的小水珠。我既不能左右自己的命运，也不能控制官场的进退。我只像一件道具，一件摆设，来到这明故宫飞机场上，也只是作一名仪仗队员。

这样想着，心情不免有点酸辣和懊丧。尹二已经将车子开进了警卫森严的机场，在黑的、蓝的、奶油色的轿车停得密密麻麻的候机室前，童霜威走下车来，沐着瑟瑟的冷风，身上打了一个寒噤。中午的阳光透过云层射下来，被风一吹毫无暖意。他整整身上的黑色马裤呢披风，看看金怀表，十二点零五分了，匆匆向候机室里走去。

他看到了蓄须戴眼镜、气度恢宏的国府主席林森等一伙人已经从停机室门里走出去，在向机场停机坪方向走去。林子超穿着黑披风，他那飘洒的胡须被风刮得忽左忽右。他又见监察院长于右任，身穿棉长袍，捋着大胡子，被几个人簇拥着，也刚从沙发上起身走出门口。他快步上前，同一些熟人点头招呼，同蒙古族的中央委员乐锦涛握手打了个招呼，保持距离跟在于大胡子的后边，也朝停机坪上走。

大风掀起沙土,将枯草败叶吹得在地上打转转,麻雀三三两两"叽喳"乱飞。机场上警卫密布,到处有佩着粉红色领章穿黄呢制服戴捷克式钢盔的宪兵布岗。前面黑压压的,中枢要人大部都来了。穿皮袍马褂围围巾戴礼帽的是戴季陶、居正和张继;穿皮领大衣的是丁惟汾、陈果夫和朱培德;那孔祥熙,长袍外加上马裤呢大衣,胖得像个面包;那穿旧棉袄像个西北乡下佬似的冯玉祥也来了。穿军装的一伙,里边有戴眼镜的何应钦,他居然还满面笑容!那穿西装大衣戴獭皮帽的是外交部长张群;戴眼镜有点商人气味的是实业部长吴鼎昌;戴眼镜圆圆脸的是孙科。有点伛偻着背干瘦苍白的是陈布雷。还有海军部长陈绍宽、教育部长王世杰、南京市长马超俊……咦,叶秋萍也来了!远远地同几个陌生人在一起。

童霜威感到孤独,身上的黑马裤呢披风虽然使他显得气度不凡,在这伙人中间,他感到自己官卑职小。他既不想高攀谁巴结谁,也不想放弃自己的矜持与清高,停步站住,不再往前走。在这些人中,看得出派系的作用。C.C.的中宣部副部长方治同陈立夫、陈果夫等在一起谈笑风生,改组派的人又是一伙,黄埔系的又是一伙,政学系的又是一伙……童霜威正感到孤单,蒙古族的中委乐锦涛刚好走上来。他一定处境和童霜威相仿,也是感到孤单了,突然满面含笑朝着童霜威寒暄起来:"今天真冷啊!咳咳……"他那副近视眼镜下的两只金鱼眼配着一只大蒜鼻子,显得有点愚蠢的样子。

童霜威平时并不喜欢这个人,也带几分瞧他不起的态度,总觉得他之所以当上中委,是沾了蒙古族的光。要不是蒙古族,根本轮不到他当中央委员。但现在,既然处境寂寞,也热呵呵地说:"是啊,是真冷啊!"说着,还跺跺脚,两人并排站着,总算互相都有个"伴"了,虽不讲话,也感到不非常孤单了。

只听到军乐齐鸣。原来是一列服装整齐的军乐队整步来到了停机坪上。这几年,军乐队十分吃香。听说,老蒋特别欣赏这种礼宾仪式。每到一地,下飞机或下火车时,如果有军乐队奏乐迎候,他总是兴致勃勃地连声说:"好好好!"军乐队一到,忽然听到飞机声了。童霜威抬头手搭凉棚张望,乐锦涛也仰脸张望,说:"来了!来了!"

童霜威还没看到飞机在哪里,已听到机声临近。云层很厚,飞机正在下降。他下意识地掏出金链子拴着的金怀表,打开表壳一看,是十二点二十分。一眨眼,忽见飞机已经在盘旋降落,爆竹声忽然响了起来,噼噼啪啪,像炒豆子炸了锅,成群的麻雀被吓得四散飞窜。童霜威感到心脏被震动得忍受不了,真恨不得用双手塞住耳朵。在一刹那间,只见飞机已经擦地降落,机声隆隆,呐喊声起,军乐队忽然"乒乒乓乓""嘀嘀嗒嗒"铜鼓喇叭齐鸣,奏得响彻云霄。爆竹声仍在震响,欢迎场面确乎相当热烈。他看到以林森为首的中枢要人们一窝蜂朝圣似的迎上前去。

童霜威不想朝前走了。他明白:自己同乐锦涛还是识相地站在后边的好,这样比较安分。虽然不免有被冷落之感,上前是没有必要的。只见那许多穿军装的、罩披风的、长袍外加马褂的、西装大衣礼帽革履的,都已迎在机前。机舱门开了,老蒋照例戎装黑披风,但右手拄着"司的克",被侍从扶着走下机来。他那件黑披风是兼有防弹防刺作用的,外出总不离身,可现在穿在身上却一点也不挺拔了。

老蒋瘦了,脸色发黄气色不好,突出的颧骨更高,高高的鼻梁更直。棱角分明的下巴带着矜持,紧紧闭着嘴唇,眼光仍然锐利,令人生畏。他阴郁而低沉,弯腰曲背,看得出腰背疼痛,是受了伤?他弓着腰,艰难地走下飞机,习惯地向迎接的人频频点头,招招手,两目仍像两个灼人的光点,脸上却显得心神恍惚,但出现一点做作出来的笑容,似在向欢迎者低声说:"好好好!"人拥上去,看不清他同谁握了手。

后边从飞机上下来的,是头发光泽、带点微笑、两眼露出疲乏神情、穿着合身漂亮的黑色大衣和旗袍的宋美龄,似乎有意要以自己的镇定与微笑来博得人们的好感。她很快地就跟在老蒋的身后,钻进一辆停在机前的黑色汽车里。汽车疾驶而去,留下了一缕滚滚的灰尘。

军乐队仍在五音齐全地鸣奏,爆竹仍在热闹地燃放。童霜威从老蒋的脸上感到:那张脸比从前好像更冷酷、更加恣睢暴戾、更加带着一种腾腾的杀气。童霜威忍不住对身边的乐锦涛说:"怎么张汉卿没有一起来?"

看不出,乐锦涛消息倒颇灵通,说:"听说迟一二个小时以后同宋子文一起到。这样安排较妥,如跟委员长一起来,反倒不方便了!"

童霜威看看已经有不少人开始拔腿走了,小轿车正一辆辆驶过来接主人上车,解嘲地对乐锦涛说:"锦涛兄,我们来做仪仗队恐怕到此可以告一段落了吧?张汉卿是用不到我们欢迎的了!"

乐锦涛倒也痛快,说:"当然当然!不能欢迎,也没叫我们欢迎!我们走!我们走!天太冷,我怕伤风。明天上午八点半在这儿要举行庆祝委座回京大会,会后还要列队游行。不过,那些事让别人吹西北风吧!我们该休息休息啦!"

童霜威和乐锦涛由停机坪走进候机室,穿出大门。尹二开着"雪佛兰"过来了。乐锦涛的小汽车也过来了。两人握手道别。童霜威上了车,感到车里温暖、舒适,长长地叹了一口气。刚才老蒋的脸色和神情仍在眼前。忽然想:张学良真是莫名其妙,陪着老虎回来,我就不信会有好果子吃!……他抱着一种"且听下回分解"的态度,想看这出戏怎么往下演。

尹二转着方向盘,忽然问:"先生,是回公馆还是去机关?"

童霜威感到浑身疲乏,舒一口气说:"回家!"

尹二忽然问:"老蒋回来了吧?"

童霜威"嗨"了一声,说:"回来了!"反问:"你高兴不高兴?"他也不知道自己为什么要这样问尹二。

尹二笑笑,滑头地说:"哈哈,高兴!昨晚买爆竹,今天上飞机场,哪能不高兴!"

这司机历来如此,说起话来叫你摸不准他的心思,听不出是真是假,辨不出是幽默还是讽刺。

汽车驶到离新街口不远处,忽然听到一阵凄凉的唢呐声。童霜威从车窗里向外一望,街边是一支长长的出殡队伍。前边有十二个人抬着一口沉重的黑色棺材,跟着的几个吹鼓手正吹出扰人心弦的哀乐,后边就是披麻戴孝手执哭丧棒的孝子和家属。孝子的孝帽上还吊着摇晃的白棉球。接着是一伙送丧的亲友邻居。这种送丧队伍在南京常见,有时逢到阔绰的人家还有汽车和一字长蛇阵的马车队伍送丧。童霜威厌恶这种场面,看了一眼,听着孝子和死者家属那种呼天抢地的哭声,觉得不吉利,不禁皱皱眉,催尹二说:"尹二,车子开快点!"

尹二"嗨"了一声,像箭似的在刹那间将送丧队伍远远丢在后边了。

寝室里,炉火很暖。

童霜威下午美美地睡了一觉,睁开惺忪的睡眼,醒来下床已是四点多钟。他围一条围巾,也不穿大衣,去"老寿星"刘三保住的门房间旁的小工具棚里拿了把锄头,到花园里竹林中去松土。这既是雅事,又是运动。风有点凉,阳光尚好。他一边松土,一边吟诵。他正在读辛稼轩的词,这就絮絮叨叨诵起《南乡子·登京口北固亭怀古》来了:

何处望神州？满眼风光北固楼。千古兴亡多少事,悠悠,不尽长江滚滚流……

也不知为什么,上午接回了老蒋,参加了那个欢迎的场面,他心中此刻会有一种登临怀古和感叹国事交织在一起的浓烈情思。念诵着这首词,忽然少了挥锄松土的劲头。国事究竟会如何,总是使他挂着心。他忽然想在夜里既去看看管仲辉,又去看看叶秋萍,从他们那里摸点政治气候,摸摸底。他身上微微发热,扛着锄头从花园的水泥小径走向大门。大门边鸽子笼旁,是那间传达兼花匠刘三保的工具棚。他将锄头递给走过来接工具的刘三保,正要进屋里来,看见冯村从客厅的门里顺着几级台阶走下来了。冯村迎着他过来,脸上平静,近前后,语气神秘,说:"秘书长,管仲辉突然生病了!"

"什么?"童霜威惊讶地"哎"了一下,说,"政治病?"

"我看十有八九是政治病!"冯村思索着说,"这是他家开汽车的老张对尹二说的。老张对尹二说:主任突然病了,血压高,下午没去办公,决定住中央医院去了。"

童霜威"哟"了一声,心里想:是呀,显然是政治病呀! 老蒋回来了,管仲辉这样的人自然要栽跟斗。他自己识相,装病躲进医院,像个蜗牛似的缩进壳子里不出来,自然是聪明的做法。这下,叶秋萍是会高兴得心花怒放了。像押宝似的,他中了头彩,势必更要红得发紫了! 不禁问冯村:"叶秋萍家有什么动静?"

虽然童霜威从来没有交代过冯村,叫他刺探并注意两个邻居的起居,但冯村心里明白应该这样做。机灵的冯村平时是善于从两户特殊人物的邻居家去打听消息窥测气候的。童霜威问的问题,他早胸有成竹,打听清楚了,他说:"叶秋萍家今天来过几个客人,不清楚是谁,前后共有五辆小轿车。叶秋萍上午去明故宫机场,午后回来,下午三点多又出去了,到现在也未回来。"

童霜威"唔"了一声,点点头打趣地说:"几家欢乐几家愁!像做投机生意,管仲辉亏本,叶秋萍赚了钱,如此而已。"说毕,离开冯村,背着手走向台阶,一级一级跨上台阶走进客厅里去,心里却酸溜溜地在嘀咕:唉!政海风波,何其大耶?我其实并无奢求,只望平安无事。这次,管仲辉偷鸡不着蚀把米,叶秋萍却是打牌九做庄来了个统吃。我幸亏脚踏两条船,未曾卷入漩涡。但看到管仲辉的失意和叶秋萍的得意,我心里涌出一种懊丧与不舒服的感情,是为什么呢?

客厅里的火炉,封着炉火。一进客厅,暖气扑面。童霜威拿下围巾,在沙发上坐了下来,见冯村也跟进来了,对冯村说:"明天,你给我去中央商场办四色水果礼品,悄悄送到中央医院给管仲辉去。"

冯村眨着眼说:"不会惹上是非吧?"

童霜威笑了,说:"所以要你悄悄去送呀!只要让管仲辉知道是我送的即是,别的不要落任何痕迹。管仲辉这人,看来憨厚,其实内秀,足智多谋。我认为他决不会就此一蹶不振,此人迟早总还会得意。逢人失意时雪中送炭,人是不会忘的。"

冯村点头称是。童霜威忽然感到一种无以形容的疲倦,把眼合上。冯村识相,没在客厅停留,踮着脚轻轻地从边门走进走廊去了。一会儿,他让庄嫂用茶盘托了一杯滚烫的西洋参茶来,放在童霜威面前的茶几上。

童霜威端起盖碗茶喝了两口,忽然听到刘三保开大门的声音,然后又听到自行车轮在水泥地上滚过的"咝咝"声。听到家霆那童稚的声音在问刘三保:"鸽子喂过没有?"

刘三保准是喝了酒,说话的声音不清不楚,不知回答了句什么,又听到家霆在哼唱着:"男儿杀敌志气豪,热血涌如潮,横刀跃马……"一会儿,脚步近了,门一开,带进一阵寒气来。家霆走进客厅里来,想由客厅边门走进他自己的房里去。

童霜威问了一声:"你放学回来了?"

家霆叫了一声"爸爸!"说:"回来了。"他背着个书包,说:"明天上午不上学!"

"为什么?"童霜威脸上呈现出一种慈祥和爱。

"说是庆祝蒋委员长回来,明天上午老师要去明故宫飞机场开会游行,就不上课了。"家霆说着话,已经跳跳蹦蹦跑进了自己的卧室。一会儿,只见他抱了个大"扑满"出来了,说:"我要把它砸碎了!"

童霜威饶有兴趣地看着他,知道平日给他的零用钱,他都塞在"扑满"里,问:"干什么要砸碎?"

"我们童子军后天要上街募捐,捐钱慰劳绥远守土将士。我把这些钱也都捐去!"说着,只见他跨出客厅门去,听见外边台阶上"哐"地响了一声。

童霜威估计到"扑满"是碎了,起身到门口看时,只见银角、铜板、毛票撒得一地。家霆正弯腰将钱拾拢在手上。他不禁笑笑,摇摇头。摇头并不是反对孩子这样做,却是一种爱怜、赞许的表示:孩子爱国,总是好的,别干涉他。

家霆将地上的钱钞拾完塞在两只上衣口袋里,又兴冲冲地回身进了客厅,转身走进他自己的房里去了。外边台阶附近的地上留下了一摊"扑满"碎片。

童霜威无聊地踱回来,深深叹了一口气。他自己也说不出为什么要叹气。反正心里不舒畅,是一种不得意造成的烦恼?还是一种见政治波涛太大而产生的感慨?抑是一种对蒋介石不满,而如今见这个暴戾恣睢、不肯抗战的人又安然归来而郁结在胸头的不快?也许都有!不仅如此,这中间似乎还掺杂着一种寂寞,是政坛上的寂寞、孤单,也是家庭里的寂寞、凄清。

过了一会儿，他放下手中的报纸，又喝了几口西洋参茶，自我解脱地想：唉，我又何必多去自找不快呢！反正，在这次西安事变中，我固然没有捞到什么，但也没有失去什么，我还是我，我何不旷达一些，超脱一些。

北伐之前，他在上海办报、做律师，在法律界享有盛名。在大夏、暨南等大学兼任教授，也有学术地位。北伐时，朋友中既有国民党的，也有共产党的，他是个自认为中间派的人物。"学而优则仕"，他终于被国民党邀入了政界。但民国十六年的清党分共，吓坏了他。他厌恶蒋介石的军事独裁和残忍，他结识了筹建"第三党"的邓演达①。在思想上，他既反蒋又不同意共产党的主张，思想是接近"第三党"的，只是他并不公开表露自己的思想，也不愿加入"第三党"。民国二十年，邓演达被蒋介石秘密杀害，他更噤若寒蝉，对派系更不感兴趣，从此干脆以无派系自居。人们都觉得他"超然"，他自己也觉得"超然"，这对自己有不利的一面，却也有好处。多少年来，他信奉着一种独有的类似赌徒的人生态度：他在政治上挣扎，正像赌徒在赌钱，当然希望赢，实在赢不了，也只能自己安慰自己：下次还有机会！实在输光了，也只能自己排遣：输了就只好输了，好在我尚未赤身裸体，也还未曾债台高筑，以后不赌就是，即使要再赌，也要看准下注……

他有一次，见林语堂写文章，说："人生在世不过是有时笑笑人家，有时也给人家笑笑。"感到林语堂倒是懂得人生三昧的。自己有意无意间就也采用了这种处世态度。今天，他感到叶秋萍是在耻笑管仲辉了，管仲辉是落下给人笑的下场了。可是我童霜威呢？我笑谁？

---

① 邓演达：广东人，历任黄埔军校教育长、国民革命军总司令部政治部主任、国民党中执委和中政委等职，是著名国民党左派领导人。一九三〇年在上海领导成立中国国民党临时行动委员会（即第三党），一九三一年被捕遭南京反动政府杀害。

他忽然决定排遣开这些。宋代被秦桧诬陷下过狱的张孝祥①的《西江月》油然涌上心头："问讯湖边春色,重来又是三年。东风吹我过湖船,杨柳丝丝拂面。世路如今已惯,此心到处悠然。寒光亭下水连天,飞起沙鸥一片。"他忽然萌发了想去玄武湖里游一圈的心情,而且决定带家霆去。从潇湘路到玄武湖很近。出潇湘路口向右,再向右拐弯便可看到玄武门,进玄武门就是玄武湖,只有十分钟路程。

童霜威从红木扶手的织锦缎大沙发上起身,走向家霆的房门。门虚掩着,他推开门,看见家霆穿着黑呢学生装正坐在桌前一手拿着放大镜,一手拿着一张邮票在欣赏。这孩子在集邮,也收集香烟里的画片。邮票中国外国的都要,香烟画片他最喜欢《大联珠》香烟盒里的"水浒"一百单八将,可惜再也收集不齐。下课回来,除了做功课外,不是赶鸽子飞就是玩邮票和香烟画片,再不就是约上两个同学用气枪打鸟或去玄武湖划船,上北极阁爬山。……现在,见童霜威推开门进来了,家霆朝着爸爸莞然一笑,叫了一声:"爸爸!"递过一张测验的国文考卷,得意地说:"看,九十六分!"

家霆的桌上,放着许多精巧的小泥人,面捏的关、张、赵、马、黄武将,黄皮黑斑脑门上写着红色"王"字的泥老虎,长胡子穿彩衣的不倒翁……都是上个月一个礼拜天童霜威带家霆去夫子庙在玩具摊上买的。那天,童霜威到夫子庙游古董摊,带家霆去买了这些小玩意。在夫子庙,童霜威还陪儿子吃了煮干丝、蟹壳黄、烧卖、白糖千层油糕。

童霜威接过家霆的试卷,看了一眼,脸上呈现出一种由衷的喜悦,一种殷切的期望,高兴地说:"走,家霆,爸爸带你到后湖去玩一玩!"后湖就是玄武湖,又名五洲公园。

---

① 张孝祥(1132—1170),号于湖居士,宋高宗赵构绍兴二十四年中进士第一。他曾两度被朝廷中投降派弹劾落职。

谁知家霆摇摇头,他醉心于今天刚和班里同学交换来的一些外国邮票,正将邮票投入盛着温水的脸盆,浸泡去邮票后边的信封纸。他觉得跟同学们到玄武湖去玩是有趣的,跟爸爸去,就无味了。爸爸既不跑也不跳,更不划船。叫尹二开着车在玄武湖的堤岸上兜兜风或者停车后在湖边看看,嘴里自己吟吟诗,就算"玩"过了,有什么意思?何况正是冬天,玄武湖里枯荷败柳,冷冷清清,有什么意思?他说:"我不去,我要玩邮票!"

童霜威心里叹息一声,不由想起家霆小时候的一些情景:有一次,柳苇将孩子黑长、柔软的奶发打了个有趣的小辫子,高兴得"咯咯"地笑了。

有一次,他把孩子托在肩上、搂在胸前哄他睡觉,用嘴假装咬他嫩嫩的小脸,用胡子刺他胖胖的小手,孩子笑得脸上像开了一朵花。

当孩子学话时,他指着鸡教他说:"鸡!"孩子总是大着舌头,说:"气!"指着灯说:"灯!"孩子总是大着舌头,说:"吞!"逗得柳苇和他都哈哈大笑。

想到这些,那些寂寞、孤单的感觉都郁积在心头,更浓烈了。童霜威说:"你屋里凉,到客厅里玩邮票好了,客厅里暖和。"

家霆摇摇头,仍自顾自欣赏邮票,说:"不,我不怕冷!"

童霜威不愿太勉强这孩子。孩子自幼脾气倔强。他不愿去玄武湖,硬要带他去也没意思。但自己一个人去,也无聊。忽然想到:邀冯村同去,也可谈谈心。见家霆专心地从脸盆的水中取出邮票来,一张一张小心翼翼地撕去粘在邮票上的信封纸,再用吸水纸吸干水分,他就退出家霆的房间,回身打算经客厅往走廊那道门走出去招呼冯村。谁知却听见冯村那轻巧响脆的皮鞋声了。冯村正朝客厅里走来。童霜威抬头看时,冯村正从通走廊的门里迈步进来,手里拿着一封信,说:"秘书长,苏州有封来信!"

听到是苏州来信,童霜威心里先是"咯噔"一沉,又一想:会不会是江怀南的?吴江离苏州很近嘛!忙问:"谁的?"

冯村乖巧地避免了刺耳的"苏州江苏军人监狱"八个字,只是轻声平静地回答:"柳忠华的。"又说:"这信是寄到机关刚刚由机关里派人送来的。"

童霜威皱了皱眉,接过信来,却未当着冯村的面拆。但在吃饭前去玄武湖逛一圈的兴趣全部消失了,把信捏在手里,又塞进丝绵袍的口袋。片刻间,眼前忽然浮起了柳忠华的身影:一个高个儿的年轻人,模样斯文,少言寡语,瘦削而有精神,长着一头硬发,两只眼睛流露出对什么事都不服气的神情……接着,一个娟秀、美丽而倔强的女人的身影,又顿时出现在他的脑际。那是家霆的生母柳苇,她似乎在用两只波光闪耀的眼睛傲视一切……

童霜威很难形容自己心里是一种什么复杂滋味。干咳了一声,迈步离开冯村,离开客厅,通过走廊转上二楼去。他一级一级地登着楼梯,心里像卷起了风暴。走上二楼,他进了书房。这儿布置得明窗净几。几上排着铜鼎钟彝,一部盒装的二十四史像一扇墙似的堆排在右边,一溜五只高大的玻璃书橱里,满满装着线装书、诗词、文集、古籍、翻译书……房里右边临窗放着写字台,陈列着文房四宝,通向阳台的玻璃门边,一盆多姿青翠的文竹旁边,是摆设着古瓶、玉壶、翠环、铜镜等古玩的曲折木架,四壁悬挂着名人字画,均非凡品。他走近一只褐色的小橱,打开橱门,拿出那瓶英国的"三星斧头"白兰地酒来,往高脚玻璃酒杯里倒了小半杯,抿了一口,酒味辛辣,却刺激提神。他去书桌前的转椅上坐下,下意识地掏出信来。信封上是那种他熟悉的学过颜体的毛笔字,署的是"苏州江苏军人监狱柳忠华缄"的署名。他撕开信封,抽出红条八行书的毛边纸信笺,读了起来。

信是这样写的:

啸天姐夫惠鉴：

久未奉函问安，常深想念。弟蒙冤身遭囹圄之灾，瞬忽六年，先在上海漕河泾第二模范监狱。监狱犯人太多，遂疏散至苏州江苏军人监狱。因身体素来羸弱，现在害浮肿病，据狱医云，亟需维生素乙药片或针剂治疗。深望姐夫能多购些寄赠。此间现在允许犯人可以读点书。弟需要：英汉词典、英汉对照读物。如有自然科学书籍或历史书、三国演义、聊斋等书，均望也能馈赠，不胜感盼之至。余言不尽，敬颂

钧安

弟柳忠华顿首
民国二十五年十二月二十一日

窗外，日已西斜。冬日淡淡的阳光无力地夕照着楼前荒凉的花园，有麻雀凄苦地叽喳叫着，远处紫金山上飘动着淡淡的浮云。古老的台城那灰黑色的雉堞，凹凸地在灰白的天幕上映出轮廓。童霜威看完信，一口口喝着杯里的白兰地，怔怔地伫立在窗前，心事浩茫，感到沉重，往事与信上带来的问题都齐集心头。

往事如烟，信的来临，似一块石头坠入生活的湖泊中，掀起一圈圈感情的涟漪，引起了心的颤抖。

柳忠华是同他姐姐柳苇一起被捕入狱的，那是民国二十年的事。当时，童霜威同柳苇离婚已经两年，童霜威是在家霆七岁时同柳苇离婚的。离婚以后，双方并无来往，但在两年后的那个秋天，童霜威却偶然在报上看到了柳苇在南京雨花台被枪决的消息。当时，雨花台的枪声已经杀戮了无数青年人，绝大多数是秘密处死的。只有极少数通过审判，根据《危害民国紧急治罪法》的规定公开判处了死刑。柳苇就是这样处死的。想着这些时，他脑际忽然又闪过今天从明故宫机场回来时，路上看到的那支送殡队伍。那唢呐声，白色的孝服，呼天抢地的号哭声……柳苇死后，这一切都

没有,没有人为她举丧、送殡、哀哭。那天,倒是老天爷似乎在哭泣,下着淅淅沥沥的秋雨,刮着萧瑟的秋风。童霜威在办公室里看完报纸,望着窗上淋漓得像泪水似的雨滴,涌着恻然的感情,心里想:也许是同名的人吧?不会是她吧?……瞬即,又肯定:一定是她!这条新闻上注明了这个"柳苇"是女的,年龄也完全相符。何况,她本来就是一个从在苏州蚕桑学校上学时起就激进、左倾的女学生,后来,她做了小学教员,接触的也总是有那些赤色共产党人。他曾因她的美貌而倾倒。结婚以后,却因思想性格的不能一致而导致感情上的分裂,起因十分简单,后果无比深远。在民国十六年清党以后,两人之间不断龃龉,感情和夫妇生活终于维持不下去了。他想同化她,她却提出了离婚,说童霜威:"你形体虽存,生机已死!"他觉得她像隆冬天空中的一轮寒月,美则美矣,冷得不可亲近。后来,就找了律师离婚了,她大约就坚定地走了另一条路。他离了婚,带了家霆,以后就同方丽清又结婚了。天呀,何尝想到:在那秋风秋雨横扫苍穹的日子里,他竟会看到她被枪决的消息刊登在报上了呢?

离婚了!她像一片小小的浮云,从他身边飘走了。

他对她的行为不负任何法律责任。她也没有连累他。他对她的个性是了解的。她倔强、清高,有一种秋瑾式的巾帼英雄的风格,她对人和事有她自己独有的左的看法。她不会在被捕后胡乱牵连人,何况离婚时,她对他说过:"从今以后,一刀两断!各走各的路,各不相关!"他说:"你别后悔!"她答:"永远不会后悔!我相信我是正确的!"

现在,她的正确使她上了杀场!啊,古长江及其支流古秦淮河的堆积物在二三百万年前形成的雨花台呀!传说公元六世纪初梁朝时候,云光法师在此讲经,由于讲得非常精辟、生动,竟然感动了上天,降下宝石如雨的雨花台呀!何曾想到如此名胜去处,竟成了一个血流成河的屠场了呢？她的罪能有多大竟要枪杀她呢？这使他不但想不通，而且一直是心里恻然、难以忘怀的。

他心里拥塞着一种特殊的情感，当然不全是爱情。他同她的爱情已经早就破裂、飞散了，甚至还由爱变成过恨。只是，在得知她被杀后，春天时，只要听到雨打芭蕉；秋天时，听到梧桐叶上的滴答声，听到月夜有人吹箫……就不能不有一种怜悯之情。

以后的一个星期天，他带家霆坐了马车到雨花台去游览。马，"噗噗"地打着响鼻，白色的鬃毛飘洒，蹄声"嗒嗒"。马车颠簸着，路凹凸不平。到了那里，在南宋著名诗人评为"江南第二泉"的雨花泉旁的茶馆里喝茶。天真烂漫的家霆只以为是爸爸陪他来游玩，兴致很高地到处捡拾玲珑透丽的雨花石。他不知道爸爸带他来的含意，童霜威也无从把一切都告诉儿子。那件事，后来，也就随着时光的流逝逐渐湮没、忘怀了。今天，却因一封苏州的来信，使他又陷入了回忆的汪洋大海的万丈波涛之中了！

他后来有心地特意打听过并且打听到：果然枪毙的柳苇确就是家霆的生母。更知道，柳苇的弟弟柳忠华也同案被捕，只是未被判处死刑。起先听说柳忠华被囚在上海漕河泾江苏第二模范监狱，后来转到过南京军人监狱，最后又转到了苏州江苏军人监狱。听说判了重刑。他没有再继续多打听，这件事却成了他心头的一块疙瘩。是伤感？怜悯？烦恼？还是忧虑？……他说不清。这块疙瘩似乎不痛不痒，平素并不带给他多少麻烦，只不过，疙瘩总是疙瘩，心中总有这么一根沉重刺疼的病根在那里潜伏着。

往事如烟云般拂过，他不能不想起苏州的枫桥镇。美丽的枫桥镇，有着一千四百多年历史的寒山寺古刹的枫桥镇。小镇上的小酒店里，总常听到兴高采烈的豁拳声此起彼落："六啦六！一品官！对好拳！四喜！五金魁！"

镇上枫桥下的古运河里，小船咿呀划着，埠边泊着不少易安居士在词里写过的"载不动许多愁"的舴艋舟①,小镇的石板路上挤挤攘攘,围着"波俏"的姑娘,打着黑布洋伞的女人……

那是在苏州城西十里,唐代诗人张继,夜泊有着寒山寺的枫桥镇,写下了著名的《枫桥夜泊》诗:"月落乌啼霜满天,江枫渔火对愁眠,姑苏城外寒山寺,夜半钟声到客船。"他在那个宁静的小镇上,看到过庙里的香火,听到过寒山寺的钟声。他认识柳苇,就是在枫桥镇上的寒山寺里。

啊,十五年了! 十五年前一个明媚的春日的下午,他与友人到苏州游览,坐马车来到了寒山寺,在这里第一次见到了在这江南小镇上教小学的女教员柳苇。柳苇正是枫桥镇人,有父母和一个弟弟。父亲先是教私塾的,后来,取缔私塾,在苏州的一个蚕桑学校里当了小职员。母亲在家操持家务,弟弟是在苏州城里教小学的。柳苇就是蚕桑学校里毕业的学生。童霜威与柳苇认识是友人介绍的。柳苇的美,并不显眼。她纯洁得像一片雪花,像一泓清泉,一片芳草,是气质美和形象美的统一,和谐,秀丽,在俯仰顾盼、一笑一动之间,都似乎洋溢着芬芳、素雅、清新的气息。她会吹箫,月夜时,一支余音袅袅的洞箫能使他有一种如闻仙乐置身仙境的感觉。

当时,童霜威仪表堂堂,谈吐不凡,给了柳苇很好的印象,通信与交往从此开始。不久,柳苇的父亲与母亲先后得病。童霜威赶到枫桥镇,细心侍候,亲奉汤药,延请名医诊治,虽然柳苇的父母先后都病故了,童霜威却赢得了柳苇的感激与爱情。当年,他们宣布结婚,组织了家庭。柳苇离开了枫桥镇,到了上海教小学。

谁知,后来怎么竟会分袂了呢? 起先,童霜威想要柳苇放弃做职业妇女,回厨房去。柳苇有一次笑笑说:"人说爱情是'愚蠢'的儿子! 我可不会做这种儿子!"结果,他发现,在不知不觉间,柳苇

---

① 易安居士:李清照,号易安居士,宋代杰出女词人,她的《武陵春》词中有"只恐双溪舴艋舟,载不动许多愁"句。

接近的一伙人都是思想左倾的青年人。柳苇在潜移默化之间,也同那些"朋友"们在思想上一致起来了,分裂,自然不可避免。在共同生活的最后一段日子里,两人之间除了漠然相处,已经无话可谈,离婚,是这种发展的必然结局。

离婚以后,童霜威只是在偶然间会想起柳苇。只是在偶然看到家霆的面貌和倔强的性格时,会想到他的生母——这个生命像熹微的天光中闪耀的晨星那样短暂的女人。至于柳忠华,他早将这个妻舅忘到九霄云外去了。

可是,今年春天时,方丽清要他陪伴着到苏州游览。既到了苏州,不禁引起一种温馨的感情,又想到了枫桥镇和寒山寺。方丽清并不知道他同枫桥镇的这段姻缘。他陪方丽清在枫桥镇上徜徉,在寒山寺里徘徊,许多旧事,像钉子一样钉在心坎里,都缠绵悱恻地浮在眼前。当然,虽然不无酸楚,却因方丽清在身边,就并无悲哀了。只是,他到达苏州,引起了司法界的注意。江苏军人监狱一定要请他到狱中给政治犯作一次讲演。他答应了,作了一次和缓、抽象的讲演。在讲演时,他忽然见到在远处听讲的大批政治犯中坐着一个人:有干燥、粗硬的黑发,有开阔的前额,有一个刚强下撇的嘴角和两只深邃透彻的眼睛,忧郁而执拗。这是他过去的妻舅柳忠华,他的心当时剧烈颤动了。

演讲完毕,他单独找柳忠华见了一次面,说了些空泛劝导的话,谁知换来的是柳忠华敌意的眼光和铁板的脸色。柳忠华说:"我是冤枉的!"最后,他尴尬地说:"你需要什么吗?只要我能办到的话。"

柳忠华坦率地笑笑:"我需要自由!"

他摇头,叹口气说:"这我无能为力。"

柳忠华又笑笑,那一头似乎永远梳不整齐的黑发在他眼前晃动,说:"也许,我以后会有什么别的需要,到时候,我写信向你要吧。"

他把自己的情况简单告诉了柳忠华,留下了南京潇湘路一号的地址,就走了。今天,柳忠华真的主动来信了!而且提出要药物,要书籍。

应不应该给他呢?可不可以给他呢?当然应该给!可以给!他现在的身份地位,还不怕无辜的牵连。以他现在这种不算得意的情况和处境,他也不太怕影响自己的宦途。为什么此时忠华竟会来信索取这些东西呢?……他不禁敏感地想:也许,是西安事变的消息,他们这些囚禁着的政治犯也知道了!他们可能认为时局会有转机了,会朝有利于他们的方向发展了。这些共产党人啊!他们是最懂政治的!为了达到他们的目的,他们当然要活下去,他当然会来信!

想彻底摆脱旧时那段生活的跟踪吗?办不到!梨花雨,麦黄风,那段生活总像影子似的跟随着他。在复杂的掺和着辛辣和酸楚的感情中,他既唤醒了埋在心灵深处的记忆,更遐想着柳忠华的情况。也不知为什么,像有把钝刀在心尖上来回锯着,产生了一种徒呼负负的感伤。呆呆望着窗外的远景,不知在什么时候,天际已经蝉翼般地暗得透明了,黄昏已经来临了。这时,那只"滴答"作响的大挂钟"当!当!"敲了六下。钟声,为什么那样像寒山寺的钟声呢?

唉,他一直忘不了寒山寺的钟声;忘不了枫桥镇那条散过步的黑黝黝、曲曲弯弯的小弄堂;忘不了月亮透过百叶窗和一阵飒飒的风摇竹枝声;忘不了柳苇家窗台上那一盆在他结婚时开过红花的海棠;忘不了柳苇结婚前有一次跑着唱歌的天真的样子……

当回忆噬着他的心,思绪像夜半的洞箫,悠悠呜咽,声声渗入心田,他觉得心在游荡,刺痛。

为什么一切死去了的都有机会重新来活在自己的记忆里,而这些记忆却像一块无形的烙铁,灼烧着灵魂呢?他心里忽然有一种抑制不住的痛楚和愿望,想去看看儿子家霆。该快吃晚饭了,他喝干了杯里的白兰地,带着一点微微的酒意,想再下楼去吩咐冯村买药、买书给在苏州监狱中的柳忠华送去。同时仔细看看家霆,想从儿子的眉眼、神情间,再看一看柳苇当年的面貌。

于是,他发出一声深深的叹息,迈步下楼。

第二卷 旧梦新怨，一支金陵散曲

（1937年2月—1937年6月）

在现代世界中，人们首先还是关注解决战争与和平的问题。这是关系全人类的最大的问题，是人们最关心的时代主题。人类应当清醒地认识战争的破坏性。历史总是提醒人们，必须捍卫和平！写战争，正是为了和平！它也会告诉人们：害怕战争并不能避免战争！

——摘自创作手记

一

　　过了民国二十六年的阴历年,童家霆大了一岁。寒假过后,在学校里升入初中一年级下学期了。

　　阴历年前,方丽清决定在上海过年。童霜威要带家霆到上海在继母方丽清家过年,家霆不愿意去。他宁愿留在南京。童霜威也不勉强,知道这个孩子对继母方丽清没有感情,正如方丽清对这个孩子没有感情一样。童霜威独自到上海,从初一到初三住了三天,看京戏,游半淞园,吃花酒……又回了南京。童家霆就在潇湘路由冯村、庄嫂等照顾着他过的年。整个寒假,他和同学们一起玩耍:到水西门外打鸟,骑自行车去明孝陵,到灵谷寺爬山……在家里,除了做假期作业,他有鸽子做伴,也可以玩邮票和香烟牌子、吹肥皂泡、听留声机和无线电,看爸爸买给他的《小学生文库》和《万有文库》,还可以听"老寿星"刘三保和尹二讲故事。没有继母方丽清在身边,他反而感到自由和欢乐。

　　爸爸很忙,平日外边交际应酬多。今天刘委员家里老太太做寿请去赴宴,明天张次长的女儿结婚请去参加婚礼,再不就是什么法学研究会请去演讲、模范监狱请去参观指导。……所以他很少能陪家霆谈谈或者玩玩,甚至一连好几天家霆也见不到爸爸的面。童家霆对爸爸有感情,只是他感到:方丽清不在南京家中时,爸爸显得比较慈祥可亲,有时来陪陪他,看看他,有时还挤时间带他出去看看电影、逛逛名胜;只要方丽清从上海回来,爸爸就很少在儿子面前表露出亲昵和慈爱了。爸爸自己上班,夜晚不是同方丽清外出社交,就是在楼上同方丽清一起听无线电或留声机,嘻嘻哈哈的。只有在吃晚饭时,一般能见到爸爸。有时,爸爸干脆同方丽清在楼上进餐,家霆就只好同冯村一起冷冷清清吃晚饭了。家霆虽然不稀罕爸爸的爱抚,也并不喜欢同爸爸在一起玩,但真的不常见到爸爸或者见爸爸同方丽清亲热而同自己疏远时,心里总是感到不自在。所以,家霆倒是喜欢方丽清回上海去,并不希望她在南京。方丽清一辈子在上海不回来,他也不会想念她。

遗憾的是,现在方丽清要从上海回南京了!傍晚放学回家,家霆将自行车推到尹二住的平房里放好,在厨房附近听到冯村在对庄嫂说:"……今夜太太从上海回来,你要把晚饭准备好。她一回来,就开饭。"

庄嫂散开长发,正在梳头。她年纪轻轻就留起了发髻,大约因为方丽清要回来,所以抽空把头梳好。她用一把刷子沾着泡在碗里的刨花水往黑发上刷,刷得头发亮闪闪,再用黄杨木梳梳。满头黑发乌油油的,像一抹黛色的流云。她手法灵巧,将长发扭了几扭就梳成了挺秀气的发髻插上了发叉。

她回答:"早准备好了!太太是去年十一月回上海的吧?这次回娘家住了快四个月了,是也该回来了。"

冯村的声音:"本来写信说是后天——三月十一号回来的。昨天收到电报,又说改在今天回来。今夜,先生要亲自到和平门车站接她,叫尹二备好车。"

"你去不去?"

"去!"

家霆不愿再听下去了,背着书包转身走回自己房里去。庄嫂听见脚步声,发现是家霆,从厨房里赶出来,叫道:"家霆!今天点心没做,你要是饿,就吃饼干吧。"

家霆明白:是因为方丽清要回来,庄嫂忙了,所以连点心也未做,也不吱声,穿过吃饭间,经过走廊踽踽地向自己房里走去。

他连去赶鸽子飞的兴致也没有了。房里已经有点幽暗,他"啪"地开了电灯,坐在一张柚木赭色小写字桌前,拿出数学课本来做老师布置的代数题,心里七上八下再也安定不下来。他年纪虽小,却早已懂得世界上除欢乐外,有悲哀。心里想:今夜,后母要回来了!回来就回来吧!反正,你不欢喜我,我也不欢喜你!你也不能把我揉成团,切成块!

想安下心来做算术,可是听到隔壁房里冯村在"王迪,个仄伊玛司……"念日文,心里更烦了。他喜欢冯村,偏偏不喜欢冯村念日文。爸爸的这个秘书,从去年开始就在自学日文了。家霆听他说过:中国同日本,交往多,学了日文,将来准有用处。所以,冯村有了空,常常像吃生蚕豆似的读日文,学日语会话。家霆对这很反感,想:日本鬼子欺侮中国,你是中国人,学日文干什么?在他幼稚的心灵深处,觉得学日文简直是一种汉奸干的事。只是,听爸爸有一次吃晚饭时对冯村说过:"……你学会了日文,那很好。将来要是你不跟我了,我可以介绍你到别处去工作,你中文既好又会日文,谁不欢迎?"又说过:"要对付日本,会点日文有用!……"爸爸这样讲,家霆当然不好说什么。但冯村一读日文,家霆总感到像个假日本鬼子,讨厌!现在,家霆烦得用两手食指塞住了耳朵,盯住书上的数学题看,可是脑子里像放映电影似的又想到方丽清要回来的事上去了。

想起方丽清,家霆就奇怪为什么一个外形长得像"电影皇后"胡蝶那么漂亮的女人,心会那么坏?不但他这样看,用人们也是这样看。尹二背后叫方丽清"双十牌牙刷",意思是说她"一毛不拔",吝啬。庄嫂背后叫她"狐狸精",这是因为方丽清的名字谐音像"狐狸精"。刘三保背后叫她"铁公鸡",那也是觉得她"一毛不拔"。方丽清个儿高高的,长得丰满,皮肤白白的,爱打扮,涂胭脂搽唇膏,烫的飞机头,一笑两个酒窝。一年四季衣服总是花样翻新。冬天时,皮大衣就有五件:灰鼠的、黄狼皮的、豹皮的、黑羔皮的、狐皮的,实在也够摩登的了。她比童霜威小十四岁,童霜威经人介绍同她结婚,一是因为她年轻美貌,二是因为她家里是上海滩上有名的生意人。她父亲原是上海的绸缎呢绒大王,在方丽清二十五岁那年病故了,遗嘱吩咐将遗产分作四份:遗孀方老太太一份,大儿子方雨荪一份,二儿子方立荪一份,独生小女儿方丽清也同样一份。

方雨荪这时已是瑞士万利洋行的买办了。二儿子方立荪这时继承父业掌管着南京路、三马路石路和八仙桥三家大绸缎呢绒庄。他比老子更善于经营。大量吃进东洋劣货,改头换面贴上英国、美国的假商标廉价倾销,大发横财。别看方立荪做起生意来皮厚心黑,对自己的母亲和兄妹却相当孝悌。谁的一份年终分红该得多少就是多少,存在店里作周转的现款拆头寸时该付多少利钱就付多少。

方丽清从小家里溺爱,当作掌上明珠,来说媒的不少,左挑右拣,反倒耽误了青春,到三十岁仍未出阁。童霜威同她初见面接触后,满意她的容貌,却不满她的娇惯和脾气古怪。做介绍人的那个上海地方法院院长褚之班,劝告童霜威说:"她三十岁,老小姐了!年岁大些,脾气也不太好,可是艳如桃李,确实漂亮。这家人家有财神菩萨保佑,就这么一个独养女儿,啊呀,宝贝得像只凤凰!老太太一闭眼,那份财产少不了又要落在女儿名下。谁娶了方家这位千金,啊呀,等于开了一座金矿。你做官有权,她浑身是钱。这门亲要是做成了,岂不妙哉!"果然,那是五年前,春三月的一天,在上海"一品香",童霜威和方丽清举行了盛大的婚礼。婚后,方丽清偕同大批嫁妆——十五口大箱子、全套银台面银器摆设、一整套红木大小二十四件家具。……浩浩荡荡,用卡车和汽车装着,随童霜威来到了南京潇湘路。两年前,方老太太又从上海给她送来一个十三岁的小丫头金娣,专门侍候她。

家霆一边做代数题,一边头脑里总是想着方丽清。

方丽清婚后到了南京,仍喜欢上海,认为南京样样都不好:咸板鸭太咸,玄武湖冬天太荒凉,夏天热得像火炉冬天冷得像冰窖,电影院太小,电灯不亮,夫子庙太脏。……她老在想上海,想她的姆妈和阿哥。一年里,她带着金娣至少要回两趟上海,每趟起码住三个月以上。童霜威也常在礼拜六坐夜车到上海,礼拜天玩上一天,又坐夜车回南京,礼拜一好参加纪念周。头一年,家霆也随爸爸到上海去。到了上海后母方丽清的家里,家霆叫方老太太"好婆",叫戴眼镜瘦骨嶙峋的方雨荪"大娘舅",叫胖得像弥勒佛的方立荪"小娘舅"。那些舅妈、表哥什么的也都一一恭恭敬敬地叫。可是他虽小,却感到谁也不喜欢他,谁也看不起他,连方家的厨师傅、女用人也背地里叫他"小赤佬"。方丽清整天对家里人笑,见到了他总是变得阴阳怪气。家霆这就明白:自己死了母亲,是再也得不到母爱了。他在一些故事书上常看到后母虐待前妻子女的事,现在有了切身体验。既然你后娘冷冰冰地对待我,我也会冷冰冰地对待你!只是当他闲来独自唱着《可怜的秋香》那支流行歌曲的时候,唱到"秋香,你爸爸呢?秋香,你妈妈呢?……"他总是感到心酸。他是无法解释自己为什么会那样心酸难过的。

现在,后母方丽清又要回来了!是什么原因这么撩动家霆的心弦,使他简直无法集中思想做代数题呢?是什么原因这么撩动家霆的情绪,使他忽然在一刹那间,这么想念起自己的亲生母亲来了呢?

尽管,剩下的印象早已不多,也该像飘散的烟雾越来越淡薄了。但童年的记忆,只要能烙印在孩子脑海中的,常常是格外的鲜明。他能记得母亲是一个非常美丽的女人,他能记得母亲那双深邃、好看的黑眼睛。有一天,天气非常热,妈妈抱着他。他大约只有四五岁吧？午睡刚醒来,也说不出为什么,幼小的心里抑郁得使他哭个不停。妈妈贴着他的小脸,"啊啊"地哄他,抱着摇着他,从房间这头走到房间那头。可是,他止不住哭。好像,爸爸看他老是哭个不停,发了脾气。后来,后来就记不得是怎么的了。这也许是对妈妈的一点最早的记忆了吧？后来,好像有一次妈妈抱过他,亲着他,连脸带耳地吻他。妈妈流着泪,冰凉的泪水沾湿了他的小脸。后来,就……再也见不到妈妈了！爸爸对他说:"你妈妈死了！永远见不到她了！"

尽管这样,家霆有时总要想念妈妈。那些难忘的往事,一直保留在他记忆中,像美妙的童话一样。看到同学们都有妈妈,家霆有时会想:假如妈妈还活着,该多好啊！可是,妈妈确实是不在人世了！永远不会出现了！在梦中,家霆不止一次梦见过妈妈,妈妈总是原来的样子,又年轻,又美丽。家霆曾拽住妈妈的手,问:"妈妈,你为什么丢下我不回来了？"有一次,在梦中,妈妈腾云驾雾似的回来了,家霆哭着扑到妈妈身上,哽咽着说:"妈妈,你别再走！我想你！……"妈妈笑着点头,可是梦醒了,妈妈也不见了。

现在,家霆想着想着,不知不觉间泪水湿了睫毛,滴在代数练习本上。隔壁房里,冯村已经停止了他那嚼生蚕豆似的读日语声。天色不知什么时候已经向晚了。窗外有灰蒙蒙的薄雾。忽然,他听到汽车喇叭声,听到"老寿星"刘三保的开铁门声。他明白:爸爸回来了！他急忙用手背拭干了泪水,努力使自己专心去想代数题。这时,已经听到童霜威那"橐橐"响的皮鞋声走进隔房客厅里了,听到冯村的声音:"秘书长回来了？"童霜威好像是"唔"了一声。家霆能估计到:爸爸一定是在脱下他的獭皮领黑大衣。冯村一定是在接过爸爸手上提的那个公文皮包。爸爸总是把有些案子的卷宗带到家里让冯村起草判决书的。

一会儿,通向客厅的那扇门"呀"地开了,出现了童霜威魁伟的身影。家霆忙站起身叫了一声:"爸爸!"

童霜威那张威严的脸上露着笑容,说:"今晚,你妈妈从上海回来,我带你一起去和平门车站接她。"

家霆低声叽咕了一句:"我不想去。"

"不去?"童霜威那高大壮实的身躯朝前走了几步,"为什么?"他好像懂得孩子的心理,收回刚才那种严厉的语调,恢复了和善,劝导地说:"你应该去的,爸爸带你去。"也没容家霆再说什么,他已经离开家霆从通向走廊的那扇门走出去,皮鞋"橐橐"地上楼去了。

家霆看着爸爸走了,心里更乱。练习题中一道麻烦的代数题更做不出。他并不傻,懂得爸爸要他去接方丽清,是要他讨好后娘,免得方丽清不高兴。这样一想,他就自己安慰自己:去就去吧!但心中有数:反正,我去,你也不会欢喜我,我也不会欢喜你!既决定去了,安下心来,匆匆赶着做代数题。他本来聪明,功课一向不坏,这会儿,安下心来,像开了窍,那道像拦路虎的代数题竟做出来了。

外边,天色暗下来了。听到童霜威的皮鞋声又"橐橐"走下楼来。听到庄嫂出现在门口叫嚷:"家霆,开晚饭了!"听到冯村那谦和的语气在同爸爸边谈边走向吃饭间去。家霆匆匆把代数题的答案从草稿纸上抄到本子上,起身穿出房间通往走廊的门向吃饭间走去。一股油煎鱼的香味夹着红烧肉的香味扑鼻而来。吃饭间桌上,早已摆上四菜一汤。这是方丽清定下的规矩:每天两荤两素一汤。童霜威在上首坐了,家霆和冯村在两边一坐,庄嫂盛了饭站在一旁侍候。冯村照例是喋喋不休,像个"包打听"也像个"广播电台"。他一面嚼着红烧肉,一面告诉童霜威:管仲辉说是养病悄悄去上海已经十多天了。今天才听说,他的办公厅副主任已经辞职照准了。邻居家的事,家霆也关心,一边吃鱼一边听到童霜威说:"何应钦还是不会失宠的。他至多找点像管仲辉这样的人替他受罪。中央还要对西安用兵,老蒋还要他来调兵遣将对付东北军和西北军,对付共产党。管仲辉有的是钱,到上海去花天酒地享享清福,我看比在南京中央医院里住着装病舒服得多。"

冯村哈哈地笑着。接下去,童霜威就谈起一件棘手的提付弹劾的案件来了。被提付弹劾的巧不巧正是上海地方法院的院长褚之班。褚之班同童霜威本来仅是一般的交情,只是自从介绍了方丽清这个婚事以后,他就自认为是童霜威的莫逆之交了。童霜威看在他是媒人的份上,亲近三分,但谁想到褚之班却在上海胡作非为。他屡次买卖案件,收受贿赂。一个当事人被逼得自杀。死者同某海上闻人有点关系,事情终于暴露,先是在上海一家小报上披露,接着又在《申报》上披露。事情闹大以后,司法院里有褚之班的一个对头冤家,在居正面前煽风加油。兼着中央惩戒委员会主任委员的居正,亲笔批示将案子交到童霜威手里,要他尽速处理。童霜威此刻吃着饭叹口气说:"唉,褚之班实在给我出了个难题做。他来了信,意思我明白,但他的事如此棘手,叫我怎么办?"

冯村迟疑着说:"万不得已,压一压吧!大事压成小事,小事拖成无事,也就是了!"

童霜威摇头,吃着开阳虾米炒菠菜,说:"他这案子没法压。今天会上,要我尽快给予惩戒。"

冯村咽着饭说:"是啊,那就难办了。"

吃饭的气氛顿时变得沉滞了。童霜威看见家霆低头在扒饭,夹了块鲫鱼肚子给儿子吃,看看表说:"正好!吃完饭稍休息一会,去接她们正好。"他对冯村说:"我带家霆去,你不必去了。"

冯村知趣地说:"好,本来,我是想去接师母的,是个礼貌嘛。可是家霆去接接好。我不去,师母会原谅的。"

童霜威喜欢冯村这种通情达理又灵活的态度,喝口榨菜肉片汤放下碗笑着说:"我对她讲,你本来要去接的。车子坐不下,所以没去,她会高兴的。"说完,站起身来,去桌上小玻璃牙签瓶里取牙签剔牙,又接过庄嫂递来的热手巾把擦脸擦手。

家霆、冯村也都吃完饭站起身来,大家一起到客厅里坐。客厅里有火炉,比吃饭间里暖和多了。庄嫂又给童霜威送西洋参茶来。童霜威坐在沙发上,用茶漱口往痰盂里吐。冯村在他对面坐着。家霆不想再听他们聊天,往自己房里跑,想把代数本子上最后一道题做完。

当他做完最后一道题时,真巧,童霜威让冯村来叫家霆穿上大衣一起去和平门车站了。家霆戴上绒线帽,穿上短黑呢大衣,走到客厅。童霜威已经穿上獭皮领大衣。他给家霆把绒线帽戴正,说:"走,记住!见了妈妈亲亲热热叫一声,知道吗?"

家霆点头,心里想:她才不稀罕我叫她哩!他记得每次叫方丽清时,方丽清冷着脸"唔"一声,声音总是冷冰冰、阴森森的。

"老寿星"刘三保开亮了两盏门灯,又打开了大门。童霜威叮嘱:"门灯不要熄,我们回来时要开着,不要弄得漆黑抹乌!"尹二的"雪佛兰"汽车早从汽车房里开出来停在门口。冯村送童霜威和家霆上车。尹二"嘀嘀"揿了两下喇叭,"雪佛兰"飞也似的驶出了潇湘路。

城北一带,天黑后荒凉、静寂,一盏盏金莲似的路灯吐着昏黄的光芒。两边树丛中远远近近稀稀落落的房舍里,电灯光也不明亮,都像鬼火似的眨着眼。和平门火车站离潇湘路近,这是个小站,比不得下关车站热闹。由上海到南京的火车,在到达下关前在此略停一下车,让住在附近的乘客就近下车。尹二驾驶着"雪佛兰"到达和平门车站,站外一片冷落。灯光很少,路边只停着少数几辆接客的破烂马车和黄包车。一个穿破长袍的算命瞎子,让一个八九岁大的小女孩扶着走过,"叮当—叮当—叮当—"招徕着顾客。尹二将车停得靠近车站进口,下车去递了一张童霜威的名片给站上守门的。童霜威带了家霆下车,进站向月台上走去。

简陋的月台上空荡荡的,风在吹天扫地。除了铁路工作人员和"红帽子"外,只有零零落落几个接客的人。铁轨宁静而又神秘地伸向远方。童霜威看看金怀表,说:"还有五分钟火车要到了。"他嫌外边月台上风大,带着家霆到车站的值班房里想找个地方坐坐。值班房里生着一盆煤火,煤火悠悠冒着青烟。几个道班工人都有那种被生活压垮的阴郁面孔,一起在火上用手提的钢精饭盒煮着吃的,一股熟萝卜味臭得难闻。童霜威带着家霆掩鼻退出来,看看手表,已经快到点了,隐隐听到火车尖利呼啸的鸣笛声和"隆隆"声了,说:"快了!我们在月台上吹着风等等吧。"

不到三分钟,沪京特快列车已经停在和平门月台上了。从二等车的车厢中——方丽清是只舍得坐二等车的——下来了方丽清和金娣。金娣从车上往下急急忙忙递了大大小小五六件东西:有大皮箱,有小皮箱,有大纸盒,有小纸盒,有帆布包,有小网篮……最后,从车玻璃窗里,同座的一个胖旅客还帮着将一串水果篮、油面筋泡篮递下车来。童霜威和家霆连忙跑上来迎接。家霆背上被爸爸用手一推一捏,明白爸爸要他赶快亲亲热热叫一声,就叫:"妈妈!"但声音显得陌生、疏远,像被西北风吹散了似的刹那间就飘逝了。方丽清似理非理地"唔"了一声,声音不带一丝感情,轻得像蚊子叫。家霆发现:方丽清到上海住了一段时日,变得更白嫩了,头发新烫过,胭脂唇膏涂得通红。她对着童霜威笑,嘴里却带着埋怨地说:"你该带冯村来的嘛!你看,这么多东西!……"那小丫头金娣,本来眉清目秀,在上海住了一段时日,也长得水灵灵的,满头是汗地在搬东西。家霆忽然觉得她容貌很像自己学校里同班的女生欧阳素心。欧阳素心是班上大家公认的美人,家霆同她合演过舞蹈。他走上前去帮着金娣将一只小皮箱提在手里,好心地说:"我来帮你!"

火车已经"呜——"叫着开向下关方向去了,声音凄厉、悠长。一些"红帽子"拥上来,童霜威说:"'红帽子',快帮着搬一搬!"

方丽清咕噜了一句:"家里有的是人,还要花钱雇'红帽子'!尹二怎么不进站来?"

两个"红帽子"拿出绳子,连捆带扎,扛着提着大大小小的物件,随童霜威等出站上汽车。金娣靠着尹二坐在前面,童霜威和方丽清带着家霆坐在后面。物件太多,汽车后边的空仓塞满了箱子,金娣手里捧满了东西,后座里也塞满了东西,连童霜威、方丽清和家霆身上也高高堆满了东西。

方丽清唠唠叨叨:"你看看,东西带的多不多?吃的、用的,我恨不得把上海都搬到南京来!"

童霜威捧着几只叠在身上的大大小小盒子,都是女人衣料、化妆品、床上用品什么的,打着哈哈:"你真会花钱!"心里却想:她对人吝啬对自己实在大方!

方丽清"咯咯"笑着:"钞票是花得不少,可不是花我的!"

"怎么?"

"褚之班这次手面真阔绰,我推也推不掉。他对我们真是好!送了两张永安公司五百元的礼券。这些东西里有一半是他买了让我带回来的!他还在瑞士洋行和伟大绸缎庄买了十几盒衣料给我们。我临上火车,又赶来送了那么多吃食:维尔趣葡萄汁、桂格麦片、花旗蜜橘……一应俱全。"

童霜威后脑勺冰凉,像有西北风吹,说:"哎!你知道他为什么这样?咳!"

方丽清"咯咯"一笑:"我当然知道!他让我给你带一个口信,说:他的事全靠你帮忙!雨荪和立荪说:这比做生意方便,也比做生意保险。叫你不要做戆大,有钞票能进账千万不要放弃!"

童霜威脸色煞白,生气地说:"他们弟兄俩是做生意的,只知道赚钞票,哪知道官场事的厉害!褚之班这件事办得不漂亮,你这件事也是做得不地道,你这可害苦了我了!"

"哪能?"方丽清不可理解地望着童霜威说,"做官有不要钱的吗?做官总不能喝西北风呀!褚之班是我们的媒人,这点面子你也不给?"

尹二把着方向盘,竖起耳朵听。家霆把头靠在后垫上默不作声也在听。童霜威不愿当着尹二和家霆的面谈这事,闭口不言了。只听得汽车疾驶,风声呼呼。方丽清从车窗里张望着黑黝黝的窗外,叽叽咕咕开始埋怨:"南京这鬼地方,像乡下!看不见双层公共汽车,也看不见霓虹灯!这时候,上海滩上跳舞场刚开始营业,大马路上人来人往,这鬼地方已经一片漆黑像阴间了!"

没谁理会她。家霆明白:爸爸是因为刚才褚之班的事,心里不高兴。褚之班,是个挺着大肚子的矮胖子,下巴上一颗黑痣上长着几根黑毛,说话时会抖动。到潇湘路来过好几次,一说话就"啊呀啊呀"的带笑。家霆不喜欢他。……正想着,汽车已经转进了潇湘路。远远只见公馆铁门两侧的大门灯灿烂辉煌地照亮着。只听童霜威对方丽清说:"看!灯亮不亮?欢迎你呢!"

谁知方丽清扫兴地哼了一声,说:"准是那个杀千刀的刘三保!这么大的灯泡,开着长明灯,要浪费多少电钱!冯村也不管管!真是花别人的钞票不心疼!"

童霜威知道,她这种上海滩上生意人家出身的小姐的吝啬脾气又来了,劝解着说:"是我叫他们开的,想让你高兴高兴!你看,要是你回来,偃灯熄火一抹黑多不好!"

汽车喇叭"嘀—嘀"一响,尹二在大门口煞住了车。刘三保已经"吱吱呀呀"地推开了大铁门。尹二将"雪佛兰"开进大门到了客厅台阶前。童霜威挪开身上的几只盒子,高兴地开了车门,说:"来!……到家了!到家了!"

冯村首先在大门口迎接,恭敬有礼地叫着:"师母!"庄嫂、刘三保也上来叫方丽清:"太太,回来了!"

童霜威对冯村和庄嫂说:"快,把东西接过去。"

方丽清下命令地说:"把我的东西都送到楼上去,不要乱动!"她也挪动身上的东西跟童霜威下了车,一起走向客厅。打着两条短辫的金娣自己搬着东西,又在那里对着庄嫂叫嚷:"轻点!轻点!不要碰坏了!"

家霆捧着些篓子、篮子独自下车,没有人理会他。大家的注意中心都放到方丽清和她带来的东西上了,东西实在多,人人手里都提着抱着东西送到客厅里,由金娣一人像老鼠搬家似的陆续送上楼去。方丽清是不准人胡乱随便上楼的,嫌人家的脚太脏,踩脏了地板。家霆不愿送东西上楼,将手里的篓子、篮子等一起搁在客厅门口,独自趑回自己房里去了。

通向客厅的门开着,家霆听到爸爸同方丽清坐在火炉旁的沙发上清晰的谈话声。

童霜威刚才在汽车上的不愉快似乎早消失了,话声中又出现笑意了,说:"这下你回来,可好了!家里怎么能缺少主妇呢?你不在……"底下的话听不清楚,是被哈哈的笑声淹没了。

从门缝里向客厅看去,见庄嫂正忙着送茶、送洗脸毛巾,闻得见洗脸毛巾上的花露水香味。

童霜威体贴地对方丽清说:"休息一下,喝点茶,一会儿吃饭,我们已经吃过了。等会儿我再陪你吃一点!"

方丽清好像在喝茶水,忽然说:"我不然还要在上海住些日子才回来的,是雨苏和立苏劝我快点回来过正月十五。日本有七艘兵舰开到了上海。上海都传说,要同日本打仗。我心里实在不放心,上次写信给你,你回信也不回答。到底打不打得起来啊?"

童霜威哈哈笑了,说:"是啊,老蒋从西安回来后,南京也盛传我们要对日本作战,要收复东北什么的。其实,南京政界都认为老蒋不会下这么大的决心。听说老蒋现在让大家对日本、对共产党,乃至对张学良、杨虎城的问题都不要随便说话。"

方丽清好像舒了一口气:"你这一说,我就放心了!你也给雨荪和立荪写封信呀!他们做生意,全靠消息灵通。"

庄嫂来请方丽清去吃饭,站在门口说:"太太,开饭了。"

然后,家霆听到脚步声离开客厅向吃饭间去。客厅里只有壁上的大挂钟"滴答滴答"响,突然敲了八下,别的声音都静下来了。

家霆不想再干什么,关上通往客厅的门决定睡觉。家里多了刚回来的方丽清和金娣,似乎热闹些了,他心里却更寂寞了。没有谁来理睬他、关心他。他从窗户里向外张望。外边黑黝黝的,无际无涯漆黑的夜空中,他看到了许多星星,像晶亮晶亮的金刚钻似的星星,也像一只只魔鬼的眼睛在狡狯地眨动,冷酷,无情。

他湿润着眼脱衣上床,被窝里冷冰冰的。他"啪"地将床头的台灯开关关了,房间黑了,变成了一个黑箱子,严严实实,压得他喘不过气来。只有通往客厅的那扇门的门缝里有灯光流泻进来。窗外,是黑黝黝的暗夜。家霆有些害怕,又"啪"地开了灯,房里灯光又亮了。他眯上了眼,其实并无睡意,眼面前却出现了妈妈柳苇的音容笑貌。妈妈似乎在柔声说:"家霆,你想妈妈吗?妈妈爱你……"妈妈那两只深邃、美丽的眼睛无限慈爱,十分亲切。家霆仿佛感到妈妈在用手温暖地抚摸着自己的头发。他躺着,流着泪,似睡非睡。又过了一会,听到脚步声上楼。又一会,听到楼上留声机唱片声。一个女声在唱:"夜来,带酒,和春睡……"他明白,是方丽清在放床头花梨木柜橱上的高脚留声机。她不在,是不准别人碰的。留声机唱片的乐声传来,他听着,不知不觉间,睡熟了。

好心肠的庄嫂侍候方丽清和童霜威吃完夜宵上楼去后,洗完碗筷,在厨房里收拾完毕,决定去看看家霆。她是个寡妇,死过男人和一个独生子,能体会到人世的沧桑和人情的冷暖。她想:今夜后来怎么没见到家霆出来呢?可怜的孩子呀!晚娘根本不爱他,今夜,他爸爸也冷落他了,他心里会怎么想?

庄嫂快步到家霆房里,见灯光亮着。她走近家霆的床边,只见家霆睡着了,眼角含着泪水,腮上也有未干的泪痕。她不禁深深叹了一口气,给家霆掖好被角,"啪"地给他关熄了电灯。

二

二月中旬,虎踞龙蟠的南京城里,中央要人们最关注的是中国国民党五届三中全会了。西安事变后召开的这次会,自然不同寻常。大家都关注着会上将有什么风云变幻,老蒋在这次会上是什么态度。天气,滴水成冰,政界的空气却是沸腾的。

三中全会结束那天,童霜威心里特别烦闷,他最生气的是自己到今天,连个中央委员也不是。唉,都是由于没有派系的原因啊!没有派系,自己就孤立,无足轻重;没有派系,就缺少人捧场,缺少互抬互高;没有派系,就只能在各派各系斗争夹缝中独自彷徨。……虽然方丽清回南京来了,除了办公和出外交际、应酬外,回家不那么寂寞,但方丽清是个不能谈政治的人。这点同她那两个善于做生意的哥哥毫无二致。童霜威记得:当年经过褚之班介绍初同方雨荪、方立荪见面时,方雨荪劈头盖脸问过这位未来的妹夫:"你做的官比上海的税务局长是大还是小?"童霜威当时尴尬得啼笑皆非,心里倒是明白:未来的郎舅问这,是因为他只懂得上海的税务局长权力大,能捞钞票;那位未来的小舅子方立荪,也直来直去问过童霜威:"你银行里存了多少钞票?每月除薪水外,能有多少外快?"童霜威对这种赤裸裸的金钱买卖问题感到难以回答,当时也只好笑脸敷衍。从此,对两个舅子只想敬而远之,不想再同他们多谈山海经了。平时,方丽清同童霜威谈话,谈吃,谈穿,谈上海,谈银行存款,谈怎么精打细算……她都还行。可是,谈政治,用上海话说就是"丫丫鸟"了。比如童霜威告诉她:张学良本来经过军事法庭审判,判了十年徒刑,结果国民政府给了他"特赦",为了不放他回西安,又用"交军委会严加管束"的名义,把他软禁在南京。方丽清就不懂了,问:"为什么呢?"童霜威一五一十地解释,告诉她:"国民政府就是老蒋!军委会也就是老蒋!"她更糊涂了:"这是怎么回事?"童霜威再解释,方丽清还是似乎不开窍,她一边听一边在往指甲上搽"蔻丹",一个指头一个指头地搽得很专心,最后说:"好在张学良在南京也有洋房住,也有汽车坐,也不愁没有钞票用,怕什么?"

比如,童霜威告诉方丽清:"老蒋从西安事变脱险回来后,一再请辞军政各职,但中常会也一再决议挽留。"方丽清就不明白了:"老蒋真是'阿曲死'!有这么大的官哪能不做?"

比如童霜威看了方丽清带来的褚之班的信,不写复信,方丽清就今天催明天催:"你哪能不写回信呀,他在等回信的呀!"童霜威皱眉说:"我不能写!写了白纸黑字落了痕迹怎么办?再说,他的事我已经帮不上忙了!"方丽清就气得粉脸泛红,嘟着嘴扭转身子,说:"你这瘟生!怪不得立荪说你是'戆大',钞票送到门口也不敢要!胆小得像芝麻!"

诸如此类的事,多得数也数不清。童霜威终于明白:同她是谈不得政治的,要谈政治只会带来不愉快,同她只能谈那些能够谈的吃穿之道,声色之事。

现在,五届三中全会结束了,流言蜚语到处流传,童霜威终于憋不住了,想在外边找点朋友谈谈。傍晚,他坐"雪佛兰"轿车回到潇湘路公馆,进了大门,见家霆正同谢元嵩的儿子谢乐山在花园里高举绑着白布条的长竹竿赶鸽子飞。一群鸽子带着哨子飞得"嗡嗡"响,绕着圈子在花园上空高飞。家霆和谢乐山"啊!啊!"地大声吆喝,兴高采烈。见到谢元嵩的儿子,童霜威朝他笑笑,这个谢乐山的脸像他老子,也是蛤蟆嘴蛤蟆眼。

童霜威上楼,方丽清在绣花消遣。金娣见先生回来了,侍候着童霜威洗脸,端上茶来。休息了一会,童霜威又决定洗澡。洗完澡,同方丽清一起下楼吃饭。饭后,天墨黑了,童霜威决定让冯村打个电话联络一下,去叶秋萍公馆同叶秋萍谈谈。他对方丽清说:"你上楼吧。我去找叶秋萍谈谈,马上回来。"

冯村打完电话,来到客厅,说:"秘书长,叶处长在家,说欢迎您去,他恭候大驾。"

童霜威听到叶秋萍用"欢迎""恭候"这种字眼,心里感到高兴,马上从沙发上起身,穿上大衣,说:"那你陪我去一趟。"

两人并肩出了大门,绕道到叶秋萍公馆,冯村揿了门铃,那条黑白花的哈巴狗又"汪汪"乱叫起来。叶公馆门房里马上出来一个副官开门。灰色大铁门边,沉重的门扇开了,副官喝住了狗吠,恭敬地将童霜威迎进去。副官不过二十多岁,穿一套黑色中山装外加军棉大衣,延请童霜威到客厅里坐。

冯村告辞说:"秘书长,你回来前打个电话叫我,我来接您。"

哈巴狗被赶进下房里,仍在"汪汪"乱吠。童霜威点着头跟那副官进了客厅,心中不禁充塞了感慨之情,想起了西安事变发生后的那个夜晚叶秋萍来夜访的情景来了。此一时也,彼一时也。那时,叶秋萍夜里来托我打听管仲辉的动态,有求于我;他心神不宁,思虑重重。今天,是我来夜访,想从他这里知道点中枢动态。他却是已经春风得意、趾高气扬了。又想到管仲辉已经下台去上海"养病",栽了个大跟头,不免又欣慰自己当时站在中立立场,未曾卷入漩涡,总算未得罪叶秋萍。虽然这一向,未有来往,至少还保持着客气。这样一想,心里才舒坦三分。

坐在沙发上,打量起客厅的布置来。叶秋萍的客厅,令人有一种肃然、寒冷的感觉。那色调好像是有心调配成青白色的,以求与党旗上的青天白日一致。沙发套、台布、窗帘布,不是青的就是白的。墙上有中山先生写的"天下为公"的镜框和装着中山先生像的镜框;有蒋介石戎装光着头戴白手套握着指挥刀正襟危坐的照片镜框,有蒋介石亲笔写的"亲爱精诚"四个毛笔字的镜框。除了四个镜框,墙上一片雪白,整个客厅简单、朴素,毫无别的摆设。天冷,客厅里虽生着一只火很旺的铁炉,童霜威仍然不暖,看了摆设,心里更有一种寒丝丝的感觉。只有一只细瓷天蓝花瓶里插着几枝腊梅,叫他看了心里还觉得舒服。

一会儿,副官送了一杯盖碗茶来给童霜威放在茶几上,又敬上香烟,给童霜威点火。就在这时,叶秋萍的身影出现在客厅门口。一进来,他脸上就阴森森地先露出了那种使童霜威感到阴冷的笑容,拱手用一口浙江官话说:"啊,啸天兄,稀客稀客!这一向,实在太忙,没有到府上去拜望……身体可好?"

童霜威也哈哈笑着,心里暗想:你哪是什么忙呀!你是出入权贵之门去烧香,不到我这冷落的门庭来走动罢了!嘴上说:"好好好,秋萍兄,你气色也好得很啊!我其实常常想来请教,只是知道你日理万机,多来打扰不便,所以未来。三中全会今天结束了,恰巧得闲,不免想来谈谈。"

叶秋萍阴森森一笑,在童霜威对面沙发上坐下,说:"好啊,好啊……"年轻的副官用托盘送盖碗茶来给叶秋萍。叶秋萍接过来就右手托住茶盘,左手用茶碗盖拂住浮在面上的茶叶,喝着茶说:"延安有电报来的事想必啸天兄已经知道了吧?"

童霜威点头,也端起茶喝。他早知道三中全会开会前,共产党发来电报,提出五项要求,不外是合作抗日等等。可是听说大会上反共的气焰也不低,因此,点头说:"听说蒋先生今天在会上发表了演说,允许开放言论,又允许释放政治犯?"

叶秋萍阴阳怪气:"说由我们说,做也由我们做。三中全会上,根绝赤祸与联共、联俄斗法,很难说我们是失败了!以后嘛,罪状较轻以及业已悔悟的政治犯也许会释放一些,党内一切报纸、杂志及文告中,有关共匪、赤匪字样也许不再复用。可是要想让共产党占上风,那是办不到的。"说到这里,他不断搓手,显得歇斯底里。

童霜威是反对日本侵略的。一种爱国的观念使他对日本侵华十分反感,但却又怕战争真的降临,思想就陷在矛盾苦闷中,问:"听说大会议决要收复冀东、察北与取消冀察政务委员会,这不至于刺激日本引起中日之间的纠纷吧?"说着,掏出白手帕来擦手上的汗。

叶秋萍也从茶几上的香烟筒里取出一支"茄力克"烟来吸,点火喷着烟说:"大会是有这些决议,这并不是说我们要同日本作战,而是警告东京:从现在起,你别欺人太甚!如果再步步进逼,我们就不得不抵抗!"

"这样,战争的可能性有没有呢?"

"依我看,战争的可能性也许不是大了,而是小了!"

童霜威喷一口烟陷入了沉思,将信将疑。他望着叶秋萍那既阴险、跋扈又独断独行的表情,突然又想起管仲辉来了。在潇湘路的两个邻居中,同管仲辉来往交谈,他戒心小,同这个干特殊工作的叶秋萍交谈,不但戒心大,还老是有一种受威胁的感觉。今夜谈话,叶秋萍还算坦率,只是语气居高临下,得意的神态溢于言表,使童霜威感到不快。他还想谈谈和与战的问题,就说:"最近,内人从上海回来,说西安事变后,蒋先生脱险回来了,上海就盛传中日之间战争不可免。现在,三中全会开得这样,是否更会刺激日本人?日本人会不会在南方肇事?"

客厅里本来有点腊梅的香味,此刻早被烟味盖没了。

叶秋萍阴丝丝地笑笑,似乎听而不见,未曾作答,忽然转题问:"啸天兄,可知道管仲辉的近况?"

童霜威有点紧张,说:"不知道呀! 不是听说他去上海养疴了吗?"

叶秋萍目光阴冷,点头说:"是呀,他哪里真有什么病! 据我掌握的消息:他在上海整天泡在跳舞场和脂粉堆里,很可能是学的蔡松坡当年哩! 这种人,心怀叵测,不可不防!"

童霜威明白:管仲辉的行动是在叶秋萍手下特工的监视中,不禁想到,听说老蒋从西安回来后,对何应钦等也是将戴笠手下的人派去监视调查的,心中不禁感叹。正想还多谈谈,见那年轻副官进客厅来了,说:"童秘书长,冯秘书来电话,说太太请您回去。冯秘书马上来接您!"

童霜威揿熄香烟,心里气恼,还刚开始谈哩,丽清什么事又来叫我呀? 又一想:咦,准是有什么人找我有要紧事,冯村玩的花招。因此,笑着向那副官点头,又对叶秋萍说:"内人这两天外感风寒,有些伤风感冒……那,我回去看看。"

叶秋萍站起来送客,显然他并不想多谈,童霜威告辞正合他的心愿。他阴丝丝地笑着打趣道:"夫人命,不可违! 改日有空,我再去府上拜望吧!"他回首对副官说:"送一送! 用车送一送。"

童霜威连连摆手:"不用不用,咫尺之遥,我要散散步。"

两人分别,副官送童霜威出了大门,打着手电,正走到半途,见冯村打着手电也匆匆来了。童霜威叫那副官回去,同冯村并肩沿着潇湘路走回一号去。四周宁静,风吹嗯哨,树枝摇晃,有绿荧荧的磷火在远处池塘边上时隐时现地飘荡。见那副官走远了,童霜威问冯村:"谁来了?"

冯村笑了,表情似乎是说,你真猜到了啊,压住嗓音说:"秘书长,谢元嵩谢委员来了。我跟他说,你去散步了。"

潇湘路两边老柳树周围氤氲着淡淡的雾气,望过去黑暗中一片朦胧,飘飘渺渺。

童霜威想:冯村不向谢元嵩透露我是在叶秋萍家,大约认准他是汪派,真是机灵,夸了一句:"好!"心里忽又一怔,马上想起江怀南的事,包括那笔厚礼,包括那张照片,包括那份"章程"。

自从那次在粤菜馆吃蛇宴后,童霜威和谢元嵩还没有交往过。可能是双方都有意回避所造成的吧?既然有江怀南的事,童霜威心里就想:同谢元嵩少来往,是避人耳目的一个方法。谢元嵩也有同样想法,所以也不来亲热。童霜威心里想:我为人谨慎,一向注意清廉,非万不得已不爱做这种贪赃枉法之事。上次谢元嵩把话说得入木三分,太地道了,有违他的好意,也太死板。他又摆了个圈套,把我请入了瓮内,加上江怀南确实是个能干人,一环一扣安排得严丝合缝,懂人心理,给人甜头,设置得使人有安全感。我何必众人皆醉惟我独醒呢?只要事情保险,何乐而不为?江怀南仍在做他的吴江县长,他的案子我已经决心搁置起来。筹办"威南农场合作股份有限公司"的事,江怀南已经来过两封信。一封信是说湖田范围早已圈定,股份已经集齐,有限公司已经成立;一封信是说:公司已经正式办公,湖田俟春天来到就可招人开垦,并附来了一张挂着"威南农场合作股份有限公司"招牌的办事处门口的照片。童霜威都没有回信,自然也用不着回信。大家心照不宣。有些事就是这么心照不宣办得妥妥当当才最好。……可是,今夜,谢元嵩突然来了,为什么?为什么?

前面已是潇湘路一号的大门口了。红漆大铁门两旁的门灯亮得辉煌,将公馆洋房墙上枯凋了的网状"爬山虎"藤蔓,照耀得峥嵘多姿。门口停着一辆"别克"牌轿车,这是谢元嵩的。童霜威加快了脚步,同冯村一起走向大门,心里思忖:自从汪精卫由欧洲乘法国轮船"阿拉米利号"到香港,又由香港回南京后,这一向,汪派、改组派的一些大将们都无形中又得意抖擞起来,谢元嵩也不例外。今天三中全会结束了,他夜里来,是不是为了表示亲近,要将从汪精卫那里得来的三中全会上的种种消息透露给我的呢?

童霜威偕冯村来到大门前,"老寿星"刘三保早在等候,冯村在前,引童霜威向客厅走去。客厅里灯光雪亮,童霜威一跨进门,见谢元嵩正像个弥陀佛似的坐在朝南的沙发上抽香烟。童霜威马上笑着招呼:"啊!元嵩兄!我去散步,劳你久等了!"

谢元嵩也起身上来握手,又重新坐下,风趣地说:"啸天兄,真好悠闲呀!三中全会今天敲完了锣鼓,大家都在关心国事,你却像陶渊明似的'悠然见南山',大冷天还出去散步,实在令人钦羡!"

童霜威脱去大衣挂上衣架,在谢元嵩对面坐下,半真半假地牢骚道:"唉,这叫不在其位不谋其政!你我都不是中央委员,虽然忧国忧民,又能怎么?"

谢元嵩揿熄烟蒂,端起茶来咂嘴喝了一口,咧开蛤蟆似的大嘴,哈哈笑着说:"你这个双料秘书长还说不在其位,不谋其政,未免太谦虚了吧?今天三中全会结束了,听我那小儿子说在你家玩,看到你在家没有出去,我是来给你通通信、透透气有要事交谈的!"

金娣进来给童霜威送茶,又用暖水瓶给谢元嵩往盖碗茶里斟开水。童霜威等金娣走了,说:"元嵩兄,你同汪先生接近,我们确实是想听听你的高见呢!"

谢元嵩从茶几上放的"三炮台"香烟筒里拿出一支烟点上火,吸了两口说:"三中全会上,地位仅次于蒋先生的,就是汪先生,开幕辞是他作的。你可能注意到了,他过去常说'抗日必须统一',但这次他说:'当前最重要的问题是收回已失的领土!'他告诉我:在开幕辞中讲到这句话时,全场鼓掌,十分热烈。这说明:外患当前,人心有变。日本逼得太厉害了!就是我们中枢上层人士也不能心甘情愿的总是人为刀俎、我为鱼肉呀！"

童霜威心里想：你蒋介石也好，汪精卫也好，多少年来，谁不明白，你们是什么口号迷人就叫什么口号呀！他清楚记得：民国十六年四月，汪精卫到武汉时，喊的口号是"革命的向左来，不革命的滚开去"的迷人口号，当时就掌握了国民党左派党和政府的全权。后来，三个月后，汪精卫却同蒋介石一样公开反共了！至于"民主"，是汪精卫经常不离口的一个词。实际呢？念这个"民主"经是针对蒋介石的独裁经的。你们向来是什么口号迷人就念什么呀！能当真吗？他点着头，隐蔽着想的那些，又忍不住掏出心里话说："是呀，说真的，战争可怕，我们军备又不如人，我也怕中日开战。但我虽是日本留学生，作为一个中国人，对日本的贪得无厌，实在早就不能忍受。现在，实际上是要改变剿共的局面了。那么，对调整中日邦交也许反而会起好作用了？"

谢元嵩喷着烟笑笑说："就怕单相思不行啊！我听汪先生说：日本新任外相佐藤透露，日本不会变更对华政策。日本政府是要将华北变为独立区域。日本是要继续维持天羽声明之精神。"

童霜威像吃了个堵口梨，说不出话来。稍停，说："那就是说，中日之间的形势可能因三中全会而恶化？"说这话时，他感到谢元嵩与刚才叶秋萍的看法差别太大了。

谢元嵩点着头说："自然！剿共十年，今后是肯定难以为继了！中日形势，共产党是惟恐不恶化，他们好在中间得利。老百姓则抗日情绪高涨，日本少壮派如果冒冒失失，中枢又浑浑噩噩，战争怎么能避免呢？"

童霜威听到这里，感到谢元嵩确实言之成理，不禁暗暗叹了一口气。

谢元嵩吸着烟又说："我这人是言而有信的。我曾同你说过，等汪先生回国后，我要陪你去看看汪先生，同他谈谈。也许，你在奇怪,为什么我不来陪你去呢?其实,也没什么奇怪的。你同汪先生也不是不认识,但要由我来陪你去同他见面谈谈,总得有所为有所求才值得。不然,泛泛一谈有什么意思。这一条,我现在还无把握。"

童霜威标榜清高的劲儿上来了,听到这里,忙说:"不不不,元嵩兄,我无所求也不想有所为。"

谢元嵩不容童霜威说下去,说:"不不不,你听我说!你比我清高,确实有学者风,这我知道。但你是你的用意,我是我的打算,你听我摆布好了。目前,汪先生虽回来了,尚不得志。等到适当时机,我一定陪你同他深谈一番。我的意思是要么不谈,要谈就得让他器重你,有所借重。"

童霜威心想:我并不想做汪精卫的走卒或门客,我也进不了改组派的圈子,我又哪稀罕同他谈什么。他觉得谢元嵩这人就是有这种本事,说话办事云里雾里的把你拨弄得团团转,就敷衍着说:"我早说过,我这人散淡惯了,这事以后再说吧。"

谢元嵩笑着说:"对对对,以后再谈。"突然话头一转说:"刚才话岔开了!今夜我来,是来跟你说一件秘密。我听到一个绝对可靠的消息:就是有人正在谋一个中惩会委员的职位。此人是 C.C. 的。名额有限,此人要上去,必须在原有委员中有一人要下来。据云已经内定要把阁下排挤下来!"

童霜威心里"啊"了一声,像打翻了五味作料瓶,强自镇静,脸色刹那间却变了。说实话,谢元嵩的话他不能不信,却又不敢全信,只能怔住笑笑,装得十分坦然,努力将脸色回复到原来的样子。

只听得谢元嵩又说:"我判断,中日之间迟早要出事。我们之间既然交称莫逆,可以无话不谈。我是为江怀南的事来同你商量的,假如我听到有关啸天兄你的事确实,那你也该留留退路。大丈夫不可一日无权,小丈夫不可一日无钱哪!"

童霜威皱了皱眉,又马上装得平静下来,瞅着谢元嵩那两只凸眼和那副蛤蟆脸,似是问:"怎么?"

谢元嵩说:"我这人最最直率。现在我们既已共事,我老实把底牌掏给你吧。江怀南,他根本不是我的什么内弟,这人家里是巨富豪绅,在安徽南陵县是有名的江三立堂大财主,家有良田万亩。他在县长任上,更是刮地皮的能手。银行里的存款和保险箱里放着的金银财宝数额之大,恐怕不是人能估计到的。放着个财神爷在面前,你我也不必太清高,太书呆子气!我总觉得这江怀南也是个滑头,他简直是把我们当叫花子在打发,给那么一点点施舍,就似乎报答了我们。那什么湖田呀,公司呀,全是欠的!不是现的!那航空奖券,你没中头奖,没中二奖三奖,我也没中!大局既然阢陧,我这人讲实际,欠的不如现的。我不想湖田,也不想要欠的,我对他说过!可是他现在好像有你做了靠山,把我的话当耳边风了。我是来跟你商量的,我们对他要来个孙刘联盟!"

童霜威耳朵都红了,火辣辣的,想:唉,真糟糕!他是一个复杂而矛盾的人,平日不愿干那些违背自己良心的事,很少干过同江怀南来往的这种勾当。听到这里,有点尴尬,不禁辩解说:"元嵩兄,这件事,我是看你的面子才办的呀!"

谢元嵩点头说:"是的,我是系铃人,所以现在我要来做解铃人。一切你都不必担心!只是我也是为你和我都好,我们应当一致行动,由我来向他提出条件,不让他把我们当'阿木林'!也不让他过河拆桥。如果他要弄我们,那,你就听我的安排!在你离职之前,叫他下阿鼻地狱!"

童霜威听到这里,心上一震,突然感到:谢元嵩这人真是心狠手辣。脸上自然不好表露,心里却大增戒备之心,凑合着说:"元嵩兄,这事是你开始经手的,你说怎么办就怎么办。只是我是个谨慎人,事态不能扩大,你要善自处理。再说,这去职之事,我也不是随便由人摆布的。"

　　谢元嵩脸上突然又变得忠厚憨实起来,说:"唉,去职之事当然并未定局,我只是有所闻而已。但你也不可不防。世风江河日下,人心不古,小人太多,我是来提醒你注意的。江怀南之事,有你适才的话我就放心了。我为人最忠厚,也最诚恳,我也不是随便由人摆布的。你对我,尽可以放心。在江怀南这件事上,我估计,我们一致了,他是会乖乖照办的。只要他照办,他的案件久搁也不好,倒不如给他个轻轻的处分,让他下了台阶,了结此事。反正,你等着好消息吧!此事只有天知地知,你知我知,一点纰漏也不会出的。"

　　童霜威边听边想:唉!此事真是悔不当初了!只是已经无可奈何。忽又想到了褚之班的事,褚之班的事似乎更加棘手。在中惩会昨天的例会上,这个案子又被一些人点了一点。他当即表示:抓紧就写出判决书来。当时,有好几个委员纷纷插嘴,有的说:"一定要严惩!"有的说:"要抓紧!"有的说:"《中央日报》可能要发消息!"压力不轻,究竟如何是好?刚才,谢元嵩送来了那么一个气死人的消息,恐怕也不是空穴来风,倒是要去打听打听。但在褚之班的这件事上,无论如何是不能徇情营私的了。

　　正想着,见谢元嵩已经站起身来了,说:"啸天兄,今天我们就谈到这里如何?关于我告诉你的那件事,我倒不是杞忧,你可不要掉以轻心呀!我当再打听打听,只要能尽绵薄之处自当出力。"

　　童霜威苦笑笑,说:"元嵩兄,说实话,我这中惩会的委员,也只是块鸡肋,我也并不恋栈,哪派哪系想要占就来占,我大不了回上海找个大学教教书。君子遇时则驾,逆时则让!我但愿与世无争,与人无争。"

　　谢元嵩未作表示,踽踽迈步,忽然说:"这几天吴大帝孙权墓前后,梅花盛开,香飘万里,到那里骑驴赏梅,值得一游。我昨天刚去了来,你是风雅之士,应当带夫人去一去!"

童霜威点头无语,将谢元嵩送出客厅,送他上了他那辆"别克"轿车。冯村也从他房里赶出来陪同童霜威送客。

谢元嵩走后,童霜威心头拥塞着懊丧之情,有一种自己无派无系的悲哀、孤独之感。他送走谢元嵩,也未同冯村说话,走进客厅,见家霆那间房里亮着灯光,他也不想去看看儿子,只对冯村说:"褚之班的案件,判决书你快替我写好!我再三思考,用'枉法殃民'免职,停止任用三年,你看如何?"

冯村用手拢了一下头发,说:"是否轻了?"

童霜威叹口气说:"当事人也许感到太重呢!这两年来中惩会的惩戒案,像这样就不算轻了!先这么写着吧,开会讨论时他们要加重再说。"

冯村点头称是。

童霜威迈步上楼,心里在盘算着如何向方丽清解释这件事,却又担心:褚之班如果知道我无法帮他忙,他会怎么样?心里闷闷不乐,连上楼的脚步也显得沉重了。

三

春天悄悄地来到了南京城。

潇湘路一号童公馆的花园里,金黄色的迎春花最先盛开。花园里那几棵法国梧桐上的刺毛球落了一地,它那刚发芽的五角形的小叶片,即将织成绿色的网。前边清水塘里的浮萍,开始溢满水面。塘边的柳树、花园里的草皮、竹林中的枝叶,都绽发出一片嫩茸茸的新绿,使人看了心情舒畅。

礼拜天一早,家霆就在花园里那所用铁丝网拦起来的木制五层鸽房前,将鸽子从天窗里赶出来,让它们满天飞。天气晴朗,鸽群在蓝天上绕圈飞翔,白的、灰的、花的……阳光照耀着鸽子的双翅和羽毛,光闪闪地变幻着色彩。鸽哨"嗡嗡嗡"响彻四周。

童霜威还熟睡着。方丽清被飞翔的鸽群哨子声吵醒了。昨夜,她出外应酬,回来得迟了,睡得很晚。她生气地哼了一声,看看天蓝色的丝绒窗帘。窗帘透着清晨的阳光,映得满屋色彩调和。方丽清将身边的童霜威推醒,埋怨地嘀咕:"听听吧!你那宝贝儿子的鸽子!吵死人了!"

童霜威还感到困倦,睁睁眼又闭眼睡了。方丽清又推醒他:"听到没有?一大早就'嗡嗡嗡'、'咕咕咕',这些死鸽子!脏死了!屋顶上、花园里,到处都拉了屎!这符合新生活运动吗?"

见童霜威不想答话,仍旧闭着眼,她语声更响了:"跟你讲呀!这些鸽子能不能不养?一个月要吃好几块钱料豆!这且不说,又脏,又吵,有什么养头!我告诉你,从明天起,一天我要杀两只吃!哪天杀光吃光,哪天就清净!"

她要将鸽子杀光吃光已经提出过不止一次了。童霜威已经司空"听"惯。但今天,童霜威感到她的话音里是七分真、三分假,不能不睁开眼了,烦躁地说:"怎么行呢?你这样做,家霆愿意吗?"

"那,不这样做,我愿意吗?你怎么只想到自己的宝贝儿子,就不想到我呢?"

有些话,一到方丽清嘴里说出来,总要变味。童霜威很烦她这一手,可是没奈何,只好笑着敷衍:"他是小孩嘛!"

"小孩?你说,你是喜欢他还是喜欢我?"

"都喜欢。"

"谁相信!我看,你是宠坏了他了!这小孩,说实话,我是不喜欢的。我要自己生一个儿子!"

童霜威心里发烦。他知道,方丽清为了生不出孩子,在上海住着的阶段,找过好几个中西医在服药、检查、诊治。唉,家庭生活中真是没有道理可说啊!无论如何,童霜威对家霆总是有感情的。他也希望方丽清即使不喜欢家霆也不要厌恶或嫉恨家霆。但他发现,家霆固然对后母有距离,后母对家霆更加冷淡。这就使他常常感到为难了。为此,他甚至觉得方丽清不生孩子倒未始不是好事。可能因为她不生孩子,慢慢地会欢喜起家霆来。但事实上,现在他察觉完全相反,方丽清由于不生孩子,对家霆更憎恶了。她老是叽叽咕咕,唠唠叨叨,早上、晚上都在枕边吵得人心烦。因此,童霜威采取了敷衍手段,说:"好好好,生吧!生吧!"

方丽清哪能听不出童霜威话里那种厌烦的情绪来呢,马上掩面撒娇似的哭了起来:"我懂得,你就是喜欢你那个宝贝儿子。那个死鬼女人的儿子!我真懊悔嫁给你!离开娘家,住到南京这鬼地方来受罪吃苦!……开口闭口,我是主妇!连养鸽子的事我都不能做主!我偏要吃!我偏要吃!看谁强得过谁!"

在这种时候,童霜威发现方丽清虽然漂亮得像胡蝶,却庸俗、狭隘,无知无识,一点也不可爱,不禁深深叹了一口气,起身穿衣下床,听着方丽清仍在床上呜咽着抽泣着唠叨:"我说杀就杀,说吃就吃!你看好!我就是不让养鸽子!新生活运动提倡养鸽子吗?"

童霜威又气又好笑,叹着气笑着说:"新生活运动可也没有说不准养鸽子呀!新生活运动同养鸽子有什么关系呢?风马牛不相及呀!"他这是想用笑来打破僵局,可是毫无效果,方丽清仍旧在床上抽泣。

童霜威只好哄小孩似的走过来坐在床沿上劝慰起来:"好好好,不哭不哭,我跟家霆讲讲,叫他不养鸽子,好不好?"

"那你一定不准他养!"

"我跟他说吧!你也知道的,孩子脾气倔得很。我说件他小时候的事给你听。小时候,上二年级,坐在他旁边的同学将粉笔头掷在黑板前写字的老师头上,老师回过头来,以为是他掷的,冤枉了他。下了课老师把他留下来锁在办公室里,他站在玻璃窗前说:放我出来!不然我打玻璃了!老师不放他出来,他'乓'的一拳打碎了玻璃窗。……老师赶快送他去医院,右臂上至今还有疤痕哩!"

方丽清斜靠在雪白的绣着彩色花束的枕头上,倒是不哭了,但她仍说:"我管他倔不倔!反正,不准养鸽子!"

童霜威见局面缓和一些了,起身下床,去拉开窗帘。金色的阳光马上映射进来,整个卧室里金光灿灿。阳光将方丽清陪嫁带来的银台面、银杯套、银果盘、银花瓶、银粉盒……照得光彩夺目;也将苏州绣花被面、梳妆台前的舶来化妆物品与"夜巴黎"香水瓶、崭新的火炉上的马口铁烟囱管,都照得明晃晃。童霜威心情不好,来回踱着步,满怀心事。他不想让方丽清再在家霆和鸽子问题上纠缠了,岔开话题说:"起来吧!该吃早点了。唉,冯村今天该回来了。"

给他一提,方丽清起身穿上绣花睡衣,埋怨地说:"昨天就该回来了!我看他办事不行!你选秘书也该选个漂漂亮亮的。这个冯村,像个东洋人,黑瘦矮小,用他做秘书,一点气派也没有。"

童霜威叹口气说:"你不要小看他。他肚里不错,有才华,又能信赖,办事也机灵。跟我这些年,很不错的。我这次派他到上海找褚之班,只希望他能办得顺顺利利回来。不过,褚之班老奸巨猾,不好对付。我这几天,天天担心他对我不谅解。"

方丽清又撇撇嘴,去五斗橱镜子前坐着梳头,说:"要叫我是褚之班,就不会谅解。平日里,大家你兄我弟的,出了事,一点忙也不帮,一点义气也不讲,当然说不过去。"

打着一条乌亮长辫子的金娣轻轻开了门,探头一看,发现先生和太太起床了,马上闪身进来,叫了一声"先生",又叫一声"太太"。她手里拿着早上刚送来的报纸放在桌上,又立刻开始铺床叠被。

童霜威去盥洗室洗脸刷牙。方丽清也去梳妆台前照镜子梳头,打开蔻丹瓶,搽起红指甲来。她一边搽着蔻丹,气却未消,一边又数落起几个用人来了:"汽车夫尹二,不是个好东西!你看到他笑没有?尖酸刻薄,不像个好人。昨天,我叫他把花园里靠大门一侧那些法国梧桐修修枝,像上海霞飞路上那样,修一修。他先说他是司机,不会修。给我骂了一顿,我说:'把树枝修修掉你都不会吗?'他才拿着斧子修了。你知道他怎么修的?"

童霜威正洗脸,听到这里,从盥洗间走出来了,插嘴问:"怎么修的?"

"你自己看呀!"方丽清用手指指窗户外下边花园靠近大门一侧。

童霜威手里攥着洗脸毛巾走近窗户,朝下边花园里张望。昨晚回来时天已暗黑了,未注意。现在一看,他不禁倒抽一口冷气,"啊"了一声:"这不都成了光杆了吗?"

"他是存心气我!"方丽清鼻子里哼了一声,"我骂了他,他竟顶嘴,说:'我早说过我不会修!'又说:'你不是说把树枝修修掉吗?'你看,这个'赤佬'①坏不坏?"

童霜威气得说不出话来,心里明白:尹二本是个有心眼的人,方丽清骂了他,他是让你明着吃暗亏,进行报复。事已如此,生气有什么用呢?要惩罚尹二,也没正当理由,他早说过他不会修枝的嘛!顶多骂他几句,又有什么意思!除非你叫他滚蛋,不雇他!

方丽清翘着指甲上涂满了蔻丹的右手,慢悠悠地说:"我看,你还是叫他滚,不要这个混蛋!重找一个老实点的司机。"

童霜威回身又走进盥洗室去,心里想:尹二车子还是开得刮刮叫的,又快又稳,人也聪明,车子也保养得好,闲来无事也并不算懒,平时也没大错。司机又不好找,解雇他,倒还舍不得,叹口气敷

---

① "赤佬":上海人骂人时,把鬼叫作"赤佬"。

衍着说:"唉,算了!算了!你无事端端怎么想着要他去修树的呢?他本来是个司机嘛!不该叫他干的事干出了毛病,光怪他也不行。"

方丽清又生气了,一甩蔻丹瓶:"好呀!我不喜欢的人你都乱袒护!袒护你的宝贝儿子!你的秘书!连汽车夫也袒护!你以为这汽车夫是什么好东西!让金娣讲点这伙下人说的话给你听听吧。你出来!……"她转脸对着正在铺被的金娣说:"金娣,你讲给先生听听!"

金娣闲来无事,经不住方丽清盘问和指使,又为了讨好方丽清,不免多嘴搬搬自己的见闻。但要她把听到的那些闲言碎语当面向童霜威重说一遍,岂不是在告尹二、庄嫂他们的状,在挑嘴,在出卖别人讨好东家吗?她犹豫了,畏畏缩缩红着脸,可怜巴巴地说:"他们……也没……没说什么……"

方丽清发火了,脸上泛红,两眼一瞪,"乓"地放下蔻丹瓶,尖声说:"死丫头!说!"

童霜威趿着拖鞋,蹒跚着从盥洗室走出来,皱着眉。不是嫌金娣不说,是嫌方丽清太凶。她那张标致的脸孔,凶起来怎么变得这样难看呢?

金娣见太太发火,先生又皱眉,忙说:"我说!我说!……"她抬眼望着太太,嘴唇抖抖索索,战战兢兢像犯了法似的嗫嚅着说:"尹二昨天锯了树,笑着告诉庄嫂说:'这下,木柴够烧一个冬天了!'"

方丽清说:"你再说说庄嫂背后说些什么。"

"庄嫂说:'越是有钱的人越小气!'她嫌太太天天查菜账、查粮食,说太太'精刮''刻薄'!说先生倒是厚道,娶了凶女人要倒霉!又说:顶好太太到了上海不回来,回来了人人不高兴。"

童霜威默然,觉得用人们私下里骂骂咧咧说东道西太讨厌。

又想起在一本写拿破仑的书里有过一句话："元帅在马弁眼里绝不是英雄！"那是因为马弁能看到元帅的一切，从跟女人睡觉到放屁拉屎，元帅都跟凡人一样，当然英雄不起来。更体会到用人背后说闲话，是因为方丽清过分地"精打细算"和对下人太刻薄造成的。可是见方丽清虎着脸、噘着嘴，怕她更加生气，便轻描淡写地说了一句："岂有此理！"又问金娣："刘三保没有说什么吧？"

金娣摇头，表示刘三保没有多嘴。方丽清插嘴说："他是瘸子，怕掉饭碗！"又说："这下你明白了吧？尹二、庄嫂，你喜欢的两个下人，全不是好货！我要告诉你，以后他们背后要再敢骂我一句，我一定叫他们卷铺盖立刻滚蛋！"

童霜威看着金娣铺好床走到卧室门外去了，朝方丽清说："俗话说：'不痴不聋不做阿家翁！'有些事你就别同这些用人们一般见识了！对他们也要恩威并用，不能一味苛求。有些事不要同他们生气，生气伤了自己身体，太不值得。"说完，坐在铺着银台面的红木圆桌前，看起当天的报纸来。

方丽清听了这话，才稍稍平静下来，掠掠头发哼了一声，说："哼！要是再冒犯了我，叫他们看老娘的颜色！"说到这里，朝卧室门外高叫："金娣！"

金娣急急出现在门口，回答："太太，什么事？"

"快把早点端来！就在房里吃！"方丽清已经对着五斗橱上的大镜子梳好头，站起来要去盥洗室里漱口洗脸了。

童霜威翻阅着报纸，报上整半版的大广告登着《蒋委员长西安半月记》由正中书局出版的广告。他听说：这是陈布雷给老蒋代写的所谓"半月记"。目的是编点故事，加点作料，挽回老蒋在西安事变中狼狈潜逃被从山洞里抓出来大丢其脸的面子。报上又登着：上海出版的《文学月刊》《新认识》《读书生活》等十三种杂志被禁止出版发售。他有心要看看有没有沈钧儒和章乃器、邹韬奋、史良、李公朴、沙千里、王造时等七人被捕后的消息。报上真有那么一小段消息,说"七君子"在苏州江苏高等法院看守所里打拳锻炼身体,还下棋、看报、唱救亡歌曲……童霜威不禁想:这七个人,西安事变时,陈立夫、陈果夫是要枪毙他们的!冯玉祥等坚决反对,才未下手。我以为经过西安事变,又开过三中全会,他们要被释放的呢,没想到仍旧关着。其实,要求抗日何罪?你越是抓他们关他们,他们反而越出风头、越有人拥护!何苦来哉!

由此,突然又想到了柳忠华。童霜威眼前出现了个儿高高瘦瘦的柳忠华那模样斯文、精神焕发、头发蓬乱的面容,两只眼睛好像对天下事都不服气。紧接着,又闪过柳苇娟秀的面容和两只深邃的波光闪耀、傲视一切的眼睛。那双好看的黑眼睛,使童霜威想起就要心酸。他也说不出是为什么,想到那双眼睛,就突然对家霆也会怜爱起来。上次,收到柳忠华的信后,他让冯村按照柳忠华的要求送去了药物、书籍,还送去了一些钱。从那,又断了联系。这一向,听说要释放一些政治犯,柳忠华会被释放吗?

童霜威凝神想着,思绪天马行空,眼睛虽盯在报上,实际并不在看报。穿着锦缎面子的棉长睡衣,从盥洗室内走出来的方丽清已经注意到了,说:"你在想什么?"她袅着碎步卖俏地扭着腰肢踱着绣花拖鞋走过来,浑身香气扑人。

童霜威连忙遮掩着:"唔,没想什么。"

恰好金娣端着装着早点的盘子上楼进房来了,童霜威马上搭讪着说:"吃早饭吧,我早饿了。"他让金娣将托盘里的两杯牛奶、两碗挂面放在银台面上,招呼着方丽清说:"快来吃,已经不热了。"

方丽清在对面椅上坐下,看看碗里的挂面,是鸡汤下的,上面散碎放着些鸡丝、香菇,见童霜威已经吃得津津有味,她突然挑剔地说:"慢吃!我倒要问问,这鸡肉是不是用手撕碎的?我一看就知道鸡肉是用手撕碎放在面条上的。我要讲卫生,庄嫂这样的下人偏喜欢用她的五爪金龙！谁知她的手解过手洗了没洗？这种面吃得的吗？叫金娣端下去退给她！"她将一杯牛奶端在童霜威面前，自己也端一杯喝着，对金娣说："金娣，将面条端走！告诉庄嫂：我叫她注意卫生，不准动手碰熟食，她为什么不听话？面条不卫生，我们不吃！"

童霜威的面早吃了一半，余下一半，吃也不是，不吃也不是，说："算了吧！我都快吃完了，下次要她注意就是。"

方丽清又发火撒娇了："用人都是你宠坏的！……"她这里正在唠唠叨叨，楼下家霆在大叫："爸爸，接电话。"

方丽清叽咕了一句："哪个杀千刀的？一大早就来电话！"

童霜威几口扒完了碗里的面条，放下筷子，说："不早了，都九点多了。"说完，跨步往楼下去。他很高兴电话的来到。电话一来，至少暂时消除了方丽清的唠叨。这一早上，他对方丽清的脾气领略够了，可是一筹莫展。谁叫他比她大十多岁呢？谁叫他要娶个上海商人家的这种小姐呢？谁叫他总是一味迁就她呢？……他真想轻松轻松了。下得楼来，到走廊里墙角的电话机旁拿起听筒，"喂"了一声，问："谁呀？"

出乎意外，对方是谢元嵩朗朗的笑声和亲热的话语："啸天兄吗？我是元嵩啊！"

童霜威心里想：他有什么事？问："啊啊，元嵩兄，有什么事吗？"

"有！"谢元嵩哈哈笑着，"我去吴江玩了一趟刚回来。上回谈的那件事，我同怀南当面说了。看来，他现在手头有点拮据，叫他完全拿现的，他有困难。君子不强人之所难嘛！我说，好，你同童秘书长的公司还继续办吧！他也同意，事情就这么定下来了。"

"喂，我听不明白！"童霜威说，"那，你呢？"他感到这中间似乎有什么花样和门道。

"我吗？我就不参加你们的公司了！我这人，不喜欢办实业，也不会办实业。我的手指缝太宽，看手相的就这么说。有点钱总是左手来，右手去，留不住的，哈哈。"

童霜威豁然开朗，心里全明白了：老于世故的滑头谢元嵩呀！他是到了吴江，敲了江怀南一笔竹杠，捞了一笔"现"的回来了，却把"欠"的留给了我童某人。他说过"欠的不如现的"，偏偏转眼自己捞了现的，把欠的推给了我，何其刁钻！何其自私！同江怀南勾搭的这件事本来是你谢元嵩穿针引线设下圈套使我上钩的。如今，你却这样处理，无疑是出卖朋友，好奸滑呀！

童霜威吃了个闷亏，无可奈何，只得"嗨嗨"地应付着说："你看着办吧！你看着办吧！"

谢元嵩似乎也听出他语气里不满，忽然转了话题说："啸天兄，上次我对你提过的那件事，我已进一步打听过了。事出有因，查有实据！你可要小心提防，万万不可视若等闲呀！"这些话，倒像从心里流出来的。

童霜威知道他这是为了买好，囿于礼貌，只有"唔唔"答应几声，表示心领。听着谢元嵩在哈哈装傻的笑声中挂断了电话，也架上了话筒，心头涌起一阵不快，说不清是谢元嵩不讲交情不够朋友的行为造成的，还是因为谢元嵩又提起那件"要小心提防"的事引起的。他明白：大批C.C.分子、中统特务已渗入全国司法部门，这次确实是有人在挖墙脚要排挤我！他感到无从提防，一想起就不禁胸中发闷、嘴里发苦。欲想回身上楼，又怕方丽清再嘀嘀咕咕纠缠不清，信步向家霆房里走去，想去看看儿子。

推开家霆的房门，儿子不在房里。阳光灿烂地射进房来，童霜威走近玻璃窗口，沐浴着阳光。向窗外张望，看见儿子正在屋外阳光下的草坪上吹肥皂泡泡玩。

家霆左手端着一杯肥皂水，右手用一根毛笔的竹套管，沾着肥皂水正在吹肥皂泡。吹出几个小的,又吹出几个大的。肥皂泡在阳光下,泛着红橙黄绿青蓝紫七色,冉冉腾空,随风飘动,煞是好看。你吹得快,肥皂泡出现得多,他几乎被大大小小的肥皂泡包围了。肥皂泡冉冉地飘散,冉冉地升向高处,有的突然破碎,无声地消失了。阳光下,家霆黑发拂着额头,身穿一套藏青的呢制服,没有戴帽,自我陶醉在吹肥皂泡的乐趣中。当大大小小的肥皂泡腾空飞高飞远时,他就欢喜得笑着嚷着。忽然,一阵风来,吹走了许多肥皂泡,他追逐着飞驰的肥皂泡向花园东面跑去了。

童霜威隔玻璃窗看着,心里透着愉悦,也透着爱抚,不由自主地迈步从家霆的房里往客厅里走,想从客厅的正门走出去,到儿子身边,看着儿子吹肥皂泡。刚要走出客厅,听见皮鞋声"嗒嗒"近前,有人来了,是谁?童霜威走下客厅正门台阶,抬头一看,只见来的是一个年轻军人,全副黄呢子戎装,原来是弟弟军威。今天礼拜天,童军威抽空来了。

童军威一见童霜威,匆匆走过来,"啪"地行了个军礼,叫了声:"大哥!"他已经被选拔去教导总队军官队了,驻在南京中山门外孝陵卫营房,今天是由孝陵卫骑自行车来的。

童霜威见这个对抗日狂热的弟弟来了,笑着问:"怎么样,还好吗?"

童军威深沉地看了大哥一眼,淡淡地说:"没什么好的!这原来就是蒋委员长采纳了德国总顾问法根豪森建议,按照德国式团营连战术的示范部队组成的,全按德国典范令进行训练,我还不大习惯。"

童霜威心里明白:兄弟是个有思想的人。又不免为他担心,怕他在教导总队里惹出事来倒了霉。因此,点了他一句,说:"军威,你要切记,军人以服从为天职!你现在到了教导总队,应当明白那里要求更严,一切都要谨慎从事,不要任性。"

童军威不做声,点点头,稍停,说:"是啊,这我明白,我们由军校同去的几个同学也都明白。好在我们坚信:同日本鬼子打仗是不可避免的事,我们都有抗日报国之心。马革裹尸,宁可壮烈死,不愿苟且生。收复华北,收复东三省,我们愿意舍出一条命!为了等待这一天,我们现在吃什么苦都情愿。"他说这番话时,充满激情,脸上表情刚毅,两眼像要喷火。说着说着,终于冷静下来,叹口气说:"唉,不说了!大哥,您说,这仗打得起来不?"

童霜威沐着阳光在屋前水泥地上踱了几步,也叹一口气说:"难说啊!你年轻,想事情每每不全面。日本这样欺侮我们,当然令人发指,我也早感痛心,忍不下去了!但谈起打仗,岂能不慎重?我们军力、武器不如日本,如果打了,局面如何,是祸是福均不可知。平静的日子也要一去不复返了。"

童军威说:"大哥,你的意思是不能打?"

童霜威叹口气,又冷笑笑:"决策者不是你我。天下事,难说!我赞成抗日,但也不能不怕战争!"

童军威脸色严肃,肌肉绷得紧紧的,说:"大哥,你也是中央要人,官也不算小了。我觉得现在问题就在你们这些人不下决心。正因为你们怕打仗,怕抗日,才使得日本侵华毫无顾忌,狼子野心,得寸进尺。如果你们强硬起来,也许日本早知难而退了!"

童霜威摇头苦笑:"我,算什么中央要人!我连参加三中全会的资格也没有!"他的话里带着酸涩味,使童军威既同情大哥又不忍再多说什么了。

童军威知道,大哥年轻时也曾想为国为民做点贡献、有点抱负的。这些年的官场生活,把他改变了,养尊处优的日子也使他养成了一种得过且过的情绪,甚至变得虽有爱国之心,又有害怕战争只想苟安一时的心理状态了。他不禁暗自叹了一口气,沉默起来,觉得无话可说,也不想多说。

童霜威心情也不舒畅,刚想说:"你嫂嫂从上海回来了,你上楼看看她去。"一想,方丽清不喜欢军威,让军威上楼,方丽清一准要嫌他脚上有泥踩脏了房间里的地板。话到嘴边又吞了下去,改说:"你嫂嫂从上海回来了,她还在楼上休息。等会儿吃中饭时,你会见到她的。"又说:"家霆还没看到你吧?你看,"他用手指着鸽子房西边仍专心吹肥皂泡的家霆,说:"他吹肥皂泡吹得多高兴啊!"

童军威高兴地喊了一声:"家霆!"

家霆猛地回头,"啊"了一声,叫道:"小叔!"马上撒腿跑过来了。

童霜威见儿子同他小叔两人很亲热,心里高兴,说:"你们一块儿玩玩吧。"他想转身走了,只见家霆一把拉住童军威说:"小叔,早等着你再陪我去五洲公园了。五洲公园里'美洲''欧洲''亚洲'我都到过,就'非洲''澳洲'每次都没去好好玩一玩。你上次答应带我去的,今天可要兑现!"

童军威笑了,说:"行行行,我骑自行车带你去!车子放在玄武门,可是进去要走很多路,你别叫苦!"

他俩是决定骑自行车去玄武湖了。童霜威由他们去,转身走进客厅,正打算穿过走廊上楼,迎面见方丽清换掉了睡衣,穿着一件新的桃红色丝绵旗袍,嗑着瓜子从楼上走下来。

方丽清一脸不高兴,张嘴便问:"怎么下楼接了电话就不上来了?"

童霜威略略赔着笑脸,说:"军威来了!我陪他谈了一会。他要上楼去看你,我怕你不乐意他上楼,让他带家霆到玄武湖去玩了。"

方丽清的脸冷冷板着,挪动着腰肢朝客厅里走,嗑着瓜子说:"我顶不喜欢礼拜天了!当了兵无事老是出来跑做什么?"她这是嫌童军威回来。既嫌童军威长得不讨人欢喜,又嫌童军威食量大饭吃得多,更嫌童军威并不是童霜威的同天地亲兄弟,偏偏童霜威有时要塞些钱给童军威零用,有时还要给童军威买些书籍物件。她信奉"好男不当兵"的谚语,常说童军威"不是一个有出息的年轻人"!

阃令森严,童霜威听了,也不做声,跟在方丽清身后也进了客厅。他心里窝火,不明白方丽清今天无理取闹要胡搅蛮缠到什么时候才结束。他心里暗想:到客厅里,坐一会,也许她会高兴起来的,有心耐下性子陪陪她,求得点安静。本来想把谢元嵩来电话的事告诉她的。也决定不说了,免得一说使她更生气。

方丽清在大沙发中间一坐,嗑着瓜子,却问开了:"刚才谁来电话?"

童霜威顿时想到"河东狮吼"四字,连忙敷衍:"啊!机关里来的电话,谈的公事。"

听说是"公事",方丽清毫无兴趣。她平时是不爱听童霜威谈公事的,就止住不问了,一心一意嗑瓜子。突然朝客厅窗外望望。窗外,门房的红瓦屋顶上,正停歇着一群刚刚飞罢下来想进鸽房的鸽子:有白儿,有点子,有瓦灰,有青毛,有鱼鳞斑……鸽子有的在"咕咕咕"叫唤,有的在自己啄羽毛,有的在扑打翅膀。方丽清突然将手里的一把瓜子撒在茶几上,起身走出客厅到了外边。

童霜威不明白方丽清想干什么,看见她眼睛老是盯着屋顶上的鸽子,想起了早上方丽清说过的话,好像有些明白了,担心地看着方丽清出了客厅走到外边,他站起来也从玻璃窗里朝外张望。外边,阳光很好,见方丽清走到"老寿星"刘三保住的门房门口,在吆喝着刘三保出来。话不能每句都听清,但好像是在叫刘三保去做什么事。白发的刘三保面有难色,愁眉苦脸地摇头摆手。

难道她是要叫刘三保去逮鸽子?难道她真打算杀鸽子吃?对了!一定是这样!从方丽清生气的表情上和对刘三保做的手势

上,童霜威察觉方丽清真的是打算要叫刘三保给她去抓鸽子。

童霜威心里发热,点上一支香烟,坐不安了,忍不住从客厅里往外走。到了外边,走近方丽清,听清方丽清的话了:"……快!给我抓!……抓了杀!四五只就行,叫庄嫂红烧!"

刘三保脸上尴尬,苦笑着,他平时会背《三字经》,此刻背书似的说:"人之初,性本善。……这鸽子,吃不得!"

童霜威克制住自己的火气,吸了一口烟,上前说:"丽清!——"他虽没有多说一个字,脸上的表情和语气已经充分向方丽清表露出他对这件事的态度了。

方丽清才不在乎呢!她并不理睬,斩钉截铁地回头说:"今天吃鸽子的事你不要管,由我!"

童霜威见刘三保在身边,讲话不便,对刘三保做了个眼色,动动下巴说:"你走。"

刘三保求之不得,马上瘸着腿要走,方丽清尖声高叫:"不准走!"

童霜威没奈何地说:"丽清,你不能这么任性。"对刘三保说:"你走吧。"

方丽清由着刘三保走,朝着童霜威冷笑笑:"我要试验试验,你到底是喜欢你儿子和鸽子还是喜欢我!"

童霜威按捺着性子说:"太太,让我安静安静吧!今天一早起来到现在你还不曾让我安静过五分钟!"

方丽清又冷笑笑,说:"好吧,你上楼安静去吧!反正,我在这潇湘路一号里,既是女主人,又不是!除了金娣,没有一个人听我的话。不行!这局面我一定要改变过来。你不要管我!你随我!玉皇大帝来我也不给面子!"

童霜威真的气怔了,又不愿吵吵闹闹有失身份,终于只好沉默,想:好吧,随她去吧!这种上海商人家的大小姐就是天生的娇惯脾气。谁叫我看中她漂亮的呢！谁叫我当初心甘情愿娶她的呢！拿她同家霆比一比，无论如何，儿子的事总比太太的事好办一些。想起俗话说的"清官难断家务事"的话，决定装聋装傻算了！估计也不至于严重到不可开交的程度，就下了决心：眼不见为净！突然笑笑说："好好好，随你！随你！"说着，转身向客厅走去，准备穿过客厅上楼到书房里去看书了。

他一走，方丽清顺着水门汀路绕过前屋到厨房和下房那边去了。

她走近下房，看到戴鸭舌帽的尹二正迎面走过来，心想：让尹二给我抓鸽子岂不是好，马上高叫："尹二！"

滑头的尹二，面部毫无表情，忽然背转身走了，好像一点也没听见。尹二一定是看见也听见的，可他装得多像既未看见又未听见呀！真是气死人，这个瘪三！

方丽清气得脸上火辣辣烘热起来。这个汽车夫，她感到最难对付，软硬不吃。有一次，也是礼拜天，方丽清叫他上二楼去擦玻璃窗。他说："太太，我不会！"方丽清一定勉强："不会？不会你也替我擦！"尹二说："好！"不到半个钟点，玻璃碎了三块。方丽清气得脸通红："现世报！不要你擦了！你给我走！"……现在叫他，他装作听不见，转身走了，也好！省得叫他逮鸽子他又说："不会！"不知又会变出什么戏法来！

方丽清终于走进了厨房，刘三保本来躲在厨房里，正同庄嫂喊喊嚓嚓在谈些什么，见太太来了，马上像老鼠见猫似的跛着腿一瘸一瘸地走了。方丽清也不拦他，对庄嫂下命令："庄嫂，今天中饭的菜，加个红烧鸽子。你去鸽子房里抓四五只鸽子杀了下锅！"

庄嫂正在厨房自来水上洗菠菜，听了，愣着脸，说："太太，这事我不能作孽，我不能干！"

"作孽？作什么孽？"方丽清一火，美丽的大眼睛溅出了凶光，流露出怒气。

"鸽子是家霆少爷喂养的,舍不得杀的。他知道了我怎么好交代?"庄嫂依然在"哗哗"地用自来水冲洗着菠菜。

"你就说是我让你杀的!我负责!"方丽清两手叉着腰。

"我不能。"庄嫂将菠菜洗净放在一边,又去拿两条鳊鱼来刮鳞剖肚。

"我一定要你办!到底是我说话算数还是你说话算数?"方丽清粉脸溅朱,用的是质问口气。

"反正,我办不了。"庄嫂剖着鱼肚,掏出内脏来,一股腥味扑鼻。

"好!现在我们家里是主不主、下人不像下人了!我说话像放屁了!我今天倒偏要说话算数,我一定要杀鸽子、吃鸽子!"方丽清双手叉着腰,漂亮的脸上两个酒窝陷得深深的,横眉竖鼻。

"我不能办!"庄嫂仍旧低头杀着鱼,"作孽!作孽!"

"你杀鱼不作孽?"

"这鱼买来就是死的!再说,家霆……"

方丽清气得头也发晕,高叫:"金娣!金娣!"

外边,尹二的声音在帮着喊:"金娣!金娣!"声音似在学着方丽清那种娇声娇气,显然带着揶揄的味道。

方丽清咬牙走出厨房,见不知什么时候来到近旁的尹二又转身走了,金娣却从吃饭间通往厨房的门里跑出来。方丽清做着手势:"金娣,快跟我到鸽房里去抓鸽子!"

金娣面有难色,战战兢兢:"太太,我……我不敢!"但看见太太的脸上像涂了一层霜,只好改口又说:"好好……我……我跟你去!"她蹙着脸畏畏缩缩地跟着方丽清向前边鸽房的方向走。

阳光照着鸽房。鸽房约有六平方米大,四周是三米高的木柱子围上铁丝网,圈成了一间屋状大小的天地。安了个活动的木框铁丝网门,可开可合。顶棚是洋铁皮的,有个活动天窗,可以用竹竿顶开或用绳子拉上关闭。鸽子住的木屋一层一层一共五层,每层七间鸽房,每间鸽房住一对鸽子。此刻,天窗敞开着,鸽子一大半飞在外边,一小半留在鸽房里。

方丽清带着金娣到了鸽房前,方丽清用手将绳索一拉,"啪"的一响,天窗关闭了。方丽清指挥金娣说:"开门进去,给我抓几只鸽子!"

金娣退缩了,她不愿干,战战兢兢说:"不,我怕鸽子!我不敢抓!"

方丽清火冒三丈:"连你也敢不听我话了!杀千刀的!小死鬼!看我不抽你的筋剥你的皮!"她做着要掐的手势。

金娣禁不住方丽清凶恶眼光的逼视,硬着头皮将鸽房门上的插销拔开,闪身进了鸽房。鸽房里乱成一团,鸽子扑飞起来,有的扑跳在地上,扬得鸽毛、灰尘弥漫在阳光中。方丽清指点着说:"看,就抓那几只在窝里孵蛋的鸽子。这只肥!快!抓了递给我。鸽子啄人不疼,怕什么?"

金娣抓了一只孵蛋的鸽子,是只点子,扑棱扑棱拍打着白翅膀,她害怕,连忙递给方丽清。方丽清一跺脚,"啪"地打了她一个耳光,吆喝:"快!用手扭断它的颈子!"

金娣笨手笨脚,不知所措。方丽清骂了一声:"死人!"竟真能狠心,她一手揪住金娣手里的鸽子,一手扭住鸽头,用力一拧一扭,"克"的一声,鸽颈骨断了。她将鸽子扔在地上扑腾着,又叫金娣:"快!再抓!"

一会儿,金娣一连又抓了四只鸽子。方丽清也一连扭断了五只鸽子的颈骨。方丽清才满意地对金娣说:"走!把鸽子送给庄嫂,中午非给我烧出来不可!"说完,丢下金娣,独自洋洋得意地进客厅上楼去了。

她上了楼,先进盥洗室用"力士"香皂洗净了手,到书房一看,见童霜威正手拿一本线装书嘴里在呵呵哑哑轻轻地哼哼。她明白童霜威是在诵古诗,也不知为什么,杀了几只鸽子,她心里有一种残酷的满足了欲望的胜利欢悦,忽然笑了,妩媚地说:"啸天,中午请你吃红烧鸽子!"

童霜威听了,心上一刺,知道已经无可奈何,索性不做声,不置可否地继续吟他的诗词:"人生愁恨何能免,销魂独我情何限。故国梦重归,觉来双泪垂……"

方丽清见他正在摇头晃脑,知道在这种时候他不喜欢人打扰,逛逛悠悠回卧室拿替换衣服去浴室洗澡去了。

童霜威独自踱着方步,吟着吟着,心上忽然有种淡淡的哀愁。凭窗遥望冬日阳光下苍郁的紫金山、有着红墙庙宇的鸡鸣寺、有着天文台的北极阁以及苍苔剥落、灰蓝发黑的古台城,觉得眼前风景都带着一种六朝烟水气。一种怀古的幽情又油然而生,默默站在那里,呆呆望着远山,怅然久之。

开午饭的时候,童霜威和方丽清一起从楼上下来,走向吃饭间。童军威带了家霆已经从玄武湖回来,也早已站在饭桌旁了。

家霆因为小叔带他游遍了五洲公园里的"非洲"和"澳洲",虽然时下正是冬令,公园里一片萧瑟、冷落,他心里仍然高兴,满脸露出活泼的神态。见到爸爸和方丽清来了,却敛起了喜色,亲热地搂住小叔的手臂,倚在小叔身旁。

方饭桌上除了一套仿清的蓝花碗筷匙碟,已经摆上了荤素俱全、色彩调和的五菜一汤。方丽清规定礼拜天多加一样荤菜。今天的菜是:胡萝卜红烧羊肉、盐水鸭、清炖鳊鱼、百叶炒菠菜、凉拌葱油萝卜丝和木耳肉片汤,菜和汤冒着腾腾热气,吃饭间里布满了鱼肉香和葱油香。

看到童霜威和方丽清一起进来,童军威像个军人似的挺胸立正恭恭敬敬叫了一声:"大嫂!"

方丽清似笑非笑,不冷不热地说:"来啦?坐下吃饭吧!"说着,她自己在桌子左边坐了下来。

童霜威在上首一方坐了,童军威在下首坐了,家霆就在右首一方坐了。

庄嫂紧张地给四人盛饭,侍候着在一旁站立。

童霜威用筷子招呼军威:"吃吧吃吧。"

大家刚举筷,方丽清看看桌上的菜碗,忽然皱眉虎脸回身厉声问庄嫂:"怎么?没烧?"

庄嫂尴尬了,朝童霜威看看。童霜威心里懊糟,想:唉,孔夫子说:"惟小人与女子为难养也。"真是不错!太难侍候啦!今天从一早闹起,闹到现在,还不罢休!眼下,我头脑里那么多的大事已经转不过磨来了。会不会同日本打仗啦?C.C.的人会不会顶走我啦?褚之班的事和江怀南的案子啦!……她却老是纠缠在一些琐碎小事上找麻烦、闹纠纷!到底想干什么呀?……心里懊糟,脸上自然流露出来,心想:如果把红烧鸽子朝桌上一端,家霆知道了还不要跳起来!从今以后,他们母子之间的关系岂不更糟了!为什么非要闹得不可开交呢?真是难猜女人心哪!

他这样想着,又不想同方丽清闹起来,忍气搭讪着说:"菜很好了嘛!这么吃不是蛮好吗?"

谁知,方丽清尖声叱责庄嫂说:"庄嫂,你烧了没有?我说话算数不算数?"她手一指童军威:"今天不是有客人吗?我就是要招待客人!一切我负责!"她这指着童军威说"客人",其实含有厌恶童军威的意思。童军威听了,心里不自在;童霜威听了不满意;家霆听了也不受用。

庄嫂嗫嚅地说:"烧是烧好了,可是,我……"她似乎有难言之隐。

方丽清大声命令:"端来!"又似乎是对庄嫂说,又似乎是对童霜威和家霆说:"反正我这人,说话是一定要算数的!这个公馆里,谁都要听我的话!我一定要养成这个规矩,像以前那样不行。我说一以后就不能二!"

童霜威心里想:这下,她说得很明白了。她一早上闹到现在,就是要用她这种坏脾气让大家从今以后一切都听她的话,照她的意思办。……心里不快,又不好说什么,像和事佬似的说:"你是太太,说话当然要作数。可是,有些事慢慢来嘛!不要操之过急嘛,那样不好!"

童军威和家霆木然,丈二和尚摸不着头脑。军威低头吃着白饭,家霆停住了筷子,一会看看爸爸,一会看看方丽清,一会又看看庄嫂,思索着究竟。

方丽清又对庄嫂尖声高嚷:"快端来!"

庄嫂善良、娟秀的脸上颜色苍白,踉跄地走出吃饭间去厨房了。这里,桌上的人空气紧张,静得只听到童军威嚼饭的"嚓嚓"声。

一会儿,庄嫂从厨房里端着个大砂锅来了,挪开菜碗,将砂锅放在方桌中央,揭去了砂锅盖。砂锅里冒出一股特异的香味,是五只红烧鸽子冒出诱人食欲的气息。

方丽清突然变得兴致勃勃了,笑着点头:"好好好,一人一只,一人一只,留一只我晚上吃!"她夹一只给童霜威放在面前的菜碟上,对着童军威和家霆说,"你们吃!快趁热吃!"她自己在一只最肥硕的鸽子上用筷子撕下胸脯夹进口里咂嘴嚼起来,连连夸赞:"嗯,不错,烂了!很香!可惜糖放得少了一点。"

童霜威看看家霆,家霆还像做梦没醒,发现砂锅里是红烧鸽子,有些纳闷,脱口问:"鸽子?"

没人回答他。他转脸问庄嫂:"是鸽子?"

庄嫂尴尬地要点头又不敢点,沉默着吞吞吐吐。

方丽清开口了:"是鸽子!家霆,我对你说,"她态度十分严肃:"今后鸽子不准养!一个月要五块钱料豆,这且不说。你是学生,读书重要,养鸽子没有好处。再说,鸽子太脏,屋上地下到处是鸽屎,新生活运动……你懂不懂?"

她没有说完,料不到这倔犟的小学生已经从怀疑察觉了秘密,激动地红着脸问:"这鸽子……是我养的?……谁杀的?"

没有人回答,寂静无声,正证明了是那么一回事。家霆高叫起来:"为什么杀我的鸽子?为什么?"

童霜威看到儿子涨红着脸,眼眶里含着泪水,排遣地说:"吃饭!吃饭!有事吃了饭再谈。"

童军威用眼色制止家霆发火,轻声说:"家霆,吃饭!"

方丽清板着脸两颊绯红,她是存心要通过鸽子的事,来制服童霜威前妻留下来的儿子的,傲慢地说:"鸽子是我叫庄嫂烧的!吃几只鸽子我还做不得主?"她有滋有味地嚼起鸽子肉来,用手去撕鸽腿。

谁也没料到,家霆痛心鸽子被杀,心里火冒三丈了,将手中的筷子"乓"地朝桌上一掷,"哇"地哭了,喊了一声:"我的鸽子是今年春天要参加比赛的呀!……"话声未落,站起身来,丢下饭不吃,穿出吃饭间朝自己房里跑去了。

他一跑,童霜威叹了一口气。方丽清却马上发起火来,大声说:"小孩都给惯得没规矩了!吃几只鸽子就要摔筷子发脾气,像什么话!我向来是喜欢说到做到的,鸽子不准再养,明天我还要吃!吃光为止!倒要看看谁犟得过谁?"

饭桌上气氛令人难挨,童霜威闷声不响地夹菜吃饭。童军威皱着眉三口两口扒完了饭,也不愿再添了,放下饭碗含含糊糊说了一声:"慢用!"站起身来,想走出吃饭间到家霆房里去劝劝侄儿。童霜威明白军威的心意,说:"叫家霆别哭,劝劝他!鸽子吗,有钱是买得到的,这么宝贝干什么?"

童军威刚走,方丽清嫌童霜威疼他儿子,正要歇斯底里发作,却听见大门口"嘀铃铃"电铃响。

童霜威说:"咦,有客?"

方丽清指挥庄嫂:"快去看看!"

庄嫂本来发呆似的站在一边侍候着东家吃饭,看着红烧鸽子引起的一场风波不知所措。方丽清叫她快去看看,她连忙穿出吃饭间,通过走廊和客厅里朝外张望,一会儿快步回来了,说:"是冯秘书回来了。"

正因鸽子引起的风波心头涌满不快的童霜威,吃饭吃得味同嚼蜡,听说冯村回来了,心里才略微高兴,急忙吃饭,说:"他回来了?好了,我正盼着他回来呢!"

方丽清也觉得今天自己是胜利者,庄嫂、家霆,都给自己收拾了一顿。本来倒还想刺刺童霜威,再多说几句。现在听说冯村从上海回来了,心里也高兴。他让冯村到上海带大批吃食、化妆品等回来,并让冯村到娘家看看,估计姆妈和哥嫂也会给她带些东西来的。她也想知道褚之班是什么态度,对庄嫂说:"快给冯秘书摆副碗筷,让他吃饭。"她是想在饭桌上谈,边吃边谈。

庄嫂急忙去拿来了碗筷,冯村回房放下物件已经走到吃饭间里来了。一进来,就先叫:"秘书长!"又叫:"师母!"对方丽清说:"要买的东西都办好了!等会儿我让金娣送到楼上去。"他到上海去了一次,在上海买了条新的黑领带,又新理了发,一张黑脸显得容光焕发,在庄嫂给他盛好了饭的位子上坐下,开口对方丽清说:"本来昨天要回来的,方老太太硬要我多留一天,为的是她给你在店里做的两件旗袍还没做好,要赶一赶,昨天夜里取到手让我带来,所以改乘今天早班车回来的。"

童霜威急着问:"褚之班的事办得怎么样?"

方丽清却又急着抢过话头:"家里都好吗?"

冯村一张嘴能回两头话,先回方丽清说:"好好,都好都好!"马上又回童霜威的话:"褚之班的事办得不太顺利啊!"

"怎么呢?"童霜威问,愣愣地嚼饭,做了个手势打发庄嫂走开。

方丽清也停止啃鸽子,竖着耳听。

冯村停止吃饭,叹口气说:"褚之班有点牛脾气。我找到他,把前前后后上边点名、你的为难一五一十都说了。他一口咬定:不讲交情,过河拆桥!我再三解释,他总是怨气冲天,说:'啊呀,现在贪官污吏、巨奸大憝都出在中央,都出在首都!为什么窃国者侯窃钩者诛拿我开刀?'最后,竟说了些威胁的话。"

"岂有此理!"童霜威大摇其头,放下了饭碗,心里梗得难受,问,"他说了些什么?"

冯村郁闷、沉重地说:"他竟说:如果真的判了他,来而不往非礼也,他要反抗!谁给他一个耳光,他一定要还一个耳光再踢上一脚!"

方丽清板着脸,推开饭碗,将鸽子骨头扔在碗里,心里冒火,骂了一声:"杀千刀!"

童霜威皱着眉尖说:"混蛋!简直是上海滩上的青红帮!他说了反抗的手段没有?"

"那倒没有。"冯村说,"我想也许他仅仅不过是胡嘴大话,吓吓人的。"

童霜威"嗨"了一声:"当然,这家伙平时就不安分!他威胁就威胁吧!不过,我谅他还不敢!他的案件,我既未添油加醋,也不能包庇营私,问心无愧!不信他能把我怎么样!"

冯村连连点头,拿起饭碗来开始边吃边讲,说:"是啊,我对褚之班也是一再解释,可他总是说:'没有宁国府门前的石狮子,也没有清水衙门!官越大越是贪官!'我的话他都当耳旁风。"

"最后呢?"童霜威急切地问。

"我终于把要讲的话都讲了,劝他接受判决,要理解您,不要误解。他听是听了,一言不发,只是撇嘴冷笑。我也无计可施,只好回来。"

"你估计出不了什么问题吧?"

"难说,也许不会出什么问题⋯⋯"

童霜威闷住气不做声了,站起身来,心里搅海翻江似的不是滋味,背着手独自踱出吃饭间通过走廊、客厅,走到阳光下的花园里去。

春天刚刚开始降临,广大的花园里仍旧萧条、冷清,静得只有麻雀吱啾。根部用稻草包裹度过了严冬的葡萄架上的枝藤尚未萌芽,枯黄了的绿草皮部分已经返青。几棵珍珠梅在风中光着枝条颤抖。前边池塘边的大柳树,像一个个苍老、伛偻着的老人,披着绿发灰蒙蒙地蹲着站着。雪松、龙柏仍然苍翠,花园左边的竹林也依然泛出青绿。细心人,当然可以发现:就连那些似乎干枯着的植物,也都蕴藏着苞芽,灵魂已经苏醒。

童霜威背着手寂寞地独自散步,远眺阳光下鸡鸣寺的蜿蜒红墙和北极阁的烟笼丛树,想起这一向来缠绕心头和脑际的家国大事,从华北局势的紧张,到褚之班的威胁。⋯⋯忽然感到心头酸楚。一群家霆喂养的鸽子正在天空绕着圈子飞翔,鸽哨声打破了四周的平静。童霜威仰首看着鸽子飞,又想起了刚才饭桌上发生的龃龉,心里更阢陧、烦躁了。

四

春天来后,从潇湘路一号花园里远望紫金山,山是苍绿的;远望鸡鸣寺和北极阁,也都郁郁葱葱。

春雨常常潇潇地下,被雨水浸润了的草地,泛着水光的树叶,油亮亮的,绿得透明。

早上和晚上,常常多雾,湿漉漉、沉甸甸的水气,汇成乳白色又带着丝丝浅绿的烟帐,在返青了的花园树木草丛中遮绕。麻雀和一些翠绿色的不知名的小鸟,经历了一个冬天的寒冷,飞跃着在树叶间好听地鸣叫。前边大柳树环绕的池塘里,绿色和紫色的浮萍密集。白昼和夜间,鱼儿不时跳出水面,溅出"噗嗤"的水声。

鸽子,因为家霆的痛哭哀告,留下了十五只。方丽清固执起来,谁也拿她没办法。其余的都被她陆续杀了吃掉了,连家霆要拿去参加比赛的鸽子,也被她杀吃了。这剩下的十多只鸽子,现在仍喂养在原来的鸽子房里。早上,天窗一开,它们就扑剌剌地飞上屋顶。时而在花园上空绕着大圈子飞翔,时而在门房的屋脊上昂首阔步"咕咕"啼叫,使花园里增添了一些春天的活跃气氛。到了傍晚,"老寿星"刘三保或家霆喂食时,它们又都从天窗飞回鸽子房,开始安息。

虽然华北局势不断紧张,"国难当头"成了老百姓的口头禅,潇湘路一号里的岁月还是安静而悠长的。春天到了,童霜威感到浑身有一种想出去春游的欲望。他是个爱以文人雅士自居的人,却并不像许多中枢要人一样喜欢女色。烟酒只是稍沾一点。要讲嗜好,倒是读读诗词,种种花草,游山玩水,比较喜欢。手边的案件是可以用"堆积如山"来形容的。他披阅卷宗并不少,判处惩戒的并不多。有的案件太棘手，有的案件有种种背景和关系难以下手，有的案件似乎可能会有冤屈或夸大。有的案件是当事人官职太小，小得他不想去惩戒这种替罪羊。所以，他披阅过的案件多，书面拟出惩戒书的案件却不多。褚之班的，他按照原定的打算作了惩判。对于江怀南，他将案件卷宗抽出搁起，压在手边。他觉得这是十分牢靠的，心想：除非我倒台，C.C.派进中惩会的人将我挤走。要不然，有我庇护，江怀南大树底下好乘凉，是可以安然无恙的。

他现在，对江怀南印象很好。上次谢元嵩打过电话，说明自己拿"现"的，要让童霜威拿"欠"的。过了一天，江怀南就派心腹人送来了各色讲究的苏州吃食和用蒲包装着的许多鲜鱼活虾。江怀南还带来了口信，说是春暖花开，就请童霜威到苏州、吴江作春游，相信一定能使童霜威满意，要童霜威相信他的一片忠诚。

时局，使童霜威有一种处在一个密云不雨的阴沉年代里的感觉。他常接到请帖，有粉红的喜庆请帖，多数是打抽丰的。不是这个秘书长的老太太做寿，就是那个部长的公子结婚，也有办丧事的白纸黑字讣帖，那是一些政界要人们的父丧、妻丧请去吃素斋。更多的一些洒金笺帖子，则是同移付惩戒的当事人有关的。有的是挽人出来请客说项的。这类请帖，童霜威总是放在一边置之不理。他对这些交际应酬，简直厌烦极了。

现在，春天到了。童霜威从心底里升起一种想去山水之间春游的欲望。说也正巧，江怀南的信就在这时来到了。

江怀南的信写在精印的宣纸笺上：

啸天秘书长勋鉴：

　　睽别尊颜，瞬忽数月，近维起居邕吉、阖府均安为颂为祷。兹者，阳春翩临，万物复苏。苏州、吴江景物绮丽，太湖之滨，物华天宝。怀南有意奉邀尊驾移趾来此春游，倘蒙光临，不惟鄙邑生辉，且可略尽地主之谊，定使尊驾事事满意，有不虚此行之感。专此

布意,如承俯允,不胜企翘之至。起程之前,请电报示知,庶可准时在苏州火车站迎迓。言不尽意,亟盼面聆教诲。敬颂

公绥。

晚　江怀南
民国二十六年四月二十八日

童霜威将信看了三遍,特别注意到江怀南信上说的"定使尊驾事事满意,有不虚此行之感"这一句,他觉得江怀南心意诚恳。信上这句话的内涵非常丰富。暗示着什么呢?意味着钱财?意味着事业?意味着吃喝?……反正,总是意味着好事,像有一股巨大的吸引力,吸引着他想去领略领略这"事事满意",领略领略这"不虚此行"!他只将信给冯村看了,却不将信给方丽清看,并且叮嘱冯村:"此事就你知我知,连你师母都不要给她知道!"这一段时日里,方丽清经常无理取闹,那种娇惯的古怪脾气,实在使他觉得腻烦、厌倦。苏州,去年春天他还陪方丽清去过。春天,那里当然会使人心悦神怡。"上有天堂,下有苏杭。"春天到苏州散散心,岂不妙哉!他决定解脱方丽清的羁绊,到"群莺乱飞"的江南,去过几天湖光山色陶冶性情、无忧无虑的生活。

他需要休息,需要玩一玩、清净清净,需要把头脑里经常焦虑、思索的和战问题以及自己的进退去留和麻烦问题,都暂时抛开,暂时丢在脑后,放松放松,找点世俗之外的乐趣。"夫天地者万物之逆旅……"江怀南是个知情知趣的人,倒要看看他有什么使人满意的本事。何况,他说是要免俗,又免不了俗,心中也想亲眼看一看"威南农场股份有限公司"到底是虚是实,是真是假。大片属于自己的湖田到底是在眼前脚下可以触及之处,还是仅仅停留在江怀南的口头和信纸之上?既然谢元嵩上次亲自到吴江找了江怀南,得到了"现"的,将"欠"的抛留给了我,那么我这次亲自应邀到苏州一行,在游览之余,总不至于身入宝山空手而回吧。

想了又想,他决定秘密去一趟苏州和吴江,同江怀南见面。这是一种交杂着寻求悠闲、追觅诗情画意,与满足好奇心和创办实业的野心及填充金钱欲望的旅行。在这春光降临的日子里,他觉得需要旅行。徐霞客似的雅兴,使他兴奋、激动,迫不及待。

"给江怀南发个电报去,我明天坐特快车到苏州,让他接我。"童霜威对冯村说,"一定叫他保密,我不想被那儿司法界和政界的人知道。"

冯村答应了一声:"是!"回身准备去拍发电报。

童霜威又叮嘱:"对你师母就说我去苏州办公事。机关里不管是谁问起我,都说我血压高去苏州找名医治病去了。"

童霜威是第二天一早吃了早点坐京沪特快离开南京的。

天,阴沉沉,尹二开着蓝色"雪佛兰"将他和冯村送到房子刷成黄颜色的和平门车站,旅客很多,冯村送他上了月台。

临别,童霜威看到一个背着行李的穷苦女人抱着一个小男孩在乞讨,突然想起了自己的儿子,叮嘱冯村:"你叫庄嫂多照顾点家霆。这孩子,这一向……唉!"他没有多说什么,但冯村懂得他的意思,说:"秘书长放心,我会和庄嫂好好照顾他的。"

从下关开出的火车,经过和平门车站只略一停车。童霜威上了头等车,在车窗里同冯村打个招呼告别。

车子"喊咯喊咯"离开和平门,从车窗里可以眺望到古城墙前辽阔的玄武湖,布满着六朝烟水气。转瞬间,火车鸣笛将玄武湖抛在身后,看也看不见了。头等车厢里很暖和,童霜威先脱去了人字呢春大衣,又松开了西装领带。车上人少,童霜威对面的墨绿色丝绒垫座位空着,有卖小报的来,两角钱一厚叠《罗宾汉》《沪报》《晶报》《桃花江》《花国艳闻》等,童霜威要了一叠小报。侍应生上来,他泡了一杯茶,先是朝着窗外随意张望,看着无数绿油油的田地在眼前一闪一闪过去,看着无数沟浜上,菱角、茨菇的叶片都在水上,看着远远近近阡陌上走着的水牛和荷锄的农夫,看着树丛、竹林里隐隐约约的破旧的黑瓦、白墙农舍,看着电线上停歇着的成群呢喃的燕子……看得感到无聊了,又拿起小报来看。小报都是上海编印的,多数登的全是上海歌场舞榭、长三幺二堂子里的名媛歌女和舞女名妓的照片和逸事。再不就是社会新闻、桃色案件、凶杀抢劫、男女艳事……看了一会,就不想看了。天本来阴霾,忽又迷迷濛濛下起牛毛细雨来。看到车窗外天空中在细雨中随风卷动的柳絮,他忽地悟到快清明了,不由自主地吟起温庭筠的《菩萨蛮》来了:"南园满地堆轻絮,愁闻一霎清明雨。雨后却斜阳,杏花零落香。……"吟了一会,又想起了时局蜩螗,想起了自己不知会不会受人暗算被排挤出中惩会,想起了方丽清和家霆之间的敌对情绪……心头突然涌出一种越来越浓烈的情绪,一种交杂着回忆与思考的怅惘情绪。这种情绪平时偶尔也有,从未像现在强烈。是从在和平门车站,看到那抱着一个五六岁男孩的穷苦女人的时刻滋生的。穷苦女人长得很端庄,应当说是很美的。为什么眉毛那么像柳苇呢?……现在,火车是在向苏州方向疾驶。往事烟云似的浮起在心头和脑际了。他烦躁起来,感到心里空空,头脑也空空。一阵微带郁悒的情绪无法排遣,又呆呆朝着车窗外张望起来。

火车"轰隆轰隆"摇晃着、震动着,飞速地向前奔驰。头等车厢里,客人不多。不知谁个大军人家的几个打扮得富丽堂皇的太太、小姐和少奶奶,由一个勤务兵侍候着,占了两个四人座,有说有笑,喝茶、嗑瓜子、玩扑克,不时嘻嘻哈哈地大笑。

童霜威凝神望着车窗外迅速朝后掠去的景物,两边水乡的田野呈现出一片光艳的翠绿色,悦目明心。只是一些慢车停歇的小站附近的广告牌和铁路沿边的一些破旧民房的墙上,到处看到仁丹、"大学眼药"和胃病药的巨幅广告。这都是日本货广告,夹杂在美丽牌香烟、老刀牌香烟、狮牌六〇六、九一四针剂的广告中。仁丹的广告上,画着一个日本海军大将的胸像,"大学眼药"的广告上是一个戴眼镜、秃顶的大胡子,一片东洋的气氛,使童霜威看了感到刺眼。童霜威抽了一支烟,突然有些疲倦,倚着软软的墨绿色丝绒垫打起瞌睡来。等他醒来时,火车已到镇江。镇江的金山寺和那座七层宝塔矗立在眼前。铁道旁,热闹的街道呈现在眼前。他忍不住想趁火车停站走下车去散步,但看看湿漉漉的地又不想下车了。

特快火车又开。离镇江前,看到浮在江上的焦山也如古美人头上的螺髻峨峨高耸。一路上,过了丹阳,又过常州……不在江南,哪知水乡之美?微风细雨,远处近处有湖水小浜的烟波,村舍有翠竹丛树围绕,桑林肥嫩的叶片碧绿,水面菱角的黄花像星星,秧田里绿浪翻动,村姑在踩水车,风车"吱呀"旋转,水牛背上坐着披蓑衣的牧童踽踽漫步,真是"杏花、春雨、江南"呀!……童霜威是在车近常州时到隔壁那节整洁的餐车上去吃饭的。点了个干贝炒蛋,喝了半瓶德国啤酒。然后,火车过了常州,过了戚墅堰,到了无锡。最后,在下午终于看到那高耸的北寺塔影到了苏州了!

童霜威喜欢南京的六朝烟水气,也喜欢苏州那种在雾峦中隐约出现寺影、塔影、树影的传奇神话色彩,喜欢苏州那种"人家尽枕河"的水巷风光。苏州没有下雨,车站月台上男男女女老老少少嘈杂得很。火车一停,童霜威一眼看到月台上站着西装笔挺、穿着大衣的江怀南。江怀南眼光灵敏,正朝头等车厢快步迎来。童霜威一下车,江怀南就上来握手:"啊!秘书长!我已经恭候多时了。盼您来正如大旱之望云霓啊!"

童霜威笑了,风趣地说:"还是晴天好!无锡往南京一段都在下雨,苏州没下雨,叫人高兴。"

江怀南替童霜威提了黑牛皮公文皮包,像个跟班似的拥着童霜威出站,说:"秘书长,我已经在附近花园饭店开好了房间,头等的房间。您嘱咐保密,一准神不知鬼不觉。先休息一下,随后就吃饭。"

童霜威说:"是要休息一下!大好春光,我在南京也住腻了,想来换换胃口了!"说完,侃侃而笑。

江怀南连连点头:"一切都准备好了,包您满意!包您满意!"

两人步出车站,从一大群"叽叽喳喳"招揽生意的黄包车夫、马车夫、野鸡汽车夫和旅馆客栈手持帖子接客的人中穿出,旁边就是华丽的花园饭店,也用不着坐车了。江怀南用手一指,说:"花园饭店的经理是吴江人。我是他的父母官,办什么事都方便。请请请!"

走进紫藤架上摆满盆景的花园饭店,穿洁白上衣的茶房恭恭敬敬引路上了二楼。江怀南早包下了带有洗澡间和大阳台的大房间。房间里光线敞亮,窗明几净,布置雅丽,沙发上的软垫,大床上的枕被色彩柔和、鲜艳,给人清洁、舒适的感觉。童霜威刚脱下大衣和礼帽,江怀南就抢过来往衣架上挂。白衣烫发涂着胭脂口红长得俏丽的一个圆脸女招待笑容可掬地送来了洗脸水。童霜威从女招待手中接过洒了花露水的雪白新毛巾,擦了一把脸,感到浑身舒坦。

江怀南已经亲手给童霜威泡了茶,递过来放在童霜威坐的沙发旁茶几上,说:"秘书长,您看,洞庭东山出的上品碧螺春,沸水一泡,就有白色茸毛浮起,叶子嫩绿,上口清香扑鼻,回味如嚼橄榄,您尝一尝!"

童霜威举杯,用碗盖拂拂浮面的茶叶,喝了一口,果然清香沁脾,赞了一声:"好!"踱近阳台朝外一看,外边天空上飘飞着几只不知谁家小孩放的风筝,尾巴摇晃,冉冉升高,使他也觉得飘飘然。

江怀南陪童霜威在下座上坐了,说:"现在不是夏天,如果夏天荷花盛开时节,将这碧螺春用桑皮纸包成小包,隔夜放在开放的荷花中间,经过一夜熏陶,次日早上取出冲饮,那就满含荷香别是一番滋味了。"

童霜威喝着茶,心想:别看这个江怀南,虽有点江湖气,却是不俗,心里也自高兴三分,问:"怀南,我倒想听听你是怎么安排的。我只能住二三天就要回去。你说一说,我好心中有数。"

江怀南递过一罐"茄力克"香烟来。童霜威摇摇手,说:"我烟不多抽,现在不抽!"

江怀南自己抽了一支,点火喷烟,说:"等一会儿,我们坐马车先到网师园看牡丹芍药,再坐马车到玄妙观观光。时间也就不早了,我已在这花园饭店定了番菜。晚上,秘书长如果愿意看苏昆听弹词,我就陪您去剧场、书场;如果想早点休息,那么,我们明天一早就先坐汽车到吴江县太湖边上看湖田,看完湖田游太湖,吃船菜……"

童霜威插嘴问:"船菜?"

江怀南点头讨好地说:"对呀!苏州人坐船游览是有传统的。《吴县志》上说:'吴人好游……游则载酒嘉肴,画船箫鼓……'船上有灶,酒茗肴馔齐备,炖、焖、煨、焐俱全。"

童霜威哈哈大笑,说:"好好好,好好好!早听说苏州习俗每年农历八月十八日,仕女都要到太湖的支流石湖里泛舟看月,船上备好酒菜与名厨,边游边吃,尽兴痛快。现在可惜还是春天,季节不对。但游览太湖风光,倒是饶富情趣。"

江怀南有三分得意,接着说:"明天游罢归来,如果您还有兴致、脚力,我们同去虎丘山访古。至于后天,可以先到西园戒幢律寺看五百罗汉和济公活佛的塑像,还可以求根签问问吉兆。下午可以到枫桥寒山寺。苏州园林有的是,玩上十天也不会厌倦。"

江怀南说到这里,万没想到,童霜威听他讲到枫桥寒山寺,突然情绪变了,脸上出现了一种触动思念的神态,刚才那种逸兴遄飞的状貌消失了。江怀南摸不清根由,只听童霜威怏怏地说:"后天,就不要去西园了吧,我们到枫桥寒山寺去一次。去后,买夜车票,我就回南京了!"说这话时,他心头蕴集着复杂的感情。

江怀南劝说:"何必如此局促呢?我这次是有心甩开公务陪秘书长玩玩的。说实话,您也难得光临一次。我是有心使秘书长来此过得愉快、过得满意的。"

童霜威看得出江怀南的诚恳,但心中的块垒是江怀南不知道的。他也不想多说,断然地答:"日程这样安排很好。我公务缠身,在此只能游三天,暂时照这安排吧。"

江怀南见他情绪不对,不似刚来时那样兴致高了,忽然笑颜试探地说:"秘书长,吴下多美女,此间景物宜人,唐伯虎在此也不可缺少秋香。上次谢委员来,对吴侬软语的莺莺燕燕夸赞不止。秘书长既已来了,逢场作戏有何不可,是真名士自风流,我已找了一位名媛唐小姐,这位密司唐可作伴游。此姝好出身,父亲曾是画家,有一支丹青妙笔,可惜前年病故。唐小姐本是高中学生,今年辍学在家,谈吐文雅,还善唱时下电影明星的流行歌曲。仇十洲①笔下的美女也没她好看,标致得很……"

他还没有讲完,童霜威已经听明白了。童霜威少年时在家受的是老式的教育。后来出外求学,到了十里洋场的上海,从师交友都很慎重,常常记住老父的教诲。学了法律,为人更加拘谨。接着,又被身份、地位、名望等约束,对轻率玩乐、自由放荡的生活向来有顾忌。这时,连忙摆手正色说:"啊啊啊,不必不必!我这人厕身司法界多年,向来不愿做拈花问柳之事。"他自从上火车来苏州,心里时隐时显地出现着柳苇和自己相处的往事,勾起的回忆使他感慨系之。本想尽量使自己摆脱这些往事的纠缠,刚才江怀南说

---

① 仇十洲:明代画家,太仓人,居苏州,擅画人物,尤长仕女。

起枫桥寒山寺,更引起了他痛心的回顾。也不知为什么,此时此地,他突然想儿子了,想念面容酷肖柳苇的家霆了。一想,减弱了游兴,破坏了心情,听到江怀南谈起这样的事,反感到亵渎了他的感情,也感到玷污了他的清高,脸上表露出厌烦的神色来。

江怀南是个善于看风使舵、眉毛眼睛能说话的人,窥察着童霜威的神色,见童霜威并非虚假,是一副正人君子道貌岸然的架势,心里不禁想:你们这些大人物呀,真叫人不可捉摸!你说你"厕身司法界多年"什么的,可是在我这件案子上,你的胃口并不小呀!你算什么清廉的人物呀?不然你应邀来苏州干什么?你们这些大人先生们常常是言不由衷又要里子又要面子的!……又一想,前一阵在南京潇湘路见到童霜威的太太方丽清,长得像"电影皇后"胡蝶,也许是家里阃令森严怕河东狮吼?就借坡下马,惶恐而奉承地说:"秘书长既这样叮嘱,自然遵办!自然遵办!"他不想再提,却又准备到了晚上再试一试童霜威的虚实。

稍息片刻,喝了茶,吃了女招待送到房里来的两碗双醮鲜炒虾仁面,江怀南陪童霜威下楼。楼下无线电里正播着评弹《啼笑姻缘》。一辆马车早已等候在门首。二人上了马车,枣红马拨动四蹄,颤动着直奔网师园去看芍药花。

马蹄踏踏,过大街,穿小巷,上石桥。碧波粼粼的小河,两岸紧紧挤排着小户人家,一样地后门依水,前门临街。依水的水边石阶上,有洗衣的,有洗菜的。水上有来往的舟楫,听说苏州有三百多座桥。喧嚣的市声和熙熙攘攘的人流。童霜威喜欢这种江南的风趣。紫燕呢喃,确有盎然的春意了。

网师园在一条幽静的小巷旁,长长的青石板道路通向门口。进园以后,曲折幽深,园里小巧玲珑,结构紧凑,有迂回不尽之致,假山石罅缝间灌木多姿,中部一泓池水,清澈如镜。环池建廊、轩、亭、榭,夹岸有叠石曲桥,疏密有致。园北两间精室,高挂着"殿春簃"的横额,可惜粉墙剥落,木门虚掩,透露一种凋零衰落的景象。附近是大片种芍药的地方。芍药的花朝,在五月,现在初放,花分黄、紫、红、白,还开得不盛。鸟雀声声,紫燕带着剪刀形的尾翅飘飞,一片光艳的绿色,一朵朵明媚繁盛的花朵使人心醉。童霜威沉迷于自然音籁和花香之中,却又不能做到心上无牵无挂,只是尽力使自己洒脱,笑问江怀南:"怀南,'殿春簃'上的'殿春'二字可知作何解说?"

江怀南"咯咯"笑了,说:"虽然常来,匾也常看,只是未钻研深究过。"

童霜威说:"宋人诗云:'过眼一春春又夏,开残芍药更无花。'芍药是春花的殿军,殿春之说,是由此而起的。"

江怀南连连说:"领教!领教!秘书长博闻强记,真是名不虚传,敬佩之至。"其实,这个解说他是知道的。

园里游人不少,有拍照的,有在茶苑里下象棋和围棋的。童霜威嫌人多,玩得索然无趣,两人在园里略略一游,又一起走出园来。江怀南似发觉童霜威有心事,走在一树紫藤花架下,忍不住问:"秘书长似乎有什么不愉快,不知是否可以见告,也许可以代为分忧。"

站在夭矫蟠曲如虬如龙的紫藤架下,璎珞缤纷,清香扑鼻,童霜威不愿说起柳苇之事,只叹口气说:"华北局势阢陧,我总觉得战争似不可免。抗日是要抗的,日本人的这口气实在叫人吞不下,但一旦打起仗来,只怕这种承平的生活遭到破坏,使我不能不忧国忧民哪!"

江怀南也触动心弦,长叹一口气说:"是啊,我也常为此日夜思虑。不瞒秘书长说,我那件事始终挂着,我的心也挂着。不知能不能有别的妙法?中日交战是可能的。如果发生战争,南方自然还会像'一·二八'那样,战火从上海开始。日本是海军国家,兵舰一来,我们江防空虚,如何抵挡?苏州、吴江必然也是炮火漫天之地。

现在战争不打则已,打起来飞机大炮、军舰坦克一起来,还不可怕之至?说实话,我真想早日摆脱这个狗屁七品县长,却又心里矛盾,如果对我进行惩戒下台,深怕后果不佳;不经惩戒,目前又无法下台。究竟如何是好,深望秘书长有以教我。"

两人这时已走出网师园到了门首,上了马车。马车夫挥起长鞭,"嘚儿"一声,马拉着的车子又"踢踢踏踏"在石卵路上奔驰起来。童霜威喜欢这种古旧的风味。苏州原是水城,向有"东方威尼斯"之称,白居易任苏州刺史时作诗曾有"绿浪东西南北水,红阑三百九十桥"的名句。可惜,许多桥身残破,从未修葺,街巷房屋,茶食店、剃头店、小馆店、糕团铺,也太古老。河沟清水因脏污泛起浓绿,市民面有菜色、衣冠不整的太多。苏州,像是一个病美人,使人羡其秀美又惊其病容,产生一阵淡淡的哀愁。童霜威上马车离网师园前,听了江怀南的话,心里斟酌着怎么办。沉默了半晌,在马车上东顾西盼,浏览街景,心头有迟暮之感,终于说:"怀南,刚才你说的事要从长计议,你也不要着急,我们一同商量。"

江怀南不好勉强,虽然心中耿耿,只得点头称是。

不一会儿,马车来到市中心的观前大街。"玄妙观"前,东西南北都有通道,繁盛热闹,店面相连。"陆稿荐"酱肉店、"采芝村"糖食店……还有两家竖着大"当"字的大当铺。

童霜威建议说:"下车走走的好。"

江怀南叫马车夫停下,在附近等着,陪童霜威走进"玄妙观"去。"玄妙观"里全是九流三教的营生场地,杂货店、饮食摊,拉手风琴卖梨膏糖的,卖花草的,卖膏药的……也有不少古董店铺。江怀南陪童霜威去看古董,见童霜威夸一对翡翠璧和一对鸡血图章好,立刻付款买下了,说:"一点点小玩意儿,秘书长带了把玩。"

童霜威并不贪小,但觉得江怀南实在讨人欢喜,嘴上说:"不必不必!"心里却有三分愉快。

闻着香火的扑鼻烟味,看到男男女女肩并肩挤成一团,看到有不少日本人男的穿西装女的穿和服也在游览。……童霜威和江怀南在"玄妙观"中的祖师殿、真人殿、雷尊殿、火神殿、药王殿、太阳宫以及三清殿里转来转去。江怀南说起:原来三清殿后面有一座弥罗宝阁,是本来整个"玄妙观"中最精美的建筑物,上下三层,高大巍峨,可惜后来起了一场大火,化为灰烬了。听着他讲,童霜威也嗟叹一番。

两人兴尽,一起走出来。经过观前大街,江怀南在水果店里选购了两盒新上市的水蜜桃和一篓红沙枇杷。到马车等候的地方,又上了马车,在马蹄"踏踏"声中回花园饭店。天微微飘起了蛛丝般的濛濛细雨。马车夫要打起油布篷来。童霜威止住他说:"不必打篷,洒洒雾气似的濛濛细雨最舒服了!"到达花园饭店,头发、眉毛和睫毛上略略有点细小的白濛濛的水珠,身上似湿非湿。两人一同上楼进房休息。

天已渐暗下来,电灯雪亮。走上阳台,只见街上熙熙攘攘,广告的霓虹灯光闪闪烁烁,映满了夜的苏州。茶房送来西餐。江怀南是个会点菜的人。来路牛尾汤后,是一道十种花色的精致冷盘。接着是一道葡国鸡,一道烹大虾,一道油炸鹌鹑,再后是三色布丁、香草冰淇淋和咖啡,喝的是法国陈年红葡萄酒。两人谈着些关于苏州的闲话,不外是章太炎去年六月在苏州逝世的情况。灵柩厝在章园内,临终前夕遗嘱中说:"设有异族入主中夏,世世子孙毋食其官禄。"吴县西南六十里邓尉梅花在旧历二月盛开的妙趣;再过些时洞庭西山的杨梅味道如何佳美……吃罢饭,两人喝茶,吃了些水果消食。

江怀南说:"本想陪秘书长看昆曲的,这儿苏昆剧团有好几个名角可看,不知还有兴趣否?要不,去听评弹也好。"

童霜威笑着摇手,说:"不了不了!我真是累了!"他疲乏地舒舒双臂打了个哈欠,摸出金链拴着的金怀表来看。

江怀南一见,知趣地起身告辞,说:"秘书长今天旅途辛苦,又游览了一番,定是累了,早点休息吧。明天,我一早八点钟来,我们按原计划坐汽车到吴江。"

童霜威再一次感到这个小小的吴江县县长的能干和懂得人的心理,起身送客,说:"好,那明天见!"

江怀南轻轻放下在"玄妙观"买的古董和鸡血章,点头哈腰地告辞走了。

童霜威喝了些法国陈年葡萄酒,感到有点燥热。松开了领带,敞开了衬衫领子,走近阳台,看见漆黑的外边仍飘拂着濛濛牛毛雨,心里那股回忆的情思和悒郁的情绪更浓烈了。正回转身来打算脱衣上床,忽然出乎意外地听见"克"的一声,见房门开了。一个标致光彩的少女出现在门口,轻轻掩上门冉冉走进房来。

她烫着长发,穿的一件紧身外露体形的墨绿泛光的丝绒旗袍。耳上有翡翠耳环,手上的钻戒闪闪发光,高跟鞋,妩媚的瓜子脸上微微含笑。绰约的身姿,带着吴门小家碧玉楚楚动人的神态,通体闪耀着魅惑力。她从腋下纽扣上取下一块花手绢来,含羞地捂住了涂着唇膏的红唇,似是在说听不见的甜言蜜语。

童霜威一愣,问:"你是谁?"

少女停住了脚步。童霜威的脸色可能吓住了她。她款款地摇晃着手里的一把房门钥匙,突然变得小心翼翼了,说:"鄙姓唐,江县长叫我来的。……"话音是道地的吴侬软语,奇怪的是声音竟有点像柳苇。

童霜威心里明白了:这就是江怀南说过的"密司唐"!但少女的声音触痛了他的旧伤,使他心里悒悒寡欢,忽然产生出一种排斥、怜悯的复杂情绪。而且,一种长期矜持惯了的清高和狷介感情,使他对江怀南这种过分的殷勤蓦然产生了反感。他挥挥手,说:"出去!出去!……"

少女双眉一皱,眼光哀怨,留下了一个清晰动人的后影很快踮脚开门走了。童霜威嘘口气,仰身往沙发上一坐。喝了酒,嘴里燥苦,头有点晕,端茶又喝了几口,心里平静些了,悒悒寡欢的感情并未消失。窗外,黑黝黝的空中仍在飘洒着雨丝。从阳台上望出去,雨夜的街灯,闪着凄清、冷落的光,可能是从旅馆的西头吧?传来了女人唱江南小曲的声音,弹着月琴,好像唱的是"小小无锡景",竹拨子弹得琴弦"绷缯绷缯"响。邻室的房间里,有人打麻将,噼噼啪啪的牌声清晰入耳。他心头充塞着一种寂寞情绪,决定睡了。上了床,"啪"地熄了电灯,忽又想起刚才那一幕,罗衾微寒,心里忽又有点懊悔了:唉,其实江怀南说得不错,逢场作戏有什么不可以呢?我岂不是太书呆气了!他很懊悔刚才为什么那么粗暴地将那少女赶跑,但想到了那父死以后中途弃学的少女,不禁又想:唉!人生啊!

下了一夜濛濛细雨。雨是无声无息的,檐头却"扑簌扑簌"不断滴着水珠,直到天明。天明,雨停了,路边树叶上的雨滴依然在往下滚落。

童霜威夜里睡得不好,先是静听着邻室的牌声,又静听着馄饨担敲着"笃笃!笃笃!"的竹梆响,再听着挑担小贩"桂花糖芋艿、白糖莲心粥"和"桂花赤豆汤"的叫卖声……后来,常常做梦。梦见了柳苇用两只美丽、生气的眼睛瞅着他,也梦见了在苏州监牢里的柳忠华。梦中,还看到了雨花台,听到了枪响,看到柳苇浑身是血地仰天躺在一片荒草地上,使他惊心动魄。更做了一个梦:那是一个春三月初的阴雨天,他同柳苇先是在邓尉香雪海一带赏梅花,突然又幻化为在一个细雨蒙蒙的夜晚淋着雨沿着一条没有街灯的青石板小巷在急急走路。……一会儿,又梦见方丽清那张漂亮而难以脱俗的脸在嘀嘀咕咕无事端端地吵闹不休。……一早,附近人家有公鸡啼叫,他从乱梦中醒来,看看金表已是七点钟。昨夜睡时忘了拉通往阳台的玻璃门上的垂地窗帘。现在,初出的朝阳,早已将微红的阳光刺眼地射进屋来了。他听到楼下外边街道上传来了卖花声,一个清脆动听的卖花少女的声音,一声声在喊卖:"木香花、樱桃花要哦?香蕉花要哦?……"声音像从遥远的地方飞来。屋檐上的水凝聚着,有节奏地滴下,那种含有草木清香的和潮冷的寂静同卖花声糅合在一起,汇成一种无法形容的诗的意境。

童霜威突然想起两句诗来:"过早惯惊眠雨客,听多偏是惜花人。"吴侬软语,原已历历可听,卖花少女的声音更加圆润,他真喜欢那种意境。"木香花要哦?……"的卖花声又传来了。听到脆亮好听的卖花声,正仿佛闻到那白得像雪的木香花,有青翠的枝叶,深深吸到那幽幽的芬馨了;又好像看到一个衣衫素净的苏州姑娘,一条长辫挽过来垂在瘦削的肩头,挂在胸前,白白的脸,水灵灵的眼睛,臂弯里挽着一篮带着水滴的鲜花,楚楚可怜地在雨巷里徘徊叫卖。

童霜威翻身起床,穿上衣服,披上大衣,走到落地玻璃门前,开门跨到阳台上去,见天已放晴,街上已经喧嚣。四周楼宇毗连,层层叠叠的瓦屋,宛如苍茫烟雾中灰褐色的浮云。近处一个小小的院落,架着横七竖八的竹竿子,胡乱晾着衣服。凹凸不平的卵石路上,是湿润的。但不再听见卖花声了。他想看看那个卖花少女,她一定应该是很美的。在人丛中已找不到她的踪影,他不免怅然,回身进屋,揿铃让女招待来送洗脸水。

不一会儿,门开了。仍是昨天那个圆脸烫发的女招待,含笑送来了热腾腾的洗脸水。就在这时,江怀南的白净笑脸出现在门口了。他是早早来恭候着的。童霜威忽然觉得这个在吴江县能作威作福的小小县太爷其情可哀,不禁产生了同情心。只见江怀南点头哈腰地进来,开口就问:"秘书长,昨夜休息得可好?"

童霜威想起了昨夜唐小姐来的事,本想正色说一说,责怪他不该再那样安排,又一想,他既然不提,我又何必提呢。反正,他一定知道了昨夜的情况。从一种沽名钓誉的心理出发,也就不提这件事了,说:"还好!还好!"

江怀南手里拿着一些盒子和纸包,说:"一点点苏州出名的苏绣被面和床上用品,想来师母一定欢喜的。我这是表点心意。"说着,将苏绣礼品全部放在桌上,又说:"我已让准备了小笼汤包和苏州出名的糕团:松子糕、黄香糕、锦团……吃完,我们就动身。"

童霜威洗完脸,正刷牙往脸盆里漱口吐水,点头说:"行行行。"

吃罢早点,下楼登车。是一辆比较老式的福特牌略带方形的轿车。司机是个剃平头的四十多岁的中年人,稳稳重重。上了车,车轮转动,江怀南说:"从这里往南出城区沿运河公路直通吴江。我们今天主要是看太湖的浩瀚景色了。"

司机将车开得快而平稳,一路上两人扯的又是些风花雪月。江怀南特意介绍了今天船菜的精彩,船菜上的名肴都不离一个"水"产的"水"字:红腐乳炝虾是备的活蹦活跳的鲜虾;烂鸭鱼翅,入口能化;八宝鸭肚里塞的是莲心、芡实、糯米、菱角、火腿末、香菇,多数也是水边或水中所产;今天的鱼,主要备的是鲥鱼。

说到鲥鱼,童霜威感兴趣了。鱼中他爱吃的顶数鲥鱼。鲥鱼色白如银,肉味腴美,鳞上多脂肪,连同鳞下一层浅褐色肉,味最鲜美。童霜威说:"啊,鲥鱼一般要到江南打麦天才有,现在时令还早,苏州吴江并不是产鲥鱼的地方,你哪里觅得的?"

江怀南见童霜威高兴,得意地说:"实不相瞒,鲥鱼以浙江富春江中所产和镇江焦山所产最有名。我这尾鲥鱼,是特地差人去浙江富春江中购了用专车送来的。富春江的鲥鱼唇边有红斑,好像少女搽了胭脂一样,秘书长午间可以尝尝。"

童霜威笑了,说:"古人有诗说:'六月鲥鱼带雪寒,三千江路到长安。'那指的用鱼进贡皇家,你这鲥鱼是'四月鲥鱼带春寒,数百里路到湖畔'了!"

江怀南事事处处想讨童霜威欢心,童霜威喜欢他曲意奉承,碍着有个开车的汽车夫在前边,不想说一些不便说的话,好在从车窗里外望,一路春景如画,东扯西拉,谈些闲话,倒也颇不寂寞。

车过吴江县,这是个破旧、古老的江南小县城,江怀南问:"秘书长,到不到县里坐坐?"

童霜威连忙摆手,说:"不了不了!"

"到公司看看如何?"江怀南又问,意思倒是诚恳的。

童霜威见他诚恳,也摇头说:"不了不了!"他不愿去招摇,说:"去看看湖田吧。"

车子穿出吴江城往西南行,经过不少黑瓦粉墙的民房和茅草苫顶的农舍,看到天上远处近处有人在放大大小小的彩色风筝。路不平坦,有些地段坑坑洼洼,汽车颠簸着奔驰在漫绿的江南田野上,两人继续聊天。约摸一个多钟点,远处已经可以看到水天一色的太湖,近处已看到一些大片丰硕、辽阔、青碧如烟的湖田了。车子轻轻震动了一下,从一个拱形石桥上驰过,悄然无声地停下。江怀南搀扶童霜威下车,指指前边缓缓倾斜的湖滩,两人漫步向前走去。

离开汽车已远,四周无人。春风爽朗,使人胸襟开阔。湖滨灰褐色的岩石嶙峋多姿,阳光下一片潋滟浩渺的湖水流荡、波动直逼眼底,点点沙鸥高低飞翔。远处群山罗列,耸翠堆蓝,三万六千顷的太湖,浩浩渺渺,波光粼粼,飘着点点白帆,气象万千,有一团浓得化不开的春意扑面而来。童霜威不禁吟诵起唐代诗人皮日休《泛太湖长歌》的佳句来:"……西风乍猎猎,惊波窅涵碧;倏忽雪阵吼,须臾玉崖圻;树动为蜃尾,山浮似鳌脊。……"

童霜威吟着诗时,不禁想到江怀南那夜在潇湘路描绘过的计划,真是一个美妙的计划呀!如果实现,将来在这里不但有湖田开垦的得利,而且可以办起罐头工厂振兴实业,还可以在这里临湖建造别墅。只要苦心经营,即使离开宦途,归隐湖滨,也早有了经济基础,不愁无处落脚,更不愁寄人篱下,可以仰不愧于天,俯不怍于人了。苏州、吴江这块宝地,古来显宦退隐,都在这里养老,这些人都有一个条件,就是"富"。苏州园林之多,全是这些人建造的。没有金钱哪谈得到营造园林?……

正吟诗想着,听到江怀南说:"秘书长,您看,这些地方,无边无际一大片!"他奋力举着右臂用手在空中从左到右画了个很大很大的圈圈,说:"秘书长,您看,这些地方,全是我们公司的!威南公司的!说真的,可能是命运安排,让我认识了尊驾!秘书长您的'威',我江怀南的'南'!我们一定能把这个股份公司办好的。下一次,秋天时您如果再来,可以看到这里将要大变样的。一片荒芜,那时将完全改观!种田的人已经雇好,我们公司现在已经很有一些开发实业的人才。湖田产业执照、地契已经登记办妥,已经领到。秘书长,不是我向您夸下海口,只要我那桩倒霉的事有个妥善的解决,您就放心吧。我们的子子孙孙都可以躺着吃、睡着花。人说上海'冠生园'的老板有无数分店、支店、工厂,大发其财,我们做个冼冠生①毫无问题。"

湖边远处杂草上有野花盛开,蒲公英、三色堇、酢浆草、石竹、小百合……色彩缤纷。

童霜威心里高兴。来苏州后,由于触动往事的回忆,常常心有不释。他明白江怀南的心理和要求,将江怀南当作知己地说:"怀南,你的事我是这么想的:目前我将它搁着,我看很保险。只是从长远看,确实要进一步处理才能超度你。回南京以后,立刻让冯村

---

① 冼冠生:上海食品行业巨头之一,善于开拓经营。

将你案子里的证人证件等都拍照或抄了给你。你抓紧做做证人的人情,大不了多花点钱糊住他们的口。能重做一点证件将卷宗里的证件掉包,到适当时机,我就以'事出有因,实据不足'的借口给你一个不痛不痒无关要旨的惩戒。比如给你个减月俸百分之十、期间三月的处分。这样,你仍可稳做你的吴江县太爷,对我们威南公司也有利,你看如何?"

江怀南脸上露出一丝不易觉察的笑意,恨不得趴下叩头,感激得几乎涕零,连声说:"秘书长栽培!秘书长栽培!其实就是减月俸百分之一千,期间三年,我也会雀跃。您这提携后进救命之恩胜造七级浮屠。怀南今后一定……"

童霜威见他说得真诚,止住他说:"怀南,你我是一家人了!你的案件,我办起来虽冒点风险,估计是无问题的。只是中日之间的战火,是随时有可能燃起的。你不是把章太炎在遗嘱上的话告诉了我吗?可见他也是有这看法的。他那'异族入主中国',指的当然就是日本人啊!所以,我想,我们这个公司,在投资上,要好好注意,既不能停步不前,又不能过于冒失,避免孤注一掷,万一战火燃烧,绝不能全盘落空!"

江怀南说:"秘书长高明,我一定遵办!"话谈到这里,两人都兴满意足。江怀南说:"这里风大荒凉,我们上车去吧。太湖上的画舫和丰盛的船菜宴席正等着给秘书长洗尘哩!"

两人哈哈笑着,并肩迈步向那辆停在远处的福特牌轿车走去。

五

在浩渺的太湖上泛舟,日丽风和,饱尝了精美可口的船菜。下午回到苏州,又按原计划游了虎丘。虎丘的中心是有名的"千人石"。"千人石"是一块大磐石,面积足有一二亩地大,寸草不生。传说吴王阖闾当年雇工千人造坟,坟里有许多秘密机关。造成后,怕被泄露,遂下毒手,将一千工人杀死灭口。

童霜威到了千人石上,不知为什么,突然想起了雨花台,想起了柳苇的死,心中梗梗。

满天彩霞照着一片片清新的绿树丛林。江怀南陪童霜威在致爽阁啜茗坐谈。然后,两人逛到云岩寺大殿。童霜威躬身下拜,戏求了一根签。他本来是想问问时局形势发展前途和自己宦途命运的。签筒中摇出的签是上中,倒使他满意。签上注明"宜动土、出行",签诗四句,难以解释,只能随意附会。诗句是:

　　幽径难觅通途开,月冷风清宜放怀。
　　此情惟君能领略,结伴同行两人来。

童霜威笑道:"参不透!参不透!"

江怀南看了签,却哈哈朗笑起来,说:"吉利!吉利!这是上中,您看,这'结伴同行两人来',是指的您和我呀!'宜动土',指的是威南公司动土大吉呀!"

童霜威并不甚信,却也有点信,点头打着哈哈说:"但愿如此!但愿如此!"说完,朗朗大笑起来。

两人在"松鹤楼"吃了晚饭,举凡"松鹤楼"的名菜"清炒虾仁""清炒鳝糊"等等尽皆吃了,才兴尽而归。

一宿无话,第二天早上,江怀南如约陪同童霜威坐那辆福特牌旧式轿车,到苏州城西十里的枫桥镇去。

一路上,童霜威脸上罩着一层沉重凝滞的表情,抽了一支闷烟,一直闭口不语。江怀南是机灵人,早已看出童霜威心里有事,隐隐猜到与枫桥镇似乎有关,也就识相地不多言语了。

童霜威昨夜仍旧一夜乱梦颠倒。天亮前醒来后,不能成寐,索性不再睡了,睁眼躺在床上,开了灯吸烟。他觉得柳苇真是可爱的。她是一种气质的美加上容貌的自然美。见过了她,再同方丽清生活,真有一种"曾经沧海难为水"的感觉了。方丽清虽像胡蝶,却没有胡蝶在银幕上那种恬静与华贵。方丽清的庸俗与粗浅,方丽清的无事端端喋喋不休,方丽清的精刮龇齿,有柳苇一比一衬,高下优劣就更分明了。虽然,早年同柳苇结婚后,常也有龃龉,但最初的一点不快不过是为了性格上的差别以及她要做一个职业妇女的强烈愿望,而他希望她只是一个家庭主妇。直到离婚之前那段时日,才有过痛心的决裂。这种决裂源于政治见解与政治态度的不同,却不是为了婆婆妈妈鸡零狗碎的琐屑小事。他不能忘掉旧情,在她遭到那既可在意料之中又完全在意料之外的悲惨结局后,他更不能忘怀于她。尤其西安事变后,国共又重酝酿合作,她的死,反倒促使他在这种时刻,更多地去思考许多时局和国家大事上去了。

　　她主要是为了什么呢？她政治上狂热,坚决主张打倒帝国主义和封建军阀。他能清晰记得她高唱"打倒列强！打倒列强！除军阀！除军阀！……"参加游行的情景。那是婚后的民国十四年,发生了"五卅",她对帝国主义是那么仇恨。当时,直到北伐,他和她在这方面思想曾是一致的。民国十六年四月以后,"清党"开始了,分歧才降临。她强烈地认为"清党"是一个残忍的阴谋,是一个大叛变,是帝国主义叫走狗向革命开刀。她说,她心里明白这一切！有一天夜晚,他因为自己对共产党的过激与她有不同的看法,又胁于形势的变化,惧怕妻子会使全家的生命财产都陷入一种不可挽救的处境之中。世间有多少失误和悔恨都发生在短短的刹那间,感情上也是这样。他自幼熟读孔孟,早些年又研究过宋儒之学,自然而然地有了一种明哲保身的思想。这种明哲保身的思想,使他逐渐在向右倾滑。他和她之间的矛盾深化了,决裂成了不可避免。她毫无反悔地坚持了她的信念,离开了他,永远……

随着国难日深,她成了一个狂热的主张抗日亲共的分子。后来竟真的完全倒向左的一方了。在她死后,他设法去了解过她的案情。她是没有任何供词被处决的。案卷里说她"借抗日进行煽动危害民国",说她真是共产党。据密告者说,她是民国十九年加入共产党的。那么,她加入共产党仅仅一年就被逮捕枪决了。据说,她被捕时,住处的一只包里抄出许多传单,都是些针对日本帝国主义侵略和反对屠杀共产党人的传单。她错了吗?她竟遭到了杀身之祸!

现在,童霜威有了新的思索:剿共十年,西安事变后,时局有了大的转折,尽管张学良被软禁,杨虎城由"革职留任"到周前以"奉命出洋考察"驱逐出国了。但传说与共产党代表将要举行秘密谈判。延安的抗日情绪高涨,全国的抗日情绪也高涨,南京、上海也不例外。民心不可逆!抗日,作为中国人,除了汉奸,谁会反对?柳苇已经被杀,她错在哪里?……现在,童霜威反倒觉得自己不如柳苇在政治上的敏锐与坚定了。柳苇憧憬的种子不但一直活着,而且始终在茁长。当然,这种想法是同他的认为柳苇不应太激烈而遭到杀身之祸的遗憾糅合在一起的。可能他是个主张中庸之道的人,才同她有决裂的下场的吧?

一支烟吸完了,他揿熄烟蒂,又点燃了第二支烟,像回味似的品尝和思忆着往事,心里溢满了苦水。

后来,他又听到那清脆、圆润的卖花声了:"木香花要哦?香蕉花要哦?"

卖花声打断了他的思路,他又急忙穿衣起床,跑到阳台上想看一看那卖花少女长得是什么样子。啊,为什么声音那么像柳苇呢?但是,又失望了!卖花少女又已远去隐没在人丛中,无处寻觅踪迹,正像无处寻觅柳苇的踪迹一样。……留给他的只是一种空虚的雾一般的飘渺、怅惘。

现在,坐在向西去枫桥的小轿车上,路旁的一些小小菜圃里,油菜花开得黄灿灿的,好像散碎的金子。他看着沿途的街道、树木,头脑里仍旧盘旋着清晨在床上抽烟时的种种思索,心里汇集着苦味的胆汁,摆脱不了惆怅的情绪。

不觉跌入了一片遥远的记忆中。是一个落叶飘零的季节,他记得,离婚前不久,他见柳苇用毛笔写了张继那首有名的《枫桥夜泊》七绝中的诗句贴在墙上。她是枫桥镇人,寒山寺里有俞曲园写的张诗碑刻,她喜欢这首诗自有她的原因。但当时她写了这首诗贴在墙上,他觉得她是别有用意的。

那天夜里,他说:"我明白你为什么写贴这首诗。"

她回答:"是的,我想你会明白的。"

"你是从诗的意境上求得一种政治上的满足?"

"是啊!"她的美丽的眼睛如夜空灿烂的星光,带着遐想说,"我现在就是在白天,也感到是在夜里,是在一种'月落乌啼霜满天'的环境里。"

"你盼望听到什么样的钟声呢?"他问。

"这你就别管了,我心中自有我的钟声!"

啊,她是那样狂热,实际上,她那时还并没有参加共产党。共产党为什么有那么大的吸引力?使她能同丈夫分手,能离开儿子家霆,最后不惜流血死在雨花台呢?

记忆中那颗流星还闪耀着悦目的光辉。童霜威想着,不禁心里有点烧炙般的疼痛,又有点伤感。

这时,听到江怀南在招呼,用手指点着说:"秘书长,寒山寺到了。"

他猛然一怔,开了汽车的车门走下车去,迎面的是写着"寒山寺"三个大字的有一千几百年历史的寒山寺古刹的黄色照壁墙。

附近,摆着许多卖瓜子花生米和五香豆的小摊,也停着一些马车和黄包车。一些大树,枝丫伸向一望无际的长天碧空,似乎正在向天空诉说什么遥远的故事。他和江怀南一起向庙门走去,脑海里仍在继续着刚才的思索。

他对她也有过仇恨和不谅解。离婚前后那段日子,他认为她破坏了家庭幸福,他不能理解她的狂热信念,甚至卑鄙地怀疑她是否与那伙小学教员里的什么人有特殊的关系。这一切,都随着她的惨死而烟消云散了。她离开他以后,并没有与人同居或结婚。显然,她就是仅仅为了自己的信仰去死的。她确实是一个像秋瑾那样的巾帼英雄。她离开他以后,也从没有连累过他,直到死,她的案卷里也未有一个字或一句话涉及到他。这就更不能不使他感动而且抱歉了。他对她显然是不了解的,不但不了解,甚至是低估了她的。她死后,在他心目中,她的形象忽然逐渐高大起来。现在,在西安事变后,在国共合作一致抗日的呼声又开始甚嚣尘上的时候,回首当年,他更觉得她简直就像一只黎明前飞翔鸣叫迎来朝霞的盍旦①鸟了!

寒山寺,前年春天他同方丽清来过。方丽清并不了解他的心情,也不知他过去曾在此地第一次邂逅柳苇,正如今天江怀南不了解他的心情和思想活动一样。寒山寺,年久失修,那一角飞檐,使人感到有风铃在簌簌响动,棕黄色的庙墙显得衰败。今天来看,童霜威觉得比去年更荒芜了。比起十六年前那次同柳苇在这里见面时,破落得多了。看到的一些老和尚和小和尚,也都是面黄肌瘦的模样。这也使他感慨。他忽然想起了清代胡会恩的送春词:"画屎苍苔陌上踪,一春心事怨吴侬;晓风欲倩游丝绽,愁杀寒山寺里钟。"默默吟诵,心情更加历落。

步入悬有"古寒山寺"匾额的山门,产生了一种十分空玄的感

---

① 盍旦:鸟名,黎明前鸣叫,叫后天就亮了。

觉,怪不得人说皈依佛教出家是入了"空门",难道就是这样解释的吗?通过林阴小院,在石板路上走进森森然的大雄宝殿,香烟缭绕,穿灰色僧衣的和尚敲木鱼诵经,善男信女在匍匐叩头。大殿前有两棵绿色苍劲的菩提树,两侧堂屋内有五百木雕金身罗汉和寒山、拾得二高僧的塑像,髹金镂木,古朴生动。江怀南陪童霜威仔细观赏罗汉们喜怒哀乐的神情,童霜威忽然感到这些喜怒哀乐的菩萨都使他厌恶。他觉得笑的藏着奸,怒的眼光凶恶,使人心里不愉快。他来游览是想摆脱一些人生的苦恼与世俗的尔虞我诈,寻找些恬淡宁静。看到这些,大煞风景,他不禁说:"走吧,不看了!看来,神还是同人一样,摆不脱七情六欲,离不开争权夺利!"

江怀南听了,哈哈笑着,连声说:"秘书长高明!秘书长真是风趣!"他陪童霜威从右边走向钟楼。

江怀南指着一口小型铜钟介绍说:"张继诗里提到的那口大钟,早已失传,明代嘉靖年间又重造了一口巨钟,并且专门建了钟楼悬挂它。明末,这口钟被日本人掠去。后来,日本人士募铸了一口小铜钟,在日本明治三十八年,也就是三十一年前送来寒山寺,就是这口。"

童霜威对这一切都熟悉,仍看了一眼,叹口气说:"是啊,这口钟好像是翻砂翻出来的东西,一点儿古意也没有了。"稍停不禁又说:"中国的土地上,处处都使人感到日本的存在!一是说明两国人来往的频繁,如果仅是这,那倒不是什么坏事。可是,又处处感到一种侵略的威胁。这就使我们难以忍受了!"

江怀南也点头说:"是啊!是啊!"

在钟楼旁,是碑廊小院,碑廊内嵌有宋、元、明、清各代名人的诗文碑刻。从前这地方有一棵桂花树,秋天桂花开时,空气里幽淡地飘散着沁人心脾的香气。童霜威忽然想起去春同方丽清来时,方丽清根本不要看什么碑刻,说:"这些黑拓拓的石头牌坊我不要看!"但同柳苇第一次同游,就是在这里看到张继诗的碑刻引起争论开始的。

那是一个美丽的春天,但已经过去十六年了。

在这里,一天下午,雨潇潇落着。那时,这几棵柏树还小,枝干只有铜钱粗,上边有小雀子跳来跳去地吱啾。听到燕子的呢喃声,从佛殿的檐前传来。那次,一起观看俞曲园重写勒石的张继《枫桥夜泊》诗碑。

他将诗念了一遍,说:"'江枫渔火对愁眠',对吗?这枫桥镇上怎么不见枫树。"

她平静地答:"'江枫渔火'这四字颇有可疑,宋龚明之《中吴纪闻》作'江村渔火'。"

雨声渐沥,他们沿着长廊漫步,长廊有剥落了的彩绘及装饰性的雕刻,给人一种古朴的美感。亭柱和碑石上都有游人镌刻的乱七八糟的诗句和文字。柳苇笑了,忽然说:"有意思!这些人都想留名!其实呢?谁知道他们的名字呢?"

他不但被她的美貌倾倒,也为她的博闻和独见所倾倒,问:"'夜半钟声到客船'一句作何解释?"

她莞然回答:"可以有两种解释。一是夜半时分,钟声传到客船;一是夜半钟声一响,正是客船到达之时。但我认为应作前一种的解释较为恰当。"

他笑了,问:"为什么?"

她也微微笑着,答:"你不见张继这首诗的题目是《枫桥夜泊》?既是夜泊,自然是钟声传到夜泊的客船上,而不是钟声敲响时客船到达了。"

他更加倾倒,连声说:"高明!高明!"

啊!十六年了!当时呢喃的燕子哪里去了?……只剩下了潇潇的雨声还长羁在记忆中。

他不禁感触良深地想:唉,人的生命不会永无终止,惟有记忆,却可以使人永远活着!

童霜威在一种辛酸夹杂着恍惚的感情中,随着江怀南逛完了寒山寺,走出山门。童霜威提议说:"走,到枫桥镇去看看。"

他对枫桥镇怀着美好的感情。这种美好的感情,岁月的流逝冲不淡洗不尽。有时,在梦中他也似乎看到过这个古老的古运河边的小镇。栉比鳞次的房屋,狭窄而拥挤的青石板条铺成的街道,清晨有时淡淡弥漫在田野上的白雾……他又仿佛听到了柳苇在那一个明月之夜横吹洞箫,飘飘渺渺吹出的动人箫声了。

江怀南跟着童霜威走,两人漫步在枫桥镇上。大饼油条店里飘出炸油条的香味;小小的酒店里飘出黄酒的香味;卖鲜鱼活虾的小贩在路边摆着小摊;菜贩也整担在出售青菜、萝卜……童霜威走着,默默无言,四下里张望。江怀南发现他不想讲话,也不打扰,默默无声地跟着散步。童霜威沉浸在回忆中,他看到了临近枫桥附近的有着一个单开间门面的小烟纸店……从这儿走过去,不到一百米处就是著名的枫桥。桥下的运河上正麋集着一艘艘小木船。……柳苇的影子倏然来到眼前,岁月似乎倒流回来了。在石桥上,那一年,他同柳苇散步走过。是个晴朗的春日,她穿着一件蓝布的旗袍,多么年轻,剪着齐耳的短发,是个小学教员,更像一个在上专科学校的女学生。那天,枫桥桥头上有一个白发的老婆婆跪着乞讨。她掏出手绢包着的一个银角子来要给乞讨的老婆婆,仰脸对他说:"讨饭的人这么多!穷人这么多,你作何感想?"他没有回答,但把她捏钱的手推回去,自己从皮夹里掏出了一块银元塞到老婆婆手里,换来一阵千恩万谢。当时,她没有再说话。只是从她的眼神里,他感到她有满意和爱。

那水井旁有着一个单开间门面的烟纸店,当初就是她家的住屋呀!他记得很清楚,第一次在她家吃饭时,见到她家盛菜的大碗还有补过的。是让补碗匠用弓子在碎了的瓷碗片上先打上孔,然后用铜钉补接起来的大碗,但碗里盛的百叶结红烧肉却很有江南风味。

初婚后的一个夜晚,在绿灯罩的台灯下,他同她听到过远处箫声悠扬动听,有一个女声在唱吴歌小调,唱的是:

> 入山看见藤缠树,
> 出山看见树缠藤,
> 树死藤生缠倒树,
> 藤生树死死都缠。

他听不懂,她译给他听,说:"这唱的是一种执着的爱!"
他认为意思不大。

她微嗔着说:"怎么意思不大?我喜欢这种执着的感情。"她拿起洞箫低回地吹了起来,余音袅袅。

后来,听梆声敲了三更,敲更声和寒山寺的钟声一样使他难忘。他当时看着窗外动人的夜景,信笔写了一首七绝送给了她:

> 云生冉冉步青霄,
> 风弄纤纤摇翠乔,
> 琼花玉树枫桥夜,
> 月下何处远吹箫。

啊,过去了!一切都早逝去!绿莹莹的灯光,依然在心中闪烁着……但一切都过去了!……她在那里长大,同她的父母和弟弟在这枫桥镇上生活过许许多多个春夏秋冬。这里哪儿没有她的足迹呢?她,死去已经快六年了!尸骨一定埋在南京雨花台的乱坟岗里。他没有去为她收尸,也没有要去寻找遗骸的想法,说是怕牵连也可以,说是当时他对她的感情还没有拧过来,也可以。反正,现在,想起来,他不能不有深深的歉意。在这枫桥镇上,他寻找着逝去的梦,寻找着往日曾有过的美好的记忆,心头酸楚。

现在,那儿成了一个烟纸店了。她全家的痕迹在枫桥镇上消失了。女儿早已死在南京,儿子还在苏州蹲监牢,两位老人早已经埋葬。为什么这家人的遭遇如此凄惨呢?这一家人的悲剧下场,怎么能不使他心里凄恻?

多少年来,童霜威政治上不如意,使他对蒋介石心里含有一种不满。现在,想起柳苇一家的悲惨遭遇,深埋在心里的不满更像钱塘江潮汹涌而来。

后来,在枫桥镇上,童霜威和江怀南又遛了一圈,十点多钟,上了那辆福特牌旧式轿车回来。童霜威一直很少说话,并且说:"我晚车就回南京!"

江怀南挽留童霜威,劝童霜威再玩两天回去。见童霜威归意坚决,不好过于勉强,表示遵命,提出:"中午我陪秘书长到拙政园玩玩并吃午饭。"童霜威同意了。汽车回到旅馆,童霜威又少歇片刻,喝喝茶,江怀南让花园饭店账房去买夜车到南京的头等卧车票,并让派人去电话局打电话告知冯村童霜威到达的时间。然后,两人就坐轿车到拙政园。

拙政园是明代嘉靖年间御史王献臣因为不满朝政,弃官归隐,建造的一个别墅,取晋代名流潘岳"此拙者之为政也"一句话,取名拙政园,含有发牢骚的意思。可惜王献臣死后他的儿子爱赌,一夜之间就把这园子输掉了。太平天国时,这是李秀成的忠王府。江怀南陪童霜威入门游览,说:"拙政园的水面,占全园面积的五分之三。"童霜威点头,他喜欢园里的景色。这里有亭有榭,有溪有桥,有广厅可以喝茶就餐。两人到了广厅里,点了些各色鱼虾,吃了顿便饭。饭后,又向北走过一个小桥,到了"留听阁",阁名是从那句"留得残荷听雨声"的古诗句上来的。两人盘桓了许久,不愿离开。

玩到夕阳西下时分,天空的色彩由淡灰变为紫色,又向着橘红色转化。树丛被夕照映得油光光的,水面上泛着五彩的光,倦鸟已经啁啾着在树丛中鸣啭。

江怀南说:"我们来得不是时候,如果是在秋天,有秋风秋雨,坐在这儿小憩一会,可以听到残荷上淅淅沥沥的清脆雨声了。那真是诗意盎然令人动感情的。"

童霜威听了,又触动了心弦,从残荷上的雨声,想到秋风秋雨。从秋风秋雨,想到了秋瑾。从秋瑾不知不觉下意识地又想到了柳苇。他感到决不能在苏州耽下去了,只有赶快回南京。心里想:一个人岂能老是让人生途程中难免的悲欢离合、坎坷崎岖无谓地积聚在自己那有限的胸腔里折磨自己呢?我要摆脱,我要达观!他忍受不了感情上的这种折磨,自己希望努力排遣。他对江怀南意兴阑珊地说:"回去吧!我有点累了,晚上还要上车。"

童霜威是带着浓烈的郁悒心情,晚间由江怀南送上头等卧车回南京的。次日早晨,天刚蒙蒙亮冯村就在冷寂的和平门车站鹄候迎接。

火车到达和平门,晨光熹微。童霜威提着公事皮包和江怀南送的许多苏州刺绣、吃食等下卧车,冯村皮鞋"橐橐"地迎将上来。童霜威忽然发现冯村气色难看,一张酷似印度人的黑脸上布满晦气,眉心皱着,嘴角耷拉。童霜威不禁诧异地朝冯村看了一眼。

冯村从童霜威手上接过物件,说:"秘书长,您回来了!要不回来,我也要打电话催您回来了!"

童霜威心里一怔,忙问:"有什么重要事吗?"

火车"呜"地鸣着汽笛,"喊喀喊喀"向下关方向驶动。冯村陪童霜威离开月台出站,轻声在童霜威耳边说:"有人在南京大撒传单!我怀疑是褚之班干的!"

"撒传单?干什么?"童霜威由怔到惊,脸色也变了,说,"是撒我的传单?"

冯村点头,回答:"有人在新街口、国民政府门口、中央公务员惩戒委员会门口,还有监察院门口都派人撒了传单。传单是五颜六色的。我收集了一部分在家里。传单印了好几种,内容倒是相仿的。"

童霜威感到血压升高,手脚冰凉,耳朵通红,急急地问:"传单上说我什么?"

冯村叹口气回答:"传单上无中生有,说你贪赃枉法,卖案子,徇私舞弊,不能做司法行政部和中惩会的官员!所以我怀疑一定是褚之班干的!也许这就是他说的谁给他一个耳光,他一定要还一个耳光甚至还要踢上一脚吧!"

童霜威气得发抖,咬牙说:"我贪了他的赃还是枉了他的法?他的案子我是秉公处理的。"

冯村回答:"是呀,可是这种传单是往人头上泼脏,想叫人跳进黄河也洗不清呀!"

两人已经走到尹二开的"雪佛兰"轿车旁了。尹二"克"地给开了汽车门,叫了一声:"先生回来了?"

童霜威也无心答应,只"嗨"了一声,气得说不出话来,心想:褚之班呀褚之班!你这个勾心斗角会舞文弄墨的家伙!……轿车驰向潇湘路,在车内,他叹了一口气,又叹一口气。

冯村轻轻在他耳边又说:"传单是匿名的!真是坏透了!传单上竟说:为怕报复,现在传单不署名。但一定要告倒你。如果告不倒,本人决定出头露面,在一个月后到中山陵,在中山先生灵前刎颈自杀!你看,这像不像褚之班的口气?"

童霜威恨恨地骂了一声:"王八蛋!岂有此理!"心想:真是祸从天降呀!心中担心的事,终于降临了。又想:这还有什么青红皂白呢?江怀南的事上我倒是不干不净,但安然无恙!褚之班的事上,我是秉公惩戒,结果却说我贪赃枉法!而且,在中惩会的委员里,比起别人,我是最奉公守法的,现在却把我诬蔑成这样!

他心里又酸又苦,头脑里混沌沌的。本来,C.C.正联络湖北帮要排挤我,这下好!他们可以不费吹灰之力如愿以偿了!他又深深悲哀,如果我有强有力的后台,我参加派系,有一伙人一帮人撑台,我怕什么!现在,我却不能不吃褚之班这样一个蛆虫的亏,冤冤枉枉地就被他坑害了!他心里越想越懊丧,头皮发麻,什么话都不想说,也说不出来了。他强打精神,对冯村说:"有什么了不起的!大不了,我写辞呈!我早厌倦了!"

这是个阴霾的春朝,童霜威从车窗里看出去,感到晨雾迷蒙,空旷的城北一带,那些陆续新建成的西式洋房和周围景色都显得陈旧、荒凉。

第三卷 「八·一三」前后，那个不平凡的夏天

（1937年6月—1937年8月）

> 战争经历和生活道路，有时是紧紧缠在一起的。恩格斯说过：「人们通过每一个追求他自己的自觉期望的目的而创造自己的历史。」
>
> ——摘自创作手记

一

　　六月天,有时雨云微微拂过,下雨了。风,带着湿润、浓郁的泥土味和玄武湖里荷花的清香,翻过城墙,吹到潇湘路来。每下一次雨,气温就向上升高一些。终于,南京城变得像火炉似的燥热了。

　　清晨,早上从不睡懒觉的夏蝉在树上"知了——知了——"地放声叫嚷。潇湘路一号公馆洋房上的"爬山虎"青枝绿叶长得茂密。花园前边清水塘里的池水闪亮、光滑,细小的波纹不停地荡漾。塘边的柳树上金色的柳丝拂着水面。水上的浮萍茸茸聚集,蛙声"咯咯"地从簌簌响的绿色芦苇丛中传来。池水、苇草、垂柳、青苔……一片透心的绿。满眼的绿,把人都要融化进去了。

　　花园里,"步步登高"花和许多齐腰高的美人蕉,黄的、红的……开得五彩缤纷。竹林苍翠多姿,密密的白杨树叶背面像银箔似的反光。草坪上,"老寿星"刘三保经常流着汗在推那部新买来的舶来品割草机。广阔的草地上,草长得疯快,东边的草推短了,西边的草又在苗长。那群被方丽清杀剩下的鸽子,一共只剩十五只了,都不再放飞,只许关在鸽子房里喂养。家霆要让鸽子参加比赛的打算,在春天完全落空了。鸽子在鸽子房里关久了,一只只都没精打采,翅膀和尾巴毛上粘满了屎土,连雪白的"白儿"也变成灰溜溜的了。

　　童霆威七点钟起床,在楼上吃了早饭,踏步下楼。他先在花园里听听树上的鸟叫,看看池塘里的鱼儿跳跃,用水壶给花儿浇水,打拳似的活动了一下筋骨,就让尹二开车载着他,到玄武湖里兜一圈。他在湖边散散步,闻闻荷花香才回来。天热,回来后他就走进客厅,宽衣脱鞋凉快凉快。

　　客厅里照例每天这时候报纸已经送来,由金娣将报纸搁在客厅长沙发旁的茶几上了。童霜威这一向不去上班,习惯了每天到客厅里来抽一支烟看报。客厅一面朝东,一面朝南。朝东的阳光正由长玻璃窗里射映进来,将客厅里的白粉墙照耀得更加光洁,将客厅里的大理石红木家具和古董花瓶等摆设,照耀得更加色彩美丽。

　　潇湘路一号的红漆大门外,照例,一早上就陆续有扛着板凳磨刀石的山东人高喊:"磨剪刀抢菜刀!"也有头上扎着花布的安徽女人高叫:"捉蚜虫咪!"接着就有挑担的苏北人大声吆喝:"破布烂棉花拿来买!"真是热闹得很。

　　最远处东南面雄伟的紫金山在阳光下灼灼发光,东面的古台城默默伫立,鸡鸣寺和北极阁山岗上的浓荫也历历在目。童霜威赤脚趿着拖鞋,穿着白衬衫,习惯地远眺一会窗外的景色,伸展一下胳臂,就倚在沙发上,先打开了第一版上登满了广告的《中央日报》。

　　他不能不关心华北的局势,那里火药味儿太浓,报上又有日军仍在北平郊外演习的消息。日军演习,过去在侵占东三省之前就常有。只要日军"演习",就意味着那儿要出事。现在,谁知道平津一带会出什么事呢?他又看看报上中枢要人的动态:林森将乘军舰赴九江去庐山;老蒋已经上了庐山牯岭。报上有牯岭的电讯,说:"蒋委员长以庐山汉阳峰仰天坪一带地久荒芜,莲花洞至小天池大路两旁杂木丛生,亟需整理,特面谕庐山农场主任,从速改善,并准拨给补助费一万元,该场主任奉谕现正积极计划筹备仰天坪苗圃事宜,并开始整理莲花洞至小天地两旁杂木,匡庐山色,将又增新态云。"他吸吸鼻子,心想:天一热,你们都纷纷往庐山上跑了,真会享福！心里又不禁酸溜溜,今年,我是不会去庐山了！

去年,他是也到庐山去避暑的。去年,庐山行政权才归中国收回。本来,牯岭区内有柏林路、剑桥路等,每年夏季,非常热闹,外国人纷纷去避暑养疴或者游览经商。中国人去办公、受训或游览的也无数。那牯岭正街宛如南京太平路的样子,算是热闹的地段。有数家商店出售食用货物;也有商务印书馆和中华书局的分店;中央银行、中国银行、交通银行和中国旅行社都有驻牯岭办事处。电话、电报、邮局随着人们的增多也向山上发展。童霜威记得山上有八九家旅馆,有一家是洋人经营的欧化旅馆,设备华丽,人都叫它"九十四号"。去年到了牯岭,在"九十四号"里住了一天,膳宿费要九元。正街旁有一条路,名曰"下街",房屋破旧不堪,同"九十四号"的华丽相比,好像天堂旁有地狱。童霜威当时虽住在"九十四号",却深有感触,迄今难忘那时的印象。

现在,童霜威看着报,无意中瞥见在报纸三版下端地方列着一则"国府命令"。里边是一些任免事项。他的眼睛一盯上这则消息就移不开了。嗨！任免事项里有一条就是他的呀:

司法行政部秘书长、中央公务员惩戒委员会委员兼秘书长童霜威呈请辞职,应予照准。此令。任命刘家骅为司法行政部秘书长,任命彭一心为中央公务员惩戒委员会委员兼秘书长,此令。

好了！一切都完了！在料想中的事果然兑现了。

童霜威心里长叹一声,烦躁得像全身爬满了刺毛虫。何其快也！从打辞呈到今天仅仅短短一个来月,照准令就公布了,真是快得出奇了！什么事情都不讲效率,这件事的效率可真高呢！他虽明知:在人生中永远存在缺憾,往往你想要的偏偏是你得不到的,你得不到的恰恰是你想要的。但懂得是一回事,感情又是另一回事。这既在意料之中,见到了又不禁心里梗梗。刘家骅,是 C.C. 的人,这彭一心,也是 C.C. 的一员战将！他们同毕鼎山之流过往密切。杀我一个,我的肉可分给两条狼去吃呀！撒传单的事,本来怀疑是褚之班,事后琢磨,可能是他,又未必是他,为什么不会是毕鼎山等一伙人耍的恶毒手腕呢？他记得在从苏州回南京,知道了撒传单的事后,当夜他郁郁不乐,立刻决定派冯村连夜去上海同褚之班见面谈判,将江怀南在苏州玄妙观购赠的一对翡翠璧和一对鸡血图章带去做礼品,劝告褚之班,如果是他干的,请他赶快悬崖勒马,并且告诉褚之班：童霜威准备辞职。上海的事办妥,就要冯村立刻赶到吴江同江怀南见面,要江怀南快将证人的工作做好,取得证件带回南京,好进行"掉包",抽换原来的主要证件,以便赶快倒填年月日,用"事出有因,实据不足"的方法,暗度陈仓,妥善处理。

第二天一早,童霜威去机关办公,敏感地发现大家对他都突然变得敬而远之。毕鼎山最初装作未看见他,后来迎面碰到,满面是不怀好意的奸笑,两只眼睛像探照灯似的在他脸上舔来舔去,似要从他脸上窥测出什么气候来。他感到孤立,去找主任委员居正想谈谈传单的事。居正这个湖北佬,爱摆老资格,爱嘴上清高,不等他多说,就苦着脸摇头,说："啸天兄,传单的事,很引起注意啊！我看你要自己主动善于处理才好啊！"童霜威明白这是居正暗示要他辞职,心有不甘,说了一些辩白的话。居正皱着眉听,不置可否,最后哼了一声。童霜威只能闷闷不乐地回家。过了两三个礼拜,在一次会上,有两个委员都含沙射影地说了些使他听了颇为难堪的话。他当时不予理睬,事后,装作血压高,去中央医院住院休养。同时,跑到监察院、司法院等一些熟人处争取支持。又僵持了一个多月,突然听到新街口、监察院、司法院和中惩会门口又出现了无头传单。他明白：这下是不好办了！在次日晚上又到新住宅区监察院院长于右任家里,想再诉一诉冤屈,继续求得支持。因为平日他同老于的关系还算融洽密切。于右任蓄着长须,人叫他"于大胡子",在客厅里接见了他。大热的天,于右任穿着夏布长衫,脚上穿着土皮袜子黑布鞋,摇着蒲扇,态度倒很亲切,但老是用手捋胡子,一下又一下。先不说话,后来忽然叹口气,说:"唉!啸天,你的这件事,满城风雨了哩!我看,还是退一退的好。退了到适当时机可以再进的嘛!不退,恐怕不大好办哩!……"说了这些,仍是默默无言,用手捋胡子,一下又一下,泥塑木雕一般。

他无法再多说什么了,谁叫这种倒霉事落到我身上的呢!记不得是谁说过的话了:名誉,太像一只单薄易碎的瓷器了!要损坏它轻而易举,坏了要修复却太难了!生活就是这样无情啊!……

他心中懊丧不平,这件事是褚之班昧良心踢的连环腿呢,还是毕鼎山他们勾结C.C.湖北帮劈头打出的金箍棒呢?自然难猜!反正,褚之班同这些王八蛋勾结到一块来对付我也不是不可能的呀!

童霜威面临着去和留的选择了。人生,为什么会有如此多的选择放在面前呢?这种选择刚过,那种选择又来,永无罢休。在紧要关头,做出正确的选择是最重要的了。他恋栈,当然觉得放弃司法行政部秘书长和中惩会委员兼秘书长这些职务可惜。倘若能将被动变为主动,该不该放弃呢?看来,无论是毕鼎山之流干的或是褚之班干的,他们都是一不做二不休的。如果我不退,他们的进攻绝不会罢休,我又何必要使局面更恶化呢!

他将居正和于右任等讲的话一遍又一遍在心上琢磨体会,越琢磨越体会,越觉得还是让一让、避一避锋芒的好。

他随之想到了江怀南的案件。心里暗暗下定了辞职的决心,又决定要在辞职前将江怀南的案件处理妥善。

他照常上机关办公,在司法行政部和中惩会,两边都去应应卯,尽量在面上装得稳如泰山,心里是处处都不受用。不说别的吧,单说被叫作"景泰蓝花瓶"的女秘书,往常总是来主动巴结,现在变得"冷若冰霜"了。该死的总务科长李思钧,过去卑躬屈膝,现在却远远躲着。世态炎凉,人情势利,不禁使童霜威浩叹。童霜威在中惩会办公室里,故意找机会同毕鼎山若无其事地聊起天来,目的是为了放出风去,行缓兵之计。

他说:"毕委员,传单的事实在是莫须有,这你是完全了解的。"

毕鼎山肚子微凸,脸上疙疙瘩瘩地长满了酒刺,正用一只蝇拍在打一只飞进窗来停在桌上的苍蝇,斜睨着他,说:"啊啊,传单的事我听讲,我听讲,可是不了解,不了解……"显然,他不是装糊涂,就是有意混账,因为他答非所问。

童霜威说:"不过,我打算辞职!"

毕鼎山听到辞职,倒是来兴趣了,"啪"的一下打死了那个红头苍蝇,赞助地说:"啊啊,我看也好,好!"

童霜威逞强地说:"我辞职不是为了别的,而是因为厌倦,不想在司法行政部和中惩会干了!"

毕鼎山奸笑笑:"啊啊,是呀!是呀!……"

辞职的风放出去了,等于给毕鼎山之流吃了个"定心丸"。如果这次撒传单的事是他们的阴谋,那么事态也许不会再扩大了。他承认自己是失败者了,战胜者在对手承认失败的情况下看来未必一定要置人于死地。他内心痛苦面上坦然地说:"明天起,我想不再来上班了,我需要好好养养病!"

毕鼎山右手拇指和食指捻掐着脸上的一颗酒刺,仍是奸笑:"啊啊,是呀,是呀!"

童霜威又说:"过些天,我就写辞呈!"

第二天,他真的不再去机关办公了。他在家里吟诗、写字,不由想起宋朝翰林陶穀的一首诗来了。陶穀在翰林院当差,托人在宋太祖前活动想得重用,赵匡胤却看不起词臣,说:"翰林草制,皆检前人旧本,改换词语,所谓依样画葫芦耳!"给泼了这瓢凉水,陶穀作诗自嘲曰:

官职须由生处有，文章不管用时无。
堪笑翰林陶学士，年年依样画葫芦。

童霜威将这首七绝用隶字写了个屏条用图钉揿在墙上，想：算了算了！这种依样画葫芦签到、办案的生涯该告一段落了。我也厌烦了！……他写写字，百无聊赖地搁下笔又下楼去花园里松土、锄草，听听蝉声，看看雀飞，面上平静，心里却似海啸，又上楼到书房里看书。

一连两天不去办公，方丽清纳闷了。她嗑着瓜子，手执一本上海广益书局出版的《福尔摩斯奇案》，走到书房里来问童霜威："你怎么了？办公不去？"

童霜威笑笑："我要辞职了。"

方丽清打扮得花枝招展，脂粉匀称，非常漂亮，但板着脸瞪着眼就变得很凶了："哪能？"

童霜威想：这你难道也不明白？他为她在政治上的愚蠢无知感到不满和悲哀，直率地回答："他们撒了我的传单，一次，又一次，我给他们打败了！他们陷害我、排挤我成功了！我得把位置都让出来！"

"你不会找找靠山吗？雨荪和立荪在上海有事解决不了就总是找杜月笙的！"

"我没有靠山！该找的人我找过了，屁用也没有。"

"人都说你是个大官，想不到连个靠山也没有！"

童霜威闷闷不乐，听着她的话皱起了眉。

方丽清将手里的《福尔摩斯奇案》连同手里的一把瓜子往桌上一扔，不满地咕噜："今后每个月八百块钱的薪水和车马费不是没有了吗？"

童霜威默默地点头，从香烟筒里取出来一支"茄力克"，默默地抽起来，解嘲地说："这几个月让买航空公债，哪个月不要买几百元!"

方丽清继续咕噜:"依我说,不辞职,赖着,不买他们的账!看他们怎么办!立荪做生意从来不让人的,他说过:做生意,亲爹亲娘也不能让!你为什么要让?"

童霜威摇头,耐心地说:"那不行!官场上跟做生意不同。好在我这个人的声望和著作还在,人家也不能完全看轻我。我准备暂时闭门不出享享清福。在家里著书立说,写一本《历代刑法论》。这本书我早想写了,一直没有时间。现在,我要把它写出来。"

方丽清对这没有兴趣,她那张非常像胡蝶的脸上有一种失望、沮丧、气恼的表情。半晌,又问:"辞职怎么个辞法?"

"写张辞呈交上去!批准了,免了职就是辞掉了。"

"你写了辞呈没有?"

"还没有。"

"还是不要写的好!"

"不写是不行了呀!"童霜威不想再同她多说什么,吸着烟站起身来踱着方步,心里想:唉,人生真像一座大戏台。你上台,我下台,你笑我哭,我哭你笑。……心里交汇着酸楚失意的感情。

从这次谈话以后,童霜威很少能看到方丽清的笑脸了。她两个胡蝶般的酒窝几乎消失了,那张艳丽的脸孔板起来很凶,嘴就更噜苏了。不是骂南京这不好那不好,就是骂金娣太笨,骂尹二狡猾,骂庄嫂无能,骂刘三保偷懒,骂家霆处处叫她看不顺眼。只有她坐上"雪佛兰"汽车,带着她那把小巧的粉红色的杭州产绸阳伞去新街口逛商店,童霜威才感到一点清闲。

现在,童霜威吸着香烟看着报纸,心里想着这些事,越想越烦,越烦越感到身上发热,听着花园里柳树和白杨树上的蝉鸣,声声刺耳。不知什么时候,身上的衬衫都汗湿了。报上的广告,真是乌七八糟什么都有:德商咪哒洋行总经理的"来沙而消毒药水"登了大幅广告;德国洋行拜耳阿司匹灵迅治伤风头痛风湿等症的广告也不小。美国派克自来水笔登的广告更加显目,价钱可真不便宜,特大每支三十五元,大号二十六元多。此外,是大幅"贺尔赐保命"的广告,还有"包治淋病"等等的广告。他又下意识地看看电影广告:国民大戏院放映的是洪深导演、白杨和龚稼农主演的《社会之花》,大华大戏院放映的是美国米高梅公司出品的影片《春色难藏》,广告上大字写着"滑稽温馨艳情无上佳片"。

正在愣怔怔地定神,忽听大门电铃响,接着是"老寿星"刘三保沙哑的声音在同外边来的人讲话。来人声音很熟。童霜威想:是谁呀?这一向,"门前冷落车马稀",来的客人突然减少,请柬也突然没有了。不仅那些当事人不来光顾了,连一些过去常来看望的朋友也不见面了,使童霜威深深感到人情冷暖、世态炎凉,连来安慰一番、关心一下的人都简直没有,这使他感到不能忍受。尤其是隔壁邻居叶秋萍。童霜威觉得他是有意避着自己。有一次,童霜威偕冯村去玄武湖散步,经过潇湘路二号叶公馆门口,见停着汽车,叶秋萍穿着一套藏青色中山装出来正要上车,忽又缩身回去,显然是不想照面。人情如此,童霜威体会人间三昧,似乎更能触到生活的底蕴了。

现在,是谁来了呢?童霜威慵困地欠起身子,站起来朝玻璃窗外张望,正好同来人照面,只见一个光头留两撇八字胡的瘦高老头儿,嘴角上一枚金牙灿灿发亮,穿一套夏布褂裤,趿一双布鞋,手里攥一根短烟袋杆,是保长夏得宜呀!

保长夏得宜是南京城北土生土长的地头蛇。他那模样,使童霜威一看到就想起京剧《盗御马》中的杨香武。当初盖潇湘路的公馆时,地就是向夏得宜买的。老头儿已经五十多了。爱喝酒,长着两只带血丝的眼睛,瞅起人来不怀好意。童霜威不喜欢保长,又觉得不必得罪小人。像街坊邻居似的,夏保长家住的那些小瓦房就在西边,近旁的菜园子地也都是他家的。他家子女很多,老老小小有十来口人,九流三教几乎都有。这会儿,一照面,童霜威明白保长"无事不上三宝殿",一准是有事才来。为了睦邻,趿着拖鞋走出客厅门去,打着招呼说:"来了吗?"

夏保长点头弯腰打了一躬,连连双手作揖:"来了来了!童秘书长,有件事不能不来再向你报告……"

童霜威不想把保长延进客厅里坐,怕坐了以后方丽清要嘀嘀咕咕,嫌坐脏了沙发、踩脏了地毯。所以挺着肚子站在客厅前水泥地上同保长讲话。水泥地上现在临空搭了个用粗毛竹架成的大芦席棚,遮住强烈的阳光,显得阴凉通风。童霜威将烟蒂扔在地上踩灭,说:"什么事呀?"

大柳树上的蝉声"知了——知了——"响得刺耳。

夏保长龇着金牙,说:"还是壮丁训练的事呀!现下市民训练,天天下操操练,全南京城要二十万名壮丁。你们公馆里的尹二就要受军训。上次免了,现在可免不得。我特地来跟童秘书长你报告,你是中央的要人,这事一定会答应的。"他油嘴滑舌说话如流水滔滔不绝。

童霜威听了,虽然心里不悦,想:同日本打仗,不靠正规军,靠训练壮丁有什么用!又想:没准是你这保长也听说有人撒我传单我要辞职的事了,所以敢这么大迈迈地来找我说这件事。但训练壮丁的事,现在规定不管谁家都不该例外,何况占用的时间是清晨,不会影响尹二开车。再说,我也很少出去,受训就受训,由他去吧!心里又不禁涌来一种战云将要来临的感觉。这一向,清晨街上常有成群列队下操归来的壮丁,都穿的灰色衣帽,束戴简洁,队形整齐,唱着歌:"军人军人要雪耻,我们中国被人欺,日本强占我土地,东三省同胞做奴隶……"这些晨操完毕散队回家的壮丁,店员、小贩、工人、市民、商人、农户都有。想到这里,童霜威对夏得宜说:"行行行,让尹二受军训就是!你跟他直接谈谈好了。"

夏保长点头哈腰:"童秘书长爱国不后人!我早说,这样的事,你们做老爷的一定会答应的。我马上找尹二谈!"说着,又向童霜威点头弯腰,然后走向后边厨房旁的平房里找尹二去了。

童霜威给夏保长打扰了一番,心里不悦,迈步又走进客厅里来,没料到看见方丽清打扮得花枝招展站在面前。看来,她下楼来到客厅已经有好一会了。

方丽清往左边加着细席套的小沙发上一坐,说:"刚才我听见了,保长要尹二去受壮丁训练,吃家饭,拉野屎,合算吗?我们最近车子也不常用,我看这笔开支可以节省,干脆叫尹二滚蛋!要拾个金元宝难,以后要找个汽车夫还不容易。说实话,尹二这个瘪三,我早就看不中了。倒不如趁这机会叫他滚!"

童霜威见方丽清什么事都从钞票考虑,心里厌恶。知道方丽清不喜欢尹二,但他却喜欢尹二开车又快又稳,作个下人指使,也很能办事。叫他走了将来再找同样的司机未必容易。何况,现在自己刚刚下台,就辞退汽车夫摆出一副落魄景色也不好。因此,在右边小沙发上坐下,回答说:"急什么呢?家里没有一个司机也不行啊!我虽倒霉还没有成穷光蛋呢!"

方丽清明白童霜威的话是顶撞她,嘟嘴说:"反正,不叫尹二滚,就叫刘三保滚!让尹二把刘三保的那一摊事都包下来!"

童霜威摇头:"他哪包得了刘三保的那一摊事儿呢!刘三保不但是门房,还是花匠。花匠的事尹二不会干。刘三保工钱低,他一个残废叫他走他怎么办?"

"反正我们不能白白养活几张嘴!"

童霜威闷不作声,拿起报纸又看起来,听着方丽清的嘀咕,又听着花园里树上蝉声的刺耳鸣叫,他感到两者同样讨厌。

方丽清明白童霜威是冷落她,也有意纠缠,说:"你这是怎么啦？下人要养着一个不准减少，那十几只鸽子也要养着不准再杀，事事都依你，就不作兴依我？"

童霜威长叹一声，说："真是折磨人！呶呶不休，让我清净清净行不行？"

方丽清突然站起，把脚一跺，带着哭声板着脸说："好好好，你讨厌我，算我瞎了眼要嫁到南京来！都怪杀千刀的褚之班，天花乱坠，说你是大官，说你体贴人，说你有钞票，说你有良心！没想到，你给人撒了两次传单就下了台！你就喜欢你那宝贝小赤佬儿子！你就只会穷阔气！你对我一点无良心！"

她话声未落，带着哭音突然冲出客厅，"嗵嗵嗵嗵"上楼去了。

童霜威"唉"地叹息一声，也跺了一下脚，真受不了呀！又怎么办呢？他明白：这种商人家的女儿是急功好利的，她的不满是必然的。自从递上辞呈后，她无理吵闹的次数就更多了。他估计，如果现在把明令公布辞职照准的报纸给她一看，说不定她会又要吵着回上海了。其实，他想：她要回去也好！省得整日价在耳边聒噪！他拿起刚才放在茶几上的《中央日报》重看起来，又将"国府命令"栏里关于他辞职照准的明令看了一遍，心里浩叹：唉，真是"冠盖满京华，斯人独憔悴"了！

他忽然听见，从冯村房里隐隐约约传来了冯村念日语的声音。声音生硬，像在咬牙切齿。近年来，熟谙日语人才之需要与日俱增。上海商务印书馆办的函授学校里添设了日本科，课程包括日语文法及实用会话、日语虚字及造句等内容，学费十元。冯村报名缴了费，一直在刻苦自学。童霜威不去机关办公，递了辞呈以后，冯村也情绪灰暗。冯村是中惩会分给他的专职秘书，有时在会里上班，大部分时间在家里办公。冯村跟童霜威多年了，童霜威一直喜欢冯村，冯村对他是忠实的。这个青年人曾是他在上海法政大学做教授时教过的学生，那时他就欣赏冯村的才华。后来，冯村竟跟柳苇认了表亲,柳苇是表姐,他是表弟。这样,关系就加深了一步。冯村毕业后,来南京谋事。童霜威念在门生和一点怀旧的关系上,将他推荐到了司法行政部做科员。不久,又转到中惩会做秘书。家霆就叫他"表舅"。当童霜威兼任中惩会秘书长时,他就做了童霜威的专职秘书了。冯村办事谨慎,为人机灵、稳重,又有点真才实学。本来,他觉得只要自己得意,冯村也会得意,他会好好提拔冯村。谁料自己突然会栽这么一个大筋斗呢?

不过,冯村确实还是忠心耿耿的。童霜威从苏州春游归来,第一次听说被人撒了传单的当夜,派他到上海见褚之班,又派他到吴江找江怀南。两件事,他都圆满地办妥回来了。褚之班赌咒发誓,说传单绝不是他撒的,说:"我气恼有之!仇恨绝对没有,丧天良的事我不会干!"又说:"你请童秘书长放心,我褚之班过去讲交情,今天仍旧讲义气。……"童霜威听了,心里纳闷:唉,传单真不是他撒的吗?谁知道呢?官场中的魑魅魍魉,会的是变脸,会的是当面装神背后捣鬼,会的是真真假假虚虚实实耍权术,谁弄得清他们的伎俩呢!好的是褚之班既然矢口否认,就说明他不会再干下去了,即使传单是他撒的,他也不会再到中山陵自杀了!他既然停步了,也就行了。反正我的名声是已经被污损了,这件毒辣的事也许是毕鼎山之流和C.C.湖北帮干的。这些混账王八蛋,他们是会一不做二不休的。我辞职的风已经放出,也收不回了。退吧,退吧,也只有退一退了!……童霜威觉得像吃了个酸梅在嘴里,牙也酥了,话也说不出来。

冯村又谈起到吴江的情况。江怀南见到冯村后,问清了根由,一方面为童霜威的被人撒了传单感到懊丧,一方面又对童霜威的关怀感激涕零。他盛情招待了冯村,并在第二天就将需要"掉包"的证件交给冯村带了回来。

童霜威在不去办公和递上辞呈之前,为了江怀南的事情要办妥善,将手边的案件处理了几件,目的是为了给惩戒江怀南打掩护,找几个陪斩的,以免使江怀南的案件受到人们注意。他倒填了年月日,在中惩会的例会上通过,这是心照不宣的事。中央公务员惩戒委员会的委员,以前已经有过几个人下台,下台前都是要处理一些与自己切身利益有关的案件的,美其名曰"处理积案"。逢到这种情况,大家都是睁一只眼闭一只眼发放"通行证"。这次也无例外。于是,江怀南真的竟以"事出有因,实据不足"的"违法渎职案",受到了"减月俸百分之十,期间三月"的处分。

江怀南受到这样不痛不痒的"惩戒"后,当然喜出望外。事后来信说:"深感再生之恩,自当结草衔环以报……"

自从月前童霜威写了辞呈以后,冯村的情绪黯淡,但在童霜威面前依然毕恭毕敬,执礼甚恭。他也仍旧不时到中惩会去,回来也总仍像从前一样,向童霜威报告见闻。有时就在他自己房里看书,练十七帖行书,读日语;有时就去机关签到办公。今天,冯村上午没有去机关签到,童霜威能体会到冯村的心情。是呀,他年轻,有才能,是个极好的秘书人才。现在随我走了下风,我辞职照准了,他能不考虑他自己的前程吗?我应当怎样为他打算呢?

想到这些,童霜威坐不住了。他把报纸往沙发上一放,站起身来,从客厅穿过家霆的房间走向冯村的房里去。家霆去上学了,房间里乱糟糟的,桌上放着他的集邮簿,书桌旁的墙上,有用昆虫钉钉在墙上的大蝴蝶、大蛾子、大蝗虫和蚱蜢……那只放置《万有文库》的书橱敞开着。床上有他看后扔在那里的一本《鲁滨逊漂流记》……这孩子太寂寞,床头墙上贴满了一些大幅的从画报上和《儿童世界》《小朋友》上剪下来的猫呀、狗呀的图像,还有球王李惠堂、撑竿跳大王符保芦、长跑健将刘长春等人的照片。也有许多唐老鸭、大力水手、米老鼠的彩画,更有从《新闻报》上剪下来的叶浅予画的"王先生和小陈"的漫画……童霜威默默地看了一会,走出家霆的房间到了冯村房里。

冯村停止读日语,恭敬地站起身来,叫了一声:"秘书长!"那声音比平日更加亲切尊重。

童霜威点着头说:"坐!坐!"自己在一张藤椅上坐了,说:"有件事,我想同你谈谈。"他想微笑着说,但办不到。

冯村抬起头来,在床沿上坐下,眼神似乎是问:"什么事?"

童霜威克制住心里的波澜,平静地说:"我的辞呈已经明令照准了,今天《中央日报》已经登了。"

冯村脸上有一种惊讶和惋惜糅合在一起的表情,静静听着,轻微地"啊"了一声。

童霜威说:"所以,我在想,我不能影响你的前程!我想,你在中惩会里是能继续干下去的。我还想考虑考虑给你介绍一个靠山……"

不料,冯村摇头,打断童霜威的话说:"不,秘书长,我不想找什么靠山,现在也没有什么大人物会凿石索玉、剖蚌求珠。我想过,我并不想在政界弄个小公务员混下去,我倒想将来找点什么适合自己做的事干干。目前,我跟惯了像您这样有学者风度的长者,哪里都不想干了。"

童霜威心里感动,说:"你的心我理解。但,我不能误了你的前程。你在中惩会,我不希望人家今后仍将你看作是我童某人的亲信。"

蝉声仍在"知了——知了"刺耳传来。

冯村沉默,似在思索。其实,心里明白:凭自己的才能和机灵,重新在中惩会找个主子是完全可能的。所以他并不着急。只是,在童霜威面前,他仍然要做得忠心耿耿。他说:"秘书长,如果可能,我以后仍住在这里,替您办办事,即使我不能天天时时跟随左右,我总是为您所用的人。"他说这话时,表情十分诚恳。

童霜威完全被他脸上的凛凛忠心感动了,愣在那里半晌说不出话来。最后。终于说:"你当然可以住在这里。将来,将来只要我得意了,我会首先想到你的!"

二

七月的太阳热辣辣,天气燥热,配上了方丽清的嘀嘀咕咕,整日纠缠,使童霜威更加难以忍受。

方丽清天天嘀嘀咕咕,嘀咕的内容总离不开南京糟,用人坏,家霆孬,鸽子脏……好话三遍人也厌,何况方丽清不是吵,就是闹。最后,她终于在两天前带着金娣回上海省亲去了。

方丽清一走,童霜威当天感到清净得多,感情上失去了重压。从第二天开始,又感到一种空虚与寂寞。天未亮,听到夏保长家喂养的几只公鸡"喔喔喔"地啼叫,声声清晰地传来,使他心烦。接着,就是日夜此起彼伏的蛙声"咕咕""嘎嘎"地震得耳鼓发胀。再就是"知了——知了——"的蝉声充实了天空。然后,又听到和平门车站和横贯南京城小铁路上的火车声,同来自遥远下关方向江面上的轮船汽笛声互相呼应对答……童霜威失意地叹着气。这些声音都停止或消失时,又使他产生了一种无声的寂寞。

起了床,天仍旧那么燥热,蝉声仍是不断嘶鸣,暑气叫人汗流不停,他心里不悦。下楼吃了庄嫂下的肉丝汤面作早点后,见楼下家霆上了学,冯村去了机关。尹二参加壮丁训练兴致勃勃,下了操浑身汗湿刚刚回来,正在抹身洗脸。年轻人血气方刚,对军训倒很有兴趣。童霜威无聊地端着一杯新沏的茶又上了楼。

从卧室踱到书房,又从书房踱到卧室,整个二楼上,静悄悄的,他独自一人。

他站立在卧室敞开的西窗旁,呆呆地朝外张望。透过绿柳婀娜掩映着的潇湘路,可以看到那条自北向南通往百子亭一带的柏油马路,也可以看到自南往西通往丁家桥中央党部的那另一条柏油马路。在那马路边上,竖着蓝底白字的新生活运动的巨大标语牌,上写:"礼义廉耻,国之四维……"全南京城到处都有这样的大标语牌。自从辞去司法行政部和中惩会的职务后,看到这标语牌,童霜威就比过去更反感,总恶心地想:嘴上一套,实际另一套,偌大中枢所在地——南京城里到哪里去找什么礼义廉耻?……我算是倒了霉了,碰到了工于心计的坏蛋们,用传单撒得我下了台。如果为江怀南的事使我下台,倒是无话可说,可是在褚之班的事上我是清白的呀,反倒泼我一头屎粪!真是从何说起!

他心里叹着气,又离开卧室走到书房,去继续写他的《历代刑法论》,心里却再也安定不下来了。

从七月初开始,云和风就不知躲到哪里去了。天热,中央党部及各机关暑期下午都停止办公,各处部会只留若干人员轮班值日。京浔道上要人络绎,行政院各部会长官及调到江西庐山办公的公务员,都已去庐山了。各机关办事处都在庐山开始办公。得意的要人多数上了庐山,留在南京的大半是不得意的人。邻居叶秋萍也在前两天去庐山了。童霜威颇有怀才不得志之感,甚至在心理上感到南京变得毫无生气了。

这一向,他十分关注时事,头脑里盘旋着的仍是中日关系,和?战?谁知道呢?孔祥熙正在游美,报上说他"将再与美国总统罗斯福及国务卿赫尔谈话,促进两国友谊,推广中美商务"。另一方面,日本外交官的活动也频繁不绝。日本驻华大使川越茂,在上海官邸同日本使馆高级官员及海陆军武官开了会,又北上到天津,会晤日本驻屯军司令田代。回到了南京,除亲自到外交部进行秘密商谈外,又让日本驻华大使馆参事日高信六郎和秘书清水到外交部磋商。童霜威觉得中美与中日之间正在酝酿着微妙的关系。中日邦交的"调整"并无好转,华北局势非常紧张。昨夜冯村回京带来传闻说:前天北平郊区由于日军假借演习,突然攻击中国驻军,冲突已起,但详情无法了解。风云险恶,童霜威心中吃惊,但昨天报上竟没刊登这个消息。看来,也许是讹传?或者只是很小的摩擦?不过这种消息不能不使他心里不悦。他这半辈子,经历的战争不算少。早年军阀混战中,那时他没有房产地皮,没有老婆孩子,没有威南农场……遇到战争,只要在上海外国租界上一躲,就安然无恙了。现在则不同,如果打仗,是面对一个凶恶的日本帝国主义。现在,他有了南京潇湘路的公馆和花园,有了一家大小,有了在吴江太湖边上的湖田和计划中的庞大事业。又正在自己失意下台之际。现在如果打仗,仅仅在北方燃起战火离得还远,假如在南方上海发生战事,就难办了。谁知战火会有多大?谁知现代化的战争有多可怕?谁知会遇到怎样艰难危险的局面?对日本帝国主义的侵略,他反感透顶,恨不得能抗一抗!但一想到战争的恐怖,就不免气短,心里矛盾。在和与战面前如何选择呢?将要降临的是和还是战呢?怏怏的心情,烟雾似的笼罩在心头不能散开。

　　他强捺下性子,磨了墨执起毛笔,在稿笺上续写起《历代刑法论》来。为写这书,他早年收集了不少书籍资料。现在,那些发了黄的书籍资料里,散发着一种纸张陈旧的霉味。他有时摘抄,有时论述,心虽不定,有意借此浇愁,字斟句酌地写了约摸千把字,看看已经日上三竿,听到楼下花园里"老寿星"刘三保在草地上用推草机刈草的声音:"咕啦啦——""咕啦啦——"。天气热,他挥汗如雨,又坐不定了,起身看看墙上的水银温度计,竟有华氏九十七度了!是入夏以来温度最高的一次。他心想,你们去庐山的倒是享福了!我们留在南京的人真像在蒸笼里。

　　庐山上,中枢邀请各界名流和大学教授八十多人去开的谈话会即将开会。报上已陆续发了消息。开这次会,听说不规定议题,但侧重复兴民族与探讨今后施政方针。童霜威醋意地想:嗨,我如果不曾厕身政界,这次可能也会被邀。现在倒好,成了辞职照准的闲散人员了!他明知蒋介石开这会是收民心、拉助手、撑门面,装民主作风讨好美国罗斯福做样子的,心里仍愤愤不平。蓦然,想到昨夜冯村带来的消息,后悔今晨没有打开无线电听听中央广播电台的广播。心里估计报纸已经送来,决定下楼去客厅里看报。

他趿着拖鞋下楼,走进客厅去看报。看看墙上的月份牌,顺手撕去一页昨天的日历纸,心里不禁感慨地想:过日子可不像撕日历一样随便轻松呀!……忽听走廊里的电话铃响,心里奇怪:谁打来的电话?寂寞无聊,却带几分高兴地走出客厅,到电话机旁拿起听筒。

一个熟悉的苍老但是快乐的声音在听筒里响起:"是童公馆吗?童秘书长在不在?"

谁呀?童霜威想,高兴地说:"我就是童霜威呀,你是谁?"他觉得对方的声音挺熟。

那边的声音更快乐了:"啊,啸天兄,别来无恙?听不出吗?我是管仲辉呀!哈哈,我回来了!"

童霜威出乎意外。这几个月,他只偶尔在自己不得意时想到过管仲辉。潇湘路上三家公馆,两家的主人栽了大跟头,只有叶秋萍似乎更加飞黄腾达。管仲辉在西安事变后是早已退出政治舞台的人了,何尝想到他突然会从上海回来了。"同是天涯沦落人",童霜威十分热情地说:"啊,太好了!太好了!什么时候回来的呀?常常想念呀!身体可好?"

"好好好!"管仲辉打着哈哈,"昨天刚回来,身体不错。我们近在咫尺,我是打个电话告诉你我回来了,找时间谈谈如何?"

"好啊好啊!"寂寞苦闷中的人,最喜欢有人聊天。友谊在这种时候赛过春风。童霜威求之不得,说:"我现在是无官一身轻,你知道了吗?马上我来!"

"不不,不敢当!"管仲辉真心实意地说,"我来吧,我来吧!如隔三秋之感我早有了,我马上来。"

童霜威刚说:"还是我来!"管仲辉军人脾气,电话已经"啪"地挂上了。看来,他马上就来了。童霜威走出门去,对着花园里正在刘草的"老寿星"刘三保叫了一声:"刘三保!"

白发的刘三保满头大汗,一边扣着上衣扣子,一边跛着腿一颠一颠跑来。他懂得童霜威不喜欢用人夏天赤膊或者衣履不整,走近来问:"先生,什么事?"

童霜威吩咐说:"隔壁管主任马上要来!你快去叫庄嫂准备泡茶开西瓜!你快开了大门接一接!"

刘三保"啊"了一声,匆匆跛着腿跑到后边招呼庄嫂去了。

童霜威接了管仲辉来的电话,心情突然好得多了。门庭虽然冷落,自己还不是毫无身价,管仲辉就仍来亲近并且移樽就教;管仲辉来,可以解寂寞,谈牢骚,未始不是解除苦闷的快事。心情既好,在沙发上坐下等待,顺手拿起报来翻翻标题。他每天的习惯总是先看南京的《中央日报》,再看上海的《新闻报》和《申报》。因为《新闻报》和《申报》从上海通过火车运来每每迟一天。《中央日报》上才有当天最新的消息。他拿起《中央日报》翻开报纸,报上的头条消息果然使他吃惊,嘴张开后合也合不拢了!标题是:

平郊演习日军七日突然袭击我军
卢沟桥日军包围宛平县城
我军为正当防卫起而抵抗
外部向日使馆已提出抗议

那第一则电讯是:

【中央社牯岭七月八日电】 日军在卢沟桥演习部队,向我方挑衅消息,于八日晨十时已传至牯岭。此间均非常重视。当此中日两国邦交期待好转之时,忽有此不幸事件发生,实属遗憾,但各方均希望事态不致扩大,从速解决。惟日方军队突然袭击我国军队并炮击宛平县城,此事件之责任,当然应由日方军队负之。平电所传我方军政当局所持态度及应付方针,此间颇为赞同云……

童霜威心里想:军威这一向忙于集中训练,不准请假,不准外出,似乎可以证明军界已是一种备战的情势。"一只碗不响,两只碗叮当",这下,事态已进一步向战争发展了。……想到管仲辉就要来到,已经无暇再往下看了,放下报纸,走出客厅,到大门口迎接。心里不禁想:怪不得管仲辉想来找我聊天,看来,他准是知道华北发生了战火,心里苦闷,才要来谈的呀。他接近军方,又懂军事,内情一定知道得比我多。同他谈谈太好了!想见管仲辉的心一时变得更急切。刚跨出大门,见穿着白色府绸大褂戴顶巴拿马草帽的管仲辉红光满面,已经由一个副官陪同向大门口走过来了。管仲辉换去了军衣,穿了绸大褂,显得肥胖,有一种难以形容的特殊的气味,模样滑稽。

童霜威含笑拱手,说:"慎之兄,发福了!"

管仲辉也笑着拱手,说:"啸天兄,天真热啊!……"一边说,一边打发副官回去,自己掏出白手绢来,将草编礼帽取在手里,用手绢往秃顶的脑袋上擦汗。

两人一起走进大门,通过席棚下的阴凉水泥地走进客厅。响亮起伏的蝉声在花园里柳树上一阵阵传来。

童霜威说:"慎之兄,宽宽衣吧。"

管仲辉脱下长衫,连同草帽,挂上衣架,身上穿着中式的绸褂裤。庄嫂轻轻走来,送进来两盖碗新泡的香茶,又献上蒲扇。童霜威陪管仲辉在沙发上坐定,开口就说:"平郊打起来了!"

管仲辉仍在擦汗,挥扇说:"可不!战火一起,可就叫人担心了。火是可大可小的。北方的日军,演习演习,最后就演习出了这么一幕。南方上海的日军也常演习,还不知会演习成什么样子。听说上海的日本海军陆战队,昨晨在平凉路、宁国路一带演习巷战,这是很大的威胁呀!"说到这里,忽然笑指着客厅壁上挂的一幅屏条说:"哈哈,这上边写得真对,'古人愁不尽,留与后人愁'。国事莫谈啊,谈了确实愁不尽哪!"

这是幅魏碑体屏条,是范成大的一首五绝《江上》:"天色无情淡,江声不断流。古人愁不尽,留与后人愁!"

花园里蝉声悠扬。庄嫂进来,用福建漆盘托着两瓷盘放在盘里的黄瓤红子西瓜。每个白瓷盘上有把西餐中用的银叉。她给管仲辉和童霜威每人放了一盘在面前茶几上,说:"请用西瓜!"又冉冉退出去。

童霜威招呼着说:"慎之兄,天太热了,吃点瓜吧。'马陵瓜',甜得很。"

南京著名的"马陵瓜",是在孝陵卫明太祖朱元璋的马皇后陵园里产的西瓜。嫩绿色带花纹的皮儿,黄瓤红子,长长小小的身个儿,甜香可口。产量少,中枢要人吃的多,供不应求。童霜威陪管仲辉吃着瓜说:"慎之兄,你一定听说我的事了吧?不知从哪儿出现了攻击我的传单,这真是发生在堂堂首都的怪事!其实,我心里也明白,他们有人想排挤我,无中生有来了这么一手。我这人向来是主张宁静淡泊的,何必恋栈?一气之下,上了辞呈,现在我与你是一样了!"他说这话时,有意说得不清不楚,实际是想表白自己的无辜。

管仲辉到底是个直率的军人,嚼着西瓜,满嘴蜜汁,笑笑说:"哪是什么一样!你是辞职照准,我是被免职,说'另有任用',其实是'不予任用'。听说'最高当局'有一次谈话时点了我的名。我怀疑很可能是叶秋萍那混蛋打了我的小报告!"

童霜威听管仲辉谈起叶秋萍，心里也憎恶叶秋萍，说："那是个可怕的人！"

管仲辉笑了，说："一条狼狗！其实，他又能把我怎样？现在是国家多事之秋，要讲打仗，他能上前线？当然不行。他是个阴谋家。你记不记得大前年南京盛传刘伯温《烧饼歌》的事？"

童霜威记得很清楚：大前年南京盛传郊区挖出了一块明代刘伯温埋的石碑，上面镌着刘伯温撰的《烧饼歌》，歌词内有"将军头上生稻草，两人站在石头上"的句子。"将军头上生稻草"，是个"蒋"字，"两人站在石头上"，是"介石"二字。意思是说：明朝的刘伯温那时就已经料到今天有个蒋介石要应命出来统一中国了！事情传开后，不少人都冷笑，知道不过是与陈胜、吴广在鱼肚皮里塞进写着"陈胜王"的绸条装作天意的伎俩同出一辙的花招。可是，也有些人却狂热地传播，愚蠢地捧场。听管仲辉一说，童霜威也放下西瓜盘子和银叉，点头说："记得啊！"

管仲辉把西瓜盘子推开，表示不吃了，掏出手帕拭手，说："那件荒唐事就是他叶秋萍出点子叫手下干的。马屁精一拍正好拍在马屁股上。老蒋手边都是这种货色。你说，他能救国救民？能抗日？"

花园里大柳树上大约又飞来了一些鸣蝉，叫声更加吵人。童霜威感到蝉叫影响谈话，皱了皱眉，叹口气，转变话题说："慎之兄，我现在最关心的还是和与战的问题。你对这怎么看？"

管仲辉摇扇说："和与战，我们能选择吗？我看不能。首先要看日本他怎么选择，日本是决定和与战的主要砝码。其次要看中枢，主要是老蒋怎么选择。中枢要和，必然让步再让步；中枢要战，认为有美国、英国撑台，那就只能有限地让步。说中枢热衷于抗战，谁相信？可是西安事变后，考虑中枢的问题，就不能不把共产党的意志考虑在内了。听说中共代表也上了庐山，正在同蒋秘密接触谈判。现在全国老百姓要求抗日救亡,谁敢大胆出来做秦桧?老蒋不敢,连汪精卫也不敢。抗日,是时髦的口号呀!"

童霜威觉得管仲辉说的是实话,不禁又叹息一声,说:"卢沟桥战火已起,就怕熄灭不了。只是我们的准备工作实在太差,真要打起来,怕是力不胜敌啊!"

管仲辉点点头:"十年剿共,元气大伤,主事者又多半是些鲜廉寡耻的小人,买飞机大炮的款都下了自己腰包。真要打起来,大刀队怎么能对付铁甲车?老蒋一向会耍权术,既用何应钦,又宠陈诚,让水火相克,鹬蚌相争,他好统治。从前用剿共的名义排除异己、消灭杂牌军;现在是用对付鬼子的名义,继续来这一套。川康整军会议将在四川开幕,也是搞这把戏的。我是个悲观论者,对国民党,对中国,对时局,都悲观!"说完,挥扇拭汗。

童霜威默然,不断挥扇,依然太热,问:"慎之兄,你怎么突然又回来了?其实在上海租界上做做寓公也不错嘛。"

管仲辉莞然笑了,说:"实不相瞒,是何敬之叫我回来的。我还以为他过河拆桥忘了我呢,总算承他不弃,要给我个国大代表干干,叫我快回来参加选举。其实,名单早由上边圈定了,投票不过是耍把戏。我不回来不行,一则不能辜负他的好意,二则想了一想,训政结束、宪政开始后,这国大代表无论如何不值钱也是个有面子的玩意儿,有总比无好,所以我回来了。"

童霜威听了他的话,心里难过,想:你总算还有个何应钦护着你,想着你。因为你是他的亲信。我呢?谁会想到我护着我?一想,耳根都气红了,嘴上说:"你回来得对啊!国大代表将来可是个光荣的头衔啊!何敬之为你设想得真周到。"

管仲辉笑笑,说:"啸天兄,我在想,其实,你也搞个国大代表当当不好吗?"

童霜威心里想:是啊,这一向来,中央要人们为了抢夺国大代表,以竞选为名,到处活动:请客拉票者有之,送礼拉票者有之,寻找靠山和后台者有之……五花八门,什么手段都用了。实际上,代表名额和人选,都是内定的。听说,各派各系,黄埔、C.C.政学系、改组派……都在争名额抢地盘,闹得不可开交。我起先也没想到要在这上面钻营,更没有谁会想到要让我来做国大代表。管仲辉这么一说,童霜威苦笑着摇头:"哈哈,我无派无系,僧多粥少,谁会分给我一杯羹?"

管仲辉忽然正色,说:"啸天兄,我感到你为人宽厚,对我也好。我倒霉的时候,你对我情意很深。我虽是赳赳武夫,却永不能忘。所以,有知心话,愿意对你说。今天,我是来报答你对我的好意的。我觉得你是个法界知名人士,如果要争一个国大代表,极有条件。"

童霜威苦笑,说:"我是个不值钱的人,开会或在中央党部做纪念周,报纸上登名字时,'出席会议者有×××、×××等',我就总是在那'等'字里。"

管仲辉笑了,说:"啸天兄,你是有真才实学的,不比等闲,不要太谦虚了。我看你是为人太君子了,不肯争。如今的世道,你不争谁会送福禄财神上门?而且这争,就是要会用骂的办法。我劝你,立刻唱唱高调骂起来。只要你一骂,看吧,马上就引起上下和四面八方注意。莫说一个国大代表,就是再给你重新任命一个秘书长或者委员,也十分可能!"

童霜威不能不点头:政界许多人都是靠"捧"与"骂"取得政治资本爬上来的。只是最近刚辞职下台,心虚气馁,哪有骂人的劲头?他怨尤地说:"慎之兄,你说得对啊!真要同他们对着干,他们就含糊了。连剿了十年的共产党,他们现在都在让,不就是嘛!"这"他们",他心里指的当然是老蒋和那些在台上的人。

管仲辉突然叹了一口气:"唉,啸天兄,你以为何应钦就那么喜欢我?关心我?不是的,也是我骂出来的呀!一个月前,我托人给他捎了个口信,我骂道:'谁如果忘了老子,把老子当替死鬼,当脓包,扔在上海不管,老子可不会轻易饶了他!老子要把知道的事都揎出来!'这不,请我回来竞选国大代表了!哈哈!"

童霜威哈哈笑了一声说:"真是与君一席谈,胜读十年书!不过,骂谁呢?"

管仲辉得意地说:"来之前,我已想好了,我是来给你送锦囊妙计的。"

童霜威心里暖暖的,追问:"谁?"

"蒋现在是骂不得也不必骂的。我看,你骂汪精卫。别的不骂,就骂他亲日!骂他反对抗日!现在社会上抗日情绪弥漫。一骂就灵!你骂他,你反他,必然会为蒋某人所喜。还有不少人高兴。汪和汪系知道你骂,可就要手忙脚乱了。这骂,可以真骂,也可假骂,应该先假骂后真骂!"

"何谓真骂?何谓假骂?"

"真骂就是实心实意地骂,学学左派,骂他是个投降派、亲日派,是汉奸卖国贼、今日之秦桧!骂他可疑,骂他误国殃民,骂他当年该被孙凤鸣三枪打死,骂他西安事变中匆匆回国是别有用心!骂他一切可骂之种种!假骂呢?就是暂时不骂,却扬言要骂,让亲汪的人给他送个口信去。让他含糊,让他重视,让他心甘情愿来找你,来请你,尊重你,拉拢你……那时节,别说一个国大代表,哼哼……更大更多也行!"

童霜威大惊失色,拭着汗。料不到管仲辉真是个胸有城府、心怀风云的智多星,半响做不得声,终于说:"慎之兄,实在谢谢你了!"他不愿一下子就抹下自己平日一直标榜的清高姿态,所以说:"不过,我这人著书立说、办报教书可以;执法守法、秉公办案也可以。干这种事,就颇感棘手了!"他历来喜欢在政客、军人面前自我标榜是书生学者,在学者书生面前又自谦是政界人士的。

管仲辉实心实意地说:"我不是一来就开宗明义说明了吗?我是要回报你去年西安事变后派秘书看望我,对我的一片好心的。这件事,只要你同意,具体的我给你办。"

童霜威诧异地望着管仲辉,说:"你给我办?"

"是呀!"管仲辉笑颜相向,"我知道,你同汪派的谢元嵩交情不错。我同元嵩也熟识。在上海时,我们是牌友,也是舞友,常常同是上海名交际花唐玉梅家的座上客。就先来假骂,我给谢元嵩通个消息,告诉他你要大骂汪兆铭了,让他浑身出汗,快去通风报信。我再从旁撺掇,他一准很快会找你。"

童霜威两胁衣襟都汗湿了,踌躇着。谢元嵩已经很长时间不交往了,他既不来看望,也不来电话。江怀南的事上,他得利很多,把我拖下了水,他捞了现的,看准了时局不稳,把死的欠的湖田给了我。这个家伙,滑得像条黑鱼!……现在,管仲辉的点子倒是很妙。心里想着,不禁又问:"万一他们置之不理呢?"他并不想真骂,又怕有失身份。

"不理?"管仲辉哈哈笑着摇头,"能不理吗?当前,正是这种政治气候最敏感的时候,汪精卫、汪派都最怕人骂,他们能不理吗?即使退一万步说,假骂未奏效,那就不管三七二十一真骂!……"管仲辉又补上一句说:"我找到谢元嵩,干脆替你向他提个条件,提个价钱。我劝他,让老汪给你争一个国大代表,可以两利!"说完,爽快地大笑起来,红光满面。

童霜威的心"怦怦"跳,管仲辉给他想得太周到了,还有什么可说的呢!童霜威心满意足,想:反正我已经倒霉到了极点,也该否极泰来了!我一向太稳健,怕三怕四,是我这些年来庸庸碌碌的主要根由。这件事既然管慎之如此热心,怎么能辜负他?何况,风险不大,假骂的事可干,真骂的事我可以按兵不动。且试一试,又有何妨?……

童霜威陪同管仲辉哈哈笑了起来,心领神会地说:"慎之兄,中午就在我这里便饭!内人到上海去了,就让厨房办几样下酒菜,我们浮一大白,好好再谈谈。"

三

位于中正路的"新生活俱乐部",有个中西餐厅,七月中旬才开张的。屋顶有露天花园。每天傍晚,中枢要人开始在此宴客、会餐的不少。这里供应德国式大菜:铁扒牛排、铁扒鸡、炸黄鱼、乌鱼蛋汤、炸明虾……颇吸引顾客。因为沾了"新生活"的边,没有女侍,一色用的男侍。墙上贴着不少白底蓝字有关新生活运动的标语,给人一种到"新生活俱乐部"里来都是新生活运动拥护者的印象。

度过了最炎热的七月,去庐山牯岭避暑的文武官员们已经开始纷纷回南京,各部会已恢复全日办公。自从"七七"卢沟桥事变后,北方的战火已经烧得不可收拾,二十九军副军长佟麟阁、一三二师师长赵登禹阵亡。日本方面侵占了北平、天津,还在继续不断地增兵。战云弥漫,人心浮动。

南京市国民大会代表的选举已在七月二十三日结束。管仲辉理所当然地当选了。他按既定计划如约代童霜威向谢元嵩送去了"假骂"。但汪精卫和陈璧君夫妇俩一直在牯岭,谢元嵩同牯岭通了长途电话。汪说七月三十日可由九江返京。谢元嵩特地托管仲辉转告童霜威:一切事等汪回来以后从长计议,什么事都好商量,劝童霜威千万不要做伤感情的事。童霜威本来不想真骂,"假骂"既已有了回音,虽然看到南京市国大代表选举已经完毕,自己在南京当选绝对无望,但这种"选举"各地进度发展并不平衡。他指望汪精卫快回南京,好拆东墙补西墙。他把担心国大代表可能落空的事同冯村商量。冯村倒有主见,说:"不要紧!谁都知道这选举是玩的假把戏!关键是圈定,内定了的没人投选票也得当选!过了期要补上也可以补上!"

八月一日午后,童霜威午睡刚醒,在花园里传来的蝉声中,忽然听到楼下庄嫂在叫:"先生,请接电话!"

童霜威趿了拖鞋下楼,拿起话筒,是谢元嵩未开言先打哈哈的那种黏黏糊糊的声音:"哈哈,啸天兄吗?我是元嵩啊!对,哈哈,我想,你一定能猜到我为什么打电话找你!"

童霜威心里揣着明白装糊涂,说:"啊呀,哪能猜得到呀!"

谢元嵩哈哈笑着,说:"这样吧,啸天兄,我们好好谈一谈!你注意没有?中正路的新生活俱乐部,中西餐厅正式开幕还仅仅十多天,屋顶有露天花园。今天傍晚六点钟,我准时在屋顶花园恭候大驾!请一定赏光!"

童霜威不能不矜持一番,说:"我这一向不大出去,有些东西要写……"他这是示意谢元嵩,让谢元嵩怀疑他是在写骂的文章。

谢元嵩哈哈笑着说:"你今天看了《中央日报》没有?那上面满版登的都是'防空常识',什么'燃烧弹与消防'呀,'识别中日军用飞机标志图'呀,'防毒常识'呀!我怕承平安乐的生活不太久长了!何必还自己苦自己!有什么东西好写的!"

也听不出谢元嵩是装糊涂还是说双关话,童霜威仍旧表示婉谢,说:"我夏天一般很少上馆子吃饭,如果没有急事就免了吧!东西还是要写的!"

谢元嵩依然打哈哈:"当然有急事啰!哈哈,我向你保证,是好事不是坏事,保险你会满意。一定准时光临,好不好?我们一言为定,我恭候大驾!你就别写什么了吧!"

童霜威心里明白:一定是管仲辉敲边鼓送了话过去,现在奏效了。虽然谢元嵩还没有把牌底揭出来,但既然请吃饭,谈判一下是个好机会。他谢元嵩既然说"是好事不是坏事","保险你会满意",倒要去看一看究竟,尝一尝滋味,终于也打着哈哈说:"好好好,我一定准时趋前候教!"

现在,正是六点刚过五分,在摆满盆花、四周挂着红红绿绿五彩电灯泡的"新生活俱乐部"露天花园的东侧雅座上,可以看到一轮弯弯的娥眉月闪着金光,已经斜挂在天际,带点月晕,月亮外围有七色的华彩。童霜威穿一套白哗叽西装、手执折扇同谢元嵩见面了。留声机唱片正放着王人美唱的歌曲:"……捕鱼的人儿世世穷,爷爷留下的破渔网,小心再靠它过一冬……"给人一种凄凉悱恻的感觉。谢元嵩穿一套米色派力司西装,秃着顶,挺着大肚子,咧嘴笑着更像个蛤蟆脸。他面前桌上放着一瓶插着麦管的"正广和"沙司汽水。他衔着雪茄,脸上气色很好,见到童霜威来了,表现得比那次在广东馆子吃蛇肉更加亲热,握了手半天舍不得放,连声说:"啸天兄,你好像瘦了,好像瘦了!这个地方幽雅风凉,既能乘凉,又能吃到上乘的西菜,更可谈心。久不见面了,今天要畅快叙叙。"

穿白衣的侍者用盘子送来了一瓶插麦管的"屈臣氏"柠檬汽水,放在童霜威面前桌上。童霜威脱去了白哗叽西装上衣,只穿了打着黑领带的白衬衫,接过谢元嵩递过来的一支"哈瓦那"雪茄,点上火吸起来,心里想:听说汪精卫由九江乘"永绥"舰东下,昨天中午已经抵京。看来,谢元嵩今天请客是奉命行事。回想起在广东馆子里吃蛇,为江怀南的事同谢元嵩打交道的经过,心里暗自警惕:此人外貌憨厚,实际精明得要命,同他打交道,要提防吃亏!怀着戒心说:"是啊是啊,此地谈心是不错啊。"他环顾四周,一张张桌旁,坐的多数是服饰华丽的男男女女,也有些穿学生装的年轻人。每张桌子与桌子之间距离较大,坐着有一种松快之感,讲话也不怕邻桌偷听。左边的墙上贴着"中央储蓄会民国二十六年七月十五日第十六期中签号码。特彩第 39204 号,彩金二万五千三百十九元。头彩二十五个,每个二千元……"有奖储蓄,买的人不少,得的人不多。现在,购买者的热情早冷下来了,所以贴在那里,也无人去看。

穿白衣的侍者递过硬纸精印的菜单,摆上银亮的刀叉、雪白的胸巾。谢元嵩将灭了的雪茄放在烟灰缸上,接来菜单,点了什锦冷盘、金碧罗汤、烹大虾、铁扒牛排等几道菜,要了红葡萄酒,外加布丁、巧克力冰淇淋。

侍者走了,谢元嵩叹口气说:"首都新生活运动会闲得没事干了,竟取缔了女招待侑酒。本来,我是会请你去'别有天'吃饭的,那里有出色的女招待。可现在说是'有伤风化',让女招待不苟言笑,着制服、佩证章,嘻,还有什么意思?干脆不如到这'新生活俱乐部'里来!这里全是男侍,没有女侍,也不辜负我们是委员长新生活运动的忠实信徒。"说完,讽刺地哈哈大笑。

童霜威也赔着一笑,放下雪茄,喝了一口汽水。

谢元嵩又满面笑容地说:"啸天兄,告诉你一件事:汪先生请你今晚八点到他公馆见面叙叙,我所以特地请你出来吃饭。我们两个先谈谈,然后我陪伴你到陵园他的公馆里去。"

委实有点出乎童霜威的意外,但又在童霜威猜度、估计的情理之中。汪精卫昨天中午才回到南京,今晚就邀去见面,不正说明十分重视吗?童霜威想:可见,我还不是无足轻重的。他心里赞赏:管仲辉到底是老谋深算,这个"假骂"的主意出得妙啊!心里想着,脸上并不表露任何喜色,问:"元嵩兄,要我去谈什么呀?"

留声机唱片播放的是《大路歌》:"大家一起流血汗……"

谢元嵩又打哈哈了。他一打哈哈,有时说话就叫人听不清楚。他有个习惯,每每说到重要的话时,就打哈哈,似乎是无意中使人听不清楚,实际却是有意叫人听不清楚。这时,他打着哈哈,说:

"哈哈……其实你们都是老熟人,许久不见……哈哈,见见嘛! ……有些事……哈哈,谈谈……很好嘛! ……哈哈……"

童霆威张下了耳朵,大致听了个差不离,装得不冷不热地说:"是啊,是该去看看汪先生啊! 有些事是要谈谈啊!"

月亮升得更高了,光芒被屋顶花园的红绿彩灯夺去了辉色,显得暗淡。

谢元嵩见侍者送来了冷盘和葡萄酒,用白皱纹纸擦着刀叉说:"召集各界人士座谈的庐山会议,结果你是知道的,决定要抗战这一条也是基本定下来了。共产党的代表周恩来等今年二月到过杭州,近来又两次上牯岭举行国共会议,虽是秘密举行,消息并包不住。全国要求抗战的压力这么大! 日本又拼命进犯,不抗能行吗? 当然不行! 但要抗战,哇啦哇啦容易,做做并不容易啊!"

童霆威吃着冷盘里的鸭胗,装得毫无热情地点头说:"是啊。"

谢元嵩忽然说:"啸天兄,我知道,你这一向正埋头在写长文章,是不是?"

童霆威心里好笑:一定是管仲辉有意送给他的"情报",既不否定也不肯定,将计就计密不透风地说:"你怎么知道?"

谢元嵩喝着红葡萄酒打哈哈:"有道是:若要人不知,除非己莫为。其实,啸天兄,我劝你不要上当!"

童霆威摇着折扇,仰天笑了,叉着冷盘里的芦笋吃,说:"上当?"

谢元嵩点头,这次不打哈哈了,认真地叉着冷盘里的酸黄瓜,说:"我讲个真实的故事给你听:人都以为汪先生主张妥协,其实他是为国为民,为着卫护蒋先生宁可牺牲自己的一种表现。你知道蒋先生在和战问题上的态度是什么吗? 蒋先生一向是抱模棱两可态度的。对于他的部下,凡是主战的来见他,他就表示他也主战;凡是主和的来见他,他就告诉他们怎样去妥协。蒋先生既然这样做,他手底下就分成了两派,互相攻击,互相诋毁。但他们虽然互相攻击和诋毁,对外却都是蒋先生的人,于是对外宣传都说主和是汪先生的主张,南京凡是主和的人都因受了汪先生的明示和暗示的影响。这样一来,汪先生就成了罪人。蒋先生剿共剿得元气大伤,事实上无法抵抗外侮,但不打又不好向老百姓交代。于是他手下的人就替他作虚伪的宣传,说蒋先生随时都想打,不愿打的只有一个姓汪的。汪精卫就变成众矢之的了。"

童霜威大口喝酒,酒味甘甜醇美,说:"你是说,他冤枉?"

谢元嵩呷了一口酒,点头:"这只能每个人自己去思考了!不过,我认为,汪先生是一个仁义的人。他言而有信,讲友情。我不是早在去年冬天就对你说过吗?我希望引你去同汪先生接近。其实,你对那个最高领袖的态度,我也是明白的,你对他并没有好感。你这个无派无系的法界泰斗,也不能再指望他会给你什么!听说你在家里闭门不出,写文章准备大骂汪先生,我窃以为不可。你要慎重三思,何必为人火中取栗?"

童霜威笑笑,说:"元嵩兄,你这包打听恐怕消息打听错了吧?我闭门不出是实,在家写文章也是实。写的是《历代刑法论》,与别人完全无关!"

谢元嵩哈哈笑着,换了话题,说:"好了好了!这件事谈到这里为止。反正,你想,汪先生昨天才回来,今晚就要同你谈话请教,说明了他的为人,也说明了他的诚意。我希望你今晚谈得融洽。"正在这时,侍者端了汤来。谢元嵩说:"啸天兄,快尝尝这里的汤,这比上海晋隆西菜馆的汤要好得多。美哉!美哉!"他呼噜噜,一匙一匙喝起汤来,一副老饕的架势。

童霜威也顺水推舟,喝着汤笑道:"确实鲜美!确实鲜美!"心里想:今晚见了汪精卫,我该怎么谈?谈些什么?

谢元嵩把汤喝得只在盘底剩了浅浅一层,才放下汤匙不喝了。

童霜威也将汤喝了一半停下匙来。

两人乘凉闲谈,过了片刻,谢元嵩突然说:"啸天兄,你看——"

唱片又换过两张了,现在是一个外国女高音,可能是大名鼎鼎的珍妮·麦唐纳吧?在唱电影《璇宫艳史》里的那支《风流寡妇》的歌。这支歌早风靡南京城了!童霜威抬头朝谢元嵩用下巴指点的地方一看,原来是一伙五个日侨,三男二女。女的穿着浅色和服,满脸脂粉,男的都穿的是紧身的西装,正冉冉从屋顶花园出口处走到花园里来。侍者招呼着在左近一张小圆桌周围坐下。风飘来,传来了异国的脂粉和香水气息。童霜威想:这是日本的外交官、领事馆的人员还是浪人?顿时又想到了华侨早被一批批驱赶回国、日侨正在陆续撤退归国的事,忧心忡忡地轻声说:"看来,这些人在中国也待不久了!"

谢元嵩点头,见侍者送来了烹大虾,端起桌上的梅林番茄酱往虾上倒,焦黄的明虾配上红色的番茄酱甚是好看,诱人食欲。他说:"是啊,昨天日轮'三笠丸'载走了二百多名日侨,听说又来了一艘'洛阳丸',要把长江各埠的日侨都载回国去。"

童霜威摇摇折扇说:"外交关系未断,日本就用这种方式撤侨,看来是既想恐吓我们,又打定了作战的主意了!"

这时,他看看月亮,忽然发现月亮似乎泛出一点橙红色,心想:要是放在古代观天象的人,看到月亮泛红,又要判明这是有兵灾之祸了。

谢元嵩点头叹气说:"大局叫人悲观啊!战争与和平,任我选,我当然选和平。和平的生活多安逸,打打麻将,吃吃馆子,玩玩女人,逛逛秦淮河。谁想去听炮火声!可是,实际上抗战已经从七月七日就开始了!华北打得落花流水,和怎么和得了?今天报载,天津附近数万难民雨中无处投奔。从南到北,日机日舰四出威胁,搞得人神经不安。老实告诉你,我连做梦也梦见战争爆发炮弹横飞了!"

童霜威放下折扇,往虾上倒辣酱油,叹着气说:"日本少壮派狼子野心,是死逼着中国人打仗。不打怎么办?我也日夜为此不安。沈钧儒等七人昨天已经保释出狱,看来是大批释放政治犯的一个信号呢。"

谢元嵩默默无语,吃得有滋有味,汤汁溅得胸前衣领上都是。

两人边吃边谈,不知什么时候,屋顶花园四周的天空已经暗将下来。月亮被乌云吞没了。栏杆上编结成绿色藤萝和各色花朵的红红绿绿彩灯,一盏盏,一球球,幻化出五颜六色的霞光,更加明亮,照得屋顶花园摆设着的一盆盆鲜花和穿着各色各式衣着的仕女更加美丽。

谢元嵩眼睛一直在悄悄盯着那小圆桌上的日本人看。见侍者给那些日本人送来了三瓶德国黑啤和白马威士忌,三个日本男人拿起酒瓶斟酒,都在碰杯祝酒。谢元嵩悄悄说:"啸天兄,我们快吃吧!早点离开这惹是生非之地。最近日本浪人到处肇事,谁知这几个日本人想干什么?'君子不立于危墙之下',还是谨慎小心的好。"

有只蚊子"嗡嗡"地在童霜威身边飞转,似乎想要找个落脚吮血的地方。童霜威用手拂了几拂,赶走了蚊子,想:是呀!前些时,上海一张报纸上刊登一条新闻,标题是:《日本大使莅沪,俞市长[①]亲往迎迓》,不知怎的,日本大使的"使"字,错排成了"便"字,成了《日本大便莅沪,俞市长亲往迎迓》,惹起一场风波。这年头,日本人的事,动辄就是纠纷,大意不得,连连点头说:"元嵩兄所见极是,我们快点吃完就走!"说完,将侍者送上来的铁扒牛排用刀叉切开,蘸着番茄酱大嚼起来,又对侍者说:"一会儿请把布丁、冰淇淋什么的都送来。"

[①] 俞市长:指当时上海市长俞鸿钧。

也许是人同此心,心同此理。自从这几个日本人光临屋顶花园以后,不知怎的,先是这屋顶一角,有些人像见了瘟神,陆续抽签般地走了。后来,连远处的人也有走的。发现这种情况,谢元嵩瞪大了蛤蟆眼机灵地轻声说:"啸天兄,注意到了没有?许多人都走了。我们离虎狼太近,不可迟疑,三十六计,走为上策!"

　　童霜威不住朝那伙日本人看,见三个日本男人已经喝光了两瓶白马威士忌,说起话来都手舞足蹈,仿佛面红耳赤地在争论什么,忽而又高声唱起了日本歌来。童霜威在日本留过学,一听就明白唱的是日本军歌,马上将布丁吃了两口,又在巧克力冰淇淋上用匙舀了两口匆匆吃了,再往咖啡里加了牛奶、方糖,却没有喝,取下放在胸前的雪白胸巾擦着手和嘴说:"对对对,走吧!"

　　两人叫侍者过来,谢元嵩抢着付了账,又给了点小费给侍者,两人赶快离开屋顶花园走下楼来,童霜威不禁摇头叹息了一声:"唉!"

　　谢元嵩咧着蛤蟆嘴笑笑,掏手帕拭汗,说:"哈哈,日本人也会跑到'新生活俱乐部'来,看来他们也感受到了一点礼义。说实话,好好一顿有滋有味的西菜,给鬼子搅得兴趣索然了。不过,总算未出事,也是万幸。"他看看夜光手表,说:"七点半了!现在去,刚好。"

　　两人走出"新生活俱乐部",天早已黑了,有淡淡的月光,路灯已亮,霓虹灯也都闪烁变幻,映照着一些店家"夏季大减价"的旗子,也映照着街上熙熙攘攘来往的行人和一辆辆的人力车。尹二驾驶着"雪佛兰"轿车过来,揿揿喇叭。童霜威说:"元嵩兄,叫你的车子回去吧,坐我的车!"

　　谢元嵩点头,对自己的那辆"别克"轿车的司机做做手势,意思是叫他回去,自己就跟着童霜威上了车。

　　上车坐定,童霜威对尹二讲了到中山陵园汪精卫公馆去的走法。"雪佛兰"轿车风驰电掣般地飞驶在柏油大道上。车窗开着,倒还凉爽。月光映进汽车里来,把车窗上绯色遮帘的花纹映到身上。外边路两侧的房屋、空地、树木都朦朦胧胧,带一种梦的意境。夜晚,仅有乘凉的人在街边铺了席子躺着或坐着打扇。路灯昏黄,路边树阴下走路的人影有鬼影幢幢的感觉。两人都没有做声。童霜威在思索着见到汪精卫后该说些什么,怎么说。谢元嵩红葡萄酒喝得多了一些,头有点晕,闭眼想打瞌睡,却又勉强使自己不睡着,头脑里也在盘算着等一会儿带童霜威去时怎么处理,说些什么。

汽车穿过大街,越走越远,越近陵园附近越冷静。大树很多,有一团团暗淡闪烁的鬼火在树木中悠悠闲闲地浮动。终于,到了汪精卫的公馆。公馆的门灯灿灿地亮着,照耀着紧闭的黑铁门。汽车鸣了喇叭。大铁门开了,门房出来,见到谢元嵩,让汽车开进去,到了洋房门前的弓形水泥台阶前停下来。这里雪松的树影婆娑、抖动。一个穿白帆布西装、白衬衫上打黑领带的秘书模样的人,约摸不到三十岁,上来迎接,操一口广东官话,彬彬有礼地请谢元嵩陪童霜威下了汽车,一同走进大客厅里去。这公馆盖得很好,客厅也布置得极为雅致。童霜威掏出金怀表看看,八点还差十分。他觉得来得不早不迟,约定八点钟,早十分钟来也说得过去,等几分钟是没有关系的。

铺着蓝绿色花纹地毯的客厅,很大很宽敞,悬着灿烂的枝形吊灯,放着十几把大小皮沙发,简直像个可以开会的会议室了。一架华生电扇放在桌上摇着头呼呼吹风。秘书通报去了,童霜威由谢元嵩陪着在客厅沙发上坐下。他打量起客厅里的布置来。墙上正中挂着孙文写的"天下为公"四个字,另有一幅新裱的于右任写的屏条,是一首诗,一下子就将童霜威吸引住了。写的是:"上山不易下山难,劳苦舆夫莫怨天,为问人间最廉者,一身汗值几文钱。"下署"见轿夫上牯岭有感 兆铭先生属正 民国二十六年七月书于庐山"。

童霜威想：这一定是这次老于在庐山写赠汪精卫的。庐山上下山轿子每乘不过三四元钱,童霜威坐过,心里也有过同情和怜悯,尽管同情和怜悯还不是一样坐？老于又何尝不是这样。于右任个儿又高又大,抬他比抬别人更吃力哩！发什么空泛的感想呢？老于写这首诗赠汪精卫,是什么含意呢？莫非他自己觉得自己像个抬轿子的？莫非他劝汪精卫别再做抬轿子的？

也容不得多思索,只见谢元嵩轻声说："啸天兄,我已经陪你来了,你同汪先生自己谈一谈吧,我先行一步了。"

童霜威也不留他,见他从客厅左边的一道门走进去了,知道他是在这儿常来常往的,就也不管他了,独自坐着,又将目光顺着墙扫过去,见有些字画倒也布置得风雅,不外是张大千、刘海粟、徐悲鸿等人的画和叶恭绰等的书法。有个广东女佣穿的香云纱黑衣用茶盘端来了盖碗茶,放在童霜威面前茶几上,嘴里轻轻地说："请茶！"又指指桌上的香烟筒,说："请烟！"童霜威摇摇手表示不吸,嘴有点渴,刚端茶要喝,却见人影一晃,汪精卫从侧房通向客厅的门里走出来了。

人说汪精卫相貌堂堂,风度翩翩,有人说他是"美男子"。童霜威觉得汪精卫的眉毛长得差些,有些倒八字,仪表确是不错的。天热,他仍旧穿着白哔叽西装,笔挺地走来,亲切地伸出他那白皙、绵软的右手来握,略带女性的温柔和显得虚伪的谦和,使人会产生一种不自然的感觉,他的笑容却会使人如沐春风。他用带广东音的普通话连声说："啊,啸天兄,许久不见了！许久不见了！"

也不知从什么时候开始,南京官场中人讲话,都喜欢将"同志"改成了称兄道弟,也都喜欢将一句话重复说两遍来加重语气。比如"你好你好",比如"久仰久仰",比如"抱歉抱歉"……这里汪精卫的"许久不见了",也重复两遍。这种说法,是加重语气,也是留点时间给自己思索,给别人回味。

童霜威同汪精卫握手,嘴里也热呵呵地说:"是啊!是啊!汪先生身体可好?"这句话,内涵是很丰富的,既是问好,又暗示着被孙凤鸣打了三枪以后现在可好?更暗示着,回国后到现在政躬是否康复了?

两人哼哼哈哈,热呵呵寒暄一番,都在沙发上坐下。广东女佣又进来给汪精卫敬了茶退出。

那架华生电扇,在这么大的客厅里摇头转来转去,偶尔送来一阵清风,解除不了夏夜的酷热。童霜威摇着折扇,按兵不动,想听汪精卫先讲。汪精卫自从回国后,这么长的半年时间里,童霜威只在中央党部纪念周上见过他一次,觉得他脸色苍白气色不好,似乎心情也不好。后来,二月间,五届三中全会上,汪精卫提出坚持"剿共"的政治决议草案。结果,大会上,抗日与亲日的斗争非常激烈。最后,通过了实际上接受国共合作的决议。春天时,听说汪精卫身体不好,童霜威觉得这一定是心里窝囊造成的。一连几个月,汪精卫一直沉默,到六月里才说病已渐渐痊可,驱车到中央政治委员会批阅公文,并且亲自参加有关会议。接着,七月初带了老婆陈璧君去了庐山牯岭。到牯岭开始,汪精卫似乎十分活跃。老蒋在庐山上谈到卢沟桥事变时说:"政府为应战而非求战!"汪精卫在庐山谈话会上也讲"政府为应战而非求战"。两个人似乎在论调上是一致的了!现在,他由庐山回来了,童霜威怎么能不想先听听他说些什么呢!

汪精卫果然侃侃先说话了:"啸天兄,国难日深一日,令人有说不尽的痛心。我感到中国就像一棵大树,在风雨飘摇之中,更受着斧斤的砍伐,牛羊的侵啮,树叶飘零,枝柯摇动,其情况真是憔悴极了!"

童霜威见他说得生动、凄凉，不禁点头说："是啊！"

汪精卫却话锋一转，又说："然而只要生机不断，则仍然有干霄蔽日的余裕，忍受痛苦，便是内在的元气。现在我们耳朵里听着卢沟桥的炮声，眼睛里见着前线将士的拼命与地方人民的受苦，实在没有开颜相向的理由。但是想起在环境艰难中培养元气，生机不断，精神不死，实在可以使我们感激、奋发。所以，我们的同志们，仍需努力团结……"

童霜威心里想，他这是要谈到我的问题上来了，点头答着说："是啊，是啊，是要团结啊！"他说这话时，感到汪精卫说起话来口若悬河，自己却口拙舌笨太差劲了。

汪精卫脸上莞尔一笑，双手交叉放在胸前，说："啸天兄，听说你府上籍贯是江苏丹徒？"

童霜威心里明白：这是要谈到国大代表的事上来了，说："是的。"

汪精卫雍容和穆地说："我今天打听了一下，丹徒的国大代表，公民投票还有一周才进行。很巧，明天他们就要公告各区代表候选人姓名。现在，候选人名单中已经将你列上，选举总事务所审核上我想不会有什么问题。这样安排，不知你觉得如何？"

童霜威感到出乎意外的顺利，倒反而有点局促了，说："可以为桑梓父老兄弟姐妹们略尽绵薄，是我的宿愿。汪先生既这样安排了，自当遵命！"

汪精卫又莞尔笑了，说："满意就好，满意就好！"

童霜威觉得这次来，如就来谈国大代表的事，未免太俗气。何况也确想从汪精卫这里听听消息，听听论点，就说："大局蜩螗，卢沟桥事件发生后，战火扩大，人心惶惶。先生是否能在这方面有以赐教？"

汪精卫忽然叹了一口气，眉毛显得更倒八字了，说："这事件的演进如何虽未能预测,然而这事件绝不是偶然发生的。说它是一种预定计划,我看是不会错的。我还记得在民国二十四年十一月五全大会里,蒋委员长曾说过:'和平未至完全绝望,决不轻弃和平;牺牲未至最后关头,决不能轻言牺牲。'这几句话,在二中全会里曾有明确解释。三中全会对于外交方针,也是根据这几句话进行的。"

那架"华生"电风扇"呼呼"地转来转去地吹。童霜威身上的暑气渐消,凉爽多了。听了汪精卫的话,童霜威暗想:他这是处处表示他与老蒋一致,孙凤鸣的三枪把他打得更聪明了!

汪精卫继续滔滔地说:"日本自'九·一八'以来,对中国一步步杀进来。中国为什么一步步后退呢?因为中国比较日本进步迟了六七十年,国力不能挡住日本侵略。然则自从'九·一八'以来,中国外交、内政的方针是怎样呢?总括说来,外交上不能挡住日本一步步杀进来,只能想法使他进得慢些,腾出时间在内政上做种种准备工作,加强抵抗力。中国曾想借国联的道德制裁、经济制裁、武力制裁对付日本,然而事实上国联靠不住,如意算盘打不得。因此,日本杀进来没有停止,东三省次第沦陷了。"

童霜威下意识地扇着扇子想:他分析得倒还是有道理的。这些倒是他的真心话。

只听汪精卫像个舞台上的话剧演员似的做着手势,雄辩地说:"我们江西剿匪之得以进行,东南各省铁路网得以完成,就是做的工作。是否得不偿失呢?留待公论!很坦白地说:这些准备,都是现代国家所必需。我们恃此以与人为敌,我们也恃此以与人为友,为敌为友,不只在我,而且在人。"

童霜威觉得汪精卫的话说得很玄。他这指的是共产党,本来剿共,现在又要合作。但却回味不出他话里有多少内容,只觉得这些话好捉摸又不好捉摸。

汪精卫一向以善于讲演出名,现在虽只是同童霜威两人谈话,仍是做着手势,有时慷慨激昂,有时痛心疾首。这时,他继续说:"牺牲这两个字是严酷的。我们自己牺牲,是要全国同胞一起牺牲,我们所谓抵抗,无他内容,其内容只是牺牲。现在已到最后关头,如果打起来了,我们要使每一个人每一块地都成为灰烬,不使敌人有一些得到手里!"

童霜威听到这里,打了个寒噤。想不到汪精卫会一下子说出这样厉害、可怕的语句来。他愣怔着,睁大了两眼听汪精卫继续往下说。

汪精卫捧起茶杯喝一口茶,说:"这意义诚然是严酷的,然而不如此,则尚有更严酷的事随在后头,质而言之,我们如不牺牲,那就只有做傀儡了!……"

童霜威不禁被他的话感动了,想:汪先生究竟是国民党的老同志了!他虽被扣上投降派首领的帽子,但问其内心,他是反对做汉奸也鄙视做傀儡的。可是又想:会不会是听说我要骂他,所以故作姿态的呢?只好坐着静听。

汪精卫表情丰富,又说:"所以,我们必定要强制我们的同胞,一起牺牲,不留一个傀儡的种子,无论通都大镇、荒村僻壤,必使人与地俱成灰烬。我们虽不能挡住敌人杀进来,必能使敌人杀进来后一无所得。我们几年以来,处心积虑,讲团结,讲组织,讲训练,为的就是到最后关头,能发动整个国家和民族为抵抗侵略而牺牲。……"

童霜威仍在思索:汪精卫唱的是道道地地的抗日的调子,现在连他也唱高调了!可见人心所向,谁也不敢逆转。现在,老蒋、老汪都唱高调,虽然这样唱法是形势使然,很可能仍是言不由衷,是不是他们想以这种姿态来取得同日本讲和的条件呢?

汪精卫依然在滔滔不绝,说:"天下既无弱者,天下即是强者。

那么,我们牺牲完了,我们抵抗的目的也达到了!"说到这里,他玄而又玄地住嘴了,捧起茶杯来一口一口地呷。

童霜威觉得这几句话不太好懂,很想深问几个问题,比如:和平还有希望否?战争会在南方爆发否?同日本交涉的现状如何?如果真的战争难以避免,我们能够支持否?等等。但耳朵里却听见汽车喇叭声喧闹,客厅外边有轿车驶进来的灯光闪烁,也有人声叽喳。他明白:汪精卫有客人来访了。汪精卫当然绝不止这一个会客室,来客一定引到别的会客室里去了。又见一个秘书模样的人进来轻轻地向汪精卫说了些什么。童霜威觉得这次来目的已经达到,知趣地说:"汪先生,今晚承蒙赐教,得益良多,我就告辞了,以后再来领教。"说着,站起身来。

汪精卫也不挽留,微微笑着站起身来,亲切地伸出了右手同童霜威软绵绵一握,说:"本来,是想多谈谈的。有客来了,就不多留了。以后请随时来赐教,有空我也去看望你。希望以后我们亲密起来。"

童霜威知道汪精卫一向善于做些收买知识阶级人心的事,但也早听说汪的处人极为虚伪:他厌恶的人到他寓所访问,汪也总是亲切接见,娓娓而谈。只是客人一走,他就立刻表露不悦之色,顿足唾弃,当面背后,判若两人,所以有人说他是"伪君子"。但尽管如此,童霜威明知汪精卫说的可能全是假话,仍感到这些话顺耳悦心,笑着点头说:"以后再来,以后再来。"

就在这时,谢元嵩从边门里出来了,见汪精卫同童霜威正在握手,他殷勤地对汪精卫说:"我来送!我来送!"他俨然以汪精卫的代表身份,陪童霜威走出客厅。

汪精卫在客厅门边周到地频频向童霜威笑着点头送行。

走出客厅,尹二将"雪佛兰"开过来停下,童霜威正要上车,谢元嵩咧开蛤蟆嘴笑着说:"啸天兄,如何?此行不虚吧?"

童霜威笑着捧场:"汪先生确是人杰,与他谈话,如饮纯醪,使人不觉自醉。"

谢元嵩说:"是啊,他与老蒋不同。他爱说话,蒋爱缄默;他感应很快,蒋城府很深。两人虽然共负大责,但蒋对于一切机密都不愿竭诚讨论。国家大事本来应该和衷共济的。但汪先生坦白,人家却不坦白。汪先生是谦抑为怀的,人家却飞扬跋扈。你比较比较,就会自己得出结论了!"

童霜威点头,"唔"了一声,说:"元嵩兄,一起上车,我送你回府上。"

谢元嵩摇头笑说:"不,我还有点事要留下,哈哈,你请先回吧。"他亲热地同童霜威握手告别,送童霜威的轿车开行。

外边,夜色弥漫,萤火虫闪放着宝蓝色和绿莹莹的光辉,匆匆飞来飞去。气候已渐凉爽,童霜威坐在轿车上,凝神想着刚才同汪精卫谈话的经过,欣慰地感到真应当感谢管仲辉。汽车向来时的路上疾驶,明亮刺眼的车灯前有成团的蚊蚋飞舞。忽然,出乎意外的,在转动着方向盘的尹二突然回头说:"先生,人家都说汪精卫是卖国贼,是秦桧,对不对啊?"

童霜威皱起了眉,呵斥说:"你懂什么!"

尹二不再做声,突然加速将车开得飞快,使街道两旁的街灯、房屋、树木、车辆、行人……一闪而过,似乎在发泄一种极其不满的情绪。

四

星期天,热得很。

一大早,池塘边芦苇丛里蛙声"咯咯",花园中杨树、柳树上蝉声"知了——知了"吵个不停。

家霆正在冯村房里,缠着冯村讲故事。天热,他着了一条白色西装短裤,穿了一件白色短袖汗衫,趿着皮拖鞋。他与冯村在一起的时日久了,像亲人一样。他有时叫冯村"表舅",有时叫冯村"冯秘书"。平时,冯村很关心他。有时帮他复习功课,有时讲故事给他听,有时教他读报,有时跟他一起唱歌,带他上玄武湖玩。虽然,冯村有时忙,会说:"家霆,我有事!……"一般情况下,冯村总常是家霆的伴儿。今天,冯村一早要读日语,正在说:"家霆,等我读好日语就给你讲个故事。"偏偏嘴角上露出一颗金牙的保长夏得宜来了,找到尹二说是要找冯秘书。尹二就在客厅门口对着里边高叫:"冯秘书!冯秘书!夏保长找你!"

冯村听到尹二叫嚷,走出房间经过走廊穿出客厅到了外边,在大门口见到了有两撇胡须像杨香武的夏保长。家霆也跟着出来了,站在一边听。

只见夏保长做着手势说:"冯秘书,上边规定:家家户户要挖防空洞,要准备打仗啰!规定大小和图纸,我这里都有!"他挥挥手上的一张图纸:"你们公馆是自己挖还是雇人挖?雇人挖,我这里可以帮助代办,价钱便宜,完工迅速!"

冯村说:"你那图纸给我看看。"

夏保长挪步过来递上一张被手指印捏得稀脏的图纸。纸上是个用鸭嘴笔画的简图,边上注明是"家庭标准防空洞"。从进口处挖成台阶走下去,里边就像战壕似的一个土洞,可以局促地容纳四至五人。

冯村看了,不禁笑了,说:"这能躲炸弹吗?炸弹下来这做个现成的坟墓还差不多!"说得边上的尹二、家霆都"咯咯"笑起来。家霆凑在旁边也用眼瞄那图样,他不太懂,心里觉得有趣,想象着如果敌机来了,躲在防空洞里倒极有意思。

夏保长听到冯村的话,老大的不高兴。他一说话,嘴角上那枚金牙就发出黄亮亮的光,他说:"只要炸弹不炸到上头,那当然能躲人。再说,这是上边布置下来的事,家家户户要完成。老百姓自己花钱,你们大公馆嫌孬,别的小户人家就是挖这么个洞也负担不起呢!"

冯村摇头,说:"我们的防空洞怎么解决,我问过秘书长后,自己办,不用你烦心了。反正这样的土洞,有等于无,是不行的。"童霜威虽然从秘书长位置上下台了,冯村仍叫他秘书长。

夏保长有点扫兴,左手的长指甲剔着右手指甲里的积垢,说:"就你们这些当大官的公馆人家难办。上边叫办的事,大家都照办,你们总是二一推作五。好吧,将来上边来检查,我可是早给你们打过招呼了。"他本来想用包掘防空洞的事来敛一笔钱。没达到目的,心里失望。说完,带着几分不悦地走了。刚走两步,又回转身走过来,说:"对了!从后天开始,要举行防空演习,我也趁此跟你们公馆打个招呼。"

家霆在一边插嘴问:"怎么个演习法?"

蝉声"知了——知了——"此起彼落,十分刺耳。有一只褐色的大野蜂,从花坛边飞过来,在家霆身边转,嗡嗡营营。家霆连忙挥手将蜂子赶跑。

夏保长龇着金牙做着手势说:"后天午后,演习交通管制。三点钟开始放警报,管制交通,解除警报后才恢复交通。晚上演习灯火管制,家家户户不许点灯,像你们大公馆也不许点灯。在演习交通管制时,武装壮丁都要出动配合军警宪站岗维持秩序。你们童公馆的尹二是武装壮丁,他得参加!"

尹二笑着说:"反正我们是算盘珠子,怎么拨拉都行!"

冯村点头说:"好好好,我们知道了!"他很讨厌这个保长,由于是条地头蛇,平时连到公馆门上来也阴丝丝的狠三分,俨然有拿着鸡毛当令箭的架势,所以打发夏保长走,说:"保长,你回去吧!"

夏保长转身跨出铁门走了。

尹二乐呵呵地对冯村说:"冯秘书,看来要同鬼子大打了?"

冯村笑着说:"嗯,很可能!尹二,你天天一早参加壮丁训练,学会了些什么?"

尹二说:"立正,稍息,向左转,向右转,向后转,立定,敬礼,卧倒,上刺刀,打靶,肉搏,匍匐前进,无所不会!……"他说话像打机关枪,边说边做姿势,有意逗家霆笑。

家霆和冯村都笑得"咯咯"的,十分开心。

尹二忽然想到了刚才夏保长的话,说:"冯秘书,你跟先生讲讲,后天防空演习,我去参加。"

冯村说:"好!问问秘书长再说,只要后天他不坐车,你就去好了。"

尹二说:"防空演习,交通管制,车子怕不准通行。……"说到这里,他心里明白:这些当官的只要掏出一张印着官衔的名片,就是交通管制车子也能通行的,所以话就打住不说了,生气似的往后边他住的平房那儿走了。

家霆拉着冯村,说:"我们家在花园里挖个防空洞不好吗?为什么不挖?万一鬼子飞机来了丢炸弹怎么办?老师说:飞机来炸,一定要进防空洞的。"

冯村叹口气说:"唉,平时不烧香,急来抱佛脚!谁也没有经历过什么空袭,人吓人,能吓死人!不能自己先吓自己!再说,这种土洞洞,不是钢骨水泥,哪能防空?这是做了样子给日本人看也给中国人看的。向日本人表示:看哪,我们在防空了!向中国人说:看哪,我们在备战抗日了!其实,都是玩的花枪。这种土洞洞,炸弹下来,躲在里边的人正好埋葬在里边,倒不如在外头躲避还自由灵活些。再说,夏保长,他是想在挖防空洞上找油水赚钱!"

家霆不想再听他讲,突然问:"冯村舅舅,你不常对我讲要爱国吗?你不喜欢东洋人,为什么要'卡西可开可'学日文?"

冯村笑了,拍着家霆脑袋说:"学日文就是喜欢东洋人吗?要同东洋人打仗,学会日文有用呀!不然,怎么办外交?抓了个日本俘虏也不懂他的话呀!"

家霆想想也是,点头笑了,问:"你将来想去办外交?想去打仗抓日本俘虏?"

冯村也笑了,说:"谁知道呢?反正会了日文,要做这些工作时就不难了。"

家霆拉住冯村的胳臂,说:"讲故事!再讲个东北义勇军的故事!"

冯村看着手表,摆脱着家霆的纠缠说:"你先去玩玩鸽子,或者去看一会儿书。我念一下日文,听一听广播,再陪你玩,好不好?"

家霆没奈何,只好跳跳蹦蹦去门房背后的鸽房,看那些可怜的被方丽清杀剩的鸽子去了。

可怜的鸽子,一共只有十五只了。在方丽清去上海后,家霆就让这些鸽子自由了。鸽房的天窗,每天早上仍由"老寿星"刘三保开放,傍晚,鸽房的天窗也由刘三保关上。只是这些吃剩的鸽子大都是些"老弱残兵",肥胖的、强壮的、善飞的鸽子,都差不多被方丽清挑出吃光了。这些劫后余生的鸽子,有的不爱飞出鸽子房,有的飞出鸽子房到了屋顶上也不爱飞翔,只是在屋脊上咕咕啼叫,啄啄羽毛,来回走走。就是家霆用竹竿吆喝驱赶着它们飞,至多低低地飞上几圈又歇落到屋脊上了。家霆对这些鸽子的兴趣减弱了。每当看到这些鸽子懒洋洋地飞着,或者连赶都赶不起飞的情况时,就会心里叽咕:"唉,好鸽子都叫她吃了!""真可恶!……"他早已经不指望这些被吃剩的鸽子再能在信鸽比赛中得奖了,他也不指望再有可能使自己养的鸽子恢复当初那种兴旺的局面了。

他知道:保留下十五只鸽子就不容易了。是爸爸同方丽清一次又一次争论,最后才保留下来的。有一次,庄嫂告诉他,童霜威对方丽清说:"孩子没娘,你就是娘!他要养点鸽子,你都要一只只吃光,合适吗?……"方丽清这才嘴下留情,留下了十五只。想着这些,家霆心里对方丽清又产生出一种怨恨和气恼。这个长得像电影皇后胡蝶的漂亮女人,心太坏人太恶了!幸好,她常常要回上海,只要她离开了潇湘路,家霆——不,不但家霆,就是冯村,以及尹二、庄嫂、刘三保等,都觉得高兴,都觉得眼前清净耳边安静,少了一个监工头。她在时,家霆连对冯村也不敢叫"表舅"或"舅舅"。她不在了,家霆感到自由,感到高兴。

　　家霆用竹竿将鸽子七零八落地赶着飞了一会儿,觉得没什么兴致。天热,身上的汗衫早已湿透,不想再赶鸽子飞了。听见蝉叫,去"老寿星"刘三保管的工具房里找了根细竹竿,跑到厨房,让庄嫂给他取点面粉用水揉成面筋黏在竹竿梢上,打算黏几个蝉玩玩。正提着竹竿兴致勃勃向花园里的大杨树下跑,听见门房里电铃"嘀铃铃"响,见刚在花园里锄草的"老寿星"刘三保正向大门前一跛一瘸地跑。

　　隔着竹篱笆,家霆喜出望外地看到大门外站着的,是穿军装的童军威。"老寿星"刘三保正跛着腿去开大门。

　　家霆甩下竹竿,大叫一声:"小叔!——"飞也似的冲向大门。当他跑到门边时,童军威已经跨着军人的那种标准步走进大门来了。他上前一把抱住小叔的臂膀,笑着说:"小叔,你为什么这么长时间不来呀?"

　　童军威用两只粗壮有力的臂膀插到家霆胁下,将家霆一把抱住高高一举,摔跤似的使家霆头朝下脚朝上,逗得家霆哇哇叫着,才又轻轻将家霆放到地上站着,掏手帕拭汗,说:"忙啊!你不知道吗?小叔到了教导总队,就像你的鸽子进了鸽房,不放就飞不出来。那里比军校更严格得多。这么长时间接连在训练,不准请假,不让外出。训练来训练去,晒着大太阳,每天吃'十滴水'服'八卦丹'的人不知多少。准备要打仗哪!……嗨,我问你,你用气枪自己打到了斑鸠没有?"

家霆笑笑,露出一口洁白好看的牙齿,说:"有一次,差点打到,可我没有打!"话声里有点自鸣得意。

"为什么?它飞了?"童军威折起手帕,打算进客厅。

"不,它没有飞,我不想打。我喜欢它,也可怜它,没舍得打死它!"

"哈哈!"童军威笑了,有一种军人的粗勇,"那你长大怎么进军校当军人?"他拽一拽家霆的肩膀,"走,进屋去!"

家霆陪着小叔进客厅,说:"爸爸在楼上。"

童军威问:"他在干什么?"

家霆说:"整天写呀写呀!你知道不?方丽清又回上海去了!"他们在背后都是对方丽清直呼其名的。

童军威和家霆进了客厅,听到冯村住的那间西房里传出收音机的声音。那是电台在教唱《保卫卢沟桥》,歌词是:

> 敌人从哪里来,
> 把他打回哪里去。
> 中华民族是一个铁的集体,
> 我们不能失去一寸土地……

童军威问:"冯村在家?"

家霆点头,说:"在家!刚才他读'卡西可开可',又说要听收音机。"说着,拉着童军威的手朝走廊里去,说:"我带你去找他。"

冯村房中,那只收音机里的教唱声正在继续传来:

> 兵士战死,有百姓来抵,
> 丈夫战死,有妻子来抵,

中华民族是一个铁的集体,

我们不能失去一寸土地。……

童军威进客厅的声音,惊动了冯村。冯村正坐在小铁床上伸头朝门外张望,见是童军威,高兴地招呼了一声,站起身说:"军威,你回来啦?"

童军威和家霆一起朝冯村房里走,答着说:"来了,你在忙什么?学唱《保卫卢沟桥》?"

冯村摇头说:"八点半,汪精卫广播演说。我想听听他讲些什么?"

童军威倒有了兴趣,跨进冯村的房说:"啊,他讲话?我倒也要听听,这个混账的亲日派!"说着,在写字桌旁的藤椅上坐下了。

一早上,送天然冰的人已经来过了。家霆跑出去,从吃饭间放置天然冰的冰箱里取出了三瓶"正广和"汽水,用起子开了瓶盖,插上麦管,又"嗵嗵嗵"跑回来,递给小叔和冯村一人一瓶,自己也捧着一瓶吮吸起来。

童军威和冯村二人,年龄相差六岁,冯村三十岁,童军威二十四岁。两人平日接触不算太多,感情挺好。有时也好在一些问题上辩论,在抗日这一点上常常一致。两人都认为日本对中国欺侮得太过分了,作为中国人,实在忍受不了,应当拼一拼打一仗。这种主张,两人比起来,童军威更外露,冯村则比较含蓄平稳些。现在,听冯村说汪精卫要发表广播演说,童军威极感兴趣,喝着汽水对家霆说:"让小叔先听听无线电,等一会再陪你玩耍。"

收音机里音乐和歌声停了,一个女播音员正在说:"中央广播电台,X.G.O.A.,现在,由中央政治委员会汪精卫主席播讲:《大家要说老实话,大家要负责任》……"

冯村坐在自己的小铁床上喝汽水,家霆挨着他坐在床上,童军威坐在写字桌旁的藤椅上也喝着汽水。只听到汪精卫那广东腔的

普通官话已经开头讲起来了:

"各位同志:兄弟今天在这里讲的题目是《大家要说老实话,大家要负责任》。为什么要讲这个题目呢?因为,心里这样想,口里这样说,是很要紧的。中国宋末、明末两次亡国,其原因最大最著者在于不说老实话。心里所想与口里所说并不一样。其最好方法是自己不负责任,而看别人去怎样负法。当和的时候拼命指摘和,当战的时候拼命指摘战。因为和是会吃亏的,战是会打败的。"

家霆听得似懂非懂。童军威却一拍大腿,"乓"地放下汽水瓶骂了一声:"汉奸论调!"

冯村沉默,却做个手势,说:"听!"

汪精卫继续在说:"最好的办法,还是自己立于无过之地,横竖别人该死。于是,熊廷弼传首九边了,袁崇焕凌迟菜市了。此之可悲,不在其生命之断送,而在其所有办法在这种大家不说老实话不负责任的空气之中,只有随处碰壁。除了以死塞责之外,简直替他想不出一条出路。自十九世纪以来,亡人之国不只武力,一切经济文化皆可为亡人之国的工具。所以,国不亡则已,既亡之后绝无可以复存。"

童军威又一拍桌子,脸都红了,说:"妈的,他在放些什么屁呀!这还算什么中政会主席!在中央广播电台这么胡说八道。真是个卖国贼!"他还想继续听下去,忍住气不说了,重又慢慢喝起汽水来。

汪精卫的声音仍在从收音机里传出来:"……在世界大战中,俄败于德,几乎亡了。德国、土国败于协约国几乎亡了,然卒能保存且能复兴,皆是在垂亡之际,人人下了救亡图存的决心,人人肯说老实话。和呢?是会吃亏的,就老实地承认吃亏;战呢?是会打败仗的,就老实承认打败仗。败了再打,打了再败,败个不已,打个不已,终于打出一个由亡而存。这种做法无他巧妙,只是说老实话而已。人人说老实话,才能人人负责……"

童军威说:"这家伙说话曲曲弯弯!"

冯村点头"嗨"了一声,仍在安心静听。

汪精卫继续说:"有人说,我们虽是弱国,但我们的力量不可估量太高,也不可估量太低。估量太高则将轻于尝试,估量太低则将变得消沉。但估量二字是不易做到的。如近来意大利攻击阿比西尼亚,各国军事观察家皆以为阿国多不毛之地,又有雨季,然意大利进展迅速,阿国一败涂地。"

童军威右手敲了一下桌子,站起来说:"这才是他真正要说的心里话!"他不想听了,扔掉汽水瓶里的麦管,将瓶里剩下的汽水一口喝干了,大声招呼家霆说:"走!"又说:"不听他放狗屁!他这演讲用心很明白:还没大打,就认为打不得!归根结底是不主张抗日!他越是这样,日本人就越是要得寸进尺。他这里是明着在告诉日本:我们打不过你们!又明着在威胁百姓:抗战就要亡国!亡了国就完蛋了!他的所谓讲老实话,就是说这些汉奸话,不准人说抗日的话,也不准人骂他是汉奸卖国贼!"

冯村"啪"地将收音机关上了,放下汽水空瓶,说:"你说得对!我听了心头也是火辣辣难受。这一向,汪精卫摇摇摆摆,忽而好像变得也抗日了,忽而好像仍是个投降派。谁知他怎么回事?我敢说,今天听到他讲这些混账话的人,除非是汉奸或者是无知,否则谁都会生气的。我不是个军人,但我早也热血沸腾了。我就不信中华民族会亡国!"

童军威叹了一口气:"我的血早沸腾了。只要有机会打鬼子,我愿意死。我忍耐得血管都要爆裂了,我不能再忍下去。说实话,听到汪精卫这种卖国贼的演说,当着他面,手里有支手枪,我会毫不犹豫地把枪口对准他的心窝,送他上西天!"说这话时,他脖子通红,两眼像要落泪。

冯村抬眼看着童军威，叹口气说："军威！不要乱说！不过，你是个热血青年，我钦佩你！"

家霆一直在听在看。这时，他吸着汽水，对童军威说："小叔，你知道不？爸爸大前天夜里到汪精卫家去了。"

童军威问："你怎么知道？"

家霆答："尹二说的，是他开车送爸爸去的。他说，汪精卫家里客人多得很。"

冯村接话点头说："秘书长大前天夜里是由谢元嵩陪着到汪精卫公馆去过。他对我说：汪精卫似乎起了点变化，也弹了些抗战的高调。可是刚才听了汪精卫的演说，我看一点也没变，摇来摆去，是《镜花缘》里两面国的人物。"

童军威突然起身说："走，家霆，上楼看看你爸爸去。"又突然停步回脸对冯村说："冯村，我大哥这人，最近他对抗日这个问题看法没什么变化吧？我老觉得这几年的官场生活使他变得越来越黏糊了。他爱国，也恨日本侵略，可是谈起打仗，顾虑多极了！又怕生灵涂炭，又怕日本的飞机大炮，又怕我们吃败仗。总而言之，有苟且妥协思想，却无决战决胜信心。你同他接触得多，是不是这样？他好好去找汪精卫干什么？"

冯村一边听一边点头，叹口气说："近来，他忙着著书立说，我也忙着公务，谈得不多。对北方战局，他是担忧的，也怕南方再燃起战火。不过，他跟汪精卫的见解是完全不同的。汪精卫刚才那番演说，似乎忧国忧民，实际是秦桧面目的暴露。你大哥，他有一股中国人的正气！"

童军威面容强悍地说："我怕他有当今官场上要人们的恐战病啊！"

冯村摇摇头："他未始不从俗，但在根本问题上，倒是不会含糊的。他去汪精卫那里，听说是汪精卫要他做国大代表，让他在家乡当选。你大哥自从被人坑害后,心情阢陧,有冤气,也有怨气,他愿意做个国大代表倒也可以理解。"

"不会被汪精卫笼络去吧?"

"我看不会!"

童军威气呼呼地说:"为什么要同汪精卫搅和到一块儿去呢?"

冯村解释说:"是啊,我昨天对他说:为什么汪精卫对您尊敬,要借重您?这是因为:一,您有学问,有您的社会地位和影响;二,因为您对老蒋不满,汪和蒋过去有矛盾,现在也有矛盾,以后还会有矛盾。谁对蒋不满,他就会对谁拉拢;三,因为您是留日的,可是却不是亲日派,一直表现得爱国、主张抗日。汪精卫本来对日本留学生就亲三分。现在全国上下骂他卖国贼的人不少,他懂得也该时髦时髦,纵横捭阖了!所以也就要拉拢您这样的人,便于挂羊头卖狗肉。"

童军威听了,先是沉默思索,接着点头说:"你这样说,我就放心了。平时我来得少,今后来得会更少。我们那里严得很。我看中日之间这场大战决不可免,牺牲已到最后关头,中国已无步可让了。只要战争在南方一起,我做军人的只有奔赴沙场马革裹尸。大哥教养我这么多年,我对他有很深的感情。我做军人,他本来反对,现在也并不放心,怕我死在沙场上。但我对他也有不放心的地方。他虽没有多大权势,我总希望他是一个堂堂正气像黄花岗七十二烈士一样的人,不希望他随波逐流,跟着汪精卫这样的国民党人同声一气唱泄气调。"

冯村听了,沉思着连连点头。

童军威这些话,家霆在边上听了,心里也全懂得。他对小叔一向从心里欢喜。倒不尽在于小叔常带他玩耍,更欢喜小叔是个军人。小叔穿着军装,每当讲起日本侵略中国的事时,总是慷慨激昂,勇敢又威武。对于爸爸,家霆也爱。但家霆对爸爸的了解却不如对小叔。因为小叔有话就讲,一切都摆在面上。爸爸同家霆虽住在一幢洋房里,楼上楼下,像隔了天地,家霆很少听他谈什么。家霆对爸爸的了解,却是听了小叔的这些话才加深了的。家霆认为小叔说得对,放下汽水空瓶,在一边突然抓住童军威的胳臂说:"小叔,爸爸在楼上。你上楼去,同他当面把这些话讲讲!"

童军威本来是说要上楼的。这时,忽然不想上楼了,对冯村说:"他在楼上忙,我就不想上去谈了。我知道,你平时常同大哥谈心。有便时,你再把我的话对他说说。我知道,你的话他常是听的。"

冯村点头,说:"我有时是陪他谈谈的。但你是他惟一的兄弟,偶尔谈谈对他的作用会更大。用你心里的火去燃烧起他心里的火,是好事。我赞成你去谈谈。"说着,他做主似的带头走出房门向上楼的扶梯上走,说:"军威,来!我告诉他你来了。他会高兴的。你怎么能来了不同他谈谈就走呢?"

冯村在先,童军威拉着家霆的手,一起上楼。上了楼,看到书房的门开着,窗也全敞开着。在这儿听来,花园里的蝉声叫得更响亮了。童霜威正穿了件细纱汗衫坐在桌前握着毛笔写稿,桌上和身边的茶几上都堆放着许多书籍和资料,靠壁的书橱玻璃门开着,有些书都七歪八倒地被抽出来搁在书橱边上。听到脚步声响,童霜威回过身来张望。

冯村说:"秘书长,军威回来了!"

童军威叫了一声:"大哥!"家霆也叫了一声:"爸爸!"

童霜威看到军威,脸上很高兴,说:"你怎么好久不来了?"说着,指指椅子,叫军威和冯村坐下来。

童军威在靠着书橱的一张椅子上坐下,说:"教导总队严得很,脱不开身。"

冯村在靠窗的一张椅子上坐下,说:"刚才我们在楼下听了汪精卫的演讲……"

童霜威放下了手中一直握着的毛笔,搁在铜墨盒上,朝着冯村问:"他讲些什么?"

童军威直通通地说:"一副汉奸论调!"

家霆见他们要开始谈心了,不想多听,轻轻回身走出房间,往楼下跑。这么晴朗的星期天,他不愿意老是憋在屋里听大人们谈政治,谈时局。他觉得应当让小叔和冯村跟爸爸去谈谈。自己却心里寂寞,就像国文课本里的一篇文章中说过的:"寂寞呀!沙漠上一般的寂寞呀!……"他心里明白:大人们这一谈,小叔就不会陪他去玄武湖玩耍了。小叔打鸟枪法真准,用气枪打起麻雀来,几乎能一枪一只。连抓住柳条随风飘动的小麻雀,小叔都能随手用枪打下来。可是,今天不行了!放假在家里,也好也不好。不上课,爱睡就睡,想玩就玩,不去做那些枯燥无味的习题当然好。可是,在学校里,有那么多同学一起玩,在家里有时实在太寂寞。要是在学校里,别说踢球、打球、荡秋千、踩浪木了,哪怕就是坐在草坪地上同谢乐天"斗草",也是高兴的啊!一人找一根草,一来一去地扯,谁断谁就算输,输了就挨手心。……暑假到了,同学们星散了,好些同学都随父母走了,有的去避暑,有的到外地,谢乐天就跟他妈妈去上海玩了。现在,能找点什么事干呢?

家霆从楼下走廊通过吃饭间,到了后边厨房和尹二住的平房前。尹二住的平房紧挨在厨房隔壁。家霆去时,庄嫂正在厨房里"咚咚咚咚"剁肉泥,准备做红烧狮子头。刀在砧板上响,响得有节奏,打鼓似的。尹二刚洗完了那辆"雪佛兰"轿车,挥了把蒲扇拿了张上海《新闻报》,在厨房门口看报乘凉。粗壮的"老寿星"刘三保端了盅茶走过来了,用搭在肩上的一条毛巾拭着脸上的汗。这里有穿堂风,凉快。家霆见尹二正在说书似的坐在一张小板凳上油头滑脑地聊天,瘸腿的刘三保坐在另一张竹躺椅上喝茶听着他聊,笑得哈哈的,也走过来凑上去听。

尹二见家霆来听,闭嘴不说了,做了个滑稽的鬼脸说:"小把戏,听不得的!少爷,你快走!"他故意说苏北话,将"小孩子"说成"小把戏"。

庄嫂从厨房里伸出头来骂尹二,说:"尹二,你个不正经的,不许再胡说八道!"

尹二和"老寿星""咯咯"又笑,笑得都捧着肚子,笑得家霆莫名其妙。

家霆站在那里说:"什么好笑的事我听不得?"

尹二不回答,岔开话去,说:"少爷,你那后娘'双十牌牙刷'去上海了,你也高兴了吧?"

家霆老实地点头,说:"爸爸不是说不许叫'少爷'吗?你怎么老是叫我'少爷'?"

尹二哈哈地说:"你是少爷嘛!先生不许叫,其实叫叫也没关系。先生不许我们叫他'老爷',在外边,我常听人叫他'老爷',他照样答应。"

庄嫂剁着肉又停了刀从厨房里伸出头来,说:"尹二,你烂嚼舌头!"她这样骂尹二,却是带着笑的。尹二也不生气,像被骂得很高兴。庄嫂又说:"你快别乱说!"

尹二伸伸舌头,对家霆做鬼脸,说:"少爷!要是你那后娘在这里,我看谁也笑不出。狐狸精!长得漂亮,心术太坏。我们当下人的要是一坐,她就在楼上大喊了:'尹二!快上街买一担西瓜,价钱一斤不得贵于四分!刘三保!快去刈草,今天一定要把整个花园的草地刈一遍!……'现在,好!狐狸精不在,没有金娣给她送信息挑嘴,我在这里讲点笑话就不要紧!我尹二是天不怕地不怕的,你说是不是?"

庄嫂又在厨房里伸出头来说:"尹二,你总是胡说八道。你啊,骡子卖个马价钱,就坏在那张嘴上!"

尹二爽朗地哈哈笑了。

家霆也笑了,在一张小板凳上坐了下来。他先缠着刘三保,说:"'老寿星',给我看看你膀子上的青龙!"

刘三保捋起袖子笑着说:"五块钱看一看!"

家霆"咯咯"地笑,说:"敲竹杠!"硬缠着让刘三保给他看了一眼青龙,又对尹二说:"尹二,讲个故事吧!好不好?"

尹二喜欢家霆,答应着说:"好吧!现在,看来是要同日本打个你死我活了!北方在打,日本在调兵,报上登着全国将领都纷纷到南京来请示。我们壮丁天天一早在加紧操练。打日本,我死也不怕!一肚子气早憋足了!这些天,我天天听矿石收音机。中央广播电台,减少了娱乐节目,增加了新闻报道,时局紧得很。"

古铜色脸上表情有点木讷、憨厚的"老寿星"刘三保笑着说:"尹二,家霆要听故事,你在这里头头是道发表演讲。你也不照照镜子看,自己是不是个发表演讲的长相!"

尹二哈哈一笑,也不争辩,对家霆说:"刚才是开场白,如今书归正传,我是司机,就讲个'一·二八'抗战时,上海的爱国司机胡阿毛的故事。"

家霆说:"胡阿毛是谁?"

尹二脸上忽然充满着正气,说:"听我讲吧!'一·二八'的时候,日本派兵到上海同我们抗日的十九路军打起来了。有一天,司机胡阿毛开了一辆大卡车在路上遇上了十多个日本兵。日本兵用枪逼着他去替他们拉军火。到军火库拉了满满一卡车的军火,逼着他将军火拉到前线去。胡阿毛开着车,心里想:这些东洋兵在中国杀人放火作了多少孽!这么多军火运到前线又要杀我们多少同胞!怎么办呢?"他把脸对着家霆问:"你说,怎么办?"

家霆咬着嘴唇想:是呀,怎么办呢?说:"同日本兵打!同他们拼命！"

尹二摇摇头："打？怎么个打法？东洋兵人多又有枪,想打也困难呀！胡阿毛勇敢又聪明,车子快开到黄浦江边了,他下了决心,只有一个办法：自己同日本帝国主义者同归于尽,用一条命换卡车上十几个东洋兵的命,将敌人一车军火送到江底里去！他开足马力,把卡车对准黄浦江'呜'地冲去！日本兵要拦阻也来不及了,卡车飞也似的冲进波涛滚滚的大江,一下冲到江中,'轰'的一声,卡车、军火、十多个东洋兵一起葬身江底。爱国的胡阿毛为中华民族献出了生命。"

"老寿星"唏嘘了！家霆唏嘘了！庄嫂也早被故事吸引,静静站在厨房门口听着,也唏嘘了。

天气炎热,过道里的穿堂风习习吹来,十分凉爽,四下里静悄悄,只有远处的蝉声、近处屋上麻雀的"吱啾"声轻轻传来。大家都沉默着,被尹二讲的故事感动着。

家霆第一个打破沉默,问："尹二,这是真的吗？"

尹二点头："当然真的,当时报纸上都登过的。我学开汽车时,我的师父讲给我听的,他当年在上海开过汽车,认识胡阿毛。"

"老寿星"刘三保叹口气说："中国人,要是个个有种,鬼子也不敢像现在这么欺侮我们！"

庄嫂点头,叹口气说："是啊,'好人不在世,祸害活千年'！"

尹二大摇其头,说："'老寿星',你的话不对。其实中国人像胡阿毛的并不少。拿我尹二说吧,我就不孬种,要遇到胡阿毛这样的事,我不请鬼子到江里喂鱼也要带着他们撞得粉身碎骨。但你要知道,我们虽有报国心,却做不了主。能做主的大官们,贪赃枉法、玩女人、抽鸦片、搓麻将、盖大洋房,他们怕打仗,更不会自己去打仗,禁止老百姓爱国抗日,可恨就在这里！"

也不知为什么,家霆听到用人们骂当官的,马上联想到了爸爸。爸爸是当官的,又在潇湘路盖了这幢大洋房,爸爸又被人撒传单下了台。他隐隐感到爸爸也是在尹二骂的人之内。想着想着,脸顿时红了。但马上又想到了胡阿毛的故事。故事并不曲折,一听就好像看到了胡阿毛宁可一死也要消灭敌人的决心。家霆那小小的心田里想得很多。不能确切说出自己的全部感想,他被胡阿毛的壮烈行动感动了。一种爱国的、抗日的情绪在身上变浓烈了。他正愣愣地想着,见尹二掏出一包"金鼠牌"香烟,擦火柴点烟。

厨房里,庄嫂在煎鱼。一股葱油香扑鼻而来。忽然,庄嫂从厨房门里伸出头来,说:"尹二,你又抽烟!年岁轻轻的,也不学好!"

尹二笑笑,拿起手边那张上海《新闻报》来,说:"庄嫂,我让家霆念一段报上的话给你听听!"说着,将报纸递过来给家霆,说:"来来来,初中生,念念,念给庄嫂听听!"

家霆拿起报纸,见报上满满半版广告,一边画的是一个人坐在沙发上看报吸烟,旁边写的是一段文字:

时局愈紧张,报纸愈要看。但是翻开报纸,上眼都是寇深时急的消息。顿时肝火直冒,满肚愤气。在这令人闷死的时候,惟有吸金鼠牌香烟一支可以透口气。

家霆念着念着,不觉笑起来了。这些滑头的做香烟广告的人,真是挖空心思!他一念却连庄嫂、刘三保和尹二都"咯咯"笑了起来。

尹二说:"'老寿星',去拿象棋来,杀一盘怎么样?"

"老寿星"刘三保起身去拿倚在墙上的刈草机,说:"你想挨东家骂是不是?不能再闲聊了,我要去刈草了。"

尹二笑笑,也站起身说:"'铁公鸡'狐狸精不在,怕什么?好了,散就散吧!天真热,我要到前面池塘里洗一洗、游一游、凉一凉了!"

家霆说:"好,尹二,我也去。我看你游。"

一会儿,尹二带着家霆到了池塘边上。塘边柳树上,蝉声"知了——知了——"一阵一阵地叫。一阵微风一来,清水塘上起了涟漪,水面像一匹闪闪流动的深绿色的软缎在抖动。有青蛙在塘边"咯咯"地跳来跳去。尹二将浏阳夏布的上衣一脱,游泳健将似的"扑通"跳下塘去。他水性非常好,一会儿,就"扑通扑通"在清水塘里游起来了,做着鬼脸笑着对家霆说:"你也下来吧!真凉爽真舒服啊!"

　　家霆从地上拾起碎瓦片,斜着往池塘水面打水漂儿。薄薄的瓦片在池塘水面上跳跃着,一连串"噗噗噗"溅起了五六朵洁白的水花。他"咯咯"地笑着摇头,说:"我不,我怕水里有蛇。你快游,游给我看!你能摸条鱼给我吗?"

　　尹二也"咯咯"笑着,说:"当然!你看!"他忽然埋头一个猛子扎下水去。一会儿,水面浪花喷溅,尹二变戏法似的出现了,手里捏着一条银色的三寸多长的鲫鱼,"啪"地扔上岸来,说:"着镖!鱼来了!"

　　鱼,在草地上鲜蹦活跳,家霆"咯咯"地笑得更开心了。

五

　　八月十三日下午,绿衣邮差来,童霜威收到方丽清八月十一日从上海寄发的一封来信。

　　方丽清在信上说:

　　　　……来信收到。知你当选国大代表,大家高兴。不知一月多少薪水?上海情势紧张。日本军舰来了不少,日本兵也来了不少。人说情形很像"一·二八"的时候。九号下午,几个日本军官开汽车闯进虹桥飞机场,打死一名保安队士兵。保安队开枪,打死两个日本人。大家认为仗是非打不可了。上海人忙着搬家。江湾、大场一带,难民逃出很多。闸北、南市的人拼命朝公共租界搬。公共租界的人朝法租界搬。房东抬高房租,搬场汽车行老板发了财。雨荪和立荪说:要是做了房地产生意就能做哈同①了!我们住的是公共租界,万国商团经常巡逻。我看不要紧,你放心好了。我本想回南京。妈妈说:这仗打起来也打不长。"一·二八"时打过一次,后来还是和平了。立荪说,他想问问你,这仗会不会大打?打起来中国会不会吃瘪?你是中央要人,他要你打听消息快写信来说说。因同他做生意有关。……

读了方丽清的信,童霜威心里发闷。暑气熏天,麻雀在大柳树和老榆树上伸开了小嘴喘气。蝉声"知了——知了——"地吵得烦心。他在书房里扇着电风扇看着信,叹着气。立荪要问的这些问题,不也是他心中的问题吗?你问我,我问谁?上海的战事,他觉得已经绝对不可免。日本人侵略中国到了这种地步,再不同他打一打,实在是不行了。北方津浦线上的战事始终在激烈进行。尽管中日双方的外交官员都在说:"中日关系未绝望。"实际上呢?日本军舰又有十二艘到沪,黄浦江上已有二十多艘日舰。报载日本海军陆战队五千多人及大批军火都已在上海登陆,大部集中于杨树浦、公大等各日商纱厂。他隐隐有预感:战争要么不打,打起来,依现在中国的民心和抗日情绪,比"一·二八"时更强烈,是不会一打就停的。会打成个什么样子呢?日本有强大的海军和空军,海军兵舰可以沿江到南京来开炮,空军可以飞到南京来轰炸……想到这些,他心里不安,感到汗如潮涌天气更热了。

心里烦躁的是:方丽清竟然在这种局势下还不回来,像一个主妇吗?怎么不为我和潇湘路这个家打算呢?如果中日在上海开战

---

① 哈同:旧上海租界是冒险家的乐园,犹太人哈同是最大的冒险家之一,靠掠夺地产和租地造屋等手段,成为大富翁。

了,一家人分在京沪两地,合适吗?

苦闷地想着,他决定立刻给方丽清写信,劝她赶快回京。他拿出宣纸信笺,在紫端砚上磨好松烟墨,拿起一支胡开文的"鸡狼毫"挥笔写起信来:

> 丽清吾妻妆次:来信收悉。大局不稳,形势多变,战争似不可免。首都人心也在紧张兴奋中,昨晚已举行过防空演习。家中情况依旧,家霆仍在上学,尹二也仍每晨要去参加壮丁训练。我独身在此,殊为寂寞。窃思如战火遽起,你我分居二地,更多不便,心挂两头,也不妥善。此信到达后,望能即携金娣安然归来。

写到这里,忽听到楼梯响。一会儿,庄嫂出现在书房门口了,说:"先生,下边有电话。"

童霜威心里想:是谁打来的电话?问庄嫂:"谁?"

庄嫂说:"冯秘书的,说有急事!"

童霜威心里纳闷:冯村平时到机关里,一般是不往家里打电话的。今天是什么重要事呢?马上关上电风扇趿着拖鞋往楼下跑。

他拿起话筒,只听冯村的声音紧张里夹杂着激动和兴奋,说:"秘书长!上海打起来了!"

"打起来了?"童霜威额上、胁下都冒出了汗水,说,"快详细讲讲!"

冯村的声音依然那样激动、兴奋:"详情还不顶了解,只知日方在今晨发起攻击,我方实行自卫,战争到现在未停。"

童霜威拿着话筒,听了冯村的话,愣着想:和平的希望彻底没有了!上海战幕一开,必有大战了!"战争发生在哪里?"

冯村回答:"听说是浦东、闸北一带,我军打得不错!"

这种时候,童霜威真想有个人在身边谈谈心,说:"冯村,早点回来吧,好一起谈谈。"

冯村知心地说:"好!好!"

童霜威挂上了电话。忽然想到了管仲辉,决定打个电话给管仲辉,自己去他家谈谈。马上拨了号,电话接通,对方是管仲辉的副官,却说:"昨天去上海了!"

童霜威有点失望,问:"去什么事?"

"不知道。"

"什么时候回来?"

"也不知道。"

童霜威叹口气,又想起了谢元嵩,想向他了解点情况。拨电话号码打到谢元嵩公馆,谢元嵩也不在家。打电话到监察院,又说他不在。找了另外两个熟识的监察委员,也都不在。童霜威知道谢元嵩是个忙人,既忙于政治,又忙于吃喝嫖赌,扫兴地挂上了电话。他本想再给司法院打个电话问问究竟,也想给几个关系尚算不错的熟人打打电话。但想到自己现在是下了台的失意人,给人一个大惊小怪的印象也不好,就矜持地不愿打了。

他离开电话机,回身走了几步,心里立刻又想到了方丽清,决定马上上楼去把信写完。急急上了楼,走进书房,也不想重写信了,用毛笔在信纸下方批了几句,说:"信写到此,冯村来电话,云今晨淞沪战火已起!既然如此,盼汝速归,万勿延误,以免悬念。余删不尽,企翘以待。"

写完,用桌上糨糊瓶儿里的糨子将信封了,贴上邮票,拿着信走下楼去。心里兀自纷乱不已,有点朦胧,又有一种寂寞感。他决定叫尹二快去邮局发信,心中又想:上海战事已起,不知邮路会断否?走过吃饭间,走到通往厨房的门边,见庄嫂正在厨房门口择菜。他问:"庄嫂,尹二呢?"

庄嫂站起身来,答:"在前边,刚才夏保长来过,说是今天又要防空演习,上边命令全市壮丁在演习时要集合站岗,又说今夜要'灯火管子'!"

童霜威纠正她说:"灯火管制!"

庄嫂说:"对了,不准点灯!"

童霜威说:"庄嫂,告诉你吧!上海打仗了,我们同日本鬼子打起来了!"

想不到,年轻的寡妇倒十分高兴。庄嫂脸上有喜色,说:"真的?那好!那好!打他个稀里哗啦才好!这些天打五雷轰的东洋鬼子!"

童霜威心想:中国人受日本人的气受够了,你这种高兴当然可以理解。我也很兴奋哩!可是你到底太无知识了!你可能想不到战争是什么吧?战争,就是杀人或被人杀呀!眼见得日本飞机来轰炸南京也是可能的了。要不,防空演习、灯火管制有什么意思?……心里想,嘴上并不愿意吓唬庄嫂,将信交给庄嫂说:"快,寄到上海给太太的信,给尹二,叫他去邮局寄快信,马上就去。"

庄嫂在围裙上擦干净了手,点头,接过信来,匆匆绕过平房到前边找尹二去了。

童霜威又寂寞无聊地走回来,再去写书已经毫无兴致了,也不想上楼,只盼冯村早点回来。洋房里显得空荡荡的,四处都无人声。他踱到客厅里,独自无聊地往一张沙发上一坐,心里忽然有一种莫名其妙的兴亡之感。客厅的窗开着,一丝风也没有,蝉声又抑扬起来。"老寿星"刘三保正在门房里轻轻地唱着道情:"老渔翁,一钓竿,靠山崖,傍水间……"嗓子苍老,却还蛮有韵味儿。

童霜威静静地听着,头脑陷入了一种不思想、也不动喜怒哀乐的凝固状态。

一会儿,庄嫂来了,给他端了杯西洋参茶来,说:"尹二刚才说他轮到晚上站岗。我让他寄信去了。"

童霜威烦躁地点头说:"行行行!"

庄嫂走了,童霜威捧着西洋参茶一口一口地喝。他感到心里有火,这茶微微有点清香和甜味,可以清火。正喝着,听到家霆的声音和自行车的车轮在水泥地上驶过的"咝咝"声,知道家霆回来了。家霆放了暑假,每天除了做做功课,也常骑车出去玩。谢元嵩的儿子谢乐天已从上海回来,家霆爱找他去耍。现在,看样子他是刚从外边玩了回来。童霜威走出客厅的门口。家霆刚骑着车经过,脸上淌着汗,身上的白衬衫也汗湿了,叫了一声:"爸爸!"似乎有什么话要说,从车上翻身下来。

"你去哪里的?"童霜威问。

"测量总局门口在试验放烟幕弹,教老百姓预防毒瓦斯,我跟同学去看了演习,真有意思!"

童霜威告诉儿子说:"家霆,知道吗?上海打起来了!"

家霆高兴地说:"早知道了,我还正要告诉你呢!街上许多人都知道了,可兴奋了!早盼着同鬼子打了!这下,狠狠打,报仇雪耻,收复东三省!"他说着,"克"地架好了自行车。

童霜威觉得儿子很有趣,也突然发觉不知从什么时候开始,儿子长大了,也能过问大人的事了。看儿子讲这番话时那种踌躇满志的神态,那种虽然幼稚却信心十足坚定无比的神态,他感到也提起了精神,使他本来因战争的发生而引起的焦虑、不安和烦恼,一下子突然消失了大半。他笑了,带点逗趣地说:"你也去打日本吗?"

"当然!"家霆认真地回答,离开自行车走了过来,"爸爸,我将来长大了,也像小叔那样,上军校!好不好?"他仿佛是来同爸爸讲价钱了。因为他知道:小叔上军校,爸爸曾经是不同意的。

童霜威笑着点头,说:"你还早得很呢!"

"我都是初一的学生了!"

童霜威心里突然产生出一种爱抚,是一种父亲对儿子的爱抚,一种浓烈的骨肉之情。他本来是深爱这个儿子的。自从同方丽清结婚后,对儿子较以前疏远了。儿子对他也较以前疏远了。儿子逐渐大了,每天上学,有自己的同学,有自己的兴趣。而他,有了方丽清,住在楼上,又有自己的政治事业和职务,有自己的交际应酬,更有自己对方丽清的迁就。这样,父子之间,许久以来,简直没有或极少有过谈知心话的机会。他也许久没有陪儿子再出去单独玩过——像那次,到雨花台去喝茶那样地玩过。此时此刻,复杂的感情涌上心间,他想起许多往事。想到了柳苇,从儿子眉眼间的神态,他仿佛又看见那个倔强、美丽而有主见的女性了,仿佛又看见她昂起头用那种带着傲气的眼光在看人。……他心里微微泛起一阵辛酸,用手拍拍儿子的肩膀,爱抚地说:"打仗了!你小,还想不到战争是什么样子,也想不到战争会蔓延成什么样子。但爸爸懂得比你多,也想得比你多!……"他忽然又觉得把这一切都同儿子讲,儿子还太小,不能理解他的复杂心情和感觉,便又止住不说了。

家霆却问:"爸爸,你说,仗打起来,会是什么样子?"

童霜威看着花园上空那炎热而晴朗的蓝天,阳光灿烂,天上有凝固着不动的白云,远处紫金山的峰峦闪着金光。在他脑际浮现出大炮齐鸣、飞机轰炸、军舰开火的情景。西班牙马德里的保卫战,阿比西尼亚对意大利的抗战。……这些他都在新闻影片上看到过。想起这些,仿佛看到战争像一部巨大的吃人机器,人被卷进机器,都被辗碎、压垮。他摇摇头,不想把这一切都让单纯而幼稚的儿子知道,苦笑笑说:"什么样子,现在怎么能猜得到呢?反正,不打不行,打起来了许多可怕的事也许都会来了,只有等着看了。"

儿子似乎不大明白爸爸的话,说:"不抗日要做亡国奴!还是抗日好!打死一个鬼子够本,打死两个赚一个!"这些话是老师在课堂上教给学生的。话当然对,但意味着要付出牺牲,甚至付出无可估量的生命的代价。此时此地,童霜威格外感到和平、安宁的可贵了。他点着头,表示儿子的话说得对。他本来想同儿子再谈下去,蓦然发现冯村的身影在大门口出现了。他打发家霆说:"去吧,去洗洗脸吃点心吧。"见儿子跳跳蹦蹦地进屋去了,他迎着冯村向大门口方向慢慢走去。

刘三保在关门。冯村正朝客厅台阶走过来。

冯村机灵地懂得童霜威的心意,咧嘴笑着说:"秘书长,我特意早点回来的。听说,上海打得不错。说是保安队打,实际正规军都上去了。上海各界人士都兴高采烈誓作后援。"

他急着向童霜威报告好消息。开战打了胜仗的好消息能鼓舞人心、安定人心。

蝉声响亮,来自白杨树梢,也来自清水塘边的大柳树和外边潇湘路两侧的老柳树。

童霜威点头,扭动着雍容大度的身子,向花园里走去。虽然阳光下很热,花园里有树阴,葡萄架、紫藤架下都有避阳光的地方。前边池塘边也有柳阴。屋里太闷气,他心里感情复杂,宁可到花园里散散心谈谈。他一边走一边向陪着他散步的冯村说:"终于打起来了!我是预料到的。从西安事变到今天,八九个月时间,变化太大了。用'急转直下'四个字来形容毫不为过。你看出没有?一切的一切,实际是完全在按照共产党的主意办了,仿佛是被他们牵着鼻子在走。老百姓拥护抗日,而抗日的口号是共产党叫得最响的。只要在抗日这一点上一突破,共产党就更得民心了!"

冯村用手拢拢头发,说:"可是,实际上,国民党一抗日,也同样得到了民心。"

童霜威点着头说:"是呀,老蒋当然也看准了这一点。他岂是傻瓜?他消除异己历来有他的一套做法。管仲辉前些时有一次同我谈话就说过:他认为老蒋一心一意要将杂牌军队吞并干净,要将川军、两广的军队、东北军、西北军、山西阎锡山和山东韩复榘等的军队都搞光。抗日战争一来,就是个大好机会。对付共产党,我看他也会用这么个办法。"

冯村随手摘着冬青树的叶片,说:"秘书长分析得十分高明。管仲辉说的也确有道理。"他这人该说话时,话很多,口才也很好。该有分寸时,一句话也吝啬。

两人走到了水塘边。塘边柳树上蝉声响亮,塘面上浮满了绿色和紫红色的浮萍。西下的太阳光映得柳阴外水面上的浮萍泛出翡翠色,有些四脚的水蚕在浮萍上活动,也有鱼儿在浮萍中翻跳窜游。

童霜威叹口气:"你看这战争会延续多久?"

"难说了!"冯村思索着说,"战争越扩大,越难一下子就结束。中国同日本打,日本希望速战速决。中国却只能跟他拖,拖得他精疲力尽!正如两个体力不同的人打架,强的希望三拳两脚打趴对方,弱的却死死抱住他,拿出韧劲儿用同归于尽的姿态对待。"

绿色的池塘里,有一条银色的鲫鱼"噗"地跳起,溅起了水面一个很大很大的涟漪。水草葳蕤,水灵灵地翠绿,泱泱地绿得叫人看了心里凉爽。

童霜威觉得冯村是有见地的,不禁商量地说:"你知道,我这人好思虑。如今同日本打了,我也兴奋。但我现在只有一个不值钱的国民大会代表的空头衔,没有实职。我现在对政治有点厌倦。不在其位,无法谋其政。日本是想用迅雷不及掩耳的进攻逼迫中国投降,轰炸或者将来进逼首都都有可能。万一出现这种局面,我怎么办?我想找个退路,你看你有什么隆中对策?"

冯村一手折着柳条,下意识地将柳叶一片片摘下来,说:"现在似乎还考虑得过早吧?"

童霜威摇头,说:"防患于未然嘛!江怀南这人,我自认识他以后,就说过:此人绝非池中之物,无论在政界或将来在实业界,总是会得意的。我想,江怀南是安徽南陵县人。他们江三立堂在那里有很多田地房产。南陵在皖南,从南京去不算太远,也还方便。那种地方,什么轰炸等等,是波及不到的。到那里做躲避乱世的隐士,与山水为友著书立说,你觉得如何?"

冯村似乎不想赞同,说:"抗战已经爆发,秘书长应当为这奔走呼号,竭尽全力,去南陵做隐士是否太消极了?"

童霜威叹息道:"岂是我自甘消极?我有力也用不上,奈何?目前,在中央,抢官抢利的人比比皆是。我无派无系不愿去向权贵乞讨,我只有写点东西尽其在我。也许这样才不至于被人视若粪土,弃若敝屣。"说完,又叹一口气。

蝉声飘扬,童霜威细细倾听蝉声,忽然如有解悟,说:"蝉,择阴而处,向明而歌,当夏而不趋炎,居高而不失慎。其声韧韧,经久如一,当其蜕壳展翅之前,蛰居地下,似乎无声无息,实际却是准备有所作为,我倒愿意学学它呢!"

冯村听了,咀嚼着童霜威的话,想说什么,动了动嘴却没有出声,轻轻在心里叹了一口气。

两人默默从池边踱回来。太阳已经快要西下了。蝉声仍然高唱,天气也依然闷热。蝙蝠不知什么时候已经出来,在天空中上下翻飞捕捉蚊蚋吃。

冯村终于慢吞吞地说:"如果真的南京有轰炸了,那您去南陵避一避倒也可以。是否要我同江怀南联系一下,转达您这个意思?"

童霜威点头,他喜欢冯村这种主动和灵活,说:"可以!"又叹口气说:"江怀南其实他那吴江县长倒是下了台的好。吴江离上海不远,战火如果蔓延,他这小小的县官不好当!'塞翁失马,安知非福'!你怎么同他联系呢?"

冯村用手拢了一下头发,说:"打个长途电话给他吧。我想,他是会欢迎也会安排的。"

两人走到洋房客厅门前,童霜威感到心里舒畅些了。同冯村的一番谈话,使他心事有所寄托,心情才舒畅起来。踏上水泥台阶走进客厅,童霜威谈兴未尽,从通往家霆卧室的边门里,看到家霆正趴在桌上做作业。童霜威突然又因为想起柳苇,而想起了柳忠华。他偕冯村在客厅西边的大沙发上坐下,说:"沈钧儒他们七人已经释放了。一般的政治犯恐怕也会继续释放了。柳忠华没有什么动静吧?"

　　他知道冯村同柳忠华也算表兄弟,尽管这是"一表三千里"的那种表亲,冯村平时总流露出对柳忠华有一种同情的,所以想起了柳忠华就随口询问。

　　冯村平静地说:"也许,他会被释放。其实,他太冤枉。他被捕时,所谓证据,不过因为从他那里抄出一些书来。青年人嘛,看点书算什么呢?"

　　童霜威心里被触动了,心上那个因柳苇被枪决而造成的创口疼痛了,目光低沉地问:"他有信给你?"

　　冯村摇摇头:"没有!只是我想,他该被释放才对。"

　　"是啊!"童霜威点头,这么些年,他从来没有这样明朗地表过态。现在,他认为确是可以表这样一个态了。当他点着头这样说时,他心里变得舒服些了。他带感情地说:"也许你知道,我以前也是力不从心啊!我也弄不清他的事。他姐姐的死,你是知道的。那当然是很严重的。我曾经怕牵连到我。当然,并没有牵连。只是后来总是对我有影响,所以重要的职务老是轮不到我呀!那种时候,谁都可以理解。现在,有点不同了。你可以为我转一二百元钱给他零用。如果能让他早日出来,这风险我愿意担!你是否拿我的名片去一趟苏州和吴江?"

　　树上仍传响着单调的蝉声。外边的天色渐渐在暗淡下来。

　　冯村听了童霜威的话,点头说:"可以!我去吴江找一下江怀南,把你去南陵县的事办好。也到一趟苏州,司法界的人有些我熟悉。我想,依柳忠华的情况,目前保释是无问题的。钱,我也带去交给他。"

"你告诉他:我仍常想念着他姐姐,也想着他和他那已经去世的两位老人。也可以告诉他:家霆已经长大了,是初一学生了。如果他出来了,你说,我希望他安分守己。我对得起他,要他也对得起我。"

童霜威话里带着感情,他起了一种变化。冯村还不能确切说出是一种什么变化,却是一种在他看来是好的变化。变化,是随着战争的发生与形势的风云变幻俱来的。他心里欣慰:因为他以前曾向童霜威建议过,是不是设法托人将柳忠华保释出来?童霜威未曾答应。现在,他可以拿着童霜威的名片去做保释柳忠华的事了!他面上虽然平静无波,心里边早已经汹涌澎湃波涛起伏了。

冯村心里喜悦地点头说:"秘书长,这些我都去办!"

第四卷 意马心猿，蛰居流离

（1937年8月—1937年11月）

战争，对于经历过它的人，是想忘记也忘不掉的！想起战争，会使有的人惧怕，会使有的人悲伤，也会使有的人感到自豪。……但未曾经历过战争的人，也许会无动于衷。不管怎么，生活总会迫使人们去思索那些难忘的遭遇，那些关于战争的历史。从中，得到启示。

——摘自创作手记

一

　　从住屋的窗外望去,是一个有假山石的大院。一棵斑驳陆离的老槐树,一架条叶垂挂的紫藤,一些香椿树、石榴树,更有高大的梧桐树。中午时分,一对"白头翁",正翘着尾巴在树上跳来飞去,婉转啼鸣,叫得分外悦耳。

　　带着儿子家霆,来到了安徽南陵县江三立堂,童霜威有一种做梦似的感觉。

　　"八·一三"发生后的第三天,八月十五日,中午时分,日机首次轰炸南京。空袭的威慑力量很可怕。童霜威午睡醒来,忽然听到像防空演习时那样放起警报来。鼓楼那儿的汽笛声像悲惨的老妇拼命嚎叫,拖长着笛声:"呜——"是预备警报。他连忙起床,从楼上窗口向外张望,心想:昨晚刚防空演习过,还实行了灯火管制,难道又是演习?也没接到通知呀!一会儿,忽又听得放紧急警报了,一长三短的声音:"呜——呜——呜——呜——!"童霜威紧张起来,见屋子前边清水塘边上芦苇丛和柳阴下,出现了几个宪兵,戴着钢盔,全副武装,佩着粉红色领章和白底红字"宪兵"标志的袖章,正闪身警戒在隐蔽处。他立刻敏感地意会到:一定是真的空袭来了!

　　他急急忙忙挥着汗从楼上跑下来,经过走廊穿过客厅,从门口走到外边。听到恍恍惚惚的飞机响,看见家霆拿了把气枪已经站在花园中央亭子边仰天张望了。"老寿星"刘三保和庄嫂在家霆身旁不远处,探头探脑有说有讲地手搭凉棚朝天上张望。

童霜威走上前去,说:"走走走,都到竹林里去!"四个人踉跄着一起进了竹林。童霜威抬头看天,摸出万金油来往太阳穴上抹,说:"看来,是真的空袭了!天气晴朗,没有云彩,从天上往下看,清清楚楚,飞机投弹容易准确。"

家霆手里攥着气枪,孩子气地说:"日本飞机来了,我就用气枪打!"

童霜威没有理睬他,忽然发现尹二不在,说:"尹二呢?"

庄嫂解释说:"站岗去了!"又说:"先生,我去拿个凳子来你坐!"

童霜威点头"唔"了一声。庄嫂正要去屋里拿凳子,飞机声轰轰地由远而近像一阵狂飙降临。花园里的一群麻雀"吱吱"地被吓得乱飞乱窜。童霜威马上说:"庄嫂,别走!不要拿了!……"正说着,只听见飞机声更响,机枪声像炒豆子似的"噼噼啪啪"炸耳,间隔着听到有"轰隆""轰隆"的爆炸声。

家霆说:"炸弹!炸弹!"话音未落,只看到天上发生了空战:前边四架草绿色的日本飞机一大三小低飞着,从花园上空擦过。机翼上的太阳徽鲜红刺眼,前边的大飞机是轰炸机,后边的三架小飞机是保护轰炸机的战斗机。相距大约四、五十码,后边另三架草绿色、漆着青天白日徽的战斗机,正用机枪"嗒嗒嗒嗒"追击敌机。前边日机也用机枪还击。飞得低,双方机枪吐着火舌,双方战斗机上戴皮帽风镜的驾驶员都看得清清楚楚。飞机擦过花园上空掀起的声浪和气浪,使从未经历过轰炸和空袭的童霜威和庄嫂、刘三保以及家霆心惊胆战,四个人在竹林树阴下,一下子都趴到地上。吓人的飞机声仍在轰响,刺耳的炸弹爆炸声也从远处陆续传来。十多分钟后,放起了解除警报,汽笛声和缓、轻松。童霜威才松了一口气,从地上爬起来拍掉身上的灰尘。他看着也从地上爬起来了的家霆和两个用人,叹口气说:"这是破天荒第一次!看来,以后敌机来轰炸会是家常便饭了！"

预测没有错。第二天，八月十六日，日机又分四次空袭首都。早晨六点钟起，放第一次紧急警报。上午十点，下午三点和五点，又连续三次放紧急警报。来空袭的都是大型轰炸机，据说被空军和高射炮击落九架。

南京真是不能住下去了。一了解，像管仲辉这样悄悄找安全地点躲避的政界要人不少；谢元嵩带了他的家眷、儿子去上海法租界了；叶秋萍秘密搬到郊区汤山去住了。中央那些显要们都狡兔三窟似的在郊区经营了妥善的防空设备。童霜威离开南京的心更切。但冯村去苏州和吴江未归，他也只有耐心等待。连续两夜，他夜里都在楼下家霆房里带着家霆睡。他告诉家霆："我决定带你到安徽南陵县去，好在现在你放暑假。到南陵就不会有日本飞机轰炸了。"家霆究竟还小，自然无可无不可。

八月十七日，冯村从苏州和吴江风尘仆仆地回来，说："保释柳忠华的事有关方面说还需要从长计议，估计只是时间问题，事情是可以办成的。危害民国治罪法要修正，大批政治犯都要释放。"又说："江怀南最近正忙于协助军队办吴福线的国防工事，不能来南京为秘书长送行。吴江到苏州、常熟、福山一线是一条了不起的防线，轻重机枪掩体星罗棋布，全是钢筋水泥做的，是军委会花了两年半时间派了四个师和几个工兵团构筑的，说它是中国的'齐格菲防线'或'马其诺防线'也不过分。至于去南陵县的事，江怀南热烈欢迎，已经打电报并同时写信去南陵，让他哥哥江聚贤热情接待。"江怀南告诉了冯村从南京到南陵县去的路线，让冯村带了一封信回来交给童霜威。信上写的是：

啸天秘书长我师勋鉴：

暌违尊颜，常有一日三秋之叹。冯秘书大驾来，得知福体清绥阖府邕吉，曷胜欣慰。迩者上海战火高燃，人心惶惶，大局如何,尚祈常赐数行有以教我,俾知进退。怀南祖居南陵,系积善之家,田产颇丰,弟兄手足情笃,并未分家,现由家兄聚贤统筹经营。大旆如能移趾鄙邑,蓬门生辉,怀南与家兄当均不胜雀跃之至。今日已函电并发,通知家兄掸尘扫榻以待光临。南陵虽系皖南小县,鱼米之乡,物产颇丰,且多名胜古迹,环境清幽,际此乱世,实亦桃源福地。舍间一切,可供用享;账房仆役,可供差遣。请勿见外,幸甚幸甚。言不尽意,余请冯秘书面陈。敬颂

暑祉

晚　怀南顿首

民国二十六年八月十六日

江怀南的信在称呼上进一步加了"我师",关系就更亲密了。既然如此,童霜威与冯村商量以后,潇湘路一号交冯村掌管,将二楼全部房间锁上。让冯村赶快打电报告诉方丽清这一计划,怕南陵县小,方丽清住不惯,所以她要留在上海还是到南陵由她自己决定。收拾了随身穿用的衣物和简单行李,当天下午,童霜威带了家霆由冯村陪同,让尹二开"雪佛兰"送到火车站坐火车去芜湖。火车站上,行李箱笼堆积如山,人挤得肩并着肩脸对着脸,一副离乱景象。傍晚,童霜威父子在芜湖下了火车,按照江怀南事先的指点,住在一家叫作"高升栈"的旅店里。是个中等客栈,住的人很杂,响亮的胡琴声,歌女的卖唱声,"哗哗"的麻将声……嘈杂得厉害。旅店老板是个肥头胖脑的大高个儿,他是江怀南家一个账房的兄弟,招待得非常热情:安排了丰盛的晚餐,要留童霜威父子住一天在芜湖玩玩。但芜湖离南京近,日机空袭南京就可能波及芜湖,常放空袭警报。童霜威说:"不住了,走吧走吧!早离早好!"胖老板给包了一条由芜湖到南陵的"夜行船"。"夜行船"是那种江南乌篷船一类的木船,夜里十点多钟启行离芜湖,上船可以睡觉,船夫划上一夜,黎明时就到南陵。

童霜威夜间带家霆上了船,船夫是一对年轻夫妇,女的体态丰腴摇橹,男的神情冷漠撑篙,都穿着草鞋。船上舱前挂盏桅灯,船舱里贴着方形红纸上墨笔写的"福"字。女的扭腰摆臂"吱呀吱呀"摇着橹,男的侧身一闪,船篙一点,溅起一串跳跃的水花,木船飞梭般就滑到了水面上。天,暗下来了,窄小的船舱里可以席地而卧,篾篷下点了一盏如豆的小油灯,摇晃不定。只听得水边蛙声鼓噪。童霜威带着家霆躺在船上,"哗"地推开篾席做的船篷,扑打着蒲扇驱赶蚊子。透过船篷,凝望着黑黝黝散布着无数星星的夜空。有绿莹莹的萤火虫到处纷飞,听着船底潺潺的水声,夹杂着船工夫妇细碎的谈话声和摇橹的"吱吱"声,童霜威心里感到空虚。夜幕下,水上层云密布,远处有隐约的山影,水上间或有小火轮"突突"响着驶过,四周景色诡谲而怪异,听得到有夜鸟扑翅惊鸣。借着波涛泛起的幽幽水光,使船的四周微微有点透明,能看清人的轮廓,能看清那一男一女轮流摇橹划船的雕像似的身影。这人,这景,这船,这水,这黑夜和"咿咿呀呀"的欸乃声,一切都使童霜威感到诗情画意。忽然间,看着已经睡熟了的家霆,联系到周围的意境,虽是夏夜,童霜威纷繁的思绪随着水波起伏,却萌生秋意,想起了《枫桥夜泊》那首诗,不由得低声吟诵起来。吟着吟着,许多往事演电影似的出现在眼前:枫桥镇上一条用青石板砌起的小街,寒山寺上蓝幽幽像面镜子的夜空,一双永远在心上消逝不了的含着傲气的美丽的眼睛,深夜在柳苇家听到过的寒山寺的钟声……

啊,难以忘怀的在黑夜中震响的寒山寺的钟声啊!它缓慢、沉重、悠远,余音袅袅,使人的思绪和心情都随着它进入一种难以名状的幻境中去。

那一夜,盖着薄被嫌冷,后来下起了濛濛细雨,柳苇说过:"啊,听到这钟声,我多希望看到天快亮啊!听到这钟声,我为什么格外感到这浓重的黑夜这么难耐呀?"……

童霜威尽量摆脱往事不想,把思绪拉回到张继的诗句上来。诗句该是怎样解释呢?通常流行的说法是这样的:月亮落下去了,乌鸦在啼叫,江边的枫树和渔家的灯火伴着忧愁的人。但实在也太费解了,乌鸦在日落之后天亮之前是不夜啼的;渔家既然掌灯,"眠"字又如何解释呢?

他想起:那次,他同柳苇曾经讨论过这首诗的解释。柳苇是个有心人,祖居枫桥镇,使她能掌握独有的材料来解释。她说:"早年间古运河支流由西北到东南流经寒山寺前,河上有两座石拱桥,一座叫江村桥,又名乌啼桥;一座叫枫桥。两桥同跨一河,就在寒山寺西面三百米处。但乌啼桥在清朝同治年间毁了。'月落乌啼'说的是月亮向乌啼桥那方向落下去了。"

他问:"'愁眠'呢?怎么解释?"

她答:"运河西岸,对着寒山寺大约两公里远处有两座山,一座叫狮子山,另一座叫孤山,又名'愁眠山'。渔船停泊在江村桥和枫桥两桥下过夜,正好遥望愁眠山。所以说'江枫渔火对愁眠'。而且,这用在诗上,也可以有双关意境。"

他当时叹服了。今天想起来,心里也依然怀着一种油然而生的爱的情意。她的气质、学识与可爱之处,岂是方丽清的庸俗、粗鄙所能比拟的呢?多令人遗憾啊!她后来却毅然离去,有了那样悲惨的下场。……我有悔意,她会后悔吗?不!她是不会后悔的。他知道她在信仰上的狂热。今天,时局的演变,国共又走上合作抗日的道路了,政治犯在释放了!她呢?她已经不在了!

他心头怅惘,听着橹声"吱吱呀呀",潺潺不歇的水声,在冷静的港汊里回响。有不知名的水鸟在芦苇中惊飞夜啼,"豁擦擦"的船头上跳跃着浪花……"夜行船"正在黑夜中前行。男的船工烟袋杆"剥剥"敲着船舵,烟火像一枚通红晃动的草莓。

家霆"呼呼"地睡得正香。童霜威睡不着。青弋江的江水从船舷轻轻擦过，流水被船头劈开，发出"哧哧"的声音。水面漂浮着清凉的气息。有一只小渔船，静悄悄地在下拦江网。夜里还在捕鱼，可以想见生活多么艰难啊！夜空中有流星拖着长长的尾巴下坠。童霜威忽然感到这种意境多么沉重，心情也就变得十分沉重了。

整整一夜，童霜威失眠。第二天清早，橹桨扳动时"咿咿呀呀"，远近水天迷濛，茫茫黑夜过去了，迎来了破晓时刻。"喔喔"的鸡啼声从岸上散碎零落地传来。绿莹莹的水面呈现一片宁静。清新的晨风里，倚江的小城南陵那古老的灰苍苍的房屋，挤压压地呈现在眼前，黑瓦的栉比鳞次的屋顶在晨光中散发着乡村气息。岸边人声喧哗，有几只野狗在汪汪吠叫，"夜行船"靠岸了。

童霜威整整白绸大褂，戴上巴拿马草帽，在江边离开"夜行船"上岸，让挑夫挑了携带的一些箱笼行李从岸边走到街上。鼻里嗅到一股粪土和烟火混在一起的乡村气味。他本想先去到县政府拿名片找县长，让县长陪着到江三立堂找江怀南的哥哥江聚贤，后来又改变了主意：我是悄悄来蛰居的，还是秘而不宣不露形迹的好，既可来去自如，又可以超脱些。不然，在这抗战时期，悄悄躲到这里贻人口舌反而不好。主意打定，决定自己直接到江三立堂去。他带了家霆，打听江三立堂。果然，鼎鼎大名的江三立堂无人不知也无人不晓。童霜威雇了两辆黄包车，和家霆分坐着载了箱笼物件，去到北门大街上的"江三立堂"。

南陵县小得可怜，是那种"公堂打板子，四门听得见"的小县城。低矮的城墙，狭窄的城门洞，从南门到北门或从东门到西门，步行不过十分钟路程。所谓"大街"，是青石板铺的路面，不到一丈五尺宽，两旁有店铺和住房的屋檐，只露了二三尺宽的天空。街边，有些零零落落的露天摊子，卖菜的，卖鲜鱼、河虾的。肉摊上的铁钩挂着猪肉猪肝，卖豆腐的担子上兼卖酱油干子。这偏僻的小县城显得平静，人们都很悠闲。捧水烟袋、捧茶壶的老头儿在树阴下闲谈,年轻的妇女在沿街的堂屋里抱着孩子喂奶。无论是平津的沦陷、北方的战火或上海的抵抗,甚至南京的被炸,在南陵从表面上看都毫无影响。

北门大街是一条平坦的刻满悠长岁月痕迹的石板道,江三立堂就在北门大街上。一大片黑色接垄的屋顶,是那种有两扇黑色大铁门和高墙的高大阴森的大户人家。三级石阶和尺把高门槛的大门口悬挂着"江三立堂"的牌匾。牌匾上有粪污狼藉的燕子窝,柱础墙壁下端都涂染着黯绿青苔。大门口是两只被磨得溜光的上了年代的大石头狮子。正是早上七点钟光景,门口聚集着许多破衣烂鞋的叫花子,在等着给布施。

黄包车夫停下车来,童霜威带家霆下了车。门房里出来一个穿黑洋布衫的中年汉子,脸上有几颗白麻子,太阳穴上贴着黑膏药,手提画眉笼,笼里一只画眉鸟跳来跳去。童霜威从白绸长衫口袋里掏出一张名片递过去。中年汉子一看名片,顿时放下雀笼弯腰打千,笑颜举手让着说:"童老爷来了!我叫老殷!我们家老爷早让在此等候了。请进,请进。"

家霆在一边饶有兴趣地看着江三立堂"布施"。两个当差的家丁,抬出两大托盘铜板来,挨个儿给叫花子发放,大人三枚,小孩二枚。一会儿,一大盘铜板发放光了,又发第二盘。家霆牵着童霜威的手,奇怪地问:"爸爸,这是干什么?"

脸上有白麻子的老殷,正忙着指挥几个下手替童老爷把黄包车上的箱笼行李搬进去,插嘴回答家霆:"小少爷!我们江三立堂夏天每逢单日发铜板,冬天施粥,乐善好施,全县闻名!"

童霜威和家霆跟着老殷跨过门槛,往里边走。走进去,才看到江三立堂可不一般,里边是个大空场地,水泥地面,足足有一亩多地大小,看来是晒谷子用的。近旁,两座三层楼的木建大粮仓,每座有潇湘路一号洋房两个大。走过晒谷场,擦过大粮仓南边一条有冬青环绕的小径,到了中院。忽听蝉声悠扬,原来中院两侧是平房,中间有许多大树,还有花坛。花坛上端是一个气派很大的大厅。大厅两侧有两溜办公室。一间屋子门上挂着"账房间"的牌子。透过明光锃亮的玻璃窗,看到几个账房在拨动算盘珠,"嗒嗒"声不断传来。老殷说:"童老爷,慢点走!我快走几步去禀报东家。"

老殷一溜小跑向上首左面办公室房里跑去。一会儿,一个瘦高个子的中年人,穿白夏布大褂,手摇一把檀香木黑纸折扇,匆匆忙忙跟着老殷走过来了。这人瘦削,两颊颧骨高耸,戴副眼镜,头顶已秃,镶着金牙,门牙有些凸出,一见童霜威马上满面含笑拱手上来,连连作揖,说:"秘书长,怠慢怠慢,舍弟的电报昨天刚到,未知大驾今天光临,未曾远迎,望多恕罪!"

童霜威见他热情,虽见来人相貌同江怀南不像,猜到是江怀南的大哥江聚贤,马上也满面笑容,心里明白:这人不是新派,还不习惯握手,就也拱手说:"是聚贤兄吧?南京遭到敌机轰炸,按怀南的意思来借宝地和府上暂时清净些日子。来得匆忙,太冒昧了!"

江聚贤后边跟着几个穿白纺绸长衫和短衣的账房之类的人物,上来作揖招呼,将童霜威和家霆引过花坛、冬青丛和枣树阴下拥到大厅上。大厅里摆着整堂红木桌椅,挂着副不知什么人写的欧字对联:"东垄荷锄三径菊,西畴税驾一鞭云",中堂挂的是一幅色彩斑斓的大虎,题的是"呼啸山林百兽之王"。江聚贤请童霜威和家霆在上首坐了,问起一路来的情况。不一会儿,送洗脸水打手巾把的、敬茶的、敬烟的、送西瓜的⋯⋯都来了。大厅木梁上装着一面白布做的扇风屏,有滑轮牵引。一个十六七岁的丫头站在门边,用手一下一下地拉拽着那扇风屏。扇风屏像风扇似的送来一阵阵凉风。

童霜威和家霆洗罢脸,吃了西瓜,厨房里已经在大厅上用红木圆桌摆起席来。江聚贤请童霜威和家霆在上首太帅椅上坐了。听着蝉声,童霜威不禁又想起了潇湘路。江聚贤给童霜威介绍两个大账房之类的管家。童霜威点点头,名字也未听清,由他们在下首陪了。江聚贤用壶斟酒,说:"给秘书长接风!这是小地方南陵出名的甜米酒,一名'笑面虎',秘书长请尝尝。"

菜一道一道端上来。家霆对那种用糯米裹着肉圆蒸熟的徽州圆子、炖得红通通烂熟的猪蹄髈和后来端上来的"蝴蝶面"觉得新鲜,吃了不少。南陵离徽州、广德、宣城不远,菜肴已经带有徽州风味了。

吃饭间,童霜威问起江聚贤江三立堂在四乡有多少田地。江聚贤笼笼统统地说:"也不太多,年年秋天,两座粮仓可以收满。"童霜威明白:这种人比较精明,怕露富,有关田产数字不愿多讲,也不再问了,转而问起家眷情况。

江聚贤右手执筷给童霜威和家霆搛菜,右手小拇指上的指甲蓄得有一寸多长扭成了麻花,家霆看了觉得有趣。江聚贤说:"内人身体不好,不能生育,纳了个小妾,迄今也还未曾生育。"说到这里,言下颇多遗憾。

童霜威觉得这又无话可说了,倒是江聚贤十分关心时局,开始询问南京轰炸情况和上海战局,又连声问了一串问题:"这仗要打多久?""粮价会不会看涨?""东洋飞机会不会来炸南陵?""这仗打得胜吗?如果打败了怎么办?""日本有没有秘密武器'死光'?"

童霜威只能敷衍着回答,答得自己也不满意。一餐接风洗尘的酒席吃完。江聚贤摸出蓝瓷鼻烟壶来,嗅着打了几个喷嚏,亲自陪童霜威父子通过一个月亮门走到第三进后院去。

想不到,后院别有洞天。一座厅堂,一带回廊,比前边更宽敞雅静。种了不少梧桐树,还有槐树、石榴和鸡冠、凤仙等花草。一棵老槐树太老了,似乎被雷劈过,树干烧黑的半边缺了枝丫,树身已经空朽。一架紫藤,盘根错节,枝繁叶茂,阳光透过,铺下一地斑驳的阴影。有峥嵘的假山石,也有养着金鱼的大荷花缸。一溜五大间漆着绿漆装着纱窗的上房,两侧各有三大间东房和西房,也都漆着绿漆装着纱窗,房前都有洁净的走廊和台阶。月亮门旁的白粉墙上攀满了绿莹莹的"爬山虎",院子西面砖墙上攀满了茑萝和牵牛的藤蔓,茑萝开着星星似的红花和白花,牵牛开放着紫红色的喇叭花。

江聚贤招呼了一声:"小英,告诉太太,来贵客了!"

右侧的一间上房纱门"呀"地开了,里边走出一个白皮肤穿绿衣的丫头。一头黑发用大红绒头绳一边扎了一个小辫子,眉心还用胭脂点了个小红圆痣,估计就是"小英"了。她引着个病恹恹的中年瘦妇人出来。天热,瘦妇人却穿的是件深茶晶色的旗袍。梳着个发髻,敷的粉遮不住黄脸皮,嘴唇发紫。童霜威敏感地闻到从她屋里带出一股鸦片烟香味来,明白妇人是个抽鸦片的,只见她脸上带笑迎上前来鞠躬万福。

江聚贤连忙介绍。童霜威对家霆说:"快叫婶婶!"

家霆遵命叫了一声:"婶婶!"

妇人马上讨好地夸奖起来:"啊,小少爷长得真是又聪明又是好相貌,真有礼貌!"

江聚贤用折扇指着左右的两间花纸糊壁、铺着青砖地的上房,说:"这两间上房是专为秘书长安排的。一间供作卧室,一间请作书房。"又指指最中间一间宽大的上房,说:"客堂平时空着,秘书长请随便使用。"又用手指指右侧两间上房,说:"一间是贱内的;另一间是小妾金娃娃住的。"

家霆小小年纪,听到这名字差点笑出声来。童霜威一听名字就猜到"金娃娃"是风尘出身。他明白,金娃娃一定现在正在房里,说不定正从玻璃窗里朝外张望客人是什么样子。既是如夫人,看来大太太未必让她现在就露面。所以只是点头,也不说话,由着江聚贤陪着绕过花坛走上台阶和走廊,到安排给自己的房里去看看。妇人看来是个守旧的人,也不再陪,由丫头小英陪伴,又回自己右侧那间房里去了。

江聚贤陪童霜威进两间屋里去看。带来的箱笼行李已经早搬到房里放着了。房里弥漫着一种用蒿艾草熏蚊虫的烟味。书房有桌有椅,一尘不染。只是墙上挂着一只绘着彩色花纹的时钟和几幅彩色的上海英美烟草公司印赠的彩色画:虎牢关三英战吕布,王丞相巧施连环计。一只配着镜子的雕花五斗橱上挂着两串金箔做的金元宝,供着一只香炉,幽幽烧着檀香,都显得俗气。卧室放着一张挂着珠罗纱蚊帐的大铜床,大铜床上全是绣花被、绣花枕头。两盆放在架上的栀子花,正盛开着,发出沁人心脾的香味。此外,是些老式红木家具。透过后窗,看到后花园。后花园不大,种着树木花草,由白粉墙围着,里边有口水井,还有灰砖白墙的厕所。一棵大槐树上,一只喜鹊窠,有花喜鹊在"喳—喳—"喜悦地叫着。

江聚贤听到喜鹊叫,心里高兴,谦恭地说:"喜鹊叫,贵客到!小地方条件太差,招待不周,要请秘书长多多包涵。"穿绿衣用红头绳扎小辫的丫头小英来敬茶。江聚贤"呼噜噜"抽着水烟,说:"以后,就由小英来侍候秘书长和小少爷。有事秘书长差使她就行。"

江聚贤后来有事告辞,留下了童霜威父子。童霜威叹口气对儿子说:"这下,我们要在此地住一段日子了。虽然不是自己的家,比起挨日本飞机轰炸,还是在这里好,安全,又安静!"

家霆没有答话。刚到南陵县才第一天,他已那么想念南京了。想念潇湘路一号,想念鸽子,想念集邮本,(唉!为什么不带来呢?)想念玄武湖、北极阁,想念同学和老师,也想念小叔童军威、冯村、尹二、庄嫂和"老寿星"刘三保。真奇怪,连喜欢手执鸡毛掸子动辄抽打桌子的英文老师刘方叔和爱用板子打学生手心的算术老师、绰号叫"单老板"的单永安老师都想了!……院落里树上响起了单调、刺耳的蝉声,蝉声已经不像在南京潇湘路一号花园里那么多那么响。他想:蝉儿老死的日子已经不远了,秋意不久就要来了吧?

二

半夜里,一片幽暗。桌上那盏捻小了灯芯的煤油灯,发出一星微微的橙黄色的光芒。

打更的刚敲着竹梆打了二更,江聚贤家的大小老婆就开始吵架、打架。虽然她们是压低声音的,吵骂声和砸碎玻璃器皿声以及江聚贤的吆喝声,都是压低声音在进行的。但这些声音却与阶前院子里的"嚯嚯"的蟋蟀叫一起传来,童霜威都听得很清楚。

后院夜间静寂,除了听到秋虫鸣叫,除了打更的老头敲着竹梆走过的脚音,除了听到那只圆脸狸猫偶尔懒洋洋地"喵喵"叫两声外,有时静得连树叶从枝上飘下或夜鸟轻轻在窠里吱叫都听得一清二楚。江聚贤的大小老婆一直吵闹到鸡叫头遍才停歇,童霜威一直没睡好。这些,家霆熟睡着,一点不知道,童霜威却半夜常常失眠,能听得声声入耳。而到天明时分,江聚贤大老婆念经的木鱼声就又清晰传来。"笃笃笃笃"一下一下都打在点子上,吵得童霜威心烦意乱非起来不可了。

江聚贤的大小老婆常是为争夺江聚贤到自己房里睡觉闹起来的。有时大老婆到小老婆房里闹,有时小老婆到大老婆房里吵。小老婆"金娃娃"长得雪白粉嫩,像面捏成似的,据说是江聚贤花了一千多元从芜湖堂子里给她赎身娶来的。"金娃娃"是她在芜湖时,用成串的红字白灯泡高悬在堂子门口做招牌时用的名字。那时,不但芜湖,连合肥、安庆一带常跑这种地方的达官商人都知道这个"金娃娃"。

她小巧玲珑,秀丽的白里透红的脸上薄施脂粉,两只黑亮灵活长睫毛的眸子有股魅力,红润的嘴唇笑起来特别迷人。她梳发髻,热天时,髻上插满喷香的茉莉花,远远走来就带来一股香味。看样子,江聚贤喜欢如夫人,大太太偏不放松,事事都要监督。"金娃娃"又倚宠不买账,争吵自然不可避免。江聚贤虽然有心计也有手腕,还是一筹莫展。

童霜威觉得,八月中旬刚来江三立堂的头二十多天里,江聚贤的大小老婆似乎从没有发生过龃龉。可是近一个月里,争吵越来越频繁了。童霜威明白:刚来的那头二十多天里,并不是她们无可争吵,是因为贵客刚来,她们不敢争吵。住的时间长了,大小老婆间的矛盾终于忍无可忍爆发了。吵开了头,顾虑就越来越少。今夜的吵闹,声音又在向高处发展。尤其是"金娃娃",一口道地的芜湖腔,已经清脆得字字都叫人能听清了。童霜威被她们吵得心烦,联想起方丽清的吵闹。两种吵闹不一样,同样使人在生活上产生烦恼。

方丽清在上海法租界上住着,来信说她要到南陵来,却又没有来,也不说什么时候来。离开了她,童霜威有时也思念。但想起她的爱吵爱闹,又感到不在身边倒也有清净的好处。

现在是十月初了。来南陵瞬忽已经一个月零二十多天了!"著书立说",童霜威是意兴索然,来此后简直一字未写,每天只是等着报纸看,等着南京、上海来信,想得到些消息。这种皖南的小县份,实在是太闭塞了!人住在这里,像蹲在一池死水中。每天,只能闲逛闲聊,或是吃吃喝喝,下下围棋。

南陵的所谓"名胜",实际不过是一个"二乔墓":黄土一塚,石碑一块,一些老树,一些荒草。想起《三国演义》上对二乔和孙策、周瑜的描述,想起苏东坡《念奴娇》中的"小乔初嫁了"的词句,想起唐代诗人"铜雀春深锁二乔"的诗句,是会使人心向往之的。可惜闻名不如见面,一见那也许纯属伪造或虚构的"二乔墓"那种荒凉模样,也就一点兴趣也没有了。另外,有个周瑜的"点将台",也仅仅是块荒凉的土坡;离得远远的黄盖墓,在青弋江边"黄墓渡"附近,人说根本不值得去看,他也就兴尽不去了。

　　住在江三立堂后院里,有点像是幽禁。每天,童霜威总带着家霆出去闲逛。踩着鹅卵石垫路面的大街小巷,嗅着那些黑屋脊上小烟囱冒出的柴烟,脚步声惊吓得啄食的鸡群像爆炸一样四处飞。有时在清净点的馆店里吃早点,不外是米粉蒸糕、排骨面条之类,并无特色。然后,就是早晚的散步,县城小得可怜,洋货店、烟纸店也小得可怜。想买盒牙签买盒好的香烟也没有。倒是县政府旁有户人家养着些鸽子,经常放飞。家霆爱停步看上片刻。看到鸽子飞时,总想起潇湘路的鸽子,由此也就引起一连串对南京的怀念。

　　在城内散步厌烦了,童霜威带着儿子就走出北门向乡下走。到小河边上看看那些颇有风韵的洗衣女人,看她们用木头棒槌在河边青石板上捶洗衣服。或者,到野外小树林或田埂边,听听秋虫鸣叫,让家霆逮些蟋蟀回来喂养。这自然总是很单调很寂寞的散步,除了农舍、丛树,除了看乌鸦绕树、蝙蝠飞舞,并没有什么新鲜事物可看。

　　冯村每隔十天光景来一封信:信上说起褚之班不知走谁的门路,居然到安庆地方法院去当院长了!信上也提到潇湘路两家邻居的信息:管仲辉忽然又到了大本营担任高级幕僚,似乎突然又相当得意,但家眷留在上海租界,他本人已不常住潇湘路,为便利办公,住到陵园附近去了。叶秋萍一直在郊外居住,家眷因为轰炸已迁往武汉租界居住。冯村信上更说:传闻共党代表周恩来、朱德等曾到南京参加国防会议,划定作战地区。

　　南陵县消息闭塞,南京的《中央日报》每每要隔三四天或四五天才能送到,新闻也成了旧闻。上海战事仍在激烈进行,呈胶着状态。敌机对南京的轰炸仍在继续,战争的结束似乎还遥遥无期,天天都在死人。这是一场不宣之战,中国和日本都未宣战,似乎是想为和平留下一线生机?时局究竟如何发展?谁也估摸不透。回南京总不是办法,也只好在南陵县继续住下去。想到这些,童霜威心里就说不出的气闷。

夜里睡得不好,早上起来,童霜威头里昏沉沉地很不舒服。带着家霆吃了丫头小英端来的早点:豆腐浆泡豆腐皮,油酥烧饼外加煎荷包蛋。吃完,刚想出去散步,王汉亭来了。

王汉亭,是童霜威在南陵新结识的熟人。童霜威来南陵后,严格遵守一条戒律:不愿向外宣扬,只愿隐姓埋名在此悄悄住上一段时日。可是,人总不能没有朋友,也不能只有江聚贤这种只会谈粮食、谈租税、谈田地房产的朋友。江聚贤不是笨蛋,自然也知道童霜威寂寞。来后不久,有一天,江聚贤递过一张空白无官衔的名片给童霜威,告诉他:这地方,去年新回来一个少将,本地出的军界人士官儿数他最大。早年在北方当兵,后来爬上师长宝座,可是行伍出身,不是黄埔嫡系,也无资历,最后落得个队伍被整编、自己被裁减。大老婆被他遗弃,他被裁撤后小老婆卷逃跑了,他就独自解甲归田回到家乡来了。江聚贤说:"此人名叫王汉亭,虽然行伍出身,阅历广,见过世面,又会下得一手好围棋。他想来拜望秘书长,秘书长认为合适,我就找他来,陪你聊聊,也陪你下下围棋。"

童霜威同他一谈,虽然此人气质粗鄙,见解也并不高明,在这样的小县城却还属可以降格谈心的人。王汉亭又常能带些内幕消息来,比如陈独秀已经减刑出狱,英国驻华大使许阁森在由南京乘汽车到上海时,受日机袭击负了重伤已经痊愈。南京警备司令部逮获重要汉奸黄濬执行枪决。这黄濬四十六岁,闽侯人,是行政院秘书,与他儿子黄晟一起向日本出卖情报,泄漏了军事会议的秘密。本说要在江阴封锁长江,将日本军舰一起拦截住,黄濬父子将情报卖给了日本,日舰一夜之间都逃跑了。……听王汉亭说说内幕消息,不管真假,总很有趣。又加他能作棋友,一盘棋杀上两个小时,倒也消磨不少时光,排遣不少寂寞。平日,多数是他到江三立堂来,有时,童霜威也去。王汉亭解甲归来以后,本来无家。因为打牌,结识了本地王三槐堂家的一个四十多岁的遗孀。认了本家以后,不久两人就以叔嫂称呼相好起来。王氏遗孀一个独子已经长大在南京上大学。她用出租房屋的名义,将自己院子里的一溜东房"租"给王汉亭住。王汉亭搬去后,日夜陪着王氏遗孀打牌喝酒。外边人都知道这中间奥妙,可是无人干涉。王氏族人有想干涉的,知道这个"少将"脾气火爆,早年当营、团长时是有名的"不怕死",当师长时,亲自枪毙过临阵脱逃的十二名士兵,没谁敢去老虎屁股上拔毛。

王汉亭在南陵赋闲,结识了王氏富孀手面就阔绰起来了,衣着也很华丽,俨然是地方士绅中的头面人物。认识了童霜威,他自然高兴,不时在家里摆酒设宴,邀请童霜威小酌。王氏寡妇烧得一手好菜,像烩猪脑、炸虾球、滑熘鱼片、冬瓜盅等这些菜都很吸引童霜威。童霜威虽不嗜酒,来到南陵后心里苦闷,偶尔也免不了喝上半小盅逢场作戏。

今天,王汉亭穿了一件浆洗得极硬的灰团花绸长衫,手执一把九华山描金黑扇,一早跑来,童霜威估计他准是又备下了好酒好菜邀去吃饭的。倒没有猜错,王汉亭一来,掏出一包强盗牌香烟来抽,说:"秘书长,中午请到舍间小酌。"家霆仍在卧室里吃早点,童霜威请王汉亭到书房里坐。王汉亭接着说:"今天我找了个陪客,请秘书长一定赏光。"

江聚贤大太太的木鱼声正"笃笃笃笃"传来,她念的是"南无(笃)观世(笃)音(笃)菩萨(笃)",一遍,又一遍……

童霜威在上首红木太师椅上坐下,用牙签剔牙,惊讶地问:"谁呀?"

院子里,丫头小英左手拿着畚箕,右手正在用扫帚扫树下的落叶,发出"哗哗"的声音。

王汉亭笑涎着脸说:"秘书长来后,秘而不宣,实际上你是一棵撑天大树,怎么能不引人注目?怎么能守得住秘密?天下哪有不透风的窗户?本地的父母官朱县长,打听到了,他很惶恐,觉得自己失职!秘书长是大人物,来到小地方,他既未过来请安,又未关心起居冷暖,内疚得很。找到我,要我先来作说客。他怕贸然来看望,太失礼。如果秘书长赏脸,他马上趋前拜谒。我就决定邀他作个陪客。"他"呼"的一声,吐了一口浓痰,身旁放着铜痰盂,不往铜痰盂里吐,却将浓痰吐在青砖地上。

童霜威皱皱眉,倒不仅是见王汉亭随地乱吐痰,实在是因为不愿意在此隐居被人知晓。但事已如此,听王汉亭的一番话倒还入耳,加上这县长倒也似乎有一片诚心,就又释然于怀了,松开眉头,说:"呵呵呵,行啊行啊!我本来是怕惊动各界,不太合适,既然他知道了,见见也可以嘛。"

王汉亭抽着烟,哈哈一笑,说:"秘书长,实不相瞒,其实,朱县长已经来了,在前边等候呢!我去叫他,马上就来!"

木鱼声仍在"笃笃笃笃"地敲。

童霜威也哈哈笑了,说:"啊呀,刚才何不一同进来呢?"他起身叫了一声在扫地的丫头:"小英!"说:"快去前边,请朱县长来这里客厅坐,等会儿客人来了要泡茶。"

小英"唔"了一声,伶俐地转身到前边去请客人了。童霜威和王汉亭都慢悠悠地站起身来。

童霜威风趣地说:"走,我们接一接父母官吧!"

走廊上充溢着浓烈的鸦片烟香。鸦片味童霜威每天要闻好几阵,每阵总得有半小时至一小时,都是从走廊那头的卧室里传来的。江聚贤的大太太和如夫人金娃娃都吸鸦片。大太太敲敲木鱼念佛,停一阵就要吸一阵烟。

王汉亭用鼻子嗅了一下,说:"好香,烟土不孬!"

两人刚走出房间步下台阶,穿过紫藤架,走到麻雀"吱啾"的院中,看见穿蓝花布短衫的丫头小英在前边跑来。后边,江聚贤恭敬地陪带着一个穿灰中山装手拄"司的克"的中年人走来。中年人剃的平头,白净微胖的脸,一对精明的小眼睛,一看就是办党务的人的模样。远远见到童霜威,江聚贤用手一指,他立刻九十度鞠躬叫了起来:"啊,秘书长,鄙姓朱,朱大同,撇末朱,'以建民国,以进大同'的'大同'。鄙人来得太迟了!太迟了!"说着,走前几步,双手递过一张布纹纸名片,抢上前来同童霜威热烈握手。

童霜威笑着同他握手,手被他捏得生疼,说着戏言:"你消息灵通得很哪!"

王汉亭、江聚贤也在一边帮着笑。四人笑着上了台阶进入客厅。鸦片烟香冉冉传来。童霜威闻着皱了皱眉,心想:新生活运动,禁吸鸦片。我在会见县长,这儿却在抽鸦片,不是故意给这县长出难题令他难堪吗!看看王汉亭、江聚贤连同朱大同都似乎嗅而不闻,若无其事,也只得若无其事,坐着微笑。

小丫头小英忙着赶走睡在红木太师椅上的一只狸猫,端茶送烟。

朱大同说他不会吸烟,其实是他见童霜威不吸烟,怕童霜威不喜欢吸烟的人,所以表示自己无嗜好也不抽烟。他恭恭谨谨地说:"鄙职想先把本县关于抗战的情况向童秘书长报告一下。"

童霜威闻着鸦片香,心想:我又不是钦差大臣来视察工作的,我的官职早卸除了,谁想听你说些冠冕堂皇的嘴上文章呢?又不能不听,有意捧场地说:"我来贵县一个月零二十天了,贵县的情况已经略知一二。你这父母官的政绩是有口皆碑的嘛,你简单讲讲吧!"

朱大同听了一番颂扬话,受宠若惊站起一鞠躬,说:"过奖!过奖!秘书长过奖!鄙职简单谈谈。"

江聚贤捧着水烟袋,讨好朱大同而又炫耀自己地说:"县长,我常给秘书长讲,你这县长,是百里挑一的。自你来后,我们南陵县田赋、税收各项工作俱是上乘。"

王汉亭也连连点头,在一边捧起盖碗茶杯来,吹气拂去茶叶喝了一口。

朱大同也没答理他。他在童霜威面前卑躬屈膝,在江聚贤面前还有八分矜持。他背书似的说:"南陵虽是个小县,同举国上下一样,都是热烈拥护蒋委员长抗战的。蒋委员长功在党国,领导抗战,深得人心。从'八·一三'上海抗战开始,我们在民众教育馆举办过国民救亡歌咏大会,教唱了《保卫卢沟桥》和《打回老家去》等歌曲。全县树立了救国漫画四巨幅,还涂写了'抗战到底'等大标语三十条。"

童霜威想:怎么我天天散步,既没听到人唱歌,也没看到漫画、标语呀?不好多问,继续闻着鸦片香,静静听着。

朱大同如数家珍:"为保卫抗战,实行新生活运动,禁烟禁娼,也有成效。"

江聚贤大太太的木鱼声"笃笃笃笃"又敲响了,大约抽了鸦片后,精神充沛,木鱼敲得十分起劲。

童霜威鼻子里仍闻到鸦片烟香,心里想:这个县长真是睁着眼说瞎话,不怕脸红!又想:唉,鸦片烟味怎么还不散呢?准是"金娃娃"在抽,也忒放肆了。

朱大同报了一串禁烟禁娼的数字后,又说:"县里防范汉奸活动,也有成绩。最近要枪毙两个汉奸。这两个汉奸,都受日本收买,化装乞丐,来刺探军政消息。案情已经审明,供认不讳,将处以极刑!"

王汉亭突然插言:"这种事要慎重,别搞冤枉了。小小的南陵县,穷得出奇,送给人家日本恐怕人家也不稀罕。既无军事要塞,也无防御工事,目前更无重兵,人家刺探个屁!"

朱大同正颜厉色地摇头说:"哦哦,汉亭兄有所不知。两个汉奸是我亲自审理的,毫不冤枉。日本人的厉害,就是让你全中国不管前方后方,不管重不重要,什么消息他都要掌握,真可谓做到事无巨细都洞若观火。比如我们南陵县没有军事要塞,也没有防御工事,目前也无重兵,这就是情报。这些情况鬼子都要知道,知道了他那飞机就不必向这儿来丢炸弹了。"

王汉亭喷一口烟,哈哈笑着说:"对对对,这种情报和机密最好多送点给日本人,使日本飞机不来轰炸岂不更好!"

大家都一阵哈哈,笑得酸溜溜的,遮住了那从旁边大太太房里传来的念经木鱼声。童霜威用鼻子再嗅嗅,鸦片香味也渐渐淡了。

朱大同又说:"近来,正在准备为接纳伤兵作点准备,这是未雨绸缪的事。仗打下去,伤兵势必增多。现在,芜湖等地已有许多伤兵送到,伤兵纪律不好,杂牌军的伤兵打架斗殴,扰乱公共场所,调戏妇女,什么坏事都有。这事如何办,还待商议。"

童霜威敷衍了一句:"你想得很周到啊!"

朱大同兴致勃勃,说:"是啊,不但如此,对于共党借机宣传赤化问题,鄙职也是注意警惕防范的。最近,有些东北流亡的男女学生,用什么'服务团'的名义出现在南陵县街口,唱救亡歌曲,在城门口贴红绿标语,借了茶馆店的板凳站在上面发表慷慨激昂的演说。我怀疑内中定有共党!总之,气味不对,论调也不对,高叫什么'我们的弱点是全国人民动员未真正开始'!又说什么'民众训练未充分准备',更说什么'汉奸活动深入各阶层,未完全肃清'!

要到处在粉墙上写标语。"

王汉亭换了一支强盗牌香烟,骂了一句:"混蛋!"

朱大同杀气腾腾说:"是呀,放在以前,早将他们抓起来了!现在,形势不行,不能抓!可是我也不能让他们把水搅浑。派军警将他们护送走了。我说:我这儿的粉墙上不能由你们乱画,出了南陵县境,你爱怎么我管不着。在我管辖区里,容不得这种宣传。"

江聚贤抽着水烟袋,插嘴点头:"对,对!"

王汉亭也赞赏地伸出大拇指,说:"大同兄做得好,有魄力,有见地!"

童霜威突然又想到了前些年大批屠杀进步青年的事,忍不住说:"东北流亡学生有家乡沦亡之痛,激进一点是可能的。你刚才引用他们的话,其实也不无道理。抓,不行。不要动辄就给年轻人戴上红帽子!他们要进行抗日宣传,是可以的嘛!总理遗嘱上说要'唤起民众',宣传才能'唤起民众'呢!"

朱大同奉承地笑着点头,转变腔调说:"是是是,对对对,秘书长说得对。其实,我也没难为他们,还是客客气气送他们走的。"

江聚贤见朱大同说"对对对",也连连点头。

王汉亭见童霜威这样说,一边点头,一边岔转话题提醒说:"大同兄,你的公事就谈到这里吧,秘书长也累了,我们谈谈别的,或者干脆到舍间去小酌吧!聚贤兄也一同去。"

朱大同言犹未尽地点头,忙笑着说:"对对对,秘书长是该休息休息了。"

不知什么时候,江聚贤的大太太念经敲木鱼的声音已经停歇了。

江聚贤说:"本来小弟理该奉陪。但正是收租大忙。现在佃户们一年比一年狡猾,欠租的多,横不讲理的多。中日战争发生,人心也不定,更影响收租。为这事,我先一会儿正同朱县长在说,有些刁滑佃户,最后只有请县长帮助整治,以维法纪,以正人心。"

王汉亭见他说的话跑了题,说:"大同兄是自己人,当然没有问题。聚贤兄,你既然忙,小弟就改日再相邀了。这样,秘书长、大同兄,我们走吧。"

四人一起走出客厅。江聚贤陪着走下台阶送他们三人到前院去。

宽敞的前院里,阳光下的缴租收租情景洋洋大观。挑担的、推小车来缴租的佃户,有的赤脚,有的穿着草鞋,脸上油光光地出汗,光脊梁披着湿毛巾在乱石道上走着,大多都戴着破草帽。账房前,院子里摆着桌子。边上是两杆挂着的大秤,几只大斗。在秤、斗前排成的交租佃户的两条长蛇阵,各绕了三个弯弯,然后穿出大门外去。大秤、大斗旁的桌子,坐着打算盘记账的账房先生。两个账房都已年老,戴着白铜老花眼镜。算盘声"噼噼啪啪",清脆尖利。过了秤的稻谷由佃户自己挑着大箩筐,由粮仓的木梯绕上三楼倾倒进粮仓。挑箩上楼和挑着空箩下楼的队伍,又是一人跟一人列成了长蛇阵。

王汉亭响亮地擤鼻涕吐痰,说:"聚贤兄,你们江三立堂真像个聚宝盆呀!周围几百里以内的黄灿灿的谷子,都像金山一样聚到这里来了!"

童霜威对这样的收租场景也前所未见,心想:怪不得刚来时见他家上上下下从账房到催租的足足有百把人,心里还奇怪开支该多大,用得着这么多人吗?又见他家每逢单日布施铜板,也觉得日积月累所赀不赀。现在看了收租的情景,才知道财源茂盛,根本不在乎九牛一毛那点开支!心里想着,口里不禁赞叹地说:"聚贤兄真是'西畴税驾一鞭云'了!我看到这两座大粮仓,就觉得经营有方。你看,这上上下下和过秤过斗的阵势,多像古代的兵阵,井井有条而又流动有序。"说到这里却又想起前两年江南一带不断发生过农民抗租的事。眼面前那些赤膊赤脚来缴租的佃户,多数面黄肌瘦,不禁使他想起一首旧诗来了:"老农锄水子收禾,老妇攀机女织梭;苗绢已成空对喜,纳官还主外无多。"①心上吟着诗,产生了一种复杂的感情,不想再多说什么了。

县长朱大同谄媚地点头,说:"是啊是啊!"他见童霜威对江聚贤亲热,也亲热地对江聚贤说:"聚贤兄,你先前谈的事,改日请到舍间来好好谈谈,晚上来就行。"

江聚贤是多么精明的人,注意到朱大同说的"晚上来"的意思,连声说:"好好,好好!"

想来偷吃谷子的麻雀,十只八只一群地在屋上、树上、院里飞来蹿去,间或翩然落地衔上一颗谷子,"吱"的一声就又飞走了。

靠西边排着长队过秤过斗的地方突然发生争吵了。一个瘦削的、穿着破烂衣衫的佃户,约摸四、五十岁光景,同掌秤的闹了起来。看得出是那瘦削的种田人嫌掌秤的少算了分量,大秤的秤尾翘得太高,但他立刻被那脸上有白麻子的老殷和两个家丁推搡到一边去了。争吵声仍在响,童霜威这时看到家霆了,家霆正在东边称谷子的大秤旁,看着掌秤的,也看着那个被推搡走了的佃户。他看得那么专心,皱了眉,圆睁着眼,脸上愤愤不平。

童霜威从儿子的表情上能猜得到儿子心里想些什么,有些什么感受。前些日子,江三立堂的一个老账房说是愿意教家霆念《幼学琼林读本》。他学了两天,死也不肯去跟老头子学了,说:"乱七八糟的,什么意思!我要读自己的课本。"童霜威只得由他,不去算了。儿子前几天对他说过:"爸爸,我听到有的佃户在骂江聚贤,说江三立堂对佃户凶狠毒辣,说江聚贤断子绝孙!"又说:"爸爸,你知道不?前院有间房,里边关着佃户!谁欠了租,就抓来关着不让回家。"……童霜威高叫了一声:"家霆!"家霆没有听见,没有回答。

---

① 这是宋朝华岳的绝句《田家三首》中的一首诗。

江聚贤做着手势,叫边上一个家丁过来,高声指使他:"快去,把童家小少爷请来。秘书长要带他出去吃饭!"

家丁快步跑去叫家霆。正在这时,忽然听到天上飞机响。在这皖南的小县城里,平时是绝少见过有这么大的飞机声响起在耳边的。一听声音,就判别出不是一架飞机,是几架。经历过南京的"八·一五"轰炸后,童霜威一听飞机声像打鼓"嗵嗵——嗵嗵——嗵嗵",心里明白是日本飞机,哼了一声对身边的朱大同、王汉亭和江聚贤说:"哟!敌机!"

果然,在天上视线触及处,首先看到的是一群被惊得飞起来的鸽子,或许就是县政府附近那户人家喂养的鸽子吧?接着,看到三架漆着鲜红太阳徽的日本飞机,在晴朗蔚蓝的天空中飞过来了。飞得不高,离地面至多一千多米,轰隆隆掠过头顶。飞机像卷起一阵狂飙,使人惊心动魄,向北飞去了。

正在收谷缴租的大院里,引起了一阵纷乱。麻雀乱飞,人们拥挤着抬头观看,又叽叽咕咕谈论着飞机的出现。

朱大同在童霜威身边,面上难堪,解释说:"秘书长受惊了!鄙县的警报设备正在办理,准备在南北两个城门上设置警报钟。敌机出现马上就打钟。这是日本飞机第一次在南陵出现。以后要是再出现,就会打钟报警了。"

飞机过去了。大场院里又恢复正常缴租收租。江聚贤捧着水烟袋看敌机过去,触动心事,不禁自言自语,说:"就怕将来狂轰滥炸呀!我这两座大粮仓……"

王汉亭将烟蒂甩到地上,朝地上吐口浓痰,说:"聚贤兄,我劝你,还是多要现钞,少留谷子。谷子迟早要大跌价。中国是打不过日本的!日本人打了胜仗,万一打过来了,谁要这么多带不走搬不动的谷子?……"

江聚贤听得心里七上八下,连连皱眉。

童霜威听得不顺耳,显得有点不耐烦,朱大同装作没听见,说:"汉亭兄,我看,我们走吧!到府上去吧!"他对着早已跑过来站在童霜威身边的家霆说:"走走走,世兄一起去!"

家霆摇头说:"我不去!"他脸上露出嫌恶王汉亭的表情。童霜威明白:儿子虽然小,却是个整天唱抗日歌曲坚决主张抗日的初中学生,刚才王汉亭的话他不爱听。

王汉亭没有感觉到这一点,在边上助兴,殷勤地说:"家霆,走走走,我那里有好吃的!"

家霆却对着自己的爸爸说:"爸爸,你也不要去!"他突然拽拽爸爸的手,靠着爸爸的右耳轻轻说:"爸爸,我们还是回南京吧,不住在这个鬼地方了!我讨厌这些人!"

童霜威没有回答,心里想得很多。他觉得儿子倒是挺可爱的。虽然儿子不免天真,却懂道理。他本来对到王汉亭家去吃吃谈谈,觉得多少可以消遣解闷。刹那间,那种心情丧失了!偏僻的小小的南陵县,不是什么理想的桃源,眼面前一伙人,从江聚贤到王汉亭,从王汉亭到朱大同,都庸俗、猥琐,甚至在王汉亭身上有一种坏的气味。这种气味,儿子家霆反倒似乎比他先感觉到了。

他被王汉亭、朱大同殷勤地簇拥着走了。他性格上就是有这样的毛病:有点正直,有点正义感,有爱国的感情,可是又掺杂了世故和圆滑,这就常常违心地迁就。每当这种时候,他的心情是晦涩、阴暗的。

三

十月上旬,方丽清带着金娣,终于由上海到了南京,在南京住了几天,十月中旬又从南京经过芜湖来到了南陵县。

她从上海出发那天,一早,坐火车到南京。临走时,姆妈和两个哥哥送她到上海火车北站。

姆妈不断地用手绢拭眼泪,对她说:"我放是放你去了,这颗心却是放不下的。这一路,多危险。我只有求菩萨多保佑,天天在家里给你烧香叩头。你到了那边,快点来信。"

大哥方雨荪说:"妹妹,你去是对的,嫁夫随夫嘛!现在政界的要人有几个是正经的?你要是不去,老是不在啸天身边,万一他在外边胡调,欢喜了别的女人,或者干脆弄了个二房,就不好了。所以我是赞成你去的。"

小哥方立荪是参加青红帮的人,拜在杜月笙手下做门徒,在上海白相人和巡捕房里都吃得开。先叮嘱金娣:"你是陪嫁丫头,好好侍候小姐!要是不识相不听话,小心收你的骨头,卖你到咸肉庄①上去!"又对方丽清说:"妹妹,这个仗,看来是要打下去了!我看,打是打不过东洋人的,物价也还要看涨!我们在上海租界上住着,做生意照样可以赚钞票。你倒不如劝妹夫也到上海来。有他出面给我们拉拉关系,做起生意来,赚了钞票分红我们可以带他一股。他犯不着躲到什么皖南的小县城里去。不过他这人脑筋死得很,我看你也做不了他的主。这点你自己要拿点颜色出来,要叫他怕你!你说一他不敢说二!从来发财的大好佬多数怕老婆,你要管得他跟着你团团转!"

老太听儿子这么说,连连点头:"是啊,你又没有生育,他那个小赤佬儿子对你是不会贴心的。你对姑爷要凶些,有些男人顶下贱,请酒不吃爱吃罚酒,就怕女人一哭二饿三上吊!你不能让他,要把他的钞票和他的心都抓在手心里,叫他服服帖帖!"

方丽清连连点头,也连连淌眼泪。姆妈和两个阿哥真是对自己再关心也没有。北火车站已经遭过轰炸,虽然拥挤着人,仍显得

---

① 咸肉庄:上海的低等妓院。

景象凄凉。方丽清只舍得买了二等车票。上火车时,金娣一个人拿不完所有的东西,"红帽子"替她把带的箱子和藤包等搬进了车厢。有些学生模样的人来为慰劳前方抗日将士募捐,方丽清先是想转过脸避开,但一个女学生上来了,方丽清见人家都在大把掏钱,也只好捐了一只两角小洋的银角子。

方丽清带金娣对号坐定以后,马上叫金娣给她搥背、搥腿,她自己含着"采芝村"的粽子糖倒也悠闲自在。火车启行,"轰隆轰隆""喊喀喊喀",过了昆山,车厢里挤进来了不少难民。难民买的是三等车票,拥进了二等车厢,就同原来二等车厢里的乘客发生了争吵,吵得天翻地覆。车厢里秩序混乱,空气浑浊。方丽清嫌汗臭,掏出手绢捂着鼻子,后悔没有买头等车票。车子离开嘉定继续开行,她觉得自己的魂灵还留在上海,头脑里还老是像在家里同姆妈一起听无线电里播唱申曲《哭妙根笃爷》,同姆妈一起在先施公司和永安公司买衣料和化妆品,同两个阿哥坐了汽车在南京路和霞飞路上兜风。

火车老牛破车,在十点多钟才到苏州,像条死蛇一样停住不动了。月台上,有叫卖罐头瓜子和松子糖、糖渍杨梅的。方丽清买了两罐瓜子,打开一罐独自嗑起来,仍旧叫金娣给她搥腿。谁知,一会儿放起警报来了。先是空袭警报,忽然又放起紧急警报来了。紧急警报声就像一个泼妇拉开嗓门拼命在嘶叫。听到这种刺耳的声音,叫人心里发急,身上发麻。见旅客们纷纷下车逃警报躲避飞机,方丽清对金娣说:"金娣,快把箱子和藤包拿了,下车去!"

金娣年岁小,力气也小,好不容易从高高的行李架上将箱子和藤包拿了下来,还有大大小小好几个包和盒子没法拿。方丽清气得连连跺脚,瞪着眼骂:"死鬼!杀千刀!你白吃饭?这么些东西不拿,我问你怎么办?要是掉了我要你的命!"

金娣身材小巧,巴不得自己有四只手,也巴不得自己个儿长高力气变大,能多拿多背点东西。可惜不行,一只皮箱一只藤包已经够她背和提的了。她勾着腰又急又累,满头冒汗。方丽清只好自己也动手提了一些大包小盒的,留了一些实在没法拿的物件和东西在车厢行李架上。两人在纷乱的人流中拖泥带水地走下车去,上了站台,向站外跑。

车外,秋日的阳光灿烂。蓝天一碧,万里无云。天上响起了轰轰的飞机声,出站的人四散奔跑。有老百姓,也有背大刀的兵士。一些糖食店、烟纸店都急急上了排门。飞机声越近,人们的秩序越乱。一个四十来岁的女人挽着一篮子红蛋,准是生了孩子分送亲友的喜蛋,她奔跑时摔了一跤,染红了皮壳的鸡蛋滚得满街都是。

方丽清满头大汗,嫌金娣走得太慢,一路叱骂:"死鬼!你不快走,让飞机炸死你!"她听说日本飞机轰炸厉害,可是没有亲身经历过。现在,正跑在街上,听到身边跑着的人大呼小叫:"呀,东洋飞机来了!""飞机来了!"

九架日本飞机,鲜红的太阳徽在机翅上闪光,飞得高高的,三架一队,三架一队,又是三架一队,一共九架,飞过头顶。飞机是西去轰炸路过的,没有停留,也没有盘旋,转眼不见踪影了。有人点点戳戳在骂:"呸!不得好死的日本鬼子!"……从非常遥远的地方,传来了"轰隆轰隆"的爆炸声,使人想起:房子毁成了瓦砾,烧焦的木材腾起的烟。

飞机远去,方丽清惊魂方定,在街边上了排门的一家理发铺门口,她同金娣并肩站着。理发店里供着"天地君亲师"的牌位,中堂挂着一幅给烟灰熏黄了的关老爷和关平、周仓的墨画像。两人站着,也不知怎么办好。幸好,放解除警报了,刚刚逃出火车站的旅客又拼命涌进车站里去。方丽清带着金娣一起朝车站跑。金娣跑得跟跟跄跄,方丽清也跑得气喘吁吁。方丽清一边跑一边嘴里仍是骂个不停:"死丫头!死鬼!杀千刀!带你出来屁用也没有!"

火车仍停在原地未动,方丽清和金娣从拥挤的人流中挤近自己坐的车厢。月台上,来了一伙宣传抗日的青年男女,唱歌,呼口号,分发传单。金娣看得出神,方丽清无心理睬。她心里懊恨,一场虚惊加上一场折腾。早知无事,干脆不下火车还好些。她用力掐了金娣一把,说:"看看看,看瞎了你的眼!快搬东西!"两人将箱子藤包又放上了行李架,浑身出了汗。金娣的鬓发湿了,像孩子般细白的头颈上沁出密密的汗珠。车厢里人又拥挤不堪,两人开了车窗想透透气。忽然,金娣用手帕拭着汗叫了起来:"太太,快看!江县长!"

方丽清转眼一看,可不是么!正是江怀南呀!

江怀南穿一身灰色派力司中山装,梳着油光光的分头,手里拿一根"司的克",那张白净而带着秀气的脸,显得很精神,走路也有架子,很潇洒。身后,跟着一个穿灰长衫戴眼镜的秘书模样的人,夹着公文包。两人一前一后,正在月台上昂首阔步地走,看样子是上火车的。

方丽清像淹在水里看到了救生圈,伸出头去叫了一声:"江县长!"

江怀南听见了,回头一看,顿时满面堆笑,"哎"了一声,说:"啊,原来是师母呀!在这里见到太高兴了!师母是从上海回南京去吗?"他突然震惊于方丽清的美丽,方丽清确实真像"电影皇后"胡蝶。尤其笑时脸上那两个酒窝,真是"回头一笑百媚生",有一种勾魂摄魄的魅力,太迷人了!

方丽清在车窗里笑着点头:"是呀,我打算去南陵县呢!"她怕脸容不整,急忙从手提包里掏出小镜子来照一照脸,扑一扑粉。

江怀南说:"师母,快下来吧!我们一起上头等车去!补票就行。那里舒适些。"说完,也不管方丽清愿意不愿意,做着手势对身后那秘书模样的人说:"快快快,把公文包给我。你上车去帮着把童太太的物件搬下来,我们一起到头等车厢里去坐。"

秘书模样的人,从人丛里挤着上了二等车,同方丽清和金娣将箱笼物件全部从窗洞里往月台上卸。剩下些零碎物件,三人一同捧着提着通过人丛挤下车来。江怀南也殷勤地帮着方丽清将她手里提的皮夹子和装着吃食的大包小包接过来,说:"要快点才行。非常时期,火车说开就开,保不住敌机还会光临。我带路!"说着,他带头往前走,讨好地照看着方丽清,一边走一边说:"师母,走好,走好!"

方丽清喜欢江怀南的殷勤巴结,心里明白这个模样带点风流的县长手面阔绰,为人灵活。她本来脸上含笑,却又嫌金娣将一只新买的牛皮小箱子撞在月台边的铁柱子上了,心疼箱子上擦去了一块皮,马上虎起了脸,咬牙切齿地轻声骂了一声:"死鬼!"要不是碍着江怀南在身边,早就"啪"的一巴掌打上去了。

江怀南已经注意到了,有意排遣,说:"师母,秘书长前几天还有信给我呢!他在南陵县舍间住着,一切都好。鄙县虽然偏僻,很安宁,没有战争的威胁,飞机不会轰炸,不比江南京沪线一带,时刻叫人提心吊胆。"

方丽清叹口气说:"唉,其实在上海租界上住着顶好了!又闹猛,又安全。吃啥,白相啥,样样不缺!"

已经到了头等车厢前,江怀南叫秘书先上前,也不知同车厢门口的检票的说了些什么,又塞了些钞票,马上方丽清、金娣和江怀南都上了车,头等车比二等车里空得多了,绿丝绒的座位又软又漂亮。江怀南和方丽清带着金娣找了个四人座对面坐下。箱子、提篮、网篮、大包小包、大盒小盒都在架子上放好以后,江怀南叫秘书去办补票手续,自己同方丽清攀谈起来。

谈话继续着刚才的题目。

江怀南指手画脚地说:"其实,在上海住着也不安全。南京路华懋饭店和汇中饭店之间的那段马路上掉过炸弹；大世界十字路口也掉过炸弹，街心指挥交通的安南巡捕也炸成了肉酱；南京路、浙江路口先施公司那里落下的炸弹炸死炸伤好几百人。"

方丽清闻得到江怀南的白净脸上像是涂了"蝶霜"，一阵阵雪花膏香味冲入鼻子。她叹气说："唉，打啥短命的仗，真害苦了老百姓！"

邻座边上一个头发花白的穿西装的陌生老年人，听见了方丽清的话，伸过头来，快嘴急舌地插嘴说："太太，这话太不对了！这是抗日战争！早该跟日本鬼子拼一拼了！你怎么能那样说？"

方丽清板起了脸，不理不答，嫌金娣想打瞌睡，"啪"地用右手勾起的食指敲金娣的头，给金娣吃了个"栗子"，嘴里骂骂咧咧："死人！死鬼！"显然很难说她骂的是谁。

江怀南笑着对那头发花白的穿西装的老年人点头，他猜测这人很像个大学教授，敷衍地说："她不是那意思，嗨嗨，她不是那意思！……"但话题却改了，轻轻转脸对方丽清说："我这次到南京去，打算住一二天就回来。实在公务繁忙。不然，真想送你到南陵去！"

方丽清问："你在南京住哪里？"

"安乐酒店。"

"住我们潇湘路公馆吧！房子空着，你要用车也方便！"方丽清又从手提包里拿出小镜子和粉盒，对着镜子细心地扑粉。她不发火骂金娣时，确实挺美。

方丽清的热情邀请，使江怀南心里高兴，爽快地点头："好好好，那我就恭敬不如从命了！"又讨好地轻声说："夫人，你真太像'电影皇后'胡蝶了！"他突然改口将"师母"变成了"夫人"。

"是吗？像谁？"方丽清有点卖弄风骚，明知故问。

"'电影皇后'胡蝶呀，真太像了！惟妙惟肖！"

方丽清高兴地笑了:"是有人这么说。"

江怀南旁若无人,赞叹而又谄媚地说:"你真福相!"

方丽清微微一笑,那是一种感情复杂的微笑。

火车站上,哨子声响,火车鸣笛,旗号打了以后,火车开始动了。一会儿,火车慢吞吞卖力地"乞卡乞卡"出了站,"轰隆轰隆"地运行起来。两边秋天江南水乡的田野在眼前纷纷向后退去。

自从被那头发灰白的老年人抢白指摘以后,方丽清情绪受了影响,不愿多讲话了。头等车厢里,空位较多,也不一定非对号入座。那老年人忽然挪了位置到远处一个靠窗口的位置坐了下来,从一只纸盒里拿出蛋糕"吧嗒吧嗒"地吃起来,悠悠看着报纸。

他走远了,方丽清斜瞥一眼,骂了一句:"死赤佬多管闲事!"

江怀南排遣着说:"是啊,不过,夫人,你不要放在心上!这种人犯不着同他吵。现在的人,高叫抗日最时髦,其实你问他一句:你为什么不上前线?他就哑口无言了!"说完,"咯咯"一笑,用拍马屁的微笑和眼光望着方丽清。他本来叫方丽清"师母",现在改口大叫"夫人"。也说不出是什么原因,听他叫自己"夫人",方丽清感到心里发热。

金娣又要打瞌睡了,方丽清在她大腿上狠狠拧了一把,金娣疼得一惊,连忙睁开眼来。

火车继续在江南的原野上向西疾驶。

方丽清问江怀南:"江县长,你是做父母官的,现在同东洋人打仗,吴江离上海近,你一定忙得很吧?"

江怀南摸出香烟来,想点火吸烟。大局使他内心焦急,忍不住就想吸烟,但警觉地想:也许童霜威夫人不喜欢男人吸烟呢!就又将烟收进了口袋,叹一口长气,神秘似的伸颈过来,像说悄悄话似的对方丽清说:"师母,不,夫人,不瞒你说,我这倒霉县长干不得呀!"

"怎么呢？"方丽清问。她从这一表人才的县长眼里看到了一种焦虑和忧愁。

江怀南又叹一口气，酸溜溜地说："唉，我的事一点也不想瞒你呀！也不明白究竟是为什么，见到你就想把我的事都告诉你！……"说这些话时，他的眼睛感情丰富，声调甜美亲切，简直像一个有极精湛表演技巧的风流小生。

方丽清的心头猛地涌起一种难以形容的说不明白的感情。这个讨人喜欢的县长，她早听童霜威说过："是个怪人，家里殷实富有，本人精明强干，却年过三十五岁坚持不娶。他的理论是：事业第一，不创一番事业决不结婚。"虽然童霜威笑着说过："这年轻县长并不吃素，听讲他的桃色艳事不少，但他不结婚要创一番事业却是实在的。"方丽清在南京第一次见到江怀南时，本来觉得他并不算很漂亮，现在看惯那张白净脸，看顺眼了，觉得江怀南仪表俊秀，很体面。童霜威虽然有气派，到底年岁比自己要大十多岁。这个年轻的县长，却与自己同年。见到他那种讨好的表情和姿态，方丽清心里发烫，觉得这个年轻的县长善于体贴人，对自己这么亲近，出乎意外，因此，脸也不知为什么突然红了，忸怩着说："你有些什么事呀？"

江怀南做了个眼色看看金娣，似乎是说："丫头在这里，有些事不便说呢！"他的两只灵活的眼睛简直会说话。

方丽清皱皱眉头，突然对金娣说："起来，到车门那里去站站，不要坐在这里老是要打瞌睡！"

金娣像个木偶似的，听话地站起来，将乌黑的一条长辫挪到胸前来，向前边车门那儿走过去了。

江怀南谄媚地笑着说："唉，本来在吴江做县长，我有两条指望：一是办好威南农场，发一笔大财；二是想拿吴江这种小县做个跳板，适当的时候跳到苏州或者镇江甚至南京去的。可是，现在，打仗了!一切看来都成泡影了!"

方丽清忍不住问:"威南农场也完了?"她摸出一包仁丹,拈了几颗放在嘴里,心痛地想:损失真是不赀呀!

江怀南含含糊糊地说:"唉,要是这仗不打下去就好了!那,我们的湖田的收成,我们工厂的产品都能像聚宝盆变戏法一样地变出来。发起财来,不是几千块,而是几万块或者十几万块。可是打仗了,就不好办了。战火一烧过来,上有飞机炸,下有大炮轰,东洋兵还未来烧杀,我们自己的队伍却如狼似虎,要这样要那样。我这小小的县太爷就应付不了。我现在常有预感:一是怕军情紧急,不知哪天应付不了差使误了军需,动辄就军法从事,那就不是罚俸三月而是杀头枪毙了!二是就算应付了自己的军队,又怎么应付东洋兵呢?我是地方官,一县之长,要我与吴江共存亡,东洋兵来,我是自杀还是被杀,谁能知道?……"说到这里,他两只眼睛变得多情起来,瞅着方丽清,像要滴下泪来。

方丽清突然心动了。她忘不了童霜威今年年初说过的有关江怀南的一段话。童霜威说:"不要小看江怀南!此人将来在政界必然能飞黄腾达,如果经商,也有希望成为百万富翁……"这使她对江怀南萌发出一种难以形容的好感。现在,听江怀南这么说,她插言道:"唉,你快不要干这倒霉的县长了吧!"

江怀南点头说:"是呀,夫人!我这趟到南京,就是为的这件事呀。我想找找谢元嵩,再找找别人,买通一下关节,无论如何,让我能保住一条性命。我这人,大才没有,小才还是有的。百万富翁做不成,十万富翁恐怕并不犯难。只要能让我急流勇退。可惜童秘书长不在南京,我给他写过信,请他帮忙,但他倒似乎并不赞成我退下来,回我信时说了不少抗战的大道理,劝我好好干。我明白,他也许是为了威南农场的事,不愿我离开吴江。可是他该为我设身处地想想呀!夫人,你说是不是?"说这番话时,他流露出一种自命不凡的样子。

　　方丽清听他叫"夫人"，老是省略掉姓氏，心头怦怦跳，脸上绯绯红，心里矛盾。确实，为那些湖田和威南农场着想，是应当叫江怀南干下去。但如果为了江怀南的处境和生命危险着想，又怎么能不助他一臂之力呢？江怀南露出的那种自命不凡的样子，使她喜欢。女人是喜欢那种有能力的男人的。

　　她犹豫着，没有想到江怀南从公事皮包里掏呀摸的，取出一个钻戒来了。那颗金刚钻总该有将近一克拉重吧？晶光灼亮，辉焰夺目，生在上海滩上大商人家的方丽清，对这种货色是内行的，一看就知道是好货。眼花缭乱，没容她多想，江怀南已经用自己绵软软的手捏住了她的手，替她将钻戒戴在食指上了。这只大钻戒同她原来戴在中指上的一只翡翠戒指放在一起，把她的手衬得又白又嫩，煞是好看。方丽清微微泛出笑容，一片红晕飞上她凝脂般的面颊，嗓眼里呜噜了一声："不……"却连她自己也没听清自己说的是什么。

　　只见江怀南笑着在赞叹："啊，夫人，你的玉手美极了！"

　　童霜威似乎从来没有发现过她的手美，从来没有说过这样使她听来比音乐还要悦耳的话。同童霜威在一起，她常感到寂寞，同这个吴江县长在一起，她感到有味也有趣。方丽清将手缩回来，脸更红了。但没有说什么，因为她发现先前那个多事的花白头发的老年人，似乎远远在用两只火辣辣的眼睛扫射过来，正瞅着她和江怀南。她夹着一丝局促和羞涩轻轻地说："那个讨厌的老甲鱼又在盯着我们看了！"

　　江怀南瞥了那老人一眼，说："不去管他！"又双关地含有深意地说："我只怕一个人，好在他在南陵县。别人我都不在乎！"他说时嬉皮笑脸，大胆豁达。

　　方丽清喜欢他这种大胆和嬉皮笑脸。听了他的话，心醉神迷，感到一种缱绻的亲近,使她的心荡漾起来。稍停,她轻轻地含笑低声说:"你真滑头!"又补充一句说:"现在不谈吧!到南京后,我好好招待你。到了潇湘路一号我公馆里再谈。"

火车继续向南京方向奔驰。江怀南高高兴兴地讲着许多使方丽清感到有趣的山海经,滔滔不绝。

方丽清原来熟悉的潇湘路一号公馆,同她现在见到的迥然不同了。

战火并未烧到南京,战争之神飞翔着的阴影已经笼罩。战争的气氛,使潇湘路一号变了模样。

她和江怀南带着金娣坐火车到达南京时,是夜里八点钟。火车一路上停停开开,躲过两次空袭,一次在常州,幸好没出事;一次在靠近镇江的地方,火车进了有名的镇江大山洞,躲在漆黑抹乌的大隧道里,也平安无事。在快到达南京时,听同车的一个旅客说南京被炸得百孔千疮,死伤的人不少,经常停水停电,近来日机常常夜袭,闹得人不得安宁。知道了这些情况,夜里八点钟火车到达和平门车站时,只见四下黑黝黝的,简直像阴间一样。

火车到达南京无定时,所以事先方丽清也没法叫冯村和尹二来迎接。在和平门车站下车后,江怀南陪方丽清在车站上借了电话打到潇湘路一号,让尹二开车来接。

接电话的就是尹二。

方丽清问:"冯秘书呢?"

尹二有点油腔滑调:"他忙得很,不在家。"

"你快开车来接我,我在和平门车站,快!"

尹二"哟"了一声:"哟!太太,车子不是你来信说不准用了吗?早停放在汽车间里睡觉一动也不动了!汽油没有,轮胎也放了气!"

"那怎么办？"

"你说怎么办？反正，我是没法开车来接太太了！叫辆丁三汽车公司的出租汽车回潇湘路不好吗？"

方丽清气得要死，骂了一句："死人！"就"克"地挂断了电话。

江怀南在一边全听得清清楚楚，劝慰地说："要是在下关车站，雇辆丁三汽车或者别的野鸡汽车倒是方便。这里却雇不到。叫辆马车去吧！"他又讨好地轻轻说："坐坐马车倒也别有风味！"

当然，也只好坐马车去了。方丽清和江怀南带着金娣将所有物件叫"红帽子"一起搬上了马车。那是一辆破破烂烂的敞篷马车，深浓的夜色中，马车夫赶着马车，皮鞭在头上"刷刷"响，马蹄"嘚嘚"，铁箍轮子在石子路和柏油路上震响，发出"叽叽咕咕"的响声，使人感到分外冷落、凄清与不安。冷僻的马路两边，停电后处处像有鬼影憧憧。

江怀南问马车夫："日本飞机常常夜里来轰炸？"

马车夫是个胡子已经雪白的老头儿，头戴一顶破毡帽，穿得破烂不堪，擤着鼻涕，慢吞吞地用山东话回答："唉，可不！可也给咱们的高射炮和飞机揍下来不少！"

江怀南又问："炸死的人多不多？"

"老百姓当然不少。可当大官的他们有的跑了，有的躲到乡下去了。谁在城里住在家里挨炸弹？"

江怀南不再说话，闭上了嘴，紧紧贴着方丽清坐，又轻声说："夫人，我看还是在南京少住两天。你该尽快离开南京去南陵。"

方丽清感到陶醉，感到了江怀南的体温。发现金娣在觑着江怀南紧贴着她，心里生气，对着金娣吼了一声："死鬼，扶好箱子！要是掉到车下去了小心我掐死你！"

金娣吓得连忙用手扶着皮箱，不敢再管闲事。她低着头闷闷数着马蹄声敲打地面的下数：一、二、三、四、五、六、七……盼望快点到达潇湘路。离开灯红酒绿的上海租界,看到这夜晚寂静无声的南京城,她心里有点恐惧。

他们三人九点多钟到达潇湘路一号。"老寿星"刘三保开了门,大声叫嚷:"太太回来啰!"

停电,潇湘路一号黑黝黝的一片凄凉。庄嫂端了蜡烛来,方丽清和江怀南带了金娣走进客厅。江怀南不知是过于兴奋还是疲劳了,摸出烟来吸。方丽清叫金娣上楼先去收拾房间。庄嫂忙着送洗脸水并打手巾把给江怀南擦脸。尹二一会儿送茶来了,说:"太太运道好,今夜没有空袭。不然,一戒严,就回不来了。"

方丽清本想臭骂尹二一顿,碍着有江怀南在,又想到别给用人说闲话,解释着说:"幸亏在苏州遇着吴江县长江老爷,一路上多亏着有他照应。"说着,催促庄嫂说:"快准备晚饭!多办几样菜!再给江老爷在少爷房里把床铺安排好,换上干净被单被褥。"

尹二说:"家霆房里有冯秘书的客人住着。"

方丽清睁圆了眼睛,几乎要叫嚷起来:"什么?他的客人?什么客人?"

庄嫂替冯村解释:"冯秘书说是他的一个同学,住几天就走。"

方丽清站起身来,朝家霆房门口走去,用手推开门,里边漆黑,也没点蜡烛。客厅的烛光将光亮撒了一片进去。只见里边桌上摊满了报纸书刊,又闻到一股劣等香烟的气味,方丽清皱起了眉。

尹二说:"客人姓柳,今夜跟冯秘书一起出去了。"

方丽清哼了一声,嘴里叽咕说:"乱七八糟弄些人来住,事先也不说一声!"

庄嫂又解释:"听冯秘书说,先生知道这事。先生有信来,说可以让他住的。"她说完,因为忙着要去办晚饭,匆匆走了。

方丽清皱皱眉,不做声,说:"那叫江老爷住到哪里去?"她瞟着江怀南,忽然感到江怀南的脸型,很像电影《火烧红莲寺》里的英俊小生郑小秋。

江怀南一直坐在沙发上抽闷烟没讲话,这时开口了,说:"不要紧,我……我马上出去找客栈住。"

方丽清生气地说:"那怎么行?这样吧……"她自言自语地说:"我叫金娣给你在楼上啸天的书房里用他睡午觉的竹榻给你准备被褥。你马马虎虎将就一夜吧!"她这话在江怀南听来,似是有意高声说给尹二听的。目的似是说明:楼下实在没地方住了,只好上楼睡。

江怀南故作客气地摇手:"啊,不不不,不麻烦了吧!"

方丽清却大声说:"你是啸天的好朋友。深更半夜的,南京又常有轰炸,你不住在这里,啸天知道了要责怪我的。这里房间并不少,你就赏光住下来吧!"

江怀南心里乐得痒痒的,也不推辞了,笑眯眯地坐着吸烟、喝茶,也不说话,是默允了。

方丽清对江怀南说:"江县长,你请坐一会,我上楼洗洗脸,一会儿就下来。"又向尹二吩咐:"快去,催庄嫂办饭,一会儿我陪江县长一起吃饭。"说完,她娉娉婷婷地上楼去了。

淡黄色的烛光摇摇晃晃,微微颤抖,不断有飞蛾和小虫来扑灯,"噗嗤""噗嗤"烧死在烛火前。

江怀南见方丽清走了,起身在客厅里踱步。烛光摇晃着将他的黑影子映照在墙壁上,歪悠悠地忽而来忽而去。客厅花架上,一只彩釉花盆里,栽着一株"月月红",嫣红的花朵,翠绿的枝叶,在烛光下分外精神。江怀南用脸凑上去闻闻花香。他觉得:天下事,真是难以预测。谁能想到,第一次我来时,以戴罪之身战战兢兢在这里见童霜威。心里是十五个吊桶七上八下。可是曾几何时,我却成了这儿的上宾,童霜威的夫人也邀请安排我到楼上过夜了!从她对他的眼神、态度,从她对他的那种破格的亲热,从她无条件地接受了他的调侃,从她对他的吃与住的安排上,他都感到他在她的心目中已经有了一种特殊地位。这种特殊地位,使他觉得是用小钱换了一笔大钱。这个女人不但漂亮,还富得像一座金库!掌握了她的心就是掌握了金库的钥匙,掌握了钱财。掌握了她,也就可以通过她掌握了童霜威。他有了一种买航空奖券中了头奖的快感,踱着方步,竟轻轻哼起京戏来:"孤王酒醉在桃花宫……韩素梅生来好貌容。"

只是可惜,该死的战争!可怕的空袭和可厌的灯火管制,有点煞风景!……但在这种情况下的邂逅,却又使人感到别有滋味。他踱了几圈,又坐在沙发上,将身子深深倚陷在柔软的沙发上,全身舒适。

墙下,屋前,秋虫放声奏鸣。听得出有蟋蟀,有金铃子,有油葫芦,也有纺织娘。……在这静静的秋夜,和谐地唱着使人发生感触、引起思索、感到凄凉萧瑟的歌。

方丽清是不怠慢贵客的,很快就洗脸更衣打扮得花枝招展地下楼来了。可惜烛光太暗,只闻到她身上的"夜巴黎"香水味和脂粉香。她的衣饰都是朦朦胧胧的。江怀南刚想说上两句赞美话,庄嫂不识相地进来请去吃饭了,说:"太太,江老爷!请用晚饭吧!"

江怀南和方丽清只好站起身来,向吃饭间走去。

方丽清突然想起了什么似的高声叫道:"金娣,快把楼上先生的'三星斧头'白兰地拿来!"

饭菜丰盛。虽然没有时鲜菜,但庄嫂下了挂面,炒了开阳鸡蛋,开了咖喱鸡罐头和宁波油焖笋罐头,又蒸了南京咸板鸭和咸肉,切了两盘,更炒了一盘碧绿的青菜,倒是有荤有素,色鲜味美。

方丽清冷眼看看桌上的菜,突然问:"怎么没有杀几只鸽子?"她还没有忘怀被她吃剩的那十几只鸽子呢!

庄嫂歉意地笑笑,没有回答。好心善良的她,自从家霆去南陵后,叮嘱过刘三保:"'老寿星',鸽子你一定要好好喂着,千万别让猫偷吃了。家霆走时是十五只,回来要还他十五只。"刘三保点头应承:"那还用说!我虽爱喝酒也不会拿鸽子当下酒菜呀!"可现在,太太回来了,第一顿饭就要吃鸽子,后娘的心好毒呀!

江怀南客气地说:"我不爱吃鸽子什么的,这些菜都合我胃口,好得很!"算是解了庄嫂的围。

金娣拿了一瓶"三星斧头"白兰地来了。方丽清给江怀南开瓶塞斟酒,拼命往江怀南碟子里搛菜,嘴里不断说:"吃呀吃呀!"她不要庄嫂在旁边侍候吃饭,说:"庄嫂,你去厨房里忙吧,这里留金娣侍候。"

庄嫂走了,留下了金娣。正在这时,听到前边有脚步声和人声。方丽清吩咐道:"金娣,快去看看是谁,这么吵闹?"

金娣刚走不久,又回来了说:"太太,冯秘书回来了,还带了个客人。"

方丽清刚要说什么,没想到冯村已经出现在吃饭间门口了,说:"啊呀,师母回来了!没有收到你的信,也没去接!"忽的,他看见笑着在烛光下站起身来拱手的是江怀南,不禁"哟"了一声说:"啊呀,真是巧会!江县长也来了!"

江怀南得体地带着热情说:"冯秘书,别来无恙?在苏州火车站巧遇童太太。这不,我就陪着来了,顺便也想见见仁兄。敌机常常轰炸,这里是城北,人烟稀少些,也安全些,今晚决定借住一宿了。"

方丽清问冯村:"啸天有信吗?"

冯村在饭桌旁坐下,说:"有,前天还有信来。他在南陵县住得也腻烦了,有想去武汉的意思。现在政治中心移往武汉。他去,我倒是赞成。"

方丽清夹菜吃面,说:"武汉远得很,越跑越远,充军吗?去干什么!"

冯村解释:"抗战嘛,得有同日本人拼一拼抗战到底的决心。师母你是准备去南陵吧?这太好了!你去,秘书长也可以有个照应。"

方丽清哼了一声,说:"一再叫他到上海,他偏不去,要带着宝贝儿子到安徽南陵乡下去。要是在上海租界上住着,我也不会吃这么大苦头到南京来。这一路,苦头真是吃足了!"

江怀南向冯村解释着说:"是呀,在苏州时遇到一次空袭,后来又遇到过两次空袭。乱世出门难,一路真是够辛苦的!"

方丽清说:"幸亏碰到你,江县长,一路上真是多亏你照顾,将来让啸天好好谢谢你。"突然又面对冯村说:"你在前边家霆房里招来了个什么人住着?"

冯村平静地答:"哦,一个过去的同学。他路过这里要去武汉,只住一二天就走的。"这些天,柳忠华从苏州被保释出狱来到南京,他就留柳忠华住几天将息将息,吃点好的,添置点衣物,又找了不少书籍、报刊让他阅读,准备资助他点盘缠让他去武汉。没想到方丽清突然回来了。他是个机灵人,明白方丽清见他留人住在潇湘路会不高兴,所以歉意地又说:"明天我就打发他动身。不过,是个读书人,正正派派的。"

方丽清好像顾不上听他唠叨,停止吃饭,自言自语,又像在撇清什么,说:"唉,住就住下吧!乱世嘛,有什么办法!不过,今夜只好委屈江县长住在楼上书房里了。"

江怀南嚼着炒蛋,说:"书房很好,书房很好。我这个小小县长,能住府上秘书长的书房,是抬举我!无上荣光!"他说得风趣,不但逗笑了方丽清,连冯村和在一边侍候的金娣也抿嘴笑了。

方丽清挥挥手,对金娣说:"你走!客人在,要有话谈!"

金娣求之不得,轻轻去厨房了。方丽清突然问冯村:"秘书长来信,对几个用人准备怎么办?还是照样支付给他们工钱?"

冯村点头说:"是呀!"

方丽清给江怀南撰菜下酒,皱皱眉头说:"这不是太阿屈死了吗?一个月白白付出那么多钞票,蚀本生意能长做吗?我早写过信给啸天了,要他解雇,顶多留一个刘三保我看也可以了!"她见江怀南喝干了杯里的白兰地,马上亲自动手用小碗给江怀南舀大汤盆里的挂面。江怀南惶恐不安,连声说:"我自己来!我自己来!"

冯村自顾自地说:"秘书长有信在我那里。他的意思是维持原样。他估计这场战争有拖下去的可能,但也有很快结束的可能。他说:这是乱世,不能以小失大,能看守好房子物件就值得。"

江怀南接过方丽清盛了递来的面,连连点头,对着方丽清说:"对呀对呀,秘书长有眼光,也有算计!几个用人工钱也不多。目前主人走了,正是需要用他们的时候。"

他这里话还没有完,忽然听到毛骨悚然的空袭警报声响了!并未先来预备警报,一下子来的就是紧急警报。恐怖的警报声透过夜空,像一个悲伤的老妇在捶胸顿足地号哭,声音凄厉。

方丽清"啊呀"一声,说:"怎么办?"她放下了面碗。

江怀南三口两口扒完了碗里的面,说:"冯秘书,你们平常遇到这情况怎么办?"

冯村说:"我们已经习惯了,被轰炸将胆子炸大了!平时敌机夜袭,照样睡觉。庄嫂、尹二和刘三保他们从不躲警报。尹二有时倒是出外参加值勤的。"

方丽清咕噜了一句:"他们的命本来就不值钱!"

江怀南放下碗筷,说:"还是躲一躲好!"

冯村站起身来建议:"到前面花园里去吧!"

方丽清高叫金娣:"金娣,快上楼给我拿一件外套来!"她怕夜凉感冒。警报声这时突然停歇了。

金娣"嗷"了一声,从厨房方向走进吃饭间来,又"噔噔噔"地穿出吃饭间上楼去了。

方丽清、江怀南和冯村三人一起快步到了花园里。花园里的秋虫正在台阶、草丛、树根、篱笆桩边鸣叫。四面八方传来"嚁嚁""吱吱""嘀铃铃"的声音。一会儿,金娣来送外套给方丽清披在身上。花园里自从童霜威走后,虽然刘三保依然常常刈草,草仍在疯长。脚踩在草地上带有弹性,窸窣作响。花园在夜间有一种荒芜的景象。那些大树,黑黝黝的,叶片陆续飘落。那片竹林,在风中摇曳着枝干轻轻私语。花坛上一些盆菊,正开放着。刘三保将它们集中放在一起,偶尔有风拂过,能在草腥味中闻到一股带药味儿的菊花清香。天,似在降落着细微得难以察觉的秋霜,潮湿而凉气袭人。站了一会,听到远处天际有飞机声,也有炸弹隆隆的爆炸声,但人体和地面并不感到震动。是因为离得远的原因吗?

冯村打着哈欠说:"现在,敌机夜袭,常被我机远远阻住。有时进不了南京城,敌机胡乱扔下炸弹就逃跑了。"

江怀南说:"阿弥陀佛!但愿如此!"他想对方丽清亲热些,碍着冯村在身边,只好暗暗同方丽清眉来眼去。趁冯村不注意时,悄悄用手、用肘轻轻地碰一碰方丽清的胳臂或者手掌,仿佛是安慰,也仿佛是传达感情。

秋虫似乎疲乏了,有时叫得热闹,有时肃静无声。在这样的时刻,时间像凝固了,过得特别慢。

终于,很快解除警报了。大家离开花园回屋里去。

方丽清让冯村走在前面,忽然回身对江怀南说:"江县长,你该早点休息了,让金娣带你到书房里去住!那里安静,也干净点!"

江怀南从方丽清的话里感受到了一切,他在夜色里看不清方丽清两只漂亮而带着妖媚的眼睛,但他能想象出此刻她的眼睛是什么样子。他回答了她一个含蓄的微笑,说:"好好好!好好好!"

当然,冯村并没有发现什么。但在后面离开一段距离跟着走的金娣似乎看到了点蹊跷,但她不敢多嘴说什么。

四

童霜威刚迎接方丽清来到南陵的那段日子里,对方丽清充满了爱情。觉得这样一个上海富商家的大小姐,在战火弥漫的时日里,竟肯离开繁华热闹的上海,不辞危险辛劳来到没有洋房、没有自来水和抽水马桶、没有上海和南京那些高等享受的南陵县来共患难,真可谓情深意长了!

方丽清从芜湖乘夜行船到达南陵的那天,童霜威由江聚贤和王汉亭陪同去船码头迎接。江聚贤带了老殷,王汉亭找了朱大同,由县政府派了四个警察和一辆平时由县长朱大同自己坐的有镀镍车灯的黄包车,一起到船码头去等候。童霜威接受朱大同的这番好意,目的是想使方丽清高兴一些。因为他估计到方丽清连堂堂首都南京城都不放在心上,对这小小的南陵县,又怎么能看上眼呢!

早在去接方丽清的头一天,童霜威接到两封信。一封是冯村从南京发出的信,说:师母带了金娣从上海抵达南京,途中遇到了江怀南县长,一起到达南京后,由于敌机轰炸,住了三夜,然后即由江怀南陪送方丽清到芜湖拟即来南陵;另一封是江怀南在芜湖发出的信,说:他陪送方丽清和金娣到了芜湖,方丽清因旅途辛劳,伤风了。稍作休息,即将坐夜行船于十月十九日晨抵南陵。他因公务在身要立即赶返吴江,无法亲自陪送前来,希多原宥云云。

收到信后,童霜威心里充满了复杂的、糅合着兴奋和激动的感情。但清晨夜行船到达,方丽清从夜行船上带着金娣下来时,脸上却了无笑容。

秋天的晨空,亮着一抹早霞。船码头四周树林丛中雾气弥漫。一轮旭日,已跃上东面远处的林梢。

有镀镍车灯的黄包车拉着方丽清,由四个警察跑步前后护卫去到江三立堂。后边跟着的是一长串四辆本地的破旧黄包车,拉着童霜威、江聚贤、王汉亭和金娣。车上都分载着方丽清带来的行李箱笼物件。再后面,是老殷,大步流星跟在车后跑着。这四辆破旧黄包车,是南陵县的全部黄包车,浩浩荡荡,使这偏僻的小县城里行人驻足而视,街上颇为热闹了一阵子。

久别胜新婚,方丽清到的第一天,童霜威心里满意,情绪也好。当晚,江三立堂主人大摆宴席为方丽清接风。江聚贤特地备了碗口大的螃蟹,请童霜威夫妇持螯赏菊。方丽清虽然很少表露笑容,却也不耍脾气。

谁知,第二天起,方丽清就板着脸,冷若冰霜地整天古古怪怪闹别扭了。

她照例每天清晨醒来就要在童霜威耳边嘀嘀咕咕哭闹:"叫你到上海去享福你不去,偏要来这断命的南陵县受罪!""这鬼地方比南京更坏十倍!没有电灯,没有汽车,没有抽水马桶,没有像样的马路,连糖炒良乡栗子也没有。真是掉到地狱里来了!""我真倒霉!真是苦命!""我想念上海,这死地方我住不下去!我要走!"除非江聚贤的大太太和如夫人"金娃娃"约来一些太太,陪她打打小麻将或者玩玩推牌九,可以使她安静下来。她赢了钱还能露一点笑容,输了钱或者不赌钱的时候,她总是不高兴。这不如意,那不如意。

安慰似乎也不起什么作用。方丽清起床后照例爱将脾气发泄到金娣身上,不是骂就是劈脸一个嘴巴子,不是揪头发就是掐大腿。这点比从前要厉害得多。从早上起床到晚上睡觉,童霜威总是看到方丽清两只眼里透出凶光盯着金娣。金娣发育得更好了,出落得越来越漂亮了。那天,童霜威无意中说了一句:"金娣比从前长得漂亮了!"方丽清就足足发了一个钟头脾气,狠狠地骂:"死鬼!死了的好!她越长越妖了!看到她妖,我就有气!"她常常无缘无故地盯着金娣骂骂咧咧:"死丫头!看你那两只贼眼!东张西望些什么?""死鬼!该说的你不说,不该说的你乱说!看我不好好收拾你的骨头!""你记得舅老爷的话不?要是不听话将来就卖掉你!"……童霜威要是当面劝阻一句或背后说:"啊呀,你不要整天打骂她呀!她还是不错的,从早到晚事情做得不少!""给江聚贤他们看了不像样子!"……方丽清就火上加油了,像发泄心里什么积愫似的发横发蛮:"勿要你管!我要把她捏成圆的,随我;我要把她压成扁的,也随我!她是十三岁时我花了一百块大洋买的!我要她死她就得死!"……童霜威不禁感叹地想:唉,为什么一个长得很美的人却有这么恶这么坏的个性呢?为什么造物主不把美统一在一个人的身上,却偏要使她的脸和心南辕北辙呢?童霜威弄不明白,为什么这次方丽清从上海来南陵后,脾气比从前变本加厉了?隐隐感觉到方丽清处处不满意似乎夹杂着一种特别的情绪。怕的是吵起架来,坍自己的台,又怕对方丽清无理可喻,只好退步忍让,求得一个"安"字。

退让也出现在方丽清和家霆的关系上。

以前"母子"间的关系本来不好。如今,更坏了!方丽清来到南陵的那天,家霆见面后叫了一声:"妈!"方丽清没有理睬。自那,家霆不再叫"妈"了。方丽清总是在童霜威耳边嘀咕:"看你那宝贝儿子,一天到晚东游西荡!有时跟着江家的佃户去打鸟,有时又跟些佃户家放牛的孩子到城外玩。书也不读!"童霜威说:"十几岁的孩子,总是要玩玩的嘛!他要到乡下看看,让他去看看也好。长大了连条耕牛没见过,把韭菜当大葱,五谷不分也不行。他半天读书做功课,半天玩玩,是我规定的。晚上没有电灯,用油灯我怕他伤眼,他要看报看小说,我总叫他早点睡!""你是癞痢头儿子自己的好。你这宝贝儿子看到我死阳怪气就像个瘟生!""他叫你,你也不理他!""我是做娘的,难道要我低三下四巴结他?"童霜威默默无言了,心里发烦,方丽清却不罢休。

在南京潇湘路一号时,金娣整天在二楼方丽清身边,家霆不是在学校就是在楼下。到南陵以后,家霆同金娣接触的机会多了。有时在一起聊天。有时,金娣和那个小辫上扎红头绳的小英踢毽子,家霆也参加。年龄相仿,加上同情,只要方丽清和童霜威不在当面,两人就渐渐接近。一天,家霆对金娣说:"你也像小英一样,眉心点个红痣不好吗?"恰巧被方丽清听见了,马上对童霜威发牢骚:"看到不?你这儿子在同金娣要好起来了!"童霜威摇头:"那他是……"他不好启口,因为他发现儿子同情金娣,不是什么方丽清讲的"要好"。有一次,方丽清打骂了金娣,金娣在哭,家霆在前院见到童霜威时,上来说:"爸爸,你不管管吗?一天到晚打骂金娣。金娣手臂上全给掐紫了!"又有一次,家霆又说:"爸爸,太野蛮了!她用针要刺金娣的嘴,你知道不?她会杀鸽子,她也会杀金娣的!"童霜威想:这种女人真是无理可喻!他心里觉得家霆说的是对的,甚至觉得在这个问题上对方丽清太厌恶了,可是怎么处理呢?他稍稍干涉,就会引起轩然大波。方丽清会说:"你越是要管,我越是要打!打得你不敢管!"还有什么话好说呢?童霜威只能对儿子说:"是呀,是呀,你妈妈脾气不好!我说她,她也不听,真没办法!"谁知家霆一翻眼皮说:"她不是我妈妈,她算什么妈妈?……"说这话时,儿子的表情确实真像他自己的妈妈柳苇了。于是,童霜威又会沉浸在回忆中,感叹地想:唉,把一个家庭搞复杂了,一切事也就都不好办了。他似乎能预见到儿子越是长大,同继母之间的矛盾会越大。这种矛盾,是他解决不了的。现在,听方丽清把家霆对金娣的同情和带些天真的感情往"要好"上去拉扯,他心里有些冒火,压制着火气,说:"那他是……"他吞没了"同情她"三个字,忽而改口说:"我看很正常的嘛!""正常?哼!他还说要教她识字读书哩!少爷同丫头要好、玩弄丫头的事还少吗?你不提防我还要提防呢!你以为你那宝贝儿子是啥好东西!"童霜威头都要气炸了,叹口气说:"好,我注意注意吧!"

童霜威是注意到家霆有时同金娣说话的,谈的其实都是些没什么意思的话。有一天,家霆同金娣站在院子里那株老槐树旁,好奇地看着老槐树躯干上的一个空洞。金娣问:"这里边有大仙没有?"

家霆问:"什么大仙?"

"大仙就是大仙嘛!"

"你迷信!哪有什么大仙!"

"太太说这样的老树里就会有大仙!"

家霆说:"她那是骗你、吓你!这树真难看,早该把它砍掉种上一棵好看的新树了。"

"……"

有一天,童霜威听到家霆同金娣在摆满菊花的阶前谈南京。

家霆问金娣:"你想潇湘路吗?"

金娣摇摇头:"不想!"

"为什么?"家霆很奇怪,"我简直太想了!你怎么不想?"

金娣笑笑:"那是你的家,不是我的家!"

家霆也同侍候江聚贤大太太的小英说过话。但江太太不让自己的丫头同外人多说话。每当家霆同她说话,小英就赶快跑开,回房去了。家霆曾对童霜威说过:"爸爸,他们为什么不让小英同外人说话?"童霜威说:"看来,她们对这丫头不好!有些虐待她的事,怕给外人知道。"他听王汉亭说过:这个小英,江聚贤早看中了,只是嫌年岁小,再等一二年到她满十六岁了,打算纳做三房的。为了这,大太太和"金娃娃"就都将小英看作眼中钉。不过大太太有个小九九,她嫌"金娃娃"太得宠,希望小英被纳为三姨太以后,能使"金娃娃"失去点光彩,所以对小英有时恩威并用。而且,碍着江聚贤喜欢小英,她们也不敢公开打骂小英,只敢暗中管束控制。当然,这些,他是觉得不便讲给儿子听的。

方丽清不准金娣多去答理小英,也不准金娣同家霆多说话。家霆偏要在方丽清打牌赌钱时找机会同金娣说话。他明白:方丽清虐待金娣,所以不准金娣同人接近。一种怜悯金娣的感情紧紧攥住了他。那天,方丽清睡在床上没起来。童霜威在书房里,听到窗外家霆在同金娣轻声谈话:

家霆说:"金娣,她又掐你了?"

金娣战战兢兢的声音:"你不要那么说!……"她似乎在哭。

"要叫我是你,我可不能让她这么欺侮!"

"你说我怎么办?你是少爷!我是卖给方家的,我家里人不知在哪里。"

家霆叹气的声音:"是不好办呀!"后来又说:"你快长大吧!再大两岁,就逃跑!我帮助你!"

金娣匆匆走了,留下了窸窣的脚步声。

童霜威突然感到儿子身上在起一种变化,有一种反叛的精神。他什么时候有了这种反叛精神的呢?好像从很小时就有了。这点何其像他的亲生母亲柳苇呀!怎么会有这种反叛精神的呢?也许是因为从小离开亲生的母亲来了后娘?也许是他读了些什么左倾文人的小说?也许是来南陵后接触到了江三立堂一些佃户,也同佃户的一些孩子有了接触?也许是日本的侵略和抗战的爆发使他懂得了什么道理?也许是受到过老师或社会上人们的影响,懂得了压迫和反抗的道理?也许是来到南陵县在这江三立堂里,他看到了什么不平的事情使他心里有了什么想法？

家霆有一次突然问："爸爸，为什么江三立堂这么有钱佃户却那么穷？""为什么佃户要把自己种的谷子都挑来送来给江家……"童霜威当然并不真正了解自己的儿子，不了解儿子的心也不了解儿子的思想，更不全部了解儿子的寂寞与变化。家霆是个富于幻想的孩子，也是个逐渐懂事的初一学生。夜深时，一觉醒来，遥远的天空中，忽然传来雁的哀鸣，他就会睁着眼在床上想：这时正在下霜吧？雁群正在列队南飞吧？早上起来后，散步到野外，见稻草垛上凝结着白霜，池沼边的草地、村舍的木栅、篱笆上也凝结着白霜，他也会因为看到有那么多穿得很褴褛的穷人冻得瑟瑟抖而感到同情，会怅然若失地想：为什么江三立堂和我们家的生活这么好，却有那么多穷人的生活那么苦？甚至想到：金娣如果家里不穷，她不是就不会被卖出来做丫头受罪了吗？……许多问题，他未必都想出结论来，却都在想，在想。

童霜威也说不出自己那种复杂的感情是怎么回事？是嘉许自己的儿子，还是感到这种思想会使他产生一种隐忧——当年柳苇的经历曾给他造成过的隐忧？他觉得方丽清太狠太辣又太残忍，商人家出身的女儿的铜臭气息和锱铢必较的刻薄手段使他厌恶。但儿子这种在成长中的反叛情绪又使他深为不安。为什么不安？他不敢多想，也想不太深。只是这种不安每一产生会使他心神烦躁。

方丽清到南陵后的第三天，朱大同县长的太太派人送帖子来，请方丽清去县衙门公馆里打麻将。童霜威同江聚贤商量，得给方丽清排遣排遣烦闷，由"金娃娃"陪同方丽清去朱府。"金娃娃"长得甜，嘴也甜，打起麻将来，会放牌讨好方丽清。方丽清倒也不讨厌她。打打麻将，方丽清本来应该高兴。但当夜回来，江聚贤的大太太就同"金娃娃"打了一架，砸碎了花瓶、镜子和杯皿。最后，江聚贤同大太太约法三章:只可以由大太太陪方丽清去朱公馆,或由大太太请朱太太来家里打牌。但方丽清不喜欢这个整天被大烟熏得病恹恹的大太太。大太太打牌手法很精,从不让人,一味扣牌。打了两场,输了些钱,方丽清就不乐意跟她作方城之戏了。朱太太是个精灵的女人,发觉了这一点,每每推说"三缺一",专门派人来请方丽清去打牌,方丽清才矜持地坐了朱大同的有两盏镀镍灯的黄包车独自到朱太太那里赴宴、打牌。

日复一日,是深秋初冬了。南陵县已经蒙上萧瑟景色。江三立堂的后院里,树上黄叶早已凋零殆尽。江聚贤大太太的木鱼声每天"笃笃笃笃",听得童霜威的心情总是格外寂寥,格外苦闷。方丽清是不散步的,童霜威不愿意抛弃他那早晚散步的习惯,有时带着家霆,有时由王汉亭陪同漫谈。他同王汉亭出去散步时,常常平静无事,如果带着儿子出去散步,回来后,方丽清必然又要吵闹:"你就心爱你那宝贝儿子!你就不知道体贴我!""你为什么陪他去了这么久?你们背后说了我些什么坏话?"方丽清的阴暗情绪,使他痛苦极了,真怨恨战争为什么不能早点结束?如能回到南京,离开方丽清咒骂的这个"鬼地方"南陵,也许才能使方丽清变得安静些。

南京的《中央日报》照例迟好几天由"夜行船"带到,童霜威总要一字一句仔细看完。方丽清本来是个不看报的人,来南陵后,也关心报纸的消息了,总是抢着报纸看,看看上海的战局怎么样,看看有没有苏州、吴江的消息(她说,她最关心吴江的湖田了),看看南京被轰炸得怎么样。……信件来了,她也要抢着先拆开看一看。信件里,有上海家里的来信,方老太太和雨荪、立荪来信总是一些老话:"上海租界上一切均好。""十分想念""希望妹妹与妹夫能来上海同住!"……有江怀南从吴江的来信,不外是:"非常想念""望多珍摄""上海战局渐渐不利,太仓、崑山吃紧,苏州、吴江也有山雨欲来之势",甚至凄惨、双关地说:"不知何日才能相聚重睹丰采?"这些话,童霜威看了动感情,方丽清看了更动感情。

江聚贤关心着弟弟的安危,总常常跑来找到童霜威说:"秘书长,我要向你讨教。你看舍弟怀南在吴江要不要紧?""唉,舍弟这个人,到今天,连个家室也不要。先严及先慈在日,最担心的是他那股拼命三郎的脾气。明知他能创业,却又怕他出事。我作长兄的对他也是如此。"童霜威只能劝慰一番,将他打发走,心里却想:要不要紧,谁能知道?目前这种战争,海陆空军出动,飞机炸,大炮轰!谁能知道战局会如何发展呢?

冯村的来信,一般是半月一封。方丽清来后,只在今天早上见过他来的这第一封信。信是十一月十二日发的,说:"……敌机不断轰炸,南京疮痍满目,全城惨死于日寇炸弹下之无辜百姓不少,首都表面仍极镇静,可以看到中国之民心。"信上又说:"潇湘路一号公馆情况一切如旧。庄嫂、尹二、刘三保均能各尽其职,诸望放心。"信上提到童军威,说:"军威所在的教导总队已经开赴上海,临开拔前他曾来潇湘路匆匆见面,但迄今并无信来。"信上又说:"上海自八百壮士撤出四行仓库后,日寇已在浦东登陆。南市孤军也已撤退。坚持三月之上海战事在重创敌人后似已濒临尾声。上海沦陷,战火势必向西蔓延。首都盛传:国府五院将向四川重庆迁移。中惩会日内也将先迁往汉口。只有各军事机关则仍设南京。如此项传说实现,则冯村亦将离开首都随同机关赴武汉三镇。窃意秘书长为共赴国难,还是早日离开南陵前往武汉是为上策。至于南京公馆房屋,仍可委托庄嫂、尹二与刘三保看守,发给数月工薪及米粮,他们忠厚朴实,可以信赖。是否妥当,请酌定函告,以便遵办。"

收到信后,方丽清嘀嘀咕咕,吵得童霜威心更乱了。方丽清脚下踩着铜脚炉,手里抱个热水袋,骂着说:"冯村真是混蛋!我还没跟你说呢,我到南京时,发现他将家霆的房间让给一个他的朋友住,房里摊得乱七八糟像狗窝,真不像话!……"童霜威心里明白:住的是柳忠华!冯村有过信来,说柳忠华保释后,暂在潇湘路住几天。他还写信让冯村代送一二百元给柳忠华制衣和零用。听方丽清这么说,童霜威只好装着糊涂耐心听着,脸上毫无表情。

方丽清继续说:"房子交给三个用人怎么靠得住?冯村还说要发几个月工钱和米粮,他们吃饱了饭不干事,还要发工钱?这种吃亏蚀本的事我不干!"

童霜威叹气说:"冯村要去武汉了!房子不交给三个用人,交给谁呢?交给他们,你不给工钱不给米粮能行吗?"

方丽清突然掏出绣花手绢来擦眼泪,嘴里不干不净地骂天骂地,骂东洋人要打仗,骂冯村要丢下房子去武汉。童霜威只好装聋装哑不理睬。

她一骂,像自来水开了龙头,永远不会停歇。童霜威站也不宁,坐也不安,心里塞了一团乱麻,找个机会掏出金怀表揿开表壳来看了一看,对方丽清说:"我想出去散散步,考虑考虑我们怎么办!"

方丽清也不表态,拭着泪,自顾自地在用小剪刀修指甲。童霜威就脚下抹油,走出房去,穿过后院到了前院,走出江三立堂上王汉亭家聊天去了。他想同王汉亭商量商量自己何去何从。

王汉亭夜里陪王氏遗孀及两个常来常往的朋友打了一夜麻将,到拂晓前刚结局,二十四圈麻将王氏遗孀赢了七十多元,王汉亭却输了一百多元。客散以后,叔嫂两人又喝酒吃点心,再鬼混了一番。王汉亭回到自己房里,上床"呼呼噜噜"打起鼾来。

他住的王家大院,在一条南北向的巷子里。童霜威走进他住的四合院里时,看到十多天不来,院子里的窗户都用绿漆漆了一遍,收拾得更整齐了。几棵大石榴树比房檐还高,春天五月间榴花美得喜人,此刻却像几棵枯树。一只芦花公鸡带了几只大黄母鸡,正在随地啄食。一只红眼的大白猫,是寡妇的心爱之物,正在廊下有滋有味地吃着一碗小鱼拌饭。寡妇住的是上房,坐北朝南,王汉亭住的是东屋。走近王汉亭的住屋,只听到他鼾声如雷,童霜威见门虚掩着,大步走过去。王汉亭行伍生活过惯了,虽然醉卧也很惊醒,听到脚步声,猛地一个鲤鱼打挺从床上坐起,喷着酒气问:"谁?"见是童霜威,哈哈笑着掀被起床穿衣,说:"昨夜通宵雀战,输得丢盔卸甲,早上吃喝了一通,正想好好睡睡补补元气,谁知秘书长驾到,不知有何见教?"

童霜威在一张太师椅上坐下,说:"收到南京来信,说五院即将迁渝。我有去武汉之意,不知是否恰当,心里踌躇,不免想来找你商量商量。"

阳光透过白桑皮纸窗户,映得房里一片明亮。王汉亭穿上宝蓝色缎面长袍,趿上布鞋,伸头出门对着寡妇住的北房高叫一声:"香云!泡茶,打洗脸水!"那侍候寡妇的丫头,约摸十七八岁,穿一身毛蓝布薄棉袄应了一声:"来了!"一会儿,端着茶盘,泡着两碗新沏的六安瓜片来放在八仙桌上,又给王汉亭打了一盆滚烫的洗脸水和一缸漱口水送来。

王汉亭刷牙洗脸,"呼噜噜"喝着茶,往地上吐浓痰用脚搓踏,说:"秘书长,局势不妙啊,上海是完了,下一步就是南京了!再打下去,妈妈的,我只怕兵败如山倒啊!我是军人,最懂得士气。现在,南陵来了不少伤兵。有广西兵,也有川军,士气都并不好,主要是人家报国有心,老蒋却排斥异己,歧视杂牌军。打硬仗,叫杂牌军上!待遇呢?没杂牌军的份!妈的,混蛋透了!"

童霜威说:"上海之战,老蒋的嫡系部队倒确是也动用了的。这点不必冤枉他。只是他确时时有消灭异己之心,也确是亲疏之分太大!"

王汉亭摸出强盗牌香烟来吸,说:"我对中国的事一向不乐观!对这次抗战,也从开头就不乐观,拿中国军队同日本打,是以卵击石。日本想吞并中国,准备早非一年了,这次自北而南,野心很大,中国的命运真是岌岌可危啊!"

童霜威平日听惯了王汉亭这一套悲观论调。今天又听,有点不耐了,说:"可是,上海能打三个月,恐怕日本人意想不到,也出你之所料吧?日本用的兵力可不少啊!"

王汉亭冷笑了,说:"是呀,自北至南,日本用了五十万陆军,七十条军舰,三十多条运输舰,二三百架军用飞机。但是,请注意,日本人仅仅用了他不算很大的一部分兵力。我们呢?吃奶力气都用出来了!"

童霜威不想再辩论,来是商量去不去武汉的事,想听听王汉亭还有何见解,说:"汉亭,你看,局势会如何发展!"王汉亭虽是行伍出身,却十分关心时局,看报是十分仔细的。他边抽烟边喝茶,打着哈欠说:"我看,越是中国吃败仗,和平的希望就越大。反正,中国这次打一打,亏是吃定了。和平是跑不了的,吃亏也是跑不了的。越打得久,亏越是吃得大,人死得越多,为和平付出的代价也必然更大。"

童霜威见王汉亭喷出酒气,明白他是带着酒意了,所以今天说话比平时直率大胆得多。虽然有些话不中听,倒想听他说说真心话,说:"汉亭,你认为我该不该去武汉?"

丫头香云提壶前来斟茶水,端了些花生米、瓜子碟子来。

王汉亭冷笑笑,又喝着茶,说:"我认为你何必长途跋涉去赴什么国难呢?你不如在南陵县学学诸葛亮高卧隆中。"他是个《三国演义》看得烂熟的人,过去在军界时打仗也带着《三国演义》当天书看的。

童霜威抓一把花生米嚼着问:"为什么?"

王汉亭叹口气说:"唉,秘书长,国民党蒋介石对你如何,你心中最有数。你在中央并不得意啊!这点你心里明白,我冷眼旁观也明白。他们有负于你,你平时也对我谈过。你就是因为无派无系,所以不走红。你还值得做什么愚忠愚孝的岳武穆呢?曹孟德是宁可我负天下人,不让天下人负我。我看他懂得人生三昧。"

童霜威被触动了心事,心情沉重,叹了口气,忍不住又说:"汉亭,你说的我不大懂。"

王汉亭响亮地擤着鼻涕,说:"如今正是乱世,英雄造时势,此其时矣!我虽遭到排挤,解甲归田,坐着冷板凳蜗居在此,心里总有不甘!藏龙卧虎,应该待时而动。这里是我家乡。如果战火烧来,我对日本人并不害怕。'士为知己者用',我这人历来讲义气,别的我不管,我只看人家对我如何?"

童霜威像给火一灼,心上一惊,想:唉,看来,他是因为失意而生怨恨,因蜗居而盼富贵,是在想做汉奸了?现在日本人每到一处,轰炸烧杀之后,每每找些遗老逸民,出面组织"维持会"。王汉亭是也动了这种念头吗?他心里反感,但多年来的官场世故,使他觉得劝也只能有分寸,不可全抛一片心。何况王汉亭的话说得既明白又未完全明白。他叹口气,意在言外地说:"汉亭,只要有民族气节,留在桑梓之地也可为国家百姓出力!"

王汉亭机灵,听童霜威这样说,忽然语调一变,似乎得到了极大启示,说:"啊呀,秘书长,你这番教诲真是使我顿开茅塞。带兵的事我内行。留在南陵,如果战火真的临近,我就登高一呼。十多年前,河南宝丰县人白朗率众起义,孙中山、黄克强派人与他联络过。他的队伍最多时发展到两万人,打得袁世凯狼狈不堪。他的队伍也到过我们安徽的六安、霍山等地。最后虽失败了,白朗也战死了,但轰轰烈烈。如果日本人压境,我当招募乡里子弟保我家乡。"

童霜威想：嗬，你变得何其快也！又想：你难道以为我不懂？听了我的话你又有鬼主意了！你想拥兵自重，拉起队伍来，如果日本人来了，你讨价还价就有本钱！人真复杂，各有各的打算。想着，嘴上说："好啊好啊！"边说，边抓了一把西瓜子嗑起来，心里仍在盘算着自己应当怎么办。

忽然，听见院子里有脚步声，几只鸡惊得"咯咯"叫扑翅飞，一个粗沙的嗓子在叫："王老爷！王老爷！童老爷在不在？"

王汉亭起身掀开门帘，说："啊，是老殷啊！什么事？秘书长在我这里。"

童霜威起身朝外看，只见老殷满脸是汗神秘地轻轻说："我家二老爷回来了。童太太让我快来报个信，请童老爷回去。"

王汉亭"呀"了一声，回脸对童霜威说："怀南怎么回来了呢？看来，战局西移，苏州、吴江恐怕都已不保！我就知道，报上动辄就说：我军向西'转进'！又说什么建立'新阵地'，我就明白，是打了败仗撤退的巧妙说法。怀南的归来，是大局不妙呀！"说罢，不胜唏嘘，打发老殷说："老殷，你先回去！我们马上来！"

老殷却挨近门边，将头伸进房来，压低嗓门说："童老爷，王老爷！我家二老爷是戴了眼镜穿了棉袍化装回来的。大老爷说除了告诉你们二位老爷外，对谁都不要讲。所以派我来的！"

童霜威又是一怔，点头说："哦，知道了。你回去吧！"

老殷的脚步声蹀躞着走了。院子里又恢复了寂静。

童霜威坐不住了，说："汉亭，我们一起去吧！"

王汉亭仍陷在迷惘与苦思苦想的情绪中，酒是早醒了，朦胧的眼睛也睁大了，又掏出强盗牌香烟来吸，说："唉，国际形势不好，前几天看报，德意日反共公约全文已经在意大利首都罗马墨索里尼的相邸签字。我就担心日本气焰更盛。现在，仗打得一败涂地，实在糟糕！"

童霜威心里明白，江怀南是临阵脱逃回来的。战线西移，苏州和吴江不保是肯定无疑的了！不禁长叹，说："我们快去看看怀南，听他谈谈吧！"

天气晴朗，两人绕小巷抄近路匆匆到了江三立堂，童霜威当先走了进去。前院，现在已是初冬，树木凋零。水泥场地上晒着粮仓里挑出来的谷子。一些佃户正在挑箩筐、摊开谷子。两人绕过晒谷场急急忙忙又向后院走去。

转来转去，通过月亮门到了后院，正穿过落了叶的紫藤架下和有麻雀飞起的花坛向廊上走去，见客厅里迎出来一伙人，穿长袍的江怀南当头，后边跟着浓妆的方丽清、戴顶瓜皮小帽的江聚贤、黄脸的江大太太、娇嫩的"金娃娃"。江怀南远远拱手鞠躬相迎，高声地说："秘书长，能够再见尊颜，实在是三生有幸！从前方回到家园，真有隔世之感！"

童霜威快步上前，同江怀南热情握手，说："能平安回来，就是大好事，就是大好事！"

方丽清神采飞扬地笑着说："江县长是化了装回来的。他刚到家就要去找你。我提醒他，他去不方便。是我叫老殷去叫你的！"

童霜威许久看不到方丽清的笑脸。见她情绪好，也自高兴三分。江怀南又同王汉亭寒暄一番，大家齐到客厅里坐。小英和金娣泡茶倒水忙了一通。童霜威同江怀南靠近在两把红木太师椅上隔着茶几坐下。

童霜威说："怀南，吴江情况如何了？"他细细打量江怀南，满脸有风尘之色，仍潇洒得很。

江怀南长叹一声说："唉，可怕，可怕！十一月十五号那天，我刚召集战地服务团和师部政训处、别动队以及当地保甲长开联席会议，日机狂炸苏州，投弹约七百枚，炸得烟火蔽天，死伤无数。吴江自然也遭波及，掉下了不少炸弹。我一看那架势，心如火燎。参加了城防的一次会议,听到驻军秦师长说:要利用天然屏障,转向阳澄湖南去坚守。我明白,是要放弃县城了!我手无缚鸡之力,一介书生,又无兵力。看到所谓'中国马其诺防线'工事窳败,兵士武器陋劣,用大刀血肉去同飞机坦克拼,伤兵无人管,百姓无人问。你们掌兵权的如此,我何必白白殉葬?当夜,又有空袭,我决定不告而别,回来守业。我从'八·一三'至今,日夜辛劳,呕心沥血,对得起国家民族。留得青山在,以后还好出力。如果曝尸吴江,作了冤鬼,就未免愧对祖先了!"

童霜威感情复杂,询问道:"不是听说那条吴福线很坚固的吗?怎么挡一挡日寇也不行?"

江怀南大摇其头:"天晓得哕!牛皮吹得大,钱也花得不少,可是有屁用!工程质量不好,防线上既没有设留守部队和向导人员,也没有工事位置图。新的部队来到后,找不到工事位置。找到了工事位置,又没有打开工事的钥匙。一盘混乱,一塌糊涂!"

童霜威深深叹了一口气,感到无话可说。

王汉亭也叹口气说:"怀南兄,你回来得对!这场烂仗,我早说过打不得!要打,一定是火烧七百里连营寨!"

江聚贤捧着水烟袋,摇头说:"罢了,罢了!怀南,幸亏祖宗积德,你回来了,我也心安了。"

江怀南懊丧地说:"唉,公路上塞满了成千上万退下来的队伍。许多伤兵,就躺倒在公路上等日机来轰炸,炸死的伤兵和老百姓的尸体到处都是。所有店铺都关了门,吃饭也成问题,我能活着回来不容易哪!"他似乎直到现在仍惊魂未定。

方丽清抱着暖水袋开口了:"是呀,江县长回来了就好了!你们在这南陵住着的人,不知道轰炸的滋味,我在上海可是知道的。那次大世界被炸,只看见一架飞机尾巴上吐出一缕浓烟,一个黑沉沉的东西炸下来,马路上炸成一个洞有一丈多深,两丈宽。马路上像飞来一阵血雨,到处是人肉人腿,送了好几百条命!"

"金娃娃"怀里抱着那只虎纹狸猫像抱着个儿子,娇声娇气地挤眉弄眼:"啊呀!骇死人了!不知将来日本飞机会不会也来南陵丢炸弹?"

大太太嫌她多嘴,在一边横眉竖眼盯着"金娃娃",插嘴说:"这些事情用不着我们女人管!"

江聚贤皱着眉瞅了大太太一眼。嫌她在童霜威这样的贵客面前不识大体,嫌她叱责"金娃娃",却又无可奈何。

江怀南吁了一口气,感慨万端地吐露心曲,说:"秘书长,可惜啊可惜!创业维艰,一番事业眼看快要兑现,一场战火,一切都成镜花水月了!"他指的当然是威南农场。

他说的话,童霜威心里明白,也自浩叹,说:"'殆天数,非人力'①。只要你平安回来也就行了!今夕何夕,我们应当热热闹闹为你洗尘。"

江聚贤"噗噗"吹着水烟灰,忙起身说:"对对对,我已关照厨下,今天中午就摆酒席请秘书长和太太赏光,请汉亭兄作陪,给我家老二接风!"说完,"咚咚咚"走出客厅下台阶往前院走去。忽又回头对大太太和"金娃娃"说:"你们也去张罗张罗,让秘书长和二弟他们好好谈谈!"

江聚贤走了,他的大太太和"金娃娃"也都告辞走了。

王汉亭说:"怀南兄,你回来时,秘书长正在我家商量他的去向,是去武汉还是留在南陵?我们也无定论,你来了,正好合计合计。"

江怀南正用眼睛瞟着方丽清,这时转过视线,正襟危坐问:"秘书长想去武汉?"

童霜威点头叹口气说:"是啊,现在南京已受威胁,国府将迁移

---

① "殆天数,非人力"乃宋张孝祥词《六州歌头》中的句子。

重庆,政治中心实际已先移到武汉。我虽无现职,总是中枢人士,又是刚民选出来的国大代表,不能共赴国难,长期滞留南陵,似乎不妥。到武汉熟人较多,消息灵通,进退方便,来去自如,比在这里无论如何要略高一筹。昨天冯村来信,也力劝我应当到武汉去。我是确实心动了!"

江怀南思索着,窥察着方丽清的脸色和眼神。

方丽清闷声不响,抱着热水袋,眼睛看着自己脚上从上海"小花园"买来的绣花鞋上那两朵牡丹花。

江怀南转脸问:"汉亭兄高见如何?"

王汉亭有主见地说:"我劝秘书长不走!老蒋把中国的命运押在英美身上,实际是远水难救近火。我是反对再打下去的。什么抗战?实际是不负责任,上了共产党的当!秘书长既然没有现职在身,跋涉去武汉受罪,何如在此享享清福?我看这仗是打不长的!"

童霜威见江怀南似乎犹豫难言,说:"怀南,你一向遇事有主见,多谋善断,你就说说,说错也无妨嘛!"

江怀南到达以后,还未同方丽清单独谈过知心话。见自己来后,方丽清流露出十分喜悦,此时,又见方丽清始终不明朗表态,感到方丽清是刚同他见面怕又分离,担心说得符合方丽清的胃口固然好,说得不合方丽清的胃口会使方丽清不快。从童霜威的话里,又听出童霜威是想去武汉的,不免为难。仔细斟酌,心里的算盘噼噼啪啪一打,主意来了,斟字酌句地说:"依怀南的看法,秘书长去武汉当然是好,好处至少有三……"

童霜威兴奋了,说:"好好好,你先说说第一个好处!"

江怀南说:"以秘书长的地位来说,去到武汉,共赴国难,如鱼龙入海,必然会鹏程万里,大展抱负,困守在此,得不偿失,贻人口实。"

童霜威"唔"了一声,点头思索,问:"第二个好处呢?"

江怀南态度自然些了,说:"怀南在吴江和南京时,听军界人士估计,日寇惯用包围战术。敌军在金山嘴外登陆,上海战局就大势去矣!下一步,日寇进攻南京,会不会由太湖南侧西进,走广德、宣城一线到芜湖,包抄南京?如果那样,南陵必然也陷入重围。像我系擅离职守的县长,汉亭兄是解甲归田的少将,家兄有祖传产业拖累,还可留下来观望。像秘书长,留在包围圈里就难以自处了。因此,如去武汉,倘若战局顺利,可以得利;如果战局不利,也可得利,何乐而不为?"

院子里老槐树上,有只喜鹊翘着尾巴"喳喳"叫了又叫。童霜威觉得听了喜鹊叫神清气爽。江怀南说得坦率,分析的道理很有说服力。他不禁点头沉吟起来。

王汉亭在一边吸着香烟,却说:"其实,秘书长留下来,如果日寇临近,我们拉支队伍,拥你为总司令,一样是大有可为!"

江怀南笑了:"你这想法倒是新鲜,只是那究竟是带几分冒险的事,秘书长是文人,不喜戎马生涯。让他冒险,何如去武汉分一杯羹呢?"

童霜威忽然催促着说:"怀南,你再讲讲第三条吧!"

江怀南咳一声顺了顺嗓子,说:"南陵是个小县城。大驾和太太在此,生活上太受委屈,招待多有不周。武汉是四通八达之区,如去重庆,十分方便,如不去重庆,那里也有租界可住。而且,我想,虽然上海沦陷,但租界不容日本侵犯。即使局势进一步恶化,英国怡和、太古洋行的轮船由武汉航行至上海仍是可能的。万一不行,要回上海,从武汉经粤汉路到广州,由广州至香港,由香港坐船到上海租界上也很方便。因此,去到武汉是一步活棋!"

讲到这里,只听方丽清哼了一声。她对南陵早已深恶痛绝,朝夕想念着上海租界。江怀南的话打中了她的块垒,她插嘴夸了一句:"江县长真聪明!"

江怀南笑着谦虚地说:"总之,仗我估计打不长,还有一番恶战又势所难免。秘书长去武汉,我是举双手赞成。将来您飞黄腾达了,我们都可以同附骥尾。所以您是非去不可的。太太要是怕长途跋涉,请就留在江三立堂!我当执学生之礼侍候师母。"他说得又忠实又彬彬有礼。

方丽清忍不住"噗哧"一笑,把暖水袋贴在脸上,心里想:他真精灵!真滑头!她看了江怀南一眼,江怀南会心地答了一个微笑,双关地说:"其实,仗是一定打不长的。分别也是暂时的,不会久!不过,为了安全,也为了秘书长的前程,师母当然还是同去武汉为上策!"

童霜威感到江怀南有情有理,说的话又有见地,显得高兴,看看方丽清说:"当然一起去!"又对江怀南说:"怀南,我是决定了!为赴国难,去武汉!在此三月,我早有髀肉复生之叹了!"

王汉亭帮腔说:"今天,不但是为怀南洗尘,更重要的,是要为秘书长和太太送行了!"

江怀南装作多情地看了方丽清一眼,说:"送行,是一定要盛宴饯别的,今天太匆忙不能算!"忽又说:"秘书长,您去了武汉,如果万一战事胶着,我一定也到武汉来在左右供您驱使。我这次离开吴江,走得神不知鬼不觉,但我也不害怕。我打算在上海、武汉都花钱找点小报记者,请他们为我编点我从吴江前线脱险的故事,在报上宣扬宣扬。再有您做靠山,我迟早要东山再起。但是前线的县长,以后是怎么也不干了!"他的话引得王汉亭哈哈大笑。

童霜威也笑了,心里不禁想:这个人,比我们这些老于官场的人更圆滑更世故了!世道怎么好得了啊!虽如此想,又觉得交上这样一个人倒是颇有用处,不可缺少,一笑了事。

方丽清觉得这个比童霜威年轻得多的县长,真是聪明机灵得可爱,也抿嘴笑了。

五

十一月二十二日,童霜威、方丽清带着家霆、金娣离开南陵去武汉。路线,是由南陵起旱路,经过青阳、贵池、殷家汇到安庆。然后,由安庆坐船去武汉。

启行时的形势是:南陵上空常有漆着太阳徽的日机三架或六架、九架地飞过。苏州、吴江、常熟均已失守。无锡、江阴一线正在激战。南京下了初雪。冯村从武汉来信,说他已经到了汉口。童霜威复信冯村,要他在武汉租赁住处,准备到武汉后可以有落脚之地。

临行前的几天,从南陵县长朱大同到江怀南、江聚贤和王汉亭、王氏孀妇,请了又请,天天摆了酒席盛大欢送。江聚贤查了黄历,说:"拣个黄道吉日出门吧!历书上注着十八日不宜远行,十九日诸事皆宜。阴历十九日正是阳历十一月二十二日。"

童霜威要去武汉,心情激奋,心头既充满了去共赴国难的豪情,又有一种去重新得到任命开创事业的向往。对南陵县,从县长朱大同到江家兄弟和王汉亭、王氏孀妇的欢宴和盛情感到满意。

方丽清心情也十分兴奋。虽然为同江怀南刚刚把晤却又要分离感到一种遗憾,但在江三立堂交往并不方便。被江怀南那张巧嘴抚慰一番,心里变得甜丝丝的,回味无穷。江怀南宣称:如果战局结束得早,一结束就可见面;如果战局延长,也会到武汉探望。想到童霜威去武汉能够政治上得意,她有光荣感;想到自己与童霜威同行,南陵县大家盛情欢送,到武汉少不了又有人盛情欢迎,心里那种虚荣,使她陶醉。武汉大都会的歌舞升平灯红酒绿生活,吸引着她想离开这偏僻寂寞处处落后的南陵县城,去武汉后如果回上海租界,似乎比较容易,更使她毅然决然要同童霜威一起去了。所以,她脸上也常有喜色和笑容,用秋波凝望江怀南时,有时甚至使江怀南害怕露出马脚,总是在私下里悄悄提醒她:"当心点!当心点!不要给人看出来。"

家霆也高兴。他早不想在江三立堂长住了。南京不能回,去武汉他也高兴。到武汉能上学又能见到冯村都使他满足。他将自己带到南陵县的课本和他爱看的《万有文库》里的一些书,装在一只作书包用的小皮箱里,准备自己随身提着上路,显得兴致勃勃。

只有金娣,她总是微微露出哀愁,脸上缺少喜色。江怀南回南陵的第一天,方丽清无缘无故打了她一顿。打她时,方丽清说的话,她懂。方丽清掐着她的嘴巴说:"你要敢不听老娘的话,我掐死你!""你要敢多嘴嚼舌,我割掉你舌头!"偏偏第二天晚上,县长朱大同来看望童霜威。江怀南回避不见。童霜威在前院接见朱大同,江怀南在后院突然溜到方丽清房里去了。金娣见方丽清房里漆黑,端盏煤油灯一头闯进去,给方丽清跑上来迎面两下耳光,照例又是一番老话:"你瞎了眼了?我要戳瞎你的眼,扯烂你的嘴!"不过这次又加上一句:"你要敢不听话,就将你留在南陵县送给江家大老爷做小老婆!"这可吓坏了金娣。她知道,江家大太太的丫头小英,算命的说她将来能生贵子,江聚贤很快就要收房做三姨太。金娣连连求饶:"太太,我听话!我听话!你不要将我送人,我一定听你的话!……"现在,方丽清并没有将金娣留下,金娣也高兴不起来。她明白:跟着到武汉,她也是要挨打挨骂的。对她来说,哪里都一样。绵绵无尽的苦,哪天才是个结束?她眉间哀怨,只有当家霆在无人时同她说说话,她才略为感到有点说不出的高兴。

县长朱大同，老于世故。有一度，因为听说童霜威的官职已经解除，显得比较冷淡，也不到江三立堂来请安了。这一度，听说童霜威要去武汉共赴国难，他态度变了，恨不得用出浑身力气来拍马屁，天天都要到江三立堂来向童霜威请安问好。江怀南起先对朱大同是避而不见，十九日那天，见到报载苏州、吴江均已失守，决定露面。他包扎起左臂，谎说负伤，亲自先到县府看望朱大同，胡吹了一番吴江失守，自己怎么坚持到底才撤离险险丧生的情况。倒博得了朱大同一番钦羡。谈起童霜威去武汉，朱大同又亲自到江三立堂献策，说这一路，时常发生土匪拦路抢劫杀人的事，决定派四个武装警察护送到安庆。他又费尽心机打着童霜威过去的"秘书长"招牌，同青阳县联系，将公路上仅有的两辆破旧客车，调来一辆，送童霜威一家上安庆。

走的那天，天明前，四处公鸡"喔喔"啼叫头遍，童霜威一家就起床了。江怀南来送，表现得依依不舍。偏巧，一早敲钟放了空袭警报，幸好未见日机来临。警报敲钟解除后，童霜威一家离开江三立堂走出东门。东门里的青石路太窄。那辆客车行驶不便，只好停在城外。童霜威一家由江聚贤、江怀南及朱大同、王汉亭等陪送到了城外。西北风凛冽，水面已经结冰，天寒地冻，一派萧索。童霜威想到华北正面战场上，从八月到十一月接连丢了南口、张家口、大同、保定、沧州、归绥、包头、石家庄、邢台、德州、太原，真是一溃千里。如今南方上海、苏州、常州等地也已失陷，大好河山，断送敌手，心情阢陧，颇有一种"风萧萧兮易水寒"的感觉。江氏兄弟、朱大同和王汉亭热情送行。江聚贤做主让江三立堂做了一面大匾，上写"民众救星"四字，让佃户敲锣打鼓披红挂彩、放鞭炮送来给童霜威。童霜威看了匾上的字，反倒局促不安，只好连声说："不行不行，不敢不敢！"匾当然不好带走，最后，童霜威对朱大同说："朱县长，这块匾留给你吧！"朱大同说："这上面写了秘书长的名字,还是带走的好!"童霜威连连摇头。江怀南知道这块匾童霜威受用不了,说:"那就留下,我们给挂在江三立堂,作为秘书长在此地从事抗战的纪念吧!"

一伙人一起送到城外。江三立堂的佃户挑着两担提篮,内贮美酒和菜肴为童霜威送行。酒壶为了保暖,全套着崭新的"茶榾"①。在郊外,江氏兄弟和朱大同、王汉亭一再斟酒饯行,童霜威不禁想起了李白的名句:"李白乘舟将欲行,忽闻岸上踏歌声,桃花潭水深千尺,不及汪伦送我情。"南陵县喜鹊多,有几只花喜鹊"喳—喳"叫着飞过头顶,歇到一棵大树上去了。江怀南笑着打躬,说:"恭喜恭喜,秘书长!喜鹊登枝,大吉大利,谨祝顺风!"

那辆客车,外形破旧,蓝白相间的色彩,喷漆大部早已剥落。四只车轮上沾满尘土泥浆。但这样的客车,在这种时候,已是难能可贵。没有它,从南陵启程步行到安庆,至少要三四天以上。有了它,早上启程,夜晚就可抵达。如果赶得从容一点,中途在贵池县住一夜,第二天上午也笃定可以到达安庆。朱大同派的四个警察,连同江聚贤、江怀南弟兄派的老殷,五个人护送童霜威一家四口人到安庆。客车上除了坐人以外,空的地方全堆上了箱笼、网篮、铺盖卷和杂物。车子在坑洼不平的公路上颠簸前进,车屁股后冒起一阵滚滚烟尘。童霜威戴着獭皮帽,绸缎皮袍外穿着獭皮领马裤呢大衣。方丽清在丝绵旗袍外穿着灰背大衣。出门上路,他们有意要穿得体面,表现出身分来。两人坐在最前面的位置上。家霆穿着黑呢短大衣,金娣穿了一件花棉袄,两人坐在童霜威和方丽清的后面。接着坐的就是穿一套紧身黑布棉袄头戴瓜皮帽的老殷,他太阳穴上贴着黑膏药,脸上几颗白麻子特别显眼。老殷会打拳使棒,紧身黑棉袄长长地盖住臀部,对襟密密麻麻的扣子从领口一直到底。家霆看到他就想起看过的电影《荒江女侠》里的那种江湖

---

① 茶榾:当时一种套在茶壶外面保温的棉制用具。

大盗,又觉得老殷不如干脆叫作"老鹰",那模样太像一只黑色的老鹰了!老殷背后坐的是朱大同派来护卫的四个武装警察,一个个都像木头人似的坐得笔直。

汽车摇摇晃晃,七哼八哼。方丽清用绣花手帕捂着鼻子,嫌汽油味太浓,又嫌灰尘飞扬、冷风扑鼻,更嫌车子太颠,一路仍在嘀嘀咕咕,怨天尤人:"真倒霉,苏三起解也没这么苦!""抗什么战呀?不打仗多好!""这死地方下次杀我头我也不会再来了!"……她的话,童霜威听了心烦,家霆听了气恼,金娣听了害怕。虽然这不是骂她,她被打骂惯了,只要听到方丽清开口表露出不高兴,她就会吓得心惊肉跳。

家霆去武汉心里高兴。他是个常会沉湎在神奇幻想中的少年,对天下的广阔,有时会沉思默想,对大自然的美景,会心醉神迷。同金娣坐在一起,家霆先是因为金娣长得像班上的女同学欧阳素心,想起了南京的学校和老师同学们。接着,又想起了潇湘路家里的庄嫂、尹二和刘三保。他忽然轻声问金娣:"你想庄嫂和尹二他们吗?"金娣摇摇头。家霆用好奇的眼光望着她,心想:她对谁好像都没有感情?

冬天的安徽农村,显得分外贫穷凄凉。薄雾中错落有致的田地、农舍、林木,全像涂了一层灰黄色。偶尔有烧石灰的小窑上飘着青烟和白烟。铺着白霜的田野,瘦小的公鸡追逐着瘦小的母鸡,野狗吠叫。田间空阒阒的一片枯黄。老鸦在凋零枯秃了的树丛间"呀!一呀!"乱叫,飞着兜圈子。穿得破破烂烂的庄稼人,有的赶着骡车颠簸着在土路上行走,有的挑着柴火、挑着蔬菜,零零落落,蹒跚着脚步在公路两侧匆匆行走。天冷,哈出气来如同白雾。车在颠动,童霜威的心情异常沉重。这是在向安庆去。他老是想着褚之班在安庆做地方法院院长的事:褚之班真是神通广大,不知走谁的门路竟又到安庆做了院长。那么,现在我到安庆找不找他呢?

安庆并没有熟人,当然,去找省政府、省党部也完全可以,我是去到武汉共赴国难的,他们理所当然地会招待并且安排一切的,但不找褚之班,他会不高兴吗?……童霜威想到自己丢掉官职的事,心里就充满了不快。但褚之班后来向冯村声明过,他并没有散传单,说他们仍是好朋友。那么,即使他言不由衷,又怎么能不去找他呢?……想起这些,童霜威心里像塞满了猪毛似的难受。

老殷同那四个警察在闲聊。谈的是在这一带路上,有打闷棍谋财害命的,有剪径的土匪,上个月还在青阳县和南陵县枪毙过几个绑票的。南陵税务局的一个小公务员在这条路上给土匪砍了五刀,衣服剥得赤条条的死了。

间或,看到公路边的茅舍土墙,又低又矮,大都裂开了粗阔的罅缝,有的用柱子抵着地勉强支撑着。土墙上刷着白粉,有着青天白日徽,新刷了"抗战必胜""打倒日本帝国主义"的大字标语,似乎带来了一点抗战的气氛。汽车在中午时分到了青阳县打尖。

青阳县小小的破旧城楼上长满了野草,已经坍塌缺落,只凭朽败的楼椽在支撑着残局。汽车进了小城门,街边有些小摊,卖豆腐脑的排着一溜条凳,烘胯饼、做锅贴的将平锅"当当"敲得震天响,都在招徕顾客。在一块空地上,汽车停下,大家下车拍掉身上的尘土。老殷找了一个小馆店请童霜威、方丽清去吃饭。所谓小馆店,实际是一个门前搭着篷顶的摊子,放着板桌,上面摆着插有黄竹筷子的竹筒,叠着些粗花碗,放着几盆早已烧熟的现成菜:炒韭菜干丝、红椒烧小鲫鱼、红椒炒豆腐……小馆店里还卖面条和菠菜豆腐汤。见有阔人进来吃面,要饭的叫花子马上围上来一群,几个伤兵也在边上张望。方丽清嫌馆店脏,宁愿不吃,也不让金娣吃,捂着鼻子要金娣陪她回汽车上坐着去了。童霜威也嫌脏,忍耐着同家霆一人吃了一碗肉丝面,又掏出一把零碎毛票来打发叫花子。他让老殷和那些警察、司机在另一张桌上坐下,等着店家下面条吃,自己带了家霆吃完面条离开小店走回汽车上去。没想到刚走近汽车,听到方丽清大叫救命,见一伙伤兵正围着汽车起哄。童霜威对家霆说:"快去叫老殷他们来!"自己连忙跑上前去,只见几个伤兵正在车下指着车上的方丽清大声吼骂。方丽清气红了脸,也在回骂。

童霜威上前,劝解地说:"弟兄们,散了吧!散了……"

一个伤兵脸红脖子粗:"散个屁!老子们在前线流血抗日,负伤来到后方,吃不饱穿不暖!你们当官的带着太太坐汽车吃馆子享清福!她开口就骂我们是'穷鬼'、'瘪三'!她还像不像中国人?"

童霜威心里明白,准是方丽清骂了人家,正想道道歉等老殷等来让司机快点离开,家霆已经跑回来挤进人丛到了童霜威身旁。原来,老殷等已经来了。老殷恶狠狠地捋起袖子,四个警察也掏枪上来。伤兵们不甘示弱一拥而上,有的举起拐棍,有的高叫:"来啊!弟兄们!……"一些在街上闲逛的伤兵听到招呼,都聚拢来了,七嘴八舌吆喝:"揍!""打!"……童霜威急忙带着家霆上车,连声说:"不不不!……大家散了吧!散了吧!"挥手对老殷和四个警察说:"快快快,上车!上车!"已经来不及了!"乒"的一声,车窗上一扇大玻璃被伤兵用石块砸碎了。方丽清"啊呀"大叫起来,"乒"的一声,大玻璃又碎了一块。老殷会拳术,几个瘸腿少胳膊的伤兵哪是他的对手,早被打得东倒西歪,四个警察也摩拳擦掌动手打人。童霜威心里恼火,摇手大叫:"不准打!不准打!"可是拉扯不开了。伤兵们又聚过来,围上来,一场混战,"砰"的又打碎了一块玻璃。正不可开交,伤兵里有人高叫:"快走!""快跑!"一刹那,伤兵都跑光了。童霜威奇怪,眼睛一扫,原来几个值勤的宪兵正在跑过来。伤兵见到宪兵,像老鼠见到了猫,赶快逃跑。

童霜威不想多留,马上叫老殷等上车,对司机说:"快开车!快!……"

汽车重又开动,一溜烟离开了青阳,逃窜似的向贵池方向行驶。方丽清气得闷闷拭泪,嘀嘀咕咕骂了起来:"这些杀千刀的伤兵!"老殷左脸上青了一块,是一个伤兵的拐杖打的,他和四个警察也都骂骂咧咧。

童霜威在颠簸的汽车里叹气怨艾,觉得无话可说,一路上闷声不响。冷风从被打碎的车窗玻璃缝隙里钻进来,他只能拉起獭皮领子挡风,后来索性闭目养神,打起瞌睡来。他一沉默,汽车里笼罩着一片沉默。早上起得早,旅途又疲劳,车上的人在瑟瑟的冷风中都缩着脖子打起瞌睡来了。

太阳渐渐向西。车子仍在颠簸中行驶。傍晚时分,汽车到达贵池县城郊。这里多水,白色的水鸟成群盘旋飞舞,"喳喳"乱叫。有些水鸟"噗索索"地从芦苇丛的枯草堆里飞将起来,分散开,成了小黑点子落到四下远处。郊外正在挖掘战壕,许多民夫在用铁铲一锨一锨掘土。气氛使人沉重紧张。车子照例从一个破城门洞里开进县城,引起了两边陋屋前许多老百姓注意。童霜威掏出一张过去用剩的名片,名片上是三个头衔:"中央司法行政部秘书长、中央公务员惩戒委员会委员、中央公务员惩戒委员会秘书长。"他将名片交给老殷,说:"车子开到县政府,你拿名片找县长,告诉他我带家眷来了!"

老殷恭敬地接过名片,对司机说:"往右拐上大街向前就到县政府了。"他去年替江三立堂办事到过贵池县,路很熟悉。

汽车在狭窄的街道上"叭叭"揿着喇叭,驱开行人往前行驶。快到县府了,看见街路堵塞,人群都拥围在街边一块空地上看热闹。汽车再揿喇叭,人群也不肯移动了。童霜威焦灼地对老殷说:"下去看看,发生什么事了?"老殷应了一声,立刻开了车门,下车走了。

四边的人,有拥向人群堵塞处看望的,也有拥来看汽车的。方丽清板着脸生气,嘴里说:"讨厌!真讨厌!"忽然,"砰!""砰!"两声枪响,撕破了空间的沉寂。枪声凄厉,惊心动魄。枪声是从人群围观处传来的。

童霜威心里着急,说:"放枪?"

只见人流波浪似的拥来拥去。方丽清说:"发生什么事了?"她对司机吼着:"走!快开走!不要停在这里!"

正说着,见老殷从人丛中挤到汽车门边来了,跨上车来,向童霜威报告说:"两个广西兵违犯纪律跑到老百姓家抢东西吃,这不,就给枪毙示众了!一个只有十五、六岁,还是小孩子;一个二十来岁。两人都叫冤枉。可是一枪一个都翘了辫子!"

家霆听了,皱着眉说:"真可怜!"

方丽清说:"可怜啥!谁叫他不好好当兵!要叫我带兵,中午在青阳我把那些伤兵一个个都枪毙杀头!"

童霜威听不过去了,说:"哪能随便杀人。其实,这两个广西兵凭这点罪也不该就杀!"他想,桂系以对士兵纪律严标榜,实际是树他们自己的威信,拿士兵的性命开玩笑。

方丽清不服地哼了一声:"我就要杀!我就要杀!统统杀光!"

见她歇斯底里,童霜威也不说了。人群已经开始散开,一些行刑的士兵执法队,吹着洋号列队走了,司机将车向前开去。街上有小布铺、小洋广杂货店。一家小店铺里有炒菜爆锅声和婴孩的哭声传来。屠户案板挂钩上的肉已卖光,老板腆着大肚子站在门口看热闹。一个打猎的捧着两只山鸡在兜售。……汽车揿着喇叭,开到了一棵叶片凋尽的老槐树旁,县署就在这里,汽车停了下来。老殷下车迅速拿了童霜威的名片跑进县政府里去了。

仅仅五六分钟,一个戴深度近视眼镜的瘦子,有点黑胡子,穿件灰色土布旧棉袍,头发蓬松,形容疲惫,脚步匆匆地跟着老殷走出来了,后边还跟着一个秘书模样的矮子,穿件蓝布旧棉袍。黑胡子县长一上来,朝着童霜威就点头哈腰,像早已认识似的连声说:"童秘书长,失迎失迎!请到里面休息。鄙姓徐,徐雪芝,是这里的县长。"

童霜威同他握手,说:"好好好,徐县长,我携眷拟去武汉,路过这里,借宿一夜,明晨我们就走。"

徐雪芝朴实地说:"小地方条件不好,请多包涵。请夫人和公子下车,一起到里边去休息。"

方丽清早和家霆、金娣等都下了车。她微微同姓徐的县长点头招呼,心里不禁想:这个县长的相貌可比江怀南差远了!不但相貌难看,脸色疲惫,连衣着也太蹩脚。正想着,童霜威已经带头同那黑胡子瘦县长往县政府里走了。

黑胡子瘦县长徐雪芝是个大学毕业生,陪童霜威、方丽清和家霆、金娣到了里院。里院一间大瓦屋里,有个录事模样的老头儿,在用毛笔抄录文件。瘦县长徐雪芝招呼了一声,老头儿取下老花镜,将毛笔等收进蓝布笔袋,盖上铜墨盒,忙着同那秘书及县政府另外几个执事人员出来打洗脸水、泡茶水,让厨房里炒菜,张罗开晚饭。瘦县长徐雪芝一再致歉:县城里找不到好的客栈住,只有在县政府里住一夜,在里院临时腾出三间房来居住。老殷和四个警察连同司机在前边吃饭。童霜威和方丽清带着家霆、金娣在后边吃饭。饭菜端上来,方丽清就摇头。米里沙子很多稗子也不少。一碗红烧肉全是肥的。一盘炒鸡蛋勉强可吃。另外一盘青葱炒豆腐渣和一盘炒青菜无盐少油。一个汤像洗锅水。天冷,菜、汤都冰凉的,炒菜的猪油凝成白色,只有米饭尚冒热气。方丽清一边吃一边皱眉头,吃了小半碗饭,说是要带金娣先去看看住的房间。黑胡子县长让秘书陪着到后边安排的住房里去看看。金娣饭没吃饱,也只好陪方丽清走了。

童霜威带着家霆仍在吃饭，同县长谈话。瘦县长谈的全是当抗战县长的苦衷，说自己忙得像陀螺似的团团转，筹办广西兵的给养怎么困难，要县里派丁修筑工事又怎么困难，目前百姓的负担怎么繁重，当县长的八面应付怎么委屈。虽说是抗战了，但是人民群众的动员工作根本没有做！上边不支持，不让做，下边也无办法做。不少老百姓还不知道抗战是怎么一回事，不懂得为什么要同日本人打仗，主要是宣传动员民众的工作没做。并说今夜还要通宵带领保甲长和各户派出的壮丁去挖壕沟。……童霜威听着，感到这县长还是不错的，拥护抗战，对抗战也有信心。只是提出的许许多多困难，确实不好解决。只能嘴里"唔唔"，不断点头，采取了不发表意见的态度。

正谈着，方丽清扭着身子带着金娣从后边回来了。一看方丽清的脸上阴云密布，童霜威就明白她心里不悦。方丽清绯红着脸在旁边凳子上一坐，说："今夜不住在此地了！叫司机走！赶夜路到安庆住！"

县长徐雪芝一脸晦气，说："住一夜吧！休息一夜明天一早动身，很早就能到安庆的。夜里赶路，到了殷家汇，过江不方便。再说，看这天气，像要下雪了。"

天色确是不好，在这傍晚时分，天已暗将下来，那矮秘书拿了两盏油灯来放在桌上。眺望屋前的天空，灰白色的云团很厚，隐隐似有雪意。

方丽清坚决地摇头："不，不住这里！"

童霜威明知这女人嫌条件差，她决定要走，你拦是拦不住的。但觉得县长说的话有理，耐心劝慰着说："今夜就住下吧！非常时期，国难当头，有些事，能马虎的马虎一点，还是明天早上走的好。司机也累了！"

方丽清毫不理会，头摇得像货郎鼓，说："不！我一定要走！"

瘦县长徐雪芝似乎明白了,歉意地搓手,说:"临时太匆忙,被子是各家凑的,不太干净。要请多多包涵。"

童霜威怕县长难堪,刚才听县长诉苦,使他对县长产生了同情,心里明白方丽清是决不会在这里住了,说:"不碍被子的事。我们急着要赶路,就不打扰了。吃也吃过了,马上走吧!"

县长对这些"贵客"要走,其实心里也求之不得,表着歉意,说:"那,请童秘书长自己决定吧。"

司机和老殷等睡了,又被叫了起来,听说马上开车去安庆,司机面有难色,搔着头说:"童老爷!殷家汇江面怕夜里摆渡不行!"

老殷也说:"夜里行车不太安全,童老爷,还是明天早上走的好!"

方丽清板着脸,正掏出手提皮夹里的粉盒照镜子敷粉,生气地说:"我讲话是放屁吗?算不算数?带着四个警察干什么?叫他们找船还能找不到?"

司机不敢多说,只得点头:"好好,走吧走吧!"

童霜威一家呼呼隆隆由县长等一伙送出县衙门,老殷早把四个警察叫来。四个警察也已躺下睡觉,心里嘀咕:"这些老爷太太不把人当人!"却不敢做声,一起上了车,与瘦县长等一伙告别。汽车又开出城外,驶行在颠簸崎岖的公路上了。

原野消失在黑暗中,大片大片的荒草与芦苇丛生的水塘渐渐似乎与地面及天空融成一体。水光在黑暗里闪闪发亮,像黑暗中的镜面一样。

童霜威有点抱怨方丽清。方丽清嘴里还在嘀嘀咕咕:"还是走的好!这个蹩脚县长,把我们当猪猡!你没看到床上的铺盖呀!黑得像是阴沟水里泡过的,叫人哪能睡?几间破房,又潮湿又肮脏,房顶上蜘蛛网结得满满的。"

童霜威只好不做声,装作没听见。

家霆困了,上下眼皮像涂了胶渐渐要黏在一起了。他对走不走本是无可无不可的,这时想打瞌睡了,正想闭眼,忽见金娣也想打盹。他轻声问:"困了?"金娣笑笑,她身材小巧,纯洁无邪,笑得很好看。家霆忽然感到她很可爱:黑亮亮的头发,长长的眉毛,白白的脸,红红的嘴唇,眼目清明像两潭池水。家霆找着话说:"你上次说,要告诉我一件事,是什么事?"

金娣忽然惊吓得睁大了眼,连连看看方丽清。她怕这话给方丽清听见,用手捏了家霆的手臂一下,意思是叫家霆别问。家霆心里纳着个闷葫芦,只好不响。是在南陵县时,有一次,他同金娣聊天。那天,金娣刚挨了方丽清的打。家霆偷偷安慰了她。金娣忽然说:"有件事,我要告诉你……"家霆问是什么事,她忽然不说了。直到今天,家霆问过几次,她都不肯说。现在又是这样,是一件什么"秘密"呢?见金娣闭上了眼睡觉,家霆在她身边也闭眼打起瞌睡来。

朔风阵阵吹来,冷风袭进车内来。彤云密布,天,像一只巨大无缝的黑罩子罩着大地。忽然,飘落雪花了,纷纷扬扬的雪片鹅毛似的洒下来。雪花降落在路上、田埂上、路边的农舍和落尽了叶子的大树上。

天冷,车子在漆黑的夜里亮着灯冒雪开行,像条老牛喘着粗气,摇晃着身子在迈步。车子里熄着灯,一团漆黑,只望见外边已是银装素裹的大地。也不知走了多少时候,大约夜半了,到了殷家汇江边。

雪,越下越大,像荻花,像柳絮,随风漫天飞舞,四下里迷迷茫茫。只听到江水在雪中滔滔流过,"哗哗"作响,"嗵嗵"拍岸。天空洒落着白雪,黑沉沉的江岸上披上了孝衣。岸边偃灯熄火,停泊着一只早被白雪覆盖了的白昼摆渡的大木船。不远处有片沙嘴子的地方搭着个芦席棚,里面大约住着艄公,芦席棚也被雪覆盖着。童霜威到了这白茫茫的自然环境中,不但想起了柳宗元的《江雪》诗句:"千山鸟飞绝,万径人踪灭。"又突然想起了张继"月落乌啼霜满天……"的诗句。顿时,心头涌着极复杂的感情,脑际出现了许许多多难忘的人和事。他下车,在冷风中自言自语地说:"唉,这样下雪的深夜,这么宽阔的江面怎么过去?"

江风呼啸,寒冷彻骨,他身上积雪,脸上拂着雪花,风将他的皮大衣也吹得飘飘摆动。

老殷是个最会替东家办事的能干人,已经带着四个警察踩雪走近芦席棚,吆喝着里边的艄公起身了:"出来!""快起来!"

里边有人答话:"做什么?"

"摆渡!"

"夜里下雪不摆渡!"

"混蛋!"传来捣弄芦席棚的声音。

席棚里睡的两个艄公半醒着,冻得瑟瑟抖地出来了。天黑,看不清两个人的模样,从朦胧的轮廓以及咳嗽声和说话声听来,一个戴顶破狗套头帽子的是老头儿,一个是光着头扎块破包头皮的壮年人。船工的黑色身影给白雪衬托出来,"哗哗"在流的江水像一匹无边无际的黑缎在抖动。老殷不知说了些什么,总不外是要他们划船过江吧,两个艄公仍旧不肯。老头儿用手指着黑沉沉的呼啸着的江心,说:"有江猪!江面上江猪夜里最多,拱翻过船!"年轻人的声音有着怨气:"风雪这么大,不怕死吗?……"

老殷大约还在勉强他们,话声逐渐激烈起来,似乎有一个警察已经把手枪都掏出来上着子弹"喀嗒喀嗒"响。

童霜威站在雪地上,空气新鲜但是寒冷,使他打了个寒噤。他想:漆黑下雪的深夜,坐破烂的木船过江,岂不是同生命开玩笑?唉,千不该万不该,不该来,该在贵池县政府里住一夜的!都是方丽清呀!现在,进退维谷了!怎么才好?用枪押逼着艄公过江,难道是什么好方法吗？当然不是！他急急迈步踩着厚雪走到席棚前，瞅瞅两个冷得索索抖的艄公，说："老殷，不要逼他们了！我看，等天明雪停过江也好！"

老殷说："其实……"他自己心里明白，夜里下雪刮风渡江危险，说："那怎么办呢？童老爷！"

大雪冷风中，童霜威说："只好在汽车上过夜了！"雪地上留下了杂沓的脚印，他走回汽车停着的地方，开车门走上去。司机伏在方向盘上打瞌睡。车上，家霆和金娣已经互相依靠着睡熟了。他推推在车上打瞌睡的方丽清说："不行，夜深天黑，风大雪猛，木船过不得江，危险！"

方丽清尖声高叫起来，语气气恼："那怎么办？"

"该在贵池过夜的嘛，现在只能在汽车上过夜了！"

方丽清声音里含着怒火："一点办法也没有了？"

"姆！"

方丽清一肚子怨气带着哭声说："真倒霉呀！杀千刀的鬼地方！我真不该离开上海，要自己跑来跟你吃这种断命苦呀！……短命的东洋人呀！打什么断命仗呀！"

童霜威默然。

"那好！"方丽清忽然扑身在短短的仅可供两个人坐的椅座上，和衣躺下，说："叫老殷他们在车下过夜！"

风吹着雪花，轻轻地飘打在汽车破碎了的玻璃窗上。童霜威看着飘雪，于心不忍，说："外边太冷，又下大雪。让他们进来挤在后边吧！"

方丽清大声尖叫："那像什么样子？男女能都乱睡在一起吗？你不好讲，我来讲！"她竟翻身起来，走到车门前，开了车门。一股强劲的冷风卷着雪片飞进车来，吹得她头发扑面，她对着车下冷缩、疲倦的老殷和四个警察高声说："你们在下边找个地方过夜吧！

到安庆你们再好好休息!"说完,"砰"地关上了车门,对童霜威说:"看,你那宝贝儿子跟金娣呀!少爷跟丫头这种睡法成什么体统?把他叫醒!叫他到后边椅子上睡!"

童霜威有点冒火,说:"叫醒他干什么?小孩子嘛!让他就这样睡好了!"说着,他自己在车后边一条刚才两个警察坐的椅座上躺下。心里觉得把老殷他们都丢在寒冷彻骨的车外江边,实在太残忍,说不过去。却又不知如何才好,只得叹口气,装作马虎糊涂,不闻不问了。

他躺着,脚蜷缩着,半个身子在椅座外边,很不舒服。听到车外江边有江水"哗哗"的流泻声,有风啸声,有水鸟像鬼叫似的夜啼,也有老艄公的咳嗽声。老殷在吐痰,几个警察有的咳嗽吐痰,有的在叽叽咕咕,不知絮叨些什么。雪,无声地仍在降落。他躺在黑暗中,闭上了眼睛,听着水声,又听到有一只夜鸟悲哀地"吱吱"叫着飞过。他忽然又想到了多少年前,在苏州枫桥镇时度过的一个夜晚,只是这里听不到寒山寺的钟声。许多逝去了的往事,忘却为什么这样困难?而人生,为什么会有那么多难忘的记忆呢?

他又想到未来。未来,像这夜雪降落的四外,有点渺渺茫茫。但无论如何,南陵县是必须离开的。去武汉,也是对的。现在,安庆快到了!明天早上,到了安庆,可以坐船去武汉三镇了!这使他心里感到几分欣慰。

在朦胧中,他迷迷糊糊睡熟了。

第五卷 滔滔洪波曲,武汉有低调

(1937年11月—1937年12月)

怎么能笼笼统统不分青红皂白地反对一切战争呢?有进步的战争,也有反动的战争,有正义的战争,也有非正义的战争,虽然一切战争都不可避免地要带来灾难。从这点上来说,战争本身从来不是可歌颂的事。但随其进步性与正义性存在的那些英雄事迹,是值得讴歌的;在反侵略战争面前猥琐退缩的懦夫和败类,必须鞭答!在侵略者面前,我们永远不是弱者!

——摘自创作手记

一

　　当上水船"大贞丸"在夜晚八点半钟,离开古老的安庆市那宽阔的江边,在混浊的长江中开始向九江方向行驶时,童霜威和方丽清带了家霆、金娣在大菜间里,心情轻松而愉快。

　　方丽清又悠闲地嗑起瓜子来了。童霜威也吸罢半支香烟揿灭了烟火。这种轻松愉快,来自一种安全感,是从离开南陵以后一直从未有过的。

　　大菜间里人坐得满满的,每间小房的铺位也都住得满满的。"大贞丸"是条日本商船,船上客位和普通英商怡和、太古的载客江轮相仿,有大菜间,有官舱、房舱和统舱。这条日本商船原来是在长江上载客运货的。中日战起,封江时,被封截住了,现在被调作"差船",实际是"难民船",负责由安庆装运军人、难民、伤兵去武汉。一样是免费,但"大菜间"是专留给比较体面的人坐的。所以,宪兵把着门。童霜威一家,是由褚之班带着秘书、法警和老殷及南陵来的四个警察在下午送上"大贞丸"的。上船较迟,大菜间最好的舱位已被别人占领,到处堆满了行李箱笼,但总算给他们一家安排了一间有四个铺位的舱房,并在大菜间的船厅里给他们一家安排了桌位。

　　童霜威没有想到褚之班是如此出乎意外的热情。踩着白雪,在古老得像旧衙门的地方法院里见面时,矮胖的穿着团花绸皮袍的褚之班,戴顶土耳其式黑羔羊皮帽,咧开大嘴挺着肚子拱手:"啊呀,啊呀,我接到长途电话,说大驾要来,昨天就在盼望。今天见到,真是高兴。啊呀!"他依旧一说话就"啊呀啊呀",下巴上一颗黑痣上几根黑毛瑟瑟抖动。

童霜威以为是贵池那个黑胡子瘦县长徐雪芝打的电话,一问,才知是朱大同从南陵县打的电话,心里不禁对朱大同有三分感激七分欣赏,这个县长真会办事。

褚之班在安庆任上似乎相当得意。虽然老婆儿子都留在上海租界上,独自一人来赴任,但独身生活好像过得很惬意,脸上气色很好。在法院里招待童霜威一家吃午饭时,酒菜丰盛,十分殷勤。摆了两桌,一桌给老殷和那四个警察加上金娣去吃;一桌则由褚之班陪童霜威、方丽清和家霆入座。褚之班对方丽清十分亲热,讨好地买了许多橘柑、嫩梨和糕点、饼干给带在路上吃。又送了一批安庆土特产:"胡玉美"的辣椒豆瓣酱、枣泥麻饼、雨前清茶、火腿、咸鱼等,整整装了一网篮,说是给方丽清带到武汉去尝尝。席间,看着家霆,他忽地凝视了半晌,对童霜威说:"唉,战局蜩螗,一片失利之声。国府西迁告竣,各国使馆也已定期移汉。看来,战事前途不佳。我今天看到令郎,啊呀,忽然有一种异样的感觉……"

童霜威不禁奇怪,瞪目看着家霆。家霆无聊地坐在那里闷声吃菜,听他们谈话,见褚之班谈到自己,也专心听着。只见童霜威问:"什么异样的感觉?"

褚之班长叹一声,夹着雪里红炒山鸡片吃,说:"令郎相貌俊秀,但不知为什么,啊呀,长得简直像个日本小孩!现在,我看到许多人家的孩子都长得像日本孩子,也不知这主何征兆?难道中国真要注定会亡给日本了?……"说罢,发自内心地唏嘘起来。家霆听了,心里生气,忍气瞪了褚之班一眼。

童霜威又看看家霆,并不觉得像日本孩子,褚之班坚持说像,他也不想反驳。本来,同褚之班伤过感情,现在,到了安庆,褚之班热情招待,感情的裂痕正在弥补,何必再来为这种小事争论,便不置可否,说:"之班,我在南陵县过了些日子,闭塞得很,你认为这战局还有可能走向和解么?"

天冷,檐前的雪水冻成冰凌从屋瓦间垂挂下来。屋里生着炭盆,木炭燃得通红。喝着葡萄酒,童霜威热得敞开了狐皮袍的衣襟。

褚之班嚼着鱼肉说:"啊呀,难啰!前几天监察院于院长由南京经过这里去武汉,在这里发表过一个谈话。大意说:监察院随政府移驻,经过这里,见沿途人民同仇敌忾之精神及对兵士慰劳等情况,又见党政军诸同志工作之努力,殊甚佩慰。这些当然是场面上的假的应酬话。后来说:值此国难严重之时,所可为国人告者,即此次政府移驻,实为贯彻抗战精神才如此,一则防城下之盟,一则更坚定抗战之决心!"

童霜威点头,说:"这倒是真话!"又喝了一小口酒。

褚之班捻着下巴上那颗黑痣上的几根长毛,说:"哈哈,我认为这是半真半假的话!"

方丽清一直在空口吃菜,间或喝口葡萄酒,忽然插嘴问:"为什么?"

褚之班笑笑:"哈哈,我认为政府自从抗战开始,就是想和的。只是和不下来,人家要价太高,面子太过不去,也不好向百姓交代。打一下再和,不外是讨价还价,扳回点面子,好向百姓交代!现在从日军锋缨所向来看,意在南京,南京最终必会陷落。于大胡子说的防城下之盟,这里的真话是透露了南京要沦陷。至于说什么'更坚定抗战之决心',啊呀,显然全是假话!"

方丽清听得似懂非懂,只好自顾自地夹菜吃。

童霜威叹息一声,他发现褚之班也是个悲观论者。在南陵蜗居时,听冯村来信说:南京西流湾大本营第二部的副部长周佛海家里,经常有一批中央要人去那里聚会,吃喝一通,谈谈国是,但都是些悲观主义者,认为抗战不该打,打不得,打了就要完蛋。人把他们那儿叫作"低调俱乐部"。现在看来,低调人物倒是比比皆是,怎么得了? 说:"南京近一周里战事又有什么发展?"

褚之班苦笑笑:"啊呀,北方的战事离我们远,且不管他! 南方的战事却不能不叫人忧心。左翼无锡大概完了,右翼湖州也完了。包抄南京之势已成,人都在逃难了。"

方丽清这倒听懂了,放下筷子盯着童霜威,问:"潇湘路房子怎么办呢?"

童霜威喝了点酒,心里烦躁,嫌她啰嗦,堵了她一句:"房子? 南京真的沦陷了,必然玉石俱焚,还谈什么房子!"

家霆听说首都要沦陷,心里说不出的难受。他那稚嫩的心灵中只希望同日本打仗,打胜仗,不打败仗。这一向,从大人的交谈中,从偶尔看到的报纸上,早知道仗打得不好。上海、苏州、吴江……都失守了。现在,首都南京似乎也危险了。人都在逃难,自己跟着爸爸说是去武汉,实际也是在逃难。南京潇湘路的一切,学校里的一切,从此都似看书掀过去的一页,丧失了,不见了,难以再有了! 小小年纪,他忽然也懊丧起来,心头充满了不可形容的愁情忧思,坐着发怔。看见炭盆里火不旺了,他下座走近炭盆用火筷拨灰夹炭,把火弄旺。

只见褚之班叹口气说:"抗战的发生,一是日本侵略,二是中国自己不争气! 中国强大,日本也不至如此猖狂,战争也就不会发生! 关键是中国太弱! 啊呀,怪人家,也该怪自己! 抗战的前途,确实使人难以看到光明啊!"

童霜威劝解似的说:"你对时局不宜太悲观!"

褚之班说:"啊呀,其实悲观的人多得很。人口不是瓶口,塞不牢的!"

童霜威只好心里叹一口气,闷闷无言,夹一块牛肉在嘴里嚼。

褚之班忽然又改变态度,举起杯来,说:"啊呀,秘书长!今朝有酒今朝醉!我祝贵府全家一路平安到达武汉,也祝大驾到武汉后东风得意。人家日本有军舰,将来这安庆怎么样还不好说。如果有朝一日我也溯江而上,啊呀,还要请多多提携!"

安庆也有空袭,虽然敌机还未大肆轰炸,但空袭时也发现有汉奸用镜子和白布向天空打信号。童霜威不想滞留,急着早点到武汉。英国商船都不停靠安庆,恰巧有"大贞丸"启行,褚之班就派秘书去联系上船。

这是难忘的一次接风宴和送别宴。下午,宴散后,褚之班亲自带秘书和几个法警送童霜威一家上了"大贞丸"。那辆由南陵县长朱大同借来的客车,将童霜威送到了殷家汇,完成了任务。司机清晨在殷家汇就由童霜威给了点小费打发回去了。在"大贞丸"上安顿好后,童霜威叫方丽清拿出五十五元来赏给老殷和四个警察:老殷十五元,四个警察一人十元。方丽清不肯,只拿出二十二元,给老殷六元,四个警察一人四元。童霜威碍着人在,怕引起争吵,只好由她。老殷等嫌赏的钱少,虽不敢争,脸上都不好看,勉勉强强道谢了一声,打躬告辞,回南陵去了。褚之班在开船前同童霜威握别时,表现得深有感情,说了不少珍摄保重之类的话,对于那件移付惩戒和撒传单的往事,两人谁都不再提起,仿佛根本没有发生过一样。对于褚之班怎么会到安庆的事,童霜威始终未问,褚之班自己也始终不提。

现在,船上机器声隆隆,"大贞丸"启行了。中日在打仗,这条日本商船变成中国的了!此时此地,坐着日本船去武汉,岂非怪事!童霜威心里在轻松愉快之外,也有一种做了高等难民的异样想法:无论如何,这是"难民船",免费的,虽然坐的是"大菜间"。"大菜间"只是保持着名义,实际上一个侍役、茶房也没有。听不到过去长江船上查票或开饭的锣声,也不供应吃食和开水。所好,有褚之班送的水果和糕点饼干,金娣手里也提着两只褚之班送的热水瓶上船,勉强可以对付过去。

"大贞丸"超员,除了大菜间外,所有的官舱、房舱和统舱都像沙丁鱼一般被老人、妇女、壮年、青年、小孩、伤兵、军人挤得满满的。船上嘈杂混乱,吵闹非凡。童霜威不愿在大菜间的厅室里多抛头露面,计算了一下航程,明晨可以到九江。停泊一下,明天正午离九江,经武穴、蕲州、黄石港,后天一早可以到汉口。他决定多睡睡。九点多钟时,童霜威睡熟打鼾了,家霆也睡熟了,只有金娣仍在给方丽清捶腿。到十点多钟,一家四口都在舱房里入睡了。虽然轮机声隆隆吵闹,旅途疲乏,一旦松弛下来,吵人的声音也听不入耳了。

家霆第二天一早醒来。白漆木板的大菜间舱房里,初升旭日的光芒从窗里射进来,反射得分外明耀。他一看,自己睡的上铺和金娣睡的上铺都是新安装的。这舱房里原先只有一对铺,新安装的两个上铺都还没有刷漆。看来,这间房改装过想多安些人睡的。童霜威正熟睡着,方丽清也侧身朝里睡着。金娣已经起身下床,坐在舱窗旁看江水。家霆轻轻爬下上铺,穿上皮鞋,向金娣做了个手势,两人开门走出舱房去,好奇地去看看。

家霆走在前面,对金娣说:"跟我来,你还是第一次坐船吧?"

金娣笑了,露出一口洁白的牙齿。她笑起来总是使家霆感到好看。家霆喜欢她这种笑,也喜欢她那条梳得光溜溜的大长辫子弯过颈项垂在胸前。家霆忽然握着她的手,她也回握着他的手。一瞬间,仿佛代替了许多无法诉说的话。但金娣的脸上升起了红晕,转眼看到迎面有两个人从塞满了箱笼行李的空隙间走来,金娣赶快甩脱了家霆的手,头低垂着,长长的眼睫毛迅速地扑闪起来,说:"你一人去吧,我回去了!太太要醒了!……"也不等家霆说什么,她已经转身又悄悄进舱房去了。

家霆叹口气,心里复杂,自己也弄不明白:我怎么了?难道我喜欢上金娣了?由同情心幻化出的一种感情,微妙而难以言喻。一种朦胧飘渺的感情,一种说不出表达不出的少年时期的好奇与欲望,使他渐渐喜欢与金娣在一起。金娣走了,他心里不快。他独自从过道里走向大菜间。

　　大菜间里,坐满了人,看报的,聊天的,打扑克牌的,吃橘柑、吃饼干点心的……最引人注目的是一个穿黄呢军装的中校,束着武装带,穿着黑马靴,佩着"军人魂",约摸三十多岁,带着一个年轻老婆。那女人抱一个正在哭闹的婴孩。军人用药水棉花蘸了酒精,给孩子擦手。船上缺洗脸水,军人夫妻用酒精代替水来洗脸洗手。蘸了酒精的脏药棉,在他们面前的桌上堆成一大摊。桌上,一只洋油炉子,烧的也是酒精,扑鼻的酒精味弥漫在空间。他们的药棉真多。小孩撒了屎尿,那军人撕开一包包雪白的药水棉花让他女人用药棉给小孩子擦裤子擦屁股。脏了的药棉用旧报纸包起来扔在脚旁地上。酒精炉上正在煮鸡蛋,桌上还放着挂面和调料瓶。看来,他们的早点吃得比别人都舒适。在"难民船"上,虽是"大菜间",有这样优异的条件,不能不使人侧目。观看他们的人,有眼红的,说:"他们倒会享福!"也有不满的,说:"胡乱糟蹋药水棉花,真不像话!"一会儿,年轻女人取出一个军用的绿色包,抽出一捆纱布绷带来了。她用纱布绷带,剪制成厚厚的婴孩尿布,又用针线缝起来,缝了一块,再缝第二块……

　　家霆像周围的许多人一样,看呆了。这军人夫妇是干什么的呀?怎么有这么多的酒精、药棉和消毒纱布呀?看了一会,感到没多大意思,他决定出大厅到外边甲板上去走动走动,玩一玩。

　　大厅门口,站着个红红脸膛挂盒子炮佩粉红色领章的年轻宪兵。他把着门,不让外边人进来。家霆要出去看看,红脸膛的宪兵见他年小像个学生,说:"外边乱,别跑远,玩一会就回来。"

家霆点头,一闪身出了厅门走到了左舷甲板上。外边,空气清新,江风很大,有点冷。初升的太阳正红艳艳地浮起在东方,将浑浊苍黄的江水照得泛出紫金色,江水散发着水腥味。耳边是震耳的轮机声。家霆转脸一看,船侧甲板上挨个睡满了人。前面甲板上集中了不少伤兵,正在高声说笑喧哗。一个伤兵在吹口琴,一些伤兵同声在唱抗日歌曲。先唱的是《打回老家去》,一会儿又唱起了《义勇军进行曲》。伤兵们穿的都是胸前有红十字的灰布棉大衣。有的挂拐杖,有的手臂和头部包扎着肮脏的绷带。

家霆对这些抗日负伤的兵士钦佩而又同情。在青阳县虽遇到过伤兵打骂,家霆觉得那是方丽清不好。此时此地,见伤兵们唱歌时都慷慨激昂,谈笑时也和蔼可亲,他不由自主地移步上前。听着《义勇军进行曲》,他忍不住也轻声哼了起来。他想起战前在学校里的一些情况:教音乐的陈老师教唱这支歌,大家一唱就热血沸腾。他身旁一个坐在行李卷上的伤兵起身想站起来,拐杖未挂好,一滑差点跌倒。家霆连忙双手一抱,扶住了他。他咧嘴笑了,用手拍拍家霆的背,说:"小家伙,你是哪儿的?"

伤兵黄脸膛,慈眉善目,约摸二十多岁,南方口音。家霆用手指指大菜间方向说:"我跟着爸爸在那儿!"

伤兵点点头,说:"大菜间?"

家霆点头"唔"了一声,忍不住说:"我小叔也在上海打仗。他是教导总队的。你是在上海负伤的吗?"

"教导总队的?"伤兵点头,"对!教导总队是在上海作战的!我们不在一起。你小叔我不认识,他现在在哪里?"

"不知道。"家霆摇头,"我怕他也像你们一样,受伤了!"语气里带着深切的怀念。

黄脸膛慈眉善目的伤兵叹口气:"很可能啊!我们在上海打得惨啊!鬼子当然死了不少,可是我们的损失也重。我们的小炮是从德国买的,在上海的阵地上不适用;从意大利买的飞机,听说是废物飞不起来。这次撤退更有趣了。一会儿命令撤,一会儿又说已撤退的必须马上返回原阵地,未撤退的不得移动。结果,一片混乱!像我们,负了伤能逃出命来上武汉,算是命大福大了。"说完,一声长叹,又在行李卷上坐下了。

家霆心里酸酸的。黄脸膛的伤兵对他有感情了,说:"小家伙,看样子你是个小学生?"见家霆摇头,他又改口说:"初中生?你一定会唱歌!来,我们一块儿唱个歌好不好?"他吆喝那吹口琴的年轻伤兵:"快,吹个《松花江上》!"

吹口琴的伤兵真地吹起了《松花江上》,家霆就开口唱了。在学校里,他是参加过歌咏队的,集体到电台播过音,他也在同乐会上表演过。他的声音稚嫩响亮,唱着:

我的家,在东北松花江上……

甲板上的伤兵们也都同声唱起来了:"那里有,森林煤矿,还有那……"唱着唱着,甲板上的难民们也都唱了起来。大家都流泪哭泣起来。家霆也泪流满面。为什么会有这样悲壮慷慨的情绪呢?他也无从解释。

江风中,歌声飘扬,家霆唱着歌同伤兵们在一起,热血沸腾。江水浩荡,"大贞丸"在乘风破浪。江上有"突突"的小火轮,也有咿呀划着的木船。沿江两岸,本是一片荒凉,这时看到了栉比鳞次的房屋。有人在说:"看哪,快到九江了!那是九江!"

家霆停止了歌唱,听说快到九江了,他对黄脸膛的伤兵说:"我要回去了!"

伤兵从身边摸出一个皱巴巴的香烟壳,抽出一支烟,用洋火点着,对他笑笑,说:"小家伙,你老子是当官的吧?你有空来耍。我们是进不了大菜间的。天再冷,也只能在这甲板上吹江风。你看看——"他掀起棉大衣的下摆,家霆才看清:大腿上裹着肮脏的绷带。绷带上渗出的鲜血已经变成紫黑色干涸了,白色的绷带变成灰黑色了。

家霆"哎"了一声,心酸了,说:"啊!——"他忽然想到大菜间里的中校军官。中校有那么多的纱布绷带给儿子做尿布,将那么多的药水棉花随意糟踏,他问:"怎么不换一换纱布呢?"

"谁给换?"黄脸膛的伤兵苦笑笑,喷出一口烟,慈眉善目间透露出怨恨,"我们随伤兵医院搬到武昌去。我们院长也在大菜间里。他带着老婆孩子享福,哪管我们死活!"

家霆明白了:嘀!中校准是他们的医院院长!……"大贞丸"正在向九江码头驶近靠拢,岸上人声喧腾,船上旅客指指点点都在张望。家霆想:再不回去,爸爸要责备了。他慌慌张张对黄脸膛的伤兵打招呼:"我回去了,以后再来!"也说不出为什么,他对这个慈眉善目腿上负伤的兵士有了感情。

家霆又从原来的出口处挤进大菜间的大厅里去。守门的红脸膛宪兵仍旧对他笑笑。他进了弥漫着酒精炉气味的大厅,见许多旅客都拥在窗口向外张望九江码头。其余的人仍坐着在看报、聊天或打扑克。那个中校仍坐在桌前,他女人抱着孩子在喂奶。桌上点着一盏酒精灯在煮开水。家霆穿过人丛,转身到舱房里去找爸爸。

走到舱房门口,家霆意外地看见爸爸正同一个三十岁左右的客人在谈话。客人留着对分的西装头,穿一件旧咖啡色大衣,西装和领带都是黑色的,有两只叫人看上去觉得他在生气的眼睛。他左手夹着香烟,还拿个小本本,右手拿着钢笔,正在将童霜威谈的话记在小本本上。方丽清已经起身,对着镜子篦头。金娣正忙着给方丽清的几只常州篦子上逐一嵌上药水棉花。

童霜威在说:"……我从安徽南陵奔赴武汉,是为了共赴国难!我由于健康原因,司法行政部和中惩会的职务已经在前几个月辞去,但我是国大代表。如果你要为中央社发一条简短的消息,就说我童霜威从皖南到武汉共赴国难就行了,别的话可以不说。"见那记者点头,童霜威又笑着说:"你们做新闻记者的真有办法,怎么会知道我在这里呢?"

家霆在童霜威身边床上悄悄地坐下,好奇地看着这个新闻记者。

记者喷着烟说:"童秘书长,我是奉派到安徽采访的。从安庆上船时注意上你了!你仪表堂堂,我虽不认识,但后来见到你进大菜间时给宪兵递的一张名片,就知道是你了!"

童霜威又呵呵一笑。这时"大贞丸"已靠拢码头,船体猛地一撞一震,岸上的人声和船上的人声响成一片,叫卖吃食和瓷器的小贩都在码头上高声招徕生意。童霜威站起身来,从舱房的窗里朝外张望,江边停着无数的小木船、轮船,岸上人头攒动、人声嘈杂。外边,甲板上有人打锣高声通知:"船到九江码头了!中午十二点开船,上岸的人要早回来!过时不候啰!"

中央社的记者有张名片丢在童霜威的床沿上。家霆拾过布纹纸的名片一看,记者的名字是:张洪池。张洪池也站起身来了,彬彬有礼地说:"童秘书长,我走了。再见!以后到了汉口再去拜望。"

童霜威同他握手,记者匆匆走了。走路姿势很怪,外八字,像只鸭子。

见他走了,方丽清懒慵慵地说:"真不识相!一清早就来叽叽咕咕,害得我觉也没有睡够。你让倒杯水给他,他一口气喝了两杯水,水瓶都要喝空了!"

童霜威叹口气说:"让他发条消息也好,好让人知道我到了武汉!"

方丽清听童霜威这么说,好像明白一点了,梳着头发,说:"要是他不登报呢?"

童霜威说:"真要不登那也没办法。新闻记者嘛!谁也不想得罪他们的。"说到这里,转过脸对方丽清说:"九江有瓷器——江西景德镇的瓷器这里便宜。不过,这条难民船上人太多,挤出去上岸不方便。再说,现在逃难,买了便宜瓷器也无用。我们不如还是在舱房里坐坐,别上岸了吧!"

方丽清梳好头发在对着镜子擦胭脂了,说:"我要买点便宜瓷器,好瓷器都丢在南京了,以后总是要用的嘛!"

童霜威皱眉说:"唉,非常时期嘛!那么多好瓷器都丢了,还要再买干什么?"看她脸色在变,明知拦她不住,只得说:"好吧好吧,你带金娣去,可是要早点回来呀!船在九江不会停久的。刚才打锣通知你没听见?中午开船,过时不候,可不要误了时间,越早回来越好!"

方丽清在搽唇膏了,板着脸说:"人家一个人从上海不也到南陵了?没有你陪着也照样没有走到外国去!"

童霜威哭笑不得,只得由她带着金娣袅袅婷婷地出舱房走了。

这时,船上特别混乱,不少人都想往码头上去看看,买点吃食或别的东西。人声吵闹,人影和脚步声也来回在舱房门口和窗口晃动。童霜威问家霆:"你刚才到哪里去了?"

家霆无聊地在看一张扔在床角的旧报纸,说:"在船头甲板上玩,甲板上有许多伤兵,都是在上海打仗受伤的。他们唱歌,吹口琴,我也跟他们一起唱。"

童霜威低头叹口气说:"唉,不知你小叔怎么样了?"他突然十分思念童军威。

家霆说:"我问了一个伤兵,但他跟教导总队不在一起。"

童霜威爱抚地看着儿子说:"傻孩子,那么大的上海,那么多的军队,人家怎么会认识你小叔!"

正闲谈,忽听外边人声鼎沸,来自大厅方向,不知出了什么祸事?有人大声叫骂,也有女人大声哭喊,声音凄厉恐怖,是打架,还是发生了抢劫?抑是有人遭到了暗杀?

童霜威飒然警惕,对家霆说:"你留在房里,我出去看看!"说完,他闪身出了舱房。家霆不愿独自留在房里,说:"不,我也要去看看!"出舱房跟着童霜威匆匆向大厅走去。

大厅里的人比船靠岸前少了一些,估计是上岸去了。留下了一大半的人,有的坐有的站分散在大厅的各个圆桌前。门口,拥进来了一大批伤兵,密密挤在那里,一色穿的佩着红十字的灰棉大衣,有的正同把门的几个宪兵面红耳赤地争吵。宪兵人少,拦不住愤怒的伤兵。伤兵们潮水似的都闯入大菜间了。就在那个中校军官坐的桌子跟前,围着一伙伤兵,他们已将中校像粽子似的捆了起来。中校狼狈不堪,耸着肩胛低着头,他的年轻女人抱着婴孩号啕大哭,高声惨叫:"求求你们,放了他吧!饶了他吧!……"婴孩也在"哇哇"大哭。

一个络腮胡的伤兵揪着中校的衣领,高声怒骂,也是向四周围观的人控诉:"……看吧!我们这个伤兵医院院长,自己住大菜间,让我们伤兵全露天睡甲板!吃,没人管!伤口不换药,尽它烂!我们在前线,有的炸断了腿和臂,有的被机枪打穿了肚子,有的子弹陷在肉里取不出来。他管我们死活吗?他拿了我们治伤的酒精、药棉和纱布自私自利!大家看看吧!"他松了中校的衣领,将自己的棉大衣一掀,敞开衣襟露出绷带和负伤的胸部。啊!真是惨不忍睹!胸部伤口裹着的绷带血迹斑斑早已脏黑,他说:"我们为了打鬼子负了这么重的伤,不是说:'多救一个伤兵就是多杀一个敌人吗?'这狗×的院长,有点人心没有?我们伤口化脓了也不能换药换纱布,他却拿纱布给儿子做尿布,拿棉花满地扔,拿酒精煮挂面!这王八蛋!该不该死?"

围观者脸上同情,议论纷纷。几个伤兵,有的揪住中校院长的头发,有的用拳头在院长的背上胸前猛捶。中校的女人哭叫:"求求你们,别打他呀!他身体不好!……"女人怀中的孩子"哇哇"大哭。中校脸色苍白,额上油亮亮地冒汗,嘴里结结巴巴也在讨饶。忽然,一个拄拐杖的伤兵大声高叫:"这个狼心狗肺的家伙!今天非把他扔下江去喂鱼不可!"

他一鼓动,边上几个伤兵同声说好,连揪带拽要将被捆住的中校往大厅门外拖。这时,门口又拥进许多伤兵,大厅里靠近门的一边已经被挤满堵塞住了。伤兵们乱成一团,有的骂,有的动手打。中校"呀呀"地乱叫,女人和小孩的哭叫声也更响亮、尖利。女人忽地抱着婴孩拦路跪下了,大声哭着嚷嚷:"求求你们饶了他吧!我们再也不敢了!"她的声音使人听了也觉得悲惨。

童霜威拽着家霆,叹口气说:"走吧!回房去吧!"他觉得伤兵的事不好去管,这问题不好解决。

家霆摇摇头,说:"不!"他年纪虽小,有自己的想法:中校院长不好,伤兵骂他打他应该,但中校有女人和小孩,现在也够可怜的了,把他扔下江去怎么行呢?看样子,发怒了的伤兵是真的干得出这种事的!……忽然,他发现那拄拐杖叫嚷着要将中校扔进江里去的伤兵,正是那个黄脸膛。他猛地冲上前去,钻过人丛挤到前边,一把拽住黄脸膛的伤兵,大声说:"你们打过他了就饶了他吧!不能将他丢下江去!他有小孩!"

刚才,被中校的女人拦路一跪一哭,伤兵们已经心软,中校这时也"扑通"跪下了,又给家霆上来一嚷,黄脸膛的伤兵看来是个在伤兵里说话算数的人物,他点点头,用手拍拍家霆的肩膀,大声嚷道:"弟兄们,看这畜生有老婆和小孩,饶他一条狗命吧!"

揪着揉着中校院长的几个伤兵,恐怕本来也并不真要将中校扔下江去,是说了做了吓唬吓唬他的。他们将跪着的中校一推,推得他"啪"地趴在地上。有的说:"你以后再贪污酒精纱布什么的,饶不了你!"有的说:"今天便宜你这龟孙子了,饶你这一遭!"有的说:"走!下次他再不改,不宰了他才怪!"……

童霜威在一边看呆了,没想到自己的儿子会突然跑上去叫伤兵放了那中校,更没想到伤兵们竟真的放了中校。他心里有一种异样的感情:儿子的个性他知道,小时候用拳头打碎玻璃窗的事给过他深刻的印象。日常的许多小事上,他感到儿子同那已被杀死在雨花台的柳苇的性格有相似的地方。刚才,他看到家霆冲上去对伤兵说:"放了他吧!……"那脸上坚决的表情和他的妈妈何其相像!刹那间,他心头波澜又起,愣在那里,丧魂落魄一般。

大厅里的伤兵"呼呼隆隆"地走了。几个宪兵重又站在门首,大厅里暂时又恢复了平静。中校院长此刻已被边上的人松了捆绑,脸色仍然苍白。他的女人停止了号哭在默默落泪,将停止啼哭了的儿子交到男人手上。中校抱着儿子,摇头嘀咕:"这年头,军界没有混头!……"四周的人仍然都注视着他们。桌上的酒精灯仍放在原处,但药棉、纱布都被伤兵们拿走了。挂面撒在地上被踩得粉碎,几只鸡蛋打破在地上,蛋清蛋黄涂得满地。

童霜威和家霆回到舱房里,童霜威想同儿子谈谈刚才的事,忽然听到汽笛长鸣,一会儿,"大贞丸"上响起了锣声,夹着悲悲惨惨的汽笛声,形成了紧张恐怖的气氛,船甲板上乱成一团,有人高吼:"空袭警报!空袭警报!"

童霜威大吃一惊,顿脚对家霆说:"糟糕!警报!你妈妈和金娣上岸去还不回来!"他看了看金怀表,叹息一声说:"唉,九点半了!……"

隐约有飞机声。家霆想出去看看飞机,也看看金娣和方丽清,说:"爸爸,我到甲板上去看看!"

童霜威摇头禁止,侧耳听着,叹着气说:"唉!但愿不来丢炸弹才好!"听着机声消失,他才带着疲倦的神情放心地嘘口气说:"看来,飞机过去了!是路过的日机,也许是去炸武汉的呢!"

正说着,听见门响,门一开,见方丽清带着金娣进舱房来了。金娣满面是汗,提着一大篮瓷器,大碗小碗,大盘小碟,调羹酒壶,约摸四五十件。

童霜威先是说了一声:"谢天谢地!"看到方丽清买了这么多瓷器,不禁又烦恼地说:"唉,你们总算回来了!买这么多瓷器干什么?空袭警报你们还在外边走动,把我都急坏了!"

方丽清嘟着嘴:"生死由命,富贵在天!九江瓷器便宜。便宜货不塌不是阿曲死了吗?"

童霜威只好叹口气闷声不响。

一会儿,解除警报的汽笛响了。汽笛的声音像一个疲劳紧张过度的人松了一口气,尖利而无力。

"大贞丸"是午后开行的。一路平安无事。

第二天清晨,童霜威一家在甲板上看到了武汉三镇那水波粼粼的宽阔江面。江面上,是众多的升帆航行的帆船和鸣笛的火轮,来往穿梭的舢板和驳船。看到了汉口的江海关和江海关前长长的仓库、堆栈、高楼。码头上有不少装运货物的短袄苦力在装卸货物,扛着大麻袋包或在货堆边哈冻瑟缩着。这时,江海关上的大钟正"当!当!"连敲六下。他们也看到了淡雾中晨光不断扩大,逐渐向长江两边延伸,天穹越来越开阔!看到了瑰丽天空下灰蒙蒙的武昌黄鹤楼和龟蛇二山。

抗战高潮中的政治中心——武汉三镇到了!

二

武汉是全国重镇,贯通南北的平汉铁路和粤汉铁路与横亘东西的长江在此交叉。无论冀、豫、苏、皖、赣、湘、粤哪省有事,人们都会跑到这里来。政府为表示长期抗战的决心,早将首都由南京迁到重庆。武汉是入川必由之路,所以南京的专车,不断地一列一列由津浦路经陇海路、平汉路到达武汉。沿江一带,芜湖、安庆、九江等地的人也搭船溯江而上到达武汉。武汉三镇顿时冠盖如云。武汉本有一百二三十万人口,因日寇飞机轰炸,走了一些,可是走的少来的多,一下子增加了几十万人口。中枢要员和富商大贾大多数都来了,整个城市的面貌发生了巨大的变化。现在,这里是抗战的心脏了!

"大贞丸"到达汉口,清晨天冷,口鼻里呼出的热气,马上化成白雾。童霜威看着灰蒙蒙空气中显得嘈杂衰旧的武汉,想起早年北伐前后的一些旧事,心里既有感触,也有惶惑。但更多的是欣慰,总算平安到达目的地了!他和方丽清带着家霆、金娣从"大贞丸"上下来时,让穿着号衣的搬运夫搬着全部行李箱笼。那一篮在九江买的瓷器,方丽清怕搬运夫手粗打碎了,要叫金娣提着。

童霜威说:"让搬运夫拿吧,打不掉的!"

方丽清摇头:"我不要!"她一定要金娣提着,又一再叮嘱:"小心!打碎了要你的命!"

家霆见金娣提篮子吃力,上前说:"我们一起提!"

金娣不肯。方丽清白了家霆一眼,但见提篮子是好事,也不做声。家霆就同金娣合提着瓷器篮子并排跟在童霜威夫妇身后,走出船舱通过甲板下船,走到码头上去。

码头上乱糟糟的。出口处,许许多多旅店、客栈接客的人手拿招贴,动手拉拽,嘴里用湖北话说着招徕生意的话:"你家,住客栈,迎宾栈,价廉物美!""你家,住大东旅馆!包你满意!在特三区,不怕轰炸!"

童霜威竖起皮大衣领子,心里不愉快:战前这些年,何曾像此次来到武汉如此狼狈？那时候,不论到哪里,都有人有车接送迎迓。这次,坐的是"难民船",事先也未能通知谁来接,连冯村也未通知他来接。现在下了船,人地生疏,该怎么办？

如果雇辆野鸡汽车直接到冯村家去,未免使我使他都太狼狈。不知他给我把房子准备得如何？是什么样的房子？此番到汉口来,是想在政治上有所作为的,不能一点排场不讲。倒不如多花两个钱,先找个体面点的地方住下来,然后通知冯村来接,可以光彩一点。这一想,恰巧在那伙摇着招贴、嘴里高声招徕顾客的人中,有一个与众气势不同的穿长袍的高个儿胖子,手拿一张粉红招贴,正在寻找目标。他看准了童霜威是个有身份的人,童霜威也感到此人必定是家大旅馆的接客人。两人目光相汇,高个儿胖子笑容满面上来说:"老爷,我是法租界璇宫饭店的！法租界上,不怕空袭,安全绝顶。璇宫饭店是一流饭店,服务周到,房间明亮,中西大菜俱全,请上汽车。"

童霜威朝他手指处一看,见一辆接客的黑色轿车停在东边,心里一动,对方丽清说:"走,先到璇宫饭店住！"

方丽清问:"怎么？你也不问问价钱？"

童霜威嫌她烦,说:"你别管了！先到饭店里安顿下来,洗洗澡、换换衣,再通知冯村来接多好！太狼狈了不行！"

方丽清想想也对,就不做声。这时,那个留着对分西装头、有两只老是像在生气的眼睛的中央社记者张洪池,恰好迈着外八字步走过。他行装简单,只提着一只小皮箱和一只公事皮包,看到童霜威,打了个招呼上来握手,问:"童秘书长,你到哪里？"

童霜威说:"先在璇宫饭店住住。"

张洪池同童霜威点头分手。童霜威和方丽清带了家霆和金娣上汽车,带的箱笼物件太多放不下。接客的高个儿胖子,是个能干人,嗓门响亮,说:"老爷,余下的东西交给我雇辆野鸡汽车一路去!"

方丽清不放心。高个儿胖子察觉了,马上说:"人分开坐就是!"他一招手,一辆野鸡汽车开过来了。一家人分坐两辆汽车,经过江海关东转西弯地向法租界驶去。一路上只见路口都竖着抗战的巨幅漫画和大字标语。比起在南陵等安徽的县份里,这里的抗战气氛浓烈得多了。童霜威和家霆心里都说不出的高兴。

忽然,家霆看到迎面擦过一辆汽车,里面坐着的像是同班的女同学欧阳素心。欧阳素心长得跟金娣有那么几分说不出的相像,都是小巧玲珑的体型。欧阳素心的爸爸是海军里的高级军官。看来,她也随家到武汉来了?在学校里时,家霆同欧阳素心一起演出过舞蹈。欧阳素心有婉转脆亮的嗓子,是班上最最漂亮的女生了!无意中瞥见她,忽然勾起家霆对往日学校生活的一片深情。可惜,并没有看得真切,汽车已经擦面驶过去了,家霆不禁下意识地"啊"了一声。

童霜威问:"怎么?"

家霆坦率地说:"我看到同班的女同学欧阳素心了!"爸爸打断了他的思路,他觉得扫兴。

汽车不到二十分钟,到了璇宫饭店。璇宫饭店,很有气派,进门使人感到华丽、舒畅、洁净。接客的将童霜威一家安置到楼上。上了二楼,耳里就传来麻将牌声,"哗——""哗——""啪!""啪!"也闻到不知哪里传来的鸦片烟味。童霜威用鼻子嗅嗅,对方丽清说:"看到没有?法租界,烟赌都自由!"

一个捧吸水烟袋的账房约摸五十多岁了,是个干瘪精明的老头子,上来迎迓,陪同到房间里去。住的一大一小两个房间,大房间里是一张大床,有讲究的沙发、桌椅外加卫生设备。小房间里是两只小床,外加沙发桌椅。一看挂在墙上镜框里标明的房价,大房间每日四十元,小房间二十元。童霜威大吃一惊,方丽清"哟"了一声说:"敲竹杠啦!"

茶房进来送热水瓶,问吃什么早点。童霜威点了四碗青鱼面,说:"房价怎么这样贵?"

茶房笑了,说:"老爷,非常时期,这是新涨的价。现在,日本飞机轰炸,法租界最安全。要在外边找房子住,一间前厢房每月租价要四百块钱,还要一租三个月一次预付哩!要是我们旅馆便宜,不早把墙壁都挤破了吗?现在还有空房间,能住上就不错了!"

童霜威只好不做声,对家霆说:"家霆,快去楼下账房间买点信纸信封或者明信片,我好给冯村写封信通知他。"

家霆"嗵嗵嗵"地下楼了。方丽清忙着去盥洗间洗脸、刷牙。金娣忙着在将提包里的双妹牌花露水、无敌牌雪花膏、虎标万金油、蔻丹、指甲刀等,全拿出来放桌上,备着方丽清用。童霜威背着手在房里踱方步,思索着:马上写信给冯村,发出后,下午就可能收到,明天就会来。今天,上午休息休息,洗一洗;下午,可以到外边逛逛,买些报纸杂志看看。"入境先问俗",先了解一下面上的情况,熟悉熟悉,明天如果冯村来,住处安排定了,十二点钟以前就搬走,可以少算一天房钱。正想着,家霆拿着几张明信片进房来了。

童霜威接过明信片,夸了一声:"好!"见桌上有笔墨砚台,就泼水磨墨,一支小楷毛笔已经秃了尖,只好将就着写了一张名片给冯村,告诉他已经到了汉口,住璇宫饭店203号,让他速来见面;又写了一张明信片到南陵给江怀南,告知已平安到达汉口。一想,用明信片写信太失身份,又觉得住处尚未固定,就把这张明信片撕了,停笔不写。将给冯村的明信片交给家霆,说:"快到门口发了!我刚才来时,见门口有个邮筒的!"又掏张名片给家霆说:"把这名片交到楼下账房间,告诉他们:我住在203号,来客让他们请上楼来!"家霆又"嗵嗵嗵"地出房下楼了。

茶房用托盘将四碗青鱼面端来。童霜威匆匆去盥洗室洗脸。

家霆也从楼下发信回来了。四人盥洗完毕吃罢早点,童霜威感到精神爽快无需休息了,建议说:"丽清,我们上街逛逛去吧!家霆,穿上大衣!"

方丽清吃罢面条正叫金娣给她捶背,满脸愠色地说:"房间四十块钱一天,亏你不心疼!上街有什么逛头!从船码头一路上来我就看过了,这里同上海相比,是拿碟子比天!我不去!我要在这里住出本钱来,你在家洗洗澡不好?"

童霜威掏出金怀表来看,说:"澡晚上洗,现在快十点了!这样吧,旅馆里吃饭方便,你同金娣中午想吃什么就找茶房点一些什么,中餐西餐都行。我带家霆在外边,来不及就不回来吃了。我这次来武汉,要好好活动活动,先要了解一下外边的情况。"他不看方丽清的表情,穿上皮大衣,看看已经穿好大衣走出房去的家霆的背影,回头对方丽清敷衍地笑笑,说:"不会回来得太迟的!"说着,也跨步出了房门。

隐隐约约的麻将声、谈笑声、女人的媚笑声……从旅馆各个房间里传出来。也闻得到隐隐约约的鸦片味、雪茄味、香烟味、脂粉香水味以及菜肴酒肉混合的一种热腾腾的气味弥漫空间。有人趿了拖鞋在走廊里哼京戏;一个打扮得浓妆妖冶的女人在楼下大厅沙发上不知等候着谁;两个穿军装的女子,电烫了头发戴了军帽,脚上穿了高跟鞋,由一个穿学生装的青年男人陪着不知来找谁。童霜威带了家霆走出了璇宫饭店,一到街上,就感到空气新鲜得多,父子二人无目的地信步向左边一条比较热闹的街道上走去。

路上,有不少愁眉苦脸乞讨的难民,有的穿得并不破烂,男女都有,还带着小孩。童霜威同家霆走过,有的就上来乞讨。童霜威掏出毛票来布施,问一问,都是从江南一带逃到武汉来的。有的在难民收容所里落身了,有的还在街头流浪。童霜威看了叹气,家霆心里也酸酸的。有个抱着小孩乞讨的男的长得像尹二,张着嘶哑的嗓子大声在叫:"老爷太太帮助帮助难民吧!……"家霆盯着看了好几眼,由此不禁又想起了潇湘路的一些往事。他忍不住说:"爸爸,给我点钱,我要给他!"他拿了童霜威给的两张毛票,上前亲手递给了那个像尹二的男人。

常有汽车驶过。一辆"雪佛兰",跟南京潇湘路家中尹二开的那辆相似,式样和颜色都像。童霜威不由自主地叹了一口气。家霆也敏感,指着车牌说:"爸爸,你看,多像我们家的车子呀!你看那车牌,是南京的!"

童霜威一看,是呀!车牌上车号前标的是"京"字,说明车是从南京驶运来的。童霜威想:唉,我的车丢在南京了!其实,早知仗打这么久,不到南陵,也许还好些,汽车也可以运到武汉来。可惜,现在迟了。一刹那,秦淮河的六朝烟水味,中山陵的驰道,明孝陵的梅花,玄武湖的台城倒影,龙盘虎踞的钟山,莫愁湖的垂柳……都涌上脑际。但又想,在南陵过上几个月没有轰炸的平静生活也是值得的,不禁又叹一口气。

街边,一家理发店里拥满了等待理发的顾客;一家日用品杂货店里也挤满了买碗筷及日用杂货的人。有一家跳舞场,门口装饰着霓虹灯,现在是白昼,霓虹灯熄灭着,门口竖的牌子上写着:"晚舞6:30—12:00",可以想见晚上这里的歌舞升平景象。路口有个报摊,童霜威和家霆上前,买了几份报,站在路边草草将报纸一翻,看看标题。只见报上登的消息有:德国大使陶德曼由南京乘吉和轮抵汉;日机轰炸粤汉路;一条特别引人注意的新闻,标题是:《近卫首相谈如我改变态度,日本将与我谈判,要求中国重新考虑与日合作》……

童霜威站在人们熙来攘往的街边,忍不住将这条消息仔细看了一遍。消息登的是:

【路透社二十七日东京电】 首相近卫今日在其对新闻记者所发

表之谈话中,曾谓如南京政府与蒋委员长改变其对日政策,而提议与日政府谈判,则日本准备有以应之。但若南京政府决计长期抗日,则日本亦准备接受其挑战。此后军事计划渠无所闻,因内阁与帝国大本营间仅开过一次联席会议也。但其纵有所闻,渠亦未便宣布之。在浅识者观之,中日现状可视为一个阶段之结束,但依渠意见,上海日军总司令松井将军所发日军不独可攻至南京与汉口,且可深入重庆之言论,至为恰当。至于日本对华根本政策并无变更,即要求中国重新考虑放弃其反日政策而与日本合作是也云。

童霜威看完了这条引人注目的新闻,觉得颇不是滋味,这像是一碗用蜜糖、黄连加上辣椒煮成的汤。新闻里,近卫软硬兼施,既有诱和,又有威慑,摇着橄榄枝,又挥舞着利刃,实际是要中国屈膝投降。所谓"和平",当然是没有希望的。日本要开始进攻南京,倒是可以看出这种用心的。他心情复杂地把报卷起插进皮大衣口袋,叹口气,对正在街边看着一家绸缎店玻璃橱窗的家霆说:"走吧!走出法租界看看。"

父子两人一起走出了法租界。沿街人很拥挤,黄包车接连不断,汽车也不少,看得出一种战时造成的"繁荣"。许多红瓦白壁的洋房,为了防空,都已刷上一层蓝灰的保护色了。两人走着走着,走到热闹的前花楼一带来了。童霜威在烟纸店里买了一罐"大炮台"香烟,这一向都没吸过这种好烟了。他看到街边竖着两幅画在木框布面上的彩色大漫画。一幅画的是工农商学兵臂挽臂前进,左下角一个日本帝国主义者狼狈鼠窜,边上写的是:"工农商学兵有力出力,有钱出钱!"另一幅画的是一个骑着跛脚马的日本军人陷身泥淖之中,进退两难,画上写的是:"日本侵略者在泥淖中越陷越深。"家霆看了漫画,不禁笑了,但瞬间又被街边一群唱歌的人吸引住了。一伙男男女女的青年人,穿的棉军衣,正在高声唱歌作宣传。手里拿的是纸糊的红绿旗子,上边是毛笔字写的标语口号:"打倒日本帝国主义!""抗战到底!"齐声唱的是《义勇军进行曲》。围着看的人也跟着唱,大家都一面唱一面流泪。家霆跑上去也高声唱起来,一边唱一边流泪。童霜威感到激动,眼泡发酸,泪水也盈眶了。他明显地感到一种蕴藏在民众中的抗日怒焰和抗日热情在燃烧。这种气氛比在南陵到安庆这一路都强。也许这就是武汉是当前的政治中心各方人士云集在此的原因吧?

这支歌唱完,宣传队又换唱别的抗日歌曲来了。童霜威拉家霆一起从人堆里走出来,沿着人们来来往往的人行道再朝前逛。

家霆还沉浸在刚才的激情中,忽然说:"爸爸,我喜欢武汉!这里才有点像抗战的样子!"

童霜威觉得儿子的话不像是个孩子说的,倒像是个思想比较成熟的青年人说的。他是看着儿子从牙牙学语,到会唱歌的。那时,儿子第一支会哼哼的歌,就是"打倒列强,打倒列强,除军阀,除军阀,革命革命成功,革命革命成功,齐欢唱!齐欢唱!"儿子也许根本不太懂唱的歌是什么意思。那是他生母柳苇教他唱的。那支歌当时很流行,男女老少差不多都会。可是,后来,民国十六年以后,这支歌不大唱了,还有人将歌词改成:"大饼油条,大饼油条,脆麻花,脆麻花,三个铜板一个,三个铜板一条,真好吃!真好吃!"家霆也这么唱过。后来,儿子上了小学,会唱《小小画家》一类的歌了。儿子一年年长大,学会了许多新歌,但爱唱的总是那些爱国的抗日的歌曲。这是为什么?儿子是在他不知不觉中,在学校里一些老师和社会上那种抗日的情绪感染下成长着呀!

现在,童霜威剪断思绪,觉得儿子说的是对的,叹口气说:"是呀,你说得对!现在战局形势很紧,南京可能会沦陷。同日本人打,艰苦得很,确实需要集中全国的物力、财力与人力来抗战!"说这些空泛的话时,他自己觉得说得很无力量,不由得悄悄叹了一口气。

谁知,家霆走着,忽然问:"爸爸,你为什么不出力?"

这话也许问得幼稚,却是发自真心的。童霜威听了,愣怔着回答不出。怎么回答呢?他嗫嚅地说:"家霆,你不懂。爸爸的职务已经没有了!这个国大代表,实际是空的。爸爸无派无系,没有实权,也没有靠山,更没有自己的一班人马。爸爸从南陵来,是想出点力的。但谁知有没有出力的地方呢?"说到这里,懊丧起来,他皱起了眉心。

家霆似乎比原来明白了,但也不全明白,感觉爸爸要出力是能出力的,又觉得爸爸确实是不得已。大人的事,他似乎还管不着,也不能完全理解。他沉默着。忽然看到路边墙上有一溜电影片的海报,他好奇地紧走几步上前去看。好几家电影院都在放映《平型关大捷》的记录片。海报上写的是:"晋北前线八路军平型关大捷,日寇精锐板垣师团被击溃。"又注明:"日寇在中国战场首次遭到歼灭性痛击,歼敌三千多,敌汽车百余辆,缴获步枪、大炮、机枪及其他胜利品无数。"

马路上的汽车和黄包车来来往往,这一带仍比较热闹。家霆透过马路上的车辆和行人,发现前边隔马路不远处有家电影院,就在放映《平型关大捷》。他饶有兴趣地说:"爸爸,去看电影好不好?我还没有看过同日本打仗的片子哩!"

童霜威看着海报,心里一惊:"八路军"三个字使他立刻想到了共产党!在安徽南陵,消息闭塞,他只知道八月下旬,国民政府正式公布改编红军为国民革命军第八路军,委任朱德、彭德怀为八路军总司令和副总司令,下辖三个师。九月底,中共中央将中国共产党和国民党再度合作的宣言送交中央社发表,老蒋也发表了赞成合作的谈话。九月里,苏联和中国订立了"中苏互不侵犯条约"。十月里,国民政府正式命令改编南方红军为新四军。但关于八路军和新四军如何抗日的情况,几乎从不见《中央日报》等报纸报道。现在到了汉口,却公开看见了放映八路军在平型关抗日打大胜仗的新闻纪录影片,公开宣传起共产党的军队来了!从西安事变到今天,尤其是"八·一三"以后到今天的几个月里,这种进程变化得如此之快,使童霜威简直觉得头脑跟不上形势了。他一方面惊讶,一方面兴奋激动,心头涌起一种奇异的感情:在民国十六年血流漂杵的"清党"后,沉睡了十年的武汉,似乎渐渐又在恢复到它在北伐时代的气氛和状态了。他敏感地想到:武汉现在一定有了中国共产党的代表团,一定有许多共产党人在公开或秘密地活动。也不知怎么的,一霎时,他又想到了死去的柳苇。不但柳苇,还有柳忠华!柳忠华出狱后,在南京潇湘路住了些天,他要资助他一二百块钱,但冯村来信说:"忠华一块钱也不肯要,他走了!他要到武汉去!"现在,忠华在武汉吗?

童霜威蓦然如在梦中。儿子关心抗战,对打日本、打胜仗有兴趣,为满足好奇心要看这电影并不奇怪。只是童霜威此刻没有心情看电影,说:"这电影好在也不是放映一天两天,等把家安好,让冯村陪你看,好不好?"

家霆当然点头答应。他欢喜冯村,心里明白:明信片寄出后,明天冯村舅舅会来,所以高兴地说:"好!"

父子俩继续无目的地带着巡礼的态度向前徜徉。童霜威穿着獭皮领大衣,走了路,身上发热,额上微微冒汗。忽然,听见天空飞机声响,抬头看时,一架棕黄带绿色的三引擎大飞机在低空飞过。飞机显得很笨重,可能是重轰炸机,机翼上有青天白日的标志。路人都昂首看着指点。家霆目送着飞机远去,十分兴奋,说:"爸爸,我们的飞机!真大!"

说来也巧,街边正好走过两个高个儿穿皮夹克航空衣的外国人。他们的衣背上有一面中国旗和一面苏联的红色镰刀斧头旗。

旗下有十六个中文字:"国际友人,来华助战,凡我军民,一体保护"。街上的人看了飞机也都朝这两个外国人看。有的人在嚷嚷:"苏联的飞机师!""苏联人!"

家霆也好奇地拽拽童霜威的袖子:"爸爸,看!"

童霜威点头,说:"看来,是苏联的航空员哩!"他在"大贞丸"上时,听中央社的记者张洪池说过:武汉有苏联的航空员和飞机在帮助中国抗日。现在,目击了两个苏联人,联想到刚才看到的那架大飞机,他感到欣慰。从抗战前夕到现在,指望国际援助,论理英美好像应该给些帮助,实际却只有现在看到了飞机,看到了飞机师,才感觉到了有苏联的援助。他心头激起一阵热浪。从民国十六年"清党"以后,他虽是国民党员,虽然也不满意共产党的过激主张,但在大屠杀共产党人的环境中,始终有一种噤若寒蝉的感觉。尤其是柳苇的事,他怕受牵连,也实际受过影响。柳苇的被枪杀,他痛心又不敢表露。在他思想上,早以为联共、联苏都是不再会出现的事了。谁知十年剿共,剿来了一场西安事变。西安事变之后到现在,仅仅不到一年,在武汉却目睹了这种重新联共、联苏的局面,心头是感慨?还是忏悔?是对往事的悲恸?还是对今天的冷静思索?都说不上也不好说了!只觉得矛盾错综复杂地交织在心中,有一种血压升高头里发晕的昏昏然感觉了。

他忽然丧失了再继续逛街的兴趣,对家霆说:"家霆,我们叫两辆黄包车回去吧,我不想逛了。"

父子两人叫了两辆黄包车,又从原路回法租界璇宫饭店。饭店里,依旧人声喧哗,二楼不知哪间房里,有人拉着胡琴在吊嗓子,唱的是:"……我好比,南来雁,失群飞散。……"声音悲凉沙哑。上了二楼,到了203室,推门进去时,却没料到看见冯村正坐在那里同方丽清谈话。方丽清倚在沙发上,金娣正替她捶腿。冯村捧着茶杯在喝茶。

见了冯村,家霆可高兴了,叫了一声:"冯村舅舅!"猛地冲上前去。

童霜威也心里高兴,喜滋滋地说:"啊,你怎么知道我们在这里呀?"

冯村已经迎住家霆,将家霆揽在身边,说:"秘书长,那个中央社的记者张洪池,他打电话找到我,告诉我说:在安庆到这里的船上遇到你们。又说你们住在璇宫饭店。我将信将疑,立刻赶来,果然见到了师母。我事先没能知道你们何时来,也没有迎接,太失礼了!"

方丽清在一边摆摆手叫金娣不要捶腿了,改为捶背。她刚才听见家霆叫冯村"舅舅",心里不高兴,因为她知道一点冯村同柳苇的关系,虽然并不清楚,平时家霆当她的面是避免叫冯村"舅舅"的。今天,实在喜出望外,才叫了一声。但由于刚到武汉,见到冯村不免要高兴三分,所以方清丽带点喜滋滋地插话说:"冯村已经给我们定了房子。他说房子不错,一间二楼的正房,一个亭子间,一月三百元。要放在这几天,房租就要五、六百元了。"

童霜威在沙发上坐下,很高兴,说:"好啊,我们早点搬去。住在这种旅馆里,很不安定!"

冯村做着手势说:"政府宣布迁都重庆后,武汉为入川必由之道。人一集中,战区同胞不愿受战火威胁或做顺民,都到武汉来了。到处都是下江口音的人,中山路、江汉路上人多得摩肩接踵,下级公务员生活艰苦。现在,住的问题最困难了。人们都向法租界发展。自从日侨撤退,我方管理日租界后,法租界是惟一的租界,弹丸之地容纳不下多少人,房价也就贵极了。有个投机家,先期以每月一百元租屋五间,如今转租三人,每间每月三百元。一次收三月房租净赚四千二百元。以此为逃难费用到重庆去了!"

方丽清"扑哧"笑了,说:"这种二房东倒是做得。你替我们租的房子,将来我们不住了,可以转租,收回本钱,说不定还可以赚一笔钞票!"

童霜威听了,心里发烦,也不理她,将刚才买的"大炮台"香烟罐开了,抽起一支烟来。冯村也好像没有听见方丽清的话,自顾自地喝茶。家霆对后母的为人一向是瞧不起的,对后母老是要金娣不停地给她捶背捶腿也一直看不顺眼。这时也不用正眼瞧方丽清,只顾坐在冯村身边的沙发扶手上,亲切地想听冯村同爸爸谈些什么。

童霜威吸着烟问:"租的房子在什么地方?"

冯村介绍说:"在特三区扬子街大陆坊。过去是英租界,如今虽然收回了,仍由外交部直辖,和英国仍有点藕断丝连的关系,所以还是比较安全。"

童霜威敲敲烟灰,问:"这儿空袭厉害?"

冯村自己从茶壶里斟茶。那茶壶是放在棉套里保温的,说:"目前空袭常有,但有苏联空军帮着作战,日寇在市中心还很少大轰炸。现在,对于一般市民,还没有防空设备。预行警报一来,大家就乱跑。大抵是跑到江边或者空旷处、大树下躲一躲。"

童霜威说:"那有什么用?大树能挡炸弹?"

冯村点头,说:"是呀,所以也有人根本不躲,在什么地方就把什么地方当作防空壕。紧急警报时,街上禁止人通行,也怕汉奸打信号,有防护团员和宪兵军警维持秩序。"

童霜威思索着问:"武汉政界情况怎样?"

冯村习惯地用手拢了一下头发,说:"一部二十四史,怎么说呢?反正,我看,为了抗战,国共合作大有好处。这里能有点抗战气氛,同这是分不开的。现在八路军和新四军在武汉都有办事处,设在前日本租界里边。目前街头上动员群众救亡工作的宣传比较做得好。听说,共产党的《新华日报》要在武汉创刊。目前电影院正在放映八路军平型关大捷的电影,看的人很多,影响很大。"

家霆插嘴说:"你明天带我看电影!我想看同日本鬼子打仗的《平型关大捷》!"

冯村点头,说:"好,明天可能不行,没时间,隔一天一定抽空带你去看!"又接着向童霜威介绍说:"老蒋还在南京指挥战事。汪精卫和孙科在汉口,于右任也来了。前天听说汪精卫离汉他往,但日内又要回来的。现时战局艰难,泄气的低调不少。虽然已决定迁都重庆,一则交通不便,二则四川刘湘等的态度还不明朗。别说中央要人,就是一般人,真正想入川的并不多。留在武汉,实际都有观望犹豫的意思。机关上下班也不景气。虽有签到簿,也比不得在南京时那样正规,办公地方又挤,混日子的不少。那毕鼎山委员就是个混世魔王,经常跑舞厅,打通宵麻将。那天他喝了酒带几分醉意,我问他:'毕委员,你看这时局怎么发展?'他笑着摇手:'哈哈,打打麻将,喝喝老酒,管他娘的!'……"

童霜威咬牙切齿,骂了一声:"这个王八蛋!"又问:"他知道我来了吗?"

"我没跟他说!"冯村摇头说,"不过中央社那个记者张洪池说,明天报上就要在时人动态里发中央社的消息,说您到武汉了。"

童霜威听了有点高兴,换一支烟,吸了一口,说:"你怎么认识这个张洪池的?"

冯村答:"巧得很,他是我大学时的同学,不过他是政治系的。"

童霜威说:"真巧哪!我在安庆上船,他就注意了我,来作访员。可是,我谈起有个从前的秘书住在汉口,他听了,也问问名字和情况,却没有说起认识你,更没说起跟你同过学。"

冯村笑笑,说:"此人肚里曲曲弯弯多,非到必要话不多说。过去我们同学时,只是相识,并不要好。他绰号叫'牙签',意思是说他有缝会钻。学生时代,就善于社交跑上层。我们思想上也合不来。但,现在他在中央社挺红。到底是个什么样的人物,我也摸不清。据说他是特字号的!"

童霜威突然关切地问:"南京潇湘路一号的房子,不知怎么了?"

方丽清一直在用小锉子锉指甲,她已经叫金娣去盥洗室洗衣了,这时在一边插嘴说:"我先前正在问冯村,他说没有信来。这些用人,我看没有一个是好东西!"

冯村解释说:"庄嫂和刘三保不识字。尹二文化也不高,虽能看看报,写信也不行。不过,他们还是负责的。前些时候来过信……"

方清丽生气地红着脸说:"哼,负责!我看家里的东西都得给他们偷光卖光!刘三保爱喝酒,那些鸽子依我早把它吃了,也不必留给他们偷吃光!"

家霆忍不住了,想:只有你才吃我的鸽子哩!心里生气,回驳似的说:"我的鸽子,'老寿星'会按时喂的,他们才不会吃我的鸽子哩!"

方丽清听得出话里有刺,气得脸更红,想说些什么,童霜威已经察觉到这一点了,拦阻方丽清却面对着家霆说:"你少说几句好不好?"又叹口气回头对冯村说:"唉,军威有消息吗?"

冯村摇摇头,说:"没有。我打听过,大略知道教导总队到了沪杭路新桥车站。下车后,奉命接替六十七师八字桥的防地,同日寇打了好几天拉锯战,牺牲很大。后来情况就一无所知了!"

童霜威默默不语,一口又一口吸烟,心里交杂着思念和挂惦,站起身来,走近窗口,眺望着远处高低分层的房顶和房屋以及下边街道上来往的行人车辆。

冯村明白童霜威的心情,站起来也走到窗边,排遣地劝解说:"我想,吉人天相,他不要紧的。"

方丽清去拿出一筒瓜子来嗑,抓了一把放在冯村身旁的茶几上,说:"我早说,好铁不打钉!你这个当兵的弟弟,走这条断命的路是走错了!"她说这话时,两眼对着童霜威。

童霜威听了生气,不去理她,问冯村:"管仲辉有没有消息?"

冯村用手拢拢头发,摇头说:"没有!南京看来快要被包围了。此公参加防守南京,处境一定艰难。不过他一向自命是福将,也比人家会用韬略,也许他会有什么金蝉脱壳之计。"

童霜威揿灭烟蒂,站起身踱了几步又回身坐下,舒口气使自己轻松起来,对冯村说:"好啊!总算到了大武汉!又总算见到了你!今天,应当高兴高兴!"他对从盥洗间里出来的金娣说:"金娣,你去叫仆欧送五客西菜来。我们一同吃中饭庆祝一下!"

冯村笑着说:"好好好,我是应当为秘书长庆祝一下!"

金娣应声要走,方丽清拦住说:"金娣,叫四客足够了!我吃不下!分点你吃就行了!"

童霜威说:"叫五客吧!金娣吃得下的!"

方丽清绯红着脸:"我说我吃不下!四客!"

金娣走了。她当然只敢叫四客。家霆发现:爸爸和冯村刚才勉强振作出来的那点兴致,似乎都给方丽清这一句话破坏光了。

三

早晨,童霜威起来,决定按照约定,在九点钟的时候,到汉口中央银行大楼去同汪精卫见面。

他听到家霆在亭子间里唱歌:

中国不会亡!中国不会亡!你看那民族英雄谢团长!中国不会亡!中国不会亡!你看那八百壮士孤军奋守东战场!……

这支歌,武汉现在非常流行。大街小巷,电台广播,都听得到这歌声。它是歌颂死守上海四行仓库的谢晋元团长和八百壮士的。家霆唱得高兴,神采飞扬。方丽清在床上眯着眼让金娣在捶腿。因为只有一大一小两间房,家霆住了亭子间,金娣就只有在童霜威和方丽清睡的大房里搭一只行军床了。白天,行军床拆掉,夜晚,搭起来睡。现在,家霆的歌声闹得方清丽不满,她生气地板着脸说:"唱唱唱,一早就唱!讨厌!他还要教金娣唱!我对金娣说:你要敢唱一唱,我就撕豁你的嘴!"

童霜威洗了脸,正用老人头保险刀刮着胡子,不做声,心里不以为然,烦得要命。

自从在汉口特三区扬子街大陆坊二十四号冯村代租的房子里住下以后,童霜威在武汉总算有了比较安定的生活了。他对冯村很满意,租房子连房子里的家具也一并租用,省掉了许多麻烦。冯村的母亲已经去世,父亲是武汉的一位名中医。由于年老体衰已经停诊数年了,就住在大陆坊十二号里。老人有一子一女,儿子是冯村,女儿秉承父业,跟父亲学的中医,嫁的丈夫也是中医。两人都在大陆坊十二号里开业门诊并供养老人。童霜威一家来后,老人让冯村和女儿、女婿代表他出面,在后花楼的一家大馆子店里宴请了童霜威全家,作为接风洗尘。童霜威也特地备了四色礼品和方丽清一起到十二号去看望老人。家霆每天开始复习功课,半天自己学习:背诵国文,做做代数题和算术四则题,写写日记,读读英文。下午则上街逛逛,有时也看看电影。不但看了《平型关大捷》,也看了些别的电影。街头演出的《放下你的鞭子》等剧,也吸引着他。冯村给童霜威送来了他姐姐的一只无线电。家霆每天听听无线电,也学会了许多抗日歌曲。方丽清一直嘀嘀咕咕,说她寂寞,整天说她想念上海,想念姆妈和阿哥,埋怨汉口这不好那也不好,又整天对着金娣发火,又打又骂。童霜威当然不知道:在到达汉口搬来大陆坊的第三天,方丽清就给江怀南写过一封信,劝他到汉口来。她写这封信自然是秘密的。但她却怂恿童霜威写一封信给江怀南,劝江怀南也到汉口来参加抗战共赴国难。童霜威起先犹豫,说:"我自己还没安定下来,叫他来怎么行?"方丽清有心计地说:"人家待我们那么好,现在你不是说报上登了广德形势紧张、宣城也被轰炸,那么南陵也危险了呀!我这人是讲良心的!能不管人家死活吗?他要真来了,把亭子间让他跟家霆一起住也是好的呀!……"她说得好像合情合理,又一再坚持,童霜威终于只好说:"好好好!"写了一封信给江怀南,主要写的是:"武汉居,大不易。但阅报见长兴日军已向广德进犯,意欲经宣城包抄南京,如是则南陵形势危殆矣!望接信后能即启程来此。……"语词勉强,而且估计这信未必能及时到达。方丽清看了信,体会不深,表示满意,亲自叫金娣将信发出。信发出后,方丽清情绪倒好了一些。谁知,她天天翻报纸,报上安徽广德那边战火蔓延,方丽清心情又变坏了。信,未必寄得到,寄到了,江怀南也未必能来。这一想,她那张酷肖胡蝶的脸老是冷冰冰的,童霜威从早到晚,只能整天听着她在耳边嘀嘀咕咕发脾气了。

现在,童霜威剃完了胡子,听见家霆仍旧一遍遍地在唱,似乎是故意这么唱的。方丽清也仍旧嘴里像念经似的啰嗦不停。他看看金怀表,已经八点三十分,决定出去,对着方丽清说:"我大约十一点钟可以回来。"方丽清也不答腔。童霜威穿上大衣戴好礼帽下楼,经过家霆住的亭子间时,也说了一句:"家霆,我出去,大约十一点钟回来。"

童霜威下楼走到弄堂里向外走。弄堂的垃圾箱和小便池周围都散发着臭气。他皱着眉出了弄口,决定叫一辆黄包车到中央银行去。

他有点文人脾气,既然在武汉没有自家的汽车坐,宁可自己坐黄包车，也不愿向人借车或者叫出租汽车，他要摆出一副落魄而又清高、为抗日而降低自己生活水平的抗战革命姿态。他宁可自己坐在黄包车上给熟人看到，又宁可自己把坐黄包车这一点让汪精卫等等中枢要人知道，甚至他很愿让中央社那个记者张洪池看见。他觉得这样做是一种讥刺，讥刺那些中枢掌大权的大人物们冷落一个无派系无背景的司法界能人，讥刺他们让一个无派系无背景的政界学者落魄，也讥刺这世道人心。他不是一个长袖善舞、善于交际或精于在政坛上翻腾跳跃的人，可是对自己的处境及地位心有不甘。他既想得意，又不愿自己去靠钻营来争得什么，却想有人会注意到他而给予青睐。正是在这种微妙而复杂的心理状态下，他叫了一辆黄包车，也不讲价钱，让车夫拉向中央银行去。

黄包车已很破旧了，车身油漆剥落，挡泥板早已黯然无光，车棚残损，车座的白布垫发了灰。拉车的老头儿，约摸五十多岁，该是前清时生的人了！他该经历过武昌起义？经历过军阀混战？经历过宁汉分裂、武汉的清党？一切也许都经历过了，也许他懂得是怎么一回事？也许他无知无识什么也不懂！一切事都像过眼烟云过去了！时光流逝，他什么也没有得到！他依然贫困，他变得衰老！老头儿像条耕牛似的伛偻着背，脚步蹒跚，想跑得快，又跑不快。脚步"踢踏踢踏"敲得地面重重地响。响声一下又一下，仿佛敲打在童霜威的心坎上。

冷风拂面，童霜威忽然很同情这个上了年纪的洋车夫，他忽然感到自己很像这个洋车夫！多少年来，他也出了大力气仿佛拉黄包车似的在社会上挣扎，在政界的漩涡与浪潮中浮沉，在名利场与生存欲之间施展浑身解数，进行较量。在一切是与非，正与负，理智与感情，一切对立着的命题与现实间进行选择，何去何从。有的自己选择对了，有的却选择错了。过去如此，今后还是如此。还不知将会有多少站立在十字街头的选择来考验你，来供你取舍！但是，剩下了什么呢？比起许许多多失意的人，似乎所得也已经不少，但是也不过是大失意与小失意之区别罢了，何尝不是像这伛偻着背、蹒跚着脚步的拉车老头一样，在艰辛地迈步，在疲惫地挣扎着呢？就连现在，去到中央银行，去会见汪精卫，不也是这种挣扎吗？不然，又何必去？当然，去是为了想从他那里知道一些大局在和与战之间的去向，想从他那里知道一些自己应当如何自处的脉络，但也是为了想从他那里得到一些能使自己从失意中跳出来的力量与机会呀！拉车的老头儿固然可怜，我童霜威又何尝不可怜呢？

他既同情拉车的老头儿，又同情起自己来了，长长地叹息了一声，呆呆地看着自己坐的黄包车一会儿在狭窄崎岖、凹凸不平的石子路面上拉过，一会儿在平坦开阔的柏油路上奔波，穿过拥挤的人丛，经过闹市，又通过江畔，被汽车、卡车迅速赶过抛在后面吃灰，被自行车和健步如飞的年轻人拉的黄包车远远超出，留在后面慢慢蜗行。……最后，终于到了中央银行的边门前。路边，高耸壁立的银行大厦下，停放着好几辆黑色流线型的汽车，有戴捷克式钢盔值勤的宪兵在周围踱蹀。见到他坐的黄包车在门前停下，一个宪兵走了上来。他明白宪兵过来的原因，故意不去理他，却掏出皮夹，摸出了两张一元的票子，给了那个受宠若惊的拉黄包车的老头儿。

宪兵仍旧走了上来，看到童霜威付钱的姿态和外貌的气度，礼貌地问："请问……"这些宪兵大都招的是高中或初中的学生，在宪兵学校受过训的。

童霜威矜持而有风度地掏出一张名片。宪兵接过名片看了头衔，马上变得更尊敬了。中央银行里边，宽敞讲究，有地下室，空袭时可以作为防空设施，保证安全。这一向来，许多重要会议，像国防最高会议的常务委员会就在这里开。中央要人们是常常来的。

有的在这里办公。宪兵把右手朝入口处一举,作了个"请进"的手势,童霜威就走进了中央银行的边门。他看看金怀表,正是九点缺五分,心里觉得欣慰:虽然坐的是黄包车,却准时到了!他一向有个守时的习惯,不喜欢自己失约,也不喜欢人家不守时间。

汪精卫也是个守时的人。童霜威在准九时的时候,在二楼一间小会客室里握着汪精卫那白皙柔软女性似的右手。然后同他一起坐下来,在这间光线幽暗但是布置得富丽堂皇的小会客室里开始谈话。

天冷,小会客室里生着火炉,暖得童霜威进门就脱去了皮大衣和礼帽,挂在衣架上。雕花的板壁是赭色的,泛出红木的光泽;一套大小五件的沙发也是棕红的;配着蓝色龙凤花纹的地毯,色彩凝重。橙红色的窗帘里层配的是白色麻布绣花内帘。茶几上,有荷叶形的烟灰缸和罐头装的"三五牌"香烟。一张很大的下衬绿绒、上面覆盖着玻璃台面的办公桌,一张立式多层的公文柜和一只绿色的保险柜,都立在左侧,使人会想到这是银行特有的摆设。说不定原来是一间什么总经理的办公室。

一个穿藏青中山装的年轻副官,彬彬有礼地送来了两杯清茶。童霜威仔细打量着汪精卫。汪氏比四五个月前在南京见到时,显得似乎憔悴了。脸色略略苍白,两条倒八字眉挂得更下,略带女性风姿和表情的面部,似乎在眼角和额上平添了几条细小的皱纹。他精神不错,似乎体力很充沛。可是说话时,有点神情恍惚,好像心里在想着什么别的事。使童霜威高兴的是他的热情,虽然这种热情在汪精卫身上体现出来真假难辨。这种热情与周到,使童霜威得到一种满足。

寒暄既罢,童霜威简单讲了一下自己从安徽涉险历苦来到武汉的经过。汪精卫和蔼地说:"知道了,我在报上看到你来了!很高兴啊,我们的同志来得越多越使人高兴啊!"

童霜威又开诚布公地说:"我在安徽住了一段,途中又经跋涉,刚到武汉不久,特来看望,希望听听汪先生对时局的高见,俾有所遵循。"

汪精卫微笑着,笑得带苦,说:"唉,其实,一些话我早说过了,并没有改变。我认为此次抗战,我们必须牢记能牺牲才能持久,能持久才能得到最后胜利。"

童霜威心想:咦,他的低调变高了吗?点头说:"先生说得很中肯啊!但不知先生以为敌人会怎么样?"

汪精卫忽而有些躁急冲动,滔滔地说:"照着敌人近来的举动及其宣传,其欲望之大,将尽占我们沿江的都市。看来,他是想自吴淞口到宜昌,每一都市都派驻重兵,都制造傀儡,凭借他们空军和海军的优势,以飞机及长江舰队为联络。吴头楚尾,连成一气。然后以其余力,慢慢地深入内地,将我们的东南半壁,一块块割碎下来。无论敌人是否做得到,他会这样做是无疑的。"

他讲得可怕。童霜威喝口茶,听了不禁又想:啊,看来汪精卫还是悲观的!讨教似的问:"那我们将怎样持久呢?"

会客室里很静,只有楼下马路上汽车驶过的喇叭声和轮子轧在柏油路上的呕呕声,隐约从紧闭着的玻璃窗外传进来。

汪精卫似乎早已成竹在胸,叹口气说:"这取决于战斗力能否保存与扩大。战斗力之能否保护与扩大,除了军事以外,还有三件事:第一是经济。最近数十年来,中国的繁荣慢慢地移到了沿江沿海一带,人所共见。以这样幼稚的工商业做现代战争的基础,已嫌薄弱,如沿江沿海一旦失去,则以内地凋零疲敝的农业和工业来做现代战争的基础,那当然大成问题。"

童霜威想:说的倒是实话,但他只有失败的思想,并没有战胜的思想,怪不得神情憔悴如此了!

只听汪精卫继续说:"所以,我们在经济方面应以十二分的努力来维持,并谋其发达。不但沿江沿海必须尽其勿失,而于内地,尤当关切研究其凋零疲敝之来源。从来说得好:'都市如花,乡村如根!'根不茂,则花之繁荣不过一时现象。我们应当努力。"他一口广东官话,说话时不断做着手势,眉毛乱跳。

童霜威仔细听着,不禁又想:唉,沿江沿海怎么能不失呢?你这说的不是空话吗?问:"那第二件事呢?"

汪精卫神志似乎很不安定,周身摆动,雍容和穆的风度因为话说得激动而丧失了,说:"第二是交通。近来时时听人提及军事上的所谓流动战游击战。但使用流动战,在环境上最需要的是交通不便,才可发挥效用。证之剿匪时代,当公路未开之时,此追彼窜,一方疲于奔命,一方飘忽无常,及至公路既开,这种战法便不适用了。"

童霜威听汪精卫居然还讲"剿匪",心里不禁一怔,想:是呀,虽说是国共又合作了,虽然这里电影院也在放映《平型关大捷》,八路军、新四军也在汉口有了办事处,但在他们的心里共产党仍是"匪",这是不变的呀!

汪精卫搓着他那两只白皙、绵软的手,他的手指长长的,手背上青筋缠结,说:"数年以来,公路网已经告成,善用之则以便于我之交通,不善用之则反以资敌。所以交通方面应十二分努力加以控制。"

童霜威暗想:他等于没有讲。似乎在出谋献策,实际是讲的泄气话。听了感到他泄气的话说得有劲,鼓气的话空空洞洞。就又问:"第三件事呢?"

火炉里有块劣质煤在爆炸,"哔哔剥剥"的炸得很响。

汪精卫请童霜威用茶,自己也喝口茶润润嘴说:"第三是民众。三百年前,满洲以五百万人宰割我四万万人之众,惟一秘诀是以中国的钱养中国的兵,来杀中国人。近来,敌人每到一处就急忙组织维持会、傀儡政府,即是偷此秘诀为其蓝本。"

童霜威忽然想到:唉,南陵县不知如何了?不知日寇如果到了南陵,王汉亭会不会干维持会?他奇怪自己为什么突然会这样想。

只听汪精卫在说:"颇闻有些左倾人士质问:'为什么这次抗战,反不如北伐时之处处看见民众大会呢?'他们用共产党的腔调一直在叫嚷,说国民党未发动民众,其实,抗战与北伐不同。北伐之意义,重任在政治,故热烈宣传最为必要。此次抗战,意义人人知道。故沉着工作较之热烈宣传更为重要。乡村的民众,在中国占最多数。平日省吃俭用,勤劳生产,看似无知无识,实则一片天良。那些只唱高调不负责任的人,只晓得民众大会,不看见民众的埋头工作,所以会发此疑问,不值一辩。以上三桩大事,必要努力做到,此次抗战才能持久。"

童霜威觉得越听越糊涂不清了,心里想:人都说汪精卫的口才好,可是他现在说话颠三倒四,看来心口不一。他怕人骂他是亲日派卖国贼,就只能心里一套、嘴上一套,心里想的和口里说的不同,就只能前后矛盾漏洞百出了。听得不满足,因此又说:"看来,首都在最近之将来将要成为战场,最高军事当局是否要死守首都?"

汪精卫默默点头,周身摆动,两手搓个不停。他这种态度,过去童霜威偶尔也见过。战前由谢元嵩牵线同他见面的那次,也间或见过。但今天他身摆手搓特别注目。看来,他内心是不安的。汪精卫先未做声,忽然又叹口气说:"唉,我这人呀,自己觉得有点像李鸿章。有些现实,应当清醒承认。'蝮蛇在手,壮士折腕',说话办事,不爱吞吞吐吐。只是有的人,心里未始不想做秦桧,脸上却要假装是岳飞,事情就不好办了!"

童霜威听了,心里一惊,明白汪精卫讲的"有的人"指的是老蒋,装作不介意,反问:"近日报载,德国大使陶德曼赴京,将向蒋先生提出中日休战条件,不知和平前途如何?"

汪精卫苦笑笑,先叹一口气,又叹一口气,搓着手,娓娓地说:"任何时候,和平总不能说是没有希望的。蒋先生其实也有渴望和解的心情,这我是了解的。但任何事都有它的难处。仗已打到今天这种局面,要马上和下来恐怕不会那么容易。但这也不一定完全不可能……"说到这里,又叹一口气,反问道:"啸天兄,你对当前时局有何看法?"

童霜威想:不打会亡国,打则总要好一些。战局实在太坏,南京保卫战眼看要开始,我方寸已乱,哪谈得到有什么正确的看法?你的低调我不敢苟同,我也不想使你不快。因为不能不回答,就演戏似的说:"仗是已经在打了,中国人的抗战精神也已经表露出来了。汪先生刚才说的:能牺牲才能持久,能持久才能得到最后胜利的话,我认为很有见地。如果日本人的条件可以接受,当然可以和;如果条件难以接受,那也只有战了!"

汪精卫笑了一笑,笑容勉强,看得出对这番话并不赞赏,而且心神依然不宁,说:"是的,是的!"他那广东官话,把"是"念成"洗",却挽袖看了看手上的表。

童霜威看着他那勉强装出的笑容,又见他看表,不禁想:我这话本想说得圆滑些,以免得罪他。看来,还是得罪他了。见他看表,觉得这无异是清朝时官场上的"端茶送客",心里有点不快,却不愿白来一趟,因此转题说:"上次在南京时,多蒙关注,得在家乡当选国大代表。现在国难当头,正是党国用人之际,我从安徽间关来到武汉,赋闲时间不长,却已有髀肉复生之叹,深望汪先生继续予以关照。"说这番话时,他是用叙旧的语调,表达了谢意,又抑制了自尊心才开口的。说着说着,脸上一阵一阵发热。

汪精卫礼貌地微微笑了,谦逊地点着头,两眼里有一种疲乏而心不在焉的神色,说:"以后借重!以后借重!"他的广东官话把"借重"念得跟"甲虫"似的,也听不出他讲的是真心话还是应酬话,更听不出他讲的是客套话还是敷衍话,接着又听他说:"对了,我给你找于右任院长。于先生他应当借重你的。我一定找他!一定找他!"

童霜威心里发闷,想:我是找你的!你怎么又把皮球踢给于大胡子了?真是政客!心里后悔自己刚才不该草率向汪精卫提什么"提携"的请求,徒然讨个没趣,感到自己是有身份地位的人,这样太无骨气,自尊心受到刺激,不禁一阵脸红。见汪精卫忽然又看了一下手表,知道该走了,决定告辞,说:"汪先生一定很忙!我就告辞了!"

汪精卫见他告辞,也不留客,解释说:"我十一点十分另有一个重要约会,就不留你多坐了!"他将"约会"念成了"鸭尾",挺好笑的。

他一解释,童霜威心里舒服了一点。握手告别时,顺便问了一句:"谢元嵩不知现在是否也在武汉?"

汪精卫点头说:"本来在,最近他要出任两广监察使。他已经先到广州去了。"

童霜威心里羡慕地想:谢元嵩真有办法!自然,他能有这种活动能力,同汪精卫的支持肯定是分不开的呀!他有靠山,我呢?我能靠谁?他忽然感到今天来找汪精卫完全多余,毫无所得,徒然听汪精卫谈了一通低调。这些低调并未出乎他的意外。汪精卫这样的人,讲的必然是这样的话,无论他如何闪烁其词,无论他如何心口不一,无论他如何前后矛盾,实际上弹的总是低调。悲观的低调,汪精卫从南京谈到了武汉,有时以败军之将那种完全消极悲观的调子出现,有时又以赌徒式的那种极端的孤注一掷的姿态出现,使他极不受用。他心里同时也明白:今天自己的谈话并未取得汪精卫的欢喜。由于未曾一味附和汪精卫的论调,甚至会得罪了他。他见汪精卫虽然谦恭并不亲热,并没有想多送几步的意思,他更相信自己的感觉和判断是正确的了。

终于下了楼,心情历落地走出了中央银行阴冷的甬道和穹形的厅室,出了有宪兵把守的大门,到了街上。

外边,是个阴冷的天气,寒风吹来刺脸,马路上有稀疏的行人和轿车、人力车。他心里懊糟:汪精卫是个精细周到的人,为什么想不到派个汽车送一送呢?当然,也许他疏忽,他想不到我在武汉连辆汽车也没有。但,又何尝不可能是故意冷落我呢?他知道我也是日本留学生,但为什么今天谈话时一句也不涉及这方面的问题呢?是的,现在正同日本交战,他要避嫌,这是完全可能的。

想着,他认为自己应该再去看看监察院长于右任。汪精卫既然说他要代找于右任,自己为什么不能亲自去找于右任呢?自己同老于的交谊是不错的。双管齐下,也许会奏效的,于胡子既在武汉,去看望他听他谈谈也是必要的嘛!

心里滋味复杂,充塞着失意之感。他决定仍叫一辆黄包车回去,又觉得走一程也好。冷风吹来,他竖起獭皮领子匆匆迈步。走过一条街,转过一个弯,路边正在演抗日的街头剧,围着不少人在观看。他不想走上去看,径直向前走。谁知,出乎意外,听到了放警报的汽笛声。

紧急警报声,凄厉、悲惨,围着看演街头剧的人,潮水似的都跑散了。街上的行人纷纷奔跑,汽车、人力车也加快了速度各自窜行。

童霜威一听警报声,有些惊慌了。往哪里去呢?这里不是法租界,万一敌机来了乱扔炸弹如何是好?

纷乱四散奔跑的行人,有的似有目的,有的似无目的。他也想跑,又不知该往哪里跑。紧急警报声仍在凄厉地响。他心跳气喘,忽然看到两个剪短发穿灰布军装的女兵,大约是什么战地服务团的团员,在向前边一条古老狭窄的横街奔跑,他决定跟上去。这时,突然听到炮声。龟山和蛇山上的高射炮响了,高射炮在对空射击。每"轰"地一响,就看到天空中爆发一蓬黑烟,开了一朵黑花。黑花衬得蓝天更蓝,白云更白。同时,听到了飞机声,看到飞机出现在天际了。

他心里着急,加紧了脚步,向那条有些店号门口挂着褪色金字招牌的横街上冲。飞机已经到了头顶。头顶上发生了空战。前边窜逃的是四架漆着太阳徽的日机,领先一架是轰炸机,后边三架是保护轰炸机的战斗机。追赶四架日机的是两架中国飞机,都飞得不太高,机枪吐着火焰,发出"格格格格"惊心动魄的声音。飞机飞行的声音"呜""呜"是一种日本轰炸机俯冲投弹的声音,听了使童霜威那颗心像悬空吊着般的难受。

童霜威喘着气、头上冒着汗到了街边。街边一家烟纸店和另一家香火店都上了排门。他喘息着不想再跑了。天上的空战仍在进行。飞机游龙似的上下翻腾,机枪射击,炸弹轰响,龟蛇二山上的高射炮继续轰鸣,也猜不出日机来了多少架,东南西北都有飞机声。童霜威脚步艰难,踉跄着在走。他想到前边一个有过街楼的地方藏一藏身。至少,只要上有遮拦,看不见飞机,就会有一种安全感了。走着走着,穿的皮鞋被地上一口黏痰一滑,险些一跤仰脸跌倒在地。

就在这时,突然,他感到有一个人在后边用一支粗壮有力的臂膀扶了他一把。他正了正身子,说了一声:"谢谢!"回头一看,正与那人目光相遇。只听到那人"呀"了一声,他自己也不禁"呀"了一声。

那人叫了一声:"姐夫!"

他也惊叫了一声:"啊,忠华!"

确实是柳忠华呢!人生,为什么有这样的巧事?人生,为什么有这样梦境似的遭遇?柳忠华比过去老练,那张含蓄了许多苦难而富于力量的脸,增添了风霜之色。额上有刀刻般的皱纹,深邃的眼睛射出一种尖锐而不可逼视的光。一头永远梳不整齐的头发,似是表现了他那不屈不挠的性格。开阔的前额,紧闭的嘴唇,略带方形的下颌,透露出无比坚韧的生的意志。眉眼神态之间,使人感受到他粗犷刚强难以动摇的意志。眼睛何其像他的姐姐柳苇哟!冯村曾说:"在南京别后,柳忠华说要到武汉,以后就未再见面。"谁知,柳忠华真在武汉,现在竟就站在自己面前啦!柳忠华比他的实际年龄显得老了。同当年相比,监狱的折磨,使他脸色苍白泛黄,眼角和额角的纹路饱含忧患。可是眼神没有变,傲气没有变,锐气似也没有变。柳忠华穿一件旧蓝布棉袍,围一条深灰围巾,蓬松的头发被寒风吹得像风中劲草似的颤动。他上来,指指过街楼下左侧的墙边,说:"姐夫,避一避!"

那地方,旁边没有别人,看来他是想谈些什么。童霜威点头,跟着他走了过去。

天上的飞机仍在轰响,空战的机枪声、龟蛇二山上的高射炮声也仍在不断传来。

童霜威站定身子,同柳忠华在一起了,他感到心里比刚才踏实些了。过街楼对面的墙下倚靠着一些人。一个抱着婴孩的母亲满脸愁容。一个白胡子老头儿在饶有兴趣地朝着天空伸颈张望,想看空战。街上,变得冷冷清清,两个巡逻的宪兵在远处的一家店门边靠墙站立,手里攥着盒子炮。

"你离开苏州后,到了南京?"童霜威问。

"是啊,在南京我到潇湘路住过。我去过雨花台,在姐姐牺牲处不远的地方,埋下了一块小石碑,刻上了她的名字。"柳忠华平静地在叙述。

"啊!……"童霜威感到语塞。这件事好像本该是由他来做的,他竟多少年来都没有做。

柳忠华沉着地说:"其实,这并没有什么意思。她那样的人,不在乎这些。但,我希望她的灵魂有所依托。我希望以后,家霆能找到他妈妈的葬身处。"说到这里,他咳嗽一声,又带着感慨地说:"遗憾的是,南京的命运还不可知,日寇的铁蹄也许会践踏到那里。"

身边无人,只有遥远处的飞机声隐隐传来。听着这些话,童霜威心里难过。他强自克制,问柳忠华:"你,现在在哪里?"

柳忠华背靠着墙,看看童霜威,说:"在一个朋友那里。"

他等于没有回答。童霜威心里明白:柳忠华是不想回答,也不会如实回答的。这足证明:柳忠华这种人,确实是共产党,或者至少是同共产党密切有关的人。童霜威只好带着感情问:"你还好吗?"

"好!"柳忠华说,"比以前好多了!主要是停止内战、团结抗日的局面开始出现,爱国行动无法再诬以'危害民国',救亡之呼吁,也不能再指为宣传'违反三民主义'了!"

童霜威被他的话触动,忽然又想起了柳苇。柳忠华的气质和两只眼睛是如此地酷似柳苇。想起柳苇,刺心的隐痛又浮上心际。谁说苏州人性格软弱呢?许多当年的往事又齐上心头。枫桥的晚霞,寒山寺的晨钟,南京城的怅惘,雨花台的凭吊……他心不在焉,有点走神地忍不住又说:"你……你现在在干什么?"

柳忠华回答得很笼统:"在一个救亡团体里干点小事!"立刻又顾而言他地说:"其实,你在武汉我知道!我在报上看到一条消息,说你从安徽到武汉来了。"

童霜威没有想到:中央社记者张洪池发的一条小小的消息,竟会有许多人注意。适才,汪精卫说他在报上看到过,现在柳忠华又说他也看到过。他明白:柳忠华笼笼统统地回答问题,说明是不愿意具体谈。他也不想勉强,就噤住声不讲了。

空战在继续,天空中有炒豆子似的机枪声在响。从远处传来刺耳的炸弹爆炸声和"轰""轰"的高射炮声。

柳忠华又说话了:"姐夫,你对时局怎么看?"

童霜威对柳忠华仍叫他"姐夫",有一种说不出的感觉,是亲切,也是一种安慰,更是一种温暖。在往昔,当他和柳苇结合时,柳忠华一直是叫他姐夫的。后来,他同柳苇不幸离异了,柳苇又遭到不幸了,他已不希冀柳忠华再会这样叫他。但那次在狱中写信时,柳忠华这样称呼过他。现在,在汉口街头相遇,柳忠华又这样叫他。他不能不在心头涌起一种欣慰与憾悔交并的感情。

童霜威直率地说:"我是主张抗日的,但是大局使人焦灼啊!南京,怕是快要兵临城下了!军事上,敌人的压力很大。现在有一种和议的空气。但如果是一种亡国的条件,我看无论如何也是不能接受的。如果接受,那当初我们为什么要打?"

一个剪短发、穿蓝布棉袍围花围巾的女子,像个大学生的模样,歇斯底里地突然啜泣着从隐蔽处跑出来往街上跑。边上有人怕她暴露目标,吆喝:"别乱跑!……"但她已经冲到远处街上去了。看来,是个受过轰炸刺激的人,也许她有什么亲属在过去轰炸中丧生了吧?

柳忠华目视着那远去的女子,回答着童霜威说:"是呀,对时局我是有信心的。日寇原来声言三个月打败中国。实际呢?上海一仗就打了三个月。全国人民的斗志激发起来了!上海之战,指挥上虽有失误,但只要调整战线、争取主动来坚决执行持久抗战方针,用拖的办法对付日本,积小胜为大胜,最后胜利绝不是空想。"

童霜威不由点头,说:"你说得对呀!我们应该有信心。但问题很多也是事实,想得可不能太简单。"

过街楼下左侧的墙边附近无人,只有远处有婴孩在哭,大约有母亲抱着婴孩在躲空袭。

柳忠华点点头,看看仍有飞机响的蓝天,说:"姐夫,坚决抗战,依靠人民大众,就能胜利。这是一条路线。妥协退让,不依靠人民,只能失败。这是另一条路线。上海之战期间,许多要上前线服务的救亡团体都给当局拒绝拦阻了!结果,浴血抗战的将士,饭吃不上,受伤无人救治,死了无人葬埋。在前一条路线指导下的战场上,情况正好相反。前些天,汉口放映平型关大捷的电影,你看了没有?"

童霜威没有看电影,只是有一天吃晚饭时听家霆说起过那部影片的内容。这时却下意识地点点头,心里暗想:他的言论是道道地地共产党的言论。

柳忠华径自在说自己的:"现在日寇进逼南京,有人悲观动摇了!德国法西斯,正在帮日本的忙做和平使者,投降派蠢蠢欲动。但爱国人士、全国老百姓是不愿意当亡国奴的。谁想卖国投降,恐怕办不到!"

童霜威不禁想起刚才汪精卫的一番谈话。他当然不愿意把同汪精卫的谈话告诉柳忠华。但他不能不认为柳忠华的话里有股正气,说得对。

童霜威点头说:"是呀,看来,仗已经在打了,就只有坚持打下去,努力使军事上少出差错、多有成功,才是出路。"

柳忠华苍白发黄的脸上,露出思索的表情,说:"一个给别人带来灾难的人,自己不可能幸福。一个给别国带来灾难的国家,自己也必然要遭到灾难。日本这样侵略中国,迟早要尝到自己种下的苦果!"

童霜威体味着他的这几句带有哲理的话,想:"他这上一句看来是指的老蒋?"

柳忠华忽然出乎童霜威意外地说:"虽然,在姐姐的事上,我不能谅解你。但在我蹲监牢时,有的难友害病几乎快要活不下去时,你给了帮助,我仍应当感谢你!"

童霜威想:这是个硬汉子!他在监狱里写信给我索取药品,看来不仅为了自己,也是为了他的同志。听了他的话,童霜威心里五味俱全,不由自主地说:"唉,这些都不能说了!对你,我没有什么帮助;对你姐姐,我深深抱歉。随着岁月的流逝,自责之处也颇多。人的内心是复杂的。人不了解我,有时我甚至感到我自己也不了解我自己。我是一个复杂而充满了矛盾的人。但有一条:我从不做任何违背自己良心的事。即使一时被迫违背了,那也不是我的本心。"说到这里,有点动感情,忽然注意到柳忠华在这严寒的冬天里,薄薄的旧蓝布棉袍上沾满油污与墨渍,穿得过分的寒碜,估计柳忠华一定阮囊羞涩。童霜威掏出皮夹,将其中的一沓钞票全部取出来递过去说:"忠华,你在南京时,我曾让冯村转交一点钱给你。你不肯收,后来你就走了,这是见外。今天,一点小意思,你拿去,也许你是需要的。就看在你死去的姐姐的份上,收下我这点心意吧!"

柳忠华一直在仔细听他讲的每一句话,脸上有一种沉思的表情。这时,轻轻把他的手推了回去,说:"不!我不需要。你知道,现在我很好,一切都很好。无产一身轻……"见童霜威神情诚恳,他又说:"以前,在监狱里时,我曾写信向你索取过药物、书籍,也收过你给的零用钱。那时,客观形势很需要这样做。因为那时你的资助,不但使我和难友们可以保持生命和健康,而且政治上有点好处。但,今天,情况变了,我就不应该再拿了!"

不知什么时候,飞机声已经杳不可闻。高射炮声、空战的机枪声也已全部平歇,空袭似已过去。

童霜威怅然,若有所失。他明白柳苇的个性,当然也明白柳忠华的个性。他把钱重新放回皮夹塞进了大衣口袋,说:"那,那以后什么时候你需要的时候,你再……"他将话含含糊糊吞了下去,心里明白:柳忠华以后也许永远不会再向他索取任何东西了。

柳忠华点点头,两眼巡视天空,自言自语地说了一句:"好像快解除警报了。"又对童霜威说:"一会儿,我们就要分手了!"

童霜威动了感情,忽然将心头蕴积多年的一件事提出来问柳忠华:"忠华,你姐姐,我听说她是没有任何供词被处决的。她真是共产党吗?"

柳忠华思索了一下,点了点头:"我想,现在没有必要再隐讳说这一点了!"他眼光里有仇恨。

"她后来被葬在哪里?"童霜威问。

柳忠华摇了摇头:"不知道。那时候如果你出面给她收尸也许她会有一个坟。"这话声音里含着责怪,"总之,她一定就葬在雨花台主峰西面的乱坟堆里。据了解,从主峰西下,在岗峦和绿树环抱中,有一片绿毯似的草坪,被杀害的人大多被掩埋在这里。我在雨花台给她埋了一块小碑,就是假想她也被埋葬在那片乱坟堆里的。"说到这里,他的脸上忽然抽搐了一下,说:"一个人,是要有所选择的。在人生的道路上,时时刻刻会面临选择。任何人,任何时候,任何事,都在进行选择,都会遇到什么是正确的选择这样一个问题。因此,似乎可以说,人生就是选择。"

童霜威微微点头,叹口气说:"是啊!"

柳忠华坚定地说:"姐姐的死,使我悲痛,但她的选择是正确的。虽然她死了,这是她自己选择的。她不愿意做一个享福的太太,做一个供摆设的花瓶,甚至做一个随波逐流跟着右翼跑的虾兵蟹将。她宁可选一条牺牲自己而为人民大众为国家民族找出路谋幸福的艰辛道路,甚至流血牺牲而不悔!听说,她死时很英勇,也很坦然。因为,她自信她的选择正确。人们,也会正确评价她的死,不会允许屠伯们用什么'匪'呀等等的字眼来玷污她的。"

童霜威鼻子发酸,沉默着,心潮起伏。

柳忠华突然问:"家霆该有十五岁了吧?他好吗?"

童霜威点点头:"上初一了!很好!"

柳忠华眼睛里露出遐想的神色,似乎想说什么,又没有说。站的时间太长了,他感觉寒冷,轻轻跺脚活动活动。这时,汽笛"呜"地响了。是无数只汽笛从四面八方在响。放解除警报了!看到一些店铺的伙计将关了一半的门板卸下,让店里恢复营业。看到躲在过街楼对面的一些人都已开始匆匆走动,各奔自己的目的地去了。街上又开始了新的活动,呈现出警报前的那种忙碌、喧闹与生气了。

童霜威心里明白,柳忠华要走了。他还沉浸在柳忠华刚才说的那番关于人生是选择的话中。他想:这番话说得有意思!确实,谁能摆脱自己所面临的抉择呢?名利与气节之间,金钱与清廉之间,生与死之间,和与战之间……岂不正是时时刻刻在给人以考验,供人以选择吗?我在这些选择之间沉浮,多少年了!有甜有苦,有得有失,有收获也有惩罚。但甜未必正确,得也未必就是幸福,收获也未必就是胜利!是非功过,哪来一支春秋笔予以定评?他感到惶惑得很,忽然一把拽住柳忠华说:"忠华,你觉得我是怎样的一个人呢?"

柳忠华甩手将脖子上的灰围巾重新围好,似是要走,两眼看着童霜威,平静地说:"以前,你自命中间,实际是中间偏右!也许,现在,你可能算是一个国民党里的中间派!"说着,他开始移动脚步向街口方向走去。

童霜威不满足地问:"为什么?"他很想听听柳忠华对他的评价,也随着柳忠华一起迈步。

柳忠华脸上几乎是毫无表情,说:"当然,我希望你能从明哲保身的那种思想情绪里跑出来,将来,能不做中间派!做一个国民党的左派!"

童霜威默然,又说:"忠华,你不肯到我住的地方去,那么,我们找个地方吃点东西再谈一谈吧。"他想起,在前面不远处,有一家小西菜馆,门口的广告牌上在以"美味獐肉"招徕顾客,倒是颇诱人食欲的。

柳忠华摇摇头,说:"警报解除了! 姐夫,我还有事,要走了。也许以后还是会见面的。珍重吧!"说完,他将围巾又重新围了一围,同童霜威点了点头,准备告辞。但他见童霜威在这街口上停住脚步,好像捉摸不定该走哪条路才好,就问:"你上哪? 回住处去?"见童霜威点头,柳忠华指着路说:"你该从这向东走。"

童霜威点头,说:"对对对!"

柳忠华用手打着招呼:"那我走了!"转过身去,同童霜威挥手分别,迈开了大步。

寒风凛冽,头上是蓝天白云的明净天空。街上在空袭后又恢复了喧闹,车辆和行人此来彼往。童霜威仍愣愣站在那里,看着柳忠华的背影在横街转弯处飘忽地消失,心头流动着一种特殊的无法形容的滋味。

四

一晃到了十二月上旬。童霜威一连几天都到处走动。冯村给他打听到了一大批政界熟人的地址。他挑选了一些地方前去看望。但未把圈子放得过大。因为自从见了汪精卫使他感到颓丧后,他自命清高,有些大红大紫的要人家里,他不愿意去。司法行政部和原中惩会的一些熟人那里,他也赌着气不去,心想:我现在既不得意,何必到你们门下拜谒? 有些人的住处太远,估计了一下,去也没有多大意思,既不可能使自己在政治上得意,也不可能听到些什么特殊新闻,何必白白浪费时间和精力? 有些人的地位不如他,经济基础也比他低下,到武汉后,听说正愁着住处,愁着生活,愁着下一步棋怎么走,也不必去走动。这样,他就只选了到武汉的中央委员里的极少数,去作了礼节性的会见。有的见到了,谈些今天天气哈哈哈,有的没见到,扫兴而归。没见到的那几个,听说有的沉湎于方城之戏,有的陶醉在交际花家里和跳舞场中,一次去未能谋面,他也懒得再去第二次。他留下了监察院长于右任那里,准备今天去看望。于右任同汪精卫不同,他不必事先约定,随时去都可以。去了在老于那里吃一顿西北味的便饭,喝点小米粥嚼上一两个馒头也有点意思。

武汉的冬天,总是很冷。街边的法桐树上,连那些最恋枝的枯叶也早被寒风卷落得干干净净。童霜威每看到那些光秃秃的法桐树,既想到了南京潇湘路家中的法桐和尹二的那次恶作剧,又觉得自己也很像一棵在寒风中寂寞伫立的老树。

一早,家霆去补习老师家补习功课去了。这是冯村介绍的一个人:一个失业的小学教师,为人正派,一月二十元,每天上午家霆到他住的亭子间里,去补习三个钟点的国文、算术和英文三门课。家霆有老师帮助补习后,上午到老师处,下午就忙着做老师布置的功课,变得忙忙碌碌。一忙,情绪很好,总是一副自得其乐的样子。

上午九点多钟,童霜威正打算离家出外,到于右任住处去。蒙古族的中央委员乐锦涛却来了。头一天,童霜威去法租界中国饭店看望乐锦涛,乐不在。童霜威留下了一张名片。现在,乐锦涛来回拜了。童霜威忙叫金娣泡茶敬烟。方丽清已同隔壁一个钱庄老板陈光辉的大太太交上了朋友,闲来无事就打上十二圈卫生麻将消遣。现在,见来了客,又不是什么了不起的人物,她就轻轻起身,叮嘱金娣洗衣和淘米做饭后,到陈太太家去找牌打了。这些天,只要有麻将打,打赢了,嘀咕得就少些;没有麻将打,或是输了钱,回来后,嘀嘀咕咕,就少不了打骂金娣。童霜威只希望耳目清净,乐得让她去打麻将。现在见方丽清走了,明白她是去打牌,就陪乐锦涛坐在沙发上谈天。

这个蒙古族的中央委员,比在南京见面时瘦了一些,脸上橘皮疙瘩更多了。眼镜片下那两只鱼眼的眼白多于眼黑,说起话来依然是那种迟钝、嗫嚅的架势,而且又多了一种毛病:不断叹气。童霜威不喜欢他那种带点愚蠢的气质,愿意同他接触是因为他也不得意,不过是一个"凑数"作为点缀的中央委员。对他有点"同病相怜",而且他历来表现得还亲热。两人谈了些问候之类的应酬话,好像有满肚子话想谈,双方又觉得无话可谈。

童霜威终于问:"锦涛兄,是否打算去重庆?"

乐锦涛吸着香烟,叹口气,迟钝地说:"不瞒你说,为这问题我正像热锅上的蚂蚁呢!内人和两个孩子战前去上海租界上了。现在我一人在此,已觉开支惊人,去到重庆,人地生疏,如何得了?但如不去,留在武汉也非长久之计。此地已在动员疏散人口,像我这个中央委员,实际是开起全会来凑数用的,平时谁管你!国民政府和中央党部都算是搬到重庆去了,实际呢?达官贵人都在武汉。你有事找他们吧,他们一个个都像佛爷,听着你念经,不说行也不说不行,到头来一切都无影无踪。我给中央党部写过信,希望给我安排房子,信去以后,像是欺弄三圣,亵渎了神明,他们的脸真难看。同样是中委,也分三六九等。我是第九等。"

童霜威听他说得有趣,不禁笑了一笑。

乐锦涛叹气摇头:"啸天兄,我这不是牢骚,是说的知心话。我也正想问你呢?你打算去重庆吗?"

童霜威听了他的话,也多感慨,说:"要动,得慎重。去不去重庆,斟酌过多次了,总拿不定主意,正与锦涛兄你一样呀!"

乐锦涛正襟危坐,像个蒙古喇嘛,又叹口气说:"你看,首都守得住吗?"

童霜威摇头,窗外的阳光射进来耀着他的眼,他叹口气说:"我看守不住。"

乐锦涛吸着烟摇头叹息说:"我看,这个仗像一匹不受乘者驾驭的野马,不能再打下去了!要另想办法了。我碰到不少中央要人,都是这个意思。"

童霜威捧起茶杯喝着苦水,也叹口气,忽然想起了汪精卫的低调,说:"你到汪先生处去谈过没有?"

乐锦涛点头说:"昨天我又去过,他就也是这么说。我看他的话不能说没有道理。在上海死的军民不少了,在南京又不知要死多少人!我为什么昨天又去?是看到报上说:德国大使陶德曼从南京返汉口,调解中日战争的事未得要领。报上又说,沿京杭公路前进的日军,已越过溧阳、溧水,目下正向距南京东南约二十二英里的句容进逼。南京已闻炮声。所以我不能不去向他讨教呀!谁知,他跟我一样,也是唉声叹气,满面愁容。听得出,他是悲天悯人的!"

童霜威心情激动,说:"如果日军这么进逼,来谈和,那岂非城下之盟了?城下之盟,必然会提出叫中国亡国的条件。如果接受了这样的亡国条件,我们将何以对祖先?何以对子孙?何以对已经牺牲了的前方将士和许多死者!"

乐锦涛体味着童霜威的话,反反复复地说:"那也是!那也是!"又叹一口气,将香烟扔进痰盂,说:"不过,我们怎么办?如果南京失守,下一步势必就是沿江而上进攻武汉了!我们是去重庆吗?唉,德国大使名叫'陶德曼',人都说老蒋指挥的军队是'逃得慢'的兄弟——'逃得快'!现在倒是共产党的军队打得好!人家是在往敌人后方钻,钻进去跟它打!巧妙得很!打游击看来还是对的。"

童霜威默然不语,心里也是十五只水桶七上八下,思索起自己的去从来了。

乐锦涛似乎觉得在童霜威这儿既得不到什么"良策",又话不投机,想起身走了,说:"我现在闲来无事,除了出外访友,到东湖散步,就是独自在家诵经。无他,修身养性,减少点烦躁情绪而已。今天,我告辞了,回去还要诵经。"说罢起身去取衣架上的大衣穿,并戴上了土耳其式黑羔皮帽。

童霜威心里想:也好,把你送走,我可以去看看于右任,就也不挽留,心想:去于家,还是独自一人去的好。如约他同去,老于谈话就要谨慎,不会那么知心了。说:"好好好,改日我们再好好谈谈!"

他送乐锦涛出门,走到弄口。乐锦涛倒是不知从哪里借了辆汽车来的。上了那辆黑色的汽车,同童霜威招手告别。

乐锦涛刚走,童霜威走进弄堂进门上楼,见金娣在搓板上"嗞嗞"地搓洗泡在木盆里的一大盆衣裳。那双小巧的手在肥皂水里泡得变了色。他本来要穿上大衣戴上呢帽出去的,忽然发现金娣在哭泣,忙问:"金娣,你哭什么?"

金娣不做声,只自顾自地搓衣服,方丽清天天要换下一堆衣服来。金娣冻得红紫的手上糊满了肥皂泡沫。天冷,水冰凉。

童霜威明白:一定是方丽清骂了她或是暗中打了她。方丽清,当着童霜威骂金娣是没有顾虑的,打金娣,总爱背着童霜威,打了还不许金娣讲。在南陵县时,童霜威听家霆愤愤不平地说过好几次。事后,童霜威不止一次责备过方丽清。方丽清气得红着脸说:"就你是个菩萨心!""是谁告的状?打死她有我赔命!"在武汉,前些天,方丽清狠打过金娣一次,童霜威忍无可忍发了火,又怕方丽清胡搅蛮缠,发了火又自己克制了,叮嘱方丽清:"我是有身份的人,汉口中央要人多,左邻右舍多。你打金娣,被人宣扬出去了,多难为情。新闻记者在小报上写篇文章一登,坏了名声,就不好办了!你得考虑考虑我的面子!"那天,方丽清阴阳怪气闷声不答,也未反驳。童霜威觉得做到这一步也就行了。没想到,看来方丽清并没有改,暗中仍在打金娣。今天,方丽清不在家,他不禁追问:"怎么?太太又打你了?"

金娣不说话,眼里闪着一点泪光,嘴唇微微抖动,终于忍不住了,大声哭了起来,伤心的眼泪像断线珍珠挂满两腮,洒落了一地。

童霜威"唉"了一声,孔孟之道、宋儒之学给他的影响,使他不能不叹气。丫头嘛!骂骂已说不过去,老是动手打,这样虐待,怎么行呢?他问:"她打得很凶吗?"

金娣不做声,先捂着脸低声啜泣,又将棉衣袖子一捋,童霜威看到的是一条满是青紫色斑块的手臂,扑鼻而来的是浓烈的松节油味。他明白:是方丽清用手掐的!他烦恼,气得胁下都冒汗了。

浓烈的松节油味刺激着他的嗅觉,他忍不住问:"你搽的什么?松节油?"

金娣点头。

童霜威明白:一定是家霆给的。家霆在南京上学时,赛跑扭伤了腿,就是搽松节油的。不禁问:"谁给你的松节油?"

金娣不答,脸刷地红了。

童霜威也不再问,想:看来,家霆这孩子是同情这丫头了!倒是要注意,不能让他们太接近,万一有了感情,这么小的孩子,就不好办了!他对方丽清虐待金娣,心里气恼,却觉得无法处理。同方丽清大吵大闹吧,你气焰一分,她气焰比你高十分。吵闹出去,太丢面子。再说,这个家就永远不得安宁了!如果不管,面前摆着的虐待金娣的事愈演愈烈,又怎么忍受?他生气地对金娣说:"你不要哭!她打你不对!我再同她说。现在同日本人打仗,我们是逃难,这件事没有办法。将来,要是不打仗了,到了上海,我一定想法让你离开她!我给你找到你家里的人,给你钱,让你回家,离开太太!"

说了这些话,他才感到心里好受些。金娣仍旧在无声地饮泣,一边用衣袖拭泪,一边搓洗方丽清的内衣。

　　童霜威叹了一口气,也不知为什么,他突然想起了柳苇有一次说过的话:"有的人只为自己而存在,有的人则能为他人而存在。……"方丽清,她一切都只为她自己而存在……童霜威劝慰地说:"金娣,别哭了!我要出去一趟,中午也许不回来吃饭。太太要问,告诉她我到监察院于院长公馆里去了。"说完,穿好大衣,戴上呢帽下楼走出弄堂。

　　他仍是雇了一辆黄包车到于右任住处的。在路上,就思索着见了于胡子该说些什么。自从到汪精卫那里去过后,他本来想就去于右任处谈谈的。后来又想:还是迟些天去的好。去得太匆忙,万一汪精卫还没托他呢!迟些日子去,也许老于已经有了安排和打算,就水到渠成了!对老于,他有自己独特的看法:这个老头儿是个能干人!老于是爱国的,早年革命时,在中山先生提倡三大政策时,他是同情左派的。当民国十六年蒋介石"清党"时,作为元老,他无法阻止,有点消沉,可是也不愿得罪当权者。老蒋分了个监察院给他。这是五权分立中的一个权。他呢?写写字,做做诗词,到处游游山,玩玩水,既同右派明里来往,也同左派暗中勾通。老蒋未始不知道,却也要容忍他这种人存在。一是碍于他是元老,二是要拿他标榜点民主自由,用他装点门面。通过他也可羁縻一部分人。童霜威一直觉得老于在这上面倒是个可以效法的人。何况,他一笔草书人人叫绝,如今不但要人家里裱挂着他写的字,连大街上的店号商号,公园里的牌匾,餐馆的招牌,书上的题签……都是他写的字。他的诗词更是婉约、豪放、不拘一格,为世人称道。因此,他虽然也传闻有些韵事,却有人用"是真名士自风流"的话来为他解脱。他家里也摆鸦片烟盘,麻将声长年不断,但他自己却布衣布鞋,给人朴素节俭的感觉。像于胡子这样一个人,童霜威感到有许多可以思味之处。

这些年来,童霜威厕身法界,一直愿意接近于胡子。主要感到他待人接物比较平易,也不时会讲点似乎公正的话。有求于他,常能给人一种关心、诚恳的印象。但又不满意他的同乡观念。他是陕西人,对老陕亲三分,在南京时,出入于公馆的人,一听口音,都是将"我"念作"呕"的陕西老乡。童霜威感到自己这个江苏人,无论怎么靠上去,都不会贴心,不会被当作自己人信任和使用的。正因为如此,司法院是湖北同乡会,监察院又像是半个陕西同乡会。童霜威就只好同老于保持一定的距离,不远也不近,见了面自然总是亲亲热热,毫不见外。今天,去看老于,想从他那里听听知心话,也希冀他能为自己的重返司法界给予支持尽一点力。心里是怀着热乎乎的感情去的。

巴结于大胡子的人不少。这几年,看来老于同银行界人士颇有往来。在武汉,他住的就是私营永丰银行总经理胡兰梓的公馆。童霜威很羡慕于胡子同企业界银行界有来往。他早听说过胡兰梓这人经营永丰银行的方针是"人争近利,我图远功;人嫌细微,我宁繁琐"。胡兰梓对中央要人都尽量密切交往,经常借款给孔祥熙、宋子文等在上海做投机生意。对于胡子,他自然也不肯放弃。他对于胡子的大太太老高就拼命巴结,一旦有事,他的"远功"自然会降临,要得到老于的支持也就毫不费力。于胡子现在住的这幢假三层花园洋房,也在特三区里,上上下下有十多间房,宽敞富丽。童霜威递了名片一走进去,就想起自己在南京潇湘路一号的公馆了,心中不免平添几分不快。

他由门房恭敬地带着进了客厅,就发现:胡兰梓十分周到,不但房子、家具,连门房、老妈子、小大姐全套人马都配备给于胡子用了。童霜威不禁想,难怪有人说:"当官要当大官!"我和乐锦涛这样的官说来并不算小,可是从南京到了汉口,就要愁房子、愁汽车,而老于他们,要什么有什么!《史记》上苏秦说的"势位富贵安可忽乎哉!"一点不假呀!

他带着感慨进了客厅。看见宽阔的客厅中央,放着一张大桌子,于胡子正在悬肘挥毫写字,边上站着四五个人,有吸烟的,有聊天的,都在看老于写字。

仔细一看,磨墨的是于胡子的秘书季祥麟,吸烟的是监察委员向天骥,这是个戴眼镜的秃顶个子矮小的苏州人,以"才子"出名的人物,也是以圆滑世故出名的人物。他有两个姨太太,关于他的桃色艳事传闻最多。据说,连杭州一些庵里,他也要跑去纠缠那些年轻的师姑。聊天的人,一个是司法院的秘书长谢宽生,是个穿西装的胖高个儿。这也是个有趣的人。他在法国留过学。民国十二年回国后,在上海震旦大学、法政学院等校授课。童霜威在那时认识了他。后来他到南京在中央大学做过法律系主任,在司法院做过参事,接着,就兼代秘书长,又正式做了秘书长。别看这是个留学生,同毕鼎山是一路的货,向来深信"命运",喜欢看相算命批八字,甚至起课、扶乩、求签。另两个聊天的人,一个是满面红光挺着大肚子的商人模样的人,一个是很精干的三十岁左右的年轻人。童霜威都不认识。童霜威进去,向天骥先看到,一拱双手,说:"啊!啸天兄,哪阵风将你吹来了?"

谢宽生也点头招呼,上来亲热握手。季祥麟停止磨墨也点头招呼。于胡子正聚精会神挥毫写字,脸上略带笑容点头说:"啊,啸天,你来了!我听说你到了武汉。"

童霜威同向天骥、谢宽生握过手,走近桌前,说:"院长,特地来看看你呀!我从安徽来,一路上苦头吃了不少,是坐难民船来的。"见于胡子继续在写字,在宣纸上写的是一首《满江红》:

蜀道登天,一杯送绣衣行客。还自叹,中年多病,不堪离别。东北看惊诸葛表,西南更草相如檄。把功名收拾付君侯,如椽笔。

儿女泪,君休滴。荆楚路,吾能说。要新诗准备,庐山山色。赤壁矶头千古浪,铜鞮陌上三更月。正梅花万里雪深时,须相忆。

于胡子蘸墨挥毫写完最后一个字,把笔一放,说:"别的等会儿再写。"转过头来同童霜威握手,说:"见到你来,很高兴啊!"

童霜威见他热情,亲切地说:"你身体好?我见你还在挥毫有些逸兴,也很高兴啊!"他不禁站在桌前将于胡子写的词念了一遍。只听得谢宽生连声在夸赞:"院长这首词太好了!太好了!"

童霜威觉得这首词熟,一时想不起是谁的。只听于胡子朝着谢宽生说:"不,这我可不敢掠美!这是辛稼轩的词。天骥要去重庆,向我索字,写这首词为他壮行色。"

童霜威想:是呀!这是辛弃疾的一首赠别的词。词的开头写蜀道难,头尾虽也写惜别之情,但中心是表达一种鼓励和期望,用"诸葛表"和"相如檄"这些典故勉励朋友治理好西蜀,为抗金做出贡献,又写了对华夏山河的热爱,意切情深。于胡子选这首词看来是寄托今天的感慨的。只可惜送给向天骥这样的滑头,是抬高了他。

只听向天骥、季祥麟等那几个围着桌子看写字的人,一片声夸字好,也夸词好。谢宽生刚才闹了个笑话,倒也不脸红,这时反倒解嘲地说:"是呀,院长把这首词写得太好了!太好了!"他指望把刚才那句错话中加上"把"字和"写得"两个字遮丑掩饰过去。大家也都装得迟钝,没谁答他的话。

童霜威本想在沙发上坐下,于胡子亲热地招呼说:"啸天,里面坐!"他自己带着头踽踽着进了隔壁那间小会客室,在一张沙发上坐下。童霜威也跟进去,在对面沙发上坐下了。一个男听差的送上盖碗茶来。

于胡子正襟危坐,捋拂着长长齐胸的大胡子,一下,又一下,两只带点浑浊的眼睛看着童霜威,说:"国难严重,你从安徽来,安徽情况怎么样?"

　　童霜威心里想:看来,他是想了解一点下面的情况。就把自己在南陵的情况以及一路上到安庆来武汉的情况扼要谈了一下,结论是:"抗战已经开始,安徽也将成为战区,但民众尚未唤起,备战的工事也刚在仓促修筑,伤兵的管理和纪律很差。"

　　于胡子听了,未作表示,问:"你去过汪先生的地方?他给我打过电话,谈了你的要求。但你还是应该找他。我这里经营的是个不为人重视的摊子,人浮于事,在台上的人谁都动不得,又不能另外盖庙。我自当为你留意,但他要把你的事推给我办,这是……"他用一阵含糊不清的笑声结束了这段话,沉吟起来,嗯嗯哎哎,下边的话好像全被大胡子遮没了,但意思表达得很鲜明了。

　　童霜威这才明白:于胡子为什么单独邀他到小会客室里谈,主要是为了这件事在外边大客厅里谈不方便呀!心里不禁想起了乐锦涛说的这些达官贵人你有事找他们,他们一个个都像"佛爷",听着你念经,他不吭声,到头来一切都无影无踪的话,很生气,想:我成了皮球了!汪精卫踢给你,你又踢还给他!隐忍住感情,故作坦然地笑笑说:"我不过随便一提,他竟认真当件事办了。其实,现在我无官一身轻!原来不过是想为抗战多尽点绵薄,不行也就算了。"说得很含糊,却有牢骚。他也不想让于胡子听明白,为了表示自己并不介意于官场得失,反而岔开话题说:"我今天来,一是想来看望,二是想听听先生对时局的高见。"

　　于胡子慢吞吞捋理着大胡子,一下,又一下,叹气说:"唉,哪有什么高见!我总觉得国共合作救中国,合则两益,离则两损,是历史的鉴戒。团结起来,动员群众,一致抗日最重要。再像以前那样兄弟阋墙是绝对不行了!"

　　童霜威听到于胡子对国共合作问题谈得如此明朗公开,心里暗暗吃惊,问:"报载杨虎城上月底由法国回国,月初已到武汉,不知于先生见到他否?"

于胡子嘘口气,点点头说:"他一到来看过我,竟连来看我也有人监视,你说可不可笑?接着就去江西南昌了,说是在那里同蒋先生见面,其实蒋先生从南京已经到了汉口,根本不去南昌。虎城回来,是戴笠接待的,也不知想怎么处置他?人家回来是为了抗日,这样做,使人百思不得其解。听说,戴笠已经将虎城软禁起来了!……"说到这里,于胡子似乎不胜感慨,脸上阴暗起来。

童霜威也感染了他的阴暗情绪。不知为什么,又突然想起了柳苇,想起了柳忠华。稍停,问:"南京方面,有什么新的消息?"

于胡子又嘘口气,说:"听说中山门外可以听到隆隆炮声。人家用的包抄战术,战事当然艰苦。军火库、飞机库、机场等设施均已开始破坏。听说日本内阁拒绝第三国调停,宣称不以南京攻下而停止军事行动!"

童霜威关切地说:"那就是说,只有打到底了!"

于胡子点头,搓搓脸说:"是啊,时至今日,再想和,实际就是投降了!我不唱高调,可也绝对不弹低调。做个中国人,起码还得有点骨气。"

童霜威心里想:别看这老陕,他倒确是比汪精卫有气节,有骨气。时至今日,日本既然这种态度,要求和,人家也不允许的。除了坚持抗战的决心,哪还能去幻想议和!点头说:"是呀,我们是要有骨气!"说这话时,他感到在汪精卫和于胡子两人的论调间,要他选择,他是绝对选择于胡子的。

两人谈到这里,戴眼镜的季祥麟到了门口,恭敬地说:"院长,乐锦涛乐委员来了。"

童霜威一听,心里一怔:这蒙古人,也四处在活动哪?他一定想不到我也在这里,可我也想不到他现在会来呀!他不是说:他要回家念经的吗?怎么来了呢?逃避已不可能,见于胡子站起身来,就也站起身说："锦涛早上到我住处去过,我们畅谈了一番。他说要回去诵经,没想到他也来了!"

于胡子说："他常来的!外边坐,一起谈!"

童霜威跟着于右任走到大客厅里,见刚才看到的几个人里,向天骥和谢宽生仍在。那个挺着大肚子抽雪茄的商人模样的人和那个年轻人已经走了。乐锦涛正和向天骥、谢宽生二人在谈什么。见到于胡子和童霜威一起出来,乐锦涛先忙着和于胡子握手问好,接着就笑嘻嘻对童霜威说："啊,巧了!巧了!"

童霜威哈哈一笑,说："你走后,独坐无聊,想想还是来看看于先生,这就来了。"

大家都各自在大客厅里的天蓝色布套沙发上坐下。于胡子又一下一下摸大胡子,两只浑浊的眼睛溢着睡意。他的眼睛有时很有神采,有时混混沌沌。他有个习惯,客人多了的时候,自己就不多说话,让客人们自己交谈。

谢宽生正在继续刚才未说完的话："……我刚才说的这个周文姚,别看他眼看不见,竟是在上海沦陷前来武汉的。在上海时,他在南市设一个'人之初命馆',精通'铁板数'命理,颇有名气。起个课十五块大洋,算命三十块,批八字要五十至一百元!来到汉口,真是红透了!他在旧六渡桥清芬路瑞庆里租了房子。从早到晚,找他起课、算命躬诣聆教的人排队挨号。指引迷津,真是说怎么灵就有怎么灵。"

向天骥笑着说："我去过了!花了三十元,他说我正当交运脱运之际,必须安守现状。但说只要过了明年三月,定有十年鸿运,大吉大利。"

童霜威平时并不太相信算命、看相一类的事,听他们说得有趣,也就姑妄听之。

只见乐锦涛说："不瞒各位,我也去领教过了,确实很灵。他是个瞎子,可是见了我,就猜到我是政界的。我报了八字,他说的一切都准极了!"

于胡子闷声不响,听着大家谈。

大家你一言我一语,谈得很无味。不外是谈谈空袭,谈谈武汉的馆子店,谈谈过去在南京时的生活,谈谈听人说起的重庆的情况。

童霜威忽然觉得也想去找瞎子周文姚算算命或起个课,问问去从。因为谈得无味,站起身来,说:"我还有点事,先告辞了。"

于胡子留了一句,说:"在这吃午饭吧。"见童霜威已起身去穿大衣戴礼帽了,也不再留,只会心地站起身说:"啸天,那事,我放在心上。恐怕要过一段时间再说了!"

童霜威点头说:"好好好!"心里想:你这老政客!你们这些手腕我怎么不懂?你们说话总不把话说死,办事总不把事办绝,但你们也从不真正给人办事。除非这事关系到你们自己的切身利益,你们才会装出一副收买人心的姿态来给人分一杯羹!他忽然想起了战前看过的在上海办的一份刊物上的一幅漫画,那是骂汪精卫和改组派的。画上是一家妓院,将汪精卫画成一个老鸨,在门口拉人,门边挂着许多妓女的招牌。童霜威想:你汪精卫也好,你于右任也好,你们都在找自己的亲信,拉能为你们出力谋利的人。对于你们不想拉的人,认为对你们无用的人,你们是不会加以青睐的。想着,心怀怨尤,让于胡子的亲信秘书季祥麟恭恭敬敬将他送出了门。季祥麟本是于胡子的副官,忠心耿耿,就成了秘书。他是个周到的人,派汽车将童霜威送回扬子街大陆坊。

在车上,童霜威不由自主地想起了在南京时的一件往事:那年秋天,有一次登清凉山,游名胜扫叶楼。从扫叶楼上可以眺见长江和莫愁湖的水光舟影,在庭院雅洁而又带点萧瑟凄凉的扫叶楼上,看到了明代画家龚米千画的一幅水墨画。画的是一个老僧执帚在扫落叶。老僧在山径的风声间打扫落叶,动态和感情使人感到出凡脱俗而又寓含忧愤。……为什么想到这幅画呢?是因为自己也像那个老僧被排除于世俗之外了?是因为自己也有忧愤的情绪?是因为萍飘来到武汉而不能忘怀面临战火的南京名胜?他想不清,只能干脆不想。

回到住处扬子街大陆坊时,方丽清打牌还没有回来。家霆回来了,冯村也早来了。家霆正同冯村亲亲热热地在亭子间里谈话。二楼屋外楼梯旁放炉子的地方,有煤油炉燃烧的气味和红烧肉的香味,是金娣在办饭。见到冯村,童霜威心里高兴。他一向喜欢这个秘书,只可惜自己现在无法重用他。冯村平日这时候不来,今天来,准是有什么事,他问:"有事吗?"

冯村点头说:"军威来信了!"声音有些激动。

童霜威心里一热,说:"他在哪里?好吗?"说着,开始脱大衣往二楼正房里走,招呼冯村说:"上边坐!"

冯村和家霆出了亭子间,跟着童霜威到二楼正房里去。

冯村边走边回答说:"他好!"

家霆抢着说:"小叔是在南京来的信!"

大家到了二楼正房里,冯村将一封信递给童霜威看,说:"信上说他在上海参战,负伤已经好了。现在撤退到了南京,要参加保卫首都的战斗。可惜信写得很简单。"

童霜威急急拿起信来看,心里"扑通扑通"跳得很厉害。信很简短,写的是:

冯村仁兄如握:

别后瞬忽数月,曷胜想念。弟随部队先在上海抗战,由于官兵对日本帝国主义都有同仇敌忾之心,作战勇敢,在同日寇争夺八字桥的四天拉锯战中,在日寇陆海空集中炮火、炸弹轰击下,虽有牺牲,歼敌不少。弟也于是役负轻伤,现已痊愈归队,并已奉命参加保卫首都之城防战。数月以来,常以大哥为念。不知大哥及家霆现在何处?是否仍在安徽?抑已到达武汉?军情紧急,南京之决战即将开始,弟已抱马革裹尸之决心,誓为抗日喋血疆场,献出青春之生命,与首都共存亡。此信之后,恐不能再通音问。如见大哥及家霆,祈将弟之决心及思念之情代为转禀。临书眷眷,不胜激动之至。顺颂

冬祉

弟军威顿首
民国二十六年十二月一日

看完信,童霜威睫毛湿润了,掏出手帕来拭泪,说:"十二月一日的信,够慢的了!"

家霆见爸爸流泪,想起小叔,心里难过,也湿了眼眶,落下泪来。

冯村也惦念军威,说:"也许就不算慢了。江怀南不连复信都没有吗?邮路恐怕早断了!今天听说:南京四郊血战正烈,日军已经开始总攻南京,拱卫首都之空前决战,已经拉开序幕了!其实,懂军事的人认为:集中那么多军队死守南京,是军事上的失策,徒然造成重大的伤元气的牺牲。如果从与敌人作战来说,理应像共产党提出的:用游击战对付敌人,有利时也可打运动战!死打、笨打可不是办法!"

童霜威叹口气,见方丽清不在旁边,突然轻声对冯村说:"我见到过柳忠华了!他也在汉口。"

冯村默默点头,然后说:"是呀,我也碰到过。他是个实实在在做抗战工作的人。如果中国人都像这种人,抗战就有希望了。武汉有点强烈的抗战气氛,同他们在武汉是分不开的。听说他们要创办一张报纸,但当局还未批准出版。报纸要是出了,他大约要去参加办报的工作。"

听冯村这么说,童霜威不禁说:"你这几个月,思想似乎更左起来了!"

冯村笑了,说:"面临国家的生死存亡,总想抗战能胜利!思索得比以前多些,也深一些,这倒是确实的。"

童霜威觉得冯村的话无可厚非,想:是啊,谁不希望抗战能胜利呢?倒反而沉默起来了。

正谈到这,有脚步声上楼来了。原来方丽清停牌回家来吃午饭了。她一进屋,童霜威和冯村、家霆见到她那张漂亮的脸上气色难看,就明白她输了钱。

童霜威不愿把军威来信的事告诉她,就将信插进口袋,搭讪地问:"牌打完了?"

方丽清咕噜了一句:"触霉头,手气太坏!回来吃饭!"说着,大声叫着:"金娣,快开饭!"

金娣"哎"了一声,马上端出碗筷碟子往桌上摆,又去端菜。

冯村起身要走,说:"我,下午还要去办公。"

童霜威和家霆要冯村留下吃饭。方丽清却不做声,忽然对着童霜威说:"打麻将时,听钱太太说:南京被围了,快要失守了!你怎么一点不急?"

童霜威心情不好,瞅她一眼,说:"怎么不急?急有用吗?"

一句话激怒了方丽清,她突然歇斯底里起来:"人家钱太太一家马上去香港了!陈太太的先生也要去重庆了!就我们吊在这里不上不下,住这种鸽笼一样的房子!你为什么不拿拿主意?这种日子我一天也过不下去了!我想上海,想姆妈和阿哥,我要到香港去!钱太太他们就打算先到香港再回上海去……"她说起来就没完没了,粉腮绯红。一会儿,竟摸出手帕来拭泪了。

冯村看这情势,也不好马上就走,见童霜威为难尴尬,劝着说:"师母,不要急!在这里住一段时间看看也好。这里现在实际是抗战首都了!"

方丽清依旧哭泣:"屁的抗战首都!我们自己的花园洋房和汽车都丢在南京!连我房里的银台面也没带出来!我们在这里像瘪三一样,谁管?我要去香港,我不在这里做瘪三!三天两天有空袭,在这里吃炸弹有什么好?"

童霜威连连摇头,不敢再惹她,只好闷不作声。却神驰起来,想起了自己在南陵县蛰居时,常见到江三立堂附近一个磨房里有头身架高大的骡子,眼上罩了块麻布,背着磨架在那里团团转。管磨的是个伛偻着背的老头儿,也总是跟着骡子打转转。人和骡子都一样,默默地打着转转,无尽无休。

家霆不愿意听方丽清啰嗦,去帮着金娣端菜盛饭,拿筷子放匙碟。

童霜威停止思索,叹口气说:"吃饭,吃饭!吃完再谈。要从长计议,我现在还拿不定主意到哪里去!"

出乎意外的,方丽清说:"我不吃!我要去找徐瞎子起个课。刚才在牌桌上,李太太说:徐瞎子在南京时就是大名鼎鼎的,问他吉凶祸福灵得很,人叫他徐半仙。人家钱太太找他起了课,听了他的话就决定去香港了。你拿不定主意,我来拿!我去找他起课。"

冯村用手拢了一下头发,说:"这个瞎子过去是在南京夫子庙的,中慜会里毕鼎山很相信他,来到武汉,捧场的人很多。还有个从上海来的周文姚,也红得发紫,每天上门算命、起课、测字的应接不暇,中央要人特别多。但说实话,都是些江湖骗子。他们要真是半仙,自己也不会靠起课算命敛钱了!找瞎子去指点迷津,何如自己来定去从?"

方丽清顶撞冯村说:"你不相信我相信!"她听说南京被围,南陵县也落在敌人包围圈里了,心里记挂着江怀南,有心也想起个课问问。这心事自然只有她自己一人知道。

冯村只好闭口不说话。

童霜威心里想："唉！我本来也想找周文姚起个课或看个相耍耍，她又硬要找徐瞎子去起课。好吧！花点钱逢场作戏去排遣排遣也好。我正苦恼着不知何去何从，又记挂着军威不知在南京将来生死如何，就找这个瞎子，看他怎么说吧！"因此朝饭桌上一坐，拿起筷子，对方丽清说："好吧，好吧！吃过饭，就依你，我陪你去起课！"

冯村叹气，不好再说什么。他老觉得童霜威太受方丽清的拖累。他心里明白，由于方丽清坚持要去香港，童霜威迟早是会去香港的。他也听说，到那个出名的徐瞎子处去问何去何从的政界、商界人士最多。徐瞎子懂人心理，看人说话！有的人，他劝告"应去四川"；有的人，他劝告"应去香港"。猜你是主张抗日的，就唱高调；见你悲观失望，就多加安慰。所以，去的人多数满意。有趣的是：中央这些要人，自己掌管着国家和老百姓的命运，却又爱把自己的命运交给这种靠星相巫卜骗人的瞎子和"半仙"去管，岂不是极大的讽刺？这偏偏就是现实，连童霜威这种还算清醒开明、有点学识的人物，居然在抗战高潮期的武汉，也会去求教徐瞎子，问道于盲，算是怎么一回事呢？他不禁摇头。一顿饭，他味同嚼蜡，吃得毫无滋味。

五

从汉口渡江，到武昌徐家棚车站，才能上粤汉路的火车。

徐家棚火车站破烂不堪。日机频繁空袭，车站上在这严冬时分，显得格外凄凉。西北风旋转着吹得地上的尘土、败叶和纸片打转转，卖大饼油条和花生米、煮鸡蛋的小贩蹲在路边上招徕顾客。

旅客们,多数是难民,男女老少,工农商学兵都有,都带着一种疲劳、憔悴、阴沉的脸色。有的在洋铁皮棚下的站里等车,有的拥挤在露天的站台外等候买票。售票口一直关闭着,车票早几天就售罄了。旅客们仍水泄不通地围在四周不肯离开。站上兵很多,都荷着枪,穿黄军衣的,是正规军,穿灰军装的,是保安队之类。有零零落落的,也有集队而行的,车站上更嘈杂了。

不安与躁急的气氛笼罩着车站。洋灰地的月台上,布满了痰涕、水迹、瓜子壳、废报纸、果皮……点点滴滴的水迹在冷风中结成冰冻。一些"红帽子"在搬运着行李箱笼。到处都是仓皇、纷乱、饥渴困顿的人群。

童霜威离开汉口,临行未向任何人告别。他有一种灰黯的心情:你们谁也不重视我关心我,我又何必自讨没趣!何况,乱世之秋,似乎各人都在自顾自,谁也不想将自己的行踪或动态告诉人家。那次找徐瞎子起了课,徐瞎子斩钉截铁地指出:"出行,宜到南方!"童霜威和方丽清又问:"留在敌人包围圈里的人安全否?"这里,童霜威指的是童军威,方丽清假说问问庄嫂她们会怎样,实际心里问的是江怀南。徐瞎子只回答了一句话:"有贵人搭救能转危为安。"回到住处以后,方丽清就天天吵着要依徐瞎子的指点去南方到香港。童霜威斟酌再三,觉得在武汉也没有什么指望,到香港倒是一步活棋:既避免了轰炸,又可以享受享受香港的繁华舒适生活。那里远离战火,一片升平景象,生活也不太贵,一百元法币可以换到九十七、八元的港币,相差不多。在香港住着,进可以在适当时候直接飞到重庆,退可以让方丽清坐船回上海租界。从经济上说,到那里,也许可以找点商人一同做做生意,不至坐吃。港九同上海之间,商业来往多,万一手边拮据了,由上海方家托人划款到香港也很方便。到香港的主意既已打定,冯村暗中劝了一下,童霜威也未动摇,说:"还是去香港看看吧!必要时,我还是可以独自回武汉的!"他对汪精卫、于右任之流对待自己的态度不满,觉得去到香港也是显示自己的一种抗议。冯村见劝了无用,只好不劝。

童霜威同冯村商量怎么去香港。由汉口到香港的班机,机票难买。冯村到处去联系,童霜威本人可以买到一张飞机票,但家眷不行。而且,方丽清也舍不得让家霆、金娣都花高价坐飞机。最后决定:四人一起坐粤汉路火车到广州,由广州再去香港。虽听说粤汉路常遭日机轰炸,但不坐火车也不行,就打定了坐火车的主意。冯村又到处去活动火车票,腿也跑酸了,好不容易可以买到票了。方丽清提出:给童霜威和她买两张头等卧车票,给家霆一张二等票,给金娣一张三等票。冯村皱眉说:"头等车的卧车四人一小间,只买两张票要挤两个外人进来。再说,家霆、金娣分在二等、三等车厢里,火车上人多,挤失散了就不好了!"童霜威坚持四人都买头等卧车票,刚好合住一间。方丽清算来算去,才心疼地答应了。

粤汉路,从武昌到广州,要整整走三天三夜。十二月十三日上午,冯村送童霜威一家上火车,行李箱笼大部托运,小部随身携带。头等卧车秩序总算较好,将物件等全部架好安置好,冯村看看手表,快十二点了!天气虽冷,大家搬了物件浑身出汗。在头等卧车有着两个上下铺的小房里坐定,童霜威脱下了礼帽和大衣,说:"冯村,你回去吧!"此时此刻,他心里壅塞着离情别绪。

家霆也是一样。在武汉这段日子里,冯村同他接触不像在南京时那样多。在南京潇湘路时,住在一起,冯村常陪他看电影、划船。夜晚,他独自感到寂寞了,常去冯村房里,听冯村讲故事,让冯村帮他复习功课,冯村真像他的舅舅一样。到武汉后,不住在一起,冯村给他找了一个姓关的老师补习功课,每次只要见面,冯村总要同他谈谈,问问他学习的情况。冯村陪他去看过《平型关大捷》的电影,陪他去参加过抗战歌咏晚会。……前几天,童霜威决定要去香港后,冯村在一天下午抽空带家霆去游过一次东湖。

那个下午,天气阴冷。在湖边逛着的时候,冯村对家霆说:"家霆,你看了《平型关大捷》,那抗日打胜仗的军队,就是共产党的八路军。你记得不记得?战前在南京时,雨花台经常枪毙共产党!"

家霆点头,他当然知道!在南京住着的人都知道:雨花台那儿,一年一年,不断在枪毙共产党,不知枪毙了多少人。家霆学校后边是中央大学。中央大学的医学院里,有时解剖的一些尸体,据说就是些被枪毙的共产党。

冯村突然神秘地说:"家霆,你也渐渐大了。我要告诉你一件秘密,你能答应保守秘密吗?"

家霆心里奇怪,脸上和眼神里都流露出一种纳闷的神情,注视着冯村点头,像宣誓似的说:"当然,你叫我不说的事我一定不说。"

冯村点头说:"家霆,你是初中学生了,有件事你爸爸也许暂时还不会告诉你,但我应当让你知道:你爸爸是国民党,你妈妈是共产党。正因如此,他俩后来就离婚了。再后来,你妈妈就被杀害了!"

"杀害了?是谁杀了她?"家霆的脸激动泛红,眼里顿时酸涩涌满了泪水,他的表情稚嫩、天真。

冯村默默点头:"你将来长大会明白的。你妈妈就是死在雨花台的!"

家霆的胸间陡然滚过一阵热浪,忽然一下子泪流满面,说:"怎么回事呢?"

冯村摇摇头:"政治上的事是复杂的。国民党和共产党很早以前合作过。后来,这种合作破裂了,国民党杀起共产党来。你爸爸作为一个国民党员,他虽然不同意杀共产党,却也怕你妈妈是共产党的事会牵连到他的命运和前途。他当然无法谈什么保护你妈妈,他只能像他自己平时常说的'明哲保身'!"

家霆皱着双眉,面对这种复杂纷纭的事情,依他的年龄,他简直不知怎么来认识和理解了。

东湖的风景绮丽,湖上一片浩荡的碧波,使人眼睛发亮,心胸开阔。家霆望着湖水,悲伤夹杂着哀痛,想起了许多往事:怪不得有一次爸爸曾带着他到雨花台去,在茶馆里泡了一杯绿茵茵的茶,独自悲愁地对着那些苍翠的山岗遐想。怪不得在潇湘路时,有时夜晚醒来,发现爸爸睡在身边,用手抚着他的头发,满腹心事似乎欲言又止。

冯村忽然说:"本来,这件事我是不想同你说的,但你有一个舅舅你该记住他的名字。你的妈妈名叫柳苇,你妈妈的弟弟叫柳忠华。你舅舅要我一定把这件事告诉你。前些时,他在雨花台主峰西面你妈妈牺牲处附近,埋过一块小墓碑,上边刻着你妈妈的名字。他希望将来有一天,你会去找到那块墓碑和你妈妈的墓地。"

"啊!可是,日本人快要攻进南京了!"

"是啊!南京是可能沦陷的。但是,将来,总有一天,它总会还是中国的!"冯村有信心地说。

家霆从湖边的枯柳树上折了一根枝条在手里玩弄着,突然问:"舅舅在哪里?"

"他战前原来被关在苏州监牢里。'八·一三'后放出来了。本来,他到了武汉。这些天,去外地了。你记住他的名字,有一天,你们一定会相会的。他要我告诉你,应当记住:你妈妈是一个爱国者,你舅舅也是。他希望你从小要立志做一个好人。现在,读书时,要做一个好学生。不要从小做少爷,长大了做老爷。要立志做一个有正义感、追求真理的好人。懂得仇恨和反对帝国主义,懂得天下有许许多多穷苦的工农、老百姓。一个人要为这些人谋幸福,同情他们,爱他们!对你讲这些,也许为时过早,但你也应该开始懂得这些了。这是你舅舅对你的期望和叮嘱。我想,你妈妈如果活着,也会同意的。"

家霆出乎冯村意外地说:"冯村舅舅,我懂!我觉得我懂!"他忽然哭了起来,哭得十分伤心,连冯村的眼泪也被他引出来了。

冯村擦着泪,欣喜地看着他,说:"懂,就好!过些天你们要去香港了,那里,不是什么好地方。现在正是抗日,前方在浴血,到香港却可能只看到纸醉金迷歌舞升平。你还小,但在你父亲和后母身边,由于你开始懂得了这些,也许你会知道什么对,什么错;该怎么,不该怎么。你是应当健康成长的。"

冯村的话,家霆听来有点玄妙,似懂非懂。他突然完全沉浸在对妈妈的思念中了,问:"能不能多告诉我一些妈妈的事呢?"

冯村摇头,手拢头发,说:"家霆,记住!千万别让你爸爸知道我曾告诉过你这些,也不要让他知道你舅舅叮嘱过你这些。"

家霆点头说:"当然!你能不能给舅舅说,我想见见他!"

"你们快启程去香港了,这次我看你们见不到面了。但来日方长,将来你们是一定会见面的。"冯村说。

…………

现在,这件事过去好几天了。家霆心头仍缠绕着当时那种复杂、难以形容的感情。要同冯村分手了,他更加舍不得,像离开一个亲人似的难受。他看一眼冯村,冯村也看了他一眼。从冯村的眼神中,他感到冯村似乎对他说了很多很多话,就是那天叮嘱他的那些话。也不知什么时候,他的泪水已经挂上了两腮。他听到冯村在对爸爸说:"秘书长,您身体多保重!我有个看法,中国的出路还是在于抗战。会有挫折,会有失利,会有艰难。只要坚持,最后胜利必属于我。敌人像条蛇,蛇吞掉大象,办不到的,我们该有这信心。"说这话时,黑黝黝的脸上一脸正气。

童霜威点头,说:"你说得好。有你在我身边,我有事可以有人商量,你也每每能为我出许多好的主意。没有你在身边,我就像少了什么。我现在不得意,不能对你有什么照顾。原来到武汉,是指望有点转机的。现在铩羽而走,去到香港,一切渺茫,只有以后再谈了。幸好,你自己有本事,有才干,好自为之吧!"

冯村为使童霜威心里不要难过,笑笑点点头,说:"秘书长,您放心。最近,有朋友约我去从事新闻事业,要我去一起办报纸。我动了心,想去干那工作了。"

童霜威关切地说:"干那工作,你就更要谨慎小心了!"

车厢内外,人声嘈杂。冯村点着头,看看手表,说:"到了香港,安定下来,请来信吧!"

一个卖报的小孩穿得破破烂烂,拿着一叠报纸在月台上跑着叫卖:"看哪!《中央日报》《大刚报》!""看哪!南京的战事消息!日寇已被消灭!……"他经过车窗,轻轻地敲着窗玻璃叫卖。

冯村拉开车窗,掏钱买了一份报纸。报童跑着喊着走了。冯村迅速打开报纸,童霜威和家霆也都围上来看,连带着金娣在收拾杂物、拴绳索挂毛巾的方丽清,也凑上来看报纸。

只见报上大标题写的是:《日军猛烈进攻南京,双方牺牲均极惨重;传中华门已为日军所占,雨花台仍为我军坚守》。

家霆看着报说:"没有说日军已被消灭呀?"

冯村摇头说:"那是卖报的这样吆喝,他知道人心希望消灭日军。"

童霜威叹口气,说:"南京完了!"

方丽清生气地骂骂咧咧:"杀千刀的!打打打,打得南京都完了!好像非要把我们的房子打得精光才算数!"

冯村听了不顺耳,忍不住说:"等将来胜利了,再重新造!要是不抗战,做亡国奴,连我们每个人的性命自己都做不得主!"

方丽清瞪了冯村一眼,明白冯村的话是噎她的,嘴动了动,腮扭了扭,忍住没说什么。

童霜威听得出冯村的不满,也觉得方丽清不明事理,说:"冯村,你回去吧,时候不早了。"

冯村看看手表,动感情地说:"那,我走了!我下午还有个会要参加。"中惩会也算迁到了重庆,在武汉设立了办事处。冯村在这办事处每天倒也闲不着。实际上,中惩会办案的工作完全停顿,委员们从不到办事处来。冯村却要给他们领送薪水、办理杂务。现在,要同童霜威分别了,冯村也感慨系之。他亲切地拍拍家霆的肩膀,叫了一声:"金娣!"又看看方丽清,笑着点点头表示道别,最后对童霜威说:"秘书长,现在是抗战的高潮期!其实我是不赞成您离开武汉的。由于种种原因,您要走了,我很舍不得。只能后会有期了!您多保重!"他同童霜威握手,忽然,眼圈红了。

童霜威也动感情了,说:"我送送你!"

冯村没有让他送,说:"不,我走了!"他挥挥手,匆匆下车走了。

童霜威和家霆跟着走下火车,到月台上,只见冯村始终没有回头,他那穿着深灰色旧西装大衣的身影已经远去,很快被众多的旅客挡住看不见了。留下的,只是童霜威和家霆心上的一种凄凉酸楚的别情。

月台上,有些大学生模样的人,在送一些战地服务团模样的人走。他们慷慨激昂地唱着歌:"动员!动员!要全国总动员!反对暴力侵占,挣脱压迫锁链,要建成铁阵线!民族生路只一条,生存惟有抗战!大家奋斗到底,枪口齐向前!……"车上的人流着泪,车下的人也流泪。

童霜威和家霆不由自主地伫立看了一会,边上围观的人也唱起这支歌来。家霆不由得随口同声唱了起来。唱着这歌,家霆不知为什么也感到眼眶发热,感到很舍不得离开武汉了。

破旧的火车总算准时在十二点整吹哨子启行,离开了武昌徐家棚火车站。它喘喘嘘嘘出发向前。

童霜威一家坐的一间头等卧车的小房,上下四只卧铺,关上了门,像个独门独户的小院子。

车启行后,一切暂时安定了。童霜威很满意,叹口气说:"生逢乱世,在今天,能有这样的条件去香港,已经颇不容易了。"他去提包里掏出香烟罐来,抽了一支烟,点火吸将起来。

方丽清也觉得不错,从提包里拿出一罐西瓜子放在茶几上,又掏出一只橘子来吃,将每牙橘瓤上的丝络一丝丝剥干净,咕噜着说:"花了这么多钞票,其实也不值!"

家霆随身带了一本冯村在汉口书店里买给他的小说——鲁迅的《呐喊》,坐在靠窗口的铺位上看。他鄙夷方丽清的话,很奇怪,为什么许多事到她嘴里说出来总与别人不一样。他养成了在方丽清面前沉默的习惯,不去理睬她。他关心地看看金娣。金娣同方丽清坐在一只下铺上,她远远离开方丽清,只在铺位角上坐了三寸大小的一块地方。她不敢做声,也不敢打瞌睡,甚至不敢乱动一动。她脸上有疲劳的神色,因为常常要给方丽清捶背捶腿直到深夜。

方丽清突然斜身推了金娣一把,说:"去,去看看有没有茶房冲水泡茶的!"

金娣赶快起身开门外出去看。一会儿挤着回来了,说:"没有!"又说:"外边拥进来了许多当兵的!两头车厢的门都锁着,车过道里也拥着不少人,都是站着的,根本不分什么头、二、三等了!外边都挤得满满的。"

方丽清嚼着橘子,骂了起来:"杀千刀的!这算什么头等卧车?全是骗钞票!"

家霆听说两边拥来了许多当兵的,说:"我去看看!"

童霜威吸着烟,说:"不要去看了!门是开不得了,一开,恐怕人全要拥进来了!"

方丽清格外紧张,说:"金娣!快关门!锁上!"

金娣遵命,马上把门"乒"地关紧,从里边将门上的锁一拨锁上。

就在这时,只听到外边过道里一片人声,看来是拥进来了许多人。头等卧车里也跟三等车里一样,挤成沙丁鱼罐头了。

方丽清噘着嘴说:"我真想退票不走了!这比坐难民船还受罪,真是难民车了!怎么连宪兵也不维持秩序了!"

童霜威叹口气说:"关着门也不是事呀!大小便也不能出去了。"

方丽清指指痰盂,说:"穷有穷办法!只有用了这,往窗外倒!"

家霆想笑,觉得滑稽,故意刺激方丽清说:"万一空袭了怎么办?关在房里出也出不去!"

方丽清连声叹气,吃完了橘子,已经开始在嗑瓜子了。

童霜威也叹气,说:"那才糟糕呢,只有不管它了!"他觉得烟味发苦,将烟揿灭了。

方丽清嗑着瓜子,那声音就像"哭","哭"一声,就将一只完整的瓜子壳放在茶几上,再"哭"一声,又放一只瓜子壳在茶几上。她绷着脸说:"祸福有命,生死在天!我是横下一条心了!"她这话是回答家霆的。说完,气呼呼地对金娣吼:"懒鬼!你歇得够了吧!我腿疼,你就不晓得给我捶捶?"

金娣诚惶诚恐,只好马上"砰砰砰"地给方丽清捶腿。外边也不知谁在捶门,还吼骂着,似要进来。"乒乒乒"响得震耳,隐隐听到吼的是:"开不开?不开老子开枪打你个洞!""妈的×!快开门!"……

方丽清看到童霜威脸上惊惶,说:"不要信他的!他不敢乱开枪!门很牢,不是玻璃,打不碎,打打就不打了!"

打门声响了一阵,骂吼声也响了一阵。果然方丽清预卜得不错,打打就不打了。一切又归于沉寂,只听到外边人声"嗡嗡嗡"响得轻微了。但不久,打门声和吼骂声又响了,像发疟疾似的,一阵又一阵。

中午,吃了些带的点心糕点之类,嘴渴就吃了带的苹果和梨子。到了天黑,依然还是这样。打门的敲一阵骂一阵又歇一阵。

方丽清嘀嘀咕咕:"这样的日子三天三夜怎么过呀?"她又骂起冯村来:"都是冯村,不会办事,给买了这种断命火车票!"谁也不答理她,嘀咕了几句,觉得没趣。童霜威和家霆都睡了。车厢里也没有灯,一片漆黑。她也就只好睡了,却不让金娣爬到上铺上睡,说:"替我捶腿!"

金娣在黑暗中"砰砰砰"地替方丽清捶腿。经过的地方,间或有电灯或电石灯的凄冷的白光闪过,可以看到她眼里有泪光在闪亮。

家霆一直在黑暗中注视着金娣,心里不忍,看不过去了,忽然想起冯村在东湖边对他说过的话,终于说:"让金娣睡吧!还能让她老是捶吗?"

童霜威也看不过去,说:"都睡吧!让金娣也睡吧!"

方丽清在黑暗中说:"怎么?我的丫头,连替我捶腿都不行了?"她大声对着金娣吼:"捶!"这是示威。

金娣怎敢不捶?闷声不响地"砰砰砰"在捶。她心里真不希望家霆替她打抱不平,这反而使她更受罪。

没想到,家霆这次冒火了!他本是个倔犟性子,忍无可忍时,就会不怕一切不顾一切的。他的心播鼓似的猛跳起来,说:"不能老是这么虐待金娣!"

方丽清也火了,说:"怎么?你小的管起我老的来了?"

童霜威在黑暗中睁开了眼,烦恼地说:"家霆,不要这样!"又对方丽清说:"为什么要闹呢?金娣也该让她歇息了!"

方丽清突然哭起来,发泄地将床铺拍得"乒乓"响,说:"谁都能把我不放在眼里呀?我偏要她捶腿!她敢不捶?我看谁敢把我怎么样?"

谁知,她突然看到睡在对面上铺的家霆"乓"地跳了下来,说:"我早忍不下去了!你要再这样虐待金娣,我马上把门打开,大家都不要睡!让外边的人进来评评理,看你这样对不对?说实话,我平时一直忍着,你太不把金娣当人待了!你有人心没有?"说着,就要去开门,手将那门上的开关拨弄得"喀喀"响。

童霜威连忙喝住:"家霆!不准!……"他了解儿子的倔犟脾气和性格。

方丽清倒是害怕这一手:门一开,一伙大兵和难民不都马上拥进来了吗?那怎么办?再说,虐待丫头,她也知道不好。家霆这孩子,平时从两只眼睛就看出这孩子倔犟。童霜威告诉过她家霆小时候用拳头打玻璃窗的事。家霆发了这么大的脾气,什么样的事干不出来?她在黑暗中气得咬牙,不愿再坚持下去,只是一味哭,用脚踢金娣:"滚!你替我滚去睡觉!"然后,就"哎哟""哎哟"又哼又哭。

见金娣爬到上铺去睡了,童霜威叫住家霆:"家霆!快去睡觉!……"他那声调似是训斥家霆,又并没有什么训斥。这就使家霆和方丽清二人都能下台。家霆才慢慢又爬到自己的上铺去躺下。

黑暗中,火车在荒郊行驶。家霆用关切的眼光看看对面上铺上躺着的金娣。金娣也用感激的眼光在偷偷瞅他。暗得看不见,但互相都悄悄感觉得到。间或火车驶过一些有灯光的地方,两人的眼睛就都看见了对方,即使是一刹那,也都看得清清楚楚。

夜里,家霆睡熟后做了一个梦。梦见自己在南京学校里荡秋千。谢乐山在推着他的后背,将他推得高高的,他就一蹲一起,用力地撑荡,秋千越荡越高,越荡越高……他又想念南京潇湘路的家了。

　　一宿易过。第二天,火车已经进入湖南省境。童霜威起得早,在一个小站停车时,窗口有卖地瓜的。童霜威拉起玻璃窗,买了十多个地瓜,立刻又放下了玻璃窗。地瓜倒是解渴的法宝,剥开皮来,雪白的地瓜又甜又嫩,毫无渣滓,水分特多。童霜威连声夸说:"平民化的食品,真好!"方丽清嫌地瓜有土腥味,皱眉说:"难吃死了!"她只能吃苹果、生梨和橘子。

　　又到了一个小站,有卖夹熟牛肉烧饼、卤鸡翅膀和凉薯的小贩。童霜威也顾不得卫生不卫生,开了窗户每种都买了些,解嘲地笑着说:"这叫作储备粮饷,民生问题有备无患。"

　　吃的食物有了,解渴的东西也有了。方丽清用一床被单在床边拦了一角,放进痰盂作了"临时厕所",竟也一再笑着说:"民生问题、民族(出)问题都解决了!"听她这么说,家霆就想到她杀鸽子时说的"违反新生活运动"的事来了,心里生出一种反感,只有克制住自己,闷头看书。

　　中午,放过一次空袭警报,火车头将长龙似的十几节车厢丢下,自顾自地开跑了。铁路局的规定:车厢炸了还可补充,火车头炸了损失太重。一放警报,火车头就忙着先去逃生。幸好,警报放了以后,敌机没有出现。不久,解除警报后,火车头又开回来,拖着长龙似的车厢继续"喊咯喊咯"地向前奔驰。

　　第二天夜里,又是一夜无事。第三天一早,到了一个小站,家霆还睡着,金娣也刚醒,月台上有卖洗脸水的,方丽清要买水洗洗手和脸。没想到童霜威刚把窗户一开,从旁边一根枪杆就插进窗户里来了!转眼间,几个大兵的枪杆子全伸进来了。一个烧饼脸的大兵由另一个大兵托着从窗口爬了进来。方丽清吓得"呀!"地大叫。童霜威连声叹气。烧饼脸的大兵已经伸腿挤进来了。登时,第二个大兵又嘴里骂骂咧咧地爬了进来。转眼间,四个兵都进来了！烧饼脸大兵和另一个矮子兵坐在童霜威身旁，另两个大兵坐在方丽清身边。靠近方丽清坐的那个大兵，约摸三十多岁，歪戴军帽，一脸橘皮疙瘩，有意将大腿擦紧着方丽清的大腿坐，浑身散发着汗气和葱蒜的臭气。方丽清皱起眉缩起身子，尽量坐得离他远些，掏手帕捂着鼻子。

烧饼脸大约是个班长。他那宽厚的胸脯像个大音箱，通过嘴巴发出的声音震人耳膜，笑嘻嘻地说："我们的弟兄们是到广州整编的。在家靠父母，出外靠朋友。火车上太挤，不能不来这里挤一挤。长官和太太多多包涵了！"

童霜威心里明白：不让这些"丘八"坐也不行了，不如好好相处，说："应该应该！"拿出吃的点心和水果来说："大家吃一点，吃一点！"

方丽清突然说："你拿张名片给他们看看！"她是突然想到要用名片压压这几个"丘八"了。

童霜威皱皱眉说："不用了！"他明白，这时候有名片也无用，拿名片有什么意思呢？见那个烧饼脸班长有四十岁光景，倒还长得朴实，就说："这样吧，你们四位坐我这个床，我们一家就合到一起坐，大家方便。"他起身挪出空来让四个大兵坐。家霆和金娣就都在上铺上不下来了。四个"丘八"倒还通情达理，挤到一边坐了，不客气地大口吃起水果、糕点来。

方丽清气得要命，一直板着她那张漂亮的脸。家霆听着爸爸同几个大兵谈话，心里本想听听几个"丘八"讲点打仗的事。谁知他们是保安队，还没上前线打过仗，是奉命去广东整编的。这几个大兵在家霆心目中就不成其为英雄了！家霆只有躺在上铺继续看小说。

火车"轰隆轰隆"地前进，偶尔响起沉闷的笛声，像哑了喉咙的老人拼命呼喊。过了一个山洞，又过一个山洞，有了四个大兵在一起,大小便都不方便了,大家都只能憋着。四个大兵也要解手,矮个儿的大兵露出一口焦黑的牙齿说:"开门,去上厕所!"

烧饼脸的大兵说:"一开门就关不上了!"

矮个儿大兵说:"关不上也得开门,总不能给尿憋死呀!"说着,他起身"喀"地开了锁,"哗"地推开了门,挤出去上厕所小解。门一开,门外站着的、坐在地上的人都爬起来像瀑布似的冲进来了。一刹那,一间头等卧车的小房里,从里到外,挤得满满的。有当兵的,也有老百姓,男女老幼都有,连家霆、金娣睡的上铺上也爬了人上去。谁上厕所,就得从人堆里踩着人的身子和脚挤过去。可是小小的厕所里也早挤了人进去,将门反锁着谁也敲不开。矮个儿的"丘八"要挤着上厕所,挤过去后就没再挤回来。他在头等卧车这间小房里的位置早被别人占领了。

过道里的人大批挤进来后,过道里也并不松动,只是有些本来站着的人能坐下来了。一对年轻男女,女的穿棉旗袍,娇小白嫩,男的叫她"蜜司陈"。男的穿西装大衣,女的叫他"密司脱黄"。两人亲亲密密,在门口地上挤在一起,一路叽叽喳喳轻轻说个不停,有说有笑,旁若无人。只有他俩对拥挤毫不介意,只有欢乐,没有烦恼。

童霜威、方丽清和家霆、金娣都感到狼狈。污浊、气闷的氛围使人难耐。童霜威安慰方丽清说:"好在,过了今夜,明天中午就到了!"方丽清嫌坐在铺旁的一个年轻妇女抱的那个三岁多的小孩拖着鼻涕,身上有尿臊臭,摸出手帕来捂住了鼻子和嘴。家霆悬坐在上边卧铺上,两条腿挂下来怕碰着那个烧饼脸大兵的脑袋,只好弯勾着脚,小说也无心看了,心里想:快点到广州就好了!金娣像家霆一样也坐在上铺上。她倒感到轻松高兴。至少,方丽清不能叫她捶背捶腿,也顾不上打骂她了。她靠着上铺的板壁,闭上眼打瞌睡。她老是睡不够,从在南京潇湘路到上海方丽清家,她就睡不够。到南陵县后,又到武汉,她也仍睡不够。夜里总是睡得迟,早上要起得早,一天忙到晚。昨晚,家霆同方丽清发生那场冲突后,她早早睡了,可是睡不熟,半夜梦里见到了死去的爸爸,爸爸伤心地流着泪对她说:"金娣,我做老子的对不起你!……"她醒来后,偷偷流泪,一夜又没睡好。现在,她倒可以大胆打瞌睡了!

傍晚时,又有过一次空袭警报。火车在隧道里停着,飞机也没有来。接着,夜色降临,南去的列车隆隆地在行驶。入夜后,车厢里漆黑无光,童霜威一家在污浊的空气和拥挤的人丛中,听着打呼噜和磨牙的声音,坐了整整一夜,都劳累不堪。

十六号的早晨,火车继续在奔驰。中午时分,就可以抵达广州。火车入了广东省境,在这冬日时分,广东依然可以看到一片绿色。

竹林很多,金色的池塘也很多。虽然处在一种不如意的环境中,童霜威心情仍然不错,对方丽清说:"到了广州,找大旅馆,比如爱群旅馆,住上一二天休息休息,洗洗澡,理理发,就可以去香港了。生逢乱世,'寰海沸兮争战苦',这一路就这样也总算很顺利了啊!"

方丽清不做声,从手提包里摸出小镜子照脸。她觉得自己憔悴了,心里并不觉得顺利,懊丧得很,花的头等卧车票坐的算是几等车?受尽了洋罪,太吃亏上当了。

八点钟,火车到了砰石车站,离广州大约只有两三小时路程了吧?火车忽然停了。接着,火车头放着警报"呜——呜——呜——"丢下全部车厢跑开了。

人们惊惶着,密司脱黄歇斯底里地大叫:"啊!警报!警报!"有人在说:"日机常炸广州!此地离广州近,警报可要小心!"

车厢里大乱了,似有大难临头。拿步枪的大兵,都起来挤下车去了。车上的人像沸腾了的一锅开水涌动奔突着,又像一窝被触动了的蚁窠,纷纷下车逃散。密司脱黄扶着蜜斯陈提着小皮箱和布包也拼命逃跑。一霎时,车上的人大部分都下车了。

外边阳光很好,给南国的原野涂上一片金色。从火车车厢门下去,看到一片开阔地,附近有两个翠绿的大竹林。一个竹林在前,离火车停歇处约摸一百多公尺,另一个竹林更大,离得远,有四五百米光景。

见人们都匆匆往车下跑,童霜威在车上张望了一下车下的形势,指着竹林方向,说:"走,我们也下去!"

方丽清反对,她要带着金娣先去上厕所。

童霜威带着家霆收拾东西,说:"还是下去的好!……"

一会儿,方丽清带着金娣回来了,说:"何必下去!带的东西又不能全提下去,丢下少了怎么办?"

说时,已经隐隐听到飞机声了。童霜威大声作了决断,说:"快下车!"

家霆说:"把重要的东西提了下车!飞机来了!"他轻轻推了金娣一下,说:"车上的人都跑空了!我们不走行吗?"

方丽清听到飞机声,心里也慌了,说:"走走走!快走!"她提起她的一个皮包就走。皮包里边有她的首饰和存款单及现钞。却对金娣说:"金娣,你不准走!你在车上看着东西!东西少了我抽你的筋!"

金娣本来提了牛皮箱和一只藤篮想随家霆下车,听方丽清这么说,不敢再动,又缩回身去。她那苍白的脸突然变得红酣酣的,好像涂了胭脂,两眼闪闪发亮,含着眼泪。

童霜威皱眉了,回身说:"不行!快让她一起走!"

家霆一把拉住金娣,说:"走!"他本来一手提着东西,现在把金娣提的一只沉重的皮箱抢过来,金娣不放,两人就合提着,家霆拉金娣和自己一起下了火车。

方丽清十分生气,又无可奈何,绯红着脸,狠狠咬着牙,不声不响,用眼盯着金娣。金娣把眼睛看着别处,不敢瞅她。飞机声已经越来越近了。

方丽清在最前面奔跑,见许多人跑进第一个翠绿的竹林,她也跑了进去。四人先后都躲进了竹林。竹林里阴冷潮湿,透过竹枝竹叶可以窥见明亮的蓝天。一会儿,只听机声"隆隆"越来越响,一架有着血红太阳徽的日本飞机,低飞着在竹林上空和火车上空盘旋,绕着圈子。有人在一边说:"侦察机!日本侦察机!"日机上的太阳徽鲜红滴血,连戴皮帽风镜穿皮衣的驾驶员都看得一清二楚。

"砰!""砰!"打步枪的声音,震得人心发颤。那是原先从车上跑下来的士兵们,在用步枪对空射击日机。

轧轧的马达声仍在头顶震响。冬日晴空,银灰色的侦察机又转了一个圈,突然高高地向南方飞走了。随着机声远去,大家都松了一口气。南方的天气,虽然地温高,竹叶青翠,究竟是冬天,竹林里和阴凉处仍旧寒冷。原来躲进竹林的旅客们都又纷纷走出来,到灿烂的阳光下晒太阳了。

童霜威和方丽清带着家霆和金娣,也走出了第一个竹林,来到阳光下。见火车正像条死龙似的停在百米外的铁路上。火车头早已逃走不知去向。他们坐的那节头等车厢是在这一长列火车尾巴上的倒数第二节。这时,人们已经有走回车上去的了。

方丽清提议说:"我们也回去吧!上车去!"

童霜威思索着说:"不能上车!刚才来的是侦察机,偏偏那些当兵的又放了枪,侦察机要是回去报告了,来轰炸机轰炸是完全可能的!"他用手指指那第二个大竹林,说:"还是朝远处走走的好!到那个竹林旁边去!"

听他说得有道理,方丽清也不能坚持了。四人一起漫步向远处那第二个竹林走去。

绕过一个长满水草的池塘,家霆挨近金娣,说:"你那皮箱重,为什么总要抢着提?给我提吧!"

金娣摇摇头,突然眼圈红了。她体会到他对她好。

家霆亲切地问:"怕吗?"

金娣摇摇头,胸前垂着的一条光溜溜的大长辫有点蓬松,但乌黑发亮。

两人这时离开前面的方丽清和童霜威有一段距离。家霆找着话说:"金娣,你在南陵就说有件事要告诉我,一直又不肯说,到底是什么事呀?"

金娣苦笑笑,摇摇头,脸上生出几分羞赧的浅红。

家霆觉得她的笑真太像欧阳素心了!那时,在学校里,男生和女生本来互相都不说话。后来,级任老师杨莲花说:"为什么男生同女生互相不说话呢?这不好!你们在家里兄弟姐妹说不说话?互不理睬这不好,以后不应该这样!"结果,下课后,大家都去找女生说话。找欧阳素心说话的真多呀!谢乐山是第一个跑上去送了几张外国邮票给欧阳素心的。第二天,家霆也拿了一本他最喜欢的《瑞士家庭鲁滨孙》借给欧阳素心看。欧阳素心当时笑了一笑,也就是金娣这样子,只不过笑得比金娣高兴。在汉口,在路过的一辆轿车里瞥见过欧阳素心,但后来却未遇到过。不知她怎样了?

家霆拉回思绪,说:"你还是不说?"

金娣仍是苦笑笑。她的头兀自偏着,像是一直也没有放弃思索的样子,说:"以后……以后再说,好吗?"

金娣的脸为什么那样红?红得连耳根也仿佛在发烧。他觉得自己的脸也红了。如果方丽清和爸爸不在前边,他一定会再同她多说些什么,也一定会上去靠近着她走的。

有麻雀和不知名的小鸟吱啾叽喳。快走近第二个竹林了,忽然听到飞机声又响。声音很怪,好像在远远的天上有许多人在摇鼓:"咚咚咚! 轰轰轰!"

家霆心里一惊,放下手里提的物件,手搭凉棚向飞机响处张望,叫嚷起来说:"看哪! 好多日本飞机呀!"

童霜威等也抬头张望:嚄! 至少有十几架飞机闪射着日光正在飞来。起先是黑点,转瞬就显出了机形。都是水上轰炸机呀! 银白色的机身,阳光下,机翼上的太阳徽红得刺人眼目。飞机飞得越来越近了,机翼下像挂着两条船艇。机声闷重,机身肥大沉重,所以飞行时那声音像打鼓一样震人耳膜。

分散在外边散步晒太阳的旅客们又纷纷逃跑起来,飞机是对准着火车这目标来的。已经上了火车的人又纷纷从火车上跑下来。竹林外的人都向竹林里逃躲。飞机真快,一刹那,已经临空飞在头顶上了。

来不及跑进那第二个竹林里躲藏了! 童霜威看到附近有一道干涸了的水沟,指着水沟,一把拉住家霆,说:"快! 趴进去!"他拽着家霆往沟里去,也顾不得沟里的泥土脏不脏,就迅速趴下了。

方丽清吆喝着金娣,也向沟里冲去。她自己先进了干涸的水沟。水沟很长,她趴下的地方离童霜威和家霆约有十多米。金娣本来在她前面,给她一吆喝,马上过来,挨着她趴进水沟。刚趴下,就听到"砰!""砰!"枪响。原来,竹林里边那些士兵又在用步枪射击飞机了。方丽清怕步枪会引来飞机轰炸扫射,狠狠地骂着:"杀千刀! 杀千刀!"

再抬头张望,方丽清看见那些巨大的肥胖得像飞着的鸭子似的银色大轰炸机,已经在头顶上了! 方丽清心里害怕,一手紧攥着皮包,一手拽过金娣,粉面溅朱,吼道:"死鬼! 快挡在我身上!"

金娣怯生生地看了方丽清一眼,乖顺地往方丽清身边一跪,躬起背朝方丽清趴着的身上一趴。有了金娣遮挡,方丽清安心了,伏在地上侧起脸斜眼朝天上瞅,只见飞机飞近后,突然俯冲下来,

"姆——"的一个波浪形起伏,发出怪叫,像倒垃圾似的撒下炸弹来了。炸弹在阳光下像热水瓶那么大小,越降越大,一束有十几个炸弹,结着伴斜着飞下来。这种小炸弹很奇怪,映着阳光是银色泛红的,斜着飞降下来时,发出可怕的"嚓!嚓!嚓!"的声音。

方丽清看到炸弹仿佛朝自己头上扔下来了,吓得连忙闭眼,只听到一连串的炸弹爆炸声:"轰!""轰!""轰!"地面剧震,方丽清平趴在沟里的身子震了几震,眼里都震出泪水来了。她想:我一定是炸死了!我一定是炸死了!……她平时并不信佛,这时嘴里念起"南无阿弥陀佛"来了。好几个炸弹都在她附近爆炸,炸得真吓人呀!

朦胧里,她从糊涂中清醒过来了。她紧捏着皮包,里面有首饰、存折和现钞!又抬头看看,见飞机仍在俯冲轰炸,一阵阵扫射机枪"突突突!突突突!"那列火车后边两节车厢中了炸弹,木屑乱飞,铁轨旁,弥漫着黄黑色烟雾,列车尾端连续闪着红色火舌,"哔剥"地响。车厢毁了!……她心里一疼,清醒地明白:放在车上的箱笼物件全部完了!

她感到背脊上有什么压着,立刻想到:这是金娣!

她叫金娣伏在身上遮挡保护她的!先一会儿,丢炸弹时,她好像听到金娣"哎"过一声。这杀千刀的,飞机走了还不晓得赶快爬起来,压得人吃得消吗?这死鬼!竟懒得整个睡在我背上了!重得像条死猪!她捏紧皮包,生气地用背一弓,在金娣臂膀上狠狠掐了一把。但金娣仍不动弹。飞机真的远去了!声音越来越小,接近于消失。她又弓一弓臂,金娣仍不动弹。她骂了一声:"死鬼!"用右手去推挪,手湿漉漉地摸到了不知什么东西。侧脸一看,呀!一手鲜血!她"啊"了一声,吓得心惊胆战,立刻清醒过来:金娣的血!鬼丫头怎么了?她"啊啊"叫着,忽然发现:前边沟旁躺着一个女人,一件雪白的羊皮袍子翻开着,脸色雪白如纸,额上沾着血,羊皮袍上也沾着血,手上的金戒指闪闪发光。她心里明白:刚才轰炸时,周围都落了炸弹,这女人是炸死了!金娣也可能是炸死了!如果不是让金娣遮挡一下,她这时一定也浑身是血躺在沟里了!她内心混杂着一种辛辣复杂的感情。刚想起立,看见童霜威站在旁边,一副颓丧相,也看到家霆正蹲着身子在翻扶着金娣的尸体,高喊:"金娣!金娣!"

金娣脸上有泥土,背上渗透着大块的血迹,已经断气了。在附近地上,有不少大大小小锯齿状不规则的碎弹片。任何一块弹片都可能使一个人丧失生命。

方丽清爬起来坐在地上,左手垫着腮颊,默不作声。金娣怎么会死的?她心里明白。她有点心虚!幸亏先前她吩咐金娣遮挡她时童霜威和家霆不知道。此刻,她看到童霜威那显得苍白懊丧而憔悴的面容,她也看到家霆那悲痛流泪气恨的面容。也不知为什么,她突然掏出手帕,坐在沟里地上,号啕起来。好像是哭金娣,其实却根本不是哭金娣。

这次轰炸,两个竹林里和火车周围都落了许多炸弹。炸死炸伤好几十人。到处听到哭声,看到有女的、男的抽搐着、号啕着,也看到有人抱着血淋淋受伤的人不知所措。火车后边的两节车厢连同铁轨都已炸毁。童霜威家除了随身带的一些物件和托运的物件外,放在头等卧车里的物件都损失了。密司脱黄被炸死在第一个竹林旁的一棵小树边,躺在地上,脸上和身上全是血,蜜斯陈正在他身旁号哭。

方丽清被劝着站起身来了,哭着埋怨:"唉,全怪冯村这个杀千刀!我是说十三号起程,这个日子不吉利!他偏买的十三号的票!现在好!带的这么多东西都损失了!"转眼她又好像想起了什么似的说:"金娣这死鬼,我早知道她长得一副薄命相,活不长!可她是我们家花钞票买的呀!这下也完了!"说着,又拭眼泪。

童霜威额上的青筋暴跳着,耐着性子,怕她哭,劝慰着说:"唉,身外之物,损失了算了!可惜金娣遭了不幸!真可怜!我们好好埋葬她!这里离广州不是太远,铁路火车轰炸坏了,我们打听一下能不能想别的办法到广州去。"

金娣与三个被炸死无亲属认领的女性一起,中午时分被葬在第一个竹林旁的一块空地上。是童霜威付钱雇了几个农夫掘了坑堆土做了一个无墓碑的坟墓埋葬了的。

下葬时,家霆掏出手帕轻轻将金娣脸上的灰土全部擦拭干净。埋金娣时,家霆心里有一种悲伤的奇特的想法:那么多的泥土和石块连同腐朽干枯了的树叶草根一起压在她身上,她能受得了吗?她真的就要被泥土埋葬永远不会再活转来了?她真的就永远消失不再出现了?难道这以后,青草就会生长在她的身上,吮吸着她的肉体作为营养?

他实在不忍心看到人们埋葬她。离开那个孤单的新坟时,家霆在金娣的墓顶上放上一只用翠绿的竹枝和竹叶编成的竹圈。这是他从《呐喊》中的那篇小说《药》上学来的。此刻,没有红色白色的鲜花,他只能用竹枝和竹叶代替了。

家霆是那么难过。他对金娣,除了同情、怜悯,还有一种懵懵懂懂的少年时代初恋的绵绵情意。虽有拘束,也有羞涩,使他不能放声大哭,他心上却流着瀑布似的热泪。他觉得对不起她。她生前,他没有能设法待她更好一些,改善她的处境。他觉得自己太懦弱,没有为使她少受方丽清的虐待强有力地保护她。他在小学五年级时,就爱看一本一个美国女作家写的解放黑奴的小说《黑奴魂》。他一连看了几遍。看那本小说时,看到黑人汤姆叔死去的时候,他总是想流眼泪。那里边,有个农场主的儿子答应要解放汤姆叔的。但起先没有办到,后来要办到时,汤姆叔却死了。此时,他忽然又想起了这本曾使他心灵颤动的小说。他感到对金娣负疚,在汉口时他有一次见方丽清将金娣的手膀上揪得青一块紫一块的,他曾悄悄买了一瓶松节油给金娣,并且对金娣说:"将来,等我长大一些,我一定帮助你离开我们家!……"可是,现在金娣已经走了,永远离开人世了!

他心里老是酸酸的,眼泪往外涌。但他不愿给方丽清和爸爸看到,偷偷地将泪水拭了。他心里默默地向金娣无声地告别:"金娣,你不该死!你死得太惨!"他仇恨日本帝国主义者,也仇恨方丽清。最后,他不知不觉间却又蓦然想到了死去的妈妈——被枪毙在雨花台的柳苇。自从冯村将这些情况简单告知他以后,他总不免常会想起妈妈。妈妈死在雨花台,她也许就葬在那些乱坟堆里。凄风苦雨,春夏秋冬,她孤子埋骨在那里,无人探望,无人祭扫,只是忠华舅舅去埋过一块墓碑……想起这些,能不心碎!当他想起妈妈这些事的时候,反倒减轻了他因金娣之死而造成的痛苦。对于人生,他似乎越来越懂得多一些了。

火车因铁路路轨被炸暂时不通。傍晚时分,童霜威一家三口,在砰石搭公路汽车到达广州。经历过这次轰炸后,童霜威和方丽清那种希望快到香港的心更急迫了!急切希望快到广州并立刻就转道到香港去。

第六卷　啊！血雨腥风南京城

（1937年12月）

抗日战争中，仅仅一场日本侵略军在南京的大屠杀，中国军民就被杀了三十万，大大超过了两颗原子弹给日本人带来的灾难。我们能不如实地写出当年的实情使中日现代的青年和将来的人民了解真相吗？"前事不忘，后事之师"，正确了解历史才有利于中日两国人民世代友好下去。

——摘自创作手记

一

南京城的小火车早些天就停开了,不再听到那听惯了的"呜—呜—"的火车汽笛声了。

驻军的军号声,凄凉地不时地响着,在空气中颤动地浮荡着。时近中午,军队吹的是吃饭号。

冬日阳光下的潇湘路一号花园里,显得十分凄凉。铅色般冻结的天空,淡薄苍黄的日光,辉耀着远处透迤的紫金山脊。花园篱笆上的牵牛花和茑萝藤蔓早已萎死。草皮早就枯黄了,西北风一阵阵吹得尘土飞扬。除了雪松、龙柏和黄里泛青的竹林外,到处是叶片凋尽的枯树。中央花坛上是秋菊的残枝,前边清水塘周围是凋零的芦苇和蒿草。池塘面上结着薄冰。那十几只被方丽清吃剩的鸽子,一直被关在鸽房里,不再放飞。每天由"老寿星"刘三保将料豆喂给它们啄食。矮壮白发的刘三保闲来无事,喝了酒后总是独自在花园里踯躅。他背似乎更驼,枯黄多皱的面皮上了无笑容,多髭的腮颊上泛着愁闷,独自叹着气、跛着腿一步一步地走。古铜色的脸上似乎更加木讷憨厚。他是个无家可归的老人。这潇湘路一号成了他的家后,他曾经用他那两条刺着青龙的强壮双臂,将花园收拾得整齐美观。但现在,他毫无整理花园的兴致了,不侍弄花,不用推草机刈草,也不用大竹扫帚扫地了。

他预感到也认识到南京即将有一场浩劫降临。日本鬼子杀来了,南京将展开攻防战。

夜晚,当他瞅着月牙儿带着寒气像醉了似的斜挂在天上时,似乎感到金色的月牙儿泛着橙红色。他心里就想:唉,月亮都带着血色,可不是好兆头呀!

他意识到:南京一定是守不住的,鬼子来一定会大烧杀的。要不然,那些当官的老爷,包括他的东家,为什么早早就都携儿带眷逃跑一空了呢?

拿二号管仲辉说吧,家眷早走了,东西也搬得差不多了。管仲辉听说是参加防守南京的,有时偶尔回来睡睡,但一般不回来,留着个副官和勤务兵及厨子看守房子。三号叶秋萍,早全家跑光去了武汉,家具物件也搬空了。房子上了锁,门用青砖封砌了起来。据说,找了卫戍长官司令部的人给他照顾公馆的房子,整个潇湘路,实际走空了。

刘三保感到无能为力。反正,中国人不会孬种。你小日本来,中国人会跟你拼命!但是,叫我们老百姓怎么拼命呢?他又惶惑得很了!一个小百姓,又是个残废,能有什么本事扭转乾坤!只有喝酒借醉,懒懒散散,可以寄托一点心里的焦灼与不快。

现在,他同庄嫂和尹二成了不可分离、互相最关心的一家人了!他们三个,都懂得自己不但是被东家遗弃,也是被政府遗弃了的可怜人。除了留在南京等待噩运,已无可选择。东家要他们留守潇湘路一号这幢大洋房,他们不留守也无处可去。刘三保固然是孤子一身的残废人,庄嫂也是一个死了丈夫和儿子的单身寡妇。尹二的情况也好不到哪里去。他只有一个六十三岁的老娘住在安仁街小铁路旁的棚户区,每月依靠他将工钱送回去买米买菜。现在,他们三人像"相濡以沫"的"涸辙之鲋",在潇湘路一号度过了炎热的夏天,度过了多雨的秋天。经历过无数个日机空袭轰炸的日日夜夜,所幸炸弹并没有投到潇湘路一号来。但紧张和危险的折磨是难忘的。他们三人常在一起聊天,心情始终寂寞、压抑和激奋,互相之间在艰危中产生的友谊,才使他们能够得到一点安慰。

日军在十一月二十五日占领无锡到现在,分兵进攻南京的意图就很明显了:东路日军沿沪宁路进袭镇江后向南京攻击;中路日军沿宜兴、溧阳、句容直犯南京;西路日军先攻安徽广德,经过宣城想攻芜湖,准备切断南京守军的退路。尹二本是参加军事训练的壮丁。那一阶段,拂晓时,壮丁们就穿上灰色军服,戴上灰色军帽,打上绑腿,成群结队持枪上刀参加操练,到红日东升、晨操完毕才回家。在上海未失守前那个阶段,他常幻想着有朝一日,会持枪上前线同日寇决一死战。只要这么一想,立刻热血沸腾,充满了崇高的报国感情,生死丢在脑后。谁想,上海失守以后,南京面临的形势日渐恶化,壮丁操练停止了,他们成了没人管的人了。他是个有性格的人,气愤得很,却无可奈何。童霜威一家走了,冯村也走了。潇湘路一号里,无事可干。刘三保用不着收拾花园,也没有客人上门,整天闲着。庄嫂除了收拾一下楼下的几个房间外,只是每天例行地办三餐饭给尹二、刘三保和自己吃。尹二闲得发慌,有时回家帮娘洗洗衣服陪娘聊聊。在潇湘路一号除了帮助庄嫂择菜、烧火,同庄嫂和刘三保谈天外,常到街上去逛逛,打听些消息回来讲给庄嫂和刘三保解闷。他成了"消息灵通人士"。今天中午,他就带了个新消息回来。吃饭时,他讲给庄嫂和刘三保听,说:"告诉你们一个好消息!卫成司令长官部宣称要死守南京,与城共存亡。一些外国牧师等,倡议组织一个'难民区',经卫成司令长官部核准,将中山北路以北地区,也就是从新街口起到山西路止划成'难民区',这区内大约可以容纳二十五万人。你们懂得什么叫'难民区'吗?就是说:万一南京被鬼子占了,难民逃到这个地区里去可以得到保护。"

庄嫂近来像害了一场大病,人逐渐消瘦,脸色更加苍白,整日价地叹气。一双本来很好看的眼睛变得目光迟滞失神,眨动时,老使人感到她好像受到了什么惊吓或是在忧虑着有什么不幸。她同她那只黄藤编成的针线筐做伴,缝缝补补,话显得更少了。有时,抬头望着屋角和窗户上的尘土和蛛网发呆。恐惧像幽灵伸出利爪从四周围上来威胁着她的心。她一向嗟叹自己命苦。她在自己的生活轨道上默默勤劳地干活,精打细算地攒钱,指望自己年轻时命苦,年老时能不再受罪。过去给方丽清用电熨斗熨衣服时,她总觉得命运对她的委屈是任什么也熨不平的。现在,这种命苦的感觉更强烈了。她听过不少传说,知道日本侵略军的兽性多么残酷,知道一个弱女子万一面临南京沦陷,会遭遇到什么不幸。一种孤单、寂寞、末日即将来临的心情充塞心头。她怨恨自己为什么会一个亲人也没有,常常让苦咸的泪水在夜晚沾湿了枕套。只有同尹二和刘三保在一起的时候,她才感到有些许的温暖。但三个可怜人,凑在一起,每每都说些泄气伤感的话,谁也安慰不了谁。

也不知从哪天开始,庄嫂就对尹二怀着一种特殊的感情了。这比她小五岁的年轻人,正直、能干、正派、孝顺母亲,平时同她在一起,善于体贴她,总是和和气气的,总是帮助她干一点随手可干的活,总是很尊重她。最初,她有时候甚至想过:他像她的兄弟一样。可惜她从来没有过兄弟。后来,也不知从哪天开始,她又感到:倘若让她同尹二能像夫妻一样地一同生活,那该多么好。尹二是个实在人,是座可以依靠的山。她相信,他同她结成夫妻,感情一定会融洽。她会对他关心,他也会对她好。尤其是在童霜威一家离开南京以后,潇湘路一号变得清净了,她变得空闲了,更寂寞了,这种想法就更冒头了。但是,她又羞于这样想。她比他大五岁。他从没有结过婚,她却是一个死过丈夫的不吉利、不干净的小寡妇。她怎么能痴心妄想?她只有把心里的企望努力抛到脑后,可是要做到根本不想又是多么困难啊!生活,对她来说,似乎像不测风云的天气,该来风云就来风云,该来晴天就来晴天,她自己,无法预测,也无法抵御或改变。

其实,在尹二的心底里,也早埋藏着一颗爱情的种子。难说是从哪天开始的了。有一次,一个冬天的夜晚,尹二开车回来得迟了,晚饭还没有吃。庄嫂给他留着菜和饭,滚热的,外加一碗特为他做的榨菜汤。汤里竟特地加了好些虾米。她像个姐姐似的爱怜地说:"快吃吧!特地给你做的!"尹二突然发现:庄嫂围着那条天蓝色的"波俏"非常漂亮。她那用小镊子扯细了的黑眉毛,配上她那白白的脸也非常标致。又有一次,尹二的上衣在钉子上挂了一个口子,她看见了,眼里闪烁着动人的湿润光泽,说:"来,我给你补上!以后,缝缝补补什么的我给你做!……"这话使尹二咀嚼橄榄似的回味了许久。再有一次,他修车时,不小心将左手食指划了个口子,血流得很多。庄嫂看见了,马上将晒干了的乌贼鱼骨头搓成粉撒在他的伤口上,撕条白布给他包扎上,责怪地说:"啊!怎么这样不当心?"埋怨和心疼的神色,使他既吃惊又感动。他又回味过许久。那晚,她还用木盆给他端来了洗脸水,说:"你手伤了,我给你打水来了。"一次,尹大娘生了急病,她知道尹二养家手头拮据,用手帕包了十块洋钱悄悄递到尹二手里,轻声地说:"给,快给娘拿去治病,不够,我还有。"类似的事,数不完也想不断,很多属于细微末节,却时常会拨动一个年轻人的心弦。

尹二本来姓陈,从小死去了当木匠的父亲,娘靠帮佣和替人缝穷将他拉扯大。娘在他九岁时,实在因为生计艰难,改嫁给了一个姓尹的司机。姓尹的司机本来有个儿子,死了老婆,重新娶了妻子,就将妻子带来的男孩叫作尹二。司机待尹二很好,他的大儿子长到十几岁时患霍乱死了。尹二长到十七岁时,做司机的后父在一次撞车事故中负伤不治。从此,尹二又成了无父的孤儿。尹二长到现在这样二十六岁,除了娘的爱抚,还从未受到过别的女性的关心和怜爱。庄嫂的身世他清楚。她比他大五岁,又是寡妇,但在他心目中,庄嫂楚楚动人。他觉得她像姐姐般的体贴和爱护,更有一种他自己也无法形容和名状的妻子般的关怀。这种感觉难道就是爱情？他想看见她,想同她谈话,甚至想拥抱她亲亲她。但他又有理智:庄嫂是正派的,一个寡妇的节操是不能侵犯的。再说,娘能愿意吗？一个比自己儿子大五岁的寡妇！他是孝顺的,他又懂得尊重别人,既无勇气向娘诉说,也无勇气向庄嫂倾诉。他始终在犹豫和徘徊中,始终在痛苦中。尤其在童霜威一家走后,潇湘路一号变得冷落、空旷了,他常常有了同庄嫂单独在一起的机会。每逢这种时候,他发现她局促不安,他也发现自己手足无措。好多次,从夏天的一次傍晚,到秋天的一个月夜,现在又到了冬天的短促白昼,他有过单独接近她的机会,又总是强忍住心头火一般奔放的热情。有时,他竟暗自偷偷地生气,用拳头打自己的大腿:"唉,看你这没用的窝囊废！"有时,他竟发疯般地突然跑走,离开庄嫂,像个流浪汉似的独自上街去逛荡,独自回到安仁街铁道旁的棚户区里,去待在娘身边帮娘烧火办饭、洗衣洗被,想使自己从炽热的情绪中凉下来,清醒起来。矛盾啊！矛盾！每每,他又突然鼓起勇气不顾一切地飞也似的向潇湘路一号跑,似乎是为了见到她,好向她倾吐自己心里的感情。每每跑到了潇湘路,心里积聚起来的勇气又溃散消失了,想倾吐的一切又都跑到九霄云外去了。

尴尬的局面始终维持着,僵持着。

近几天来,随着南京面临形势的恶化,人人都像离了枝的落叶,都像风雨中池塘面上的飘萍。庄嫂的情绪更加低落、凄凉,尹二的情绪也更加深沉、烦躁。形势恶化,庄嫂更多考虑的是:我怎么办？怎么办？南京城要是沦陷了,日本人要是杀来了,我怎么办？尹二更多考虑的也同样是这个大问号:我怎么办？怎么办？娘怎么办？两人心里,也互相在关切着对方。她在想:他怎么办？他在想:她怎么办？

白发苍苍的"老寿星"刘三保,经历过比尹二和庄嫂更多的人间沧桑。他早察觉在这一男一女间,有着一种特殊的只可意会不可言传的感情。他用世故的眼睛窥察出尹二有自己的犹豫,庄嫂也有自己的斟酌。常想,让我来做牵媒引线的月下老人吧!让我来给这一对旷男怨女撮合吧!可又觉得:男女之间的事,他们自己不会办吗?难道他们连这样的事也要别人来代庖?我又何必多此一举?"老寿星"刘三保为时局阢陧不安,为自己面临的不可知的命运提心吊胆,除了借酒浇愁,就是懒懒散散。尹二和庄嫂的事有时放在心上,有时抛在脑后。近几天,知道日本兵是一定要来南京了,他想:我已经六十多岁,多活一天离土埋近一天了!两鬓白发,一生坎坷,死不足惜。尹二和庄嫂还年轻,又都是这么好的人。他们不应当有悲惨的命运,他们应当有一个比等死要好的结局。他强烈地认为自己有责任要使他们远离死亡。

西北风夹着灰沙和早已坠地的枯叶旋转着,一阵阵在地上飞舞。今天,尹二戴着褐色鸭舌帽,离开安仁街小铁路旁的棚户区,从老娘那里回来。他的心情十分激动,不仅因为听到了"难民区"的消息,更重要的是:他终于将自己和庄嫂的事告诉了老娘。出乎意外的是娘竟激动地说:"你咋不早说呢?只要你欢喜,我怎么会嫌她呢?你三岁时,娘守了寡,娘懂得女人这种痛苦。我们家太穷,你到今天还没成亲,娘早买下了一朵大红的通草制的红囍花,希望有朝一日你结婚时好给新媳妇用。你一直单身一人,娘心里也一直结着疙瘩。现在,她要是肯,娘只有高兴。你抓紧着办吧!鬼子不是说要打到南京来吗?你们住在大公馆里,我看没好处。倘若事办成了,快把媳妇接来吧!这里离'难民区'近,大家穷人帮穷人,万一情势不好,我们可以往'难民区'跑。"

娘想得周到,尹二心里说不出的兴奋,连忙匆匆赶回潇湘路。

庄嫂正在厨房里忙碌,见尹二笑嘻嘻来到面前,半喜半嗔地埋怨了一句:"野哪里去了?现在才回来!不想吃饭啦?"只要尹二回棚户区了,庄嫂听到小火车汽笛声,就仿佛能看到那冉冉蠕动的小火车的身影,心里总盼着尹二快点回来。尹二现在回来了,她当然充满喜悦。

尹二笑笑:"饭当然想吃!我去叫'老寿星'来。"

尹二匆匆去把醉醺醺睡着觉的"老寿星"刘三保从门房间里找了来,三个人在吃饭间里一起吃午饭。这间吃饭间,童霜威家未走之前,用人们是从未在此吃过饭的。方丽清定下过规矩:用人们都在厨房里或在厨房前的水门汀地上摆个小桌吃饭。童霜威一家走后,他们本来也沿照以前的习惯,从不在这里吃饭。近来,南京形势紧张,有一天,尹二说:"嗨,我们太傻瓜了!放着现成的吃饭间不用,难道留给日本鬼子来用?"从那,他坚决主张,开饭就在这里开,吃饭就在这里吃。

今天,庄嫂做的是一荤一素两个菜,外加一个葱花汤。荤的是香肠炒韭菜,素的是辣萝卜条。香肠是公馆里的存货。本来,庄嫂对一批腌腊存货动也不动。近来,庄嫂全部拿来给大家一起吃了:不吃白不吃,总不能留给东洋人来吃吧?

三人吃饭时,尹二将要划出"难民区"的消息一讲,庄嫂听了,不太明白,犹犹豫豫地问:"进了'难民区'就不要紧了吗?"

尹二夹着香肠吃,说:"论理是该这样,但外国人的事到底怎么样,难说!"

"老寿星"刘三保喷着酒气突然说:"我看,鬼子是要真来了!反正……去'难民区'要比待在这里等死好!"他平日喝了酒说话就笨嘴拙舌。现在,玄武门前那条路上拷酒的小店里不卖酒了,老板逃到乡下去了。他储存的一瓶高粱酒舍不得喝,每次只喝一点点。所以这会儿话却说得流畅。

庄嫂苍白的脸上表露出凄恻伤心的神色,默默不语,忽然停止吃饭低着头,眼泪滴滴答答落下来,衣襟湿了一大片。

尹二满心想把娘今天上午讲的话告诉庄嫂,碍着有"老寿星"刘三保在,一时不知怎么启口,只说:"庄嫂,伤心干什么?反正,我们是有福同享,有难同当!你……"

"老寿星"刘三保心里的话不能不说了,咳嗽了一声,说:"我是上年岁的人了,依我说:你们两个早该成为两口子了!我看得出,你们俩,人都好!心都好!你们做结发夫妻,保险合适。世道乱,南京快完了,你们早点成个家,该走就走,该躲就躲,别在这里等死!这里交给我刘三保就行。我一人守着!要依我的一肚子气,王八蛋才给他们看守这潇湘路的房子和物件。可是,我们是说话算话的男子汉。答应看房子,不能说了话不算数。所以,我可以留下!你们走!搬到尹二家的棚户区去也好,那里离'难民区'近。你们俩加上尹二的老娘,三口人团在一起,大家都放心。"

他话没说完,庄嫂忽然捂着脸离开了饭桌。一种莫名的悲怆忽然壅塞了她的心田和她的喉头。她流着泪转身冲出吃饭间,穿过走廊"嗵嗵嗵"地跑上三楼去了。方丽清走时,将二楼所有房间都上了锁,带走了钥匙。假三层楼上,仍旧由庄嫂住着。

尹二不知所措了。刘三保"呵呵"一笑,用嘴指指楼上,要尹二上楼去,说:"尹二,去劝劝吧。女人脸皮嫩,不好意思,可你,别扭扭捏捏了。该像个男子汉大丈夫的样子!"

尹二犹豫。当然想去,正要拔步,忽然听到"砰!砰!砰!"门被敲得震天响。

尹二生气地皱眉,说:"妈的!谁这么敲门?"

"老寿星"刘三保站起身说:"我……去看看!"

尹二起身说:"走!一块去!"

两人一块儿向大门口走去。走近大门,敲门声仍在"砰!砰!砰!"

"老寿星"刘三保高喝一声:"谁?"

是保长夏得宜那奸诈沙哑的嗓子："我呀！"

听到是夏保长的声音，尹二心里就不痛快，他厌恶这个留着八字胡龇着金牙的保长。夏保长和他的儿子是一窝地头蛇。黄鼠狼上门来给鸡拜年总没什么好事。何况他心里惦记着庄嫂的事。这会儿庄嫂在三楼上干什么呢？要不是夏保长来敲门，他早上三楼去了！

见"老寿星"刘三保开了门，夏保长蹉进身来。尹二在一边憋住声不说话。

"老寿星"直通通说："保长，什么事呀？门打得像放大炮！"

夏得宜手里搓转着两个练手劲的紫酱色的大核桃，看看刘三保，又看看尹二，见尹二脸上气色不好，点着头一抱拳头，招呼着说："哈，尹二，你也在啊！你们没听说呀？老是打败仗，形势可不好呀！如今南京城里，洗澡堂、茶馆、饭馆……什么都关门了！栖霞山、汤山、当涂、紫金山东北一带全都给日本人占了！听说日本兵有八十万，新式武器无其数。我们南京城，不出三天怕就要换主了！"

刘三保听了，心里不是味，一下子烈酒冲头似的有点发晕，佝偻着背，愣在那里，说不出话来。

尹二瞪着夏保长，说："是汉奸放的谣言吧？"

远处，从无法摸准的地方，轰隆轰隆，沉重而遥远地传来一种不太清晰的声音，像是炮声，又像飞机扔炸弹声。尹二心里一惊，刘三保心里也一沉，脸上都紧张起来。怎么？难道那可怕的不敢想象的日子真要来到了？

夏得宜鬼得很。看得出尹二眼神里带敌意的神态，近来卫戍司令长官部有过布告：凡造谣惑众者枪毙！他连忙转圜地说："是呀！我也想，可能是谣言！不过，不知你们着不着急？有什么打算没有？"说到这里，他拽拽刘三保的手臂，说："上我家里喝一盅怎样？我买了两个荷叶包。上好的猪头肉和猪下水,我们老哥老弟好好谈谈!"

刘三保摇头说:"不了不了,我今天早喝过了,你老哥自己喝吧。"

夏保长见他一股坚决劲儿,改口说:"我去你们房里坐坐,我们好好从长计议计议怎么样?"

"老寿星"刘三保本来还愣在那里,他为人实在,给夏保长一说,就把夏保长往自己住的那间门房间里让。尹二不乐意地皱皱眉,心里盘算:惊蛰到,蝎子跑,乌鸦叫。眼下这种气候,坏人出来了!又一想,保长是地头蛇,也不能太得罪他,就忍住不说了,也跟着进了刘三保住的那间门房。

房里仅一床、一桌、两把凳子。床肚下有只放杂零八碎衣物的破箱子,一些破纸盒和空酒瓶……夏保长在一只凳子上坐了。尹二和刘三保都在床上坐了。

尹二先开口,问:"保长,你们怎么打算?"

夏保长将两个紫酱色练指劲的核桃塞进右边兜里,从左边兜里掏出一盒"金鼠牌"香烟来。盒里只剩最后一支烟了。他将锡纸连同纸烟壳子全扔在地上,烟叼在嘴上,摸出一盒洋火,"嗤"地擦火点烟,说:"唉,是呀!天要是真塌了,我们怎么办?我的心乱得很,想来问问你们,合计合计!"

尹二不着边际地笑笑说:"天塌有长子顶,顶不住还有众矮子扛!"

夏保长听了,哈哈笑了,露出嘴角上一枚黄亮亮的金牙,说:"尹二,你说得真有趣,就怕长子根本不顶,矮子也扛不动!"

刘三保叹口气说:"是呀,我们都是掉到井里的老牛,有劲儿也使不上!"

夏保长骂开了:"奶奶的,在中央当官做老爷的都不是玩意儿。

他们原先在这南京城里，花天酒地，盖洋房，坐汽车，玩女人，打麻将，一旦有事，马上爹死娘嫁人——各人顾各人，走的走了，溜的溜了，丢下我们受苦！像你们这童公馆吧，童霜威就不是个好东西！你们给他家当下人，苦还吃得少吗？你看，'老寿星'，你的腿怎么瘸的？不是给他家盖大洋房摔的吗？"

"轰隆隆"的声音仍在杳不可测的地方继续。

刘三保心里有感触，深深点头，叹口气笨嘴拙舌地说："唉，那也是！……"

夏保长得意了三分，龇着金牙说："是啊！你老哥真老实！现在还像个奴才似的住在这小门房里。空着一大幢洋房不住！真是笑死鬼了！现在你们不是这房子的主人了吗？要是我，凭这口气，我马上住到他们原先的上房里去！"

尹二在一边不做声。庄嫂的事仍在他心上缭绕。这时，她还在楼上哭吗？……夏保长的话又引起了他心上的纷乱，他低头思索着。刘三保也不做声，思索着。这些想法，他们原先都不曾有过。夏保长一说，听来倒怪新鲜的，挺有道理。

夏保长抽着烟，又说："尹二，你这么大的青年小伙子了，到今天连个老婆也混不上，这是为什么？你要有钱，大小老婆也娶到了！你们太老实，太傻瓜蛋了！放着金银不知用手拿！你们潇湘路一号童公馆和二号、三号两家公馆不同。叶秋萍公馆东西早搬干净了！管仲辉公馆重要物件也搬空了，剩下些用具有当兵的看着。他有时也回来住住。我看他搞得不好要死在南京。你们童家老爷太太的全部细软物件，只带走了一点点，大部分原封不动都在这里。如今是乱世，你们当这个家。俗话说：人无横财不发！乱世是发财的好机会！你们为什么不将手里的东西分一分？"

刘三保老实巴交地说："我们是丫环挂钥匙——当家不做主哇！"

夏保长哈哈又笑了,捻着八字黄胡子的尖尖儿,打破茶壶嘴不瘟地说:"你们不敢!我知道你们不敢!我来,是给你们打气壮胆的。俗话说:麻雀也有大胆的时候呢!我领着你们干!我是坐地户,可以保护你们!笨重的大件的东西,你们不好拿,归我!细软的东西,尽你们先分。三一三十一,有福同享!干不干?"他用眼瞄着尹二,尹二始终未说话。他感到这个年轻的汽车夫不是一个好对付的人,所以又说:"尹二,就看你的了!我夏某人历来讲义气。今天来,主要还是为你们着想。说真的,要干事不宜迟。我分一份,出了事,我就担干系,给你们负责任,给你们撑台。要是现在不干,再过两天,世道更乱,说不定会来上一伙人哄抢。听说,苏州、无锡,日本人进城前都抢过。那时节,你们想干也干不成了!你们说说,"他用两只羊眼睃着尹二和刘三保:"怎么样?这可是不吃亏占便宜对我们都有好处的事呀!"

尹二感到夏保长有一颗七窍玲珑心,但他的话"剃头挑子一头热",尹二听了不顺耳。尹二是个正气的人,为人做事向来讲个正直,从不想干不清不白的事。听夏保长讲了一大堆,明白了夏保长的来意,他说:"夏保长,我们人穷,志可不短。童霜威这种当官做老爷的当然不是什么好货,可我们不想同你一起干这种不光彩的勾当!"

刘三保在一边默默无声。

夏保长"咯咯"笑了,嘴角上金牙闪亮,说:"我说你们太傻嘛!不拿白不拿!过不上几天,你们不干,日本人会干!想撇清吗?办不到!那时候,黄泥巴掉到裤裆里——不是屎也是屎!"

双方谈话,像方底圆盘,合不到一块儿。夏保长也明白:"话说三遍淡如水。"他脸色难看,催促着说:"能不能再考虑考虑?"

轰隆隆的声音又随风飘来了,还听到飞机声。现在,干脆警报也不放了,飞机声是常听见的。可是日机倒好像很少轰炸城里了,飞机都用到前线上去了吗?

尹二侧耳听着飞机声,摇摇头说:"不考虑!"

夏保长问刘三保:"'老寿星',你呢?你也'吞下秤砣铁了心'了?"

刘三保不能不与尹二站到一边,虽然心里有些自己的想法,却说:"我跟尹二一个样!"

夏保长笑笑,笑得奸险,说:"好咪,那打搅了!我走!看来,干草捆起来也变不成房梁!你们真是扯着耳朵腮不动!无用之辈!"说着,站起身来。

尹二顶了一句,说:"你呢?你是两块洋钱做眼镜,睁眼光见钱的货!"

刘三保拽拽尹二的衣襟,但尹二话已讲完。

夏保长听了,忽然正色,说:"尹二,你不要神!你是蚂蚁打喷嚏,损不着老子!刚才的话,权当我没说。可是我得奉告你们二位:我们都是一个篓子里的螃蟹,哪个钳子动一动也会夹着别人。我是好心好意来的,做人别不知好歹!"

尹二和刘三保都没说话,看着夏保长那瘦高的身条背转身迈步,自己用手推开朱红铁门上的小边门飘忽地走了。

他一走,刘三保上去闩上了门。

尹二骂道:"王八蛋!隔着皮壳我也看透了他的骨头!"

刘三保回身对尹二说:"尹二,夏保长自然不是个好货,我还怀疑他是不是汉奸哩!我们让他来了个蚊子叮菩萨——空费心机!很对!可是,他讲的有些话,我倒听得进。"

尹二心里记挂着庄嫂,急着想进屋上三楼去看看,沉着气问:"什么话?"

刘三保背像更驼了,说:"我想,当官做老爷的,钱堆成山!又有房子又有汽车的,对我们有什么好的呢?凭什么给他们做走狗卖命？我这一辈子的辛酸事,经历得太多了！这点道理我想得通也想得明白。你这么大年岁了,早该成亲了！找不到女人成不了家,穷当然是个原因嘛！我主张,今天,请你娘来,你就跟庄嫂成亲。我从今往后也不睡门房间了！我住到楼下家霆床上去。你和庄嫂今夜打开童霜威和'狐狸精'的卧室做新房！你们结了婚,该用的东西就拿了用,形势要是再坏,你们夫妻俩马上搬到铁路旁你娘那里住。这儿,我一人把守就行。"

尹二出乎意外,没想到"老寿星"刘三保竟说得这样实在,这样打动人,为他想得这样周到安帖。他感动地说:"你是把心肺都掏给我了,我有什么说的呢？你说得对,我当然听你的。只是,万一形势不好,你跟我们一起搬到我娘那里去！棚户区离'难民区'近,在一块的人也多些,比此地安全。冯村临走说过:如果轰炸太厉害,不必死守着房子,自己找个合适的地方避一避。这公馆我们看守到今天也对得起童家了！……"

"老寿星"刘三保摇摇头,说:"尹二,你的一片真心我领情了。可是我不去了！"说这话时,他心里想:你家穷,也没个宽大的住处。我去,你娘和你们都不方便,我又何必去？又说:"我在这,一个残废孤老头子,谁能把我怎么样？还有十几只鸽子老伙计要喂养,我答应过家霆的。再说,我还舍不得离开这潇湘路哩！"

尹二心里猜得到刘三保的心情,被他那种纯朴、真诚的情感激动了,说不出话来,只是坚持:"不,你一定跟我们一起走！一定……"

"老寿星"用手推了他一把,说:"上楼吧！快去看看她！她不知怎么了？给王八蛋的夏保长来鼓捣了一通,说不定她早在等着你去呢！"

尹二心里想,也是！说:"那,我去一下！"他拔腿小跑,从前院绕过自己的住屋和厨房,从吃饭间的门里走进去,"噔噔噔"地穿过走廊踏上楼梯,一步跨三四级,直上三楼。

低矮的假三层楼上,最高处尹二也站不直,他只能弓着腰或低着头。他看到庄嫂侧身睡在洁净的小床上,娇小的身子微微弯着。她的发髻散了,她正用手帕掩着眼睛和脸,抽抽搭搭地哭着。尹二觉得局促起来了,很难揣摸她的心理:她是想起了今天的迟来的幸福而感触,还是因为想起了过去的辛酸而伤心?她是因为羞涩而有难言之隐,还是因为感到颜面受到冒犯而生气?她是因为突如其来的袭击而出乎意外,还是因为拿不定主意而犹豫?……谁知道,谁能说呢?

"轰隆轰隆"的声音像远处山谷中在打雷似的隐约传来。确实太像炮声了,日本鬼子真是要来了吗?

尹二微微俯腰站在一边,嗫嚅着说:"你,你不要哭!我会对你好的!你要不信,我可以对天发誓。"说着,他跪在床前她的身边了。

庄嫂恓恓惶惶,哭得突然厉害起来了,肩窝一起一伏啜泣,那么伤心。

尹二嗫嚅着将脸凑上前说:"看来,鬼子是会打到南京城来了!有我,我可以保护你。说实话,早就想对你说了,我觉得你好!你对我也好,你答应吧!今夜就成亲。我去把老娘接来,要是形势更坏,我们就离开这里到铁路旁我家里去。那里人多,都是穷人,离'难民区'近,必要时就往'难民区'里跑!"

庄嫂坐起来了。一双含泪的眼睛是忧郁的,像莹莹秋水。她没说话,尹二感到她要说的话都在她的眼睛里和脸色上表现出来了。稍停,她只欲言又止地说了一句:"你娘,她会嫌我吗?"说这话时,她那干涸的心田里,似乎又咕突突地冒起了鲜甜的幸福希望的泉水。

尹二摇头,他抬膝起身,上前与她并肩坐着。他的眼睛看着她的眼睛,像在寻找着她灵魂的窗户,好闯进她心里去,使她温暖。他抚慰地用手搂着她说:"怎么会呢?她让我来求你的。她一定会喜欢你的!……"他忽然陷入一种梦幻般迷人的境地,感到她身上的温暖,突然双手紧抱着她,说:"答应我吧!我马上就回去告诉我娘!我马上去把她接来!"

那个下午,多云,起着风,一抹透过云彩的金色阳光,映照着远处的紫金山。两颗被一种说不清的压抑感折磨着的心沉浸在爱河里,得到了片刻的安宁、欢悦与陶醉。

这一夜,像已经过去了的无数个黑夜一样,仍是停电。天上黑黝黝的没有月亮。因为没有月亮,加上前线战斗激烈,日机未来空袭。使人暂时可以忘掉那种空战、高射炮声和炸弹声的威胁。但"隆隆"的大炮声却不时从远不可测的地方传来。

潇湘路一号二楼和楼下以及厨房里,点着蜡烛。是进口的"僧帽牌"蜡烛。童公馆里过去买的一箱,还用剩了四分之一。现在,二楼上所有的房间,房门都已挠开。童霜威和方丽清的卧室,是尹二和庄嫂今夜的"新房"。红木的新式雕花大床上铺了干净的白被单、放了大红缎面的新棉被。方丽清留下的银台面、银粉盒、银帐钩、银花瓶、银瓶套……全部摆设出来,银光闪闪,衬着床上的红被面,显得喜气洋洋。人虽然都在楼下,楼上房里还是点着几支光闪闪的喜庆蜡烛。

楼下,吃饭间里桌上摆了六菜一汤,是庄嫂做的:一碟香肚片,一碟香肠,一碟咸肉,一碟咸鸡,都是童公馆的存货;外加一盘韭菜炒鸡蛋,还有砂锅炖鸡。鸡是尹大娘喂着下蛋特地让尹二从家里带来的。庄嫂又做了一只虾米蛋汤。桌上成双成对点了两支蜡烛。厨房里因为刚才办菜煮饭,也点了两支蜡烛。

西北风呼啸,震撼着窗棂。尹大娘、"老寿星"刘三保和尹二、庄嫂四人,穿得比平时都板正。一人一方,坐在吃饭间里欢聚。庄嫂梳着发髻,髻缝里插了一朵通草制的红囍花,是尹大娘带来给新媳妇的。白皙的庄嫂戴上这样一朵红囍花,显得面容明亮,头发乌黑,特别好看。桌上用的酒,是童霜威放在二楼书房玻璃柜里的一瓶未曾开过封的"三星斧头"白兰地。"老寿星"上楼一下子就发现了这"宝贝",心里早想尝一尝了,一人面前斟了一杯。

"老寿星"刘三保擎起酒杯,对着尹大娘说:"今天,小两口成亲,我给老嫂子你恭喜了!你就喝上一杯!"

尹大娘笑得合不拢嘴,不知说什么好,也学着举起杯来,可是说:"我不会喝,他大哥,你们喝!你们喝!"说着,战战兢兢地微微尝了一下杯里的酒,酒撒了一手。

刘三保望着嘴角露出凄然笑容的庄嫂和壮实高兴的尹二,说:"那,我们一起喝!你们两口子,我恭喜你们白头到老!"

突然,轰隆隆的炮声又从远方随风传来了。当然,肯定是从战场上传来的。战场一定不那么远!这种声音使人感到莫名的惶恐,仿佛有什么神秘可怕的东西,正从远处压过来,步步紧迫地压过来。

此时此地,也不知为什么,尹二听了炮声,又听了"老寿星"的话,心里酸酸的。庄嫂听了,泪水又涌上了眼眶。她怕尹大娘看到了忌讳,不吉利,马上借故说:"你们吃!我去厨房拿点酱油来,鸡要蘸酱油吃!"其实,她在去厨房时,用衣袖将泪水全拭掉了。一会儿,就将酱油倒在碟子里端来了。

好像是在花园外西边不远的地方,传来了凄凉的喊魂声。四个人静静吃着,听到这种声音特别刺耳。听来像是一个祖母和一个母亲一前一后在喊:

"我家小二子哎,你回来吧!"

"哦!我回来了!"

"我家小二子哎,你不怕哟!有天兵天将跟你奶奶妈妈在这里咪!"

"哦,我不怕!……"

这定是西边那些小户人家,不知哪家的小孩子抽风发高烧或者病危了。可以想象得出,那个祖母和母亲,正在一路喊一路应,手里提着米袋和纸钱,一边喊一边撒白米和纸钱,敬给孤魂野鬼。

声音多么使人心酸,多么感到不吉利啊!大家听着,心都揪了起来。

"老寿星"刘三保一口将一小杯白兰地全倒在嘴里,洋酒又涩又苦,有股怪味儿,简直像猫尿!同他爱喝的高粱酒不是一码事儿。他咂着嘴,故意想使大家轻松一些,不断摇头,舔着舌头说:"从前,听金娣说过童霜威有时爱喝点这种外国酒,说白兰地陈放了好多年,一瓶要十几块大洋。我真瘾得慌,真馋哪!老想尝一尝滋味。今天是尝到了!可没想到乖乖龙的冬!带股洋臊味儿,苦得像黄连水,真没福气享用!"

说得大家倒是都咧嘴笑了。

尹二刚才也尝了"三星斧头"白兰地,心里此刻想:酒真苦!又不禁想:今天成亲,我心里真是高兴!可是在这样的时候成亲,不也够苦的了吗?我们穷人,为什么生活老是苦得像黄连呢?他想说几句开心话,却没有情绪。看看庄嫂,灯光下庄嫂的脸上有一种茫然中交汇着幸福的神采,这使他欣慰。他振作起精神来,笑着说:"刘大叔,今晚我们成亲,就请了你一位老长辈!没好酒给你喝,你多包涵!"

尹二是第一次叫"老寿星"刘三保"刘大叔",可是叫得既亲切又诚恳。刘三保听了耳里顺、心里乐,连连点头说:"尹二,你这番话,我领情了!我今晚高兴!真是太高兴了!再苦的白兰地,我也要多喝两盅!"说着,他自己往杯里倒酒。庄嫂忙抢过酒瓶来给他满满斟上一盅,也给尹大娘、尹二都把酒盅倒满了。

天冷,烛光里看得见窗玻璃上凝结着银色的霜花,闪动着跳动的寒光。四人静静无声喝酒吃菜,吃得无味,也无话可说。冬日的夜晚,窗外北风呼啸,结冰的天气,偃灯熄火,虽点着两支蜡烛也不明亮。处在可能会有浩劫的战争围城之中,各人都心事重重。办着喜事,不便说出的却是心底里的种种忧虑,种种惆怅。谁也说不出更多的高兴话来。尹二不时看看庄嫂,庄嫂也不时看看尹二。虽未说什么,两人眼睛对着眼睛,宛如诉说了千言万语一样。

稍息,"老寿星"忍不住了,脸上出现了微醺的酡红,终于说:"奶奶的,他们当官的有钱的把我们穷人丢在南京不管了!根本不像个中国人的样子!是中国人就不该孬种!你们看到我膀子上的两条青龙吧?那也不单是刺着耍的!龙就是中国,中国就是龙!年轻时,我们几个好朋友,一同都在膀子上刺了两条青龙,刺的时候说过:愿意中国强起来,像这龙一样飞起来!可是刺了多少年了!我白了头发,什么好事也见不到。如今,反倒要眼看着日本鬼子来南京了!"

说罢,他两眼通红,不胜唏嘘。他的话使尹二、庄嫂和尹大娘心情更加沉重。

时光一秒一分过去。听着窗外寒夜的风声,屋内的蜡烛烛泪垂挂,四人默默无言,继续喝酒吃菜。菜已经凉了,庄嫂起身,说:"我去把菜热一热。"

她起身端起鸡汤砂锅入厨房去。她离开吃饭间,从光亮处去向暗处,刚走出吃饭间的门向厨房走去,忽然看到暗夜中,面前站着一个黑影!

庄嫂完全出乎意外,吓得"哇"地叫了一声,双手端着的砂锅手一松,"乓"地掉地,打得粉碎,鸡汤和鸡泼得一地。她右手捂住嘴巴,吓得靠墙一站,几乎昏厥过去。

尹二、刘三保和尹大娘跑出了吃饭间,不知发生了什么事。

尹二高声问:"怎么了?谁?"

刘三保也高叫:"谁?"

他们同时看到一个戴钢盔全副军装的黑影稳步上来,用响亮的声音回答说:"我!"

尹二扶住了吓得丧魂落魄的庄嫂,在黑暗中看清了:黑影原来是童军威!

尹二叫了一声:"啊!二先生?"

童军威上来,用和善的口气说:"庄嫂,吓了你了!先一会,我骑自行车来,敲了门,也叫了门,没有回声。等了一会,见二楼有光亮,好像点着蜡烛,我怕你们人在楼上听不见,所以将自行车留在门外,从大门上爬进来了。没想刚走到这里,就吓了庄嫂!你看,把砂锅都砸了!……"

尹二明白:今夜有风声,适才大家又曾经谈笑了一阵,准是那时候童军威叫门敲门,没能听见,说:"二先生,我们正在吃饭,你进去一起吃点吧!"他平日对这个"二先生"印象不错,感到"二先生"人正派,长得英武,待下人不错,特别是他爱国,要抗日,是个好军人!

童军威摇头说:"我早吃过饭了,不吃了!进去坐坐吧!"他看看地上,说:"是只鸡吧?真糟!我害得你们把一锅鸡汤都打了!"他话声里带着歉疚。

刘三保掉个花枪要掩饰,说:"今天,尹二的娘,我们的老嫂子做寿,我们苦中作乐聚一聚。尹二走家里捉了只母鸡来宰了。没想到还是没口福……"他忽然觉得这个谎说不圆,结结巴巴说不下去了。庄嫂头上还戴着红囍花哩!

从非常远的地方发出的轰隆隆的炮声,又震撼人心地传来了。

童军威侧耳听听炮声,叹一口气。他戴着捷克式钢盔,金色星杠和红底的少尉领章在烛光下闪闪发光。进了吃饭间,见一桌菜,又有"三星斧头"白兰地酒,拖过一把椅子在一边坐下,说:"你们仍旧吃吧,我坐一坐就走!"

尹二端把椅子拉童军威在上首刘三保身边坐了。庄嫂马上取来筷子碟匙,又举筷给童军威搛了些炒蛋、香肚。

童军威摇手说:"你们快吃吧!我吃过了!"又叹口气说:"南京要打仗了!我们做军人的,已经做好了牺牲的准备。我想了一想,还得来这里最后看一次,看看你们,也看看房子,告个别!也许就是生离死别了!我是我大哥把我培养大的。这些年来,每次来潇湘路,你们对我都很好。我是来告诉你们,形势不好。你们不必在此死守,家里东西有用的就尽量拿些带走!"

庄嫂忍不住担心地问:"二先生,南京真要给鬼子来占领了吗?"

童军威没有正面回答,只懊丧地说:"能走,还是快走吧!不必管这房子和那些身外之物了!最好乡下有亲戚朋友的快去投奔,不要在城里蹲!万一非在城里蹲,也要早点到'难民区'去!'难民区'的事你们知道了吧?……"他的话,像一锹沙土投到火堆上,大家都闷住声不响了。

稍停,尹二听他讲得真诚,说:"知道了!二先生,谢谢你还记挂我们。我们的安全,你就放心吧!你自己可要小心!"说到这里,也说不出是什么原因,他感到童军威很可爱。这样的人不该死,他动感情地说:"二先生,你说,我们能打胜日本鬼子吗?能不能不让鬼子占领南京城?"

钢盔下,童军威的眉头一直皱纠着,叹口气说:"只要打,一直打下去,总有一天能战胜小日本的!可是,现在守南京,不是那么容易的事呀!南京已被包围了!我,作为军人,是抱定必死的决心了!我不会孬种的!这点你们信吧?"

刘三保也不知被一种什么力量所激动,古铜色的脸面像尊雕像,端起一盅酒送到童军威面前,说话也不打疙瘩了,发自内心地说:"二先生,我敬你一杯酒!你在保卫南京城!你是真正为中国抗日的军人!我佩服你!"

童军威摇头,说:"我,不会喝酒,我谢谢你了!"

但,尹二从刘三保手里拿过酒盅,恭恭敬敬送到童军威面前,说:"二先生,实话告诉你!今夜,是我和庄嫂成亲!这是我们的喜酒!我们一起敬你这一杯!你一定要喝!"

童军威出乎意外,但站了起来,接过酒盅,说:"啊!是喜酒!那,我喝!"他举起那盅酒,一饮而尽,朝着尹二和羞答答的庄嫂说:"我恭喜你们!但,你们一定要离开这里!越快越好!"说毕,他长叹一声,嗓子突然有点哽咽,说:"我到二号管仲辉公馆看看。听说他有时在家,我去拜望他一次!"说毕,他举起右手,靠近钢盔,向大家情真意切地敬了一个军礼,悲凉地说:"别了!我走了!"

他确实是个勇武的军人,"夸夸"地将地面踏得发出震响,头也不回地走了。

尹二和"老寿星"跑出去送他。庄嫂依在尹大娘的怀里,眼泪忽然再也抑制不住,扑簌簌地流泻出来。

二

巧得很!今夜管仲辉竟真的在家里——潇湘路二号过夜。

当童军威扶着自行车去到二号时,见门口停着一辆黑色小轿车。透过刷着黑色沥青的密密的高竹篱笆,窥见管仲辉公馆有两间房里都有烛光闪烁。童军威猜到管仲辉可能在家。他上前"乒乒"敲门后,一个陌生的年轻副官来开了门。问清了情况,也不说管副参谋长在不在,让童军威等一等。但进去以后,一会儿出来了,热情地说:"副参谋长请你进去!"

管仲辉原在大本营任高参。十一月下旬,南京卫戍长官司令部组成时,接奉命令,任命他为南京卫戍长官司令部副参谋长。他到任已经有十来天了。

管公馆的细软物件,包括许多家具早由管太太派副官搬运到上海租界上去了,只留了一部分粗笨、不太讲究的家具仍放在屋里。在那间因家具少了而变得更宽大的客厅里,副官让一个勤务兵点了一支蜡烛送来。童军威刚坐在沙发上不久,看见佩着金色中将领章秃顶未戴军帽的管仲辉出现了。

童军威连忙起立,"啪"地立正敬了个军礼,管仲辉十分热情地上来同童军威握手,连声说:"坐!坐!见到你来非常高兴!"

勤务兵来送了茶抽身出去。管仲辉叹口气,搓着手说:"天很冷啊!……真巧,我已多天未回来过了。从明天开始,也不再回来了!今夜,我是来清理清理公文什么的。该烧的烧,该带的带。房子什么的,就去他娘的了!你来,能碰上我,真是有缘哪!令兄现在在哪里?他可好?"

童军威脱下捷克式钢盔捧在左手里,说:"可能在武汉,未通信,失掉联系了。我们教导总队在上海八字桥那一仗打得很惨烈,我也负了伤,住了些日子伤兵医院。现在,我们参加守卫南京,兵力部署重点是保卫紫金山。"

管仲辉点头:"这我知道。"

童军威继续说:"因为伤刚好,我在步兵第二旅四团团部听用。我们作为总预备队,集结在太平门、中山门附近。今天傍晚奉命来向卫戍司令长官司令部报告重要情况,卫戍长官司令部是在原铁道部那幢大楼内,可是我去到那里,卫兵不让进去报告,怎么说也不行。我想了一想,也许能在这里找到副参谋长,所以径直跑来了。"

管仲辉说:"什么重要情况呀?"

童军威声音因为激动而发颤,说:"我们奉命防守时,发现南京警备司令谷正伦负责构筑的从中山门到光华门之间城墙上的永久工事,虽然表面涂了水泥,但根本不是钢骨水泥的,内部的横梁竟是南竹的,并且已经腐烂!大家发现这种情况后,气愤填膺,有的都气哭了!一致要求报告长官部请求转呈蒋委员长严惩贪赃枉法的家伙!"

管仲辉站起身来,背着手踱方步,摇摇头,骂了一句说:"混账王八蛋!其实这种事多得很!老蒋筹建了多年的吴福线和锡澄线国防工事,不是也像纸扎的防线一样,敌人一冲就过来了吗?那里面也是这种道道呀!"又踱了几步,说:"情况,我当然会向上说的。可是,我看屌用也没有!谷是亲信嘛!要是我干的,会马上枪毙我!可是我没干!就给我一纸命令,让我留在南京!置我于死地,我心里能不明白?混账王八蛋!混账王八蛋!"

童军威听管仲辉一连声骂"混账王八蛋",也不好插话,心里很不平静。他是个一腔热血的爱国青年,对日本侵略者怀有刻骨的仇恨,对保卫国家打倒日本帝国主义有坚强的献身信念。但参加上海战事迄今,看到的、经历的事和听到管仲辉的这些话,都使他英雄气短。他觉得已经把情况向卫戍司令长官部的副参谋长作了报告,任务已经完成,本可以回去了,但是心里边纳闷的情绪,却使他不由得想多坐一会儿,问点心里的问题,多听管仲辉说一点情况。

童军威抑郁地沉思着,说:"副参谋长,我们在打仗的官兵作战还是很英勇的。我只是一个下级军官,我现在深深体会到:像我这样的人,在整个战争中是无能为力的。我们的意志和行动都受到控制,生命也无可保障。战争本身并不是可以歌颂的行为,但反侵略是应当歌颂的。面对日本的侵略,我既是军人,已经决定以身许国了!"

管仲辉看看童军威红底领章上一道金边一颗星的少尉领章,打断他的话说:"他妈的!他们那么多的大军人为什么自己不守南京?老蒋昨天也飞走了!你别太傻!对别人我不说真话,对你,令兄是我的知交,我可得说真话。你犯不着发傻卖命!留得青山在,以后能好好打仗时再谈什么以身许国。这次,可别上当!"

童军威愣在那里,看着摇晃的烛火,心里也像烛光般地扑朔迷离摇晃不定,胸间充塞着一种无言的哀戚。

客厅里没有火,很冷。管仲辉搓搓手,又叹一口气,说:"别看我比你官儿大,是个副参谋长!可是我们根本无法改变控制我们目前的命运和将来的前途。"

童军威终于忍不住了,一种强烈的憎恶感情油然而生,慷慨地说:"不!只要我们愿意付出牺牲,只要我们中国人个个都拼死同侵略者战斗到最后一息,这种看来无法改变的命运和前途总是要改变的。"

管仲辉瞪了他一眼,似乎嫌他唐突和幼稚,踱回来,摸出香烟点上了火,在沙发上坐下,说:"我是搞军事的!别的不懂,军事并不外行。什么事我都看得很清楚。打仗的事,非同儿戏。将帅无能,害死三军!日本侵华,一贯采取速战速决方针。它要速战速决,我们就该拖延时日,不宜打这种大规模的被动仗。上海打一打当然必要,但到后期,不少人曾建议:上海会战要适可而止,及时向吴福线既设阵地转移,以便更好地保护自己战斗力并打击敌人。十月初,上边采纳了这个意见,下令前线部队向吴福线转移。前线已执行,可是第二天,突然召集紧急会议,说:根据外交部意见,九国公约国家正开会,只要在上海顶下去,九国可能会出面制裁日本。因此,撤回命令要各部死守。但前线已引起混乱。朝令夕改,原阵地怎么站得住脚？十一月初,日军由杭州湾登陆迂回,我方撤到吴福线的军队还没站稳脚跟,敌人已从吴福线两侧威胁过来,只好继续向锡澄线①撤退。这样一来,南京防务问题,就提前放到日程上来了。"

童军威也约略知道一些这方面的情况,但不禁说:"难道南京不该守吗？"

管仲辉捧起茶喝,热茶已经不烫了,说:"你听我说！十一月中,在南京召开军事会议讨论应否坚守南京,有人悲观,不敢说话；有人对战守问题心中无数,也不敢说话。老蒋说:南京乃我国首都,总理陵寝所在,国际观瞻所系,不能弃而不守。今天哪位愿守南京？无人答腔。他气得说:既然无人自告奋勇,让我自己来守城吧！其实,他惯用这套手腕,谁人不知。他这么一激,又加上他事先也早有了安排,遂有唐生智报名,说他愿守南京。唐做了南京卫戍司令长官,我这些陪葬的也就跟着倒大霉了。老蒋昨天离京时,召集我们守军高级将领训话,要大家死守,并说:云南部队已在开拔途中,只要死守,不久他将亲率大军来解南京之围,歼灭日寇光复国土。你说可信不可信？哈哈,把我们当笨蛋！"

管仲辉说得气愤,猛地啐掉那支吸了几口就已经燃掉一大截的香烟。天气虽冷,客厅里哈出气来也看得到白雾,但看得出他额上好像冒油,烛光辉映下亮闪闪的。

童军威也喝了一口已经温热的茶,叹了一口气,说:"其实,现在在京部队,差不多都是京沪线上七零八落的溃军。像七十八军什么的,一个军实际只有七千人,新兵听说占四千,有的连枪都没摸过,射击要领一点也不懂！这样的部队,能有多强的战斗力,难道不知道？"

管仲辉苦笑笑,说:"怎么不知道？这叫作抱人家的儿子当兵

---

① 锡澄线:无锡至江阴一线。

嘛！而且,这些凑在一起守南京的将领们,各有各的来头,谁有本领能一起指挥得动？我看哪,上边其实根本无意坚守南京,也不信南京守得住。将一切能调得动的兵力都集中放在南京,使南京防守的兵力愈增愈多,达到了十一万多人,是有心摆出架势给日本人看,好像表示出抗战的决心。实际是配合德国大使陶德曼来调停中日战争。心里希冀的是陶德曼的调停能成功,日军可能不会认真地进攻南京！"

"有这种可能吗？"童军威忧心忡忡地问。

管仲辉又站起来踱方步,摇头说:"《三国演义》上的空城计那是演义,要我是司马懿,早进城将诸葛亮抓出来砍了！现在,南京城这种架势,我是日本首相或者我是松井石根大将都不会放弃占领南京！到了嘴的鱼,猫能不吃吗？日本人打得正顺手,肯放下屠刀停步不前？现在谈和平,对方一定讨高价,就怕我们出不起这高价呢！"

窗外,夜色浓黑,黑得使人想起西洋绘画中死神披的拖天扫地的黑大氅。远处炮轰似的"隆隆"声又在鸣响。

童军威义愤填膺,一字一声地说:"我老是觉得上边对抗战不坚决,总是像不倒翁似的摇摇晃晃。难道,我们在前方流血,有人却拿我们作赌本来妥协？为什么就没有破釜沉舟抗战到底的决心呢？"

管仲辉没有回答他,自顾自地思索着说:"南京,难道是个能防守的地方吗？明知不可守而偏要守,就叫作拿生灵涂炭当儿戏！日本利用它占领上海后的有利形势,用优势的海陆空军,沿长江、沿京沪路、沿京杭国道这种有利的水陆交通线前进,机动性很大。南京,地形背水,在长江湾曲部内,日本可以用海军封锁,也可以用海军炮击,从陆上又可以由芜湖截断我后方交通线,南京怎么守？"

童军威觉得管仲辉有一种悲观、失败情绪。虽觉得他的话有道理,却不喜欢这种情绪,忍不住说:"南京是首都所在,不作抵抗就放弃,总不应该。我是一个下级军官,服从指挥,好在早下定决心:一死报国! 即使面临刀山火海,也绝不偷生,一定与阵地共存亡!"

管仲辉苦笑笑,说:"在战争中只有一个法则,就是一切要服从战争的胜利。现在死守南京,是违反这法则的!"

童军威听着远方传来的隐约炮声,皱着眉,忽然说:"只有我们舍得死,才有可能得到胜利。如果怕死,哪会有胜利的希望?"

管仲辉用一种惊讶和同情的目光,看看面前的年轻军人。他看得出年轻军人满腔热血,叹口气说:"不作任何抵抗就放弃,当然不可。但不应死守,用过多的部队争一城一池之得失。应当只用少数兵力作象征性的防守,在适当抵抗之后主动撤退。争取时间,进行整补。现在你可能不知道:为了表示要死守,从下关到浦口间的渡轮已经撤走,禁止任何部队和军人从下关渡江,并且已经通知在浦口的守军,凡由南京向北岸渡江的任何部队或军人,都要制止,包括开枪射击! 这是道道地地错误的战略方针。"

童军威越听越泄气,听着窗外风声呼啸,想起自己满腔抗日报国之心,却面临一个白白牺牲的场面,心里不禁像塞满了乱麻和荆棘,目光悲哀,脸色苍白。他考虑该走了,正要启口告别,忽然听见管仲辉问:"你知道不? 你们教导总队的总队长这次在大家都不愿守南京的情况下,向上边自告奋勇,说他愿意带教导总队守南京,得到了十万块钱的犒赏。你们分到手了没有?"

童军威摇头,说:"我们教导总队官兵约三万五千人,十二月份的薪饷还没有发!"

"犒赏费呢?"管仲辉冷笑着问。

童军威摇摇头。此时此地,钱的问题,早不在他思想里占什么地位了。上边吞没薪饷一类的事,反正过去也不是没有发生过。

他觉得生死之间,他已经择定了死。别的不必多考虑了。他决定不再说什么了,站起身来,戴上钢盔,向管仲辉立正敬了一个军礼,说:"副参谋长,我走了!我得赶回去报告。谢谢您刚才给我讲了很多我所不清楚的事。但我常想起文天祥《正气歌》里的话,我这一腔热血,肯定是洒在南京城里了!"

管仲辉插言打断他的话说:"不!你不一定会牺牲的!我们虽已是瓮中之鳖,但只要……"

童军威又打断管仲辉的话,他想:你太不了解一个爱国青年军人的心了!说:"不,我一定会牺牲的!我已经下定决心了!"

也许是童军威的表情和话语感动了管仲辉。管仲辉突然神秘地说:"不,我管某人,虽是武人,却重感情。南京面临死战,当下级军官是最容易牺牲的。我与令兄是莫逆之交。我去年生病住院时,门庭冷落车马稀,令兄还让秘书给我送过水果,盛情可感。你是他兄弟,也等于是我兄弟。我既在卫戍司令长官部任副参谋长,应当照顾你。来!你跟我上楼,我给你传个脱险的妙计!"

童军威猜不透管仲辉是怎么一回事,见管仲辉已经手拿烛盘走动了,就尾随着他,跟他走出客厅,通过甬道向二楼走上去。副官听到脚步声,从一间房里走出来,见管仲辉带童军威上楼,远远站侍在一边。

上了楼,走到一间模样像小办公室的房里。只闻到一股刺鼻的烟火味儿。管仲辉将烛盘放在一张写字桌上。童军威看见桌上和壁橱、书架上都翻得十分零乱,地上也散布着许多公文之类的东西。房中央椅边放了一只脸盆,里面先一会儿烧过许多纸张文件。现在只剩下了灰白发黑的纸灰,飘飞得盆外地上都是。边上还搓团着许多废纸。看来,管仲辉先一会儿是在这儿清理、焚烧文件的。写字台的抽屉都拉开着,杂七杂八的东西堆得满桌都是,包括两支手枪:一支左轮,一支毛瑟,连同二三百发子弹也放在桌边。

一副仓皇离乱的局面。

管仲辉从桌上的一只褐黄公事皮包里,取出了几张硬纸卡,是一种盖着大红印章的纸卡。他在烛光下,坐在一张转椅上,将一张硬纸卡上,用桌上的毛笔蘸墨写上了"童军威"三字,递到童军威手上,说:"这是卫戍司令长官部发的特别通行证。我给你一张,你好好藏着。我再劝你,你自己赶快设法准备一套便衣!这守南京的仗是打不好的!战略、战术、指挥上都有问题!我们不能都'不成功,便成仁'!为了抗战也得为国珍重嘛!我劝你,年轻人!别太傻!我年轻时也是血气方刚的。但江湖越老越寒心!即使是条龙,你能搅出几江水呢?最好,今夜你就不必回部队了!你设法赶快就走。渡江北去也行!由太平门出城,往句容、溧阳那边突出去到宁国一带也行!迟了,只怕这特别通行证也行不通了!……"

但,管仲辉万万没料到,童军威却将特别通行证递回来放在桌上了。摇颤的烛光下,管仲辉看到这个年轻下级军官额上冒着黄豆大的汗珠。如此寒冷的冬夜,他竟会额上绽出大汗来,真是反常!他是怎么搞的?只见他两只眼睛深处闪烁着两点火星,像强抑着无比巨大的悲哀和愤怒,像心里有火焰在燃烧。只不过,他是尽量克制住的。他的脸色异常苍白,十分严肃。他带着伤感摇摇头说:"不!副参谋长,这东西我不要!我谢谢您的好意,我也知道我会送命。但是,我已经决定不想活了!一个中国军人,要面对日本侵略军,用我的鲜血换敌人的鲜血!我绝不愿意在此时此地,做一个逃兵!"说完,他立正,"啪"地敬了一个军礼,回身就走。

管仲辉看着这固执的年轻军人转过身去,很快走出了房间,并且迅速听到了他的皮鞋"喀喀喀"的下楼声。管仲辉有点生气,摇摇头,叹口气。这年轻军人的眼里,刚才曾情不自禁地射出过轻蔑的寒光,刺在他的心里,使他有一种很不舒服的感觉。他感到自己虽然比这年轻人要年长得多,也算熟知世故圆滑之道,今夜却太稚嫩,不该表露那么多真情实感,不该说了那么多不应随便乱说的话。也许是置身危城中心理反常而发生的差错吧?像碰了一个钉子似的,心里有些烦躁不安,也有些憋气。气童霜威的兄弟不知好歹,也气自己好心未得好报。他想:唉,国民党啊国民党!你这个领导国民革命的政党,早变成了一个谋私争权夺利的腐败集团!我在今天值得随便去死吗?只有这些带傻气的幼稚青年,像童军威这样的疯子,才会心甘情愿送命!愿意死的就死在南京吧!我可不愿意在此胡乱送命!

管仲辉早预备了两套方案:给自己和副官、勤务兵都准备了特别通行证和便衣仅仅是一套方案,而且比较起来是较差的一套方案;优先要用的方案是万一形势恶化,就随卫戍司令长官部的首脑们一起,堂而皇之地以"转进"的名义,利用一切可以用的交通工具提前迅速撤退。"防患于未然""狡兔三窟"嘛!三十六计中,"走为上计"!他熟读兵法,看过种种计谋策略之书,这点未雨绸缪的计算总是有的。于是,他继续清理起房里和桌上的东西来。他叹口气,想:这幢漂亮的洋房今夜就要同它的主人分别了!它也许会毁于日本人的炮火!但只要它的主人无恙,花园洋房即使毁于炮火,也会在将来重建一座新的。无论如何,他嘴上可以高叫"与南京城共存亡",实际上,"存"是可以的,"亡"是绝不可以的!

管仲辉继续急急忙忙整理起零碎的东西来。

远处的炮声仍在隐约"隆隆"传来。他很后悔刚才同那年轻人谈得太多。在这危城中多停留一分钟,都好像有一只手把套在他咽喉上的绞索拉紧一些似的。为什么要多停留呢?在一个小时后,一定要离开这里。

这时,童军威已经骑着他那辆破旧的自行车穿出潇湘路,在柏油路上飞驰了。冬日寒夜的南京城,没有路灯,黑暗得像鬼域。西北风吹来如刀刃刮脸,两手也冻得生疼。刚才那一阵发自内心的燥热,使他额上和胁下冒出汗来。现在,汗水被冷风一吹,额上和胁下冰凉。在黑夜里骑车向中山门方向去,他有一种在孤坟野地里踽行、在黑水洋里浮泅的感觉。风冷天寒,疲乏袭来,他又觉得饥饿了,真想热乎乎吃上一顿,然后脱掉棉军服暖暖地倒头睡上一觉。他的心情愤激、悲凉而凄恻,灰暗、仇恨而失望,有一种受骗的感觉,也有一种无可奈何、无所适从的心境。他伤心,堂堂男子汉大丈夫的伤心,一个军人的伤心!在即将壮烈地去死的现在,他在听了管仲辉的一番话后,引起了思索。虽然他并不改变自己献出生命的决策,但心里在想,在骂:你们这些掌握国家和百姓命运的人哟!你们有的妄图妥协;有的无能失误;有的贪生怕死;有的贪赃枉法!面对凶恶、残暴有着强大现代武装的侵略者,你们可曾想过:你们这些卑鄙可耻的行为,将给南京城的五、六十万被你们出卖和遗弃的军民带来多么严重的灾难!

他悄悄地用手拭去了冰凉的沿着鼻梁淌下来的伤心泪。淌眼泪不是怯弱,是气恼!正因这种气恼,他对死的决定更坚不可变了。

他,决心要用青春的热血,燃亮一盏希望之灯!也许这就是他心底里的一种死谏,一种报国的抗议!

他是在一种近乎歇斯底里状态下,骑车返回部队驻地的。自行车由百子亭、高楼门过小铁路折而向东,绕过鸡鸣寺直奔太平门。冷风扑来,他登车出力,背上又出了汗。也说不出是什么原因,有一种喝多了酒的感觉。如果有火,他觉得自己会"轰"地燃烧起来。

三

童军威不能忘记两天来的不平凡的经历。

现在,他成了散兵游勇了。

他腰里有一支毛瑟枪,外加三颗木柄手榴弹,手里有一支步枪。他的左腿负了伤,一块细小的炮弹片很深地嵌在腿肚子里。他戴着捷克式钢盔,满脸尘土黑灰,消瘦得变了形,熟人见到恐怕也不易认识他。

他跛着腿一拐一拐,正沿着大路向挹江门方向走。

他内心栖惶,不但拥塞着对日寇的仇恨,也拥塞着对那些抛弃部队不顾的大本营总指挥部和高级将领们的仇恨。他明白自己是完了!路上不断可见零乱的队伍散漫飞速地拥向挹江门方向,但无人收容他,理睬他。他行尸走肉般地瘸着腿向西北方向走。路何其漫长修远?炮声、机枪声、步枪声、炸弹声……似乎是从四面八方飘来。他是个挂彩的伤员,身上有血污。他能理解耳边不时能听到的呼喊声和哭喊声意味着什么。声音来自老百姓,也来自败退的士兵们,是将被遗弃给死神的人们的呐喊。他明白自己也已离死不远,仍一步一瘸地坚持着在向挹江门方向走。实在疲倦,伤口也疼痛,但他不愿躺倒下来。

他一边步行,一边不断回想起这几天的经历。

十二月九日,是个阴霾寒冷的日子。南京卫戍司令长官部发布命令,要旨如下:

(一)敌军已迫近南京,目下我军占领的复郭阵地,为固定南京之最后战线。各部队官兵应抱与阵地共存亡的决心,尽力固守,不许轻弃寸土,动摇全军。若有不遵命令,擅自后移者,定遵蒋委员长命令按连坐法从严惩办。

（二）各部队所有船只,概交卫戍司令长官部运输司令部负责保管,不准擅自扣用;着派第七十八军负责指挥沿江宪警,严禁部队官兵私自乘船渡江,违者拘捕严办,违抗者格杀勿论。

威严赫赫的命令,中午时分传达到童军威所在的团部时,他听了,脸上木然。谁心里都明白:对下边的官兵来说,在这种时候,逃跑是不可能的。对童军威来说,他不会那样做,也反对那么做,他早已作好了必死的准备! 只是他不能不常常想起,前天夜晚在管仲辉公馆听到的一番谈话的内容。那番话常像锥子在刺痛他的心。假如说,战略战术和指挥上的错误,造成了大量爱国官兵的伤亡还可原宥,那么,时刻想到妥协投降的罪人,将有何面目来见已经和正在付出巨大牺牲的无数军民？卫戍司令长官部发布的命令,固然令人惮肃,管仲辉所表露出来的情绪,不已鲜明地说明,那些高级的军界人士是绝不会与阵地共存亡的吗？

童军威惶惑得很,也气恼得很。他疲劳困顿的脸铁青,丧失了笑容。有的士兵偷偷地在叽咕:"看! 童连副那张脸多可怕!""他说过,他是下定决心与南京共存亡了!""他作战决不孬种! 在上海那次挂彩,他哼都没哼一声!"

他是在早上突然被任命为一营二连的连副的。他只是少尉,这是临时的重用,可能是因为他宣称他不怕死他要战死,这样可以多一个冲锋陷阵的下级军官吧？他对这个任命,表现得无所谓,反正只要有个作战的位置就行。他觉得自己像颗炮弹,在等待着发射和爆炸。啮着他那颗心的,既有对日寇的仇恨,更有他心上那些不愿说却又不能不想的痛苦与恼怒。

从头一天开始,枪炮声早已近得清晰可闻,敌机也频繁轰炸城内及城郭附近各要点。可是,童军威万万想不到,中午在卫戍司令长官部的命令刚到达不到半小时后,就看到了日本兵,并且承受了敌军攻势的压迫。

教导总队守备的,是紫金山老虎洞、体育场、马群、孝陵卫西南一带高地。这里,散布着零乱、破旧的房屋、许多大树。在受到敌人炮火的突然轰击时,战壕刚刚挖成。童军威所在的四团一营二连,防守在老虎洞突出的阵地上,在几架敌机轮番俯冲轰炸和炮火轰击后,伤亡很重。

童军威站在战壕里。在炮火硝烟中,用网满血丝的眼睛,面对面地看见了敌人。真奇怪啊!那些持着枪野兽般地高喊着冲上来的日本兵,穿的却是中国士兵的军衣!童军威昨天听说:前夜日寇便衣队穿了八十七师士兵的军衣,混入八十七师撤退的队伍里,袭击了教导总队骑兵团驻守汤山担任警戒的第一营,占领了汤山并且使该营伤亡很大。当时,总队下过命令,让各队严禁八十七师的士兵通过阵地,以免混入敌人遭受损失。看来,现在,敌人仍用了同样狡猾凶残的办法出现在面前了!

童军威见老虎洞阵地太突出,处在挨打的被动境地,想对连长建议换个阵地。他一边放枪一边回头,却见连长已经仰天躺在壕沟里,满脸是血了。他跑过去扶起连长,解开连长的军衣,见白衬衣上全是鲜红的血,连长早已断气了。

童军威眼里几乎涌出血来。战斗激烈,天摇地动,火光四起。在炸雷般的炮声中,他四周脚下的土地骤然颠簸起来。炮弹落地的爆炸声像阵阵霹雳。炸塌的掩体和堑壕、鹿砦和铁丝网,半埋着断裂的枪支,支离破碎的肉体,到处都是。烟尘灼热,血腥味升腾。听着炮弹爆炸、机枪"咯咯",听着日本兵的嚎叫,听着步枪子弹飞啸着在头顶上擦过,童军威明白这样打下去不行。他虽早已下定死的决心,却一心想多赚几个,不想打这种笨仗。想到先一会儿到达的南京卫戍司令长官部发布的命令:"不许轻弃寸土,动摇全军。"他觉得作为一个连副,只有站在自己站着的壕沟里死守,听任炮弹和机枪将自己和弟兄们炸碎、击毙,别的是无能为力的。

天冷,哈出的气凝在眉毛上都结成了白霜。他用力扔出木柄手榴弹,瞄准着远处坡岗前后零落出现的日本兵,心里火急火燎。死了的连长,是个把蒋委员长看作是民族救星、对蒋委员长无限敬佩忠诚的"复兴社"小组的骨干,是个很"冷"的人,平时对部下官兵控制很严,经常注意官兵言行。童军威以前就认识他。这次调到他连里来,同他前后说过的话不到十句,他不喜欢这个连长。但此刻他死了,是被日寇打死的,童军威觉得他的死是可惜的了。童军威心里想:也许,我马上也会像他一样,满面是血,也躺在这潮湿肮脏的战壕里。这样想着,心里泛起一阵凄凉。

有时,天空轰鸣,大地颤抖,心好像被撕裂了,耳朵好像震聋了,叫人简直支撑不住。顺风时,可以断续听到叫喊声、嘈杂声和惊心的机枪"嗒嗒"声,还有低沉的炮声。远处,有房屋冒着烟火。忽然,一个约摸二十多岁的传令兵,飞也似的出现在他身边,高声叫喊:"旅长让你们快撤!退守紫金山第二峰的主阵地。……"枪林弹雨中,他跃出战壕,带着残兵后撤,他当时觉得这完全正确。但,当脱离接触后撤以后,他随即又随队被派去增援光华门城防,并作巷战准备。

十日那天,仍旧是个阴霾的天气,只有中午时分太阳隐约露了露脸。西北风从早到晚吹得尘土飞扬,枯叶打转转。白昼时分,日军发动了多次进攻。天上发生了激烈的空战,看得清有一架日机被击落起火焚烧,拖着一股浓烟坠落下来。

一个机枪手是个广东兵,气愤地嘴里骂着"丢那妈",来向他报告:"原有的钢筋水泥国防工事不像话,机枪掩体的枪眼做得太大,不适用,极易被敌人发现目标,集中火力向我射击!"

怎么办?童军威只能心里恨恨地骂了一句"他妈的"!对机枪手说:"没办法了!将就着用吧!"

战斗激烈。午后,日寇的大炮又轰响了,炮弹电闪雷鸣般地在播撒死亡。日军一部突入光华门外郭。经过反攻和肉搏冲杀,到黄昏才又将外郭收复。夜色降临时,光华门内外,已经到处是尸体了。

夜里有月亮,也有散碎的小星,月亮常被乌云吞没。风仍很大,在城垛吹过时,有一种"咝咝"的哨音飘向四方。从南面,从东面,都传来隆隆的重炮声,也听到敌机夜飞的投弹声。光华门前,死一般的沉寂,一切声音都被寒气凝结了。

童军威奇怪:为什么在排山倒海密集的重炮轰击中,死尸遍地,自己竟奇迹般地未曾伤及一根毫毛?为什么在飞蝗般的弹雨中,自己竟奇迹般地未曾被子弹击中?为什么在咬牙切齿用刺刀劈刺、捅肚子和掐咽喉,在一片惨叫、怒吼、呻吟的面对面白刃战拼杀中,自己囫囵地活了下来?真是不可思议!活着当然好,他觉得他也许已经击毙、刺杀了六七个敌人了。只要活着,还可以继续使这数字上升。他也心酸地想到:就是将敌人全部杀光,也无法偿还中国人遭受的损失。这是敌人在中国土地上进行的侵略战争!一股毁灭的飓风正在南北两面席卷。江南,从"八·一三"到今天,近四个月光景,被称为锦绣宝地的富饶水乡,已被敌人的铁蹄践踏得一塌糊涂了!

深夜,他像士兵们一样,整夜在战壕里持枪睁眼戒备着敌人。心上只有一个志愿:脚下的中国土地是神圣不可侵犯的!在战斗的间隙中,他不止一次地想过:人为什么而活着?此时此地,在危城中,面对强大残暴的侵略者,他觉得很容易回答这个问题。大丈夫,一个中国人,不能苟且偷生,只能无畏地死,像岳飞那样精忠报国!

天上的星星,像无数只眼睛在空中紧紧地逼视着他。看着星星,他不由得又想念起大哥童霜威来了。前年冬天,一个夜晚,天上也有星星,他陪着大哥在潇湘路一号的花园里散步聊天。童霜威说:"我读《全唐诗》,得寒山子短歌一首,颇有意思:'我见世间人,个个争意气。一朝忽然死,只得一片地。阔四尺,长丈二。汝若会出来争意气,我与汝立碑记。'……"说完,朗朗大笑,那笑声现在想起还萦绕耳边。他平时对大哥带几分敬畏,因为他是大哥培养成人的。对方丽清,他心里厌恶,但对大哥,他有感情。这种感情,是一种感激与敬畏的综合。年龄的距离,大哥对异母兄弟的矜持,使他和大哥不曾也不可能有什么推心置腹的情感与思想的交流。甚至,他有时听到看到童霜威的有些官场言行,还并不苟同。只是置身险境,决定献出热血与生命之际,他不能不想念大哥。他想:遗憾啊! 我也不知他现在在哪里? 我也没有给他写过信。他如果知道我在参加南京保卫战,一定是为我担心的;如果知道我会在南京流血牺牲,也一定是会伤心的。可我现在只有这一条路! 也只有这一个决心! 我抗日死得英勇,他会欣慰的,会使他也坚定抗战信心的!

天冷,在寒气中,一切都仿佛结了冰。如果能闭着眼睛蜷成一团蹲在火边睡一觉多好啊! 实在困倦了! 实在太冷了! 但,他只能在冰凉的战壕里与兵士们一同持枪警戒着。

思绪在继续。想起童霜威,他自然想起了家霆。对这个侄子,他喜欢。他有一种旧的家族观念。他没有结婚,童家就这一个男孩,是童家的希望。何况,这个孩子聪明,相貌好,又有一种男子汉的倔犟性格,他认为将来一定会有成就的。往日,到潇湘路,总要带着侄子到玄武湖逛逛,到台城上走走,到北极阁或者鸡鸣寺跑一圈。倘若不出去,就在花园里赶鸽子飞,在客厅里斗蟋蟀,在前边池塘里钓鱼,更多的当然是谈心。家霆要听他讲故事,要他教算术上的四则题,问他许许多多有趣的知识上和生活上的问题。他们是叔侄,相差十多岁,也像大朋友和小朋友。他是常常想念这个无娘的孩子的。因为他从小也是个无娘的孩子,后来又从未有过父爱。他隐约知道家霆的生母柳苇的政治情况,因为大哥避讳同他谈这些。当他上小学阶段,他见过这位嫂嫂,是一个和方丽清迥然不同的长嫂,给他留下的印象是美好的。那个嫂嫂给他缝补过破了的衣袜,把着手教过他写大仿,教过他诗词。正因如此,他惋惜过后来大哥同嫂嫂的分袂。他也在听说嫂嫂是共产党被枪杀在雨花台后,心里震惊和大惑不解。进军校做了军人以后,他感到自己头脑变得越来越简单了。从中央军校到被调入教导总队,他心里始终明白:上边不断在训练他们信仰三民主义,要他们忠于党国、忠于领袖。上边平时在严密注视每个人的思想行为,过分的钳制与填鸭式的灌输,过分的训练与法西斯的专制,反而促使他产生了一种难以言喻的反感,起了一种排斥的反作用。正像掌勺的厨子都不想吃油腻一样,他在内心里常暗自思索着一些矛盾的问题,提出一些特殊的疑问。比如,在对待共产党的问题上,他就常在心底里暗问:为什么不抗日却要剿共呢?为什么共产党越剿越多呢?……抗日,符合他的心意,他从内心拥护;爱国,他狂热,甚至毫不吝惜生命。现在,他在抗日的最前沿阵地上,身边躺着死的和伤的士兵弟兄。他咀嚼着两句过去默记着的话:"如愿以生,如愿以死!"可是,为什么心里此刻没有一种献身的昂扬壮别精神,却只有一种恓惶悲凉的伤感情绪呢?……他脑际出现了家霆那张圆圆的聪明的脸庞。那一对好看的酷似他妈妈的眼睛,仿佛听到家霆在笑着找他的声音:"小叔!小叔!你在哪里?你在哪里?……"

风,像利刃刮过,耳朵冻得像被锉割,头上的捷克式钢盔特别沉重。

沉寂,依然是死一般的沉寂。月亮被乌云吞没了。前沿阵地上黑黝黝的,只有些银色的白霜覆盖着。白天被炮弹打毁和炸坍的一角城墙和挨近城墙的居民住房,都像鬼影幢幢,废墟、残垣,隐约露出轮廓。风声似是叹息。他忽然想起了雷马克的《西线无战事》。他看过小说,也看过电影。小说写的战争倒是逼真的,只是,小说中透露出一种反战的情绪。冯村说得对!那次,他是和冯村带着家霆看那部影片的。他说他喜欢那部影片,冯村说:电影不错,但是有一种反战的思想。他说:"反战的思想有什么不好呢?战争本来就不是好事!"冯村说:"看是什么样的战争嘛!如果同日本人打,该反对吗?"他当时想:是呀,说得有理!他佩服冯村就在这些地方。大哥的这个秘书,是一个有思想的人,既能干,又深沉;既灵活,又诚恳。他平素也喜欢冯村,在离开伤兵医院时,给冯村往武汉写过信,告诉他了自己的近况。信能到达吗?冯村会将信转给大哥看吗?……心上泛起一种友情的思渴。他伤心地想:我是不能再见到他们了,永远不会再见到他们了!

多沉湎在这些思忆中干什么呢?脚冻得有些僵硬,手也冻僵了,脸上被西北风扫得刺疼。他用嘴里的热气哈手,吐出的热气,在暗夜中像飘渺的轻纱,一层淡淡的白雾,转眼消失了踪影。

他在心里无声地唱起了黄埔军校校歌:"怒潮澎湃,党旗飞舞,这是革命的黄埔!主义需贯彻,纪律莫放松,准备着奋斗作先锋!打条血路,领导被压迫民族,携紧手,向前进!……"唱着唱着,也不知为什么,竟泪流满面,一种决心成仁的思想更坚定了。

十一日,有一个血淋淋的残酷的拂晓。

黎明之前,日寇有战车投入战斗,掩护步兵冲锋。平射炮集中火力轰击,凶狠得似要摧毁所有工事,杀光一切生灵。烟火弥漫,城门内外房屋数处起火,到处尸体纵横。激战开始,教导总队与八十七师官兵并肩作战,整日是在拉锯争夺。童军威觉得耳朵快要全聋了,被炮弹炸弹爆炸声、机枪步枪声震得什么声音也听不见了。两眼充血,浑身尘土,他仍奇怪自己怎么竟不死也不挂彩?

傍晚时分,战斗间隙中,他忽然决定写一封遗书给大哥。身边无纸,他掏出袋里的一块白手帕来,手帕已经脏污,但还可以写信。糟的是身上的那支"关勒铭"钢笔不知什么时候掉了。他咬破指尖在白手帕上写下了遗书。交给谁呢?大家都有死的可能。写完血书,叹一口气,又塞进袋里,木然凝望着身边东倒西歪的弟兄们的尸体出神。

到了夜里,作好巷战准备的命令已经传下来了。夜色降临后,依然是像昨夜一样的沉寂,死一般的沉寂。只是,从东面、南面传来的密集的枪炮声彻夜不断,声音听来比白昼更响。是因为夜里寂静,还是因为日寇又迫近了?处在危城中一个点上的一个下级军官,童军威无从了解全局,也不知自己的命运将如何。他的脸色铁青发灰,毫无表情,只感到四周处处充满威胁,潜伏着杀机。他的钢盔上和军衣肩上都敷着一层粉末似的白霜,浑身僵冷。他不想说一个字的话,也不想问任何事,心里想:也许,明天,这儿就是埋葬我的坟地?

谁知,漆黑抹乌的半夜时分,响起了一声振聋发聩的喊声。团部一个小传令兵突然出现在他的面前,气急败坏地说:"童连副!副总队长下令撤!"

童军威诧异了,冒火地啐了一口,问:"为什么?往哪儿撤?"

传令兵是个湖北人,压低声音说:"总队长和参谋长都不知哪里去了!团长也不见了!城里很乱,队伍纷纷向下关跑,想过江。副总队长下令,快撤往江边渡江突围,指定滁县为集中地点!"

童军威火冒三丈,像有秤砣吊在心尖上,心里沉甸甸的。他脱下头上钢盔,"乒"地扔在地上,说:"不是说不许轻弃寸土吗!我们在这里浴血,他们为什么要下令撤退?我不走了!谁要逃的就逃吧!我死在这里!"他疯了似的叫嚷,满面是泪。传令兵转身跑了,临走丢下一句话:"副总队长说:谁不服从命令,军法从事!"

夜色浓重,传令兵的身影隐没在黑水般的纵深工事里。童军威环顾四周,活人本来已经不多了,现在突然变得更少了。他听到一个粗哑嗓子的人在叫嚷:"整队!……撤!……"好像是副营长的声音,那个瘦长条的江西人!他听不真切。反正,刹那间,脚步纷乱,铁器碰撞声叮当响。……一会儿,士兵们在黑暗中都跟着"轰"地走了。

童军威冷静下来。天气寒冷,却额上冒汗。他心里明白:军心已溃!独自在此也是等死!叹口气,眼睛忽然又被泪水浸湿了。他啜泣着,拾起钢盔又戴在头上,还要作战哪!在漆黑的夜色中,艰难地移步走出壕沟,也向北跑。由于刚才的一切耽搁,他已经落伍了。但,向北跑是不错的。他嘴里渴,肚里饿,手脚发麻,两脚拼命地向北跑。是什么目的?说不清。真想有一匹马,骑上去腾云驾雾般地奔驰。他不想逃命,也不想留下来等着送命。他不愿离开自己的队伍,要追上去同弟兄们在一起。心情是矛盾的!如果他们撤退,他要留下来作战!陪伴着南京城,毫不犹豫地死在南京城里!现在,他必须先追赶队伍!

城里大乱。虽是深夜,大路上,到处是轮子"吱扭扭"响的辎重车和混乱的部队。路边有被炸弹炸死和在路上被踩死的尸体。童军威已经明白,自己是找不到队伍了。他不知道时间是几点钟,估计快近拂晓了。他不愿走大路,黑暗中,他岔向小道走,曲曲弯弯,弯弯曲曲……奇怪的是拂晓时分,竟不知不觉地绕到高楼门、百子亭快近玄武门一带来了。熹微的晨光里,他看到路边有成摊凝着的紫黑色的鲜血。水沟旁,一个死了的士兵躺在那里,半个身子染着血和污泥。

他既有目的也无目的地蹒跚走着。一抬头,忽然瞥见了远处潇湘路上那些绿叶早已脱尽的大柳树和大哥的花园洋房了。刹那间,他脚步踉跄,眼眶发酸,立定了脚步,愣愣地伫立在那里一动也不动,像尊雕像呆呆地立着,像看到一个被遗忘的旧梦。他远远看到了紫金山,看到了北极阁、鸡鸣寺和古老的台城。这使他更感觉到了南京特有的那种六朝烟水气了。

天寒地冻,遍地霜花。认识他的人一定会发现,那张年轻勇敢的脸,早已变成了一张饱经战争苦难的脸。他的眼睛里射出深思和痛苦。他,凝望着敷着薄薄寒霜的熟悉的潇湘路,凝望着那幢他熟悉的花园洋房,心里充满了悲伤和怀恋。真想走进去,停在那幢熟悉的房子里,站一站,歇一歇。他汗流遍体,气喘吁吁,走路已经十分吃力了。他想:尹二、庄嫂和"老寿星"刘三保不知怎么了?已经逃开,还是仍在潇湘路一号?甚至,他又想起那些鸽子了,那些鸽子怎么了?

长时间紧得像要绷断的弓弦一样的精神状态,这时反倒松弛下来。一松弛下来,就感到一种能致人死亡的疲乏了。只是,他被献身的激情操纵着:还应当走!去追赶队伍,或者能找到一支可以收容他的队伍。他还要作战!还要寻找作战的机会。这样,他远远站立在那里,凝望又凝望,最后,掉转头向西,准备通过山西路,通过中山北路,向挹江门去。

天空呈现着铅一样的颜色,沉甸甸地笼罩着一切。听到飞机声,看见几架漆着太阳徽的日机迅速飞过天际,并且听到了机枪扫射声。几乎在这同时,一度沉寂的激烈枪炮声,又在耳边打鼓似的、炒豆子似的爆响。那声音仿佛报告:南京城被日寇占领,已是快要降临的现实了!他心里涌上一团绝望的云翳,浑身有一种晃晃悠悠的感觉。

山西路、中山北路上,拥挤得混乱不堪。士兵、难民、各式车辆、挑担的、背包袱的,人人争先,大哭小叫,道路几乎梗塞了。人们急于逃命,大大小小的箱笼包裹抛弃在路上。童军威又饥又渴,无意间看到路边一个敞开的包袱,里边有两只面饼,还有一玻璃瓶水。他不顾一切地弯腰拾起,闪身躲在路边,在一棵树背后,大口咬饼,大口喝水。天是晴的,太阳升起,驱走了铅色,染红了蓝天,使人想到鲜血。几天几夜的紧张疲劳,这时才似乎得到了一点休息。

后来,他已经记不清是怎么回事了,他只记得他看到炮弹爆炸,听到炮声。敌人的重炮在向城里乱轰。远处和近处,有许多建筑物被毁,天崩地裂,好多处起了大火,浓浓的黑烟直冲霄汉。他忽然看到一个瘦削的妇女,敞怀抱着一个幼孩,靠在一处墙角下动也不动,仔细一看,母亲和幼孩身上都染着血,早就死了。他心如刀割,就在那时候,他感到一声巨响,一枚炮弹击中了路边的房屋。腿上受伤了,又麻又疼。一堵高墙倾塌下来,他被砸埋在墙旁,失去了知觉,什么也不知道了。

不知过了多少时候,苏醒过来了。他感到浑身无力,脸上覆盖着呛人的泥土灰尘,浑身像被捆绑束缚着。又过了半晌,他意识到:已被埋在砖瓦和倾塌的土墙下了。

他挣扎着,看得到远处有人在奔跑行走。他呼喊,没有人来救他。他只有凝聚力气,慢慢地逐渐使自己抽出手来。然后,再费尽浑身的力气,又抽出另一只手来。接着,拨掉身上的砖块、土块,出来了身体与一条腿,又终于整个人从废墟里爬出来,挖出了步枪。花了多少时间?恐怕足足花了两三个钟点。炮声枪声始终在响,听惯了反倒好像不在意了。当他从昏迷中苏醒,又从醒来到爬出废墟,天已是傍晚了。他知道自己已经成了跛子,伤得不轻,身上也青紫得破了皮肉。这些当然都不在话下了!他腰间的手枪、手榴弹和手里的步枪都完好无损。清醒了一下脑子,决定继续向挹江门方向去。去干什么?他不明确,突然想:如果能逃出南京,就逃出去吧!这念头蓦然冒出来,他很容易就接受了。"留得青山在",什么时候不能再死呢?孤单地留下来被日本人杀掉是不值得的!他并不怕死,也准备死,死也要值得嘛!此刻,他比较冷静了,忍着伤口的疼痛,咬牙思索。

一跛一瘸地走着,身上发热,内衣上的虱子又在爬动叮咬了,痒得钻心。行进中不断听到炮击建筑物的声音,马嘶人嚷,伤兵喊叫,乱腾腾的,士兵和百姓都像热锅上的蚂蚁,走投无路。各部队遗弃的伤兵很多,像他,还是能勉强走路的,有的根本就睡在地上、坐在地上哭骂。一个伤兵在大哭,骂着娘:"妈的×!当官的你们都逃了!把老子甩在这里,你们良心叫狗吃了!"童军威心里难过,无计可施,看见路边有根树棍,不知谁扔的,走上去拣了起来,拄着树棍一瘸一颠地走。又走了一百多步,见一个伤兵被遗弃在路边,早已断了气,伤兵身上有两个手榴弹。他疲惫不堪,犹豫了一下,去将两个手榴弹取下来带在身边。这时,他的想法又有改变:逃过江去,恐怕没有希望了。怎么办?惟一的办法是同鬼子拼!他又做好了能逃则逃,不能逃就拼,拼了就死的准备。

脑子里紊乱,他边走边想,有时却什么也不想。走着走着,看到挹江门了。三十六师的官兵正从交通部和铁道部里搬出许许多多东西来。他站在路边,坐下来歇歇腿,奇异地看到,就是这些官兵正在往一幢建筑物上泼煤油准备放火。交通部和铁道部的琉璃瓦屋顶的宫殿式建筑物,是崭新的,漂亮巍峨。铁道部是南京卫戍长官司令部借用的指挥中心呀!现在要放火烧了,不是说明司令部已经撤走了吗?他突然想起了管仲辉,想起了那天夜晚的谈话。管仲辉一定和那些司令长官们一起跑了呀!好呀,将这么多士兵百姓全丢下了,他们脚下擦油跑啦!他心疼,见要放火,明白这是奉命行事。日本侵略者要来了,军事设施不能留给日本鬼子,烧吧!他想得通!

三架涂着太阳徽的日机低飞擦过天际,发出巨响,震人心弦。在下关方向,听到炸弹爆炸声。日寇的空中杀戮正不断在进行。远处的炮声、机枪声也在传来。

他揉揉眼,真累啊!真想打个盹。但是不能!抬头前望,高大的挹江门虎踞在前。城门只开了一扇,撤逃的部队混乱地拥向挹江门,人太多,门太窄,人群拥挤,甚至有被挤倒踩死的。部队的驮马、拉物的人力车,有的被挤翻在地,人仰马翻、你踩我挤的混乱惊慌情景,惊心动魄。童军威不禁暗骂:该死呀该死!你们这些混账的指挥官呀!说是死守,又不死守;说是撤退,又无计划。你们是民族的罪人!在日本侵略军面前,我们本来可以更好地壮烈战斗的!你们害得我们进也不是退也不是!你们这些要拿军法从事来对付士兵和下级军官的人,才真是该用军法来审判的罪人!

他在目睹这些场景后,决定不向挹江门外逃跑了。天已渐渐暗下来,在淡蓝色轻烟笼罩下的南京城,凄凉的黄昏降临了。枪炮声更紧,找部队是无希望的。挹江门这样一扇鬼门关似的窄门,像他这样一个负伤的跛子也是过不去的。他累乏了,决定不向前了,想折回去,找一个地方,等候日本鬼子出现。他有一支步枪、一支手枪和五颗手榴弹,让敌人尝尝滋味。

他刚转身折回,忽然,听到有一个声音叫他:"童连副!连副!"

童军威抬头看时,是一个和他一样的伤兵,他立刻认出来了!不正是团部的传令兵小许吗?那口湖北话,现在听来好亲切啊!昨天深夜,就是他,在光华门传达命令让撤退的呀!当时,因为童军威的歇斯底里,把小许气跑了。不,他传达了命令也是该走的。此时,小许成了伤兵,也是孤单一人了!小许伤着一只左胳臂,用布条将左胳臂拴吊在脖子上。在这种景况下,遇到一个认识的熟人,感情是非常激动的。小许眼泪满面走上前来,依然"啪"地立正,右手敬了个军礼。

童军威鼻子酸了,说:"啊!小许!你怎么没有走?"

"他们甩下我啦!"传令兵小许是不满二十岁的小伙子,声音还像个未成年的孩子,"妈的,当官的都逃啦!这些王八蛋!你不知道吧？说是要死守的那些当官的早撤退啦！他们要车有车,要船有船,要飞机有飞机！只有我们,只好死在南京啦！哇！哇！——"小许放声痛哭起来。

童军威用手抚着小许的肩臂,叹口长气,说:"你怎么知道他们跑了？"

"我出了挹江门的啦！从挹江门到下关一路上可乱啦！渡江没有船,有船也轮不到我们坐呀！有的船渡到半江中,就被炮弹和日本飞机的炸弹炸沉了。到处是哀号呼救的哭声。真惨哪！我没办法,部队早不知哪去了！只好回来了！"小许的话里带着一股仇恨。

"你打算怎么办？"

"从新街口到山西路是难民区呀,老百姓有的往那儿跑。听说难民区安全,我打算去呀！"

远处传来急促的枪炮声震人心弦。童军威默然,心想:是呀！失去了官长率领的士兵,像无舵的船。流荡街头怎么行呢？向难民国际委员会请求收容,未始不是个办法呀！说:"对！小许！你找个死掉的老百姓换上他的便衣快去吧！"

"连副,我们一路去不好吗？"小许说。

天,真的完全暗下来了。枪炮声仍在响,更近更清楚更急促了。童军威抬头说:"不,小许！你去,我不去！"他心里恨恨地想:唉,南京！你已经是一座无抵抗力的都市了！你将成为日寇占领下的人间地狱了！兽性的敌人将在这里任意杀戮、强奸、抢掠、焚烧、破坏了！

"为什么？"小许诧异地问,"连副,我们两个人在一起要好一些。去吧！一起去！"

"不！"童军威声音凛然,"我命令你去！小许,我还有事！"

又有敌机的轰炸声和低飞声在那里轰鸣。

"什么事?"小许紧盯着问。

"你别管了!快去吧!"童军威听着枪炮声,推了小许一把,"迟了就来不及了。快走!服从命令!"这时节,他觉得自己是连副,小许是他手下的惟一士兵了。

灵机一动,他突然想起了遗书。他掏出袋中的白手帕来,说:"小许,拜托你一件事啦。作为一个军人,我是准备死在南京啦!这块手帕,如果有机会,你一定给我交到我大哥童霜威手里。他大概在武汉,是个不大不小的官儿,行踪好打听的。"说着,将童霜威的"霜"字用指头在小许手心写了一下,解释说:"霜雪的霜,威武的威。"

小许接过那块写着血字的手帕,心酸了,说:"连副,我们还是一起去吧!"

"不!"童军威坚决地摇头,"你快走,服从命令!"

小许明白连副是不会走了,有点依依不舍,只好伤心地拭泪走了。他似乎有点明白:年轻的连副是个铁汉,不愿缴械到难民区去躲避。也许,他还要同鬼子拼一拼,你看他腰间有手枪和手榴弹,手上攥着步枪!看来,他是决定将热血洒在南京城了!

炮声、机枪声夹杂着步枪声不绝于耳,常有火光映红天际。看着小许的身影隐没在夜色中,童军威拄着树棒拐着腿回过头来向东,又顺着来时的路走回去。他好似在黑暗的阴间行走,虽然始终有那种四周充满威胁、布满危机和杀机的强烈感觉,但茫然而无畏。最后,他又走到靠近潇湘路的地方来了。不过不是向潇湘路走,他绕过潇湘路又向东南走。他是听着枪炮声在迎着敌人走。他估计从太平门进城的日军会同他相遇,他要用一条命来换几条侵略者的命!既然南京城要陷入血海,一切行将化为灰烬,又何必留下自己的臭皮囊呢?他愿意使自己的肉体与南京城一同灰飞烟灭!

枪炮声时紧时松。夜长难熬,童军威拐着腿精疲力尽地到了鸡鸣寺附近的一条街道,钻进一处阒无一人的房屋里去休息。他饥渴得已经浑身无力快要倒毙,靠着墙角闭上眼竟睡熟了。第二天黎明,睡眼惺忪地醒来,站起身拐着腿四处看看,发现后边是一幢无人居住的旧式洋房。二楼有圆形的走马楼,楼上周围都可通行。朝着天井,四面开了一排雕花木格窗。他走进去,意外地发现这里驻过军队。到处是人脚印、马蹄印、废纸、烧过的焦木、破碎污秽的绷带、马粪和马尿的遗迹……屋里,有一棵盆栽的腊梅,居然还开着几朵花,发散出幽香。准是谁给它浇过水的吧?地上撒落了一些大米,有两只水桶,桶里有生水,用鼻嗅嗅,水没有气味。他胆壮了,马上喝了一些水,抓一把生米咀嚼起来。这可以维持生命,使他欣慰。在松弛下来了的枪炮声中,他估计南京城里中国军队有组织的抵抗已经基本停止,日寇可能已经入城。他准备在原地等待侵略者来临。

足足等待了两天。这天黎明,他警觉地听到了人声。他以一堵墙为屏障,匍匐在地上等待机会射击敌人。但是,没有人进来。大约在清晨七八点钟,零散的枪声中,他忽然看见有人进来了。当头的,是一个便衣汉奸,给鬼子带路的。鬼子是进来抢劫放火的,一共约摸十几人,一色穿的黄军衣,有的手持军刀提着人头,有的攥着枪举着火把。他忽然发现那个带路的汉奸脸有点熟,谁呢?想起来了!不是潇湘路那个夏保长的大儿子吗?他不知道夏保长大儿子的名字,但见过这个人。啊!无耻的汉奸!他的心激烈跳动,瞄准着"砰"地开了一枪。汉奸"哎"了一声马上趴倒了。他又向日本兵继续开枪,将手执军刀提着人头的那个矮子日本兵一枪击倒。

枪战开始,距离很近。他射击,也扔手榴弹,至少,他又打死了两三个鬼子。最后,当一批日本兵带着兽性冲上前来包围了他时,他的左臂已经负伤。他那张满是灰汗的脸,仿佛是从烈火熔炉中锤炼出来的,眼里冒火,像要烧毁侵略者。他像一根柱子似的站立着,心里在说:"中国,我爱你! 首都,我爱你! 正因为爱你,我要为保卫你而死!"他扔出了最后一个木柄手榴弹,可是没有炸死或炸伤敌人。在"噼啪"的乱枪中,他仰面倒了下去。鬼子再冲上来时,发现这个浑身血迹和尘土的少尉军官已经断气了。他宁死不作俘虏,死时手里仍牢牢攥着手枪。

一个长着大门牙黄脸皮的日本兵,用军刀残忍地将童军威的头割下来,提在手里,装出笑容让伙伴们替自己拍一张宣扬皇军赫赫胜利的照片,准备寄回国去宣扬战功。

血洗南京城的暴行,正在有计划、有组织地全面展开。

四

炮声隆隆轰响,机枪声、步枪声像年关时燃放的爆竹,一阵阵忽急忽缓,震耳欲聋,使人心焦。

狰狞的低飞着的日本飞机,经常从潇湘路一号的上空掠过。从四面的枪炮声听来,南京城被包围是危在旦夕了!

白昼时,寒风瑟瑟。傍晚,西北风更大。吹着潇湘路一号冬日荒凉的花园,分外凄凉。

提前吃好晚饭后,庄嫂在吃饭间里对着桌上一面圆镜用黄杨木梳梳头。尹二已经理好了两个随身携带的包袱,准备过一会就陪庄嫂离开潇湘路一号到安仁街小铁道旁的棚户区去。

他们夫妻俩一次再次劝"老寿星"刘三保一起走,刘三保总是不肯,总是说:"你们快走吧! 你们该走。我老了,留下不碍事的。"

今天一早,尹二和庄嫂又一次到楼下家霆原来住的房里,劝

"老寿星"一同走。庄嫂说:"你要是不走,我们也不走!"天气冷,屋里没有生火,听到风将紧密的枪炮声传来,仿佛有一阵浸人的寒气袭来,使人能打冷战。

"老寿星"刘三保披衣起床,吸着烟袋,摇头说:"那怎么行?你们快走吧!要是形势真的不行,我就来!"他这么说,当然是敷衍。

看到"老寿星"一股坚决劲儿,尹二和庄嫂知道勉强也无用。棚户区里尹大娘的住处,确实还真容不下四个人。"老寿星"既考虑这问题又觉得自己是一个白发穷老头儿,走与不走关系都不大,不愿人家勉强他。尹二只好为难地实心实意说:"大叔,鬼子看来是要杀进城来了!街上早已乱得不像样子。风声要是再紧,你一定随时来!不然,安定一些了,我马上就来看你!"

为"老寿星"去与不去耽搁了两天。现在,形势越发不好,今天傍晚无论如何也得走了,尹二和庄嫂才整理了一点细软,准备天稍黑一点动身。他俩在家霆原先睡的房里,陪"老寿星"坐了一会,然后告别。庄嫂要去见尹大娘了,将发髻再梳一梳。她的头发又黑又亮,刷了刨花水。乌油油地披下来,像一抹黛色的流云。

几天来,面善心软的庄嫂心情一直处在激奋的浪潮中,与尹二结合,她感到幸福,又慨叹自己的命苦:为什么会置身在危城中?为什么会置身在战火中?得到的幸福会不会马上又丧失?来了野兽般的日本兵会不会遭到厄运?……昨夜,她被一阵炮声从梦中惊醒,发现身边的尹二正在酣睡,发现自己和尹二睡的是原先童霆威和方丽清睡的大床和寝室,一种幻梦中的感情布满脑际。她摩挲着光滑、柔软的缎子被褥,掐了自己一把,明白不是梦,一股莫名的辛酸情绪立刻升起在心头。玻璃窗在炮声中颤抖,"咯咯"作响。南边遥远处的炮火发出的光亮,隐约闪现在天空,似是提醒她:你正面对着苦难与危险!她不禁潸潸流泪了。

在尹二身边,她胆气壮一些,可又清醒地明白:尹二仅仅不过是一个可怜的尹二。整个危险的形势,绝不是一个可怜的尹二能左右或主宰的。

现在,她同尹二要离开"老寿星"走了！去到棚户区,她心上增加了一些安全感,丢下"老寿星"又使她难过。她不知说些什么好。她在走前,将米、盐、油、酱等连同平日童公馆里存下的香肚、香肠、咸板鸭等,都有条有理地给"老寿星"放在厨房里。现在,她只是喃喃地叮嘱:"板鸭吃之前,用温水泡泡再蒸……香肚,蒸了后再用刀切片……"

"老寿星"刘三保点点头。他对分别也感到伤心。老年人的迟暮心情,孤独者的伤心情绪,以及人生阅历教给他的一种不祥的预感,使他觉得:今晚分别,再相见是难上加难了！

庄嫂又在说:"香肠煮饭时放在米饭上就行,饭熟了香肠也就熟了。"

尹二感到无话可说,嗳嚅地一遍又一遍:"我会来看你的！一定会来看你的！……"

"老寿星"喝了点酒,脸红红的,像个关老爷,只是傻笑点头,其实心里苦着呢,他不说话。

客厅壁上的大挂钟,开一次可以走三天。发条松了,敲打了五点钟,"当！当！当！"钟声懒洋洋的。庄嫂忽然站起身说:"钟要停了！我去开一开。"

"老寿星"摇头说:"别开了,钟走着跟停着一个样！"

庄嫂仍旧走到客厅里去,端凳子站着给壁钟上紧发条,又走回来。

三个人坐着,各想各的。想过去,想现在,想着不可测的未来。即将离别,都充塞着离情别绪。

忽然,尹二"咦"了一声,他听到大门响,透过玻璃窗,看到一个人从大门上翻爬进来,晃得大铁门"哐哐"响。他拽了一下"老寿星",说:"呔!有人爬进来了!"

"老寿星"一惊,红着脸站起身来,朝窗外张望。

庄嫂也连忙伸颈张望。只见玻璃窗外,傍晚的暮色中,一个龇着金牙留八字胡的瘦高个,正东张西望地走过来。她看清了,惊讶地叫了一声:"夏保长!"

确是保长夏得宜,尹二和"老寿星"也看清了。给鸡拜年的黄鼠狼!又来干什么?尹二一掀鸭舌帽,蹿出家霆的房间到了客厅,扭开客厅通往花园的那扇玻璃门,大步走出去。刘三保和庄嫂也紧紧随后走出来。三人一起出现在客厅门前的台阶上。

尹二吆喝着说:"保长,你怎么不敲门,自己爬进来了呀?"

炮声仍在轰隆隆传来。夏保长"咯咯"笑笑,说:"敲啦!你们不开,我儿子就扶我爬进来啦!"

这时,尹二、庄嫂和"老寿星"才看见保长那个二十来岁的二儿子夏金贵也已经早爬进门来,交叉着手臂站在南边门房旁的鸽子房那儿了。

尹二心里生气,捺着性子说:"保长,这时候来,有何贵干呀?"

夏保长又是笑笑,说:"我是保长!目前南京城大势不好,听说紫金山上已经有人扯起白旗了!也许是汉奸干的吧?我是来告诉你们:要注意防奸!"

"老寿星"有心堵住对方的嘴,说:"我们不要知道这些,你保长就少费心吧!"

夏金贵正在看鸽房里的鸽子,上来插嘴说:"哈,这些鸽子,放这儿有什么用?你们也忒老实,杀了吃了不比养着强?"

"老寿星"绷着脸冷冷地说:"该怎么办我们知道!你少管吧!"

夏保长微笑着又说:"瘸哥,尹二老弟,你们别做傻瓜蛋!这南京城今天还不知明天是什么样哩!别放着金元宝不拾!我今天又来,还是为的上次提过的发财的事。你们怎么这样死心眼儿?还不干,要晚三秋了!"

尹二明白:夏保长来没好事,这时不想得罪他,耐心地说:"保长,我们的心眼儿没你活,你提过的事我们说过不干就不干!我们不想发横财,别人也甭想沾光!"

夏保长"咯咯"笑笑,说:"好呀,尹二,一个人心眼儿死了,就怕人也活不了!我是来给你们面子的!不要一点交情都不讲呀!"

尹二听他出口不逊,生气地说:"你骂人吗?别以为人都怕你!"

夏保长奸笑笑,说:"啊呀,话可不能这么说,你是受过训的壮丁呀!你会拿枪会开枪,该我怕你!你怎么会怕我呢?"他的话里有刀刃,带着抓不住把柄的威胁。

"老寿星"怕尹二同夏保长闹起来,说:"保长,你老哥请到别处去发财吧!你想办的那事,我们不办!早跟你说过:我们人穷志不短,不稀罕横财!"

夏得宜见面前站的这二男一女,脸上都带三分鄙视七分严肃,知道事情办不通,又"咯咯"笑笑,说:"好好好,那我走!"他招呼自己的宝贝二儿子,说:"金贵!回去!"

听着枪炮声,夏金贵一副流氓地痞相,说:"唉,雨花台失守了!中华门也完蛋了!实话告诉你们吧:南京城恐怕快不是中国的了!你们捧着金饭碗讨饭在此地等死吗?赶快发点横财逃吧!"

尹二直通通地说:"你小子别学汉奸造谣!"

夏保长脸一虎,说:"好好好,尹二,算你小子厉害。别忘了!你是军训过的壮丁,日本人来,你活不了!"说着,吆喝儿子说:"金贵,走!让他们骑驴看唱本吧!"

天,暗将下来了。"老寿星"抢步上前,将大门上那扇客人进出的小门"哗"地开了,摆出送客的姿势说:"保长,慢走!"

夏保长也不搭腔,气得头也不回地带着儿子迈步走远了。

尹二"呸"地吐了一口唾沫,骂了一声:"汉奸卖国贼!"

庄嫂惊魂未定,脸色苍白地说:"得罪了他,怕他会害人哪!"

"老寿星"刘三保叹口气说:"我留下,一个穷孤老头,他拿我榨不出油也图不成利。我不怕他!你们快走!快走!"

尹二点头,对庄嫂说:"趁着天黑,是该走了!"他转身向"老寿星"说:"大叔,你多保重!我们走!"

两人去房里一人拿了一个大包袱,拐进右胳膊甩搭在肩上背着。"老寿星"送两人到了门口,叮嘱说:"小心!保重!"

枪炮声仍在远处爆响。庄嫂忽然心中一酸,双膝就地"扑哧"跪下来,一个头叩了下去,说:"大叔,菩萨保佑你!"

"老寿星"连忙扶她起来时,看到她满面是泪。

"老寿星"刘三宝也老泪纵横。他已经记不起上次流泪是哪一年的事了,他是个不爱哭的人。现在,他哭了,酸涩的泪水止不住。他用手拭了又拭,不愿再看尹二和庄嫂离去,也不愿说话,却转身跨进了大门,将门轻轻关上,倚着门抽搐饮泣起来。

夜色浓黑,冬天的风像海边的涨潮声"哗哗"地吹得响。枪炮声中,尹二陪着庄嫂一步三回头地走出潇湘路,心情凄凉阢阻。他们由百子亭、高楼门一带向安仁街小铁路附近的棚户区走去。路上静得可怕,一个人影也看不见。他们急急赶路,高一步低一步深深浅浅地走着,跌跌撞撞,似在鬼域中行走。

棚户区里,住的多数是拉黄包车的小户人家,也有挑铜匠担子的,卖烤山芋的,收破烂的……一共五十多户穷街坊。尹二与庄嫂到了尹大娘住的棚屋时,枪炮声更紧。五十来户穷人,家家人心惶惶,都三三五五在一起,交换听到的战讯,交流外边看到的情况,商量怎么办。谁也不敢再上街乱跑。街上兵荒马乱,日本飞机常在乱丢炸弹,日本大炮也在向城里乱轰,更听说军队乱七八糟在撤退,到处乱拉壮丁。尹二带庄嫂来到时,拉黄包车的沈小狗子正在跟尹大娘和另外一些邻居闲聊,说的是日本鬼子从苏州、无锡一路上杀人放火强奸妇女,无恶不作,将孕妇肚里的婴儿剖出来挑在刺刀尖上耍弄。到南京后,一定更加凶残!……讲的人啧啧唏嘘,听的人愁眉气愤。

庄嫂是第一次到棚户区来,好些街坊邻居听说尹二带了新娶的媳妇回来了,虽在这种临近鬼门关的情势下,仍好心地来看望。棚户区夜里点灯的人家不多。尹大娘见新媳妇和儿子来了,点了一支红蜡烛。庄嫂听着枪炮声,听着街坊们说东道西,觉得这里人多,比起潇湘路一号似乎安全有了依靠,心里稍微平静了一些。只是听到大家谈起日本兵的残暴兽行,有人说:"连七八岁的闺女和六七十岁的老太太都叫糟蹋了!"有人说:"鬼子见人就杀!不分青红皂白!"有人说:"轮奸后的女人,都拿刺刀捅死!"庄嫂又担起忧来。

邻居们陆续走了。隔壁拉洋车的赵小大子的母亲赵大娘是最后一个走的。她走后,时间已经不早。庄嫂听着枪炮声,愣怔着对尹大娘说:"娘,睡吧,好不好?"

尹大娘说:"好,睡吧。"她也是心事沉重。活这么大年岁了,这种东洋鬼子要来占领南京城的事可还是第一回碰到。谁知该怎么办?谁又知会怎么呢?

尹二吹灭了烛泪纵横的红蜡烛,三人紧挤着在窄小的木板铺上和衣躺下,盖着两天前尹二从潇湘路一号带回来的两床柔软暖和的新棉被,各想各的心事。

"隆隆"炮声和杂乱的枪声中,远处的狗叫得阴森恐怖。西北风呼啸,棚屋是用薄木板拼搭成的。顶上用大石头压着覆盖的破席、油毛毡和破油布遮漏。寒冷的冬夜,睡在这里,异样地冷,风像针尖似的钻进来。庄嫂睡在尹二和尹大娘中间,心里浪头七上八下。换了一个陌生地方,从潇湘路来到贫穷的棚户区,周围多了不少街坊邻居,但炮声、枪声和爆炸声,凄惨的狗吠声,呼啸的风声,使她内心恐惧,仿佛走在两边是万丈深渊的悬崖上,随时有可能出现什么难以预测的险情。

黑暗中,尹二问她:"冷吗?"她轻轻答了一声:"不冷!"她感到尹二抓住了她的手,抓得那么紧。尹二粗大带着体温的手,仿佛是说:不要怕,不要怕,有我呢!……

尹大娘叹了一口气,是安慰媳妇也是安慰自己:"我看不要紧,菩萨会保佑的,我们一辈子没做过缺德事。尹二前天拿他童公馆一些被子和衣服回来,我说这不好!但这一个半月工钱东家没有给呀!我对尹二说:将来,东家回来了折价还他们!我们穷,可不贪财!"

尹二有点不耐烦,说:"娘,你叨叨这些干什么?说得人心烦!不早了,快睡吧!有我这一百三十斤在,你们放心大胆睡吧!南京城里,也不是只剩我们这几十户!留下来没法走的穷人几十万呢!人不怕,我们怕什么?"

尹大娘说:"是啊,是啊,你说得有道理。"庄嫂心里也想:是呀,南京城里留下没走的人是多着哩!还有那么多当兵的!鬼子总不能杀那么多人吧?我何必这么害怕?她困倦了,倚在尹二身边,也闭眼安心睡了。

炮声枪声仍在忽轻忽重忽急忽慢地响,陪伴着风的叹息。听惯了,有时反倒什么声音也好像听不见了。狗吠也在继续,似是有什么夜行人惊动了一群凶恶的野狗。尹二在黑暗中,看看依偎着睡在身边的庄嫂,看不清她是什么表情。估计她已开始安心入睡,尹二心里却不平静。从枪炮声的方向听来,估计在中华门、光华门、水西门,在紫金山,战斗一定正在进行。他不禁想:像我们这样睡在此地,还能睡多久呢?……他忽然想起了保长夏得宜对他讲的他是受过训的壮丁的那番带着威胁气味的话。对保长的威吓,他并不怕。只是他遗憾：那么一本正经地按照《步兵操典》进行集中训练是为了什么呢？南京城里训练了二十万壮丁，到了现在需要用兵的时候，都不要了！又是为什么呢？受训的壮丁绝大多数都是我们这种人：开车的、拉车的、挑担的、店员、茶房、小贩、菜农，三教九流都有。我们这样的人，命都苦，多数都被遗弃在南京城了！如果我们都有枪，都动员组织起来，同鬼子拼一拼，"拼死一个够本，拼死两个赚一个！"不比现在这样等人宰割好吗？虽然是新婚，虽然他爱庄嫂，想起这些，尹二热血沸腾了！是激奋加上气愤造成的。宁愿去同日本鬼子作战，宁愿去战死！为了保卫生我长我的南京，为了保卫老娘和妻子！……可恨呀，他却只能提心吊胆地在寒冷的冬夜蜷缩在棚屋里，等待着不可预料的噩运降临，等待着做亡国奴的命运降临！也许随之而来的会不仅是奴役和屈辱，而是屠杀和死亡，可是又有什么办法呢？战争啊！心里真恨哪！恨手中无枪，空有报国抗日之心！更恨政府！你们当大官的走的走了，溜的溜了！可曾想到丢下这么多百姓，他们的命运将会多么悲惨！……

丝毫没有睡意。他不愿移动身子，怕惊动了庄嫂和老娘，他宁愿让她们能在这恐怖的夜晚安然入睡。哪怕睡上一个钟点也好！枪炮声不断，狗吠声更凶了。忽然，听到刺心的叫喊声，"乒乒乓乓"震动心弦的敲门声，又有踢踢踏踏大队人马的脚步声。人声嘈杂，骡马嘶叫。尹二心里一惊，见庄嫂已经猛地坐了起来，尹二安慰着庄嫂说："不要慌！"

庄嫂声音紧张："鬼子来了？"

尹大娘也霍然而起："尹二，怎么了？"

外边，有人逃跑叫喊的声音，乱糟糟的，叫喊声、吆喝声与敲门声、哭叫声响成一片。尹二一个鲤鱼打挺，下床轻轻开门，想悄悄看个究竟。

门刚一开,几个戴钢盔荷枪的丘八拥了上来。看样子,他们刚想来敲门,恰好碰上尹二开了门。尹二一看,不是鬼子兵!但一看他们那副凶狠的样子,又听见左邻右舍大哭小叫,心里十分惊慌,想:怎么?难道鬼子还没来烧杀,自己中国兵竟先来抢劫了?

正在发呆,已被几个丘八揪住胳臂拉了出去。一个班长模样的大个儿,用北方口音高声说:"不要惊慌。我们调防,要民夫帮着挑点东西。打鬼子抗日嘛!你帮帮忙,将来放你回来!"

尹二出乎意外,听他一说,心里倒是在想:这忙是该帮的嘛!又一想:我走了,丢下老娘和庄嫂怎么办?……只听庄嫂和老娘从棚屋里扑出来,没命地上来拽住了他。

尹大娘哭着哀求:"老总,行行好吧!积功积德,别抓他去!……"

庄嫂也上来,用力将抓住尹二的一个丘八的手挣脱,说:"放了他吧!放了他吧……"光线暗,看不清庄嫂的脸,尹二从她的话声里,仿佛能看到她那深陷的眼窝里明显地流着热泪。

尹二的胳臂被两个丘八牢牢揪住,拴上了麻绳。他在黑暗中挣扎,在黑暗中张望。只见队伍人数很多,正通过棚户区向西走。他猜测:部队是从太平门方向撤下来经过鸡鸣寺、北极阁一带的小路挨边擦过棚户区的,也许是要往西北面撤退。他们有骡马,还有马拉的炮车,辎重弹药箱很多……看样子,一路上已经拉了一些壮丁做民夫。那些被拉夫的壮丁有的在挣扎、吵嚷,夹杂着棚户区里女人孩子的哭喊咒骂,闹成一片。这些丘八,有的和善,有的蛮不讲理。黑暗中,尹二的挣扎毫无用处。他挨了几下揍,被几个大兵绑着、推搡着拉着就走。庄嫂和尹大娘的撕裂肺腑的哭喊声已被抛在后头。他被铁流似的队伍拥裹向前。在队伍中,既有人用绳牵拉,又有人用枪托推搡,离哭喊声和棚户区越来越远。他嘴角流着血,是刚才挣扎时挨了一枪托打出的牙血。他心里浩叹一声,知道厄运已经降临,只是无法违抗。他像掉进陷阱似的大叫:"放我回去!"背上又挨了一枪托,疼得火辣辣的。他哼了一声,急得嗓门里火烧似的布满了血腥味。他明白挣扎毫无用处,只有咽着泪默默地在队伍里拖着大步随同前进。走不多久,就有一个大兵,将自己挑的一担用木箱装着的弹药,叫他挑起,押着他随队伍一同向前了。

炮声、机枪声、步枪声响亮可闻。人声、马嘶声、远处的狗吠声随风飘荡。尹二行尸走肉般地挑着子弹箱的重担,在部队人流中往前跟跟跄跄地走。担子死重,压得肩头疼痛。黑暗中,他听到身前身后的丘八们谈话:"是往哪儿去?""去下关!""干什么?""过江!""乱得这样子!""撤呗,到下关找船过江!"……有的在咬牙切齿地骂:"妈拉巴子!这算打的什么屁仗!""一会让到东,一会让到西!""听说师长他们早跑啦!""我们去狮子山吗?""对!去狮子山!""干什么?""调防让去那里嘛!"……

尹二知道,狮子山是在挹江门以北,那儿靠着山有城墙。他猜测:队伍带着炮,是到狮子山换防的。他心中记挂着老娘和庄嫂,时刻想着她们一定急得要死了,时刻想着回去。他想:觑个机会,我就逃!一定要逃走!逃回去!他明白,给队伍抓来了,逃跑给抓住了,也许会被当作逃兵枪毙的!可是,能不逃吗?能丢下老娘和庄嫂不管吗?要是鬼子攻进了南京,没有人保护她们能行吗?为了这,他决心一定要逃回去!死,也要逃回去!

他在黑暗中使劲挑着重挑往前走,不,不是走,简直是小跑。稍一走慢,后边就有枪把子打上来。他也无法甩掉重担,只有跟跟跄跄拖着脚步走。走着,走着,拂晓前的黑暗中,他看得出已经到了挹江门。从一路上丘八们的交谈听来,他明白:这是炮团的一个营,伤兵很多,已经跟师、团部失去了联系,兵士落伍的也不少。营长是个身材高大粗壮的北方汉子,戴了钢盔,骑了匹枣红马。枣红马细颈长腰,臀部溜圆,颠儿颠儿地跨着步,马头一勾一勾的,像不断对人在点头。

营长见情况混乱,上边已经无人指挥,自己做主,自动撤向下关,他大声吼叫:"向下关前进！到下关！"……尹二心里焦灼极了！一路想逃,毫无机会。天已渐渐亮了,万一到了江边,摆渡过了江,就真的永远回不来了吧？他思念着老娘和庄嫂,忧心忡忡,急得牙齿将嘴唇都咬出血来。一路上,那些拥挤的、乱糟糟的情况他都毫不介意了。

天亮时分,尹二随军到了挹江门。在行进中,只听到爆破建筑物的声音,"轰！""轰隆！"夹着炮声、机枪声,还有天上的飞机声,使人听了更加慌张。挹江门的城门口乱成一锅粥！拥塞着想向城外逃跑的队伍、车辆和马匹,马嘶人嚷,伤兵哀号。万万没想到:挹江门竟有全副武装的军队把守,阻止队伍撤退。骑在枣红马上的营长下了马张望,只见把守挹江门的部队在城上、在城门口的工事里摇手高喊,意思是要队伍转回身撤回去,不准通过挹江门。接着,开始射击了。子弹在头顶的上空"唧唧"飞过。好吓人哪！尹二吃惊地停住了担子。

有人高嚷:"妈的！是三十六师开的枪！咱还枪,跟他对打！"

有的气得直嚷嚷:"没叫鬼子打死,给自己中国军队打死,那才冤枉！"……

子弹飞蝗似的从头上"嗖嗖"擦过,只见营长上了枣红马,转脸做着手势,下命令说:"既然不让过,咱就不过！走！咱绕道走！"营长做着手势,指挥队伍,往盐仓桥穿小道去江边。这条道,尹二认得。他仍旧在队伍中踉跄地走,浑身早已汗湿。肚子饿,身上累,腰酸背疼,两脚无力。他喘着气,额上挂着汗,央告着说:"老总,我实在挑不动了！"他这话是对周围所有当兵的说的。

边上一个大兵倒是不错,说:"看你这样子,是不行了！来吧,我扶你一把,你用力多支撑一会吧!"

尹二心里感激,说:"老总,我上有老娘,又有老婆,我也给你们挑到这里了,你们行行好,放我回去照看照看家里吧!"

那丘八摇头,说:"来吧!担子我挑一会,放你,我可做不了主!"

尹二不肯让他挑担子,支撑着说:"还是我来挑!我再挑一挑!……"

前边,从江边方面,有两个避难的老年人跑过来被队伍截住。营长听说是两个船夫,骑马上前,下了马询问下关江边的情况。隐约听到营长问:"下关江边过得江去么?"

一个声音苍老的船夫战战兢兢指手画脚回答:"老总,不行,船少人多!队伍在抢船,我们的船也被抢走了!"

另一个船夫说:"下关八卦洲江面上,日本军舰来了!炮开得'轰隆隆'的,渡江难啦!"

营长跟一些人站着商量了一下,从背着的牛皮包里拿出一张军用地图来看,看得出他的犹豫和不安。忽然,放两个船夫走了,说:"走吧!"

见两个船夫被放走了,又见骑枣红马的营长离自己不远,尹二挑着重担,抬起头来,恳求地大声高叫:"营长!您行行好,也放我回去吧!我有白发老娘,还有老婆!……"

营长收着地图,看来他是个不坏的人,勒马看看尹二,说:"别做梦了!他俩年岁大了,才放他们走的。鬼子进了城,谁也活不了!你不想抗日?你想想咱这么多弟兄,谁无父母?谁无妻子兄妹?不都在抗日流血吗?"

他真会说,说得也真有道理。给他一说,尹二觉得无言对答了,心里想:是呀!但仍说:"营长,我不过江!"

营长笑笑,稳重地说:"对!咱也不过江了!走!——"他用手指指前边。尹二认识,前边就是狮子山。狮子山傍着城墙,山上有许多大树。此刻是冬季,如是夏季,那里是一片郁郁葱葱满目浓绿的树阴。营长对大伙说:"弟兄们!咱们原来是奉命去狮子山的!因为同团部失去联系,所以刚才打算过江。现在,江是过不了啦!咱上狮子山占领高地,等着鬼子来跟他干!"

尹二实在累了,刚才要给他挑一会儿担子换换肩的大兵不知哪里去了,尹二在队伍中勉强前进。越走离狮子山越近。只见营长让队伍停止前进,约摸四百人左右的队伍零乱地列队站着,营长戴着钢盔牵着枣红马训话了,说:"……弟兄们!不要贪生怕死了,江是过不去的。与其淹死江心,何不与鬼子一拼?咱们只有跟鬼子拼这一条路了!咱们有枪有炮,不能等死!中国人嘛,得有个志气!不怕死!日寇侵略我们这么多年,气早憋够了!咱们在前边的狮子山上跟敌人干!大家有决心吗?"

"有!"一片地动山摇的应答声,无比悲壮。尹二明显地感到大家的血都是热的。营长说的话本来也很平常,此时此地讲来却使人动心。尹二忍不住眼眶发热,直想掉泪。

营长骑上了枣红马,说:"走!前进!大家唱起歌来!"他开了个头:"军人军人要雪耻!一、二、三,唱!"

歌声震天响地唱了起来。队伍似是去迈向死亡,但人人都像带着慷慨赴义的心情,同声唱着:"军人军人要雪耻,我们中国被人欺,日本强占我土地,东三省同胞做奴隶!……"唱着唱着,许多人都泪流满面。大家向狮子山进发,炮声、爆炸声、枪声似是在为歌声伴奏。

尹二挑着辎重,也夹在队伍中唱起歌来。这支歌他会唱,是在壮丁训练时常唱的歌。一唱,顿时心头涌满悲壮情绪,力气又生出来了。他迈着沉重的步伐,向前,向前。……忽然,涌出一种豪情!是一种愿意牺牲献身的豪情。中国人嘛!面对日寇侵略给予的死亡威胁,难道还要苟且偷生?难道不该同鬼子拼命?尽管这样,他还是不能忘记庄嫂和老娘,她们怎么样了啊?在他的眼前,恍惚又出现了他心上最思念的人的面容。

庄嫂是在两天前的那个下午,逃到国际难民区里来的。三天前的那个难忘的半夜里,当尹二被队伍拉夫拖走以后,在一片黑暗中,庄嫂和尹大娘紧紧抱在一起痛哭。尹二被抓走了!在恐怖的黑夜里被抓走了!连他的褐色鸭舌帽也没戴上就被抓走了!他会怎么样呢?在婆媳俩最需要一个男子汉在身边的时候,偏偏尹二被抓走了,怎么能叫人忍受呢?她俩为尹二的安全焦灼。棚户区里被拉夫拉走的有六七人,家属们都在哭泣。拉夫的军队走后,又继续有队伍经过。庄嫂和尹大娘都像街坊邻居们一样,躲在棚屋里,听着外边人声嚷嚷脚步散乱,连人来敲门也不敢做声,怕再遭到不幸。听着炮声、枪声、爆炸声,听着狗吠声,心里悲怆、恐惧、不宁,一直提心吊胆到天明。

天明后,炮声更响更近。队伍经过这里撤退的很多,都已溃不成军,所好还未大骚扰。有伤兵敲门呻吟着讨水喝的,庄嫂还给拿碗斟水。一个上午,婆媳俩和街坊邻居们都怀着惊恐的心情消磨时光,希冀着尹二会不会突然奇迹般地归来。中午时分,隔邻胡婆婆和她女儿小大子来敲门,叫喊着:"尹大娘!尹大娘!"

庄嫂和尹大娘连忙开门,胡婆婆好心好意地说:"听人刚才说,南京守不住了,鬼子要进城了!我们快结伴到难民区里去吧!"

她女儿小大子才十四五岁,很懂事,说:"朱小狗子家和梁胖子家都已走啦!我们䇲伙一块儿走!"朱小狗子是拉黄包车的,梁胖子是挑担卖油炸臭豆腐的。

庄嫂心里矛盾,觉得去到难民区安全,可是又记挂着尹二:万一尹二突然跑回来了怎么办呢?他看不到我们不要急死了吗?她想留下来不走,好等尹二回来。

尹大娘心里也同样忐忑。她想:媳妇年轻,又长得标致,还是让她走的好,到难民区安全。我年岁大了,留下来,等着尹二回来。何况,这个家虽然又穷又破,把东西全丢下了也舍不得。婆媳俩都犹豫着,一时说不出话来。

胡婆婆看得出她俩心里踌躇矛盾,催促着说:"别拿不定主意了!要走,马上得走,要不,迟了鬼子杀来就走不掉了!"她女儿小大子也好意地说:"兵荒马乱,待在这里可不行!还是走吧!"

尹大娘流着泪拿主意了,对庄嫂说:"对,媳妇,快跟大家一块走吧!你年轻,无论如何不能留在这里。我在这里等着尹二。他来了,我就跟他到难民区找你!"

庄嫂辛酸地说:"娘,我不走,我陪着你等。等不到他,我也不想活了。我一个人去难民区干什么呢?我不去!"

枪炮声中,胡婆婆劝着说:"我看哪,你们俩都去的好!尹二回来了,他会到'难民区'去找的。"

她女儿小大子说:"人家安仁街上的住户大都跑到'难民区'去了!听说丹凤街、唱经楼一带,人也跑空了。就我们这棚户区的穷人们都还恋着穷家不走。要再不走,怕没好果子吃了!"

尹大娘和庄嫂给她母女说得三心二意。尹大娘为了庄嫂,庄嫂又为了尹大娘,两人就同声点头说好,匆匆进棚屋收拾点细软随身带着。这下子,棚户区里的人,你吆喝我,我吆喝你,成群结队,一起走上小铁路,向鼓楼方向走到难民区里去。

枪炮声更近更响,一路上乱得很。只见往北撤退的军队一队队,又一队队,夹着军车、骡马、炮车,乱哄哄的,也有许多散兵游勇和伤兵也乱七八糟地在向北走。看样子,仍都是去下关渡江北撤的。这么多兵,庄嫂想起了尹二,又想起了童军威,二先生不知怎么样了?……尹大娘和庄嫂走着走着,已经同胡婆婆她们离开一大截了。看见军队乱糟糟的这么多,心里胆怯,有意绕着避开军队走。走到鼓楼附近,忽然,"轰隆""轰隆",好些炮弹打下来。远远近近房屋中炮弹处,炸毁很多。"轰隆"的炮声中,尘土飞扬,砖瓦乱飞,前边数处房屋起火,烟焰弥漫,有几个男女给炮弹炸死躺在瓦砾堆旁,一片凄惨景象。

附近的人四散奔跑。庄嫂扶着尹大娘转弯抹角地沿墙穿出一条小巷。尹大娘跌跌撞撞跑不快。忽然,一发又一发炮弹打来,震耳欲聋的轰鸣、喧嚣和电闪般的火光使人惊呆。一爿小当铺的房屋连同粉白外墙上几乎占了整整一面墙的大"当"字,"哗啦啦"倒了一片,砸下许多砖块来。也真巧,一块青砖正砸在尹大娘头上。尹大娘"啊"了一声,手捂着脑袋蹲了下去。

庄嫂哽咽地高叫:"娘!娘!……"尹大娘满脸满手是血,头上伤口的鲜血洒了一地。她吓得腿也软了,感到晕眩,不知如何是好,呛咳起来,苍白的脸涨得通红,哭喊着去扶尹大娘,说:"娘!你怎么啦?你怎么啦?"尹大娘已经不会说话了,颤抖着闭上眼断了呼吸。

庄嫂放声号哭。这个当铺呀!她记得!那时,她还没有到潇湘路一号童公馆帮佣,在荐头行里坐冷板凳等着东家雇去当用人时,没钱吃饭,曾经将一些衣物送到这小当铺里当过。小当铺里面店堂高大,窗户开得很小,光线晦暗,有一股刺鼻的水烟烟草掺和着陈旧皮布衣物所特有的怪味,使她产生一种阴森、窒息的感觉。店堂横门,是一溜破旧肮脏的高柜台。当衣物的穷人,站在下边,仰着脸、踮着脚、举着双手才能交货接钱。上边柜台里的两个朝奉,脸都是冷冰冰的。五块钱的物件他们只出五毛钱收你的当!……谁想到,今天,自己会在这里哭着尹大娘的惨死呢!

炮弹还在射来。估计日本兵已经进了城,在向市中心和城北一带乱打炮。又有一些房屋天崩地裂般地坍塌下来。同行的人早逃散得不见了。有的已被炮弹炸死,压在砖块下。前面路边上,甩着一条人腿,血肉模糊,也不知是哪里飞来的。庄嫂心急,慌忙地抱起死了的尹大娘。尹大娘颓然地闭着眼。庄嫂心里一阵痉挛、一阵战栗,"啊"的一声,伏在尹大娘身上死死抱住尹大娘哀哀号哭,又坐下来双手捂着脸哭泣。眼泪从指缝里流出来,她伤心地抽噎着,肩膀抽动,一时觉得心碎成了齑粉,不想再活了!恨不得有一发炮弹能打在自己头上,将自己也炸死。

果然,又有炮弹呼啸飞过,发出刺耳的使人惊心的声音,在远处爆炸。她高叫:"娘啊!娘啊!……"心里更想念尹二:你在哪里?你可知道,娘已经死了!叫我怎么办哪?……她心里明白:那些她熟悉和亲近的人已经都离开她了!她一个劲儿地哭,哭得眼前天昏地暗。

身后一个路过的中年陌生人,背个包袱用手拍了她一下肩膀,说:"快走!这里停不得!"说完,这人就急急忙忙跑了,真是个好心的人哪!

庄嫂知道人家是好意,理智些了,站起身来,又不忍心丢下尹大娘的尸体。勉强将尹大娘背起,可是两腿软绵绵的,茫然不知往哪里去。终于力尽了,见路边一个炮弹坑,她决定将尹大娘放在坑内掩土埋上。这时,望见鼓楼周围更加混乱,逃跑的军人、百姓更多,男男女女,老老少少都有。有的大哭小叫,似是从南边被驱赶着过来的。她将尹大娘放进大坑内,用手将坑边的砖石、土块一起拨下去盖没尸体。十个手指都抠得血淋淋的,她也不管。直到尹大娘尸体被盖没了,她才茫然地站起身来。随身携带的那个包袱也早不知丢到哪里去了,她也不知该到哪里去,就随着一些人,往金陵女子大学跑。

金陵女子大学现在是难民区了!四面八方逃到这里来的人都集中休息在这里,真是拥挤不堪,个个都沉着脸。有一家家的男女老少,也有单身汉子、单身女人;有百姓,也有放下武器躲进来的军人。此起彼落的哭声、呻吟声、叹息声、唏嘘声和喊喊喳喳声,汇成了一种杂乱、恐怖、惶惑的气氛。庄嫂独自在一幢建筑华美的楼房下边,靠门边占到了一块空隙,浑身无力地倚墙坐着。这里似乎是安全了,但听着外边越来越近越来越响的枪炮声,想起尹二被军队拉了夫,想起尹大娘的惨死,心里的悲惨无法形容。她辛酸、疲惫、闭上了眼,泪水就不能止住地潸潸流下。她头脑发木,不知下一步将是什么样的生活,什么样的遭遇。只觉得自己像一只风筝,在无边无际的空中东摇西飘,甚至很可能线一断就会飘个不知去向……

庄嫂同别人一样,从小有过虽然平凡但是美丽的梦想,尽管贫穷,她也希望自己的生活能像梦想一样美好。只是,坎坷的命运,使她曾对生活一次次地失望。现在,她面临着从未有过的严峻考验!是日本侵略者杀到南京造成的严峻局势。她心里明白:一切都将失去,甚而包括生命!一切美好的梦想,都有可能永远不再存在。

难民区里施粥,或发点干粮,一日两次。有的人领得到,有的人领不到。一时从四面八方来了成千上万的人,这个由外国传教士倡议组织的安全区里到处是难民。别说吃饭喝水,一时连大小便处所也成了问题。天冷,庄嫂早已有气无力,浑身冻僵了,好像脑子也冻僵了。现在独自在此,举目无亲,已经毫无生的意愿了。她不说话,也不张眼,似乎在等待着死亡的来临。心里怀着对日本帝国主义的刻骨仇恨,不断求菩萨能保佑尹二平安无事。当她闭眼静思时,不禁又想起了潇湘路一号,想起了还独自留在那里的"老寿星"刘三保,"老寿星"怎么样了呢?

从陆续逃来的难民带来的消息:日本兵已经进城烧杀,南京已经沦陷。虽是白昼,她眼里的天似乎也是黑的。她就这样,在难民区里挨过了三天,只吃过极少量的食物,喝过极少量的水。

南京沦陷后的第四天,依然能听到密集的枪响。清晨,两个会讲中国话的外国牧师来到难民中间念圣经,唱赞美诗。一个年纪很大的牧师,有着蔷薇色的皮肤,戴副金丝边眼镜,面目慈祥。他注意到了庄嫂那种倚墙靠坐的半死状态,也许出于同情,递过来几颗糖果,洋腔洋调地说:"吃!吃!"

庄嫂只吃了一颗。她的心悬在不可知的遥远处,悬在尹二的身上。她的心像浸在冰水里一样发颤。在外国牧师念圣经以后不久,忽然,席地坐着的"嗡嗡营营"的难民们骚动起来了。庄嫂坐在门旁看得很清楚:来了好些穿黄军衣的日本兵,都是全副武装。日本式的军帽后都垂着一块挡风巾。一个穿着黄呢长大衣的日本军官上来同外国牧师们不知办些什么交涉,姿势和表情非常凶恶。然后,勒令难民们坐着不许动弹。看到了日本兵,庄嫂心脏紧缩,浑身都不舒服,仇恨强烈地震撼着心脏。日本兵像一群恶狼,纷纷拥进来,分头在人群中寻找目标,凡是青壮年的男子,都让伸出手来看,多数看过手就被拉出去让到外边集合。庄嫂听隔壁的人在轻声叽咕:"查手上有没有老茧!有,是当兵的,就挑出去了!"

折腾了很久,约摸一个多钟点,日本兵挑出去的不下六七十人。六七十人都被押走了,是去屠杀吗?命运如何谁也不知道。本来十分拥挤的楼下大厅里一下子少了六七十人,空了一些。听到有人在嘤嘤哭泣,准是谁家的父兄被带走了的缘故吧?庄嫂不禁想:唉,如果尹二在这里,他也准是要被日本鬼子带走的!她记得很清楚,尹二手上有老茧!与其让日本鬼子抓走,倒宁可让中国兵自己拉夫抓走的好!这么一想,她倒带着三分欣慰了。

上午,在骚扰与不安中过去。谁料,下午日本兵又来了!有人在轻声说:"不是说安全区日本人不能来的吗?"有人悄悄说:"鬼子才不管这一套呢!"……日本鬼子一来,庄嫂的心就像有只利爪揪着。日本兵一下子进来了十几个,都拿着步枪,步枪上有明晃晃的刺刀。这次是挑女人,挑的都是年轻的和中年的女人。庄嫂离门口近,一下子就被一个大胡子的日本兵用手一指:"你的!出来!"

大厅里大哭小叫,鬼子的吆喝声,女人和孩子的哀哭声,乞求声……庄嫂坐着不动,心里冒火,眼里像要冒血。

日本鬼子蛮横起来了,上来动手,高声吆喝:"走的!你的走!"大胡子日本兵动手揪住庄嫂肩膀,凶狠地将庄嫂抓出去。

挑出的女人已被押着往外走。庄嫂明白:任人宰割的日子到了!只有走!她隐隐意会到被挑出去可能是厄运临头,纳闷而痛苦地想:挑出去会怎么样呢?难道鬼子要胡作非为?……她既害怕和不安,又伤心。倘若那样,不知会遇到什么样的侮辱,会遭到什么样的糟蹋?但,只要想到尹二的生死莫卜,想到尹大娘的不幸惨死,她又感到对生死无所谓了。当一个人把生死置之度外的时候,有什么可畏惧的呢?她既不求幸免,也就不害怕了,挺着衰弱的身子,冷漠地对着那个将她揪出来的大胡子日本兵,鄙视地看了一眼,昂首向外边走去。

外边,是个晴朗的冬日,苍白无力的阳光照着枯黄了的草坪和光秃秃的树干。庄嫂从大厅里走出来,见到阳光感到头晕目眩。也许是疲劳,也许是饥饿,也许是心力交瘁,她连走路都费力。她看到已经从许多地方挑来百把个妇女,集中在一块铺着草皮的空地上了,周围有手持步枪上了刺刀的日本兵警戒包围着。她走到这群女人中去,见有哭泣流泪的,有神态苍白焦灼的,有掩面低头的……小的不过十五六岁,年岁最大的像她一样不过三十多岁。个个眉眼间都藏着惊慌和恐怖。她懊恨自己不该到难民区来,现在是押着脖子等枷板的人了!她心里明白:鬼子兵不干好事了!怎么办呢?只有等着看!她倒还镇静,心里下了决心,如果遭受侮辱,我就死!……别看她平时心好,人也和善,她可是个烈性的女人。

后来，又加进了二十来个女人，都哭哭啼啼慵慵懒懒地被押出了金陵女大的校门。外边，停着四辆卡车。她们一百几十人被分赶到四辆卡车上。卡车发动以后，两辆卡车往西南面开，两辆卡车往东面开。庄嫂是在往西南面开的第一辆卡车上，随车有两个日本兵荷枪押送。那个大胡子日本兵也在，总是用不怀好意的眼睛盯着庄嫂。

卡车风驰电掣，一路上，庄嫂感到触目惊心。只见荒凉无人的大路上到处横陈着被杀死了的男男女女，远远近近好几处都有房屋起火冒着浓烟。那些死尸，有老有小，有的裸体，有的张着大嘴，内脏血淋淋地翻出体外……路边，有炸毁抛锚的破烂汽车，有很大的弹坑。穿黄军衣的日本兵一群一伙地在街上游荡，有的将抢劫来的东西包成包袱提在手里。有个日本兵右手攥着军刀，左手提着三颗人头，醉汉似的，见到卡车上装的全是女人，发疯似的大叫大嚷要拦截卡车，拦不住卡车，竟将人头凌空朝卡车上抛掷过来。吓得卡车上的女人，有的"哇"地叫喊起来。

一路上，死尸真多啊！庄嫂才明白日本鬼子在南京城作了多大的孽！他们准是见到人就杀，什么样的人也不放过呀！风大，吹得她两眼泪水直流。

卡车转弯经过五台山附近，见一个结了冰的清水塘边，围着许多日本兵在叽叽哇哇地叫。有日本兵架着铁锅在烧柴做饭，柴火冒着白烟和火苗。庄嫂再仔细看看，顿时毛骨悚然。结冰的水塘里已经堆积了无数的人头和尸体。严寒的冬天，靠近水塘边的几个日本兵都脱光了上衣，赤膊用军刀在砍中国人的头。被捆绑的中国人不计其数，都横七竖八地跪着、坐着或蹲着挤在一块等候被杀。这很像是中国兵大批在被屠杀。每砍一个头下来，围观的日本兵就"呜里哇啦"地欢呼一通。砍头正在进行，刀劈下去，鲜血从那些被反绑着揪跪在地的中国人的脖腔里喷溅出来,可怕极了!可是日本兵欢叫着高兴极了!庄嫂和身边同站在卡车上的女人们看了都又惊又怕。鬼子大规模杀人的情景,比十八层地狱还可怕呀!

庄嫂头晕,不敢再看,仇恨的心情难以形容。卡车开得快,一路仍总是看到死尸。她奇怪地想:我如果有支枪多好!此刻,那个大胡子的鬼子兵又在盯着她看了。她想:有枪,我第一个打死他!其实,她根本不会打枪,她自己也不知道自己为什么会有如此强烈的杀鬼子的念头!冷风吹在她脸上、身上,使她清醒。她明白:自己将不是去被侮辱就是被杀死!只恨自己为什么竟落在日本鬼子手里,进入如此不由自主的局面。过去听说日本帝国主义残暴,现在亲眼目睹的残暴比她听到和能想象到的超过万倍!她已经没有丝毫侥幸的想法了,只是在思索:怎么来对付即将来到的噩运?

身边一个瘦瘦的年轻女人,头发剪得像个男人,有一张哀愁白净的脸,跟她想的一定完全一样,突然咬牙切齿地轻声对她说:"我恨死了!有把刀就好了!……"女人想要一把刀杀人!是鬼子逼出来的呀!庄嫂没有做声,心里边又想流泪。

天上,有飞机声。卡车仍在飞驰,两辆车又分开了。庄嫂站的这第一辆向汉中门方向走。见到的仍是被炮弹击毁的房屋,也有一辆被击毁了的装甲车,一匹炸死了的战马,一处火刚熄灭的废墟,黑烟、白烟仍在微微从废墟堆里上升。也仍是远远近近都可以看到一些被砍头、劈脑、剖腹、切肢的男女老少的中国人尸体,就像收获山芋的季节时,在平展展的土地上,刨出来的无数一墩墩的山芋散放在地上一样。看了叫人心痛、恐怖、恶心。

卡车转弯行驶,到了汉中门外了。远处有地方火在烧,冒着黑烟。卡车在一处驻扎了许多日本兵的水塘边刚一停,就有许多日本兵拥上来,指手画脚有说有笑,有的干脆要拥上来动手动脚。立刻,一个军官模样的戴眼镜的日本鬼子,是个矮胖子,叽里咕噜不知说了些什么,禁止鬼子兵拥上来。庄嫂等被吆喝着驱赶下来,在卡车前边站着。庄嫂发现前边水塘边的废墟和土岗边,围着许多手拿铁锹、鹤嘴锄的鬼子兵,还有许多被反绑着的中国人!他们是在干什么?……被赶下车来的女人们被指定两个一排列成一队,戴眼镜的矮胖军官突然"哇里哇啦"了好一阵,不知他说些什么,好像是要让这批下车的女人去干什么事。果然,那大胡子日本兵等押着庄嫂一些人,向前边水塘旁的土岗边走去。近前一看,庄嫂才看清:原来那里有一个天然的凹坑。现在是冬天,坑里基本是干的,已有十几个双手反绑的中国人被扔在坑里,日本兵正在开始用锹锄往坑里扔土,高兴得像野兽似的狂叫。正在活埋中国人哩!他们是想杀光南京城里的全部中国人哪!被活埋的中国人在惨叫,在怒骂,在挣扎!……谁能想到:南京城竟到处成了杀人场!成了可怕的人间地狱!

庄嫂睁大了眼,又恨又怕,恨得咬牙切齿,眼泪已经流不出了。为什么鬼子这样毫无人性呢?简直是禽兽呀!尹二有次参加壮丁训练回来时说过:"不能做亡国奴!"是呀,宁可打仗牺牲,也不能做亡国奴让敌人活埋、杀头呀!她身边那些女同胞,有的掩着脸不愿看,有的流着泪在咬牙。她想:为什么鬼子要拖我们来看他们活埋中国人呢?是他们高兴得疯狂了,表示得意?是他们残酷得跟野兽一样了,把杀人当作取乐?是他们用杀鸡吓猴的办法,来威胁我们?……

她呆呆地站着,像变成了石头。正在想,却又被大胡子日本兵等押解驱赶着向东边一处有灰墙的房舍处走去。走近以后,她发现,这里原来是个小客栈,现在被日本兵占用了。她听到女人的哭声,有的是在哭声中夹着凄厉的惨叫。就在光天化日之下,大门口附近,一个中国女人,被剥光了衣服,几个狞笑着的鬼子兵揪住了她,在让一个日本兵用照相机拍合影照片。女人挣扎着,哭叫着。

庄嫂心里明白:这儿是个鬼地方!从门口站着岗的日本兵和一些零星游逛的日本兵猥琐的表情里,她觉察到这里是一个中国妇女的活地狱!随风传来一些悲惨嘶哑的哭声在空气中颤动。忍耐已经有了限度,不能再忍受。她明白:再想活命,太可耻了!她在经历过南京城这一场浩劫以后,感到生机全无,早不想活了!她心里悲切地叫了一声:"尹二!"泪水立刻挂满了两腮。她悄悄用衣袖拭去脸上的泪水,暗暗地说:"尹二,如果你还活着,菩萨保佑你!如果你已不在人世了,我马上就来跟你在一起!……"她觉得她的心无声地在追随着尹二,将消失在那不可知的遥远的地方。她不觉得恐惧,不觉得空虚。

当她这样想着的时候,忽然来了一些粗暴而又挤眉弄眼不怀好意的鬼子兵,开始将前面的女人连拖带拽地分散挟持到一间间客舍的平房里去。女人的哭声和挣扎声中,她明白不能迟疑了!忽然,一个念头涌上脑际,她决定毁容!小时候,在乡下,她听到过一个故事:一个姓刘的姑娘,不愿给土匪侮辱,自己用刀毁容保住了贞节。……但身边没有刀呀!想着这些的时候,她见那个不怀好意的大胡子日本兵狞笑着朝她走来,要动手动脚了。她下了决心,一咬牙,自己用右手的食指猛地插入右眼,她哼了一声,立刻将右眼珠血淋淋地挖了出来,顿时血流满面了。绝不能忍受日本鬼子的侮辱!她宁可瞎!宁可死!她那满面是血的右眼眶变成一个血窟窿,样子一定是非常怕人的。身边的人有的惊叫起来:"啊!"大胡子日本兵,两只不怀好意的眼睛变得凶光毕露了,嘴里发疯似的哇哇叫着、骂着,突然拔出军刀,用刀背狠狠地没头没脑地打她。她拼死地撒腿向西边跑,那边是一条小巷子,她明白跑不脱,她是不想活了!你鬼子兵追吧!开枪吧!杀吧!她跑了一段路,只感到鬼子兵追了上来,又用军刀在她脸上砍,刺心的疼痛,使她昏厥过去,她精疲力尽地躺在石子路上。大胡子日本兵又狠狠乱砍了她两刀。

就在庄嫂仆倒在石子路上的时候,尹二正同一些在狮子山被日寇俘虏的弟兄们,由一些日本兵押解到了下关中山码头。

营长已经牺牲,他的枣红马也中弹死了。但营长率领的这一营弟兄们,在狮子山作了英勇的战斗,战死的超过大半数,余下的多数负了伤。弹尽粮绝,同日寇肉搏后,面临绝境,大批日寇包抄上来,尹二同六七十个弟兄才被俘了。

被俘后,被押下山来,圈在一块露天空场地里,四周拦了铁丝网。日本兵让他们饿了两天,也不给水喝。负伤的人得不到医治,有的就哼着死去了。活着的,个个都半死不活。突然,又在刺刀下,被押到了下关。

战斗时,尹二也拿起了枪。他兴奋地看到自己至少击毙了三个鬼子兵。战斗激烈,他在枪林弹雨中暂时忘了思念妻子和老娘。他早已决心献出自己的热血和生命,战斗得很英勇。最后,他虽然未曾负伤,却仍然做了俘虏,是军人队伍中惟一不穿军装的俘虏。像大家一样,现在被押解着排列成行,来到了波涛滚滚的下关江边。一路上,只见死尸那么多,男的、女的、老的、少的都有。被丢弃的辎重、车辆、物件,到处都是。军车装载着日军在疾驶,远处近处还有房屋在燃烧冒烟……劫后的南京使他触目惊心,他不能不又怀念起庄嫂和尹大娘来,也不能不怀念起刘三保和童军威来。啊,她们和他们怎么样了?

"鬼子为什么要将我们押到江边呢?"

尹二猜:可能是要将我们投进大江喂鱼?是呀,弃尸江中,让尸首随波逐流消灭痕迹,比在城里枪杀掩埋省事多了!他的猜测当然是对的,却万万想不到会在江边看到人山人海般的俘虏。俘房并不都是军人,多数都是老百姓呢!一看衣着,一看样子就知道都是老百姓。俘虏们,从四面八方聚来,黑压压都群集在中山码头上,声音嘈杂,乱糟糟的。天空,有敌机出现,呼啸着飞过。尹二注意到:江面上有日本军舰,悬挂着太阳旗,大炮都对着北面。押解俘虏的日本兵不少,架着好多挺轻重机关枪,在四周警戒的哨兵都端着上了刺刀的步枪。

在中山码头上,可以远望对面雾气缭绕的浦口火车站,云水苍茫,对岸的建筑物上有炮火弹痕。江风很大,吹得人的衣襟呼啦啦飘。尹二注意到:四面八方聚拢来的俘虏足足有好几千人了!那些放下武器被俘虏的军警,有的是用铅丝、麻绳被双手反绑,有的则像他一样没有捆绑。俘虏们像成群的牛羊被赶进屠宰场,都让站在江边码头上,面朝北站着。尹二是个十分机灵的人,猛烈省悟到:不好!万恶的日本鬼子要杀尽南京城里的中国人呀!看样子,是要用机枪扫射,让我们全部葬身鱼腹呀!……

尹二浑身的热血沸腾了。怎么逃跑呢?他裹在人群中,面对那么多的机枪、步枪,看得到那许多穿黄军衣的日本兵的残酷冷漠的表情,仇恨啮心。

机枪忽然吐火了!"咯咯咯""哒哒哒"机枪密集扫射,鲜血横飞,惨叫声震天。尹二想:不能等死! 刹那间,他要拼命冲出挡住他的一些人往江里跳。往江里跳的人多极了!他正要跳,感到左臂上一麻一疼,他明白中了弹,已经斜身滑跌到江里。他右手一挥,江水汹涌地卷着他和许多尸体,向江心洲方向洇去……

五

在从远到近的激烈枪炮声中,刘三保连续过了两个痛苦的不眠之夜。

很远的地方,有起火燃烧的黑烟。鼓楼方向,似乎有炮弹爆炸的巨响。这都使他心惊肉跳。

"老寿星"刘三保已经没有酒了!也决定不喝酒了!

面对危城将破,他思索得比平时多,也比平时深。他不愿酒醉糊涂地来迎接南京城的沦陷。

南京的沦陷使他十分痛心。仗是怎么打的呀?连首都都丢给鬼子了!他哀痛中夹杂着气恼,感到从未有过的寂寞和孤独。自从尹二、庄嫂走后,寂寞和孤独的感觉更深更浓了。漫长的日子无法排遣,他突然忙忙碌碌种起花来了。

这当然不是种花的时节。这是严寒的冬天,不是春天!又是日寇眼看快要来到的时候,他估计到会面临一场想象不到的浩劫,烧杀、抢劫、强奸……什么可怕的事都会发生。但正因如此,他决心把他贮存在瓦罐里的一包包花种,全部种到花坛和池塘边去,不能让鬼子来糟踏了花种,也免得开春以后,没人来播下这些花种。他刨坑,施肥,埋种,浇水,干得身上出汗,像完成了一件心事。

终于,惊心动魄的枪炮声变得稀疏了,有时,又几乎变得沉寂了,只偶尔有些零零星星的枪声。难道日本鬼子进城了?抵抗停止了?他现在孤单一人,没有任何人给他通风报信,一切都靠他自己猜测。他也不愿意出外去打听,抱着一种等待一切厄运降临的态度和心情,想用坦然平静的态度迎接未来。

心里想这样,实际做不到。十二月十三日下午,日本兵实际已经进城,只是还没有到城北玄武湖附近比较冷僻的潇湘路来。听到炮声少了,枪声也稀了,"老寿星"刘三保从花园里踱到门房里,从门房里踱到鸽子房,又从鸽子房踱到客厅里,再从客厅里通过走廊、吃饭间逛到厨房里,到处阒无一人。他踽踽独步,心里发闷,想唱一唱道情,刚开口唱了两句:"老渔翁,一钓竿……"就没有兴致唱了,叹口气,仍旧踽踽走着。

日子好难熬呀!简直像热锅上的蚂蚁。一切都死一般地寂静。看到厨房,想起庄嫂;看到汽车房和尹二的住房,想到尹二;看到吃饭间外水泥地上一摊油渍,是庄嫂和尹二成亲那晚,庄嫂端着鸡汤锅打翻在地留下的油渍,又想到了童军威;走到自己睡的那间家霆住过的房屋,想起了家霆;看到冯村住的小房,又不免想到冯村。接着,自然少不了会想到童霜威、方丽清和金娣。他们倒好,现在不知到哪里享福去了?……他跛着腿一瘸一瘸,终于又到鸽房前来了。

十五只家霆喂养的鸽子,一直是"老寿星"刘三保爱护着的。对这些小生命,他从心里边欢喜。那次,方丽清吃鸽子,他像家霆一样心疼了好几天。吃剩的十五只鸽子,有"青毛",有"白儿",有"花儿"……但没有"点子"和"鱼鳞斑"了!"点子"和"鱼鳞斑"长得肥大,都被方丽清吃了。现在,那只公的"青毛"正在"咕咕咕"地向一只母的"青毛"求爱;一只"白儿"正在同一只"花儿"互啄打架;一对"花儿"正在方格子木头房里"呜—呜—"地偎依在一起,十分亲热。

"老寿星"刘三保看着鸽子,忽然想:日本鬼子是一定要来了。来后,鸽子不正是送到豺狼嘴里的佳肴吗?鬼子一定会杀鸽子吃的。这些野兽!与其给畜生吃,还不如我自己吃呢!留下鸽子给他们进贡干吗?想着,下了杀鸽子吃的决心了。开了铁丝木门,闪身进了鸽房。鸽子见人进来了,扑啦啦展翅乱飞乱扑。他一把逮住了一只"白儿",心中立刻又不忍了,为什么要杀它们呢?对鸽子的感情,使他下不了狠心来杀它们、吃它们呀!这几天,他早已食不甘味连饭都不想吃了。他轻轻松了手,那只"白儿"高兴地扑翅跑了。他跛着腿闷闷地又闪身出了鸽子房。

另一个新的念头,又萌生在脑际:把鸽子放了吧!给它们自由！让它们自己飞走看它们自己的造化吧！反正,无论如何,不能留下来给鬼子吃！他决定以后,马上打开了鸽房的天窗,拉开鸽房的门,嘴里"呵哧！呵哧！"驱赶着鸽子走。鸽子纷纷从天窗里、从门里向外纷飞,有的飞上去在天空绕圈子,有的飞出去停到屋脊上去了。一会儿,十五只鸽子被驱赶出了鸽房,一只不剩。鸽子被他赶得满天飞,"老寿星"刘三保手还在挥舞,嘴里仍在"呵哧！呵哧！"心里默默在说:"去吧！去吧！不要再回来,永远不要再回来！"

将鸽子全部放飞出去以后,"老寿星"才心安理得地走回房里,躺在过去家霆睡的那张大床上,像是累乏了似的,浑身无力地闭上了眼。无边的死寂,伴随着想象得出的战争恐怖,压得他透不过气来。一种多么难以忍熬的感情哟！

他竟朦朦胧胧睡着了。一觉醒来,已是傍晚。他走到花园里去,呆呆凝望着远处的紫金山和近处的古台城,感到南京城像经历了一场剧烈的痉挛和压迫,像一个伤残的老人沉浸在落日的余晖里,痛苦地叹息着。心想:该去做点饭吃了,从早上到现在,还没有吃过东西,水米不沾牙总是不行的。他情绪低沉地从花园走进客厅,向走道里的吃饭间走去,一瘸一瘸,百无聊赖。

就在这时,出乎意外,听到了汽车声,又听到了打了几枪,接着听到了"乒乒乓乓"的敲门声。敲门声里夹着吆喝吼叫,一听那凶恶的声音,不像中国人说话,他心里明白:准是日本鬼子来了！他预计要降临的日子到了！说也奇怪,本来他常有一种隐隐的恐怖、战栗的感觉,现在忽然变得有点麻木了。他硬着头皮跛着腿回转身去,穿出客厅,走到大门口去。

大门仍被"乒乒乓乓"地敲得震天响。人喊,狗吠,杂乱的脚步声,卡车的马达声,响成一片。蓦然,他听到一个熟悉的声音在门外吆喝:"刘三保！你个瘸鬼！还不快开门！大日本皇军来了！"

"老寿星"刘三保一听,明白了:是保长夏得宜的声音呀!混账王八蛋,真做了汉奸啦!奶奶的,中国人竟给鬼子当汉奸啦!竟耀武扬威给鬼子带路来了!

"老寿星"不吱声,门不开是不行的,当然得开。他走到大门前,"咕吱咕吱"拉开铁闩开门。门一开,一条苍黄带着黑鬃毛的狼狗凶狠地上来,"汪"的一声撕碎了他左腿的棉裤,猛地将他左腿咬了一口。他"哎"的一声,仰面跌倒在地,狼狗"汪"地扑在他身上,用舌头舔他的脸。几个当头走进来的日本鬼子和夏保长哈哈大笑。幸亏一个戴眼镜的日本兵,倒是与众不同,他脸面和善一些,没有笑,上来拽住了狼狗,将狗吆喝到一边。"老寿星"狼狈地爬起来,小腿肚上已经留下了两排狗齿印,鲜血顺着脚脖子淋漓地淌下来,滴了一地。

"快带皇军到屋里去!"夏保长说话时,嘴角露着金牙,拿着鸡毛当令箭似的吆喝刘三保,"小心侍候着!"

"老寿星"刘三保心里暗骂:"你个不得好死的夏得宜!我早觉着你不是个好货!"他一瘸一瘸站起身,侧脸偷偷瞧瞧那几个凶神恶煞般的鬼子兵,有瘦弱的戴眼镜的,有粗壮长络腮胡的,眼光里都杀气腾腾,手里有的攥着枪,有的握着军刀。"老寿星"用左手捂了一下狗咬的伤口,沾得满手鲜血,心里诅咒:你们这些狗×的东洋鬼子,跑到中国来使坏,让枪子儿一个个送你们下地狱!……他面上不动声色,一瘸一瘸地带着夏保长和日本鬼子进了客厅,见陆陆续续从大门外又进来了一些鬼子,连军官带当兵的一共十二三人,袖子上都戴着白底红字的布箍。鬼子一进客厅,有的往沙发上坐,有的持枪上楼搜索,有的在楼下各间房里搜查起来了。

大门外的卡车声仍在轰响。卡车从大门里开进来了,是一辆军用的有帆布棚的卡车。这已是薄暮时分。"老寿星"像个傻子似的左手抚着腿上狗咬的伤口,站在客厅门边,见夏保长正通过一个穿西装的日本翻译,向那个挺着肚子留牙刷胡的日本军官介绍:"……这是潇湘路一号,那二号、三号全搬空了,住着的当官的早跑了,现在住进去没这儿舒服。这一号姓童,原先的当家人,叫童霜威,官儿不算小,可也不最大,早逃跑了!但东西全留下了,还留下了用人看守。"夏得宜指指刘三保:"这个瘸子,是门房兼花匠,还有个汽车夫和一个老妈子……"说到这里,他问刘三保:"刘三保,告诉你,来的皇军是宪兵队!你要恭恭敬敬侍候!我问你:尹二和庄嫂哪里去了?"

"老寿星"显出一副憨厚木讷的模样,答:"早走了好几天了!谁知逃哪儿了!就丢下我一人在此。"

留两撇胡子的夏保长,又通过翻译对牙刷胡宪兵队长龇着金牙献殷勤:"队长!你们就在这办公!瘸老头儿还算老实,叫他侍候着。"说着,吆喝"老寿星":"还不快去烧开水?皇军没吃饭哩!快去帮着煮饭!"

"老寿星"刘三保默默地退出,从客厅大门走出去准备绕到厨房里去。天已微黑,见卡车上两个日本宪兵正押着一个双手反绑的年轻中国女人进客厅来。中国女人披头散发满面是泪,穿的一件蓝布棉袍上浑身灰土,被连拽带搡押着在走。嘴里塞了东西,张着口叫不出声来,只是"呜呜——"在哼。"老寿星"心里仇恨,想:该死的鬼子啊!该死的汉奸啊!你们缺德!不是人!是豺狼虎豹!……他向厨房方向走去,见点着蜡烛,已有两个日本宪兵在厨房里忙进忙出了。他们自己带了白米来,还有咸鱼、萝卜干。一个宪兵已经用水淘好了米,见到"老寿星",嘴里哇里哇啦,做着手势,意思是叫刘三保去灶前续柴烧火。

天,全黑了,缀着稀稀落落清冷的星星。刘三保二话不说,去灶前坐下,见那宪兵将米下到大铁锅里,加上了水。灶前有一盒洋火,是红头的。他"哧"地擦着了红头火柴,续草烧起锅来。火光映红了他的脸和白发。他续着柴火,想起夏得宜叮嘱的烧开水的事,起身去自来水龙头下的大水缸旁,用水舀舀水灌满了灶上的汤罐。自来水早断了水,大水缸里的水还是他从前边清水塘里挑来的。

他舀着水,一个日本鬼子突然犯了疑心,哇里哇啦叫起来,"啪"地打了他一个耳光,意思似是怀疑他往汤罐里放了毒。刘三保恨恨地想:唉!我要是有毒药多好!有一包砒霜一定毒死你们这些龟孙子!他挨了一耳光,什么表情也没有,却机敏地用水舀舀了一点生水,"咕嘟咕嘟"喝了几口。鬼子见他这样,放心了,又哇啦哇啦地说话,做着手势,似是说:"你坐着烧火,不准乱动!"

有脚步声,一个日本宪兵从外边进来,手里提着一串东西。"老寿星"眯眼仔细一看,呀!是死鸽子!约有六七只。"老寿星"明白了:好笨的鸽子呀!放你们逃生,怎么又恋家飞回来了呢?唉!鸽子历来恋家,鸽房的天窗和门都没有关,它们天黑又飞回来入窠,就被鬼子逮住了。他真后悔,唉,为什么不早将鸽子吃掉呢?为什么要将鸽子留给敌人吃呢?逮住鸽子的鬼子似乎高兴得很,哇里哇啦对煮饭的鬼子说话,意思好像是:鸽子被他逮住了!鸽肉最好吃。

"老寿星"心里仇恨,默不作声,似是年老憨呆,闷头烧火。见那日本宪兵将鸽子放在盆里,在汤罐中舀热水烫鸽子褪毛。一会儿,利索地将毛褪干净洗净放在一边。这灶是双锅灶,那宪兵将鸽子放在另一只铁锅里添上水煮,端起酱油瓶子闻闻,倒了些酱油在锅里。既无葱姜,又不放酒。"老寿星"想:畜生,这种煮法怎么会好吃?也不言语,只顾续柴烧火,默默沉思。这中间,日本鬼子先先后后来了好几个,估计是来催开饭的。有一个小军官似的鬼子来厨房里时,手里拿的是一只银杯,那是方丽清平日漱口用的。"老寿星"明白:鬼子在楼上一定到处乱翻乱拿东西!他倒也想得通:整个南京都是他们占领了,何在于潇湘路一号房子里的东西哩!

锅里的鸽子冒出香味来了,饭也焖熟冒香味了。"老寿星"不再续柴,压上了火,仍呆呆坐在灶前不动。忽然,见一个鬼子跑来,哇里哇啦不知说了些什么,他留下了,原先在厨房里煮饭的鬼子走了。大约是换班?不一会儿,听到二楼传来几声尖利刺耳的女人惨叫声,瞬息就又无声了。"老寿星"立刻想到了先一会儿看到过的反绑双手的中国女人!那惨叫声,使"老寿星"毛骨悚然!久久定不下心来。

又一会儿,来了两个鬼子。一个鬼子拿个脸盆让"老寿星"去擦洗干净,自己先去汤罐里舀水灌军用水壶;一个鬼子拿几只大碗分盛着鸽子和汤放在托盘上送到前面去。"老寿星"洗净了脸盆,将锅里的饭盛装在脸盆里,鬼子也接过来送到前面去了。头一个鬼子回来后,在刚才煮鸽子的铁锅里煎咸鱼。咸鱼味香得刺鼻,煎好了又送到前面去。进进出出,盛饭端菜的,忙活了约摸个把钟点,"老寿星"仍像个木头人似的坐在灶前。他的左腿肚子上被狗咬的伤口很疼,他强忍着疼痛坐着,闻着咸鱼香,肚子倒饿了,但并不想吃什么。他突然觉得自己已经半死不活了!今后的日子将怎么过?他已无法想象。

忽然,一个鹰钩鼻的鬼子兵走过来,用脚踢踢他的腿,险些踢在伤口上。鬼子兵哇里哇啦,指指一只碗里的剩饭,意思似是叫他吃。他摇摇头,他饿,但是不想吃也不愿吃。鬼子将饭倒在地上,骂骂咧咧地用大皮鞋踩了两脚。

又一会儿,一个高个儿的日本鬼子进来,手攥一把明晃晃的军刀。"老寿星"无意中瞥见军刀上全是血迹。他心里一惊,恍惚闻到了血腥味。只见高个儿鬼子与鹰钩鼻鬼子哇里哇啦不知说了些什么。拿军刀的高个儿鬼子狞笑着找到一块庄嫂挂在厨房墙上的抹布,将军刀上的鲜血擦拭干净,忽然用刀尖指着"老寿星"的咽喉,开玩笑地做了个要刺下去的姿势。"老寿星"赶快把头一让,腿瘸,一不小心从小板凳上元宝似的跌倒在地上,两个鬼子哈哈大笑。拿军刀的高个儿鬼子,做着手势叫"老寿星"跟他走。

是要杀我?"老寿星"刘三保佝偻着背跛着腿跟跄踉跚跟着走。外边天色墨黑。庭园的残破,衬托着他的老态,又平添几分凄凉。寒风一吹,比厨房灶前冷多了,"老寿星"不禁打了一个寒噤。高个儿的鬼子宪兵,带"老寿星"到了卡车前,那儿有一个荷枪的哨兵,高个儿宪兵咕噜了几句,用刀背敲打着卡车上的一个大铁桶,做着手势,意思是要"老寿星"扛下来扛着跟他走。"老寿星"照办了,跛着腿,将又脏又重的铁桶扛下车来。他闻着桶上的气味,是一桶汽油。

高个儿鬼子宪兵将"老寿星"带到花园前边靠近池塘的地方,那里长着一些夹竹桃,四周万籁无声,黑黝黝的。寒霜在悄然无声地降落,冷气逼人,只有远处不时仍有零散的枪声传来。高个儿鬼子宪兵手拿电筒照着,引"老寿星"走着,忽然停下了脚步。

"老寿星"不明白要来干什么,刚从厨房里出来时,眼睛从光亮处到暗处,什么也看不清。现在,在黑暗处待久了,看起暗处的东西渐渐清晰了。电筒光一照,他用疑惑的眼光望过去,看得清清楚楚,完全想象不到,在他面前的布满白霜的枯草丛里,白生生地躺着一具全裸的尸体,是一个女尸,面部、胸前鲜血淋漓,可怕极了!这准是那个从卡车上被押上二楼去的中国女人。刚才几声惨叫也一定是她。一定是蒙受了蹂躏,最后又遭到了杀害!是谁家同胞的女儿?死得为什么这么惨?杀得为什么这么残暴?

西北风像刀刃,"老寿星"头脑里"轰轰"地发响,仿佛打着阵雷。心里刀扎似的痛苦,全身冷汗淋漓,眼里冒着金花,摇晃着,感到不能支持,快要晕倒了。他努力镇定下来,牙暗暗咬得"咯吱吱"响,泪水在眼里打转儿,仇恨地想:啊!要报仇!这些畜生!这些豺狼一样的畜生啊!

　　高个儿鬼子,用军刀又敲敲"老寿星"的肩膀,做手势,要"老寿星"将汽油泼到女尸上去。

　　天冷,"老寿星"呼出气来,像飘渺的白雾。他照办了,眼光在清寒的夜色里显得那样冷峻。他拧开汽油桶的盖子,将汽油泼到女尸上面,一面泼汽油,一面心里在说:你是谁家的女子呀!怎么给他们抓来的呢?你可别怨我呀!他们准是侮辱了你杀了你想毁尸灭迹呀!我是见证!这些天打五雷轰的强盗,他们准没得好报呀!……他泼着汽油,伤心地泪流满腮了。

　　高个儿鬼子并未注意,看汽油泼得差不多了,将"老寿星"喝开,自己从袋里掏出火柴来,"嚓"地点上了火。

　　火光熊熊,将周围的衰草、老树都照透了,将鬼子和"老寿星"的影子拉得很长。长长的影子,奇形怪状,"老寿星"觉得像是在做一个稀奇古怪的恐怖的噩梦。他阴着脸,心里和眼里埋着火,看着尸体焚烧得"吱吱"发响。

　　高个儿的鬼子,突然吆喝着做着手势,要"老寿星"跟着他回去。

　　"老寿星"刘三保扛着汽油桶,跟着高个儿鬼子宪兵回来时,清水池塘边仍在火焰熊熊。清冷黝黑的星光下,飘散着烧焦的难闻的气味。"老寿星"记得,就是那地方,春天杨柳开花时,毛茸茸的雪白的杨花漂满在池塘的水面上。清水塘里的水清洌洌的,泛着圈圈涟漪。就是那地方,战前天热时,小家霆常坐在那里钓鱼。就是那地方,能闻到清凉的泥土味和水藻浮萍味儿,蛙声常在塘边响起。尹二在池塘里游水时,喜欢在那儿下水和上岸的。

　　"老寿星"突然萌发了一个奇怪的念头。他身上穿的是那件黑不黑灰不灰由庄嫂拆洗过的旧棉袄和一条蓝布棉裤。棉裤被狼狗撕烂了,甩搭甩搭露出了脚脖。他悄悄地将扛着的汽油桶盖子扭松,将桶里的汽油往自己身上浇。使棉衣棉裤全部浸透了汽油。是在黑暗中不知不觉地干的,高个儿的鬼子宪兵一点也不知道。他吆喝着"老寿星"将汽油桶放回到卡车上去,嫌"老寿星"腿瘸动作慢,用刀脊在他背上重重抽了一下。"老寿星"挨了打,闷声不响,又被带回厨房里了。

　　回到厨房,他用眼睛寻找那把放在桌洞里的菜刀。刀放在那里,鬼子没有发现。想到刚才火焚女尸的情景,他心里难过又感到恶心,看见刀放在那里,他感到高兴。鹰钩鼻的鬼子宪兵来,示意要他赶快再烧开水。他点头,点火续柴,在大锅和汤罐里烧开水。

　　夜已深了。有几个鬼子在屋里兴高采烈高声唱歌。唱的什么听不清楚,从那种曲调听来,又响又粗,歌声凶恶得很。唱了好一阵子,才停止。鹰钩鼻鬼子提了水瓶和水壶来,要"老寿星"灌开水。"老寿星"乖乖地给他灌满了开水瓶,自己又孤独地坐在厨房灶前。

　　没有人来管他,似乎将他遗忘了。他一天未吃饭,这时觉得肚里有火,"咕嘟咕嘟"喝了一瓢凉水,胃里空了,见灶边有刚才饭锅里铲出来的一些锅巴,抓了一把嚼将起来。太饿了是没有力气的,他需要力气。一会儿,蜡烛点完了,熄灭了,厨房里一片黑暗。他已无处可以去睡了。浑身棉衣棉裤湿漉漉的,散发着浓烈的汽油味儿。所好灶里无火,他蜷缩在灶前,靠墙屈膝坐着,心里像海潮冲击,不能平静。

　　许多往事都突然像演电影似的浮现在眼前,在这他决心牺牲生命前的时刻,他忽然想得很多也很乱。

　　想起自己那贫穷苦难的童年时光,吃过那么多的苦。冬天总是穿着破单裤赤脚穿着破草鞋过冬。长到十多岁了,没有吃过一次荤腥。

　　后来,当过花匠的学徒,当过泥瓦工,挨过师父的毒打,好不容易学会了手艺。不幸的是在盖潇湘路一号的大洋房时,那天从三楼的脚手架上一跤摔下来,跌瘸了腿,成了个残废。结果,留在潇湘路一号看门做花匠了。不知该恨童霜威还是该感激他?是为了替他盖房子跌瘸的腿,但又多亏他的收留。当然,也许他是出于怜悯,也许他是需要一个便宜的门房兼花匠。他们这些当官的办起事来总是这样,叫你吃了亏也还会感激他们。在潇湘路的这些年,日子平稳,待遇低微。拿到的一点点相当于人家一半的工钱,仅够喝酒。但吃得饱,穿得暖,东家有时也给点衣服鞋袜穿。同尹二、庄嫂在一起,还过得愉快。这家东家,童霜威不大管事儿,方丽清太精刮了,听金娣一搬嘴就要熊人。冯秘书这人是不错的,对下人平等,待人真诚。那个小少爷家霆,是小孩子,天真,可爱。其实,他也苦,没有亲娘,有了方丽清那么一个后娘,够他受的。他小小的年纪,老是一个人孤孤单单的。

也不知为什么,他又一次地想起了童军威。这位二先生参加守卫南京的战斗,会牺牲吗?难说!那夜,尹二结婚,二先生突然回来,脸上的神色、气势,使人感到他是来诀别的。他是个有种的军人,从小死了亲娘,靠他大哥把他抚养大。我自己,从小也是没爹没娘的孩子,我知道二先生的苦楚。

尹二和庄嫂现在怎么样了呢?南京城正在大难临头!鬼子一定到处杀人放火强奸抢劫。他们也许到"难民区"去了?谁知道呢?菩萨保佑他们!

明春,花园里会是什么模样?那时,我一定早已不在人世了!但花儿仍会开的。种在花坛上和池塘边的花种,有些会冻死,有些一定会发芽生叶开花的!一簇簇,一丛丛,鲜艳的花朵会迎风招展的。可惜,春天的时候,我不能去浇水松土了。那时,白发苍苍瘸腿的刘三保,看不到这一切了!

此刻,多想喝点酒哟!倒不是贪图那种微醺的滋味,是为了提神。但是哪有酒啊!

"老寿星"刘三保忽然挪身用手轻轻去摸那把菜刀。刀刃冰凉,他摸了一下,又放下了。他又摸了一摸灶头上的那盒火柴。忽然,自己好笑起来,悄悄在心里自言自语:刘三保啊!"老寿星"!今夜就是你的末日了!人叫你"老寿星"不是开玩笑吗?你算什么"老寿星"呀?你是短命的"老寿星"呀!……他苦笑了,心里继续自言自语:唉,到了这步田地了,看到这许多东洋畜生!难道你还想活?你还活得下去吗?他摇摇头:不活了!一定不活了!老子要杀!要拼!

到了下半夜,风大天寒,他坐着,身上冻僵了。听听四下里一片死寂,他起身伸伸手足,活动活动。在黑暗中,摸起火柴,攥起菜刀。他知道,外边客厅门前卡车旁边有鬼子宪兵放哨,他决定不去那儿。先一会儿,他见厨房隔壁原先尹二住的房里住有鬼子。就是戴眼镜拽住狼狗不让狼狗再咬他的那个日本宪兵。这个戴眼镜的鬼子脸面比较和善,倒似乎还不坏,但能饶恕他吗?不能!谁叫他也来中国打仗的呢?难道他就没有开枪杀过中国人吗?杀!妈的!一个日本人我也不饶!

他决定先摸到尹二原先住的这间房里去,从这儿开始杀起来。他从厨房里踅出来,听到房里有人打鼾。他心里兴奋,跛着上去,在黑暗中轻轻推开门摸进房去。他脑门子上暴出几条蚯蚓似的青筋,面色变紫,鼻孔一张一翕,喘着粗气,尖尖的喉结在脖颈上吃力地滚动了几个上下。尹二的小床上,睡着戴眼镜的日本鬼子,眼镜好像没有戴,可能是睡觉摘除了。太黑暗了,看不真切。他眯着眼扑上去,用粗大多茧的左手揿住鬼子的胸,对准咽喉一刀,又一刀,再一刀。日本兵哼了一哼,挣扎了几下,脑袋就离开脖子骨碌碌滚到地上了。他感到鲜血溅得到处都是,心里高兴,想:好呀!够本了!

然后，他从床上拖下一条破棉絮，抱在手里，又伛偻着身子悄悄踅进了吃饭间，吃饭间里没有人。他没有再走进去，怕惊动鬼子。正是鬼子好睡的时候，也许轻微的声音鬼子听不见。可是，何必冒这个险呢？他脱下了浸满汽油的棉袄、棉裤，身上只剩下单衣、单裤。他把棉袄棉裤连同破棉絮堆在吃饭间的屋角，轻轻将几把木椅搬到近旁。然后，他"嗤"地擦燃了红头火柴。

他想：就是烧不死你日本鬼子，宁可烧掉这大洋房，也不能让你们这些龟孙住！

火着了！在浸透汽油的棉衣裤上熊熊地燃烧起来，照得红光闪闪。"老寿星"刘三保有些心慌，绾起单衣袖管，攥着菜刀，出了吃饭间，通过走廊摸向家霆原先住的寝室里去。他估计那里一定睡的有人。他要再杀一个、两个……进去他怕被发觉，于是，他站在靠近楼梯旁的冯村那间寝室门口，紧攥菜刀等待着。

一会儿，火烧起来了，一股股浓烟充塞在走廊里，火光熊熊辉映。"老寿星"刘三保心情紧张。突然，听到尖利的哨子声，又有鬼子兵哇里哇啦的叫喊声。已经惊动了鬼子！果然，有鬼子从楼上连滚带跑地冲下来。他瞅准时机，迎面干净利落地劈头一刀！又狠狠一刀！鬼子一个倒栽葱，跌到一边去了。但后边的鬼子开枪了，"砰！砰！"枪声和浓烟中，白发的"老寿星"刘三保扔出了菜刀，仆倒在楼梯旁的地上。鲜血，从他的胸口、腿上喷出来，无情地浸染在地上。

鬼子后来气急败坏地到处搜查，如临大敌。最后判明：放火和杀人的，就是瘸腿的白发老头儿。火，被扑灭了。鬼子围拢来，检查这个穿单衣的老人，只见他怒眼圆睁，死未瞑目。奇怪的是这个有古铜色脸庞的粗壮老头儿，两条臂膀上都各刺着一条昂首腾飞的青龙。

第七卷 香港宦游人，满目兴亡事

(1937年12月—1938年4月)

历来光明总是与黑暗并存，高尚总是与卑鄙同在。正义与邪恶、美与丑、苦与乐、爱国与卖国……总是对立统一地存在。任何时候，这都并不奇怪，也不可怕。

——摘自创作手记

一

　　从靠近香港湾仔海边"六国饭店"二楼面向大海的豪华大房间阳台上眺望日出，海水衔着旭日，血一般鲜红的朝霞洒落在五颜六色的海轮和蔚蓝色的海面上，景色美丽极了。

　　香港，这块由英国从清廷手中硬割去的领土，被叫做"女皇王冠上的宝石"，名不虚传。隔海，对岸是九龙。来往于海峡间的渡船正在破浪开动，对岸栉比鳞次的建筑物上，浮动着烟囱吐出的浓烟淡烟。维多利亚湾那碧绿发蓝的海面上，飞翔着成群的红嘴白翅海鸥，忽高忽低，"嗷——嗷——"地叫着。香港的海边，有打着布棚的食品摊出卖牛奶、咖啡、果酱白脱面包。轮船和渡船喧嚣地鸣着汽笛。街边骑楼下，人流来往。街上车辆拥挤，双层的电车"叮叮当当"地在沿着轨道行驶，"的士"和"巴士"排着队，新式的"林肯赛飞"流线型轿车和"福特"牌汽车衔尾奔跑。

　　自从来到香港一个多月来，童霜威一家三口都感到这里歌舞升平，远离战争，都感到这里跟上海相似：繁华、喧闹，也有裹着头巾的印度"红头阿三"的黑脸，也有永安、先施等大百货公司……夜晚，山上、海上，灯光灿灿像钻石似的东一点、西一点地连成一片。皇后大道、德辅道上灯红酒绿，五色缤纷。霓虹灯将夜空映照得红红绿绿，光影闪耀照入窗户。一些灯光幽暗、神秘的小酒吧，洋琴鬼奏的软绵绵叮叮咚咚的乐曲，从门隙窗缝里流出来，迷幻而神奇。外国水兵和水手们带着"咸水妹"进进出出。……但是，究竟不是上海。住在这里，童霜威老是感到是在异乡做客，方丽清老是嘀咕着要回上海,童家霆老是怀念南京,想摸一摸回忆中南京学校教室里的那张课桌,看一看潇湘路一号故居中的那个花园。

在粤汉路坪石站遇到轰炸造成的心灵上的紧张、恐怖与创伤,方丽清平复得最快,她已经从来不提金娣了。童霜威在吃饭时偶尔会说:"金娣死得真可怜……"家霆不多说话,心里却常想念着金娣,想着在南陵县时同金娣一起在后院种过凤仙花,种过兰草;想着从南陵到武汉的那段生活;想着在武汉同金娣的谈话;想着金娣的惨死。说不清是一种什么感情。当然包含着同情和怜悯,但确实是有朦胧滋生的少年的爱情。每当想到金娣,心里就会厌恶方丽清,厌恶得一眼都不想看她,一句话都不想睬她。

刚来到香港不久,最关心的当然是南京的消息。每天一早,家霆就到"六国饭店"门口的报摊上或从叫卖"新闻纸"的报童手上去买报。买张《大公报》,或者买张《南华日报》,将报纸迅速交到童霜威手里。从报上,陆续知道南京沦陷后,日寇有计划地进行了惨绝人寰的大屠杀,纵兵放火,奸淫掳掠,下关江面江水尽赤,马路上尸体纵横,无人收埋。就是在日本华中派遣军总司令部松井大将骑着大马耀武扬威地举行"入城式"和"慰灵祭"的那天,南京城内的大屠杀仍在继续,市内依然尸首遍地、暴行不断,而且有几处火头仍在熊熊燃烧。报上还登过一条消息:南京沦陷后,全城日寇到处杀人。两个日本军官举行杀人比赛,方法是用刀劈。在两人砍杀的中国人都满一百时,就相约登上紫金山高峰,面朝东方,举行了对日本天皇的"遥拜礼"和"报告式",并为他们杀人的"宝刀"庆功。这以后,其中一名日本军官又添杀了五个中国人,另一名日本军官却添杀了六个中国人,取得了胜利。报纸上还转载了《日本广宣报》上刊登的这两个刽子手手握军刀和人头"膺惩支那""耀扬国威"的照片。

"南京会被日本鬼子杀死多少人呢?"家霆那天看了报纸后问

爸爸。

"怕要有几十万吧?"童霜威沉思着答,脸上流露出痛苦,"看来,比'扬州十日'、'嘉定三屠'还厉害得多呢!"

"小叔不知怎样了?还有尹二、庄嫂和'老寿星'?"家霆怀念地说。

童霜威闷闷地点头:"是啊!"

"我们潇湘路的房子不知会不会被毁掉?都是你呀!老是说这仗打不长打不长!那么多物件都没运走带走!我的银台面也丢了!"方丽清说起房子和银台面就怨气冲天。她穿了一件黑色平绒的旗袍,衬得皮肤白皙而丰腴,正在梳妆台前卷头发。

谁知道?谁能说?童霜威合上报纸,眯起眼来,无声地默默吟诗:"昨夜分明梦到家,飘摇依旧客天涯。故园门掩东风老,无限杜鹃啼落花。"吟罢,长叹一声,心里像灌满了醋似的一阵酸楚,不愿再多说什么了。在南京度过的和平时日,难忘的金陵风物,从玄武湖的莲藕到夫子庙的小吃⋯⋯都使他留恋难舍,黯然伤神。他心里想:唉,如果我们国家强大,何至于败?何至于受日本这样的蹂躏?⋯⋯

南京大屠杀的阴影笼罩在童霜威一家的心灵上,当然绝非短期就能消失。香港的生活是容易打发日子的。住在"六国饭店"里,有和蔼、清洁的女侍和聪明伶俐的仆欧服侍。每天上午,一家三口,照例是学香港人的习惯,到金龙酒家、绿羽茶室或吉祥茶楼去饮茶、吃广东点心。从虾仁饺、三鲜饺、叉烧包、猪油豆沙包、芋角、蛋挞、马蹄糕、千层油糕,一直吃到鸡肉包、干蒸烧卖、牛肉精丸、荷叶糯米鸡、蛋黄鱼饼、芙蓉面⋯⋯消磨几个钟点是很容易的。闲来无事,一家三口就到热闹繁华的皇后大道逛公司和商店。方丽清照例要挑肥拣瘦地选购一些她心爱的花边、衣料、鞋袜、化妆品。香港的进口货因为免税,比上海便宜。每一百元港币合一百零六元法币。皇后大道和德辅道上都有不少兑换港币的小店,随时可以兑换港币用。方丽清每到兑换法币时就心疼,总要嘀咕:"唉,这断命的仗要打到哪一天?花钱像流水只出不进怎么办?"

童霜威在这种时候,一般是学庙里的烂泥菩萨闭口不语。实在听不过去了,才顶上一句:"可不能说什么'断命仗'!抗战嘛,不打也不行!中国人不该说这种话!"

方丽清一般也就不吱声了,有时却会蛮不讲理地板着脸反驳:"就是断命仗!不是断命仗我们会丢掉南京的公馆跑到香港来住旅馆?就是断命仗!断命仗!"

最后,当然是童霜威让步。家霆在旁边看了,心里想:爸爸,你也忒无用了!对她老是迁就,我看你怎么得了?

对香港的一种好奇、新鲜感,在度过了一个多月以后,正在逐渐消失、变化。生活显得单调、暗淡,正如战局一样,使人提不起劲头来。刚来时,在馆子里吃点海鲜,吃点广东菜,不管是鲞鱼炖咸蛋、芙蓉青蟹、脆皮肥鸡、蚝油牛肉,或是西洋菜鸭肫汤、香肠炒菜苔,甚至连一煲一煲的蒸饭都是新鲜的。时间长了,感到腻味了,想吃自己家里办的家常便饭了。庄嫂办的饭菜、金娣办的饭菜,都是那么可口,吃了那么受用。但,想这些有什么用呢?庄嫂在南京也许早就遭到不幸了吧?金娣已经埋葬在坪石车站旁竹林边的荒地上了。想起这些,徒然是一阵惆怅而已。

当然,无论如何,住在香港摆脱了战争的威胁,没有敌机空袭,没有一种军事上的压迫感,也不像在武汉时要经常考虑下一步往哪儿跑,这是多么可贵。远离战火,在香港作寓公,有点像置身世外桃源,也有点像可以作壁上观的中立地带,可以超然于战争之外,寻欢作乐。歌楼舞榭,彻夜营业。大的酒楼、馆店里摆着鸦片烟具,爱抽的随便可以抽上一口;对茶房打个招呼就可以叫浓妆艳抹的"条子"①来侑酒陪伴；在"六国饭店"里，日夜可以听到潮水般的麻将牌声浪，看到衣履入时的绅士淑女买赛马票、去戏院和舞厅；到橱窗华丽的外国店里，方丽清可以买到摩洛哥皮的钱包，真可可牌的丝袜，皇妃牌香水……五光十色的广告，堆满商品的店家。只要有钱，居住在香港终究还是舒服安适的。

童霜威从武汉来到香港，心里有一种歉愧。总感到在抗战军兴的非常时期，不应该离开政治中心来到香港。要是被毕鼎山那样的政敌知道了，会作为话柄、作为攻击的借口。既有这种想法，从来到香港开始，就决定隐姓埋名，采取秘密状态，使自己处在一种不事宣扬与人隔绝的状态中。这样进可以攻，退可以守，要少许多麻烦。何况，政事复杂，香港社会中人事波澜更多，自己还是不卷入任何漩涡中为妙。因此，在"六国饭店"的旅客登记牌上，写的是假名："韦桑彤"，是将"童霜威"三字颠倒过来的谐音。名姓一改，谁也无法从旅馆的登记处找到"童霜威"了。同时，他也不拟去主动认识什么香港的名人或者富商。听说新任的两广监察使、自己的老朋友谢元嵩常在香港，却也故意不去打听他在哪里。战争会打多久呢？战局会如何发展呢？一时还看不准、拿不定。他决定用上海人说的"孵豆芽"的方式在香港生活下去，观察一段再说。

方丽清渐渐不习惯了，埋怨说："我们又不是见不得人的人，为什么不敢敲锣打鼓出头露面？在这个杀千刀的香港，连个打小麻将的牌搭子都没有！"

童霜威解释了一番。方丽清似懂非懂，耸耸肩膀，说："要是这样子下去，我就回上海！我早想念姆妈和两个阿哥了。"

童霜威不敢多说了，心想：唉，谁叫她比我年轻十多岁呢！她还是老姑娘脾气嘛！她要真走了，甩下我和家霆，一家人分在两处也不是个事呀！于是，又反复劝解，陪着上馆子、看电影，求得个回

———

① 条子：狎妓者将写一张条子叫来陪伴的妓女称作"条子"。

心转意,大事化小。

家霆老是不能上学成了一个问题。到香港后,童霜威先是带家霆到皇后大道上的书店里,选购了不少杂志和书籍给他看。孩子的兴趣渐渐倾向于文学了。对鲁迅、茅盾、巴金、冰心等一些作家的作品都有兴趣。童霜威喜欢让孩子多看点历史方面的书,还要他多背诵点《古文观止》《东莱博议》和唐诗宋词,就给他买了这方面的书。这些书,家霆都愿意要,但额外要买大量的小说、杂文。孩子逐渐在成长,童霜威觉得看点书总是好的,当然照买。又觉得光靠孩子自己看看这些书不行,想去找个初中学校让家霆去上学。可是,学校离得远,家霆又不会讲广东话,不愿意去上。更麻烦的是:家霆如果上学,吃饭等等都要定时定顿,方丽清早已宣布:"我可不会侍候人上学!"又嘀咕说:"要上学急什么,以后仗打完再上就是!急眼前几个月干什么?"童霜威只好决定看看等等再说了。碰巧,半个月前,冯村从武汉来信,信上说起:"家霆年岁小,在香港住闲不好,还是应当上学。"信上又说:"我有个熟人名叫黄祁,是个正派有学识的青年,大学毕业后在香港帮人办过报,后因与报馆老板意见不合辞职。目前,给人家做家庭教师,建议请他每天上午给家霆补习功课。每月可按香港时价付给报酬。他的地址是湾仔193号。我已写信给他拜托他这件事,望嘱家霆去找他联系补习事宜。"

童霜威觉得冯村的主意出得好,拿信给家霆看后,对家霆说:"家霆,你马上过阴历年又要大一岁了,冯村的建议很好。你快去找一下黄祁老师,以后让他给你做补习老师,待遇请他说就是,每天上午你去找他补习,下午可以自己做做功课。你看怎么样?"

家霆当然高兴点头,自己去到湾仔找到了黄祁。黄先生是一个前额宽广戴深度近视眼镜的青年人,稳重、严肃,二十七岁,说一口广东口音的普通官话,热情、和蔼,说:"我收到冯村兄的信了。

你每天上午来吧,我一定尽力而为。"从半个月前,家霆像上学似的,早饭后就去湾仔找黄先生补习功课了。方丽清本来对一个月要付出四十元港币心疼,童霜威坚持,她也不愿意这个儿子整天守在自己身边,勉强同意了。家霆每天显得忙忙碌碌,童霜威在孩子的安置上找到了办法,感到心里愉快。

今天早上,家霆照例又去湾仔了。童霜威独自在面向大海的阳台上无聊地看着海景和街景。看了一会,心里气闷,肚里早上吃的广东面条太硬,不消化,进房对方丽清说:"丽清,走,去海边散散步吧。"

海风携来海水拍岸的模糊的声音,飘浮空中,如同弦音的余韵一般缭绕不散。

方丽清正坐在沙发上翘着手指用发卷卷头发,脸上毫无笑容,阴阳怪气地说:"天天散步,早也散,晚也散,也不见你拾到个金元宝!有什么意思?我不去!"

童霜威见她一动也不动,心里叹口气,说:"那我去散一回步。"他拿起灰兔子呢礼帽往头上一戴,在镜子前整了一下灰呢西装内白衬衫上的黑领带,独自出房走下楼来,出了"六国饭店",漫步走向海边。

天色阴沉,海风吹来带着咸味。这时候如在南京或武汉,是冻得人围炉子烤火的冷天,香港的温度可爱。衬衫外两件毛衣一件西装,不穿大衣已很暖和。童霜威走到海边,沿着海向湾仔方向走。海边,停泊有外国货轮,白羽红喙的海鸥在介乎宝石蓝和翡翠绿之间色彩的海面上飞翔兜圈。远处一些黑色船身、白色船身的巨大邮轮和灰色的英国军舰,汇成一幅色彩鲜明的巨大的海港画面。童霜威散着步无聊地欣赏着。一伙黑人水手在码头上拉手风琴唱歌;一个英国水兵挽着一个打扮得像外国人的广东"咸水妹"走路;一个金发红唇牵着巴儿狗散步的白种贵妇人;还有一个瞎了眼的乞丐捧着"克宁"奶粉空筒,在吃讨来的残羹剩饭。

童霜威爱海的宽广、动荡、奔腾。他沿着海边走,有意找停泊在海边出卖海鲜的木制舴艋舟看。他爱看舴艋舟上的渔民大姐在海边做生意。小舟分成三节,中间一节船舱底板上有洞,可以渗进海水来。各种各样的海鲜:石斑鱼、黄鱼、红鱼、铜盆鱼、车盘鱼、鲎鱼、老鼠鱼……连同梭子蟹、青蟹、龙虾、明虾、海星……都汇集在这里。小舟成群紧靠在海堤下,买鱼的顾客用手一指,点明要什么鱼,卖海鲜的广东大姐马上用网兜舀了鱼递上来,讲了价钱给买主提走。买鱼的、看人买鱼的都群集在水泥浇建的海堤上边。童霜威自小听说:黄鱼离水即死,从来吃不到活的。在这里,黄鱼养在小舟上的海水里,也是活的,实在有趣。童霜威站在海边,看着买鱼和卖鱼,心里不禁想:唉!可惜是在香港,可惜我的家在遥远的南京,可惜家破坏了。现在住在"六国饭店",在人家眼中我可能不算失意,实际呢?我不过是个无家可归的流浪政界人士罢了!如果有家,如果庄嫂、金娣仍在,今天我也要买一些海鲜回去,让她们烹调出来品尝一顿。唉,这样的事,看来容易,实际离我已经很遥远了。想着想着,心情低沉,不禁感慨地吟诵起南宋词人刘辰翁的词句来:"……想故国,高台月明。辇下风光,山中岁月,海上心情。"

海浪在动荡,水浪是透明的绿。海水忽而勇敢地冲向海堤,又忽而胆怯地退缩,"哗——哗——"吐出沙砾,吐出毛茸茸的海草和死去的海螨、贝壳……

童霜威正要踱步回去,背后有个沙哑的嗓子在高叫:"童秘书长!"

童霜威心里一惊:谁呀?回头一看,一个穿黑西装的人,梳着分头,有一双像对谁在生气的眼睛。童霜威立刻认出:呀!这不是从安庆到武汉时,在"大贞丸"难民船上见过面的中央社记者张洪池吗？这个新闻记者那次在报上发了一条童霜威到达武汉共赴国难的消息，是起了好作用帮了忙的，自然不可怠慢。童霜威虽想在香港隐姓埋名，面对面地遇到了新闻记者，不理是不行的，理他则又怕防线会被突破、崩溃，在一种尴尬的局面中说："啊，是张先生啊！幸会！幸会！"

张洪池笑着上来握手，他连笑的时候两只眼睛也仍像在生气，说："童秘书长什么时候到的香港？我还以为您仍在武汉哩！"

童霜威掩饰着辩解地说："轰炸太厉害！内子身体不好，我也血压波动，来此治治病将息将息的。"

张洪池精明地问："童秘书长住在哪里？"

童霜威欲待不告诉他，又一想：不好！新闻记者是"无冕之王"，得罪不得。而且，看来此人不会有损于我，便老实告诉说："就在'六国饭店'。"

张洪池"啊"了一声，说："童秘书长不知道吧？萧隆吉先生也住在'六国饭店'里，你们一定是熟识的吧？昨天我去找他时，看过旅客登记牌，上面没有您的名字呀？"

童霜威笑笑，坦率地说："我用了个'韦桑彤'的名字，旅馆里太复杂，我不想多给人知道。"接着，立刻问："怎么？萧隆吉他也来了？"

张洪池"咯咯"笑了，说："萧隆吉先生同你一样，也用了个假名字，叫作'龙吉'，你们都异曲同工改了名字，神仙也猜不着呀！"

童霜威打哈哈，说："怎么样？到我那里坐坐吧。见到你很高兴。你是从武汉刚来吧？倒想听你谈谈时局哩！"

张洪池点着头说："时局，该让萧隆吉先生谈。别看他如今是银行家，他可是一个能左右逢源、通天通地的人物呢！"

童霜威早年就认识萧隆吉。萧隆吉在华北，早年与北洋军阀关系密切；前些年，做过天津海关的负责人，后来又是私营大通银行的总经理。大通银行与日本帝国主义暗中有些关系的事又是公开的秘密。萧隆吉是个著名的亲日派,与日方秘密交往不少。日本搞"华北特殊化"时,据说他在中间穿针引过线。抗战开始后,他离开华北,先到南京后到武汉。大通银行已经由天津迁到了重庆。听张洪池的话里有话,童霜威一面和张洪池向"六国饭店"走去,一面问:"你知道他来香港是干什么的?"

张洪池笑笑,两只生气似的眼睛斜睨着童霜威说:"大人先生们的事,我们很难猜测。所以,老想多找他谈谈。我们做记者的人,要眼观四面,耳听八方。人说我们是'无冕之王',其实可怜!我们有的只是一双跑不断的腿,一支写不秃的笔,一根嚼不烂的舌头。"他走路姿势有趣,两手甩动,两脚外八字,像只鸭子。

童霜威听他说得有趣,哈哈笑了,说:"哪里,你们做记者的,人都敬畏三分。明代散曲家王磐有首散曲里说过:'喇叭,唢呐,曲儿小,腔儿大,官船来往乱如麻,全仗你抬声价。军听了军愁,民听了民怕,那里去辨什么真共假?……'我看送给新闻记者真合适!你们的威风大得很!想怎么写可以怎么写,想捧谁可以捧谁,想贬谁可以贬谁!不是'无冕之王'是什么?"

张洪池摇头说:"哈哈,我的秘书长!你把我们做记者的骂得好苦!其实做记者的是小人物,可怜得很!不说别的吧!薪水少,开支大。比如来到香港吧,金钱社会,单单'穷'这一条就叫人英雄气短!"

童霜威听他那口气,是要开口敲竹杠的样子,马上不想往下讲了。哪知张洪池很乖巧,说:"童秘书长,上次从安庆到武汉,我给你在武汉发过一条消息,不知可还记得?"

童霜威忙点头答:"啊,记得记得,当然记得!"

张洪池用右手理理一头蓬松的头发,说:"童秘书长,我对你推心置腹说几句吧!我看你,现在并不得意。其实,你要得意我倒是未始不可助你一臂之力的。我可以自己出马,也可以找我的一些拜把子兄弟们帮忙,给你抬抬轿子,像你刚才说的那样:'曲儿小,腔儿大!'给你抬抬身价!我想,只要重庆、武汉、香港报上一吹一捧,马上能引起中枢注意。我张洪池最讲义气,也最爱打抱不平。我看你是位很了不起的政治家。我希望你春风得意,我们也好攀攀高枝沾沾光!说来难为情,香港开支太大……"

快到"六国饭店"门口了。童霜威心里明白:今天倒霉,碰到一个扫帚星,甩是甩不脱了,又怕得罪他,只得勉勉强强地说:"我这人哪,历来不求闻达!你的好意我很感激,但目前时局蜩螗,我只想平平安安,不想轰轰烈烈。以后若有借重再去麻烦你吧。"讲到这里,见张洪池脸色难看,两只眼睛更像生气了。童霜威只好转圜说:"不过,刚才听你说起在香港开支大,不知是否有困难?……"说这话时,心里希冀张洪池客气一下,说没有困难,就可以顺坡下驴了。

谁知,张洪池脸色松弛下来,呵呵一笑说:"童秘书长别见笑,我现在是囊中羞涩。秘书长如果方便,请借五百元给我。我是不会忘记人对我的好处的。区区此数,想必不会见笑推托。"

童霜威心里有点懊丧,想:真倒霉!碰到个瘟神!居然狮子大开口,一借就要五百,真是把我当大财主当冤大头了!要是给方丽清知道了,不知要心疼到什么程度呢!知道钱借给他等于是肉包子打狗有去无还,又不能不借,只好说:"你借的数字不算多,也不算少。我赋闲客居在此,也自困难。五百元的数字大了!这样吧,我等一会去内人处取一些作为奉送,幸勿客气。"

张洪池的脸色难看起来了,笑笑说:"童秘书长,不必了!我说的是借,就不是要人奉送,就一定会还。少于此数,借了也无用。秘书长既不方便,就免了。香港这地方,凭鄙人的交游,想借点钱并不困难的!"说完,冷起了脸。

童霜威心里生气,明白碰到的是个老于此道的政治流氓,也明白这种人嘴上说有借有还,实际钱借给了他是丢在水里无踪影了。但不借又明放着得罪了他,也不知什么时候会受他报复,心里叹口气想:只有罢罢罢,如其所请,马上言不由衷地说:"当然!当然!既然你有燃眉之急,我自当为你分忧。这样吧,等一会去看完萧隆吉,到我房里去,我找内人拿了给你!"说话时,心里懊丧,想:这家伙,冯村怀疑他是"特"字号的,很有可能,所以派到香港来了。看来,他是摸清我底细的,知道我在国民党内无派无系,是个孤家寡人,上无根,下无腿,捏了软柿子也无人为我打抱不平,所以敢放肆。心中对这种"特殊人物"更气恼了。

张洪池听了童霜威的话,"唔"了一声,连连点头,脸色和缓起来,看得出他心里高兴。

两人一起进了"六国饭店"。张洪池指指楼上,说:"萧隆吉住在三楼307号房间。"他和童霜威一起上了楼,到了307号房间门前,张洪池勾起右手食指"笃笃"敲门。

门一开,穿西装的萧隆吉挺着大肚子叨着烟斗出现在门口。他喝得酒意阑珊,红着脸,秃了顶的大脑门上油光光地溢出脂肪,虚胖的一张老太婆脸上红通通的,似笑非笑,喷着酒气说:"哈哈,稀客!稀客!"说着,同童霜威、张洪池握手,请他们到屋里坐。他握手也怪,同人握时轻得一丝力量也不用,仿佛怕同人握手时感情上有交流,轻轻一碰手就缩回来了。童霜威同他握手,立刻感到这种人是诡谲、无情的。正像萧隆吉那张似笑非笑的脸一样,叫人无法捉摸。

童霜威说:"隆吉兄什么时候到的香港?"

萧隆吉含糊着说:"到了些天了。"反问:"你呢?"

童霜威也含糊着说:"也到了些天了。住在一个饭店里,只是未曾谋面而已!"

华丽的房里,有一股酒精味,这并不是萧隆吉喝酒的气味。原来,桌上有一只雪白的小脸盆,装着酒精,里边泡着许多玉器:刀币、小玉璧、玉戒指、玉扇坠、玉蜻蜓……还有翡翠首饰、鸡血图章。

张洪池朝盆里瞅着说:"嚄,隆吉先生,这些假古董还泡在酒精里哪?怎么还不退给古董商?"

萧隆吉脸上似笑非笑,说:"酒精一泡,倒也不一定全是假的。天下事都常是这样,真真假假!"他去斟茶拿烟。

童霜威在沙发上坐下了,听他们谈话,心里明白:萧隆吉有的是钱,到了香港仍在买古董。一些滑头的古董商人,弄了些假古董来给他。古董上的色彩都是做出来的,用酒精一泡,假的色彩就退了。真是小滑头碰到了大滑头,古董商人卖假古董,只能赔了夫人又折兵。因此,听了萧隆吉的话,也哈哈笑起来。

萧隆吉给童霜威递了一杯茶过来,又给张洪池递了杯茶,将一盒"黄金龙"香烟放在茶几上,三人闲谈起来。

张洪池取一支"黄金龙"点火吸了,用两只像生气的眼睛瞅着萧隆吉说:"萧先生这次来香港,外边传说你有任务,看来你回避不了,也否认不了!"

萧隆吉似笑非笑,"吱吱"地吸着烟斗说:"我现在同政界无关,纯粹是金融界人士。新闻记者先生,不要乱猜测!"

张洪池"咯咯"笑笑,说:"以萧先生看,时局会怎么发展?"

从敞开着的楼上立地玻璃门望出去,不知什么时候,飘洒起丝一般细、雾一般密的潇潇细雨来了。

萧隆吉用嘴指指童霜威,说:"你问啸天兄吧!偌大的问题我可没法说。我怕你们这些新闻记者,要是我说一根鸭毛,到你们笔下说不定就变成一只天鹅了!"

童霜威哈哈笑了,说:"隆吉兄,此地没外人,随便谈谈,解解苦闷。说实话,我真想听听你的高见。"

张洪池喷烟说:"我可不是小报的新闻记者,我是中央社的记者,我向你保证,你今天说的我决不写。我的目的也同童秘书长一样,不过是想听听刚从武汉来的要人的高见!"

萧隆吉带着酒意的脸仍旧似笑非笑,喷着烟说:"哪有什么高见!不过,听说目前在中枢要人中流行一种说法:'和必乱,战必败,败而后和,和而后安。'这四句话玄妙,也很有道理!"

童霜威体味思索着四句话,明白这意思是说:如果过早地同日本媾和,必然会引起反对造成混乱的局面;如果打下去,必然要失败!怎么办呢?到了失败时再媾和,就可以取得老百姓的谅解,而相安无事了。他觉得这四句话的哲理,充满了消极悲观情绪,不太受用,便憋住不做声了。

张洪池又摸出一支"黄金龙"香烟来抽,说:"唉,'和必乱,战必败',是一点也不错的,时局的处境就是这样尴尬。和,太难了!战又失败,拿上个月南京沦陷来说,听说日寇整整屠杀了一个多月,死的有三十万人,真是惨哪!"

细雨用羽纱般的翅,飘翔、游荡在海面上,轻柔地在拂洒。从立地玻璃门里望出去,海上一片混沌。

萧隆吉突然气恼地喷着酒气,说:"打仗是开玩笑吗?能拿血肉去筑长城吗?说什么要与南京共存亡,要使敌人付出莫大的代价,都是吹牛放屁!结果呢?银样镴枪头!日军未进城,守城的大将都跑了!打不过人家日本不是明摆着的事吗?那就早点和吧!居然还死要面子活受罪,不肯和!德国三次想调停,老是因为共产党给压力,煽动舆论,谁也横不下心来面对现实,却要硬充好汉。谁都怕给扣上一顶汉奸卖国贼和投降派亲日派的帽子。于是,打吧!大家就这么受罪受下去吧!说实话,富人受罪是有限的。富人有钱,大不了多花点钞票,一样可以花天酒地,日本人的刺刀和炸弹也碰不到富人身上来。真正受罪的还不是穷老百姓?像南京城的十多万士兵和几十万百姓多惨？唉，我是不忍看到生灵涂炭呀！早有人骂我是什么亲日派了！可惜我自己无权做主，要不然，为了避免百姓遭难，我不怕自己下十八层地狱！我就敢站出来力排众议，力主议和！"说到这里，他突然问："啸天兄，你是留日的呀！要说亲日派，当年去过日本的老同志都可以算是亲日派！孙总理也就是一个！中日两国同文同种嘛！你对我说的话看法如何？"

童霜威听着他的话并不受用。一会儿，感到他骂得不在理上；一会儿，又想起了在南京作战的胞弟军威和留在南京的尹二、庄嫂、刘三保以及潇湘路一号的房子，感到心里凄恻。听他这样问，直率地说："日本首相近卫前几天不是已经发表声明了吗？说是'不以蒋介石为首的国民党政府为中日和谈之对象，中日问题绝无第三国调停之可能'，中日之间和平之门我看已经关闭了！"

从房间的立地玻璃门里望出去，潇潇的雨，摩挲着海峡中停泊的美国轮船和正在行驶的过海轮渡，以及带着白帆飞驶的游艇和红白的小型电船。

张洪池一直在大口大口吸烟，这时又换一支"黄金龙"，说："有时，这种表面文章也不可全信。"

萧隆吉像握手枪似的握着烟斗，皮笑肉不笑地说："记者先生，到底是有阅历的！不过，啸天兄，你是政海浮沉老于宦途的人了，你看问题不会那么简单，你应当谈谈心里话，让我们听听由衷之言。这儿是香港，什么不能谈？我们又都不是外人，谈谈怕什么！"

童霜威既不想得罪他，可也不愿不吐露心里话，说："和平谁不爱？战争给我吃的苦头也已不少，但日本帝国主义侵略我们已到非让我们做亡国奴不可的地步了。忍是无可再忍，自然只有打。我这人，有点书生气，有点爱国心。正因如此，我是认为应当抗战的。既抗战了，打得不好，只怪我们自己不争气。但还是得打下去！打下去总比跪着求饶好。我在日本时也有过不少日本好朋友,但现在要我亲日,我是亲不起来的。"

立地玻璃门敞开着,外边雨丝千缕,绵绵滴滴,海风吹来,空气凉悠悠的。海水似乎被雨洗净了,变得更蓝更绿。

张洪池笑了,说:"童秘书长说得好,可敬可敬!"

萧隆吉叼着烟斗也笑了,红着脸说:"哈哈,我起先想:啸天兄你是日本留过学的,说不定是个亲日派。所以抛砖引玉说几句,作为试金石,想兜出你的心里话来听听,谁知你竟是一个爱国的抗战派,可敬可敬。实话对你说了吧!我在这个问题上,是跟你毫无二致的。现在,要谈和,哪那么容易?现在,只有把抗战抗下去。依我看,中国的命运也许要寄托在英美等外国身上,希望他们能真正帮助我们制裁日本!"

听他这么说,童霜威如堕五里雾中,摸不准到底他先前说的话是真的,还是现在说的话是真的?心里倒是明白:话是谈不下去了。果然,只见萧隆吉脸上似笑非笑,像个泥菩萨坐在那里不再说话,只是不住地打哈欠。

打哈欠,等于是下逐客令,童霜威也觉得谈得无味,再坐下去也乏味,识相地站起身,说:"时候不早,我也该回去看看了。"

张洪池挽留说:"再坐一会儿吧,我有些事还没说呢。"

童霜威问:"什么事呀?"

萧隆吉也张开了眼,说:"你是消息灵通人士,有什么消息是应该及时告诉我们。"

张洪池喷烟说:"我是个马浪荡兼包打听!专门喜欢了解中央有哪些要人来到了香港,住在何处,有何公干。今天,你们要不要我提供第一批名单?"

萧隆吉取下叼在嘴上的烟斗,说:"我是新来乍到,当然要知道这个名单!"

童霜威笑了,说:"我倒无需一定知道。我来香港小住,并不想广交游,只想宁静淡泊,给内子和自己治治病。"

张洪池说:"不管你们想不想知道,我要给你们介绍一下:此地有个大富翁,名叫季尚铭,香港、九龙十多家大当铺全是他开的。他还经营珠宝生意,在缅甸、新加坡都有店号。他住在山光道二十二号。此人礼贤下士,十分好客,尤好结交政界人士。据我所知,从武汉来的要人,不少均常到他寓所聚会。他总是酒席款待,像个俱乐部似的。我前天去过一次,过了一个愉快的夜晚,见到了谢元嵩!"

童霜威听张洪池说起谢元嵩,嚷起来说:"啊,谢元嵩他也来了?我在武汉是听说他常来香港,可没想到他现在正在此地!"

萧隆吉打趣说:"他的两广监察使,应当改称为'两广、港澳监察使'。我听说,他常到澳门去玩七十六门轮盘赌,一赌就是几天几夜,输光了才离澳门回广东再去刮地皮。"

张洪池笑了一笑,说:"他对朋友倒是不错!谁有困难他很肯帮忙,不像有些人守财吝啬,没出息!"

童霜威生气地想:这个坏蛋!是指着和尚骂贼秃,骂我守财、吝啬、没出息。我能跟谢元嵩比吗?他是两广监察使,能刮地皮!我呢?我其实是高级难民!……只好闷声不响。

张洪池继续眉飞色舞地说:"我还碰到了谌有谊,这位曾任铁道部次长的改组派大将。可是听说他后来同汪精卫搞得不好,所以近来颇不得意。卸任以后,最近竟跑香港来了!"

雨天的海上留着一片氤氲的雾气,海水是一种淡淡的朦胧的蓝,海潮发出一种似有似无的"哗哗"声。

童霜威想:嗬,谌有谊也来了?问:"还来了谁?"

张洪池又换了一支"黄金龙"。他吸人家的烟,总是猛吸半支就扔掉的。他点火吸着烟说:"还有高无量,他也新从武汉来。"

高无量早年原在上海做过《民权报》的主笔,后来是南京中央政治大学政治系主任,与汪精卫、周佛海都比较接近,本是个"低调俱乐部"的成员。在离开武汉时,童霜威见他在《中央日报》上竟发表了一篇高唱抗战的文章。他忽而低调忽而高调,也不知是什么原因。现在,却也来香港做寓公了。

萧隆吉颇有兴趣地说:"洪池!这季尚铭的家里,我有兴趣,我喜欢热闹。我的意思,你无论如何要陪啸天兄和我去那里玩玩,认识认识。我们都是香港宦游人嘛,应当在一起叙叙。"

童霜威心里想:是啊,在此地确实十分苦闷,有点熟人叙叙解解闷也好,就也点头,附和着说:"是啊,是啊!"

张洪池点着头喷着烟说:"没问题!包在鄙人身上。拣一天,我一定奉陪两位前去。去之前,我先在季尚铭先生面前给你们大大吹嘘一通。看吧,他一定恭恭敬敬设宴招待。这种巨商富贾,腰缠万贯,钱多得用不完,就想结交官场人物,抬高身价。"

童霜威向萧隆吉告辞,同张洪池并肩走出来。走廊里,不知谁家的住房里在放薛觉先的唱片。南国的粤曲,使人感到一种异样的情调。

童霜威心里明白:五百块港币是鸡飞蛋打,不送给张洪池这个新闻记者不行了!既然送,就要送得漂亮,何必说"借",因此说:"洪池,你跟我到我房里去,我把那五百元港币拿给你。这不是借,是送!我现在不得意,等我有朝一日得意了,那时,别说这个小数,再大的数也好办!"

谁知,张洪池把头直摇,说:"算了,算了!我不想麻烦你了!童秘书长,你一定不方便,你的好意我谢谢了!"说这话时,语气生硬,脸色难看。

童霜威明白:张洪池既要里子,也要面子!又得罪不得!只好耐着性子一片好心地说:"你不要客气!我拿给你,我拿给你!我方便,我方便!"

张洪池这才嘻嘻露出一点笑容,跟着童霜威走,用他那老是像生气的眼睛瞅着童霜威,说:"这我知道!我这人知冷暖,讲义气,得人的点水恩当报以涌泉。谁对我好,我是不会忘记的!我在香港的任务有一条就是要了解中枢要人在港的动态与言论。您尽可放心,对你,我是不作这种报道的!"

童霜威在前面走着,听了他的话,不知说什么好,心里明白:这种人说话总是要打折扣的,又因被他平白敲了一笔竹杠感到窝囊。方丽清是一定要为此吵闹一场的。他仰赖自己早年在上海做律师时的收入,积蓄了一笔钱。后来,到南京进了官场,又积蓄了一笔钱。同方丽清结婚后,方丽清善于理财,不但自己有一笔嫁妆,还将他的钱交给哥哥立苏代做生意,增加了不少红利。但自从他下台以后,方丽清老是在叫嚷"坐吃山空",埋怨情绪很大,平日对他花钱卡得很紧。今天,被张洪池敲了竹杠,方丽清岂能平静无事?

想到这些,他不禁长长地叹了一口气。

二

阴历年快要临近,一种无可奈何的失意之感,使童霜威心上总像罩着浓云。这是一种岁暮时节,在阴霾灰暗的冬日黄昏,眼看一年即将逝去的历落心情。

他琢磨着,一年来得到的是什么呢?似乎什么也没有。失落了些什么呢?说不清,但失落的似乎不少。政治上、经济上、生活上,都是一笔负数,再也找不回来。住在"六国饭店"里,总像悬空吊着,很不踏实。整日除了看报、散步,就是到吉祥茶室或绿羽茶室饮茶吃点心,看看诗词,找人聊聊,间或逛逛大街,看看大海,似乎百无聊赖。他情绪十分低沉。听着街头和茶馆收音机里播放的粤曲,就感到凄凉。

自从那天同萧隆吉见面以后,童霜威就没有再去找过他。他也未来看望童霜威。童霜威只在"六国饭店"门口,偶尔碰到过他两次。一次见他拄着根"司的克",独自坐上一辆宝蓝色流线型汽车外出;一次见他挺着肚子叼着雪茄,拄着"司的克",有一个口红胭脂擦得分外妖娆的年轻女郎,挽着他的左膀从大门进来走上楼去。看来,他忙得很,童霜威也未同他打招呼,装作未看见就过去了。那个中央社记者张洪池,从那天拿了五百元港币走后,也不见踪影。他说的陪童霜威到山光道季尚铭公馆里去的事也未兑现。为了张洪池拿去五百元,方丽清心疼地嘀咕了好几天。童霜威当时曾对方丽清说:"你不要小心眼儿,这种人得罪不得!再说,他会找机会补报我的。"张洪池根本不露脸,童霜威也感到气恼,有一种上了大当的感觉。

翻翻日历,二月一日是阴历正月初一。离过年只有七天了,空气中似乎能闻到一种"年"的气氛。"六国饭店"账房间里,插着一瓶腊梅,一个白胡子广东账房先生正在用红纸写春联,写的是"爆竹两三声人间更岁,梅花四五点天下皆春"。也许离"年"近了,"六国饭店"里每层楼上许多房间里的麻将、牌九声和掷骰子声,响得更密更多也更高了。

童霜威不禁想起了往昔战前的一些过年景色:民国二十五年阴历年,在上海过的,逛了老城隍庙,立荪和雨荪在半淞园摆了春酒。二十六年在南京过的年,首都公务人员组成了提灯大会,一片太平景象,何尝料到半年后就爆发了战争?……

方丽清正坐在房里吃花旗蜜橘。她将一只用红色皱纹软纸包着的花旗蜜橘用刀切成四牙,正在剥皮吃最后一牙。房里弥漫着花旗蜜橘的香气。她仍是喜欢嘀嘀咕咕,总是伸出右手,屈起大拇指,就像她在南京时同庄嫂算小菜账时那样的数着开销,然后咕哝起来:"一百块港币要合一百十一块法币了!""在香港长住下去怎么得了?""我想回上海去!香港这地方我不喜欢!"

家霆照常每天上午去找黄祁先生补习。黄先生同朋友合办了个补习学校,收了一批学生上补习课。家霆上午上课,下午在"六国饭店"房间里靠近阳台的桌子上看书、看报纸杂志、写作文、读英语、背点古文和诗词。有一天,童霜威发现儿子的日记本放在桌边一堆书里。他翻开看过,儿子在日记上记了很多读书笔记,也记了很多往事。看得出他是多么思念南京,思念潇湘路,思念小叔军威,思念尹二、庄嫂和刘三保。他遗憾鸽子丢在家里了,遗憾集邮本没有随身带来还放在书架上,遗憾没有好好跟尹二学游泳。在一页日记上他写道:"啊!我就这样,告别了童年!告别了无忧无虑稚气的生活,离开了南京!"在日记上,他十分怀念学校里的生活:最后一堂课,最后一次和同学们在暑假里的远足,他也记下了对老师和同学们的印象。甚至还有一页是专记金娣之死的。从字里行间,童霜威体会到他对金娣有一种孩子气的爱情。

家霆不大说话,显得比战前沉静了,常自得其乐地哼哼歌看看海。童霜威总觉得,从"八·一三"到现在,仅仅不过半年多,这个孩子比以前显得大了。虽未再进正规中学,也确像是个初中学生了。家霆不大理睬方丽清,方丽清也不大理睬家霆。现在,家霆发展到逐渐对爸爸也很少说话,一般都是在同桌吃饭时有问有答式抽象地谈上几句:

父亲问:"家霆,你那位姓黄的老师教得好不好?"

儿子答:"很好。"他的声音显得平静。

"怎么好法?"

儿子思索了一下,回答:"比如,他给我们上第一课时,带了一只鼓来。讲课前,他先敲鼓,'咚!咚!咚!'我们不知他是什么意思。他说:看吧!牛皮鼓正因为肚里空空,才自吹自擂一切都'懂!

懂！懂！'你们可不要学牛皮鼓！你们需要懂得的事情还很多很多！……"

童霜威听到这里不禁笑了,这老师倒有点意思。

儿子又说:"那天,他给我们出了个题目:谁能把一间黑屋子,用一种东西立刻塞满？有人说:用稻草。有人说:用泥土。他说:不对,要注意'立刻'二字。我说:用水,加火煮,水汽弥漫,整个屋子就被水汽充塞了。他摇头说:也不对,要注意是黑屋子。我马上说:灯。他说:对啊,是灯！一盏光明的灯,黑屋子立刻会被光明塞满了。"

童霜威忽然敏感地觉得,就是这么一个小题目,似乎里边也酝酿着一种进步思想,马上想到:此人会不会是共产党或进步分子？他问:"你喜欢他？"

儿子点头:"喜欢！"

"除了补习功课给你们上课外,他同你谈谈吗？"

"谈的！"

"谈些什么？"童霜威问。

"什么都谈！谈抗战,谈国际局势。"

"嗬,谈些什么呀？"

"谈得多啦！"儿子低头吃饭不说话了。

童霜威想:孩子逐渐大了,有个后母在旁边,连生身父亲也从感情上疏远了。他有些慨叹,又感到无可奈何。随他去吧！有个先生给儿子补习功课总是好的。

时局的沉闷,政治上和事业上的不如意,香港客居生活的寂寞与无聊,家庭生活中的不协调,一切都使童霜威心事浩茫,加上现在面临着的阴历年即将来到,童霜威更觉感慨万端。早晨起床,家霆已经不在跟前,方丽清仍在熟睡,童霜威在阳台上看海,看着那浩瀚的蓝色大海,隐隐听着海水的"哗哗"吟唱,不知不觉,口占了一首七律：

> 卷地洪波滚滚来，
> 心情历落每低回。
> 眷怀家国愁千斛，
> 默念兴衰酒一杯。
> 黩武岂能吞禹甸，
> 扶危要藉济时才。
> 香江岁晚浑无赖，
> 客里又惊腊鼓催。

　　吟罢，不觉长叹一声，回身进房，用桌上的笔墨在信纸上将诗录了下来，填上年月日。写毕，忽然想：我到香港瞬已两月有余，从冯村由武汉的来信及寄来的报纸并从香港报纸上看，国民政府、中央党部虽然都搬到重庆去了，中央党政军方面的要人差不多仍集中在武汉。共产党的《新华日报》在武汉创刊了！邹韬奋等主编的《全民抗战》也复刊了！武汉的抗战空气很浓，我却跑到香港来做寓公，岂不是贻人以口舌？况且，来香港，在人家看来我实际是退出了抗战，对抗战消极悲观，有失败主义心理。这很不好！像我这样，谁又能考虑关于我的任命问题呢？想着想着，觉得自己当初贸然决定来到香港，未免失策，颇多失落之感。转眼又一想：离开轰炸，远离可怕的战争威胁，离开武汉官场的世态炎凉，来此也落得清净。现在，何不将这首诗抄了，分寄给武汉的几个比较熟识的当权人物，既表明心迹，说明我虽然不在武汉，仍一样对国事忧愁忧思岂不是好！何况，诗中有"扶危要藉济时才"一句，暗示了我虽有出山之意，只是无人借重。似这种隐而又露地发一发牢骚，有何不可？

　　主意打定，舀水磨墨，铺开信笺写起八行书来，决定给于右任、居正、汪精卫等一人一封，给在重庆的中央党部秘书长叶楚伧写一封,给叶秋萍、乐锦涛等也各写一封。当然,也给冯村写一封。写之前,用开水冲了一杯"阿华田"麦乳精喝着,一边喝,一边写信。只写完两封信,方丽清打着哈欠、伸着懒腰、穿着紫红睡衣起床了,问:"你在写什么?"

童霜威继续用笔舔墨写信,说:"写几封信到武汉去。"

方丽清嘀咕起来:"我看你这一辈子也没有交到什么知心朋友。你到了香港,也不见你那些在中央的朋友给你写信。人家早将你忘掉了!你白花邮票钱干什么?"她说着,转身去床旁叠被。

童霜威本来不愉快的心情,给她这几句话搅得更不痛快了,也不想理她,自顾自地写信。

方丽清叠好被,去卫生间里"哗哗"地洗脸用水。一会儿,出来梳头、搽粉和胭脂,自顾自地冲了一杯"阿华田",又开了一铁盒苏打饼干,独自吃起来。从上个月底开始,他们早点常采取这种灵活方便的办法解决了。照例,家霆起床后第一个自己吃点罐头炼乳或"阿华田",吃点饼干面包,去找黄祁先生补习功课。童霜威是第二个起床。方丽清是最后一个吃早点,吃完早点然后涂口红。

童霜威仍在闷闷地写信。近来,他同方丽清越来越少谈心。不谈心还能保持点和谐,一谈心就话不投机。此刻也是这样。

他正在闷闷地写着,忽听到门上"剥剥剥"有人敲门。他一边将正在写的信纸信封匆匆叠在一起,将信纸翻了过去,背面朝上,不知来的是谁,不希望让人看到自己在给谁写信,一边高声问:"谁啊?"

方丽清已经走过去开门。门开处,童霜威和方丽清看到站在门口的是张洪池。方丽清一看是那天敲五百元港币竹杠的中央社记者,心里来了气,板着脸,也不做声,闪身让到一边,走进里间盥洗室里去了。童霜威见是张洪池,心里先一动,马上镇静下来。从张洪池面部的表情上,他觉察到新闻记者今天来不像是再来借钱,而可能是有什么好事的。因此笑着说:"啊,多日不见了!忙得如何?"

张洪池趑进门来,自己在沙发上坐了,拿起茶几上"三炮台"香烟罐,抽出一支烟来点火,说:"童秘书长,我今天是代表季尚铭先生,邀请您和夫人中午到山光道他公馆里去便饭并打牌的;又代表谢监察使来先给你们问问好,他打算过几天来看望你们,要邀请你们到广东同乡会看潮州戏!"

童霜威听了,心里有三分快乐,想:张洪池借了五百元,可能这也算是他的一种报答。当然,是一种微小的报答,但总算是一种报答。在香港客居的愁闷与无聊,使他怅然若有所失。本来,只想隐姓埋名做做寓公。可是心情也矛盾。一是消息太不灵通,未免苦闷;二是谢元嵩做着两广监察使常在香港,却不来往,未免说不过去。眼看香港富户季尚铭广交中枢要人,自己却被排除在外,岂不也是一种奚落?现在,张洪池来代季尚铭、谢元嵩沟通,面子上好看,何乐而不为?却不表露,装得无所谓地说:"我同季尚铭先生素昧平生,哪好冒昧去打搅?"言下之意,已经接受了谢元嵩的邀请,只是对季尚铭的邀请表示一下谦让而已。

张洪池其实也懂,顺着童霜威的心理说:"童秘书长,您如不去,季尚铭先生是要失望的。我也就没有尽到责任了!他说过:务必要请大驾光临。他本来应当自己来邀请的,恰巧临时去了些人谈一笔重要生意,走不脱身,所以让我来了。"他看看手表,说:"已经十点多了,汽车在楼下等着,是不是请童太太准备一下,马上一起动身?"

童霜威略作矜持地问:"还有哪些客人?"

张洪池说:"都是熟人,有萧隆吉、谌有谊,有高无量教授,还有新来到的监察委员向天骥。"

童霜威暗想:嗬!萧隆吉看来已经早跟季尚铭挂上钩了。向天骥在汉口时说他要去重庆的呀,怎么也来了?对张洪池说:"好!想不到向天骥也来了,去听高无量、向天骥他们介绍一点武汉的近况,还是有意思的。"他朝着里房略略提高声音说:"丽清!"

方丽清没有做声,好像没有听见。

童霜威心里并不想带方丽清同去,嫌她既不善言辞攀谈,也不善应酬交际。她的面貌酷肖胡蝶,到哪里都会博得人夸赞,在这灯红酒绿处处有佳丽美人的香港,也一样引人注目。但她每每在宾客如云的场合,开口说出那种庸俗无知或吝啬可笑的话来,或者耍弄出古古怪怪的脾气来,使人对她大失所望,常使童霜威感到尴尬。又不能不邀约一下,只好对着里屋又说:"丽清,季尚铭先生请我们到山光道他的公馆里去吃中饭。你准备准备,我们马上走!"

没想到,正在嗑瓜子的方丽清竟突然爽快地"嗨"了一声,意思是她要去。童霜威只得在桌上拿起一张信纸写了个条子留给家霆,说明自己和方丽清到山光道季宅去吃中饭了,叫家霆回来后,自己到楼下餐厅吃饭。将纸条放在桌上。

盥洗室传出"哗哗"的溅水声。一会儿,方丽清涂了口红,换上了一件紫绛红衬绒织锦缎旗袍,外加一件领袖都镶着银狐皮的绿呢大衣。一经浓妆打扮,确实太像胡蝶了!她从里间套房出来,对着大衣橱镜子揿着球状喷雾器往黑发上喷香水。她头发用一根金丝的黑带扎在脑后,有心使自己显得洒脱。看来,是可以动身了。童霜威脑际忽然闪过柳苇的影子。柳苇从来没有这样华贵地打扮过,却端庄、朴素、清淡自然,像一块钻石,在朴素背景的衬托下反而更加晶光莹莹。童霜威起身走近衣架,将一件黑灰色夹花人字呢大衣穿在身上,戴上兔子呢的礼帽,对已经站起身等候的张洪池说:"那么,我们走吧。"

三人坐季尚铭派来的一辆流线型的橘红色福特车去山光道。车子内部宽敞,铺垫华丽,坐在车里,童霜威顿时想到了往昔南京的一切,心情立刻变得懊丧起来。他见方丽清绷着脸不言不语,心里猜测方丽清一定也在想着潇湘路,但不敢惹她,就也闷声不响。

山光道洁净得像水洗过似的,是香港上层人士的住宅区。到了一个有围墙的花园洋房的灰铁门前停下。汽车揿了一下喇叭,铁门开了,一些保镖模样的人站立两厢,汽车开进门去,里边是一个大花园。翠绿色的草坪和松柏,使童霜威眼睛一亮。汽车到一幢苏格兰式的二层楼洋房的客厅前停下。童霜威刚下车,看见一个三十六七岁的中年人穿件朴素的灰色长袍站在客厅门口拱手相迎。此人头顶微秃,戴副金丝眼镜,留三绺黑须,虽是中年,已经挺着肚子微微发胖。

张洪池马上介绍:"这是季尚铭总经理。"又介绍童霜威:"童秘书长、童太太。"

童霜威见季尚铭态度谦恭而又尊重,心里高兴,同季尚铭握手寒暄,两人都连声说:"久仰久仰!"

季尚铭十分亲热,说:"童秘书长光临,寒舍生辉!快请进去!他们都已经来了。"说着,他伸出右手延请童霜威夫妇和张洪池进客厅里去。

大客厅的地板是用彩色拼板一条条镶嵌起来的,墙是奶油色。天花板下,悬着一大盏用水晶玻璃制成的珊瑚状放射型的吊灯。挂在墙上的是贝雕和羽贴画屏,铺着大红的西藏地毯。有柚木的蓝沙发,落地的湘绣屏风,雕着龙凤的红木茶几……华丽极了!客厅中央,放着一张大理石圆桌。桌上放着两副崭新的扑克牌及黄、绿、红三色筹码。七八张椅子也已摆齐,看来是准备玩"沙蟹"的。客厅周围的一圈大小沙发上,坐着一批客人,有男有女。不知谁说了个笑话,引得大家"哼哼哈哈"地笑。童霜威和方丽清、张洪池被季尚铭陪着走进客厅,大家都起身招呼。

童霜威凝目扫视,只见有叼着烟斗胖得像条肥猪似的萧隆吉,有又高又瘦的谌有谊,有头发拔顶带学者风的高无量,也有穿蓝团花长袍戴眼镜留小胡子的向天骥。另外,是两个穿一色黑丝绒旗袍缀着银白色珠花的烫发摩登广东女郎,像是一对姐妹花,只是年龄悬殊。一个有三十八九岁,一个仅仅不过二十来岁;一个丰满,一个苗条,都是妖艳打扮,围着丝织的雪白披肩,手指甲涂着蔻丹,唇上涂着唇膏,出色得很,也都含笑站起,表示欢迎。季尚铭让童霜威同熟人们一一握手完毕,特意介绍两个女的说:"大麦和小麦,姐妹俩,香港的两朵牡丹花!"

从他对大麦、小麦的介绍和表情上看,童霜威明白姐妹俩是一对交际花,同季尚铭关系相当亲密,敷衍地轻轻握手,却发现方丽清在撇嘴,心里怕方丽清又耍古怪,所好方丽清也敷衍地同大麦和小麦握握手,童霜威就同方丽清在上首一张大沙发上坐了下来。

客厅里的人个个带着笑:大笑,微笑,开怀的笑,含蓄的笑,应酬的笑。

季尚铭热闹地说:"诸位,笑一笑,老来少!虽是非常时期,在座诸公多数从武汉参加抗战后来到香港,心中也许还在抗日,但人是不能缺少笑的。这是养生之道。见到各位人人都笑,鄙人非常高兴。现在,人已到齐,请开始'沙蟹'①吧!请请请!"他说得风趣,却又不俗。

他一说,萧隆吉、谌有谊、高无量、向天骥、大麦、小麦都上了桌。大麦用指甲被蔻丹涂得鲜红的手,又去拉方丽清上桌。方丽清正拿不定主意,童霜威说:"丽清,你就玩玩吧。"方丽清是个喜欢赌的人,也上了桌。

向天骥手摸摸小胡子对童霜威说:"啸天兄,尚铭兄公馆是个乐园,你何不也来玩玩'沙蟹'?"

童霜威笑了,说:"这就为难了!人都知道,我是从不会打

---

① 沙蟹:英语 Show-hand 的音译,一种扑克赌钱法。

牌的!"

他说的是实话。谌有谊说:"确实确实! 我早知道,啸天兄确实是不赌钱,也不寻花问柳的,赌钱就不勉强他吧!"

萧隆吉已经洗牌发起牌来,指着黄、绿、红三色筹码说:"黄的五元,绿的十元,红的五十元,小玩玩!"

季尚铭见童霜威不爱赌钱,说:"霜老,我陪你在寒舍到处走走谈谈吧。"

童霜威说:"好好!"他见这大商人倒是豪爽得很,而且不俗,心想:香港居,大不易,坐吃也要山空,既然政治上难以得意,倒不如在经济上找找出路。适当时候,可以委托他帮忙给做做生意。因此,很愿意同他谈谈。

两人走出客厅,季尚铭带童霜威走上楼去。童霜威发现他这房子里的布置很有趣。整幢房子是苏格兰式样的,进来以后,客厅是中国式的,出了客厅绕过两个宽敞的房间,布置却像是法国式的,跟上海著名的华懋饭店里的法国式房间相似。房里装有金色的壁炉,墙是雪白拍花的,给人典雅、洁白之感,墙上挂的均是巨幅铜边雕花的大镜框,配着法国风的裸女、城市生活、乡村风景的油画。可是现在上了楼,绕过楼梯过道到了一间华丽的会客室里,突然变成印度式的布置了:房顶是两只曲线球形状的圆顶,上面描绘着色彩古雅的波斯图案,闪耀着光彩,十分典雅辉煌。两边墙上,精雕着各种花卉图案,挂着印度风土、人情的油画。正面一排窗户,是红、黄、蓝、白相间的玻璃拼成的奇妙图案。阳光透过彩色玻璃折射进来,显现出一种神秘的带有瑰丽光彩的异国情调。季尚铭似是有意炫耀,又似对童霜威特别尊敬优待,竟穿过一间小会客室,将童霜威带进了自己巨大富丽的卧室。这里墙上有一幅醒目的约摸一丈见方的放大照片,是拼制成的。照片上,一个妙龄美女骑在马上。卧室里,两只印度式宽大的单人床成双放着,别具一格。素色的墙壁,绣着花鸟图案的地毯。

季尚铭请童霜威在卧室里的沙发上坐下。刚坐定,卧室门口出现了一个拖长辫的年轻广东大姐,长得花枝招展,浑身喷着香气,马上端茶盘送来两杯散发幽幽清香的盖碗茶,又敬上了一盒哈瓦那雪茄。

童霜威点了一支雪茄,不由得打量起那张引人注目的巨幅照片来了。照片放得真大,几乎占了整个半面墙壁。骑马的女子,约摸二十多岁,披肩长发,穿的紧身骑装,手执一根马鞭,骑一匹白马,英姿飒爽,秀丽的脸上洋溢着向往的神色。

童霜威不禁赞叹地问:"这是……"

季尚铭突然脸上似有感伤之色,说:"这是内子!去年秋天不幸患伤寒去世了。我们感情弥笃!她一去,我孤灯只影,不胜凄凉。我这胡子——"他捻着飘拂的三绺黑须,说:"是她去世后留蓄的,表示一点哀悼思念之意而已。"说完,叹息一声。

童霜威见他重感情,不禁起敬,说:"尚铭兄之为人,从此一端已可看出。钦佩钦佩!只是夫人既已仙逝,你年事尚轻,还是有个贤内助,续弦重弹花好月圆篇的好!"说着,不禁想到了刚才在楼下客厅里见到过的大麦、小麦,心想:看来,小麦似乎也颇得季尚铭的欢心,像季尚铭这样的大富翁,环肥燕瘦,还不任他挑拣,这种事何必要我费心。

正想着,不料季尚铭叹口气说:"唉,美女好找,知音难求呀!她的床我还依旧放在这里,她的照片我也依旧给她放在这里。我未始不觉得应当有人为我主持一下家政,但天涯何处觅芳草?我是'曾经沧海难为水,除却巫山不是云',心里不作续弦之想了!"

他说这话时,仍有炫耀的意思,童霜威听了却有感慨,明白:商人总怕官场中人小看他们腹中空空,觉得季尚铭有心炫耀也不奇怪。但季尚铭出口沾点风雅,看来读过些诗书。再从屋内布置上看,也颇风雅,不禁问:"尚铭兄经商之前,在哪里求学?"

季尚铭说:"我是香港大学毕业的,学的经济,本想去英伦留学,偏偏先父去世,遂只能继承父业了。其实,我对从政倒有兴趣,对经商,已经厌烦了。"

童霜威衔着雪茄点头,觉得季尚铭讲的是真话,心想:季尚铭所以设宴招待,热衷于同要人们来往,不外是想将来跻身政界或攀援官方,自己不禁深有感触地说:"其实,从政何如经商。政界风云险恶,互相倾轧,尔虞我诈,人情浇薄,世态炎凉。还不如商界的将本求利、信用至上。我在政界多年,已经厌倦,可惜弃政从商没有本领。著书立说,摇摇笔杆,也许倒是将来可行的。"

季尚铭诧异地说:"童秘书长是说笑话了!你在政界声望久著,商界岂能容得下秘书长这样的巨头?摇笔杆也不孚众望。以后,童秘书长要是在生意上有兴趣,想经营了玩玩,让我为你驰驱,尽管吩咐,自当效劳。请不要客气!鄙人以后在政界要仰仗秘书长的地方正多,要请你多多提携!"

童霜威听了,心里满意,哈哈笑着,说:"好呀好呀!尚铭兄,你年轻有为,前程无限,与你相识,真是相交恨晚!我对实业本来倒是颇有兴趣……"说到这里,立刻想起吴江的"威南农场合作股份有限公司"和江怀南来了,忍不住把战前拟在吴江与友人大办实业的宏图讲给季尚铭听,未提江怀南的人名,也未提和江怀南结识的来龙去脉,只讲了大致的规划与想象。

季尚铭听了,颇感兴趣,豪爽地说:"童秘书长,等将来有机会或者和平了,你的公司还可以办。鄙人也来投资,我们一起来搞一个托拉斯。有你在政治上做后台,我们一定可以发大财!……"他端起盖碗,请童霜威也喝茶。

童霜威被他说得也哈哈笑起来,端碗喝茶。

季尚铭放下盖碗茶,说:"童秘书长,走!我陪你到隔壁房里看看我的收藏,再陪你看看舍间的花园。"

童霜威点头说好,随着季尚铭走出卧室,又转到隔壁一间门上安着保险锁的大房里去。门上安着的保险锁,很像银行保险柜上的锁,是对准密码数字才能扭开的。季尚铭转动着开了保险锁,请童霜威进去,嘴里说:"童秘书长,我客人很多,真正被我请到这间房里来看看的,只是极少数。你是我的贵客,所以请你赏光。"

童霜威听了,心里高兴,衔着雪茄,进了大房。房里窗户紧闭,空气不好,有一股缺氧的陈旧气息。两只大保险柜,漆着棕色。另有两只大玻璃橱,还有一格一格的放置古董的木制曲折壁架。随季尚铭走近玻璃橱,童霜威不禁吃了一惊,见分成四层的一只大玻璃橱里,放的全是一尊尊金弥勒。

金弥勒由小到大,由一寸高的到八九寸高的,排列成行,一尊尊袒腹端坐。四层橱内每层足足有十多个,恐怕共有十几斤重,四层就是五十斤黄金了。另一只玻璃橱里,有一层是白金的,另三层也是黄金的。

童霜威再看看两只大保险柜,暗想:保险柜里一定是藏着金刚钻、珠宝、外币和存折、契约等等的。只见季尚铭指着许多放列在四周木制古董架上的古瓶、玉器、翡翠香炉、珊瑚、铜鼎、铜镜、古砚和刀币等说:"先君在日,好收藏古董,我的兴趣也不亚于先君。这儿只是一部分,还有大部分,包括古字古画,我存放在汇丰银行的保险柜内。童秘书长对古玩字画,是很内行的吧?你看——"他顺手拿起一个古瓷花瓶,说:"类似此种古瓶,我开的当铺里收当了何止几十个!多数是些败家子吸食了鸦片穷极潦倒来当的。当了以后又没钱来赎,过了期就死在当铺里了。秘书长若是喜欢,以后给你选点好的送去!"

童霜威忽然想起江怀南送古瓶的事。两只古瓶被方丽清带到上海送给她母亲当生日礼了。童霜威想:这个季尚铭实在是富比沈万山①了！看来是个手面阔绰之人。江怀南之送古瓶,是为了他的案子能解脱惩戒。季尚铭之对我,看来不外是拉拉友谊。这个人倒是可以交往的,嘴上说:"不不不,不必了!"心里确实也不愿无功受禄。

季尚铭似乎一直在炫耀自己的富足,又说:"童秘书长,我平素有个爱交游的脾气。有幸认识尊驾,有一种一见如故的感情,实在是缘分。秘书长现在住在'六国饭店',恐怕不很方便吧?是否请同夫人一起搬到舍间来住?"

童霜威见他如此热情好客,心里感动,不愿随便沾人的光,说:"在那里住,可以天天看看大海,在海边散散步,倒也能怡神养性,怎能来麻烦府上!"

季尚铭陪童霜威出了这间价值连城的收藏室,小心谨慎地拨动数字号码将门锁上,说:"下楼吧。到花园里看看,散散步。"

一个新式的旋转式楼梯,从二楼侧面通到楼下花园里。

童霜威无可无不可地咬着雪茄跟季尚铭下楼,进入了四周用梅花砖墙围砌起来的大花园。虽是阴历二月天,可喜的是花园里平坦的草皮一片悦目的翠绿,看了使人心情舒畅。近旁一个精致的喷水池里,围绕一个裸体美女的玉石雕塑旁,十二个细管喷出十二道细高的水柱。楼下一百多盆各色鲜花,竟有茶花、海棠、蟹爪莲、令箭荷花、吊钟花、兰花等七八个品种,争奇斗艳,开得色彩缤纷。

童霜威不禁"呀"了一声,说:"这时节,怎么已经繁花似锦了?"

季尚铭笑着说:"都是人工培养,在暖房里侍弄出来,由花匠搬出来陈设的。我的花园,早先内人在时,她爱花,一年四季,鲜花不断的。她特别喜欢樱花,在花园东边——"他用手一指:"有十六棵樱花,每年春天,开得像一片桃色的云彩,最美了!可是今年花开

---

① 沈万山:相传是南京明朝时的巨富,家有聚宝盆。

时节,人面已经不知何处去了!"

童霜威听季尚铭说起樱花,不禁想起了南京玄武湖的樱花和在日本东京时春天到上野去看樱花的盛况,顺口说:"要说樱花,日本的樱花可是最美的了。那是他们的国花。我早年留学日本时,春天里,也最爱看樱花了。"

季尚铭忽然说:"童秘书长,你可能不知道吧?内人正是日本人哩!"

童霜威出乎意外,说:"啊,倒没有想到!原来夫人是日本人?"

季尚铭陪着童霜威在草坪中间的水门汀小路上走着,说:"是呀,中日同文同种,理应合作提携。童秘书长,你是日本留学生,想来对日本必然也有很深的感情吧?"

童霜威叹口气,诚实地说:"是啊,在日本也有不少老朋友。当年,我们革命时、留学时,他们也给过帮助。中日两国有历史渊源,理应友好,对大家都有利。可惜,一把战火将什么都烧毁了!当然不能怪我们,我们是受欺侮的。日本少壮派贪得无厌,从北方把战火扩到南方,从上海打到南京。南京屠杀了近两个月,超过了嘉定三屠、扬州十日,诚可浩叹!"说着,他脸上愁云笼罩,脚下散着步,耳里听着挂在香樟树枝上的镶玉竹骨鸟笼里的几只金丝雀在"吱啾"鸣叫。

季尚铭点头说:"政界有些事,我是弄不清也不想弄清的。正如报上说南京屠杀的事一样,我觉得也许总是宣传或带着渲染的。我那去世的内人是个温顺娴静极了的人。日本人温文尔雅,是我的感觉。战争的事,我不杀你,你要杀我!只要开了战,必然不幸!我倒是常想:朋友总是朋友,敌人总是敌人。在我感觉上,日本总是中国的朋友,共产党总是中国的敌人。现在似乎颠倒了!很可怕,你们各位政界要人,难道不为此忧心吗?"

童霜威皱眉又叹息一声,说:"一月里,报上公布了日本首相近卫发表的对华声明,说:'不以蒋介石为首的国民党政府为中日和谈之对象,中日问题绝无第三国调停之可能。'抗战已经抗了,只有打下去了!"

他说话时,头脑里很乱。眼前的大商人嘴上说对政治没兴趣,实际对政治很感兴趣嘛!这时,一阵清风吹过,旁边葱翠的竹林里传来一阵似有似无的音乐声,似丝竹?似钟磬?似流水潺潺?似琴声缠绵?不,都不是!只觉得五音杂陈,清脆好听,仿佛是天上飘来的乐声,令人心醉。童霜威不禁侧脸朝竹林里张望。

季尚铭发觉了,笑着伸手延请童霜威沿小径到绿幽幽的竹林里去,说:"秘书长,请看'竹林五音琴'!声音很悦耳吧?"

雪茄早已熄灭。童霜威夹着雪茄一看,原来,在许多柔软有弹性的竹枝上,一丛丛均用一根根彩色丝线拴着一块块各种形状的通明透亮的薄瓷片。清风一拂,竹枝摇动,薄瓷片互相轻巧碰触,发出了美妙的音乐声。

童霜威赞叹说:"乐声美妙极了!'竹林五音琴'的设计也巧妙极了!如果将来有朝一日重回南京潇湘路,我一定也在花园的竹林里效法你设置一下'竹林五音琴'!"

季尚铭捻着黑须说:"童秘书长要回南京是不难的。我是个乐天派,对一切都是乐天的想法。我认为只要有识之士努力,中日之间的战争一定可以停止的。和平,最可贵!看到秘书长你们都抛弃了产业和舒适的生活来到香港,我心里总觉得不释。日本强,中国弱,日本胜,中国败,打了仗,结局如此,要承认现实少使生灵涂炭才好。多打多死人,多打多损失;少打少死人,少打少损失。需要有现实头脑的政治家认清实际,去敲开和平之门,由此出发来处理中日之间的问题。也不知为什么,我总觉得像汪精卫先生该是这样的政治家。像童秘书长你,也该是这样的政治家!"

童霜威心里的想法,同季尚铭的想法不同。他想:说现在中国同日本不是敌人,哪能说得过去呢?中国的抗战确是日本逼的。举国上下绝大多数人都拥护抗战。说现在共产党仍是国民党的敌人,也是说不过去的。现在,国共正在一同抗日,团结有好处。谁还需要来一次民国十六年那种血的分裂?日本强,中国弱,是事实。现在,日本胜,中国败,也是事实。但仗还在打,对强者和胜者难道必须屈膝?必须接受城下之盟?……也不知为什么,当季尚铭说起"需要有现实头脑的政治家认清实际"时,童霜威突然想到了汪精卫,以及在南京和武汉时同汪精卫的两次谈话。汪精卫是这样的政治家吗?也许,像季尚铭之流,会肯定他是这样的政治家。但绝大多数人是不这样看的!骂汪精卫是卖国贼的人比比皆是,拿香港报纸上来说,也常有些文章不指名地大骂有人散布"亡国论"。明眼人一看就知道实际指的是汪精卫。汪精卫现在想公开高唱和平调,恐怕也没那么大的胆量吧?……想着,又不愿得罪季尚铭,嘴上不由得连声说:"我是算不得这种政治家的,算不得!算不得!"边说边摇头。

竹林里的"五音琴"声轻轻传来,像是从另一个世界幽深的山野间传来的声响。

童霜威说着"算不得",季尚铭认为他是谦虚。季尚铭陪童霜威走出竹林,指着平整如茵的草坪说:"原先是网球场。近几个月,我从未拾起过球拍,一则是内人不在了,缺了个伴打网球的好手;二则是实在太忙,在香港要在商界站住脚,无时无日不在一种白热竞争之中。要想赚点钱,立于不败之地,来自各方的各种障碍很多,来自各方的各种竞争对手也很多。这当中,有笑脸,有握手言欢,更多的是你想打倒我,我想吞掉你。毒辣的手段,阴险的计谋,杀人的毒药,什么都有!不过,人生是一场竞争!对此,我并不害怕,也不退缩。人生在世,要有所追求。我不讳言自己是个拜金主义者。我不愿自己被人赛下去,我要做个大富翁。说实话,童秘书长,在跟你短短的相处中,我觉得你比较忠厚。听说你过去很清廉,其实,何苦如此。众人皆醉,你要独醒,怎么行?你以后,可以同我合作,鄙人可以包你发财!"说完,哈哈放声大笑。

想不到季尚铭竟是个读过不少书、颇有见地又如此豪爽的人。童霜威听了他一番人生是竞争的理论,不禁想:是呀,他说得也有道理。人生是充满了竞争,我是在宦海中沉浮同人竞争,只不过我游得太慢老是落在后边就是了。他对季尚铭说的"你以后,可以同我合作,鄙人可以包你发财"的话颇感兴趣,朗朗笑起来,说:"尚铭兄,高见!高见!你我初交,承你如此厚爱,十分心感。以后,当然合作!当然合作!"

季尚铭连连点头:"好好好,童秘书长!我衷心希望你在政界得意。以后,你把政界的事多同小弟谈谈。小弟知道了政界情况,经商的竞争中,会有更多的把握。我听说,三月底国民党要开临时全国代表大会。童秘书长,你是中央要人,一定要去出席的啰!"

童霜威一听,想:这个大商人,如此关心政治,消息也真灵通。不过,他对我的估计可能高了,这个大会我是不会有份的。不愿意将自己的失意情绪流露出来,含糊其辞地说:"政界的情况千变万化,这会怎么开,何时开,代表怎么产生,都在未定之天呢!"

季尚铭陪着童霜威穿过草坪,说:"童秘书长,不管如何,你是不该脱离政界的。这会如果开,你该在武汉同各方要人交往一番。要是经济上有所不便,小弟替你承担就是。届时,小弟如果有空,倒想陪秘书长同机去一趟汉口,多认识些人,也可见见世面,看看汉口有没有什么好的生意可做。"

童霜威心里仍为六全大会要召开而自己却毫无所知的事,心中不悦,想:怎么冯村也许久不来信送点信息了?只是默默点头,沉浸在一种政治上失意的情绪中,说:"尚铭兄,我们进去看看他们打牌吧。我还想找向天骥他们问问武汉的情况哩。"

季尚铭陪童霜威从花园里经过回廊走进大客厅里,"沙蟹"正在进行。萧隆吉发牌,他面前三色筹码堆得很高。童霜威进了客厅,方丽清回头看了他一眼。从眼神来看,童霜威明白方丽清是输了钱了。大麦、小麦,一个坐在高无量身旁,一个坐在萧隆吉身旁,也都在玩"沙蟹",看筹码数,她俩的输赢不大,正嘻嘻哈哈淫声淫气地笑得高兴。两个漂亮干净的年轻广东大姐,一个送上冒热气的手巾把,一个送上几碟剖开的花旗蜜橘给牌桌上的客人吃。童霜威和季尚铭走近牌桌,季尚铭发现方丽清的筹码快输光了,突然笑着说:"哈哈,美丽的童太太,我给你转转手运代打几牌,赢了算你的,输了算我的。你看看我的手运和牌法如何!"

听他一说,方丽清心里舒服,马上站起身来让座,说:"手气太坏,真气死人!"

季尚铭坐下,先向大赢家萧隆吉借一底筹码,接着掷出大量筹码要牌。大麦、小麦跟着他下注,没料到发了两张牌后,他突然将全部筹码一起"沙"了上去。大麦不放松,小麦不放松,高无量也不放松,以为他是"投机",没料到一揭底牌,他竟真是一副"顺子":9、10、J、Q、K,吃了个满堂红,顿时将大麦、小麦与高无量三人门前压上的筹码全部统吃过来。

加椅坐在他旁边的方丽清笑了。童霜威站在向天骥身后看牌,也莞然笑了。

季尚铭得意地讨好说:"哈哈,童太太,你输的,我一副牌就扳回来了!"又笑着对童霜威说:"沙蟹之道无他,虚虚实实敢作敢为,就一定能赢钱。"

萧隆吉洗牌以后,又重新发牌。季尚铭看了手中的两张牌,照样跟进,赌注越来越多,他穷追不舍,最后竟又同萧隆吉"沙"了。萧隆吉自己是一副Q,看着季尚铭四张牌面是"同花"红桃,斟酌再三,决定放弃。季尚铭将底牌一揭,原来并非"同花",仅仅不过是一对J。他投了个机,诈了一下,又赢了不少。

这时,一个穿唐装的管家模样的中年人进来,用广东官话说:"请各位老爷到前厅用饭!"

季尚铭站起身来,对方丽清说:"童太太,我给你把手运扳回来了!吃过饭,你自己接下去打,包你赢钱!"

方丽清甜甜地笑了。童霜威将雪茄扔在烟灰缸里,心里明白,季尚铭在讨好方丽清,心里不禁思忖:这个大商人确实能干,也确实会讨人欢喜。但不知他对我如此热络,是为了什么?只见萧隆吉、谌有谊、高无量、向天骥和大麦、小麦等都纷纷起身,向前厅走去,在季尚铭陪同下他也一起移步走进前厅。

前厅十分宽敞,也是中国式的布置,挂满了字屏和山水花卉国画,一色紫檀家具。厅中央摆着一桌圆桌面的酒席,摆着象牙箸和银匙银碟,桌中央两大盘蒸熟了的龙虾冒着热气。龙虾每只连头带尾都有尺把长,通红泛着紫蓝的光泽,鲜美非凡。

季尚铭请童霜威坐首席,说:"圆桌本无上下之分。今天童秘书长伉俪首次光临舍间,应以你坐的地方为首席!"他又请方丽清在童霜威以次坐了,说:"童太太你跟胡蝶真太像了!同你这样漂亮的人一起玩牌,输了也值得!……"

大家嘻嘻哈哈笑了起来。

童霜威想:这是个新派人物,讲的话如此开通,全是西方风味!见夸方丽清漂亮,心里也自高兴。

季尚铭又说:"今天,我特地让为贵客们准备了两个好菜:一个是清蒸石斑鱼,鱼足足有两尺长!一个是甲鱼的裙边,我让用鸡汤红烧。我希望各位一定多吃一点。"

方丽清脸色绯红地莞尔笑了,觉得季尚铭确实懂得人的心理,十分讨喜,今天输了不少钱,幸亏他给扳回来。刹那间,觉得这个人眉眼有点像江怀南。论外形,当然江怀南比他漂亮潇洒多了。

但他们的气质却很像。那种笑容,那种谈话时使人感到亲切和热情的气味,都像!

她剥食着龙虾,呆呆地又想起江怀南来了。江怀南现在在哪里?现在怎么样了?

三

年初一中午,在季尚铭家的盛宴中度过。

午后,从山光道季尚铭公馆里回来,方丽清收到了两个哥哥署名的一封来信,心情突然变坏了。本来是高高兴兴的,这会儿,哭红了眼睛想心事,又拭着眼泪嘀嘀咕咕,一脸阴阳怪气,使童霜威只能紧紧皱着眉,忍气吞声。

自从第一次结识季尚铭后,一连好多天,季尚铭多次来邀请童霜威和方丽清到他那堂皇富丽的山光道寓所去吃饭玩牌。童霜威发现自己给季尚铭写的一幅屏条已经用淡黄的绫子精裱了挂在厅堂里了。童霜威写的是宋朝田锡的《江南曲》:

金陵王气销,六朝堕霸业。
白云千古恨,空江照楼堞。
虎丘罗蔓草,姑苏委枫叶。
怀贤思伍员,灵涛浩难涉。

这是那天季尚铭摆下了文房四宝,童霜威即兴写下的一笔草书。见裱得精美,又挂在客厅醒目处,童霜威心里倒有几分高兴。

童霜威不爱赌钱,方丽清却是沉湎其中,每次都能赢一点回来,间或输多了,季尚铭总是上去代她扳回,或者也参加打牌,若有意若无意地"输"钱给方丽清,使方丽清反输为赢,赌兴更高。童霜威在山光道季尚铭的寓所里,有时同高无量、向天骥交谈,谈得很乏味,也听不到武汉方面有什么惊人的值得关注的新闻或内幕;有时同谌有谊等下棋;有时同季尚铭散步聊天;有时吟吟诗或挥毫为季尚铭和他的一些索取墨宝的朋友们写写条幅和对联。有时,则在楼下季尚铭的藏书室里翻阅那些线装书和洋装书。每当这种时候,心头总遗憾没有一个安定的环境和丰富的资料,可以容许自己将在南京时开了头的《历代刑法论》继续完成。一叠在南京时写成的初稿,压在箱底随同他从南京到了安徽南陵,又随同他跋涉到了武汉,如今带到了香港,仍安睡在大皮箱里,不知何日能继续写下去?

童霜威的心情本来可以用两句诗来形容:"岁月无多人易老,乾坤虽大愁难着。"所好,有了季尚铭公馆这样一个消遣、吃喝的地方,解除了不少寂寥。季尚铭的招待是丰盛的。每次都是山珍海味鸡鸭鱼肉,他客人也真多,三教九流都有。童霜威见到了澳门闻名的赌王黄阿七,粤语影片的红星梁翠薇,著名的皇后戏院的老板邝步庭,香港大学的名教授辛明治,宁波同乡会会长裘宝天……季尚铭对童霜威始终十分尊重、十分吹捧。童霜威感到他那种出格的殷勤,心里总不禁在想:为什么他对我要这样?为什么?……当然,要解释很容易:季尚铭有钱,又好客,也许不在乎一点招待费,他可能是个孟尝君之类的人物。商人长袖善舞,必然要结交中枢要人。但,为什么要对我独加青睐呢?也许因为我在司法界有好名声?也许他根本不了解我并不得意?心中揣着个闷葫芦,童霜威虽然接受了季尚铭的好意,心里的纳闷始终未曾消除。

今天,是大年初一。在香港过旧历年,看着门上、墙上到处红纸贴的春联:"生意兴隆通四海,财源茂盛达三江""爆竹一声除旧,桃符万象更新";听着爆竹声"噼噼啪啪"连续燃放;看到人人见面都拱手叫"恭喜恭喜""升官发财";看到听到不知哪里传来的喝酒猜拳声和麻将牌九声……童霜威和方丽清反而增多了一种流落异乡的凄凉感情。

爆竹声"噼噼啪啪"响时,在感觉上常幻化为枪炮声,提醒童霜威:中日之间战争正在进行。一早,从卖报小郎[①]那里买来了新闻纸,看看消息,战局依然不好。日军在皖北进占凤阳,日机猛袭蚌埠,汉口和宜昌也遭轰炸。童霜威不禁想到:来到香港总算比较平安了,冯村不正仍在经受空袭之苦吗?冯村没有信来。早些天,听季尚铭说起三月底国民党要开临时全国代表大会,童霜威曾写了信到汉口给冯村,要他打听一下确讯,估计总该快有回信了。为什么冯村竟久不来信呢?他好吗?在忙些什么?

年初一的早上,是在空虚无聊中过去的。十点钟光景,张洪池来了,说是来拜年,又代表季尚铭邀请童霜威、方丽清去吃饭。去后,见季尚铭家因为过年,屋里屋外焕然一新。门帘、窗帘、桌围、沙发垫、果盘、茶具连同新贴的春联都闪着金红色喜庆的亮光。客厅中央的长条桌上高烧着一对双喜大红烛,两旁茶几上供着用红纸套扎的水仙、腊梅等盆景。宾客满堂,向天骥突然回武汉去了,萧隆吉、谌有谊、高无量等仍都在,大麦、小麦也打扮得格外娇艳,笑脸迎人。大家都拱手恭喜,丫头端来莲心桂圆红枣汤和元宝茶,又送上寸金糖。

一会儿,方丽清坐上麻将桌同萧隆吉、谌有谊等打起牌来了。童霜威则由季尚铭介绍了香港著名的星相家区琴心,并由小麦和张洪池陪同在小客厅里请区琴心看相。

区琴心在香港以"科学星相"而出名,童霜威觉得此人江湖气十足。他是个穿西装的胖子,约摸四十岁年纪,戴副金丝眼镜,说一口广东官话,给童霜威看相后,说的不外是:"……印堂发亮,大吉大利。……最近要遇贵人,如能当机立断,紧抓时机,将有鸿运高照。"张洪池听了,马上谄媚:"童秘书长,你要是鸿运高照了,可

[①] 卖报小郎:香港当时叫"报童"为"卖报小郎"。

别忘了提携我这个后辈!"小麦浑身搽得喷香,紧紧倚在童霜威身边,腰肢扭来扭去,"咯咯"媚笑着说:"童秘书长要是鸿运高照了,我就拜你做干爸爸!"童霜威虽觉得区琴心有江湖气,听到奉承吉利的话总是高兴的,也不禁哈哈大笑。

上午是嘻嘻哈哈打发过去的。午饭后,方丽清又上了牌桌。上午的牌还剩两圈没有打完,她手气好,赢了不少,要把剩下的两圈打完才能回去。季尚铭亲自来陪童霜威聊天,说:"童秘书长,选一天,我特备一桌猴脑宴请你和夫人来尝尝!"

童霜威听了觉得新鲜,说:"早听说粤人嗜食乳猪,嗜食三蛇,嗜食果子狸,嗜食猴脑。别的我都吃过,这猴脑却还没有领教过,不知滋味是否鲜美?"

季尚铭在大沙发上紧挨童霜威坐着,嗑着松仁笑了,说:"闻名不如见面。改日我宴请,请童秘书长亲口尝一尝,你就知道名不虚传了!"

两人喝茶,又谈起区琴心看相的事。

季尚铭认真地说:"区琴心平日专给达官显要富商巨贾看相算命,十分灵验,屡试不爽。他是个不奉承人的星相家,直言不讳。一次给香港金融界的一个大亨相面,他说那人要有祸事,那人笑笑不信,谁知第二天真的在车祸中丧生了!今天年初一,他给你相面,说了那么多好话,是用黄金也买不到的。可不容易,该恭喜你。"

听季尚铭一介绍,童霜威有点将信将疑,心里自然高兴。三点钟,方丽清麻将结束,赢了不少,心满意足,不想再打下去输掉,突然像个慈母似的推说家霆一人在家里,她不放心,要回家看看儿子。只有童霜威听了心里明白她是胡扯淡。两人就由季尚铭派他那辆漂亮的福特牌流线型轿车送回"六国饭店"。

回到房里,见家霆独自坐在沙发上寂寞地看一本书。童霜威心里微微有点歉意。近来,对这孩子太不关心了。孩子对父母的态度也冷淡,见父亲和后母回来了,家霆起身,指指桌上,说:"有封信!"

桌上放着一封红白蓝三色花边的挂号信。童霜威脱去夹大衣挂上衣架,说:"嗬,年初一邮差还送信,真好!"

方丽清急急上前一看,说:"小阿哥来的信!"这当然指的是开绸缎庄的方立荪。她带着欣喜抢先撕开了信。童霜威也走过来挨着她坐在长沙发上,两人一起看信。

信是用毛笔写的,字是商人那种记账体的小楷,文句还通顺:

小妹妆次:

来信收到,知你和妹夫在港一切均好,姆妈和我们全家均以为慰。姆妈近来福体尚算清健,只是年关已到,对你倍增思念,想起你常要流泪,睡不着觉。你们在港闲住,开支浩大,也无收益,倒不如回上海租界上来住住,既可节约,又能团聚。你来信又问起上海近况。上海租界虽被叫作孤岛,一切与从前无异,仍是十分繁华。南京路照常非常热闹,四马路会乐里照样灯火辉煌。姆妈高兴时还是到戏院剧场看申曲听说书。大哥还是爱跑舞场,经常在晋隆西菜馆请洋人吃大菜。你们千万不要被谣言吓坏。去年十二月初,是有日本陆军列队到公共租界游行示威过,并没有在租界上停留。浦东有个名叫苏锡文的人出来成立了一个上海大道市政府,挂一面画有太极图的杏黄旗,日本人给他撑台,但他管不到租界上的事。租界是中立的,英美法是强国,日本人还不敢碰。所以你们回来,妹夫可以放心。听说,在上海的中央要人和家眷很多。战事也不知哪天结束,倒不如回上海来等待和平。

有件事顺便告知:昨天上午,以前吴江县的江怀南县长,找到我们绸缎庄来打听你们消息,同我见面谈了很久。下午,又到家里看望姆妈,还送了不少吃食礼品。他看来还很得意。他说抗战后他回了安徽南陵,上个月到了上海,住在东亚饭店,有些好朋友约他来沪有些事要办。他说以后有空要给你们写信,并说,他认为你们还是回上海好,不必在香港飘泊,让我写信时代他向你们致意。

匆匆不尽,妹夫前问候不另。顺颂

俪安

愚兄 立荪顿首
民国二十七年一月二十八日

童霜威看罢信,头脑里复杂矛盾起来。这是一封劝他和方丽清回上海的信呀,真使他大费思索了!信上提到了江怀南,江怀南竟到了上海!想到江怀南,又使他想起了一连串怅惘的往事,心情更不平静了。愣愣坐在那里,不说话也不动弹,呆呆望着立地玻璃门外蔚蓝色的天空、宝石蓝般色彩的大海和飞翔着的海鸥,心里有一种苍凉、孤独和沉郁的压抑感情。

方丽清看完信,突然呜呜咽咽哭起来了,嘴里嘀嘀咕咕发牢骚:"断命仗呀!打得不知哪天才会停!我是一定要回上海了!一定!姆妈想我,我也想姆妈!老是在香港旅馆里开房间算是怎么一回事呀!……"她发牢骚时,心底里有一张江怀南的殷勤笑脸在浮动。立荪信上说:江怀南"看来还很得意",使她十分欣慰。"狗走天下吃屎,狼走天下吃肉"嘛!自从离开南陵县后,她心上常常思念江怀南。现在,思念之情更强烈了。去年夏秋之交,与江怀南同路到南京,在潇湘路和芜湖度过的几个难忘的夜晚,以后,在南陵县的匆匆短聚,都给她留下了难以磨灭的印象与甜蜜的回味。她本来一直想回上海,收到信,回上海的心意更坚定了。她呜咽着,嘀咕着,要童霜威表明态度,决定去留,"你倒说呀!回不回上海?你怎么不说话呢?……"

她一双酷似胡蝶的眼睛,包含在泪水中更增加了魅惑力,可惜声音语气并不妩媚。

童霜威耳朵都听得起了茧,叹了一口气,说:"要从长计议啊!"他发现儿子家霆停止了看书,用一种厌烦的眼神瞥了一眼方丽清。

方丽清拭着眼泪,其实泪水并不多,说:"有什么从长计议的?你算过账没有?这两天,港币又上涨了!坐吃山空,你不懂?"

童霜威皱皱眉,说:"经济要考虑,政治更要考虑。我是政界人士,回沦陷了的上海不合适。"

"怎么不合适?"方丽清声音刺耳,"立荪信上不是写明白了吗?在上海的中央要人也并不少。中央哪点对得起你?给你一官半职没有?有什么大的要人给你写信请你到武汉或重庆做官的没有?你不要指望在香港住着会有福禄寿三星飞到你家里来!"

童霜威不悦地说:"你懂什么呀?现在是非常时期,抗战进行了快七个月了。论理,像我,该留在武汉或者到重庆去。跑到香港来,已经不大像话了。再到上海去,怎么行呢?人家要说闲话的呀!"

方丽清生气地噘嘴:"什么抗战不抗战?我讲究实惠!回上海实惠就该回去,怕说什么闲话!"

童霜威起身踱方步,摇头说:"我不能回去!"

方丽清板着脸用酸辣的口气说:"我非要你回上海不可!"

童霜威不悦,踱着步不说话,闷闷地掏出金链拴着的金怀表,"克"地打开表壳来看时间。

方丽清催促着说:"你怎么不说话呀?"

童霜威仍未开口,踱近玻璃落地门边站着看海。家霆在一旁的沙发上坐着突然插嘴了:"我不赞成回上海!上海给日本人占了,爸爸怎么能回上海?"

方丽清虎着脸,气从天上来,说:"你小小年纪,吃的是大人的饭。你躺下一横,站起一直。你知道屁的痛痒?"

家霆平时积蓄着对后母的种种不满发泄出来了,说:"我也不小了！反正这点道理我还懂！爸爸说得对,为了抗日,爸爸就不该往沦陷区跑!"

童霜威心里发闷,想:唉!季尚铭说人生处处是竞争,其实人生处处是选择。如今,是留在这里还是到上海?要我选择了!家庭复杂了,她两人,一个后母,一个前妻的儿子,争吵起来,对我来说,我是赞成谁?同谁站在一边?也是一种选择!做人,岂不是时时处处都要面临种种选择?

方丽清寸步不让,说:"你翅膀硬了是吗?你不全靠我们大人养活吗?该你做我们的主还是我们做你的主?"

童家霆也寸步不让,说:"你不对嘛!在武汉,你哪天不吵?吵着要回上海,吵着要来香港。现在到了香港了,你又吵着要回上海,你还有完没完?"

方丽清大哭起来,顿着脚将怒气转移到童霜威身上:"好呀!你们父子俩一起来欺侮我!好呀!我同你们在一起气真受够了!我倒要看看我说话算不算数,谁不回上海谁就留在这里。反正,我是走定了!我一定要回上海,我说话算数的!我要是不回去,我就将方字倒转来姓!"

童霜威怕听哭声,感到为难,转身恳求地说:"唉!大年初一,闹得不可开交,像话吗?丽清,冷静点嘛,什么事不好商量?"

家霆却直通通地说:"谁要走谁走!反正我认为爸爸不能去上海,我也决不去上海!"

方丽清气得嗓子都沙哑了,冷笑一声说:"好!我去订票!你们在香港住下去吧!住到头发白我也不管!"

童霜威嫌家霆对方丽清态度不好,为了转圜,责怪家霆说:"家霆,你是小孩子,大人在商量的事,你不要多嘴嘛!"

家霆突然站起,说:"我出去!你们商量吧!不过,我也不是什么也不懂的小孩子了!是非我还是清楚的。不要老是把我当作什么也不懂的小孩子看待。比如,粤汉路上,金娣的死,我就忘不掉。我也明白,谁虐待她,她的死谁该负责任!现在,要去上海,无论如何,我反对爸爸去!"说完,他两手插在裤袋里,头也不抬地开门走了,只听到门"砰"的一响,脚步声远去。

童霜威心里一刺。这一刺,是由于家霆提到了金娣的死责任应该谁负,也是由于他明显地感到家霆身上陆续所起的变化。这孩子,确实不是那种毫不懂事的小少爷了!确是有是非感的初中学生了!家霆的话不多,可是很尖锐,很有力量。有力量,是因为话讲得中肯,正确。他很少同家霆谈心,家霆跟那个黄先生补习后,总是看报、看书。生逢乱世,在有战争的环境里,是容易使一个孩子冲破蒙昧越来越懂事的。他看看家霆丢在沙发上的书,是一本鲁迅的《呐喊》,孩子专看这些书!童霜威心里充塞了一种无法描绘的感情,他自己也很难准确说出是一种什么感情。

方丽清也被家霆的话猛烈一刺,这一刺一直刺到心上。家霆说:"金娣的死,我就忘不掉!我也明白,谁虐待她,她的死谁该负责任!"这话指的是谁?方丽清听了最胆寒。方丽清虽不怕做亏心事,却怕有因果报应,怕金娣死后变了冤鬼会在阴间告状。……家霆虽走了,锋利的语气仍在耳边。方丽清又气又怕,家霆一走,她顿时用手帕捂住脸,"哇——"的一声哭着跑向里房,扑在颤悠悠的席梦思弹簧床上"呜呜"地哭起来。

童霜威一筹莫展,走进里房靠近大床劝慰着说:"丽清,别哭!别哭!"一点用也没有。方丽清干脆拉开被子连头也蒙起来,"呜呜"地哭。他懂得方丽清那种老阴天的脾气。今天是和缓不过来了,也许睡一夜明天可以起变化。只好无聊地在房里踱躞了几个来回,又走到阳台上去看海。

宝蓝色的大海,在阳光下像一匹锦缎微微摇晃起伏。童霜威觉得海的起伏正像自己此刻的心境,动荡不定。海上的各式纯白的邮船,黑色外壳、白色船舱、红色烟囱的轮船,海边飞翔的白身红嘴的海鸥,构成了一种色彩鲜丽而和谐的画面,使他想到:只要在这里坐上英国的"皇后号"或者美国的"总统号"大邮轮,马上可以回到上海去。但是,怎么能回去呢?也不是不思念上海。上海离南京近,离苏州近,离丹徒近。上海不像香港,上海是他童霜威熟悉而有感情的地方。回到上海,会有一种回到家乡的感情。虽然这样怀想,能回去吗?虽然上海有租界,究竟是"孤岛"呀!除非是奉派留在上海或者是奉派去到上海有使命,才可以在上海租界上盘桓。我童霜威在此时此地去到上海,意味着什么呢?自然是意味着对抗战丧失信心,意味着对抗战消极失望啰!敌人正在那里处心积虑拼凑汉奸傀儡政府。北平去年十二月成立了以王克敏为伪主席的"中华民国临时政府";在南京,传说日寇也在要成立什么"中华民国维新政府"。我从武汉来到香港,已经可说是不合适了,怎么又能从香港往上海跑呢?想着想着,更心烦意乱了。

又从阳台上回到房里来,房里方丽清的"呜呜"哭泣声已经停歇。到里房门口张望了一下,见方丽清毫无动静,好像是睡了。他叹口气,又踱起方步来,在蓝色的地毯上一步,又一步……

他很想找谁去谈谈,散散心。找谁谈呢?在南京时,他辞职后有过的那种寂寥感与孤独感,现在仍一样有。即使在季尚铭山光道的公馆里,在热热闹闹的芸芸众生中,他也还是没有摆脱内心里的这种带着苦味的感情。此刻,离得最近的萧隆吉一定不在"六国饭店"自己的房里,他不是仍在季尚铭公馆里赌钱,就是在外边神出鬼没地社交。此刻,住在海陆空旅馆里的谌有谊,肯定也不会在家。谌有谊是个面目可憎言语无味的人,同他谈话,常使人感到他谨小慎微。他有个习惯:听你讲得多,自己说得极少,对什么事都不置可否。他是新从武汉来的,同武汉的朋友们又有密切联系,问他:"武汉情况怎样?"回答是:"同以前差不多!"童霜威提出要求:

"有些什么新的消息?"回答是:"没有听到什么!""和与战的问题如何?"回答是:"谁能说呢!"像这样的人,谁乐意同他谈,谁又爱同他交往呢?

童霜威无聊地往沙发上一坐,心里懊丧透了。叹了一口气,又叹一口气。不回上海的决心是下定了,该如何使方丽清能打消回上海的念头呢?想到这,忍不住要叹气。

正在愁闷,忽然,门上"笃笃"响了两下。

他起身上前,开了门,出乎意外,看到门口站着的是谢元嵩!他不禁"呀"了一声,笑着马上拱手说:"啊,恭喜恭喜!真是幸会!真是高兴!什么风将阁下吹来的呀?"

谢元嵩戴顶灰色兔毛英国礼帽,穿一件团花蓝绸面的骆驼绒长袍,气色比在南京时更好了。他右手夹着雪茄烟,咧着嘴一边哈哈笑,一边嚷着"恭喜恭喜",跨步走进房里来,脱下礼帽,说:"你我知交,分别后,常常想念。但实在太忙,我大部分时间在广东,只偶尔来香港。听说你在香港,几次都要来看望你,临时总是有事打了岔。前些天,我让一个中央社的记者张洪池带信给你,要请你吃饭并请你看看潮州戏,想必他一定说过了?"见童霜威点头,谢元嵩在沙发上坐下,自己掏出打火机来,点火燃着灭了的雪茄,抽了一口,房里顿时布满了呛人的浓烈雪茄烟味。他又口若悬河地说:"今天是初一,我赶着来给你和嫂夫人拜年,并抽空来谈谈。今晚,我请你和夫人在广东同乡会吃饭,然后陪你们看戏。"

童霜威本来对谢元嵩颇有一些不满:来到香港一个半月了,明明知道谢元嵩常来香港,他却偏偏不来见次面,实在于情理不合。难道做了两广监察使,抖起来了?现在他来了,又说了些甜蜜话,气立刻消了,说:"不敢当,不敢当!你忙,我知道。其实,你我知交何必客气。"

谢元嵩忽然问:"嫂夫人和公子呢?"

童霜威用手指指内房,说:"她不太舒服,睡着了。家霆出去了。"他忽然想起家霆和谢元嵩的儿子谢乐山是同学,顺口问:"嫂夫人和乐山他们好吗?"

谢元嵩叹息一声,说:"唉,都留在上海租界上了。抗战爆发后,南京炸得实在太凶,只好让他们去上海租界上了。本来,只以为像打八圈麻将似的,仗打不长的。没想到不宣之战竟越打越没个尽头了。她们留在那里,我实在不放心,也感到冷清。上海租界现在成了孤岛,日本虎视眈眈,正在积极准备成立伪政权,复兴社在租界里留下了潜伏组,对准备做汉奸和同日方合作的人施以暗杀、绑架,造成不少血案。日本人为了对付不肯做汉奸的人,也收罗流氓帮会,制造许多恐怖事件,想去看看家人也不可能。你知道,我喜欢自由,又素来乐天,才能排遣寂寞,自得其乐。不然,离开老婆孩子怎么受得了!"说罢,哈哈一笑。

童霜威给谢元嵩冲了一杯茶,不由得将心里关心的事提了出来,说:"我党临时全国代表大会是三月底开吗?"

谢元嵩翻眨着大眼睛,咧着嘴叹气说:"是听这么说。不过,你别认为这次大会有什么了不起。我看,是一次无所谓的会。我今天正是要来告诉你点见闻哩。"

童霜威看他那脸色,带三分神秘,说:"我洗耳恭听。说实话,来香港后闭塞得很,真希望听你谈谈了。"

谢元嵩捧起茶杯,品着茶说:"我的消息从可靠方面来。这次临时全国代表大会决定在汉口开。听说最高当局有个意图,认为抗战已经开始,过去秘密的小组织形式不合需要了,要来一个大组织,把C.C.、复兴社和改组派什么的都团结起来,以此为中心,用统一意志、集中力量为借口,把各党各派解散,来一个'一个主义、一个党、一个领袖'的运动……"

童霜威忍不住笑了,说:"怕是一厢情愿吧?人家共产党肯解散、肯合并？"

街上有摩托车驶过，"啪啪啪"的声音震人耳膜，响了一阵，消逝在远处了。

谢元嵩抽着雪茄说："当然不肯！办不到！人家不是傻子！奴才般的什么青年党、民社党吞得掉，共产党可是块大石头，吞不下去的。"

童霜威问："这目的既然达不到，会形成一种什么局面呢？"

谢元嵩做着手势答："实际是：你不接受合并，我就集中起来更加把枪头子对着你！"说到这里，哈哈笑起来。

童霜威也被他逗笑了，说："不过，解散国民党内的一切小组织，我看也未必办得到。"

谢元嵩朗朗笑道："天晓得！天晓得！其实，最高当局又何尝不要小组织？他是不要人家的小组织，首先不要汪精卫先生的小组织，真是司马昭之心路人皆知！另外，听说是要取消预备党员制，设立一个三民主义青年团！最高当局自己当团长！你这懂了吧？他要抓青年！"

童霜威思索着说："特务组织怎么办？"

谢元嵩瞪着两只蛤蟆眼，说："特务组织怎么会取消呢？那是他的心肝宝贝肉，是他的通灵宝玉呀！换汤不换药罢了！我只告诉你一件事：你那位在南京潇湘路的高邻——叶秋萍，红得发紫哪！听说，现在除了搞他原来的那套特务工作外，又给他了筹备成立三青团的任务。这你该明白了吧？"

听谢元嵩提起叶秋萍，童霜威眼前就浮现出了叶秋萍那两只蛇一样的眼睛、瘦长清癯的面孔和矜持作态的举动，叹口气想骂一句，忍住没有骂，忽然想到管仲辉，问谢元嵩道："听说管慎之的近况吗？"

谢元嵩摇头，说："他是参加守南京的，虽然南京死了几十万人,却没听说他尽忠报国！我看,他死不了！他是员福将,历来打仗,连彩都没挂过。他是个滑头,不像我这人忠厚老实。我猜,南京失守之前,他一定早脚底擦油溜了！"

童霜威不禁想起童军威来。军威是下级军官,不可能有在南京沦陷之前就逃跑的机会。他怎么样了？想着军威,愣怔在那儿,有点发呆了。

谢元嵩咧着蛤蟆嘴,忽然说:"上个月,我到武汉去了一趟,见到了你过去的那位秘书,他是叫冯村是不是？现在,干新闻记者了！看样子,挺活跃。"

童霜威想:冯村久不来信了,原来他干了新闻记者了！看来一定是忙啊！……一边想,一边点头。

谢元嵩见童霜威点头,又说:"你那秘书可是个能人。他在武汉上上下下关系好像都兜得转。我在好几个场合见到过他。但听人说,他戴着红帽子,思想左倾。有人甚至说他跟共产党有关系,怀疑他也是共产党。"

童霜威插嘴说:"不,他不是共产党！"他辩解,只不过是一种过去多年养成习惯了的保护冯村所要讲的例行话。在他思想上,冯村主张抗日,有时也好像有点同情共产党,但冯村不"像"共产党。为什么不"像"？他说不出。怎么样才"像"共产党,他其实也说不出。主要的大约是冯村对人对事的态度从来不是很"强硬"的,也不"激烈",而是娓娓说理。冯村有时简直好像是个毫无"火气"的人。这样的人,似乎就不会是共产党。他不禁关切地问:"你是听谁说的？"

谢元嵩的雪茄又熄灭了,他把半截雪茄拿在左手里玩弄,说:"我和你之间,交称莫逆。我得提醒你一句:一方面,别让你过去的这位冯秘书连累影响了你;另一方面,有个人,你要小心防一防。"

童霜威吃了一惊,问:"谁呀？"

谢元嵩略带神秘地说:"张洪池!他表面上是个记者,实际是叶秋萍的爪牙!说你从前那个秘书冯村是共产党的,也是他。可能,他们从前同过学,是不是?"

童霜威倒吸了一口冷气,心里不禁想:唉,真复杂呀!这个特务,他老是盯着我,老是在季尚铭家干什么呢?又想:冯村很久没来信了,不知他好不?会出事吗?……想着,不禁说:"现在,听说武汉比从前言论开放得多了。我以前的那个秘书,总不会有什么无妄之灾吧?"

谢元嵩咧着蛤蟆嘴摇摇头:"谁知道呢!不过,看问题也不能只看表面。尽管就要召开什么国民参政会,民众运动也在开展,但有些共产党操纵的抗战救亡团体,胡闹得厉害了,还是要被封闭的。"

童霜威不知为什么,又想起了民国十六年的清党,又想起了柳苇,雨花台……他叹了一口气,心里充满了一种厌倦政治的心理,说:"同日本的仗打成这个样子,还是团结的好,还是一起先抗日的好。中国已经容不得再兄弟阋墙了!"

谢元嵩也叹口气说:"说实话,中国这是抬上棺材在抗战。人家日本那是什么武器?我们一点破枪烂炮算什么!汪先生是个有眼光的人,又是个说老实话的人,只是现在连老实话也不大敢讲了!在武汉,共产党的言论占上风,我有点反感。压一压他们也好。你那个秘书,人能干,但要小心别去沾共产党。你可以写信给他,教诫教诫他。"

海上轮船的汽笛声和哨音从落地玻璃门传进来,也有电动摩托艇在海上驶行的"啪啪"声。听到这种声音,使人能想象得出大海的浪花正在舒缓撞击着滩岸,海边正有宜人的空气和清风。

童霜威点着头,心上仍被刚才谢元嵩说的张洪池的事苦恼着,说:"张洪池常来找我,你看他是为什么?"心里又在埋怨:你既知张洪池是叶秋萍的爪牙,为什么上次还让他带信给我?

谢元嵩两只蛤蟆眼瞪得很大,说:"这些神出鬼没的家伙,谁知他们要干什么?不过,这家伙不但谁出钱就给谁卖命,还是个敲竹杠的祖宗,惯会勒索,你得防一手。我告诉你,香港复杂,你不也常去季尚铭处吗?他那儿是藏龙卧虎之地!我这两广监察使,自知不值钱,贪赃枉法自上到下举世滔滔,我监察个屁!我既监察不了你蒋家的天下,也监察不了你陈家的党,我实际是大庙里的韦陀,站在那儿摆摆样子的。可是在香港,却很值钱,商人们都想巴结我。不过,我向来忠厚老实,洁身自好,尽量保持距离,不深交,免得有无妄之灾。"

听谢元嵩说"忠厚老实,洁身自好",童霜威暗自好笑。谢元嵩贪财好色,并不检点,这种厚颜自诩的脾气历来是他的一种障眼法。但谢元嵩在香港确实未常到季尚铭公馆去。为什么?谢元嵩是个老于世故的狐狸,他在香港对有些人抱谨慎态度,看来也是真实的。童霜威忍不住问:"季尚铭此人如何?"

谢元嵩摇头,把一直在手里玩弄的半截雪茄扔在烟灰缸上不要了,说:"还弄不清!此人是大富翁,娶了个爱穿男装的非常漂亮的日本婆娘,死了!他很巴结官场中人,手面阔绰,请我吃过两次饭。我同他不愿多来往。在未摸清底细前,我同任何大商人是不愿深交的。"

童霜威沉吟起来,下意识地听着海上传来的电艇的"啪啪"声,似乎能想象出电艇正欢畅地在海面上画出一条优美的弧线来。

谢元嵩突然又说:"我以前为你介绍江怀南,因为那是个好人,可靠。对了,你知道他怎么了?"

童霜威说:"他原本留在家乡南陵,最近听说到了上海租界上住着,详情不了解。"

谢元嵩叹口气说:"要是不打这场烂仗,你们在吴江也快办出一番事业来了。真遗憾哪!"他摇着头,说到这里,突然站起身来,整整衣襟,说:"老朋友见面,谈起来就没个完。我实在太忙,另找机会畅叙吧。香港地方不错……"说到这里,他放低了声音,笑着说:"可惜你有美貌的夫人监视。不然,名士在此风流风流,美人如林,燕瘦环肥,我劝老兄不要太拘谨。"

童霜威苦笑笑,说:"好说好说……"

谢元嵩又说:"今天,我算专诚来给你拜个年,并约你晚上在广东同乡会吃晚饭,然后看潮州戏《玉堂春》。你没看过潮州戏吧?很不错的。演《玉堂春》的坤角才十八岁,真有沉鱼落雁之貌,音宽嗓亮,清雅脱俗。你一定要去捧捧场。到时候,"他看看手表,"六点半钟,我派车子来接你。同夫人一起来!"

童霜威点头,心里倒有三分感激谢元嵩这种对待老朋友的亲热态度。大年初一,客居香港,不但来拜年,还请吃饭;不但请吃饭,还请看戏。但想到方丽清在闹别扭,家霆也外出未归,不想去吃饭,说:"丽清身体不好,吃饭免了,我来看看潮州戏吧!"

谢元嵩也不坚持,说:"好好好,那一准七点半钟派汽车来接你去看戏。"

谢元嵩蹒跚着走了。童霜威送走了他,看看怀表,已快六点钟了。回到房里,静悄无声,心想:家霆不知哪里去了?当然,可能又到他那补习老师处去了。走进内房,见方丽清仍旧蒙头睡着,他叹口气,上前劝慰着说:"丽清,起来吧!谢元嵩来拜过年了,约我们吃过晚饭去看潮州戏。你起来打扮打扮,一会儿车子来接。"

但,一点回音也没有。方丽清像死了,也像睡熟了,根本不理睬。童霜威又说了一遍,用手去推方丽清的肩膀。方丽清仍旧一动也不动。他明白:方丽清今天是不会开口了,晚上是绝对不会一同去看戏的,心想:这个家呀!成何体统了!还像个家吗?又无可奈何,只好走到外房,来来回回踱方步,又到阳台上看海,心里不觉

吟起刘禹锡①的诗来:

  弥年不得志,新岁又如何?
  念昔同游者,而今有几多!……

  吟着诗,他想起了在南京丢官时的心情,想起了往昔过年时的欢乐景象,想起了潇湘路,想起了柳苇,想起了现在的不如意……牢骚之中,隐含着不甘无为的激情,心事历落,不能自已。

  七点半钟时,谢元嵩派来的"别克"黑色轿车果然准时前来迎接。

  街上,灯火灿烂辉煌,五光十色的霓虹灯跳跃变幻。皇后道两边店家张灯结彩,橱窗布置一新。远远近近都有爆竹声,弥漫着旧历年的热烈气氛。这种气氛与内地不同,带着广东味儿,也带着洋味儿。各色漂亮的汽车穿梭奔驰。沿街,衣着华丽、俚俗的行人们,拥挤穿行在商店玻璃橱窗前和骑楼下,熙来攘往,发出欢快的说笑声。大年初一的夜间,到处都分外热闹。

  车子将童霜威接到了一幢张灯结彩贴着春联的三层深灰楼前。有人在门口等着迎候。童霜威一下汽车,掏了一个红包给司机,一个穿棕色长袍的广东中年瘦子上来打躬迎接。他身后站着几个梳飞机式菲列宾发型的西装年轻汉子。童霜威递了一张名片,换来了一片恭喜发财声。中年瘦子用广东官话连声说:"童老爷,请!请!请!"就见一个穿蓝色绸缎短夹袄的汉子伸出一根拴着爆竹的竹竿,"乓乓乓乓"放起来了。鞭炮红纸的碎屑溅跳得到处都是,空气里充满了呛人的硫黄火药气味。在一片"恭喜高升""恭喜发财"的嚷嚷声中,童霜威被延请上了二楼。

  中年汉子恭敬地用广东官话说:"谢监察使一会儿来,请童老

---

 ① 刘禹锡:唐代诗人,贞元九年进士,官监察御史,曾被贬为朗州司马。

爷先休息休息。等会儿看戏在隔壁楼下大厅里。"

童霜威少不得又掏了一个红包给这汉子。

二楼上的一间厅堂里，挂着彩色琉璃的麒麟送子灯，绿色八角形的珠子宫灯，缀着流苏的大红吉祥如意灯……童霜威闻到一阵鸦片烟香。中年汉子将童霜威请到一间挂着花帘子的房门跟前，一掀门帘，叫了一声："童老爷来了！"

童霜威一看，门内除红木桌椅和一对沙发外，有粉蓝色地毯、落地玻璃镜、闪亮的电灯，一张华丽的鸦片榻，还有一个穿着红丝绒旗袍抹口红涂脂粉的妙龄女郎，笑着迎到门口来招呼。烟榻上点着烟灯，放着镶玉的烟盘、一支湘妃竹的鸦片枪。这香港，连金龙酒家等大菜馆里都备有烟具让人抽鸦片，白天或晚上，到妓院里叫"条子"来陪伴喝酒抽烟的风气很盛。可是童霜威从来不愿抽鸦片，自命是学者风度，又干了多少年司法工作，加上有点洁癖，不喜欢在妓院一类地方捻花拈草。虽知这是此地招待贵客的普通方式，一看就停住了脚步，对陪着来的广东中年汉子说："我不抽烟，给我换个地方，喝点茶休息休息吧。"过年可不能触人家的霉头，他将早先带着的"红包"，又掏出一个，笑递给那个女郎。女郎连声恭喜道谢。

广东汉子似乎从童霜威脸上看出不可勉强，连连点头说："好好好！好好好！"

他马上带着童霜威到另一间明窗净几摆设着沙发、桌椅，陈设得洁净雅致的房里，说："童老爷请坐，马上敬茶来。"

灯光明亮，童霜威在沙发上坐下，感到无聊，心里也有牵挂。刚才出来时，方丽清仍躺着不起床也不吃饭，家霆也未回来吃饭。他自己叫仆欧从楼下餐厅里送了碗明虾面胡乱吃了，汽车一接就匆匆来了。其实，心里根本没有什么兴致看潮州戏。现在，干等着，感到不自在了。谢元嵩不知在忙些什么？早知如此，不来也可。正想着,没料到门上"笃笃"一敲,门悠悠地开了,张洪池出现在门口,拱手连叫:"恭喜恭喜!"

童霜威心里想:嗨,这家伙老盯着我干什么?自从听谢元嵩揭了张洪池的底后,童霜威对他印象坏极了,又不想得罪他,心想:小人嘛!在香港一准是东跑西颠,搜集情况打小报告去汉口的。只能敷衍,不可冒犯。因此,装出笑容,说:"啊!恭喜恭喜,你也来了!"

张洪池用两只老像生气的眼睛看看童霜威说:"是呀,听说看潮州戏,而且演《玉堂春》的是我们谢监察使亲自捧场收作干女儿的坤角,怎么能不欣赏欣赏?我是不请自来了!"

童霜威想:他消息倒是灵通,说:"看潮州戏,我是有生以来第一遭。谢元嵩约我来看,我就来了。"

张洪池在童霜威右边的一只小沙发上坐下,从茶几上的烟罐里取香烟,点火吸着,说:"你怎么不去抽几口鸦片?"

广东中年瘦汉子端着一壶新沏的热茶来了,恭恭敬敬地替童霜威和张洪池斟了茶,又恭恭敬敬地退出。

童霜威回答张洪池说:"我从不抽那玩意儿!"心想,要是我抽鸦片给你看见了,少不得又有个把柄给你抓住好敲竹杠了。

张洪池竖起大拇指正气凛然地说:"好!你不抽鸦片、不捧坤角,在香港连舞厅妓院也不跑!了不起!新生活运动这么多年了,可中央要人们来香港吃喝嫖赌都沾的人太多了!听说谢监察使是处处逢场作戏的!"

童霜威从张洪池的话里,听出他对谢元嵩并不友好,估计他来是给谢元嵩一种威胁的。想起谢元嵩骂张洪池是"敲竹杠的祖宗",心里明白了大半。看来,张洪池又在打谢元嵩的主意,想敲谢元嵩一笔竹杠。听他这么说,自己也不好答腔,心里慨叹:说起来,我们这些人的官儿也不算小了,可是对特殊人物也只能侧目而视,听任横行,让他们三分。上面要玩弄特务政治,你有什么办法?

张洪池跷着二郎腿,掏出茶几上"黄金龙"烟罐里的香烟,将刚吸一半的那支烟扔在痰盂里,点火吸烟,突然叹口气说:"没办法!香港开销太大,法币还在贬值,对港币的兑换率老在变化。我们做记者的,老是受穷字的折磨。不像你们,随时有人送钱上门。我们,全靠自己流血汗。最近,我想去趟澳门,赌它一赌!看能不能从轮盘赌上碰运气捞一点外快。"

童霜威听他说"随时有人送钱上门",马上说:"我……我哪里随时有人送钱上门呀?"

张洪池大口吸烟说:"我估计,季尚铭送过钱给你!"

"没有!"童霜威斩钉截铁,"没有的事,绝对没有!"

张洪池笑笑,说:"暗的不说了,说明的吧?童太太打'沙蟹'、打麻将,每次输了一大堆,不都是季尚铭给扳回或放牌补上的吗?哈哈,有目共睹。"

童霜威无话可说了,只好默然不语。同张洪池坐在一起谈话,是要短寿的。只感到如坐针毡,心里老是懊悔:今天不该来!他估计张洪池很可能又要提出借钱,谁知张洪池并没有,却:"童秘书长,我并不向你借钱,你何必把自己说得太清高。我这人哪,最正气!有人同我谈过价钱,要我写捧场的文章。我对他说:'我张某人穷虽穷,是想捧谁才捧谁!'我最讲义气,谁对我好,我可以两肋插刀。我是个忠义堂上转世的人物。"

童霜威不想听他唠叨,心里很不受用。幸好,这时听见"笃笃"的敲门声,门开了,站在门口的是先一会儿引路上来的广东中年瘦汉子,打着躬说:"童老爷,请去看戏!"发现张洪池也在,又补着说:"张老爷,请去看戏!"看来,他也认识张洪池。

童霜威像被解了围,如释重负地站起身说:"走吧,去看戏!"

张洪池又换一支烟,说:"你先去吧,我要过一会去。"说着,依然跷着二郎腿抽烟。

童霜威也不再约他,说:"好,我先去。"随着广东中年汉子走了。

下了楼,从一处走廊里穿出去,绕过一处有玻璃天棚罩着的天井,又穿过一个悬着"双龙抢珠灯"的月牙门,进了一个点着龙凤灯有戏台的大厅。厅里已经熙熙攘攘坐满了人。广东中年汉子请童霜威到前边第一排去就座。

谢元嵩正同一些穿西装的、穿长袍的大亨模样的人坐在第一排上。第一排的座位前放着一溜横桌,上面摆着盖碗茶、瓜子、花生、蜜橘、苹果和糖食。童霜威一到,谢元嵩咧着蛤蟆嘴哈哈笑着上来握手,并为童霜威一一介绍,少不了又是一阵恭喜恭喜,童霜威也记不住人名,反正都是些商界、银行界的头面人物。童霜威被请在第一排中间的一个位置上坐下来。谢元嵩回到自己原先坐的位置上坐了下来。

戏台两侧的一副红纸对联是:

玉童行兵,雷鼓云旗雨箭风刀天作阵;
龙王夜宴,月烛星灯山肴海酒地为盘。

忽然,"馨哐!馨哐!"开演前的锣鼓声打响了,震人心魄。锣鼓声同喧闹的人声、混浊的烟味搅和在一起,童霜威浑身燥热,感到血压升高,胸口发闷,不禁叹气摇头。

锣鼓声足足打了有十分钟,幕揭开了,掌声"哗哗哗"地响起来。台上右边门里钻出一个戴着"加官"①假脸的角色来,穿的高底靴、红蟒袍,戴的一品冠,左手举着一张有"加官晋爵"四个字的金牌,右手抱着牙笏,踩着"台台乙台乙台台"的锣鼓点,倒着碎步跳来跳去,忽高忽低,忽左忽右。锣鼓声配合着"加官"的舞步,"馨哐

---

① 加官:据说,这"加官"乃是唐朝魏徵宰相,也有传说是五代冯道。

馨哐"响个不停。

童霜威心里明白了：不好！这是"跳加官"呀！当年,他在上海时,上海一些青红帮的头面人物过生日或给死去了的父母做阴寿时,为了"打抽丰",唱堂会时,邀请了官场中人,总要来一出"跳加官"的；邀请商界人士,就在"跳加官"后让勾金脸、穿绿蟒袍的财神爷,手攥黄金万两的牌子上台"跳财神"。目的是给看戏的人来个吉利兆头,然后就摊开捐簿,请你布施。看来,今天谢元嵩为了捧女角,也来的这一套。怪不得张洪池现在不来,说要过一会来。看来,张洪池懂得花样经,不来做冤大头呀！

雪茄烟味、香烟味、脂粉味、香水味,弥漫在空气中。果然,头戴"二郎叉子"盔头、手攥"得财进宝"牌子的财神爷也上台跳起来了。

童霜威心里正打着疙瘩,台上加官和财神仍在大跳特跳；台下,两个穿长袍的男人陪着一个十七八岁穿桃红软缎旗袍的美丽坤伶走过来了。坤伶年轻,长得娇滴滴,笑得甜蜜蜜,手捧一本捐簿,两个穿长袍的看来是戏班的头子,一个捧着墨盒,一个执着毛笔,哈腰点头地上来,先请童霜威隔座的一个秃顶大胖子写上捐款数字,大胖子接过笔来,就着年轻坤伶手上的捐簿,一笔一画写了一个数字,下边又一笔一画签了名字。

童霜威不禁暗骂谢元嵩：真见鬼呀！同你相交,你说起话来头头是道,可是每每不知在什么时候会突然吃你的亏！你捧坤角,你敲商人的竹杠,打他们的抽丰,我都不管！可你为什么要把我带上呢？

那身材苗条的坤伶已将捐簿捧到了童霜威面前,甜甜地笑着在叫："老爷！……"两只会说话的丹凤眼流光闪烁,似乎是说："多写一些吧！"

童霜威忙拿起递过来的羊毫笔,一看,簿子上写的是："潮州龙凤戏班为购置戏装并救济贫病潮州戏艺人来港义演敦请官商各界父老慷慨解囊募捐簿"。再一看,秃顶大胖子第一个签写的数字是"壹仟元"。

童霜威心里叫一声苦:一千元,岂非太冤?这数字委实太大,够全家在香港节约住一个半月了!上次为张洪池的五百元,已经引起过轩然大波,今天要是被方丽清知道了,岂不要闹上加闹?不写又不行!第一个开了头,自己再往少处写也不行。官场中的人讲究的是面子,不能坍台呀!时间不容犹豫。他想:好呀,你谢元嵩是把我当成财神菩萨了!他明白:谢元嵩一向不相信他不卖案子。可是事实上,在你谢元嵩串通江怀南办吴江县那件事之前,我童霜威确实没有卖过案子呀!谢元嵩也认为方丽清家在上海有产业,说过:"你跟这个女人结婚,等于是跟钞票结婚!"可是你知道不?方丽清家虽然有钱,并不归我童某人支配。方丽清是个锱铢必较的女人,多叫我为难哟!……再多想也是无用的了!童霜威见那坤伶连同两个戏班管事的,外加身边的人都在看着自己,硬着头皮,用笔抿抿墨,挨着刚才秃顶大胖子写的地位后面,依样画葫芦地写上了"壹仟元",签上了童霜威三个字。

放下羊毫笔,那坤伶和两个戏班管事的谢了一声,挨次找邻座上的人去捐款了。童霜威才松了一口气,掏出白手绢来悄悄擦拭手上的汗。

跳加官的和跳财神的仍在台上"鏧哐鏧哐",依着锣鼓的点子跳,千篇一律的姿态,千篇一律的步子。刚才,童霜威签了钱数和名字后,跳加官的将"加官晋爵"四字的金牌向童霜威扬了又扬,童霜威想:大年初一,讨这个吉利,当然不错。一千元的代价,未免太贵了吧?不禁又想:加官晋爵,对于我来说,会怎么样呢?我无派无系,上无扎实的后台,下无一群吹鼓手,中央那些人,好像将我忘掉了!尤其是到了香港,他们更完全可以把我忘掉了!他心里有些恼,有些恨,浑身烦躁。

锣鼓仍在"馨哐馨哐"响,加官和财神仍在跳。年轻窈窕的坤伶扭着水蛇腰已经将募捐本逐一送到左侧谢元嵩那边了。谢元嵩咧着蛤蟆嘴在对坤伶傻笑,童霜威心里反感,头脑里很乱。他决定不看这潮州戏了。这里从音响到空气都使他不舒服,他更想向谢元嵩表露一点不满。他站起身来,笑着经过谢元嵩的座位向厅后走去,对谢元嵩说:"元嵩兄,我人突然不舒服,不能看了!先告辞了!"

谢元嵩站起身来,挺着肚子,像个蛤蟆,打着哈哈说:"《玉堂春》一会儿就上演了。看一看吧!啸天兄,非常出色啊!"

童霜威摇头,说:"不了!不了!"

他听到谢元嵩在后边招呼人:"派车子!送童老爷!"

同时,他又看到:张洪池正迎面走来。这个精灵鬼!跳加官和跳财神的下台了,他就来了!童霜威想:他是不会被谢元嵩敲竹杠的,他要敲的是谢元嵩的竹杠!天下之大,真是无奇不有啊!

童霜威带着一种气闷、颓丧的心情,回到"六国饭店"。他将最后一个"红包"掏给了司机。上楼进房时,发现方丽清仍赌气在里房躺着。家霆已经回来了,正在灯下静静看书。他不禁若有所失地又闷闷叹了一口气。

四

早上,家霆在"六国饭店"门口报摊上买了报纸,边走边看。上楼走进了房,将报纸递给童霜威时,高兴得脚步轻快地说:"好消息!台儿庄打了大胜仗!"

说完,他收拾书本,背上书包,向正在看报的童霜威说:"爸爸,我走了。"话声刚落,人就走出了房门,去湾仔黄先生开办的补习学校里去了。

童霜威坐在靠近阳台的小沙发上看着报纸。报上的大标题是:《台儿庄大会战胜利结束,我军杀伤敌寇数千人》。

自从上海沦陷撤退后,简直见不到这样的打胜仗的好消息了。童霜威读着报,郁闷的心情稍稍开朗。这一向来,生活平淡,冯村仍无信来,使他挂念。他谢绝了季尚铭的数次宴请,喜欢独自孤单地散步。自从方丽清离开他后,他长时间被一种寂寞、孤僻、烦躁的心情所苦恼。

方丽清嘀嘀咕咕,经常闹着要回上海。终于,在三月底时,毅然决然地买了英国"加拿大皇后号"邮轮的二等舱票回上海了。

她走,童霜威带着家霆送她。"加拿大皇后号"是一艘乳白色的豪华大邮轮。二等舱里设备华丽。分别时,童霜威在码头上对方丽清说:"我是不能回上海的!那里双方都常常暗杀人。这仗也很难说还要打多久。你回去以后,住上一段,还是再回香港来吧!我想,找个地方租点房子搬出'六国饭店',可以节约一些。你来,我们雇个广东大姐,把家安排得像样些。"

方丽清板着脸,好像有那么一点儿难过,又好像因为能回上海而克制住心头的喜悦,最后终于勉强应了一声:"嗯!"

她走了!童霜威预感到她是不会轻易回来的。把她送走,童霜威心里空落落的,感到精神上的安慰和享受,一点也没有。

战前,上海离南京近。方丽清回了上海都不想回来。现在,上海和香港之间,坐几万吨的大邮船要两天两夜漂洋过海才到达;如果坐太古、怡和的那种几千吨的轮船,要在风浪中颠簸三四天或五六天才到达。来去一趟颇不容易。看方丽清临走时的尴尬表情,谁知她会不会回来呢?

报上关于台儿庄大会战的消息,使童霜威读了高兴。战局似乎有了点转机。自从南京沦陷后,他感到日本有点得意忘形,似乎以为中日战争可以速战速决了。所以,一月里日本首相近卫公开宣称:"不以国民政府为(谈判)对手",并且要求日本全国总动员。这下,他觉得,日本该被杀杀骄气了吧?

看完台儿庄大捷的消息后,他又浏览起报上的其他新闻来了。报上继续刊登了国民党临时全国代表大会在武汉开幕后的有关报导。会上,选举老蒋为国民党总裁,汪精卫为副总裁,通过了《抗战建国纲领》,议决成立"三民主义青年团",并公布了蒋介石颁布取消小组织的命令:"嗣后本党以内,再不得有所谓派别小组织,举凡以前种种小组织,应一律取消。"谢元嵩那天说的消息差不多全部兑现了。童霜威却不禁想:总裁总裁!这以后权力更集中了!所谓取消小组织,说穿了,是自己的派别和组织要来取消其他的派别组织。政治手腕啊,真是比老子的《道德经》还玄妙的东西!

他喝着茶,慢悠悠地看着报,忽然想:方丽清到上海去了,我难道永远待在香港吗?不,看来我还是应当到武汉、重庆去。我在这里,孤独而寂寞,也被武汉和重庆遗忘。对于抗战,总不是一种积极热情的态度吧?人们会以为我消极,会以为我是主和的或者是亲日的。他们可以乱加猜测,也可以乱加指责。在香港的惟一好处不过是平安和安定,像海外寓公似的不会受到空袭的威胁和伤害。是否得不偿失呢?我实际是在赋闲。长此以往,心情历落,处境尴尬,奈何?奈何?

想着想着,他站起身来,捧着茶杯踱着方步,下意识地吟起诗来:"……故乡今年思千里,霜鬓明朝又一年。"

吟着吟着,忽听有人"剥剥"敲门。

童霜威说:"请进!"

门开了,穿白衣的年轻仆欧,手拿一个精致的烫金大红信封,说:"送请帖的人在下边,等着回示,说十点钟派车来接。"他走过来双手递上请帖。

童霜威接过大红信封,抽出请柬,坐在沙发上一看,原来是季尚铭送来的,请柬写的是:

敬择于今日(四月九日)中午十二时,在山光道鄙寓特备猴脑宴恭请
台驾洁樽候教此呈
童霜威秘书长

弟　季尚铭谨拜
民国二十七年四月九日

边上,又有两行蝇头小楷,看来是季尚铭的亲笔,写的是:"秘书长:多日不见,十分想念。今日猴脑宴,务请拨冗赏光,否则,小弟惟有亲来邀约矣！尚铭顿首。"

请柬上,猴脑宴三个字是用金粉写的,闪闪发亮,耀眼醒目。童霜威看看着这张特殊的请柬,明白定是一次不寻常的宴会。"猴脑宴",是什么样的呢？他知道,广东人吃猴子。所谓"吃猴子",实际并不吃猴肉,吃的是猴脑。那么,"猴脑宴"自然是请吃猴脑的宴会了。在香港,请吃"猴脑宴",自然也是不同于一般通常的宴会,那么,能不去吗？

自从方丽清回上海后,童霜威谢绝过季尚铭好几次邀请,主要是因为心情不好,又觉得老是去人家公馆里吃喝,有点难堪。加上同谢元嵩谈过那次话后,感到对季尚铭和他公馆里一些座上客太不了解,不想去卷入什么复杂的漩涡中去。不说别的,拿新闻记者张洪池来说吧,就是个可怕的人。"君子之交淡如水",怕与张洪池之流相交,近之则不逊,远之则怨,抱着"多一事不如少一事"的态度,推说"身体不适",或推说"有事不能前来",回绝了。但今天的请柬上约定中午吃"猴脑宴",季尚铭又如此周到恳切,童霜威觉得不宜再拒绝。"猴脑宴"也有吸引力,就点点头,对仆欧说:"行,你

告诉送请帖的,我一定去!让车子十点多钟来接。"

仆欧应声走后,童霜威将请柬又看了一遍,起身踱了几圈,决定留张字条给家霆,告诉儿子自己到季尚铭家吃饭,叫家霆自己去楼下餐厅里吃包饭。用毛笔写完条子,放在桌上,去盥洗间拿起蓝色吉利剃刀刮了胡子,又换上了干净的白衬衫,打上了一条淡褐绿色条花的领带,穿上了一套深灰色的"司泡铁克斯"西装,作好了去山光道季尚铭公馆赴宴的准备。

多天以来,心情第一次这么好。是因为报上有了打胜仗的好消息?是因为季尚铭郑重其事地请吃"猴脑宴"?是因为自己先一会儿突然萌发了再去武汉或重庆的念头,似乎思想上有了一条新的出路?……也许都是原因,但他自己也说不清楚。反正,此刻,刮光了胡髭,换上了洁净笔挺的衣服,对着镜子,他感到自己仪表堂堂,肥胖壮实的身躯充满了活力,身上很轻松。沉郁、气闷、难过的心情,一下子被排遣到九霄云外去了。

十点多钟时,季尚铭的黑色流线型轿车,准时来到。童霜威穿上人字呢夹大衣,戴上灰色兔子呢礼帽,下楼上车,到山光道去。

照例是在华丽的大厅门口,季尚铭彬彬有礼地迎接着童霜威。只不过,今天他执礼更恭,也更亲热。

季尚铭见面拱手说:"童秘书长,今天你是猴脑宴的主客,猴脑的第一匙,请你品尝!"说罢,同童霜威热烈握手,请童霜威到客厅里去。

照例,在弥漫着烟味、檀香味、脂粉香的华丽大厅里,童霜威脱下深灰人字呢大衣交给一个广东大姐挂在门首衣架上,看见那批老熟人:步履蹒跚、大腹便便、眼泡浮肿叼着烟斗的萧隆吉,干瘦顾长、沉默寡言的谌有谊,个儿矮小、头顶牛山濯濯、戴金丝眼镜有学者风的高无量,眼神老像在生气、头发很长的中央社记者张洪池,丰满妖艳的大麦,娇小活泼的小麦,都在大厅中央的圆桌上打"沙蟹"。人堆中,惟有一个陌生的西装客:个儿矮壮,一张刮得很干净的胡根发青的白净脸使人感到阴冷,眼神凌厉,虽只三十多岁光景,但头发稀疏、腰板挺直。童霜威以前没有见过他。他虽在玩牌,童霜威进来时,他在伸颈张望,两眼射出一种寒冷锋利的光。那些熟人们,见了童霜威,都热情招手,有的点头,有的起立,有的招呼一声。

童霜威不禁笑着对季尚铭说:"尚铭兄真有孟尝君之风,高朋满座!座上总是客常满!……"

季尚铭笑着说:"哪里哪里!"陪着童霜威走过来,指着站起来的陌生人,说:"童秘书长,给你介绍一下,我的一位老朋友——何之蓝先生,是位专门在缅甸经营宝石生意的商界泰斗!"说着,又给那个叫作何之蓝的人介绍:"这位是我说过的童霜威童秘书长!"

童霜威同名叫何之蓝的陌生人握手。见何之蓝气度不凡,十分谦恭,满面是笑。何之蓝的手细腻绵软,是那种养尊处优的人的手。握完手,童霜威说:"诸位请继续玩牌吧。"他周到地同所有在玩"沙蟹"的人都打了招呼。

季尚铭却笑着说:"我看,诸位再玩一会儿,可以停歇吃饭了。"说着,他陪童霜威在客厅沙发上坐下,一个漂亮的广东大姐照例来送茶、敬烟,童霜威不想抽烟,摇手不吸,季尚铭忽然对童霜威说:"秘书长,我陪你先去看一看今天的'醉美人',你看如何?"

他说得风趣、神秘,童霜威不明白他说的"醉美人"指的是谁?微笑着说:"好呀好呀!"

季尚铭陪着童霜威由大厅走向餐厅,见通向餐厅旁的过道里,放着一只狭小的高度与桌子相仿的木笼。木笼下装有可以滚动的小铁轮,木笼里面囚着一只大猕猴。

木笼狭长,正好卡住整个猴子的身体,猴子只能站着不能蹲坐。猴头卡在囚笼上边。猴子脑袋上的毛已经剃得精光,猴子的脸孔通红,耷拉着多皱的眼皮。近前就闻到一股酒味,猴子闭着眼,腮如桃花,像沉睡一般。

季尚铭笑着用手指指说:"童秘书长,看到了吧?我们的'醉美人'正像史湘云醉卧着哩!今天吃两只姐妹猴,这是姐姐,成了'醉美人'了!还有一只妹妹,在后边养着。"

童霜威惊奇地问:"它喝了酒?"

季尚铭笑道:"用酒灌醉的!醉猴的脑子更鲜美,带着酒香。我们给它灌的都是上等好酒。再说,上天有好生之德,美人醉了,受那一刀之苦就无所谓了!"

童霜威看着那只面如桃花的醉猴,听了季尚铭的话,觉得残忍,说:"猴脑怎么吃法?"

季尚铭夸耀地说:"童秘书长,走,你看看我们季家祖传的银台面就明白了。"

童霜威跟着季尚铭移步到餐厅里,只见银光灿灿,眼睛一亮,顿时想到了丢在南京潇湘路一号公馆里方丽清心爱的陪嫁银台面。原来,餐厅中央,放着一副圆桌银台面。银台面上,摆着九副银筷、银碟、银匙、银碗、银酒盅,还有银酒壶。银台面由两个半扇银台面合成。台面的中央,有一个小碗大小的空洞。

季尚铭用手敲敲银台面,说:"童秘书长,你看,台面的高度,与刚才那只因禁'醉美人'的木笼高度正好匹配。等一会儿,木笼子一推,推到这台面下的中央一放,那位'醉美人'的天灵盖正好卡在台面中央的空洞里。"

童霜威想:为了吃猴脑,竟煞费心机设计了这么精致的桌子!

季尚铭又兴致勃勃地介绍:"先君在日,最讲究吃猴脑。但如非重大喜事或有贵客,轻易不摆猴脑宴。这套银台面,是先祖父传下来的。我们季氏的亲友,都知道有这副银台面,可是真正享用过它的人并不多。我们早先有个厨子绰号叫'洪一刀',是个削猴子天灵盖的能手,挥手一刀,干净利落,猴子天灵盖削得不多不少,不深不浅,正好与这银台面上的空洞天衣无缝。一刀削下去,天灵盖飞了,那'醉美人'的脑子还在一跳一蹦活动,吃它个新鲜,可称一绝。可惜此人去年病故了,今天请来的是他兄弟,也精于此道,但比起洪伯来,总要逊色了!"

童霜威听他侃侃而谈,再一次感到残忍和恶心,没有说话。

季尚铭好像能看到童霜威心里去,拈着黑须说:"童秘书长可能觉得有点残忍吧?其实人办事总是这样的。只要求把事办好,哪在乎什么残忍不残忍?比如獭皮帽子、獭皮领子吧,如要獭皮好,活獭剥皮前要用一根烧红了的铁棍直插进水獭的肛门里去。水獭一疼,刺激得根根毛都立正,皮毛才好!哈哈哈哈!"

童霜威从话里突然感觉到季尚铭是个厉害人,不想表露自己的软弱感情,装得平静地继续问:"猴脑怎么个吃法呢?"

季尚铭做着手势说:"我们季家的吃法跟你们上海、南京一带人冬天吃火锅差不多。在银台面上,放上两只包银的铜火锅,里边备有滚开的上等肥嫩鸡汤,另外端上各色作料,用银匙从活猴的头里舀出猴脑,用滚开的鸡汤烫熟,配上作料,鲜美无比,是长生不老滋阴补阳的珍品!"

童霜威听了,有点恶心,点着头,实在地说:"哎呀,我这是第一回吃,怕还吃不惯呢!"

季尚铭笑了,说:"补品哪,补品!秘书长等会尝尝,一定满意。今天,第一匙由你品尝!你是我宴请的主客呀!"

两人正在聊天,因着"醉美人"的木笼,已由一个穿花衣打长辫的广东大姐推到后边去了。两只包银的铜火锅也已经炭火熊熊地由另外两个广东大姐端上了银台面。还有一个推一辆镀镍分层送菜车的广东大姐,上来将一碗碗的芥厘、葱花、酱油、醋、麻油、芫荽、番茄酱、虾米、榨菜末和一大盘光生生的鸽蛋,都一样样放到银台面席上去。季尚铭公馆里的广东大姐,约摸有六七个,个个都是打一条乌黑油亮的大辫,年龄也相仿在二十岁光景,穿的服装类似,雅而不俗,一个个挑选得容貌美丽,走起路来,都像舞台上坤伶的碎步,婀娜多姿,叫人眼花缭乱。

童霜威正在看着那个广东大姐端放作料,见一个五十岁光景的广东厨子,头戴白色厨师帽,手持一把亮晃晃的薄片钢刀,推着那个装载"醉美人"的木笼来了。

童霜威明白:要拿"醉美人"开刀了! 他是个怕见血的人,不愿看这勾当,回转身来,说:"尚铭兄,我们走吧!"

季尚铭见他这样,揣测他不愿看,笑说:"好好好,君子远庖厨! 我们去把他们打牌的邀来,马上就开席了。"

童霜威跟着季尚铭又到了大厅里。季尚铭走近赌钱的圆桌,哈哈笑着,用手拍拍巴掌说:"诸位仁兄! 请停止沙蟹,洗洗手吧,马上猴脑宴要开席了!"

两个广东大姐已经扭着身肢端来四只脸盆,里边是洒了花露水的清水和洁白毛巾,侍候着客人洗手。

萧隆吉第一个站起身来,把手里的牌一扔,说:"吃完猴脑宴再打!"

给他一扔牌,大家都站起身来,有的在收拾残局,有的去洗手。

等到季尚铭陪大家一起再到餐厅里时,童霜威看到:亮闪闪的银台面上,桌面中央的空洞处已经填上了削去天灵盖的猴脑壳了。那大小真是严丝合缝,非常合适,就像放着一盆凹下去的有着血水的生脑仁。装着猴子的囚笼,此刻在银台面下的席中央,大家都看不到。看到的只是这台中央填补空白的一个有着血水和微微跳动着生脑仁的猴脑壳。银台面上,对称地放着八只双拼冷盆:火腿肉松、松花肫肝、鸡丝洋菜、熏鱼芦笋、蘑菇炝虾、鲍鱼蛤蜊、卤蛋鸭翅、虾球乳鸽。

一个十分标致的广东大姐,笑容可掬地来给杯里斟满了酒,是法国陈年红葡萄酒,呈现一种深暗的红宝石色,像血浆一样。

"坐!坐!坐!"季尚铭招呼着大家入座,特意殷勤地请童霜威和萧隆吉坐在上首,却让美丽活泼、千娇百媚的小麦夹坐在两人中间,更让那位缅甸宝石商何之蓝紧挨着童霜威坐下,自己就挨着萧隆吉坐。从何之蓝以下,谌有谊、高无量、张洪池依次而坐,大麦就坐在季尚铭和张洪池之间,九个人团团围坐了一桌。

小麦今天只薄薄地施了一点粉底,浅浅地涂了一点口红,反而格外增了风韵。她穿的龙虾红的紧身旗袍,项上挂了一串洁白的珍珠项链,耳上戴一副闪烁的红宝石耳环,乌亮的黑发一条条拳曲地合成波浪披在双肩。

季尚铭笑着说:"小麦可真是个迷人的尤物!你今天太美丽了!"大家都朝小麦看着,高兴地哈哈笑起来。童霜威也笑,觉得小麦确实出众。季尚铭说:"小麦,请你代我好好给客人敬酒!"

小麦调皮地笑,说:"遵命!"

大家又开心地哈哈笑了。季尚铭起身举起酒杯,说:"今天这猴脑宴请到了各位贵客赏光,十分荣幸!请大家饮酒!祝大家官运亨通,财源茂盛!"

大家都同声互祝,一起饮酒。

季尚铭面朝着童霜威说:"童秘书长,今天你是主客,请你开这第一匙,尝尝鲜美的猴脑!"

席上哄起一片笑声,童霜威嘴里呷着甜美的红葡萄酒,心里想:那只"醉美人",此刻不知算是死还算是活?他猜,很可能醉得像死一样,如通常所说的醉生梦死!妙的是削去天灵盖,并没有伤着脑子。脑子是完整的,从那带血的脑仁仍在微微搏动抽搐的情况来看,猴子还没有死。但这一匙下去,将如何呢?他右手拿起了长柄的银匙,竟不忍心往那猴脑壳里舀下去。

缅甸宝石商何之蓝看来是吃过猴脑宴的。他说一口天津音的北方话,很出乎童霜威的意外。他坐在童霜威身旁,撺掇说:"童秘书长,你用力舀下去!舀一匙放在你碗里。来,我帮你调料!"说着,起身抓起两个鸽子蛋,"啪"地一敲,两手一掰,又"啪"地一敲,两手一掰,将两个生鸽蛋打在童霜威的银碗里,又用匙给童霜威舀了各色调料,催促说:"童秘书长,你舀一匙猴脑来!"

大家在一边助兴,有的说:"动手吧!动手吧!"有的笑,有的说:"要不要我给你帮忙?"

童霜威硬硬心,微躬肥胖的身子,将银匙往猴脑壳里插舀下去,只微微似乎听到桌下猴子"吱"地叫了一声。他心里一战栗,明白是"醉美人"在席底下呻吟。他心里掺和着一种悔意与懊丧。匙里已将猴脑舀了一块,往面前由何之蓝打好生鸽蛋配好作料的银碗里一放,席上的人一声喝彩。小麦娇声娇气地高嚷:"哈哈,童秘书长,快舀鸡汤!快舀鸡汤!"坐在小麦身边的萧隆吉,已经从滚开的火锅里将黄澄澄的鸡汤舀了一大瓢递来。小麦马上接过瓷瓢将肥鸡汤给童霜威倒在银碗里。季尚铭也殷勤地在自己的位置上舀了一大瓢鸡汤递给小麦,说:"再给秘书长加一瓢!"

沸滚的鸡汤往猴脑上一倒,猴脑马上烫熟了,变成了乳白色,带着一点点微红的血丝,犹如一朵粉红色的桃花。

童霜威凝视着自己面前的银碗,只听见季尚铭在招呼大家:"来来来,请请请!"又兴高采烈地介绍:"今天这个'醉美人',只有三岁,特别聪敏,吃了一定特别补脑!……大家,请请请!"

一把把亮闪闪的银匙都伸向桌中央那个削去了天灵盖的猴脑壳里去。每人舀了都往自己的银碗里放。有打鸽蛋的,也有不打鸽蛋的。作料配上以后,浇上滚烫的鸡汤。季尚铭和谌有谊、高无量、大麦等都吃了起来。张洪池咂咂嘴,大家一片赞叹。

一个广东大姐,端着瓦煲盛着的鸡汁,来往火锅里加汤。

萧隆吉大口喝着猴脑鸡汤,喝汤的声音像拉风箱。喝完,大声说:"有一年,我在云南,吃过桥米线,是用滚开的鸡汤,将鸡片、腰片、肉片等烫熟了吃。可那滋味,比这猴脑差得太远了!"

童霜威也决定尝一尝了!用匙舀了猴脑往嘴里放,嘴里只觉舌上软软的,带一点特殊的腥味,鸡汤很鲜,作料很香,有点酸辣咸的味儿,只是心里不受用,边吃边想着先一会儿看到的那个剃光了头醉得满面通红的猕猴熟睡在囚笼里,又想起那一刀削去猴子天灵盖的残酷情况,更想起刚才舀猴脑时,猴子在桌下"吱"地叫了一声的情景。嘴里感到难受,忍耐着将猴脑囫囵吞了下去,感到有些腥气,差一点吐出来,连忙端起银酒盅喝了一口,压一压胸口的呕吐感。

坐在童霜威身边的何之蓝察觉了,笑着用天津口音的北方话说:"童秘书长,天下事都是这样,第一次不习惯,第二次你就喜欢了!猴脑,滋阴补阳,是天下的希罕美味啊!吃时,你不要去管猴子的死活,你只要想着自己吃下去可以延年益寿,就愉快了。"

童霜威点着头,品着他的话,忽然觉得这个缅甸宝石商并不寻常。说的话,颇有哲理,并不像个普通的商人。见大家都吃得热闹,他看着桌中央那只被挖空了的猴脑壳发愣,心里不禁又想:九个人吃一只猴脑,一人吃到的其实也并不多。

谁知,这时一个广东大姐端着一只翠绿色的薄瓷大汤盅上来了,竟将那大汤盅朝挖空了的猴脑壳上一放,揭开了大瓷盖,顿时,飘出了一股海鲜的香味来,大家都啧啧称好。

童霜威一看,翠绿色的薄瓷大汤盅里,是一道热气腾腾、色彩调和的烩菜,烩的是黑亮的海参条、蜡黄的香螺片、桃红色的火腿、红白相间的明虾段、灰色的金钱鲍、雪白的笋片、青碧的菜叶……牛奶似的鲜汤上浮漾着点点金色的油星。童霜威想:多名贵的一道好菜呀!用它来盖没那只舀空了的猴脑壳,倒是出色的好办法。

季尚铭呵呵地笑着,说:"猴脑烩海鲜!童秘书长,你再尝尝这只名菜如何?可不要把它当成烩海鲜了,烩海鲜就不希奇了!这只菜里,也是一只猴脑!这是活杀了一只一岁小猴子的猴脑!嫩得非凡,来来来,大家尝尝!"

张洪池第一个伸出银匙去舀大汤盅里的鲍鱼和明虾段吃。谌有谊却在舀海参。何之蓝让着童霜威说:"童秘书长,吃呀,吃呀!你舀那白色的吃!白色的是猴脑,再喝那汤!"

童霜威点着头,感谢他的好意,只是心里不愿再吃猴脑。娇媚活泼的小麦,眸子中烁动的是谜一样的光彩,讨好地满面笑容给童霜威搛菜,舀猴脑烩海鲜。童霜威谢了她的好意,夹了一筷蜡黄的香螺片,吃到嘴里虽然鲜,觉得有股腥味,很不受用,赶忙不再咀嚼,囫囵吞了下去。

萧隆吉胃口特好,拿着银匙,笑着说:"我们在此地这样吃喝,要给共产党看见了,就又有文章做了,少不得要攻击说:这是'前方吃紧,后方紧吃'!"

高无量笑笑自嘲地说:"此地是香港,不是武汉!抗战离我们远矣哉!"

大麦今天穿一件花缎皮毛领的大襟短袄,耳后燕尾发髻,两耳坠着一副碧绿的翡翠耳环,插嘴说:"香港!香港共产党也不少!你们没看到,说是台儿庄大捷,这里有些报纸吹嘘得那么起劲!我认为这些报纸里一定有共产党!"

高无量点头说:"那当然!他们无孔不入!何况,他们确实有代表驻在香港。不过,台儿庄大捷,国民党也是要吹的!"

季尚铭挥舞着筷子,又放下筷子端起酒杯,说:"哈哈哈,吃吃吃,努力加餐,少管那些!来来来,干一杯!"他挑着谌有谊和高无量说:"来!干!"

谌有谊笑着说:"我不行!我老老实实服输,绝不硬充好汉,我向你投降!"

高无量也"咯咯"笑着,说:"我也不行!我宣布,随你怎么进攻!我绝不抗战!"

季尚铭笑着说:"哈哈,高先生真是风趣幽默!"满桌哈哈大笑,何之蓝笑得最高兴,小麦笑得最响亮。

两个广东大姐又来上菜,一个推着镀镍的送菜车,一个端菜上席。上的是:一大盘清炒海瓜子,一大盘烩鱼翅。

菜真是丰盛名贵。季尚铭又举杯邀大家喝酒吃菜。他见小麦紧挨着童霜威对童霜威媚笑,插嘴说:"秘书长,小麦项上这串珍珠你注意没有?是由一百五十粒珍珠串成的,都是上品,颗颗一样大小,一样圆润光泽。"

童霜威因小麦靠得太近过于亲昵,鼻子里闻着她发上和身上的香味,有点不自在,这时夸了一声,说:"麦小姐戴了珠链确实显得更美了!"

小麦得意地笑着,两只黑眼睛闪着迷人的光亮,亲热地给童霜威夹菜。

季尚铭说:"童秘书长,天下事很有趣,比如沙粒吧,进了贝的肉体里,它是很难受的,可是却因此会生出美丽的珍珠来。"

童霜威笑了,说:"你说得很有意思。"他因为老觉得嘴里有猴脑的腥味,一口又一口地呷着红葡萄酒,酒味甘美,但却像颇有后劲。

季尚铭夹菜大口吃着,说:"我是说,天下什么事都一样,都需要付出代价,但像珍珠这样,就很值得!"

大麦点头说:"对对对!"

湛有谊说:"哈哈,季兄是位哲学家!"

童霜威觉得季尚铭话里有含意,但还听不明白,只好笑着似点头又不点头,提筷子夹菜吃。

席上,谌有谊正在说:"……平心而论,台儿庄大捷,我是十分怀疑的。一些杂牌队伍怎么可能跟人家武器精良、训练有素的军队较量?说是大捷,吹牛捏造应付国内外不满而已,这叫打肿脸充胖子!"说了,叹一口气,大口吃海参。

萧隆吉讽刺地笑着说:"来来来!快来转进!转进!"他用银匙去舀鱼翅吃。他这"转进",是中央社电文上常用的代替"撤退"的同义新名词。

张洪池两只老是像在生气的眼睛瞅瞅萧隆吉,似乎想说什么,但没有说。

小麦身上的香水味,芬芳扑鼻,使人心醉。童霜威闻着香味,舀了一匙海瓜子,一个一个吮着肉吐着壳。海瓜子倒合他胃口,滋味不错。听着大家谈话,他心里有点像刚才吃了猴脑时一样的不受用。他想:台儿庄大捷的战果夸大些是可能的,说是捏造,却不可能。他是为台儿庄大捷高兴的,听到桌上的讽刺话和消极话,听到那种贬低抗战的话,有点生气。但想起谢元嵩说起季尚铭这里客人复杂的话,又觉得自己是来赴宴做客的,不是来争辩的,何必闹得不愉快!忍住了,不做声,闷头吃完一匙海瓜子,喝口闷酒,又舀一匙海瓜子,一个个吮吸着。面前桌上堆起了一小堆海瓜子壳。小麦又忙着给他斟酒。

菜,似乎无尽无休,继续在上。广东大姐又端来了一盘红色的番茄酱炒明虾片,一盘棕色冒油的脆皮肥鸡,一盘黄白色的芙蓉青蟹……真是一只只菜都色香味俱佳。

季尚铭又起立敬酒。何之蓝用银匙给童霜威舀明虾片吃,说:"童秘书长,今天能睹风采,十分高兴!我对你是闻名已久,一直无缘相识,今天很想多聆教益。"

童霜威只当作是日常的应酬客套语,也不介意,只是点头笑道:"哪里哪里,我也久仰了!"

只听得萧隆吉正在大谈祭孔的事,说:"世风日下,人心不古,战乱蔓延,缺少祥和之气。战前,我在山东曲阜参与过一次祭孔典礼,印象深刻,终生难忘。这种盛典可惜在香港是难以见到了!"

小麦好奇地问:"祭孔是什么样的呀?"

谌有谊嚼着鱼翅,说:"战前,我也在北平孔庙参加过一次祭孔,时间就差不多是在这三四月间。那天,白玉般的台阶上,殿前摆好了各种古乐器,殿里烟气弥漫,点着红色大蜡烛,正中供着至圣先师的神龛和立方形的牌额,案前供着整条的牛,整只的猪,整只的羊,叫作三牲,屠宰后蜷曲着四蹄。"他蜷曲着两只手,装出三牲供着的样子。

大家边吃菜边喝酒,看到他那样子,都前俯后仰地笑起来。

秃顶的高无量用手扶扶金丝眼镜,说:"我也在家乡河北参加过祭孔。那案子两旁,供着颜、曾、思、孟四圣的牌位和至圣孔子作个拱壁形势。殿壁上悬着很多匾额。举行典礼时,一个执礼的人铿锵地用铁锤轮流击着十二个铜磬,鼓乐鸣奏,典礼开始,夹杂着悠扬的古乐——笙管笛箫合成和谐的曲调。参加祭孔的人排列着,一色蓝长袍、黑马褂。司仪高喊:一鞠躬、二鞠躬、三鞠躬……"

萧隆吉大摇其头,说:"你那是小庙的祭孔,我在山东曲阜孔庙里恭与盛祭,可不是如此简单!"

广东大姐又端着托盘前来上菜。上的是两条清蒸石斑鱼,每条二斤重光景。鱼身上的红斑点十分鲜艳,香蕈、猪油丁发出宝石般的光泽。

季尚铭向童霜威介绍说:"石斑鱼在我们香港是鱼中贵族,身价最高。在前清时,石斑鱼是贡品,给皇帝吃的。两斤重的肉最嫩。请尝尝!"

童霜威和大家一同吃鱼。大麦吃着鱼说:"萧总经理,我想听你介绍介绍你看到的祭孔情况。"

萧隆吉夹着鱼,说:"祭孔是在清晨天亮前举行的。大成殿前电灯、汽灯都挂满了。大成殿阶上两旁,陈列古乐,计有应鼓、傅钟、扁钟、扁磬、转磬、埙、簏、凤箫、笙、祝、敔、琴、瑟……"

小麦格格笑得露出雪白的皓齿,说:"你说这些像法国人讲话,谁听得懂!"大家也都哈哈笑起来。

萧隆吉笑笑,说:"这都是乐器,一共二十多种,阶下有穿红蓝色制服的乐队。祭孔时,有主祭官。那主祭官行礼的位置,在殿门正中,殿内,正面是至圣先师神位,左右配以四贤十二哲,各供有太牢、少牢、笾豆、簋、镫、铏、三牲等各式祭品……"

小麦又哈哈笑了,说:"你这又像德国人说话了!"

萧隆吉笑着也不答理她,继续说:"焚香燃烛,异常整齐。祭孔开始,先开始迎神奏乐,分献官陪祀官皆行三跪九叩首之礼,然后主祭官等献礼,上香,献爵,朗读祀文。最后,演奏古乐,奏服和、雍和、熙和、渊和、昌和、德和之章,舞雍和、熙和、渊和、昌和之舞,全场静穆,但闻钟鼓齐响、笙歌共鸣,悠扬之声,袅袅绕梁,大约半个钟点,大礼告成。"

小麦摇头,调皮地说:"听了半天,我还是不懂。"

大家又哈哈大笑。

季尚铭一直在啃一只脆皮肥鸡的大腿,听到这里,问在吃石斑鱼的童霜威:"童秘书长,你对祭孔可有兴趣?"

童霜威笑笑,说:"还是小时候,在家乡,也去太庙里看过祭孔。这些年,倒不曾参加过祭孔。"

何之蓝忽然说:"孔子在《礼记礼运篇》里揭橥的大道之行也及大同理想,令人神往。建立王道乐土,真是一种崇高的理想。"

那新闻记者张洪池始终在埋头闷吃,吃得很多,酒也喝得多。季尚铭忽然点他一句,说:"张先生,你是中央社的记者,见多识广,怎么今天沉闷得一言不发呀!"

张洪池抬头笑笑,将鱼骨刺吐在碟子里,又干了一杯酒,红着脸用两只老像在生气的眼睛扫视一眼席上的人,说:"我是后生小子,面对诸公,哪敢在席上胡言乱语!不过,今天吃这珍贵的猴脑席,要是被共产党人知道这种场面和气派,一定会攻击的。这刚才萧总经理已经说过。这会儿,我又听你们谈祭孔,谈'大道之行也',谈王道乐土!心里不禁想:这些又是共产党反对的!"

童霜威心里想:是呀!上海不是有汉奸苏锡文等在日本卵翼下组织什么"大道市政府"吗?"王道乐土"也是日寇在冀东、华北倡导的呀!

张洪池继续带着醉意在发表宏论:"这共产党呀,似乎是专门作为一种敌对力量而存在的!我这人,从骨头里天生反共,只要提到共产党,就不舒服。真恨为什么十年剿共没将他们消灭!真怨恨那个西安事变为什么又让国共握手言欢?真恨为什么又要来一次国共合作抗日!"

大麦点头叫绝:"张先生说得太对了!"

高无量虽未说话,但头点了又点。

张洪池接着说:"所以,我宁肯争取到港九来采访,不愿留在武汉。我看不得现在武汉那些共产党人,一个个都出头露面神气活现。好像他们是主宰大局的首要力量。他们借着抗战,军队在滚雪球,实力在发展,令人担忧!"

一直沉默的何之蓝忽然点头,说:"确实是这样啊!……"

张洪池仍在指手画脚:"说实话,我十年前就认为我们国民党的大敌是共产党。现在,尽管中日开战了,打到了今天,我仍这样认为。可惜我不掌握中国的命运,不然,我是要联日防共的,绝不联共抗日!"

一个广东大姐又来上菜。这次是两道甜菜:一道是冰糖银耳羹,一道是杏仁核桃羹,都清爽可口。

大麦舀着银耳,说:"密司脱张说得对极了!共产党我见得少听得多,我觉得中国的事全给共产党捣乱捣坏了!要不然,中日两国是打不起来的。这仗打得多惨!死那么多人!在座的各位要不是因为战争,恐怕都在南京、天津自家的大洋房里享清福吧?"

谌有谊叹息一声,说:"那当然!这战争啊!"

小麦说得像挺天真:"中日同文同种,打什么仗呢?共产党嘛,苏俄的走卒!俄国,共产共妻,有钱人都杀头充军,太可怕了!要打仗,该打共产党,打俄国!"

童霜威忽然感到坐在身边的何之蓝始终用眼睛盯着他,仿佛是在看他听了这些话后作何反应,又似乎是想同他谈些什么。蓦然想起谢元嵩的话,心里兀自警惕了几分,佯作没有发觉,自顾自地夹着菜吃,脸上平静地听着人家说话,心里有一种很不受用的感觉。一是先前的猴脑使他恶心,这种感觉尚未平复;二是这伙人谈的话也像猴脑似的叫他心里不舒服。他也读孔孟的书,却不喜欢祭孔等等的迂腐行为。他是国民党员,却由于早年受过些进步思想的影响,又有柳苇的原因,并不仇视共产党。他对抗战的战局失利有时感到懊丧,对抗战却是拥护的,认为不能再忍受侵略毫无行动了。他是日本留学生,在日本也有朋友,但一种爱国的激情,使他觉得应当抗日,不能亲日,在这情势下亲日,是卖国行为!因此,他沉默着,忽又进一步感到:季尚铭公馆,确是一个复杂的处所。这些人,到底是些什么人?摸不透也摸不准。他打定主意,紧闭着口,不多说话,吃完饭,早点告辞。

一个广东大姐又来上菜了。小麦忽然把发出香水味的身躯斜倚在童霜威身上,悄声地将脸凑过来说:"啊,我都快要醉了。"她眼波流转,媚态逼人。

童霜威被她的音容香气挑逗得一时神思恍惚,却又有些感到小麦失态,一凝神,安定下来,用肩微微将小麦靠过来的身躯推回去,敷衍着说:"是啊,我也喝多了。"

又一个广东大姐走过来,上了两道蔬菜:干贝牛奶菜心和菜薹虾米。大家多吃了荤腥,见来了清淡的素肴,都纷纷下筷。

童霜威忽然很想休息,心里那种恶心的感觉更盛了,血浆似的红葡萄酒确实喝多了,他平时是极少喝这么多酒的,说:"诸位,我已经酒足菜饱了!不再奉陪了!大家继续喝酒吃菜如何?我想休息一下。"说着,对季尚铭拱手,说:"尚铭兄!猴脑宴果然不同凡响,谨谢谨谢!"

萧隆吉摆手说:"啸天兄,那怎么行?再吃一点!"

谌有谊说:"再吃一点吧!"

季尚铭见童霜威起身要退席,说:"还有些好菜未来,再坐一会吃一点不好吗?"

童霜威心里难受,胃部翻腾,摇头说:"实不相瞒,这猴脑我是第一回吃,不大受用!不能再吃了,我想坐一坐,休息一下,喝点浓茶,抽一支烟。"

何之蓝胸有成竹地说:"让童秘书长歇歇吧。我也饱了,我来陪陪他,你们各位请努力加餐吧。"

季尚铭点头说:"好好好,小麦,请你扶秘书长快去休息吧。之蓝兄,你熟悉,你陪秘书长到小会客室里坐坐。"

小麦扶着童霜威,显得亲密殷勤。何之蓝随着陪伴童霜威出去。童霜威笑对小麦说:"麦小姐,你去吃吧。我没有醉,用不着扶。"小麦却笑而不言,将童霜威的左臂扶得更紧,似是亲昵又似尊敬。

走出餐厅,经过大厅,从一个偏门进了一间日本式的幽雅小会客室。室里是海水蓝色的墙壁,方格子的天花板和铺着的地毯,也是与海水相适应的浅蓝色。屋里的陈设和布置纯粹是日本风的,绣着樱花的屏风,精致的日本轴画,日本式的矮橱上有一个日本武士和一个穿和服的日本贵妇的偶俑。

何之蓝熟悉地往墙上一朵荷花形的开关上一按,一盏水晶吊灯灿然亮了,使光线不太明亮的小会客室显得气氛更加宜人。童霜威和何之蓝刚在沙发上坐定,小麦对童霜威微微一笑,说:"我等一会来!"扭着腰婷婷地走了。

一个广东大姐用托盘送来了两个盖碗茶。何之蓝右手做了个"出去"的手势,广东大姐放下茶碗,立即退出,轻轻带上了门。

童霜威从何之蓝两只目光如剑的眼睛里,忽然察觉他绝对不像一个普通商人。他的服装整洁,袖口露出白得刺眼的衬衫,西裤的褶缝笔直。他有一个轻轻搓手的习惯动作,给人斯文和工于心计的印象。他有挺直的腰板和走路时那种跨步的程式,使人感到他像个军人……正捧着茶边喝边思索,何之蓝先开口了,谦恭地稽首说:"童秘书长!"

童霜威胃里仍在翻搅,从何之蓝的表情和语气上直感到有什么事,心里一怔,呆呆望着面前的缅甸宝石商。

何之蓝笑笑,面部像有个无形的面具,说:"不知,您还记不记得西安事变时,有个名叫若杉的人,深夜到南京潇湘路一号府上去过?……那,正是鄙人!"

童霜威猛地一惊,险险"啊"地叫出来,也险险将手中的盖碗松手掉地,强自镇定下来,头脑里纷乱异常。

何之蓝说:"请允许我将实话告诉阁下。我并不是什么缅甸宝石商何之蓝,我是大日本陆军和知少将。"

童霜威又是一惊,头脑里纠缠着战前那个若杉送礼的夜晚,又回顾着季尚铭的破格的热情与礼遇,似有所悟,镇定着将茶碗放在几上,说:"哦!"

和知笑笑,和善中带几分狰狞,说:"久仰你是日本留学生!又久仰你在支那司法界的学者声望和地位,我们也了解你的过去,你同共产党还是水火不容的！你早年的夫人同你分手后来她被枪毙,说明了这一点。"

童霜威心里一惊,又十分反感,想:你们的情报真厉害！连我的隐私都打听清楚了。可是,这一点,你们错了！……

和知仍在做着手势说话:"我想,你一定爱中国,也爱日本,当然,你并不是亲日派。正因你不是亲日派,如果你从反共出发,理解日支两国同文同种,应该合作提携,不应长期兵刃相见,那您就是一位了不起的政治家！"

童霜威心里想呕吐的感觉很强烈,从茶几上的雪茄烟盒里取出一根哈瓦那雪茄,褪去包装玻璃纸,擦火柴点烟来吸,想压一压恶心。他皱着眉,见和知没有继续说下去,就说:"愿意听听和知先生的高见！"

和知的声音忽然激昂起来,军人的态度鲜明了,说:"共产党太可恶了！现在,他们的军力在黄河以北、大江以南到处蔓延,很可怕,应当引起大日本和支那的共同忧虑。日支两国所以形成今天的局面,罪魁祸首是共党！以日本的武力,武汉的陷落不会太远。但日本希望早日结束中日全面战争,以便腾手来共同防共。在这件事上,想借重您。我在香港的任务,是要同国府的要人们在港商讨中日和平问题。"

童霜威大口吸着雪茄,想压住胃里不舒适的感觉,摇摇头说:"我现在实际是政治舞台以外的人了！公务早已辞掉,无权无势,怕是无可效劳了！"

和知轻轻搓手,淡笑笑说:"您的情况我们掌握。您是最最合适的人了！您无派无系,正可超脱处理一切问题;您向来有个比较洁身自好的名声,有些人对您不加戒备;您又同各方面的人有联系,便于进行活动。您不得意,我们可以使您飞黄腾达。您在南京潇湘路的公馆,我们已让宪兵机关予以保护。尊夫人已经返回上海,您如想回去,随时可以回去,保证安全。南方维新政府即将成立。您如有兴趣,我们十分欢迎。如不愿涉足,也不勉强,但可给您在京沪之间安全自由的保证。您如有意经商,季尚铭可以使你坐享其成腰缠万贯。"

童霜威吐出一口烟,打断他的话说:"和知先生,谢谢好意。但我人微言轻,书生气十足,不是干这种事的人。怕将有负厚望,无法满足你们要求。"

和知的眼睛像镢头一样,似乎能刨出人心里埋着的东西,变得毫不急躁,慢吞吞地说:"请不要回绝吧!我们对您的要求很简单。只是希望您去一趟汉口,带小麦同去。哈哈,童秘书长,小麦很不错的呀!我们请您为我们送个和平消息与中枢某公接个线,如此而已!"

童霜威想问:"谁?"但又想:我既不愿替他们干这种事,何必多问!

和知却说:"我说的某公,是主张日支和平,主张反共防共的,但现在他言不由衷、身不由己,甚至对他颇多戒备。我们应当支持他一下。"

童霜威暗想:他说的是谁?汪精卫吗?可能!但,也许不是汪,是谁呢?……胃里难受,脸上冒出冰凉的细汗珠,掏手帕来拭,摇头说:"和知先生,很抱歉,汉口,我不能去!"他心里想:混蛋!要我做汉奸!你们算是认错人了!再说,谁知小麦去是干什么勾当?难道要我掩护她?你们是想玩美人计让我上钩呀!

和知问:"为什么呢?"他的话声突然像包着橡皮的铁棒,眼光像鹰隼一般锋利。

童霜威揿熄了雪茄,推托说:"我同谁都没有深交,去办这种事,怕是无用的!"

和知阴笑笑:"这个人您去行!"

童霜威又一次地想到了汪精卫,日本人掌握情报,说不定知道我的国大代表是汪精卫玉成的,也说不定知道我在汉口见过汪。其实,我又不是改组派,也不是广东人,我同汪精卫有多少瓜葛?也许,他们见谢元嵩滑得像条泥鳅,抓不住他,见我合用,就来抓我了?他说:"我不适合!"心里却又想:未必是找汪精卫,汪是副总裁了嘛!

和知一口纯熟的天津话:"您去,不会引人注意;您的身份、地位,您的不引人注意,都是有利条件。在香港,没有比您更适合的人了。再说,您和许多要人都有交往,只要你愿意,可以试探和得到讯息的机会是很多的。"

童霜威想:这些确是事实,但可能还有一件你未说出来:我的妻子回了上海,我的儿子在香港,你们可以控制我,防止我出什么问题。这一想,胁下出了冷汗,摇着头说:"像这样的大事,必然要谈许多条件!其实,还是通过你们的盟国,让他们的大使馆来办。我,不想从事这样的政治活动!"

和知摇头,眼睛诡谲得像只黑猫,说:"条件,可以商榷,可以变化,都好办!有个笑话可能您也知道。一个教徒问主教:祈祷时可以吸烟吗?主教训斥他说:这是不虔诚的表现!另一个教徒问主教:吸烟时可以祈祷吗?主教赞扬他说:这是虔诚的表现!其实,祈祷时吸烟与吸烟时祈祷并无实质上的不同。只要和平下来,条件这样谈那样谈都可以。至于沟通和平的渠道,当然不是一条!我们可以找甲,也可以找乙、找丙。您是我们寄予重望的一条渠道!"

童霜威觉得他说得很玄,心想:反正,这种事弄得不好,便会遗臭万年,我怎么能做?摇摇头说:"我,在日本有不少朋友,中日应该友好,但我是中国人,有我的民族感情。我应当坦率地奉告:对你们侵华,我是反感的。中国抗战,是被迫的。你们应当看到整个中华民族的情绪。做一个中国人,最可耻的恐怕是做汉奸了,我不愿意蒙受这种骂名。我有一介书生的耿直,你们如果要和平,可以正式光明正大通过外交途径提出来。叫我来偷偷摸摸地干,我不能接受。我不能为贵国效劳!这点,请允许我保持我的想法!"

和知搓着手,脸上失望,说:"童秘书长,战前您在南京退我们的礼,我们很钦佩。看来,您现在同那时仍无变化。但你要知道,和平的事,现在汉口有共产党,通过外交途径公开来办,是办不通的,必须秘密接洽才有可能。您能答应为日支之间的化干戈为玉帛做这么一件好事,实际是在为你自己的国家做一件最利国利民的事!爱国都是一样地爱,只是各人的方法可以不同嘛!正像我刚才说的吸烟时祈祷和祈祷时吸烟,听来似乎不同,实际完全一样。对日本来说,我们是战胜国,打下去没有什么不利,你们呢?战争之苦太大了吧?阁下不要真的太书生气了!"

童霜威心里又气又恼,胃里翻腾,想说:"你们兵力是强,也不要低估中国!平型关、台儿庄,打胜的恐怕不是日本吧?"忍住了没说,只是摇着头,表示不会改变主张。心里忽然一阵恶心,猴脑的一股腥气从胃里冲上来,忍不住要吐了,说:"啊!——我要吐!"

他想立刻吐到沙发旁的痰盂里去,迈步还没走到痰盂前,已经忍不住"哇"地张口喷吐起来,竟吐得起身要来扶他的和知胸前和裤腿上花花绿绿都是!和知"啊呀"一声,眼里露出使人害怕的凶光,一张愠怒阴沉的脸可怕极了,连声说:"糟了!糟了!"掏出雪白的手帕来连忙擦拭。

童霜威尴尬地连声说:"失礼!失礼!对不起!对不起!"自己呕吐了一番,虽然吐得和知一身,也吐得一地一痰盂,心里已经舒坦了一些。既感到这一吐,吐得好!吐散了这场不愉快的谈判,又感到很抱歉。正不知如何是好,见季尚铭听见动静,闻声过来开门进来了。

童霜威望着仍在用白手帕拭衣上脏渍的和知说:"对不起,和知先生,我要回去了!你谈的事,我会守口如瓶,但请原谅,我实在无法胜任!"说完,他转身向季尚铭说:"谢谢盛情,使我见识了猴脑宴!我病了,告辞告辞!"

和知大声说:"以后再谈,以后再谈!"

季尚铭脸上强打笑容,说:"再坐一会,派车送。"

但童霜威迈起大步来向外走,仿佛没有听到他们的话。

他在客厅那里,见到了萧隆吉、谌有谊等一伙人。那些人都用惊异的眼光看他。他在客厅进口处的衣架上去拿大衣。一个广东大姐机灵地给他穿衣。季尚铭已经赶上来了,招呼着一个男的管事的派车送他回去。

外边,午后的阳光灿烂明亮,蓝天白云,有清风拂面,使他感到身上畅快。他上了轿车,心里产生了一种古怪的摆脱不掉的畏惧,想:以后,我是不到这里来了!也不能同这些混蛋来往了!日本人会加害于我吗?他很了解日本人,少壮派军人和日本特务机关是什么歹毒的事都干得出来的呀!

五

离"六国饭店"不远的湾仔是被香港上流社会目为贫民区的。极少霓虹灯广告,也少高楼大厦和豪华的橱窗、商店。

童霜威带着家霆,搬到湾仔一幢有骑楼的临街旧灰色楼房的三层楼里以后,自己颇有一种落魄的感觉。

租了三层楼上的后楼两间房间。前楼和阳台是二房东自己居住的。两家人住处中间用木板隔开。后楼除了一条狭长的过道外,是长长的两间共约二十平方米大小的房间,外加一个公用的小厨房。

　　二房东姓郭,夫妇二人。郭先生四十岁光景,络腮胡子剃得铁青发亮,是个西装革履的毛巾厂推销员。郭太太在家操持家务,只有三十六、七岁。她梳着一条广东时新的长辫子,信耶稣教,胸前挂个银十字架,房里墙上挂着一幅色彩阴暗的耶稣受难图,她常在那里祈祷。他们有个十七岁的女儿。因为郭先生重男轻女,又嫌女孩长得丑,早早将女儿嫁给了个在茶楼前摆摊卖卤汁牛杂碎食摊的中年男人。女儿随男人住在九龙港湾,轻易不来看望爸爸妈妈。起初,听到这件事,童霜威觉得奇怪,后来知道郭先生是个赌徒,也就不奇怪了。郭太太倒是个勤快老实的人,听说童霜威要雇个广东大姐办饭洗衣,她说:"不必雇人啦!我来给你们买菜、烧饭、洗东西啦!"童霜威每月付给她三十元港币,问题就这么谈定了。房间是连家具一起租赁的。后楼两间房,一间搁着大床、桌、椅,作为卧室,光线较暗;一间放着桌椅,可以会客,光线较亮,童霜威带着家霆可以在此看书读报。在这间房里,透过有着铁栏杆的窗户,能眺望到远处蓝色大海的一角,能看到近处的无数拥挤着的灰色、白色、奶油色的各种形状的屋顶和阳台,也能看到一些喧嚣热闹的街道,行驶着电车、巴士和的士……有时,天空里也会出现一群绕着圈圈飞翔的鸽子。看到鸽子,听到鸽哨声,就引起童霜威和家霆对南京潇湘路的深切怀念了。

　　居住条件比起"六国饭店"的套房,自然大大逊色。但"六国饭店"房价昂贵。住到这里来,开支是大大节约了。童霜威既然打定了主意要在香港住下去,这样安排,心里还是满意的。

　　何况,更重要的,是住在这里,他心里有了一种安全感。

　　他是在去季尚铭家赴猴脑宴的当天晚上,匆匆像逃避灾星似的搬到这里来的。

　　那天,从季尚铭家与何之蓝谈话回来以后,他心情不安,像做了一场可怕的梦。季尚铭派汽车将他送回"六国饭店"以后,他丧魂落魄,胁下出冷汗,回味着猴脑的腥味,回味着日本人和知卑鄙的意图和带有威胁的姿态。他想:我拒绝了和知少将的要求,他们会甘休吗?难道不会加害于我吗?越是这样想,心里越害怕!日本特务机关和军阀所干的各种令人毛骨悚然的勾当,他见闻得多了!拿远的来说,皇姑屯炸死张作霖,是人所共知的。民国二十年,日军在东北兴安屯垦区制造了"中村事件"。中村大尉是日本的军事间谍,为了准备出兵兴安岭对苏联作战而由东北海拉尔出发,经兴安岭、索伦山一带调查军事地理,被我屯垦军三团一营营长陆鸿勋捕获秘密枪杀。日本军阀借此发动了"九·一八"事变,进攻北大营,占领沈阳。事后,这个陆鸿勋在"九·一八"事变后投降日寇,任伪满炮兵团团长。民国二十五年春,日寇伪称调他赴长春受训,将他逮捕,处以剐刑,零碎肢割,祭奠中村。……拿近的来说,目前,上海租界上,常有人头案、暗杀案,有些就是日本特务干的。……想着想着,童霜威感到"六国饭店"是一分钟也不能再住下去了!本来,他早有搬出"六国饭店"到外边租房子住的打算。现在,事不宜迟,必须赶快迁走!

往哪里搬呢?是否现在和知少将与季尚铭之流已经布置人严密监视了呢?

想来想去,觉得好的是在香港,日本人还不能为所欲为,他们同英国人也有矛盾。而且,仅仅是第一次谈判,和知他们可能还不会马上下毒手。

他心里坚定了搬出"六国饭店"的打算,决定悄悄地找到房子后立刻悄悄搬走。然后,真正隐姓埋名,在香港像个出家人似的住下去。

他刚上楼回到房里的时候,还惊魂未定。家霆不在,还没有回来。他心情怃阻地在穿衣镜前照着自己:仪表依然是轩昂的,虽然不免肥胖了一些。西装穿在身上是有风度的,只是脸色确实苍白,是一顿"猴脑宴"造成的。呕吐的感觉,混杂着惊恐的心情,使他神经紧张,脸上失色。他脱下人字呢大衣,挂上衣架,在桌上茶叶筒里抓"铁观音"茶叶,自己拿起开水瓶冲了一杯茶喝。在沙发上静静坐了一会,才觉得脸色缓和过来。这时,听到熟悉的脚步声,门开了,家霆回来了。

儿子情绪似乎很好,进来关上门,叫了一声:"爸爸!"接着就说:"爸爸,你吃过中饭了?什么叫'猴脑宴'?吃的是猴子吗?好吃不?"

家霆肯定是看到了先前放在桌上的那封季尚铭的大红请柬。童霜威心里苦笑,想:唉!这猴脑宴,多么残酷!多么荒唐!又给我带来多大的烦恼与麻烦!……自从方丽清回上海后,童霜威父子之间的感情比方丽清在时融洽亲密得多了。只要有空,同儿子在一起,他愿意同儿子谈心,无话不谈。不过,儿子似乎已经养成了沉默的习惯,话总是不多。父子谈心,每每总是父亲说得多,儿子说得少。儿子静静听着父亲谈,有时偶尔插上一句问话或者发表一点感想。儿子听话时的神情,尤其是儿子的眉眼,总是引发起童霜威对往事的追思,使他心头蕴蓄起一种酸楚与刺痛的感情。

有时,儿子会说:"爸爸,你为什么要到香港来?人家都在抗战,你呢?"

这时,童霜威就感到儿子有思想了,长大了。说的话简直不但像成年人,而且像是一个有思想的成年人了。他甚至觉得无言对答。

有一次,儿子陪他在海边散步的时候说:"爸爸,现在你该把妈妈的事告诉我了吧?别以为我不知道!我早知道了!"

那天海上起着大风,海浪拍打着堤岸发出"轰轰"的声音。童霜威惊讶得像要弹出了眼珠:"谁告诉你的?"

"冯村舅舅!"家霆答,"在我们离开汉口前他告诉我的。"

童霜威奇怪儿子年岁这么小,竟将这样一件事埋在心里这么久都不说。他只好率直地但是又不愿过于详尽地将柳苇的事讲了。

儿子听着,眼眶里含着泪水,气恼地说:"我恨!……"他简直是咬牙切齿,那张俊秀好看的脸都变形了。

童霜威觉得不好回答了,只好沉默,半响又说:"孩子,政治上的事,变幻无定,你还小,许多事你现在还懂不了。现在国共又合作抗日了,但实际仍旧复杂得很。"

家霆没容他多说,竟老练地说:"我明白,这是在全国民众的压力下,他们不能不这样做。不过,他们对共产党还是不好。"

这儿的"他们",当然指的是当局。童霜威明白:儿子一定是受那个补习老师黄祁的影响。黄祁,是冯村的朋友,办过报,失过业,做过家庭教师。后来,与人合伙办了个职业补习学校,分白班和夜班,来上补习学校的工人、职员、青少年不少。当战前剿共时期,屠杀和流血都不能使许多青年人不左倾。那么,现在,又是在香港,青年人左倾岂不是毫不奇怪的吗?在左倾分子影响下,家霆对一些事情有左的看法,也就无需奇怪了。……他忽然又想起冯村。谢元嵩说冯村在武汉做了新闻记者,传说他也左倾了,有人给他戴了红帽子。是呀,按照有些人的观念,凡要抗日的主张抗战的都是共产党!在战前剿共时期当局就是这样看的。柳苇也是这样被枪决的。现在,抗战开始了。陈旧的观念为什么仍旧阴魂不散呢?抗日,抗战!难道不对吗?难道不应该吗?当然不!同共产党联合一起抗日难道不好吗?当然也不!为什么面上联合暗中又有那么多的尔虞我诈呢?……对于童霜威,在经历过民国十六年的清党以后,这点自然是无须解释的,只能把这归结于政治!政治就是这样的反复无常,政治就是这样的心口不一,政治就是这样的真真假假。人生中的许多事情，每每只有自己去经受过才能懂得。同这样一个年岁这么小阅历这么少的孩子，能多说些什么呢？

只不过，今天，从"猴脑宴"上回来以后，童霜威的心情极不平静。有一种欲望，要把心里的话，把今天的奇怪遭遇，同儿子谈。因为，身边就这么一个亲人了，就这么一个可以谈心的人了。在这种时候，他忽然感到：儿子小，是做父亲的概念。在父母心中，儿子在未独立生活前总是会被看作是"孩子"的。实际，儿子已经十六岁了，并不小了！已是可以谈谈心商量商量问题的了。

于是，他把今天季尚铭请去赴"猴脑宴"，最后同日本人和知谈话的内容一五一十都告诉了家霆。

家霆静静听着。在这种时候，他真太像他那死去的妈妈了。他侧着脸，眼睛发亮，听完，竟说："爸爸，你做得对！你要是答应了日本人的要求，给他们办事，那不就是汉奸了吗？"

儿子的支持，使童霜威欣慰。将肚里想说的话说出来了，童霜威也感到轻松。只是，忧患并没有消失。在"六国饭店"住下去，总不是个事呀！他马上同儿子商量："家霆，'六国饭店'我们是不宜住下去了！我们得赶快搬走，找个地方，秘密地悄悄搬走，你说是吗？"

出乎他意外的是，家霆突然纠着眉说："爸爸，我们回到汉口去不好吗？你也去抗战！我们离开香港！"

童霜威尴尬着犹豫了，说："汉口，安全没有保障！日机还在大轰炸，日本进攻的矛头，下一步必然是汉口。去汉口不久看样子还得逃难。再说，我在那里没有立足之地啊！派系倾轧，争权夺利，他们并不给我职务，甚至我活动了也没有成效。何况，你后母现在又回了上海，她是不会同意我再去汉口的。"他不想谈经济上还要受方丽清控制的情况，就不往下说了。

家霆给父亲一番话堵住了嘴，不再提到汉口去抗战的话，沉默了一会,说:"爸爸,我去找黄先生,请他帮忙找个房子住好不好?他前天还对我说,他想抽空来看看您、跟您谈谈哩。"

童霜威突然感到抱憾。他曾经想过要同这位黄祁先生见见面,谢谢他对家霆的教导和关心,也了解了解这位青年人。一直疏懒,有时又觉得何必多此一举,耽搁下了。儿子一提,他感到很对:身边正缺少一个像冯村那样的年轻人帮忙呀!找一下黄祁,让黄祁在外边跑跑,找找房子,请黄祁帮忙悄悄把箱子物件等先搬到租赁的房子里去,然后,立即同旅馆里结账辞退房间,神不知鬼不觉地藏起来岂不是好?心里一琢磨,决定了,说:"对,家霆,快去找你的黄先生,请他帮助租个住处,不必太好,能住即可。我见街上常有招租的帖子贴满在墙上,请他找一处,就在湾仔也好,便于你上补习学校。离他近些,也好有个照应。"

家霆点头答应:"好,爸爸,我马上去找他!"他想到日本人万一下毒手,爸爸是很危险的。他没有问爸爸应不应该对黄先生讲季尚铭家的这件事,但心里做了决定:去后把这件事告诉黄先生,让黄先生知道,让黄先生帮忙。平日,他发现黄先生对爸爸有一种看法,似乎爸爸是一个对抗战不坚决不出力的人。把爸爸拒绝替日本人出力的事告诉黄先生,黄先生将会知道:爸爸是一个爱国的人。对日本人,爸爸是用一种严正的态度不畏强暴地对待他们的。爸爸这样做,他觉得光荣,他乐意把这些事告诉黄先生。

黄祁不但是个沉静、严肃、负责的青年人,也是个办事敏捷、有效率的能干人。家霆找到他以后,他专心听了家霆的叙述,搔搔蓬松的头发,那张线条刚毅的脸上神采奋发,说:"好!房子好找,我马上出去跑。这件事要快办!最好今夜就搬!"

他要家霆先回去。果然,晚饭时分,他到了"六国饭店"。晚上,他雇了"的士",迅速而又秘密地帮助童霜威和家霆搬到新租的住处来了。

童霜威同黄祁虽然初次见面，对这年轻人的热情与持重印象很好。黄祁不多说话，只是从找房子、搬家的事上，使童霜威感到他可以信赖。他一定很忙，脸上有一种忙碌过分的憔悴，半旧的做工很差的西装与营养不良的脸色，都说明他经济拮据。只不过，浑身上下有一股朝气和锐气，看来是一个好学多思的青年。帮助童霜威和家霆安顿好以后，他就匆匆回补习学校上课了，约定说："有空我再来。"只是，童霜威搬来半个月了，他还没有来过。家霆每天上午仍去补习，回来总是说："黄先生忙得很！"在香港这种处处要进行生存竞争的拜金之地，为了饭碗工作的人总是十分忙碌的。

半个月来，童霜威闭门不出。他想：和知、季尚铭他们，说不定正在到处打听我呢。又想，那一伙人，到底是什么路数呢？萧隆吉、谌有谊、高无量与张洪池……他们之间是一伙的呢？还是对立的两伙？这些人同季尚铭，是已经成了一伙还是尚未入伙？季尚铭是个什么样的商人？大麦和小麦是什么人物呢？他突然感到：这姐妹俩很像日本人！和知显然是日本的大特务！如果和知是特务，季尚铭和大麦、小麦他们会不会也是日本特务？

越想，越感到季尚铭公馆非常复杂。越想，也就越是后怕起来了。

像这样闭门不出，当然不是办法。他想：避过眼前的风雨再说吧。最近，少出去些也好，应当自己找点事消磨时日。他决定写点东西，可惜那部《历代刑法论》，没有资料是写不下去的。找资料，不去大图书馆是不行的。香港大学的图书馆听说不错。这种时候能去吗？不能去！在家里，就看看书消遣吧！他每天除了叫家霆从报摊上买报纸来看，又叫家霆给他买些书看。枯燥乏味的书他不想看，除了报刊杂志，他开了书目，让家霆给他到皇后大道去跑书店买些《敦煌曲子词集》《唐五代词》《花间集》《宋词三百首》等

来读。看了些诗词,心绪反觉消沉。他喜爱起曹豳①的一首词来,默默背诵:

> 今日事,何人弄得如此!漫漫白骨蔽川原,恨何日已!关河万里寂无烟,月明空照芦苇。谩哀痛,无及矣,无情莫问江水,西风落日惨新亭,几人堕泪?战和何者是良筹?扶危但看天意。只今寂寞薮泽里,岂无人高卧间里,试问安危谁寄?定相将,有诏催公起,须信前书言犹未?

这样的日子,仅仅过了半个月,他已像热锅上的蚂蚁难以忍耐了。家霆每天上午仍去补习功课,下午回来,父子之间,有时能有一些知心亲切的谈话。儿子讲讲在外边的见闻,父亲谈谈心里的苦闷。每当这种时候,童霜威的心情是复杂的。家霆究竟还是"小",同家霆谈话他是不满足的。在此时此地,如果冯村在身边,如果军威在身边,多么好!他当然又想到柳苇,拿柳苇同方丽清来比,就像是拿凤凰同鸡来比了!同柳苇是可以作终宵长谈的,同方丽清却每每无话可谈。方丽清回上海去后,竟还没有来过信。搬离"六国饭店"来到这自己租赁的住处以后,童霜威立刻写了信到上海。信件往返最快也要半个月光景,复信迄未到来。政治处境上的坎坷,家庭生活上的不如意,使童霜威的心情真是"只今寂寞薮泽里"了。

今天,早上睡到八点多钟起身,童霜威翻动墙上挂的日历,突然发现今天是阴历三月二十五日,正是自己的四十八岁生日。他记得,去年今日,是在南京潇湘路一号过的生日。当时方丽清去了上海,冯村记得他的生日,军威也被打电话从教导总队叫到潇湘路来了。庄嫂下了鸡汤面,中午吃的是从太平路买的盐水鸭,特别肥美。一盘大鲫鱼,是卖鱼的从玄武湖里钓了来的,烧得非常鲜嫩。

---

① 曹豳:宋宁宗时的进士,历任安吉州教授、秘书丞兼仓部郎官、左司谏等官,以能在皇帝面前说直话被称为"嘉熙四谏"之一。

那天,童霜威因为自己的生日就是"母难",想起了母亲,傍晚时分,突然叫尹二驾了那辆"雪佛兰"到中华门外的古长干里去。那里,是明朝大报恩寺的遗址。为什么要到那里去看看呢?他也说不清。他知道,明朝永乐十年时,明成祖朱棣以纪念明太祖和马皇后为名,在此建造了壮丽的大报恩寺。实际上,是朱棣为了纪念他的生母硕妃,才建造这个大报恩寺的。硕妃因为未足月就生下了朱棣,受到朱元璋和马皇后的残酷打击,被处以"铁裙"之刑,折磨致死。朱棣做了皇帝,纪念生母受的苦难,建造了这个大报恩寺来报恩。一个皇帝,做一件纪念生母的事,居然还要假借名义,其自由岂不也是有限?堂皇富丽的寺庙早已只剩遗址,尹二驾车到了那里,童霜威临风站立,儿时的许多景象宛然浮现眼前:从私塾归来,母亲倚间而望;风雪漫天,母亲将他那冻得通红的小手笼在棉袄里给他暖手;从日本留学归来,回到家乡,母亲已经病故,他去到坟前祭扫。……啊,一切都已像流水远逝,一切都已像烟云随风飘没。他在路边一棵叶片凋尽的大槐树下伫立了一会,又叫尹二驱车回来。……可是,仅仅不过一年,南京早已沦陷,经过了大屠杀的浩劫,自己又羁旅香港了。如果不是偶然翻阅日历触动了思绪,早已忘了生日。他木然伫立,心里更加惆怅。

他无心再过什么生日,却又因为是生日,特别忆起许许多多往事和熟人。终于,取出十元港币。去到厨房里,交给正在用刀剖车片鱼的二房东太太,说:"今天,我们中午想吃一顿面,请费心去买盒伊夫面回来下吧,余下的钱,请买点叉烧、油鸡,买点脆皮烧乳猪肉。"

二房东郭太太是个和善的女人,有事找她,总是笑着说:"好好!"或是说着广东话:"得啦!得啦!"她办事麻利,踩着木屐,踢踢踏踏就开门下楼采买去了。

童霜威无聊地踱来踱去,坐立不宁,又躺在床上胡思乱想,渴望家霆早点回来吃午饭,心里忽又自嘲:唉!战争正在进行,我却在此闲居无聊,岂不可笑!……直到听见二房东太太买东西回来了,才觉得这蜗居的住处里略微又有了点生气。二房东郭太太一会儿在用自来水,一会儿在砧板上不知用刀剁什么。水声、刀声,在童霜威听来都有点像音乐声,可以排遣寂寞。他忽然又想起:那年在居正家里看到过一副孙总理写的对联:"愿乘风破万里浪,甘面壁读十年书。"心里想:现在我真是在过"面壁"的生活了!想起这副对联,他自己克制住那种无聊烦恼的心绪,又捧起一本《辛弃疾词选》来看。

大约十点多钟光景,外边过道的门上有"笃笃"的敲门声,二房东太太那清脆的广东话音在问:"嗨冰个?"①然后,是二房东太太的木屐声,听到了打开门上那扇小张望孔的声音,又听到家霆响亮的声音回答:"郭太太,是我!"二房东太太笑着在开门。

家霆今天怎么回来得这么早?童霜威兴奋地马上下床趿了皮拖鞋走出房去朝过道里看。只见家霆精力充沛地夹着书包近前了,表情有点激动,说:"爸爸,你看,这是什么?"

看到家霆手里扬起的一封信,童霜威高兴地说:"谁的信?"

"冯村舅舅的!"家霆进房放下手里的书,高兴地说,"他寄给黄先生转给我们的信!"

童霜威赶快一把接过信来,是白色红框那种中式信封。他坐在桌旁椅上,撕开了信封,急急掏出信笺来看。

家霆也凑过来看信。他从小受家庭的教养:信封上写了父亲或别人名字的信,他是不去私拆的。他说:"爸爸,黄先生让我快把信送回来给你。他说,他中饭后要抽空来拜望你。"

童霜威"唔"了一声,点头说:"好!"他已经将冯村的信从头看下来了,一边看一边嘴里咄咄出声,似乎看到了什么怪事。

---

① 嗨冰个:粤语,是哪一个。

冯村的信是这样写的：

霜公我师钧鉴：

别后不胜孺慕之至。先后三封手示，均一一拜读，并皆及时作复，但来示一再云未曾收到复信，殊为诧异。香港情势与人事皆较复杂，经多方了解，怀疑信件可能系被张洪池在"六国饭店"截取。此人有特殊背景，据悉在港有某种任务，务望多多提防。他系我过去大学时代同窗，最近用信件在武汉新闻界散布我之流言蜚语，不外是以红帽子之故伎进行攻击。既谈合作，而又旧戏新唱，令人气愤。张某诬我之根据，人云系来自他所窃取到的信件。小丑跳梁，手段卑劣。以后写信，我将请黄祁兄代转，免遭遗失。

武汉情况依旧，光明与黑暗并存，天堂与地狱俱在。有北伐时代的气势，也有破坏抗战的迹象。机关仍是衙门，党棍仍是主角。敌机常来空袭，因有租界，汉口市区尚未遭炸。发国难财之达官巨商纸醉金迷，小民维生仍极艰难。台儿庄捷报传来之日，四、五十万人参加火炬游行，盛况空前。捷报或有夸大，庆祝活动中表露出之民气，令人坚信抗战必胜，实足珍贵。

自涉足新闻界后，见闻一多，对现状更为不满。抗战九个月来，"以空间换取时间，积小胜而为大胜"之巧妙辞令，人人熟悉。太原、临汾失守后，风陵渡、临城、枣庄、南通，也皆弃守。但八路军自平型关大捷后，坚持敌后战斗，在晋西北、晋东南均大量歼灭敌军，先后建立抗日根据地，近来又建立冀鲁豫及冀中的根据地。新四军江北部队则攻下了淮南路及津浦路两侧地区。可叹此类战讯除《新华日报》外，其他官方报纸皆采取新闻封锁。近来，又奉有军委会政治部训令，报纸文字中"人民"需改用"国民"，"祖国"需改用"国家"，可见控制之严。抗战需要团结，偏多倒行逆施；抗战要动员群众，偏偏害怕民众，岂不令人浩叹！

我师客居香港，瞬已数月，来示引白居易诗句："举眼风光常寂寞,满朝官职独蹉跎。"读后不禁感慨系之。闲居无事,自多苦闷,知师母已返上海,我师未曾同去,实属明智。上海虽好,究属"孤岛",是沦陷地区。倘在孤岛蛰居,敌人如加觊觎,不啻探囊取物。唐诗人令狐楚诗有云:"弓背霞明剑照霜,秋风走马出咸阳,未收天子河湟地,不拟回头望故乡!"武汉虽多漩涡,终是今日抗战中心,适当时机,望能俟机归来,与抗战同进退。

再,关于军威讯息,曾多次在武汉《新华日报》及《扫荡报》上刊登寻人启事,昨日方得些许确讯,特请黄祁兄前来面陈。黄祁兄为人正直,待人朴实真诚。嗣后有事,可多同他商量。临书神驰,言不尽意。家霆均此在念。谨颂

旅安

受知冯村敬上
民国二十七年四月二十一日

童霜威读着信,心里酸甜苦辣咸五味像风雨雷电似的都来了,呻吟地想:啊!可怕的张洪池!一定是他在"六国饭店"里买通了仆欧,将冯村的来信全截走了。那么,别人给我的信他截走没有呢?难说啊!这种人,真像明代的厂卫、清代的"血滴子",太可怕了!他监视我是为什么呢?

童霜威不禁又想起了谢元嵩上次说的话来了。谢元嵩不但乖巧,确实对我也是好意,既叫我注意别受冯村牵连,又叫我提防张洪池,说张洪池是叶秋萍的人。我的警惕还不够啊!

从有铁栏杆的窗户望出去,一群蓝灰色、白色、黑白花的鸽子正在飞翔,可惜没有鸽哨。……童霜威思绪又回到冯村的信上来:他劝我回汉口?他打听到了军威的讯息?军威怎样了?为什么信上不写,要叫黄祁来面陈?

家霆看见爸爸读着信神色异样,也凑上来看着信。信上的意思,他大致都懂。看完,说:"爸爸,怪不得老是收不到冯村舅舅的

信,原来被人截走了！也许别的信也被人拿走了呢！"

童霜威叹一口气,皱着眉说:"别大声嚷嚷,截信的人是特务,懂吗？"

"张洪池吗？现在他找不到我们了！"

童霜威不做声,心想:这个孩子,到底太小！他懂什么叫政治呢？不禁又看着信想:冯村的思想确实是比以前左倾了啊！你看,他信上写的八路军、新四军的这一段。……看来,谢元嵩说他的那些,也不是捕风捉影啊！

家霆挤在爸爸身边咀嚼似的看着信说:"八路军、新四军的这一段,这些事黄先生都知道。他那里有《新华日报》,是别人从汉口给他寄的。他有些香港出的杂志,也是进步的！"

童霜威心里一惊,儿子竟会说"进步"这样的话了。而且,也知道共产党的《新华日报》和香港出的进步杂志的情况了。从儿子的话里,可以听出黄祁是个什么样的青年人！很像个共产党呢！

童霜威不禁奇怪地想:十六、七年来,我似乎真是同共产党结下不解缘了,想摆脱也摆脱不开了！也许,这就是社会的现实吧？社会上有共产党存在,你岂能摆脱得掉呢？蒋介石剿共十年,到头来,不也是一个跟头又栽在共产党手里了吗？从西安事变开始,不是又只好承认共产党的存在,正式承认了合作吗？……只是,柳苇,她死得太早,也太冤枉和凄凉了！想到这里,他抬头看看儿子,发现家霆那张清秀的脸庞,两只黑色的眼睛,简直与他母亲一模一样。柳苇似乎还活留在儿子身上。他忍不住又动了爱怜之心,用手轻轻摸摸儿子的头,说:"你在黄先生处,阅读那些报纸和杂志吗？"

家霆点点头:"看！天天都看！"

童霜威去热水瓶里倒水斟茶喝。他知道儿子对抗日是狂热的。儿子前两天去参观过一个画家的"战地素描画展",回来说:

"将近一百五十幅画,是那个画家到各个战区去画成的。有许多画,画的是士兵抗日作战的场面,还有京沪沿线的一些画。黄先生同画家认识。"

童霜威肯定:黄祁一定是左倾的。他明白:如果家霆天天都看那些进步报刊,后果将会是什么。儿子一定也会从年少时就变得左倾了!变得"进步"了!他将会走上他死去的母亲的道路的。儿子已经知道自己的母亲是怎么死的,儿子会仇恨谁呢?……问题如此现实,矛盾如此尖锐。刹那间,童霜威感到背上冷汗出得冰凉。他是一个心头常常交织着矛盾的人,他反对剿共和血腥的屠杀,他也在心中暗自赞叹共产党人的清贫无私,觉得他们那种可怕的革命性,可以使得中国强盛。可是,他自己却不愿做一个共产党。他喜欢中庸,怕那种过于激进的阶级斗争的做法。他是国民党员,但又在心中反蒋,反感蒋介石的专制横暴,反感对日退让,使东北沦陷、冀东变色,也痛恨国民党成事之后,日益加剧的派系之争和腐化谋私作风。他自己虽也干过贪赃枉法的事,却又原谅自己,认为是不得已而为之,比起别人来,自己还是洁身自好的。因此,对政治上的失意怨懑疾首。西安事变后,见国共合作抗日了,他赞同,也懂得这种"合作",是一种想同化吞并排斥共产党的合作。他对此并不乐观。所以,儿子如果走一条与柳苇相同的道路,他觉得危险,无限隐忧。现在,儿子虽然还小,他必须赶快注意。他心里盘算:在适当的时候,一定要使家霆摆脱这个补习教师!我不希望他长大做个共产党!当然,我也并不希望他做国民党!我应当让他有点真才实学,做个工程师,做个医生。那样,儿子的一生也许会平坦些,会顺利些,会幸福些,也会真正对人类对国家做点贡献,比搞空头的政治要强得多。……他摸着儿子的头说:"看得懂吗?"

家霆点头,逞能地说:"懂!不懂有时黄先生讲给我听。"

童霜威更默然了。他又转眼看冯村的信,吟着冯村信上引用的令狐楚的那首诗来了:"……未收天子河湟地,不拟回头望故乡。"冯村是赞成他不回上海,主张他在适当时机到武汉的呀!他特别将"与抗战同进退"这一句,在脑子里考虑再三,沉吟起来:是呀!从武汉来香港时,冯村是并不赞成的。现在,冯村明确提出了"与抗战同进退"的问题。在香港作寓公,在武汉、重庆政界人士心目中是什么想法和看法呢?他觉得,冯村提出的意见确实是对的,只是对的意见并不一定实现得了。香港平静安宁得可爱,去到汉口,又要经受战火的磨练。自己一个在政治上被冷落的人,硬要去凑热闹又何必呢?家已经拆散了,再去武汉或重庆,离上海更远,带着家霆,生活不安定,经济负担也会不轻,何如在香港再观望观望?见冯村信上说的:"适当时机望俟机归来。"他想:也好,既来之,则安之,等"适当时机"时再说吧。

家霆在问:"爸爸,我们再回汉口去不好吗?冯村舅舅劝你回汉口呢。敌机空袭我不怕!"

童霜威有点不耐烦了,摇着头说:"天下事不是你想的那么简单的!你小,不要多管!不是跟你说过了吗?现在无法考虑去武汉。"

家霆皱皱眉,带着孩子气地自言自语:"我真想冯村舅舅呀!我长大了也想做新闻记者。黄先生本来也办过报的。"

童霜威想:对呀,黄祁原来也是报馆里的编辑呀!你看看,对孩子的影响多大!家霆已经决定长大后学他们的样子哩。他倒也并不反对儿子长大做新闻记者,中央多少要人全是办报起家的嘛!新闻记者是"无冕之王"!但像张洪池这样的记者就是报界败类了。冯村和黄祁当然不是张洪池之流。但儿子将来做一个像他们那样的记者好吗?他也拿不准了。儿子的话不好回答,他岔开去说:"信上说起你小叔军威的事,说已经打听到一些确讯了。你黄先生要来面说,他怎么不跟你一起来呢?"

家霆坐在对面一张椅上,说:"他忙!吃了中饭立刻就来!"他从铁栏杆的窗户里正张望着天上一群飞翔的鸽子。

童霜威纳闷地自言自语:"为什么信上不写,要让黄祁来面说呢?黄祁没有告诉你什么?"

家霆也好似在思索,说:"黄先生早说过要来拜望你,来同你谈谈,一直抽不出空来。也许今天来,是要跟你谈谈。"

童霜威长叹一声,说:"唉,你小叔不知怎么了?有一天,我做过一个梦,见他突然来了,穿着军装,负着伤,浑身是血,膀子少了一条。"

家霆出神地听着。他知道爸爸想念小叔,担心小叔在南京牺牲,平时有意不在爸爸面前提到小叔。其实,他是常常惦念小叔的。这时,说:"我也梦见过小叔。小叔要是哪一天平安回来就好了!爸爸,我真想南京呀!"他有意把话从小叔身上岔开去:"要是在南京,这时候,鸽子都在抱小鸽子了。前边池塘里长满了浮萍,可以捞到黑色的小蝌蚪!篱笆上的茑萝也快开红花白花了!"

童霜威没有说话,父子俩都沉默着,想着心事。

厨房里,二房东太太炒菜的香味阵阵飘来。童霜威闻着菜香,说:"家霆,今天,是爸爸的生日。我请二房东太太下了伊夫面,添了些菜,我们吃面。你知道,过生日人家说是祝寿,实际是纪念自己的母亲。因为这一天,母亲分娩子女是经历苦难十分痛苦的。这一天被叫作'母难'就是这意思……"

正说着,见郭太太端一只红漆托盘敲敲门进来,说:"童先生,食饭!"她将几只菜和两碗伊夫面连同托盘都放在桌上。三十多岁的二房东太太,两个眼睛凹凹的,个儿矮小,穿一套暗色的唐装,后脑勺梳了个发髻,用广东腔说她自己认可的普通话,有时不好懂,有时腔调很可笑。

童霜威起身说:"谢谢!"

二房东太太笑着说:"呒客气!呒客气!"她把"客气"念成"哈—黑!"轻轻转身就走了。

童霜威看看桌上的油鸡、叉烧、脆皮烧乳猪肉、橄榄菜炒肉片、红烧鱼和面条,去壁橱里拿出一瓶"三星斧头"白兰地来对家霆说:"吃吧,吃吧!"自己开了酒瓶塞子,用一只小玻璃杯倒了一点白兰地,喝将起来。他没有酒瘾,只是这种英国酒战前在南京潇湘路时常准备着,有客来时招待一点,兴致好时喝一点,伤风感冒时也喝一点。到了香港,一次在永安公司见到了这种酒,顺手买了一瓶,说是爱好还不如说是怀旧。心里有着块垒和感慨,使他想喝一点酒。白兰地辛辣的苦味刺激得眼睛发凉发酸,他闷闷地搛菜吃,喝着酒。没有酒量,只喝了几口,脸色就红了。头脑里想的事多了,反倒像一盆糨糊,理不出个头绪来。他一口喝干了杯中残酒,吃起面条来。

他本来没有午睡的习惯,今天心情特别复杂,闲居的无聊与寂寞,和知与季尚铭等的威胁,因生日引起的感触,儿子家霆身上所起变化的隐忧,冯村来信造成的思索,军威下落不明导致的悬念……都使他在饮酒之后想倚枕休息片刻。他草草吃完了碗中的面,让家霆吃完后,把剩菜、碗筷等都用托盘给二房东太太送回厨房里去,自己走到里间准备小睡一会。谁知,这时,听到过道外有"笃笃"的敲门声,照例是二房东太太的声音,在用广东话问:"嗨冰个?"

家霆一听来人回答的声音,喜笑颜开地说:"黄先生来了!"说着,跳跳蹦蹦地出房去了。

童霜威想:睡不成了!心里也盼着黄祁来,可以打开心里的闷葫芦。他迈步走出来,只见家霆带着黄祁已经进来了。黄祁仍旧是头发蓬松的老样子,一套半旧的灰色学生装,使他显得分外年轻。童霜威请黄祁坐,拿桌上的香烟请黄祁吸,说:"正等着你早点来呢!今天我们吃面,其实你来吃面多好!"他说这些话时,显得漫不经心。

黄祁说话开门见山,吸着烟说:"冯村兄给我来了信,提到一件事,让我面告。我实在太忙,不然,饭前就来了。"他石膏一样的脸毫无表情,但额上的细纹里似藏着秘密。

童霜威急切地说:"舍弟军威参加保卫南京,不知怎么了?他好吗?"他仿佛突然有一种恐怖的不祥的预感。

家霆在一边睁大了眼看着黄祁。

黄祁脸色严肃,摇头说:"我很抱歉!请看看吧,这里有他的血书!"说着,他从口袋里掏出一只信封,从里边抽出一条脏污、揉皱了的白手绢来。

听到"血书"二字,童霜威热血猛地冲上了头部,脸红着,心跳着,连忙接过那块用血写了歪歪大字的白手绢,胸间似乎一下子蹿上来一股东西,烧得喉咙发痛,嘴巴发苦。家霆也凑上来看,不小心大腿"咚"地撞到椅角上,但不感到疼痛。

白手绢上,血写的字迹已经模糊变色,但确实是军威写的。童霜威捏紧手绢,眼中迸出痛苦的火花,忍住泪水看着,写的是:

一 死 抗 日

军威叩别

12.11.

童霜威心上像被刀尖儿挑了一下,盯着血书,流下滚热的泪水。他掏出手帕拭泪,见家霆也在啜泣了。漫长的等待,长久的惦念和盼望,难道竟是为了得到这样一个结局?他头脑沉重,心烦意乱,耳里轰鸣着,眼睛刹那间望出去,似乎什么都变得一片苍白。一线残留的希望都不存在了:战争为什么这样残酷?

黄祁叹口气说:"请不要难过。冯村兄给我信,要我当面来把这血书交到您手上,并要我进行劝慰。原因是他不放心,怕您伤心,要我来劝您节哀。"

童霜威强自抑制住心中的悲痛,平静下来,摸出万金油来往太阳穴上擦,问:"遗书是怎么到冯村手中的?"

黄祁吸着烟,口气平静刻板,嘴角的皱纹一会儿显现一会儿消失,说:"有个姓许的青年,是教导总队的一个传令兵,湖北人,南京大屠杀中幸存逃出来后,一直带着这块手绢。手绢是童军威连副生前交给他的,托他如果逃出,要将血书交给您。冯村在武汉报纸上登了寻人启事,他看到了报纸,找到了冯村。这青年受人之托忠人之事,一路讨饭到了汉口,手绢始终藏在身边。"

军威像人生旅途中的一个过客,匆匆逝去,永远不会再回来?童霜威悲痛起来,一种心痴神迷的忧伤使他心酸,说:"求仁得仁,他作为军人,为抗日而死,死得其所,我本来不应当难过。但既是手足,岂能不动感情!"说毕,又落下泪来。家霆也陪着流泪,将那块写有血书的手绢接过去,仔细再看起来。他记得小叔那条粗壮有力能将他吊起来的胳臂;他记得小叔看到他时那种生气勃勃的笑容;他记得小叔教他唱《满江红》的歌:"怒发冲冠,凭栏处、潇潇雨歇……"

黄祁劝慰地在对童霜威说:"不过,童连副交这块手绢给那位姓许的传令兵时,还安然无恙,身上带着武器。因此,他虽有死的决心,活着的可能还是存在的。希望他也许有什么奇怪的遭遇,现在还并未牺牲。"

童霜威明白,黄祁的话是劝慰,但也觉得:军威活着的可能性不是一点也不存在的,点头说:"是啊,谢谢你,惟愿如此!"他心里确又燃起了一点希望之火。

家霆似乎是自言自语,轻轻地说:"是啊,小叔枪打得可准了!在军校打靶总是百发百中……"他的意思似是说,小叔枪法好,可能逃得出南京。没人理睬他,他也就不说了,仍旧拿着写血书的手绢细看,像要在那上面寻找小叔的音容笑貌。

童霜威不再流泪,想同面前这个青年人谈谈了,问道:"你一直在香港工作的吗?"

黄祁吸着烟摇摇头,说:"不,我是从南京到汉口,又由汉口到香港来的。"他的烟快吸完了,将烟头拧灭。

提起南京,童霜威就有感情,说:"啊,在南京什么地方工作呢?"

黄祁笑笑,笑得带点讽刺,说:"我在上海,大学文科毕业后,到南京找一个亲戚设法送礼谋事,弄到了某要人的一封八行书,起先想进铨叙部,可是谈话没谈好:一个科长接谈,看了介绍信,问我:'你会点什么?'我说:'动动笔杆的事都可以,比如等因奉此之类,我都干得!'科长又问:'你同某要人什么关系?'我太老实,说:'没什么关系,是个亲戚去找他的。'科长说:'好,你回去等着吧!'这一等,竟石沉大海了!"严肃的青年此刻态度变得玩世不恭。

童霜威又敬黄祁一支烟,自己也吸一支,说:"那你没进铨叙部?"他深深吸了一口烟,寻求一点刺激平息感情。

黄祁笑笑,说:"是啊,后来进了财政部,还是我的亲戚又帮我到处送礼、张罗,弄到了另一个要人的一封八行书写给部长。信写去后,我去到财政部,出来一位主任秘书,问:'你精通什么?'我这次变得聪明不敢夸口了,摇头说:'什么都不大精通!'他又问:'你同部长是什么关系?'我笑笑摇摇头,没有回答,也不敢回答。他却敬我一支烟,说:'我明白,一定是亲戚吧?'我笑笑,他竟说:'明天请你就来上班吧!担任秘书!'我就这样进了财政部,可是后来他弄清我真的底细后,又将我裁下来了。失业后,我教过书,打临工,什么都干过。"

童霜威见黄祁将生活中的坎坷经历说得如此轻松幽默,明白:他是对政府的腐败用的讽刺手法,也是故意说得风趣,排遣掉军威的血书带来的伤感。他觉得黄祁直率可亲,忍不住说:"我可以直率地问一句:你是 C. P. 吗?"

家霆抬眼看着黄先生。黄祁却笑笑,摇摇头,说:"有人说我像共产党,因为我生活朴素,又激烈主张抗日,平日还有点正义感,好像这些都是属于共产党的东西!其实,要做个共产党人并不那么简单。鲁迅先生生前,有人怀疑他是共产党,其实他并不是。冯村来信,说他在武汉,有人给他戴红帽子,其实我知道他也不是。我们都是一样的爱国,一样的有正义感,一样的希望进步。除此之外,岂有他哉!"说完,慢慢抽烟。

童霜威点头,吸着烟想:说得也是有道理啊!十年剿共,杀掉多少正直有为的年轻人哟!一个青年带了一本《马氏文通》,被逮去杀了!因为宪兵机关将清人马建忠撰的这部语法书,误当成马克思的著作了!一个农村姑娘,包袱里查出了一块红布,作为嫌疑犯逮捕用刑了,说她那是一面红旗!……从今往后,这样的局面还会再来吗?难说!但天下事往往物极必反!挡水的堤坝决裂崩溃以后,水是难以阻挡的;蒸汽带动的火车奔驰以后,用马是拉不回原地的。也许还会有残酷的反复,维持旧有的状态一成不变,恐怕是困难的了。只愿我的孩子,不要卷入这种残酷的反复里去。他的生母已经付出了血的代价,他应当平平稳稳成长,顺顺当当做人。现在,他逐渐在由蒙昧走向清醒,对他的教育和引导多么重要!面前的这个青年,应当说,是一个很好的年轻人。但是,他究竟是属于左倾的那种年轻人,如果是中间一点的年轻人来做家霆的教师岂不更好?因此,他说:"冯村来信向我介绍了你,让我有事可以同你商量。实际上,我已经早就很麻烦你了。孩子的补习,这次从'六国饭店'搬到此地来,今天又为军威的事劳你过来,真是多亏你了！"

黄祁厚厚的嘴唇抿成一条线静静听着,朴实地说:"没什么,都是应该做的事。我同冯村兄交称莫逆。他托的事,我都会尽心做的。再说,最近在两件事上,我也很钦佩您:一件是您留在香港不回上海;一件是您不能不从'六国饭店'秘密搬出来住。今天,令弟的血书也使我感动。何况,我又非常喜欢家霆。能为您尽一点力,不完全是应该的吗?"他不再吸烟,将香烟揿灭。

童霜威从黄祁的话里,察觉家霆把什么事都同他的黄先生讲了,有点生气,想:以后倒是要注意,孩子大了,不能什么事都让他知道。但对黄祁的话,听了心里却受用,说:"我因为赋闲,武汉又常遭轰炸,居住不易,所以来到香港暂时安身并养养病。在香港,本来也不想参与交际应酬。现在住在这里,就可以隐姓埋名,过点平安静谧的日子了。"

家霆在边上忽然插嘴说:"黄先生主张你还是去汉口参加抗战的好。他说:你不该在香港待着,大家在为抗战出力,你也该为抗战出力！"他的眼光盯住了爸爸。

童霜威有点难堪。家霆太心直口快了！黄祁也感到家霆说得过于率真,打圆场说:"我的意思是,以您的声望地位,以您的学识才干,是完全应当为抗战出力的。再说,您的思想,比中央要人里的那些顽固保守的家伙,要高明得多。您给我的感觉,是比较开明,比较爱国。所以,我认为您在香港做寓公,太可惜了！"他声音爽朗,脸色坦然而严肃。

童霜威听了,颇有感触,又觉得这青年人太卖老了！你有什么资格来开导我呢？闷闷地一口又一口地吸烟,转瞬又想:是呀,年轻人说得也不错呀！他同冯村在信上说的一段话是一样的呀！我是惭愧！在内心里我是拥护抗战的,只是我也有消极情绪,直到现在,我仍然看不清这场战争要打多久,会如何结局。抗战之初,我因战争的突然爆发而战栗震动过,又因初期上海战事的坚持乐观过。随着上海和江南的撤退,以至南京的沦陷,我又黯然神伤,内心充满矛盾,也有时产生动摇。……我这个人为什么老是既有一介书生的清高又有世俗的鄙陋呢?……军威牺牲了!他死于抗战,死于日寇之手。我应当为他报仇!更坚决地拥护抗战应当是我的行动。他心里这么想,却并没有想去武汉和重庆的愿望,嘴上回答黄祁说:"其实,为抗战出力也不必一定在什么地方!在什么地方都能为抗战出力。我心里面,有一面抗战的旗子,我心外面,有一条民族主义的防线!"他说的倒也是实话。

黄祁那因欠缺睡眠而发黑的眼圈,给人一种沉思的感觉,点头说:"啊,是的!是这样!"只是又说:"以后,您有什么事要办,请让家霆告诉我就行。冯村兄不在这里,他给我的信上说,希望我在有些事上能够代替他。"他站起身来,似是要走了,朝窗外看看。外边,正无声地飘落着细雨了。

他是一个认真负责的青年,但不是一个感情外露的热情青年,有时严肃得有点冷。只是童霜威却被他的这几句恳切的话感动了,忽然思念起冯村来了,留客说:"你再坐一会谈谈再走吧。"

黄祁摇摇头,说:"我还有事,改日再来吧。"

童霜威忽然说:"听家霆说,你有不少报纸杂志,比如汉口的《新华日报》什么的,可以借给我看看吗?"

黄祁似乎出于意外,说:"当然可以!"他似乎很乐意,说:"家霆,明天起,你常带些报纸杂志回来给你爸爸看!"

他走了,不肯让童霜威送。童霜威对家霆说:"你送送你黄先生吧。"

家霆送黄先生到楼下。细雨在纷飞,柏油路上湿漉漉地发亮。家霆说:"黄先生,我上楼给您拿伞。"黄祁笑笑,说:"这么小的雨,用不着。"他大步流星,说话间在霏霏细雨中已经走远了。

家霆上楼回来时,发现爸爸坐在椅上,捧着小叔的那块写着血书的手绢又在看,脸上又是泪水纵横了。在他记忆中,还没有看见过爸爸有过这么伤心的时候。

第八卷 潮生潮落,海天悠悠

(1938年6月—1938年11月)

人,随时随地会遇到不容回避的抉择。正确与错误,不应归之于命运,它首先决定于你本人。有人说过:『战争是一面镜子。』指的应该就是人们在战争中的是与非、勇敢与怯懦等等的抉择表现吧?

——摘自创作手记

一

那扇朝北的小窗户,能望见远处宝蓝色大海的一角,能在静谧时听见近处海上的声音——轮船汽笛的哨音,码头上的喧嚣声,电船的马达响……这扇朝北的小窗户也能望见数不清的挤得密密叠叠的楼房、平台,能望见高高的翠绿的山峦。但这窗户上的一条条铁栏杆,不能不使童霜威有一种被囚禁着的感觉。

六月中旬的香港,又热又潮湿,常有一阵阵疏疏落落的雨水飘降下来。天晴时,到海边去吹吹潮湿的海风,闻闻带着盐味的海水气息,看看红嘴白羽或有棕色花纹的海鸥飞翔在海上,是悦目怡心的。只是童霜威为了谨慎小心,轻易不愿上街,总在局促的三楼后房里蜗居着。陪他消遣的,主要是报纸杂志和诗词。此外,是儿子家霆。好难过的无聊而寂寞的岁月哟!

他总是不断地想念南京,不但想念潇湘路一号公馆里的一切,也想念那有六朝烟水气的石头城;不但思念淡烟疏雨、苍郁深秀的玄武湖、莫愁湖、鸡鸣寺、北极阁的胜景,连南京特产的茭儿菜、芦蒿菜、瓢儿菜、双角红菱都想念。

报上新闻,能使他兴奋的很少,多数只会使他受到刺激和引起忧虑。五月里,日机狂炸广州,和平居民死伤逾万,从广州逃到香港来的难民不少。五月底,日本内阁以宇垣一成出任外相,突然宣布取消了不承认"以国民政府为对手"的宣言。童霜威把这同那次和知少将同他谈话的内容和要求联系起来看,感到是一致的。看来,战争拖长了,日本也不自在,内部也有不同的政见,也在积极想诱降了。起先是说谈判和平"不以国民政府为对手",现在,取消了这一条,就是愿意以国民政府为对手来谈和了。这里边,幕后会有些什么活动?童霜威不禁又想起了季尚铭家的那伙人:萧隆吉、谌有谊、高无量、向天骥、张洪池……谁知他们现在又在干些什么勾当呢?

从报上看,徐州溃退后,郑州东北黄河决堤,淹没了数十县,灾民千百万。接着,江西马当失守,长江门户洞开,日寇下一步的进军矛头必然是直指武汉三镇。路途虽尚遥远,攻守形势已成定局。武汉守得住吗?战况如此,童霜威更不想去武汉了。去到那里,无所归属,凭自己的力量颠沛流离再逃入四川,怎么能行?倒不如在香港再住下去,至少是平静安定一些吧。报上登载:国民党中常会决定七月一日在汉口召开国民参政会,任汪精卫、张伯苓为正副议长,聘请中国共产党毛泽东、林祖涵、吴玉章、董必武、陈绍禹、秦邦宪、邓颖超七人为国民参政会参政员。看来,国共合作似乎表面上又多了一种形式。但冯村从汉口来信,却说救国会"七君子"之一的李公朴在汉口被拘捕了,原因是他从华北回来,去见陈诚,毫无忌惮地批评了国民党和国民党的军队。李公朴并不是共产党,只是被人看作是站在共产党一边的人,说了些不中听的话就被扣上红帽子拘留了。冯村说:李公朴在社会舆论抗议和社会人士营救下,将要获释。但一滴水可以反映海洋,国共两党间微妙的关系,在这件事上,就像一个信号,使人洞若观火了。

沉闷的时局,像这沉闷潮湿的天气一样,使童霜威难以忍耐。

楼下,有一只公用邮箱,童霜威配了一把钥匙,每天可以按时去拿信。信件对于他也是生活中不可缺少的东西了。只可惜,信件总是太少了。

他没有想到今天拿到的竟有两封信:一封是方丽清的平信,另一封是从上海寄来的江怀南写的快信。

他先拆了方丽清的信,信很简短,只是说她和家人一切都好,要童霜威保重身体,又叮嘱童霜威花钱要尽量节省,不要做"戆大"再被张洪池那样的人"敲竹杠";也不要再做"瘟生",被谢元嵩那样的人"打抽丰"。

看完了方丽清的信,童霜威心想:这种女人!只知道钱!钱!钱!不免有点生气。他又急急撕开江怀南的信阅读起来。他从心里喜欢这个能干的吴江县长,战前那次苏州和太湖之游记忆犹新。南陵县分别以后,不时会想起江怀南。上两次他写信给方丽清时,都问起知不知道江怀南的近况。因为方丽清未回上海前,她哥哥立荪来信提起过江怀南在上海。但方丽清每次回信从未提起过江怀南。现在,江怀南自己来信了,童霜威当然怀着兴奋和喜悦的心情来读江怀南的信。

江怀南写的是一笔俊秀的小楷,用的是自印的"南陵江怀南书笺"的雪白宣纸信笺。信是这样写的:

　　霜公吾师赐鉴:睽别以来,曷胜孺慕。(童霜威想:是呀!我也常想念你哩!)日前,拜晤师母于沪滨,得悉种种。(童霜威想:啊!他在上海!同丽清见过面了!)并知在港近况,深慰渴思。近维起居邕吉,诸事顺遂为祝为颂。溯自南陵分袂,怀南偕家兄滞留桑梓,虽历经兵荒马乱之苦,所幸阖家均安,堪以告慰。汉亭兄自皇军(皇军!)入境后,为造福乡里,出面维持,赈济难民,恢复市面,春风仁政,为人称道。(岂有此理!王汉亭果真当了汉奸!做了维持会长了?)怀南赋闲在家,本不求闻达,但往昔宦途挫折,常有嗟叹,遭遇不公,能无怨尤?思前顾后,遂有不甘寂寞之想。(什么意思?他也想当汉奸了?)窃思中日两国本系同文同种,不幸而动兵刃,诚属不幸。衡诸国力,以中国之积弱与武器之窳败,与世界强国之日本较量,实不啻螳臂挡车。瞻望前程,深感战争之继续,百姓痛苦日烈。为免生灵涂炭,惟有早日言和。(他这样想可就危险了!)倘能中日亲善,共同防共,则乃国人之福。怀南不才,愿为此略尽绵薄。(难道他也做汉奸了?)故经友人介绍,三月间前往南京参与中华民国维新政府之成立大典,并在行政院出任参事之职。(唉,果然!果然!)以梁公鸿志为行政院长之维新政府三月十八日成立,极受友邦重视,较之去岁十二月在北平由王克敏成立之中华民国临时政府不可同日而语。(这两个伪政府挂的都是北洋政府的五色旗,自称是全国性的中华民国中央政府。其实,不都是日寇的傀儡工具吗?猴子披上了金盔金甲,岂能就是将军?沐猴而冠!沐猴而冠!唉!)维新政府成立后,无政府状态已告结束。南京目下平静无波,山河风景依旧。(大屠杀过去了!……)怀南曾偷闲去潇湘路探望。(亏他倒还念旧!但为什么要做汉奸呢?真是糊涂!)府上房屋如故,花园虽已荒芜,松竹仍然苍翠。目前门口悬挂"昭和蓖麻子株式会社"木牌,住宿者皆系皇军宪兵,故未曾入内巡视。但重游旧地,眷怀长者,不胜依依。(不知尹二、庄嫂、刘三保如何了?会被杀害吗?)窃思以霜公之声望地位,与其萍踪飘泊香港,何如束装返京。(怎么?要拉我也去做汉奸?)霜公早年负笈东瀛,早为友邦人士仰慕,倘若能为中日和平奔走呼号,化干戈为玉帛,影响所及,毋庸赘言。日前,晤及友邦支那派遣军总司令松井大将派驻维新政府顾问小川少将,言谈间对霜老倍加尊崇,嘱代致函表达招徕倚重之意。(果然如此!须知为了军威的死,我也不会同你日本侵略者握手言欢的!)窃思以霜公之才华,早应位居中枢要职,可惜往昔在京,未得重用,反遭贬谪,大局如斯,何不盍兴乎来,(岂有此理!)既可重返金陵,阖家重聚于潇湘路府邸,(我虽思念南京,目前也一家分散,但我不能作千古罪人!)又可大展宏图,扬五色共和之大纛。怀南之辈,亦可附骥尾而登青云。(这是他的真心话吧?但我岂能出卖祖宗,被后世唾骂?)犹忆战前霜公苏州吴江之行,尚历历在目。(唉,往事何堪回首!)而今良机在握,威南农场之再创,实业计划之开展,均可在今后顺利实现。(身外之物,身外之事,我早不作此想了!)古人云,识时务者为俊杰。去从得失之间,尚望三思酌定!(何必三思!在季尚铭家与何之蓝谈话时,我已作了决定!)怀南近期在沪,假榻东亚饭店315室。临书神驰,言不尽意,静待来示,务祈赐复。敬颂旅安

     受知怀南敬陈
     民国二十七年六月十日

  童霜威读完这封语气沾沾自喜的信,想:混账!这不是请君入瓮吗?汉奸能干得的吗?这个江怀南呀!……他抑制不住心里的激动和气恼。回想起在安徽南陵县时的情况,从当时王汉亭的谈话中,他感到王汉亭做汉奸是很自然的。江怀南在那时,并没有什么表露,可是现在竟也做汉奸了,真是从何说起?

  他的心情十分复杂,简直像喝了烧酒又吃了钻天椒,火烧火燎。实在想不到啊!中日交战,从"七七"卢沟桥事变算起,打了还不到一年,汉奸竟出了那么多!各地都有日本人操纵汉奸组织的"维持会"。北方、南方也都成立了日本牵线的汉奸傀儡伪政权。真令人浩叹!江怀南是个聪明人,竟毅然走上了这条死道,是对抗战完全丧失了信心?抑是出于对国民政府不满?还是急功近利想在这乱世捞上一把?看来,这一切都有啊!可气的是他自己做了汉奸,又想拉我也下茅屎坑!岂不糊涂!

  童霜威一时激动,真想立刻提笔写封复信,将江怀南大骂一顿。冷静一想:也不必如此!人各有志,江怀南既已无耻当了汉奸,何必同他再通信来往?随他去吧!把江怀南的信朝桌上一丢,心里仍不免有几分为江怀南惋惜,觉得聪明人也有鬼迷心窍的时候,江怀南这样堕落实在不该。他呆呆愣坐了一会,又不禁勾起了对南京潇湘路的怀念,忍不住又将江怀南的来信取过来重新看了一遍。

正看着时，听见房外甬道里有人"笃笃"敲门，二房东太太已去开门，在用广东话问"嗨冰个"了。又似乎隐约听到外边的来客说了一声："找童先生……"接着，是二房东太太用广东官话高声招呼："童先生，有客人啦！"然后是开门声响。

童霜威趿着拖鞋走出房去，见二房东太太身边站着一个穿件古铜色长衫的中年人，中等身材，手执两份卷着的报纸。啊！真想不到啊，是柳忠华！他那一头干燥粗硬似乎永远梳不整齐的黑发，那两只与柳苇完全相像的眼睛，那额头宽广的脸上收敛着仍有所表露的傲气和锐气，仍和从前一样。啊！他也到香港来了！竟会在此时此地出现在面前，是怎么回事呢？

只见柳忠华叫了一声："姐夫！"微笑着走上前来。

童霜威发现柳忠华的脸色比在汉口见面时好得多了，连额上和眼角的皱纹也似乎比在汉口见面时淡了。童霜威惊讶地伸出手来同他紧握，说："啊，是你，忠华！"他握着柳忠华的手陪柳忠华到房里，让他在一张椅子上坐下，心里忽然涌起一种异样的感情：是对柳苇的悼念？还是对往事的感叹？他说不清。而且，也感到有那么一点惭愧。惭愧的是在香港见到柳忠华。他记得很清楚，在汉口同柳忠华见面时，柳忠华说过一番关于选择的理论，自己却选择到香港来了。那次，柳忠华也说过："以前，你自命中间，实际是中间偏右！也许，现在，你可能算是一个国民党里的中间派！……我希望你……将来，能不做中间派，而做一个国民党的左派！"那天的谈话，给他的印象也许终身难忘。柳忠华也到了香港，但他是一个共产党人，来到香港肯定是有什么工作任务来的。来得这么突然，使童霜威在惊讶、惭愧与激动之中，掺杂了一种局促不安的情绪，以致一时不知从何说起，只是问："你怎么知道我在这儿的？"又忙着给柳忠华泡茶。

见童霜威在拿茶杯从罐子里撮茶叶泡茶，柳忠华自己提起热水瓶来冲水,说:"我是从黄祁那里知道的。"

"啊,你认识黄祁?"

"是呀,我在他那里还看到了家霆!"

"啊!"童霜威心里有点明白了,柳忠华同黄祁他们看来是一伙或是接近的人哪!冯村同他们又是什么关系呢?……他在柳忠华对面坐下来,忽然带着感情说:"其实,现在可以让家霆知道你是他的亲舅舅了!"他拿起香烟筒给柳忠华拿烟吸。

"是呀!"柳忠华接过香烟筒点头,说,"早上,我已经向家霆自我介绍过了!起初,他很诧异,但他很快就相信了。他说,他的眼睛很像我的眼睛。他听冯村说过,我的眼睛很像他妈妈。"说到这里,柳忠华将香烟筒放在桌上,说:"我现在尽量少吸烟了!监狱里的岁月,使我得了肺气肿病,只好少吸烟了。"

童霜威又沉浸到回忆的深井中去了,说:"唉,家霆这孩子,自从中日战争爆发到今天,短短不到一年时间,可是起的变化很大,学习很用功,懂得了不少国家民族兴亡的事。看来,抗日战争倒是会使孩子走向成熟,产生强烈爱国思想的。"

柳忠华喝着茶点头,说:"是呀,愿这个孩子,能比我和他的妈妈幸福些。说实话,我是常挂念着姐姐的这个遗孤的。我希望他能受到较好的教育,长大能是一个有思想的人,能是一个对中华民族、对中国人民有点贡献的正直的人。"

童霜威也喝着茶,坦率地说:"我对他关心很少,他继母对他不够好。但是,过去冯村对他不错,他的小叔军威喜欢他。唉,可惜军威也许死在保卫南京的战斗中了。到了香港,应当感谢黄祁,黄祁给他补习功课,对他很好。"

柳忠华点头说:"姐夫,你对他的影响也不错。至少,我从他那里知道,你在他的印象中,是爱国的,是主张抗日的。他有时向你要钱去为抗战献金,你总是满足他的。我听他谈到你拒绝了日本人要你给他们搭桥诱和的事,他很为你自豪哩!"

"是吗?"童霜威苦笑笑,指指桌上江怀南的来信,说,"忠华,你看看这封信吧!"

柳忠华把江怀南的信拿在手中,很快地读了一遍,摇头说:"啊,这个人我对他的名字有印象:吴江县的县长。去年,我出狱后住到了潇湘路,有一夜,他也到了南京,在潇湘路住过一夜,只是没见面。不过,听冯村说,他是个贪官。现在,做汉奸了,真是可恶!"

童霜威深沉地说:"他居然想拉我也去南京呢!可是,你知道,我是绝不会选择去南京这条路的。"

柳忠华忍不住去香烟筒里抽出一支烟来,擦火柴吸着烟点头:"姐夫,我相信!要不,你也就不会把汉奸的信给我看了。"

童霜威叹口气说:"我也许如你所说的,仅仅不过是国民党里的一个中间派。但,我有民族气节。刚才你提到家霆,我想,我现在还不愿意他长大了是个共产党。但使他从小懂得气节,懂得爱国,这点我还是寄予希望的。"

柳忠华"唔"了一声,表示相信这一点。

童霜威忽然问:"忠华,你们对当前的形势怎么看法?"

他这"你们"当然指的是共产党。

柳忠华从手执的那卷报纸里掏出一张来,说:"姐夫,听黄祁说,你最近常向他借些进步的报纸杂志在看。我这里有一份今天刚收到的从汉口寄来的《新华日报》,你可以看看,这上面有两条很值得注意的新闻。你看这条,再看这条!"他用手指给童霜威看。

童霜威接过报纸,看那第一条新闻是:六月十四日,民族解放先锋队西北队部总队长李连璧被陕西三原县国民党部逮捕,并押解至西北警备局军法处。同时,西安代表民意之刊物《救亡》,奉当局令停刊。

柳忠华在一边感慨地说:"国共合作,一致抗日,实际上,反共的事公开和暗中都在发生。大敌当前,这种做法徒然是令亲者痛仇者快!但,积习难返啊!"他扬扬手里的香烟,苦笑笑说:"连戒烟,也不是一戒就能戒掉的哪!"

童霜威站起来用热水瓶给自己和柳忠华斟茶,又思绪重重地踱近窗口,从铁栏杆里向外呆呆凝望。山的上部聚着白雾,白茫茫的好似一片云海。东北面的一片房屋,在阳光的照射下显得特别明亮。他捧起茶杯喝着茶说:"从民国十六年清党到后来十年剿共,伤了的感情一时是弥补不起来的。"茶太热,喝了使他出汗。

柳忠华吸着烟,说:"共产党主张合作抗日是诚恳的。我们反对摩擦!但过去有了血的经验,对于反共专家们,不能没有警惕!姐夫,你再看看这一条!"他用手又指指另一条新闻。

新闻报道的是,由汉奸王克敏为首的伪华北临时政府与以梁鸿志为首的伪南京维新政府发出通电,通电是给中国国民党总裁蒋介石的,劝蒋放弃抗战进行投降。电文说:"……回顾中国国民党自掌握政权以来,自信不坚,反复无常,西安一变,不惜引狼入室,公然联俄容共,实行抗日,以致引起滔天之祸,演成今日危殆一发之局面。此实为稍具心肝者无不痛心者也。此次中日事变之发生,我等仍本多年主张中日亲善之方针……中日二国在历史、文化及其他各种利害关系上,都有绝对提携的必要性,应同向和平之途勇敢迈进。"

童霜威读到这里,不禁气愤地将报纸一放,说:"真是卖国贼的论调!"心里又不禁想:这跟江怀南的信如出一辙,混账之至!

柳忠华眼光睿智而明亮,说:"日本人和他们的傀儡,是在向国民党诱和,也是在挑拨国共关系。可别小看这一点,这在顽固派里不是没有市场的。拿这些消息和你的遭遇来说,既有日本人在香港找你去汉口搭桥为他们做诱降的使者,又有日本人和汉奸在上海南京给你写信要你去跳火坑。这说明:敌人的进攻很猛烈,掉以轻心是危险的。"

通过窗户铁栏杆,看到一群鸽子在起飞了,绕着圈子越飞越高,背景是棉絮似的白云,有团巨大的白云,像一个饱历沧桑的白发老人在垂头沉思。

童霜威也从香烟筒里取出一支烟来点火,喷一口烟思索着说:"是啊!"

柳忠华去拿热水瓶,给童霜威和自己的杯里都倒满了开水。童霜威忽然走神,柳忠华的眼神使他猛地又想起了柳苇。现实和幻梦常常那样在脑海中叠影。一次,他和她在枫桥散步,两人曾避开明灿灿的阳光,站在一片婆娑阴凉的树影里……

想那些干什么呢?童霜威拉回神思,听着柳忠华又说:"你刚才问形势,我看抗战还要持久地打下去。中华民族四万万同胞,要有抗战的决心。我们不会一下子被日寇灭掉做亡国奴,也不可能马上打败日寇轻而易举地得胜。关键是要打下去,不能屈膝为和平而投降。战争已经降临了,就不要怕!坚持抗战,拖到日本受不了时,才能取胜!"

童霜威不由得点头,说:"是呀,打了快近一年,我也觉得够长的了!日寇又何尝不觉得这场仗打得不顺利呢?想诱和,想找人穿针引线,都说明敌人着急呀。"

柳忠华笑了,说:"姐夫,你说得对,可是投降的危险是存在的。需要共产党、国民党里的抗战派,都来阻止和反对这种投降的危险。应当说,抗战刚开始时,国民党中那种抗战情绪也高涨过。只是,从上海失守到南京沦陷,从徐州被占到现在,这种高涨的情绪在国民党里逐渐被一种消极低沉的情绪代替了。和与战的选择,现在摆在每个中国人的面前。中国人并不好战,正常的人,谁会喜欢战争呢?但侵略者把战争强加到我们头上,只有用持久的抗战来对付它。万万不可动摇!有了这样的信念,那就像条船似的,在漆黑的海洋上也不会迷失方向了。"

童霜威思索着,心里不能不为柳忠华雄辩而中肯的一番议论倾倒。这一向禁锢式的幽居生活,使他精神逐渐消沉。柳忠华的话像一剂提神的药,使他清醒,心服。他说:"我觉得,我在认识当前的战争和全部现实情况的意义上,总是显得迟钝。你说得好!你觉得我应当怎么办?"

柳忠华将烟蒂揿灭在烟灰缸里,诚恳而关切地说:"姐夫,在汉口时,我对你说过:我希望你成为国民党里的左派,你可还记得?"

童霜威笑笑,吸着烟说:"可是,我并没有这种奢望。"他这样说,其实也有点违心。他觉得柳忠华的话伤了他的自尊。当然,他确实也没有急切想做什么国民党左派的要求。当年,宋庆龄、何香凝、廖仲恺、邓演达等等国民党左派的下场,他觉得并不佳妙。他现在,只想平平安安,不想去招来大风大浪了。

柳忠华似乎猜得透他的心情,两只酷似柳苇的眼望着童霜威,说:"姐夫,那是我的希望。我相信,你将来会那么做的。我说的还是老话:人生就是选择!有所得,也会有所失。两条路或几条路的面前,必须选一条正确的路走,千万不能走邪路,也不能犹豫彷徨。你没有答应那个日本人的要求,没有回上海,没有同意江怀南的劝拉,就是在和与战上作了选择,就是在做爱国者还是做卖国贼上作了选择,就是在左与右上作了选择。你选择得对,我深深为你高兴。姐姐泉下有知,一定也会高兴的。因为这不仅有关于你,同家霆的未来也密切有关。"

鸽子仍在飞,飞得快极了,一刹那,就掠过有铁栏杆的窗户前,消失了踪影。

给他提起柳苇,童霜威有点心酸。先是沉吟不语,接着又问:"你看,我该怎么办?"

柳忠华注意到童霜威有点动感情,说:"姐夫,你在政界多年了,有你的声望和地位。你现在这样整天藏在家里不外出,也不接触人,小心谨慎是必要的,但也不必过分了。我是这样想的:香港比较复杂,不过它由英国人管辖,日本人在此也不能不有所顾忌。你可以注意提防敌人加害,但也可以谨慎地活动活动,尽可能地为抗战出点力做点贡献。"

"你能说得具体点吗?"童霜威的目光里带有询问、探究的意味。天气潮热,他觉得很闷。

柳忠华话声忽然变低了,说:"比如,日本人找过你的这件事,今天江怀南找过你的这件事,你告诉了我,我就很有用。我可以更多地了解敌人的动态。我如果是个新闻记者,可以在宣传的阵地上,在我们的报纸杂志上针对这些丑类的动态发射子弹,揭露它!反击它!防止投降的危险。"

"那不会牵连我吗?"童霜威心里一惊。

柳忠华说:"不会的。我们只是从这些事来分析出一些动向,针对这种动向提出警告,不会具体牵连到你的!"

"那我不是成了你们的情报员了吗?"童霜威将烟蒂扔进痰盂,自嘲地笑着。

柳忠华也欣然笑了,说:"你没有这种义务。但这类事倘若你觉得出于义愤、应当抨击的话,为什么不应当协助我们予以抨击呢?这是中国人共同的事,而不是你的事或我的事,总不能允许敌人破坏抗战吧?"

他的话有一种熨人肺腑的力量。童霜威也笑了,点头说:"还有呢?"

柳忠华突然出乎童霜威意外地说:"我想请你帮我找个工作。"

童霜威眨着眼睛,心里想:啊,我现在蜗居香港,哪儿去随便替你找个工作呢?再说,你是共产党人,我给你找个工作,将来有没有麻烦呢?……但,这是柳苇的弟弟呀!想起柳苇,他就觉得不能不帮忙了。他沉吟着,说:"你想干什么呢?"

柳忠华似乎能洞察到童霜威在想些什么,说:"我初到香港,必须有个工作,才能安得下身。我知道,你同两广监察使谢元嵩熟悉,他在香港同有些上层人士有来往,人家也都买他的账。让他找一找《港声报》的总经理,给我在《港声报》安插一个记者职务,是很容易的。《港声报》的总经理区先觉是番禺人,他弟弟是番禺县长,劣迹昭昭,有人告到两广监察使署,他正要巴结谢元嵩。你给我替谢元嵩写封推荐信。只要写得诚恳,这事一定能成。"

童霜威心里想:嘀!你来之前早把谢元嵩的底细摸清楚了!办事真有门道啊!点头说:"忠华,我应当为你办这件事。惟一的要求:你要谨慎小心! 现在,当然和战前是不同了,可是,总还是不要让人知道你是什么样的人才好。"

柳忠华笑了,说:"姐夫,请放心,我不会连累你的。你给我介绍谢元嵩如何?"

童霜威爽朗地点头:"我写!我写!"他去桌前坐下,揭开桌上的墨盒,拿起毛笔,但忽然想到什么地说:"呀!我还不知该往哪里找谢元嵩呢!"

柳忠华心中有数地说:"到广东同乡会就可以找到他。他常去那里,区先觉也常去那里。"

童霜威点头,说:"对对对!"不禁想起那晚看潮州戏跳加官被敲竹杠的事来了,想:好吧! 就算花了那笔钱替忠华谋个差使吧。他握着鸡狼毫小楷笔,铺平了信纸,写起信来。信写得十分恳切,说明柳忠华是自己的"至亲",请务必"推爱介绍给区先觉安插在《港声报》做记者",并说了些"感同身受"之类有分量的话。写毕,将信递给柳忠华说:"你拿着去找吧! 要是不行,我再亲自找他。"

柳忠华接过信来,默默看了一遍,满意地说:"我想,有这信一定能办成。因为我还找了其他人在出力设法。"又说:"姐夫,我应当谢谢你。你对我的这次帮助,又是雪中送炭!"

童霜威站起身来踱步,思绪万千地苦笑笑,叹口气说:"算什么雪中送炭呢?我只不过是使自己的良心稍微能过得去一些而已。"他没有多说,柳忠华却懂得他说的是什么意思。他明白童霜威一定又是想起了柳苇的事。

只见童霜威突然问:"忠华,你现在住在哪里?如果我要找你,有电话吗?"

柳忠华摇摇头:"我现在像打游击,没个固定住处。如果进《港声报》成功了,到报馆找我就方便了。"

童霜威点点头:"我还有件事想托你。"

柳忠华问:"什么事?"

"是关于家霆的事。"童霜威背着手踱着方步说,"这孩子因为老是跟成年人在一起,有点早熟。尤其战争发生以来,他在南京常有的那种天真快乐的面孔也看不到了。他懂得的事可能比他这种年龄应该懂得的事要多。"

"这没有什么不好啊!"柳忠华说,"战争年代是会使人懂得更多事的。岂止是孩子,大人也是这样。"

"我不是那意思。"童霜威为难地说,"我很感谢黄祁,因为他很关心家霆。家霆在这儿没有上正规的学校,在他那儿补习功课,多亏了他。但是我要请你跟黄祁说:对这孩子,不要去灌输给他你们那套阶级斗争方面的理论。因为我不想他将来卷入政治漩涡,遭受任何残酷的不幸。我只愿像苏东坡诗中所说的:'但愿吾儿愚且鲁,无忧无虑保平安!'"

柳忠华似乎不太同意,但声调是平缓的,说:"黄祁,是一个有正义感的爱国青年。我看,他给家霆的影响是很好的。对下一代,爱国思想无论如何是要他们从小就有的吧?"

童霜威又叹了一口气,挪步到柳忠华对面的椅子上坐下,说:

"我希望,在他的心上播下爱,而不是去播仇恨!"

柳忠华平静地说:"对敌人,比如对日寇,能播爱吗?一场南京大屠杀,听说足足杀了三十万中国人!"

童霜威不作声了,自言自语地说:"你不知道,有一天,这孩子同我谈起,冯村在汉口时把他妈妈的事告诉了他。你知道,他对我说什么?他对我说:'爸爸,我恨他们!……'你知道,我不希望他再走他母亲的路!"

"但是,事实说明,姐姐的路并没有走错!"柳忠华辩解说,"孩子是中国的将来。现在,连续着将来。历史由我们写更要由他们写。应当相信他们这一代是会自己选择他们的路的。"

童霜威心想:唉,你们这种共产党人呀!谈起这种事来,总是这样的坚持和强辩,寸步不让。他情绪懊丧,不想多说,又叹了一口气,不再开口。他看到柳忠华突然从口袋里掏出一个黑色的皮夹来,说:"姐夫,今天,我给你带来了一样纪念品。我曾经考虑,给不给你?当我见你对日寇和汉奸痛恨,对我的帮助是这样诚恳,而且,你对姐姐仍有感情,我决定把这件礼物送给你!"

童霜威猜不到柳忠华说的"礼物"是什么,抬眼望着柳忠华。眼神和脸上的表情似是问:"什么礼物?"

柳忠华从皮夹里抽出一张变了色发了黄的照片递过来,说:"看!"

啊,原来,是一张柳苇当年在寒山寺照壁墙旁几树杏花前拍摄的照片。照片只拍摄了她的大半身。她笑着,眼睛带着向往的神色,衬着繁花似锦的背景,一种难以形容的气质的美,使人看了不禁叹绝。

童霜威手里拿着变了色的照片,痛苦的追忆,像渔网缠身,使他立刻想起她有时坐在桌前托腮凝思的种种神态。他咳了几声,遮掩住心情的流露和脸上的抽搐,终于感到心里发疼,眼眶发酸。

照片已经随着时间改变了它的颜色,记忆也随着时间褪了颜色,感情,却像海上的潮水,忽而退潮,忽而升涨,升涨时澎湃汹涌不可遏制。他语气颤抖地说:"啊,你居然还留得有她的照片?"

"不!是别人保留着的。"柳忠华说,"在汉口时,遇到的一位女士,是姐姐后来结识的一个好朋友,她珍藏着的,我就讨来了!你看,照片背后还有一首诗呢!从笔迹看,也许是姐姐早年写的。"

"真要谢谢你!"童霜威感慨地说。他翻看照片的背后,果然写着四句诗:

　　一陂春水绕花身,
　　花影妖娆各占春。
　　纵被东风吹作雪,
　　绝胜南陌碾成尘。

四句诗是用铅笔写的,笔迹娟秀,但已模糊,看得出确是柳苇的笔迹。这四句诗是什么意思呢?也许是有深意的,也许是随手写下的?

童霜威有点激动了,说:"看到照片,使我想起了很多过去了的事。将来,我要将它留给家霆!"他掏出手帕拭脸。

柳忠华站起身来,他看得出童霜威不但情绪激动,说的话也是真诚的,说:"那我走了。"

童霜威挽留,说:"吃了中饭走吧。"

柳忠华摇摇头,说:"不了,我还有事!也不等家霆了。如你所说,我也不想使这孩子的心境常被扰乱。他还小,安心学点功课是必要的。"说着,他仍像来时一样,手里攥着一小卷报纸,说:"我走了!"

童霜威送柳忠华从三楼到楼下,又见他飘忽地走了。回身走上楼来,进了房,独自站在有铁栏杆的窗前,呆呆望着远处和近处成片的灰色屋顶、简陋破旧的平台……有远处海上轮船的鸣笛声传来,也有电车驶过轨道的"隆隆"震动声传来。厨房里,二房东太太大约是在烧中午吃的咖喱牛肉,一股浓烈的咖喱香冲进房来。童霜威呆呆站了一会儿,回身将桌上那封江怀南的来信撕了个粉碎,走进卫生间将撕碎了的信丢进抽水马桶,"哗"地抽水冲尽,心里想:滚吧! 他不愿这种事被儿子知道。单纯的儿子不然该要奇怪:怎么爸爸的朋友全是这些坏蛋?

他又将柳忠华说的话:"你不必太胆小……你在香港也可以谨慎地活动活动,尽可能地为抗战出点力做点贡献!"在心里琢磨一番。只不过最后决定,还是在屋里蛰居的好。他过去在日本留学时,二次革命反袁世凯在上海租界上时,都经历过这种隐居不出的生活。大丈夫能屈能伸,柳忠华说的话虽不无道理,但为了安全,目前有什么必要抛头露面出去活动呢? 下了这样的决心后,他倒觉得心里坦然舒畅了。

于是,他又拿起柳苇的那张照片凝视起来。

在看柳苇的照片时,他不禁想:唉,有的人死了,一切也就都很快消失了。可是,她死了,为什么在我心上却消失不了? 却使我常常感触到她的影响,不断使我感觉到她的存在呢?

二

雨声淅沥,下了整整一夜。雨点打在屋上,听着雨声,凄凉极了。天明后,雨声又转成了"沙沙沙",变小了。从窗里望出去,远远近近那些灰暗的房屋,变得更加古旧了。

仍旧像每天一样,家霆起身后,吃完二房东太太煮的鱼生粥和买来的油条当作早饭,匆匆下楼去街边报摊上买了报纸,将报纸放在父亲床前,自己背上书包就去补习学校排演话剧去了。

童霜威仍躺在床上没有起身。这一向,他养成了睡懒觉的习惯。听到雨声,懒散着,更不想起床。要放在过去家居南京时,这正是像在"火炉"里似的挥汗如雨的天气。可是在此地,七月的香港,炎热之外,潮湿、多雨。下雨以后,间或有海风一吹,又比较凉爽。他肚子上盖一条毛巾被,凉津津的,很舒适。他懒懒睁开眼,透过那有铁栏杆的北窗,望着外边那块有限的长方形的灰色天空,呆呆地有时想这想那,有时什么似乎都不想。

他想起方丽清。分别了这一段,他真是很想念她了!方丽清偶尔来一封短信,内容不外是"你好吗?我很好!"奇怪的是她最近并不纠缠着要童霜威带家霆回上海,反倒说:"你们在香港住着也好,需要钱即来信,立苏可从钱庄找朋友向香港的商号里给你划款。"童霜威感到:从前在南京时,丽清去到上海家里,久久不回南京,那时写起信来,还是有感情的,总是说:"你也到上海来住住玩玩吧。"或是说:"很想念你,不久一定回来。"现在,她的信上总是一种冷漠的态度,信里没有一句热情的话:这是为什么?为什么?

没有比较,也就说不上什么高下优劣。从方丽清的为人,越来越使童霜威怀念柳苇了。俗和雅,愚蠢和智慧,造作和自然,平庸和不凡,心灵的丑和美……是方丽清和柳苇对比后得出的鲜明概念。可是,柳苇早已死了,造物主为何这样不公正呢?……

童霜威在床上坐起,抽开柜子抽屉,从一只棕色皮夹里取出了那张柳忠华留下的他姐姐的照片,细细端详起来。照片上,柳苇正用她那傲然昂起的向往的目光在眺望。她似在眺望远方,又似在眺望未来。童霜威看着照片,照片上的寒山寺使他想起了枫桥镇。突然,又想起枫桥镇上的那个"堞楼"。

那是明代苏州人抗倭的历史遗迹。明代时,倭寇——由日本浪人纠集的海盗集团,常到中国沿海一带骚扰。江苏在嘉靖三十一年至三十八年的八年间也一再遭到侵犯。苏州地处东南沿海,又是当时最繁盛的城市之一,自然不能例外。枫桥镇上的这个"堞楼",是砖石建筑,高约三丈多,宽约十六七丈。有一天,他和柳苇曾到那"堞楼"前散步。正是秋天,走入一片小树林,一丛丛燃烧似的枫叶,红得诱人。野雀"唧唧吱吱"鸣叫,从树的枝叶间隙漏射下来的阳光,斑驳地散落在地上,空气湿润,饱含着泥土的气息。踩在青苔上,滑腻腻的。微风摇曳,树的枝叶和野草"飒飒"私语。柳苇一路采摘野花,采摘枫叶,捧在手里。他也摘了一些野花放在鼻子上嗅了一嗅,野花的幽香带着苦味。

那天,柳苇穿的是一件黑旗袍,剪着齐耳的短发,那么朴素,看了却叫人惊讶她为什么这样漂亮。她仰脸望着"堞楼",说:"三百多年前,也许在这儿有过为抗倭而牺牲的英雄!让我为他们献上一束鲜花。"

她恭恭敬敬地将红枫和那些黄的、蓝的、白的野花,放在"堞楼"前的地上。于是,他不禁也学着她的样,将手里的几支野花也同她献的野花和红枫放在一起。

但是,她自己却离开人世已经这么些年了。她已经归入历史,许多事都使人淡忘了。

童霜威收起照片,仍旧放进棕色皮夹里关上抽屉。他感谢柳忠华送给他这张珍贵的照片。他原来保存着的柳苇的照片,有的还是他和她合拍的,在他同柳苇分手后就丢失了,还有一些在他知道柳苇被捕后就用火烧了。惟一偷偷保留着的一张,是他有心想为家霆留下的,在他同方丽清结婚后,有一天被方丽清翻拣出来撕毁了。……

雨声仍在"沙沙沙",他侧身又躺了一会,觉得柳忠华自从到《港声报》上班以后,一直没有来过,不知是什么道理。是忙?还是其他什么原因呢?谢元嵩在这件事上倒是帮了忙的。当柳忠华拿了信去找他时,他收下了信,对柳忠华说:"好!请你回去对啸天兄说：我一定玉成！……"后来，事情果然谋成了。柳忠华想干记者，报社需要记者采访的是社会新闻，柳忠华广东话不行，英文也不行，就改安插成夜班编辑了。童霜威想：打夜班是最辛苦的，忠华在狱十多年，身体不太好，干这工作劳累，不知是不是病了？

他曾经不止一次地想过：冯村同柳忠华关系显然很密切。冯村会不会真的也是共产党呢？如果是的话，伪装得真是太巧妙了，过去竟丝毫也叫人察觉不出。当然，也许只是同情者，而且是在主张抗战上的一致。他们都年轻嘛！年轻人的血总是比年老人的血要热。冯村信也来得少，这一向统共只来过一封简单问候的信，也没有提到柳忠华。这使童霜威心情更觉寂寥。在闭门不出的日子里，他是最希望看到冯村来信告诉他许多政界的消息和熟人情况的。

他顺手拿起家霆买来的当天的报纸，躺着看将起来，一边看一边不断打着哈欠。

报纸上值得注意的只有一条新闻，但却是一条不同凡响的新闻：国民党副总裁汪精卫二十二日在汉口公开向中外各报发表谈话，表示中国愿意接受和平调停。

看了这条新闻，童霜威大吃一惊。就在半个月前，老蒋在汉口发表讲话，否认有各国调停中日战争之事。难道蒋汪二人又在各吹一把号各唱一个调了？还是他们勾搭起来一个红脸一个白脸演双簧？

本来，前些天，家霆从黄祁那里带回来的一张汉口出版的《新华日报》上，报道过一个消息：有些主和的人士，提出一个建议：主张由英美法苏各国来举行"和平会议"，以制止中国战争，这实际就是要重演俄德法三国要求日本返还辽东半岛的故事呀！童霜威不禁想：唉，看来，直到现在，中枢在和与战的问题上还是在举棋不定，进退两难，仗怎么打得好呢？看来，日本也正在积极活动，想叫中国屈膝！和知——他突然想到"和知"代名为"何之蓝"，"和知"就是"何之"呀！和知干的勾当与这些消息看来都有千丝万缕的关系哩！和知找我童霜威穿针引线，我拒绝了。但他肯定也是会找别人的，别人未必都会拒绝。他眼前浮现出萧隆吉、谌有谊、高无量、向天骥、张洪池那一伙人的影子来。这些人在山光道季尚铭公馆里玩些什么把戏呢？现在，政治竞技场上的幕后活动肯定不少，只是我不知道罢了。想着，他就感到柳忠华说的，应当也出去活动，似乎是颇有道理了。蜗居在斗室中，对外边的事态毫无所知，岂不是成了政治上的庸人了？

他决定起床，穿上衬衫，趿着皮拖鞋，自己叠好毛巾被铺了床。如果金娣在，如果方丽清在，这些事当然无须自己做了。洗脸、刷牙，听着外边雨仍在"沙沙沙"地下。看看表，才九点钟，像每天一样，他从内房走进外房，冲了一杯"勒吐精"奶粉，从饼干筒里取苏打饼干吃。本来，前一段，他早上常同家霆一起吃早点的。这一段，起身迟了，总是自己吃点奶粉和饼干当早点，不去再麻烦二房东太太了。他喝着牛奶，吃着饼干，心里飘飘忽忽：唉，抗战从"七七"算起，一年出头了啊！去年这时，在南京，何曾想到会有南京的沦陷和大屠杀？又何曾想到我今天会在香港过这种寂寞困顿的生活呀！

他踱到安着铁栏杆的北窗跟前，呆呆地站着，自然而然地吟起诗来："每因髀肉叹身闲，聊欲勤劳鞍马间，黑鞘黄旆端未免，会冲风雪出榆关。"

吟诵着，心里难过起来。这种难过的心情自从辞去司法行政部和中惩会的职务后，在南陵，在武汉，直到今天，是常有的。有了这种情绪，他就感到心事灰暗了。

忽然，外边甬道里，传来敲门声。声音像啄木鸟的尖喙在轻啄。听到那位二房东太太的木屐声"踢踏踢踏"，又听到她在门前用广东话问"嗨冰个"了。

童霜威竖耳听着,外边是一个男人的声音,不知说些什么。二房东太太在叫嚷了:"童先生,有人找啦!"她把"童先生"念作"童桑",把"人"字念作"银"字的音。广东话从女人嘴里说出来,音调特别缠绵。

童霜威走出去,从门上的张望洞里朝外一看,顿时倒吸一口冷气:门外站立着个头发蓬松穿件米色的风雨衣的人,一双老是好像在生气的眼睛,那么凶恶,是张洪池呀!

童霜威几乎吓得要叫起来,仿佛自己面前站着的是个刽子手,准备着吊索!张洪池从小洞里已经看清童霜威了,用一种尊敬、和缓的声音叫道:"童秘书长,您好!"

能开门吗?开了他会怎么?他身上不会像现在上海那些干暗杀勾当的人携带着手枪或斧子吧?他是不是代表日本人和知来的呢?他想干什么?……能不开吗?已经眼对眼地见面了,怎么能不开呢?不开,不但得罪他,也胆怯得要被人讪笑了。他在门外等着呢!看他的模样,不像是要加害于我的。他那两只老像在生气的眼睛里闪出一种并非敌对而是似乎有点友善的光芒,倒不像是假装的。怎么办呢?怎么办呢?

童霜威腿发软了,又强自镇静下来。只听张洪池说:"我有要紧事,请快开门吧!"估计,张洪池很懂得他的心理状态哩。

童霜威只得咬咬牙,将门开了,装得平静地笑着说:"啊,你怎么知道我在这里住呢?"

张洪池已经挤身进门来了。他的米黄色风雨衣上沾满了雨水。他脱下了雨衣,湿淋淋地挂在门旁的一排挂衣钩上,雨水滴滴答答洒了一地。他笑笑说:"有些人不知道你在哪里,我却是知道的。香港是弹丸之地。做新闻记者,对这一点总是最有本领的。如果做不到这一点,怎么采访第一手的新闻?"

童霜威陪他从甬道里走进房去,边走边说:"我这人喜欢清净无为,'六国饭店',太喧闹了。我想隐居一段,就搬出来了。"他说得轻松,目的是给自己作点解释。

张洪池不置可否,没有吱声,随童霜威进了房,同童霜威面对面地在椅子上坐了,突然说:"未必如此吧?"这次,他却并不去动桌上的香烟,自己从口袋里掏出一个长长的小皮套盒,抽出一支雪茄来,用打火机点烟吸了一口,喷着烟说:"我其实很明白,童秘书长为什么突然失踪!说实话,我要是把你在这里的消息告诉季尚铭,可以换一笔数目不小的港币。可是我没有那么做。"

童霜威目瞪口呆,闻着张洪池喷出来的浓烈的吕宋雪茄味,看着他身上那套新派力司西装,发现张洪池的经济状况比以前好了,强作镇静地说:"为什么?"这意思既好像是问为什么季尚铭愿出一笔数目不小的港币,又好像是问:你为什么不那么做?

张洪池的来意究竟何在?难以捉摸。童霜威很怕放在桌上的一些家霆向黄祁借来的报刊给张洪池看到,正在想:该用什么办法将那些报纸杂志搬走或用东西遮住,不料,张洪池眼尖,已经伸手去拿桌上的报纸杂志了,嘴里说:"啊,我看是像汉口出的《新华日报》嘛!……嗮,还有《抗战》杂志,还有《最后关头》!这些都是!……哈哈,我猜,很可能是我那位大学同学冯村给您寄的吧?他现在在汉口做新闻记者,听说左得很哪!老是往日本租界里的八路军办事处跑,又常跟军委会政治部第三厅里的某些人来往。人都说他是共产党呢!他以前给您做秘书,您没发现这一点?"

童霜威心里十分反感张洪池的这种态度,又一想:算了!何必得罪人,把他快打发走算了,摇摇头说:"你觉得他像共产党吗?我觉得他不像!"说着,起身,打开窗户,驱散屋里弥漫的雪茄烟雾。窗外,小雨仍在飘落。

张洪池也不辩论,忽然掏出一只怀表来看了一看,吸口烟说:

"童秘书长,今天我来,是奉命请您去'香港仔'吃海鲜的!"

"香港仔",在郊外,是海边渔民集居的木屋区的地方。渔民打鱼从海上归来,在此卸下海货。这里开了几家有名的海鲜馆子。阔佬们吃新鲜的海货,讲究到"香港仔"去。那里的海鲜馆子,虽然不及闹市里的大酒家豪华富丽,场面讲究,好的是活蹦活跳的海味现杀现烹,鲜美少有。

童霜威到香港后,听说过"香港仔"海鲜出名的事,未曾去过。今天听了张洪池说是"奉命"来请去"香港仔"吃海鲜,心里又一惊,想:看来,他是奉季尚铭之命——也就是奉日本人和知之命来的啰?看来,没有好事!皱着眉,脸上出现了一种威严的神色,说:"谁要你来请的?"

见他脸上严峻,张洪池脸色和语气变得缓和了,喷着烟说:"您的至交、近邻让我来请的。请看,这里有封信!"说着,从西装口袋里掏出一封信来递给童霜威。

童霜威狐疑地接过信来,一看,心马上"噗噗"激跳起来。信上那笔熟悉的字写的是:

啸天我兄勋鉴:别来无恙乎?弟自武汉来,有要事相商,特着张洪池同志前来相邀,请即移趾至香港仔海鲜馆一叙,勿却是幸。
专此布意,顺颂
旅安

弟秋萍顿首
七月二十七日

北窗里可以眺望到的那块天空像幅灰布,突然一声霹雷,响彻天空,雷声隆隆,有如铁甲兵车在天际驰过。童霜威看着信听着雷声悚然一震。

字迹确是叶秋萍的!真想不到:南京潇湘路的邻居叶秋萍,突然会来到了香港。更想不到,张洪池看来确是叶秋萍的部下或亲信了！那张洪池老是在季尚铭家出入干什么呢？叶秋萍信上说："有要事相商。"是什么要事呀？

来邀请的是叶强叶秋萍，不是季尚铭或和知，倒使童霜威心里既奇怪又放宽了一些。童霜威看着信，说："啊，秋萍兄他也来香港了？是哪天到的？"

"好几天了。"张洪池咬着雪茄回答。

"他来干什么呀？"童霜威问完，就感到这一问是多余的了。像他们这种干秘密工作的人，怎么能这样问呢？

张洪池回答得倒巧妙："童秘书长去香港仔一见面，不就知道了吗？车子在下边等着，请童秘书长马上就动身吧。"

童霜威望望有铁栏杆的北窗，窗外仍在飘着蛛丝般的细雨，洋铁水漏管里的水声仍在"滴滴答答"响，天色也仍是灰溜溜的。

张洪池见童霜威在看天色，说："雨不大，有汽车去，也没有旁人，是专请您一个人的。叶先生恭候着大驾哩！"他又挽袖看看手表，说："现在去，正好！"

童霜威觉得，不去是不行了。同叶秋萍见见面，叙叙旧谊，同他谈谈，也可以知道些政局动态。到底是老邻居嘛，再说，闷葫芦也要打开，究竟他叶秋萍有什么要紧事要同我商量呢？因此，说："我来留张条子给我孩子。"

他拿起桌上的纸笔，匆匆写了张条子："霆儿：父外出有事，午饭不回来了，你自己一人吃午饭吧。"将条子留在桌上，然后，去橱里拿了条银灰夹蓝色的条花领带，到镜子前打好了领结，穿了件白哔叽西装上衣，戴上了巴拿马草编礼帽，说："那……走吧。"

是星期日，二房东太太大约出去到教堂里做大礼拜去了。厨房、甬道和前楼都静悄悄的。童霜威和张洪池走出来，童霜威锁上了门。

两人一起下楼。楼下，对街远处停车场上停着汽车。童霜威和张洪池站在骑楼下,张洪池用手打了个"榧子",司机见到他的手势,迅速将车子开过来。是一辆半新的蓝色的福特车。两人上了车,一个秃脑袋的老司机驾着汽车,用风驰电掣般的速度穿过闹市,向"香港仔"方向驶去。

小雨仍在淅沥下,街上车辆如梭,双层电车"叮叮当当",高楼栉比,五光十色,广告牌红红绿绿:"蜜丝佛陀"香粉和唇膏;"阿华田"麦乳精,白马威士忌,老人头保险剃胡子刀……令人目不暇接。童霜威久不出来了,喜欢这种热闹。张洪池咬着雪茄,雪茄早熄灭了,他也不去点燃,只是斜叼在嘴里,似乎是用它来堵住自己的嘴,使自己少说话。

车子驶出了闹市,沿着海边飞驰。看到了蔚蓝色的海港。雨声中,停泊着货轮的船码头上,麇集着许多码头工人,声响嘈杂。海面上,有点淡淡的雾气。白色的海鸥仍在飞翔。各种颜色的海轮,有的停泊着,有的在鸣笛航行。几个英国水兵淋着雨在飞跑,一群擦皮鞋的小童每人都背着一只装擦鞋工具的木箱,淋得落汤鸡似的,躲在一个铁皮小棚旁避雨。

童霜威本来沉默着,这时不由得问:"洪池,你最近还常去季尚铭那儿吗?"

张洪池衔着雪茄,两只像生气的眼睛望着童霜威,说:"我们做记者的,哪里都得去。今天这里,明天那里,没个准儿!"

童霜威心里明白:他是不愿意说得具体。干秘密工作的,一切都神秘。又问:"萧隆吉他们仍常去?"

张洪池点点头,"唔"了一声,却说:"季尚铭要结婚了!"

车里闷热,开了车窗吹着风,童霜威语气带着意外地问:"同谁?"

张洪池脸上似笑非笑:"当然是小麦啰!"

童霜威说:"啊,他对那位死去的日本夫人十分多情,为了她的死,蓄起须来,好像要终身不娶的架势呢!"

张洪池皮笑肉不笑地咬着雪茄,说:"商人的脸——七月的云,多变!何况,他又不仅仅是商人!"咳嗽了一声,又说:"你可能不知道,小麦也是日本人哪!"

童霜威心里又一惊,"哦"了一声,不想再说话。

他心里明白:季尚铭那里是个十分复杂的处所。他不想沾那个腥,不想了解过多的秘密。一个人了解人家的秘密过多常常是危险的!他需要的是宁静、平安。他略微感到欣慰的是和知的要求,他干脆地拒绝了!要不,他带上小麦——一个日本女人到武汉,这会有什么可怕的后果?

雨,不知什么时候已经停了。天,有放晴景象。一路上,两人没有再说话。张洪池又用打火机点火吸雪茄,车子里充塞着他喷出来的烟味,呛得童霜威鼻孔发痒,喉头发干。他虽偶尔也吸烟,却很怕自己不吸时别人用雪茄烟味来熏。还好,不多一会儿,"香港仔"到了。

这里,看得见碧蓝的大海,听得见海鸥的鸣叫和浪涛拍岸的"哗哗"声,看得见海浪泛着白色的飞沫,一排排追逐着涌上沙滩。近旁,有多种棕榈科的植物:桄榔、散尾葵、华盛顿棕榈,高高的茎顶有孔雀翎毛般的羽状复叶,在风中摇曳,造成了一种亚热带、热带的情调。这里,又有一股乡下的空旷味道,比起喧闹的皇后大道和德辅道来,这里静得可爱,到处被雨水洗得一片明净。简陋的竹屋和木屋,绿色的油加利树,还有一些并不新颖但颇雅致的洋楼。蓝色的大海上空,飘浮着松软的白云。雨后出现的阳光,透出白云,沐浴着大海。大海上有帆船鼓着风帆,那是渔船。沙滩边,有渔民晾着渔网,停泊着许多渔船,林立着许多高耸的船桅。不知谁家养的一群鸽子,正在天空转着圈子飞翔。那好听的鸽哨声"呜—呜—"响着。童霜威立刻想到西安事变那天,家霆在屋顶上扬着红绸赶鸽子飞,引来了叶秋萍的一个电话。如今一晃,南京早在战火中沦陷,那些被方丽清吃剩的鸽子怎么样了?想着这些,他心里酸楚而又麻木。

黑色福特轿车"嗞"的一声,在一幢有着"香港仔海鲜酒家"招牌的大馆店门口停住了。

门前,停着一共两辆轿车。夏日从香港专诚来这里吃海鲜的人不是太多。人们都爱在这季节到浅水湾游泳,在浅水湾酒店进餐。也许叶秋萍正是看中了这儿的安静与冷僻吧?

下了车,海风轻轻吹来,遍体凉爽。张洪池给童霜威关了车门,说:"童秘书长,请上楼,我来带路!"

他带头走进馆店大门里去了。这是一个洁净宽阔的广东风味的大馆子。摆设与装饰都不华丽,似乎故意带有乡村气息。

有趣的是门口那许许多多盛满海水的玻璃器皿里,饲养的全是海鲜,像一个小水族馆。有五颜六色的海鱼:石斑鱼、铜盆鱼、鲐鲅鱼、比目鱼、车片鱼……有龙虾、明虾、青蟹、梭子蟹,有海螺、鲍鱼、蛤蜊……顾客要吃海鲜,指定后,用绸兜捞出来去厨房烹调。

楼下,是普通席位;上了楼,楼上隔成一间间的雅座,摆设比楼下精致。中间厅房里,坐着两个年轻的西装客,同张洪池点头打招呼,站了起来,像是保镖的。其中一个向右边一间雅座里招呼了一下,张洪池陪童霜威刚走几步,就见右边那间雅座里的白门帘一掀,出来一个戴眼镜的白面书生般的瘦长个子,穿一件白印度绸长衫,飘飘然,手执一把折扇,出来就拱手,一口熟悉的浙江口音:"啊!啸天兄!久违了!久违了!"

正是叶秋萍。童霜威听他口气热络,也连忙拱手,又上去握手,说:"是呀!南京别后,一晃经年,常常想念,没想到秋萍兄你也来香港了!"

叶秋萍掀开白布门帘,请童霜威进雅座房间里去。房里餐桌上铺着浆洗、漂白、烫熨过的台布,桌子中间有一盘折叠成三角形的柔软洁白的纸巾,一个蓝花瓷瓶里插着粉红、殷红的鲜花。这儿明窗净几,一面朝海,可以听到潮水轻轻拍打沙滩的呻吟声,可以看到晴空下港湾里的蓝色海水和葱绿的山峦,也可以看见沙鸥和帆船。电风扇"呼呼"地开着,扇起阵阵凉风。一个穿白衣的女侍送来了香气扑鼻的手巾把擦脸,端来了新泡的盖碗茶。

张洪池好像是忙着去张罗点菜,将叶秋萍和童霜威两人留下。童霜威观察着叶秋萍。叶秋萍那张马脸上仍旧是苍白中颧骨略略泛出微微的桃红色,两只眼睛也仍使童霜威感到像蛇吐舌头,他那笑容也仍然带着一种冷意。他气色神态很好,是一种政治上得意的样子。童霜威坐定,他递过桌上的三五牌香烟筒来,说:"吸一支吧。"

童霜威无可无不可地抽出一支烟来,让叶秋萍给他擦火柴点上了,说:"秋萍兄,哪天到的?"

叶秋萍也点火吸烟,脸上阴阳怪气,说:"好几天了!我从汉口来的。来之前,见到过不少熟人,像于胡子、居觉生[①]、乐锦涛他们都问候你,还有毕鼎山也问你好!"

童霜威生气地想:你们只是问问好就算了?信却不复!提起毕鼎山,童霜威心里恼恨,想:这个王八蛋!……只听叶秋萍又说:"还有一个人,我偶然见到,你可能想不到吧,他也问你好。"

童霜威说:"谁呀?"

叶秋萍露牙一笑,喷着烟说:"管仲辉,我们的老邻居!他也到了汉口!我早明白:这种人叫他守南京,他是绝不会与城共存亡的。不过,这次是蒋总裁下的撤退命令。他名正言顺跟着唐生智他们早早就丢下军队、百姓撤退了,谁也奈何不得他。"

"他在干什么呢?"童霜威吸着香烟问。

---

① 居觉生:居正,字觉生。

"他能干什么？整天在汉口打打麻将跑跑跳舞厅，倒也忙得很。听说何应钦现在对他也并不好。"

"何敬之现在怎么样？"

叶秋萍鄙夷地笑笑："他既在黄埔系里还有相当潜力，不用他对国内外影响也不好，自然还是让他当军政部长，但他是不敢乱用一个校级以上的人的。他谨慎避嫌，无微不至，总裁喜欢的是陈辞修！"

童霜威不由自主地叹口气，转过话题说："南京给日本人屠杀得太惨了啊！"

叶秋萍点头，说："听说我们潇湘路的房子倒还没有损坏。唉，不在战争中不知道和平的可贵。我们做邻居的阶段，白下城①的日子可真是令人怀念啊！"说这话时，他颇有感慨。

童霜威感到这个铁石心肠、铁石手腕的人竟充满了丰富的叙旧情谊，不禁也深深点头。

张洪池突然掀开白门帘进来了，恭敬地问："叶先生，上菜了，好吗？"

叶秋萍看看手表，问童霜威："饿了吧？"见童霜威摇头，他对张洪池说："这样吧，稍微再等一会儿，我同童秘书长谈谈再吃饭。"说着，对童霜威又说："老朋友久不见面，真有一日三秋之叹，今天一定要好好叙叙。"

白门帘一掀，张洪池的身影又消失了。窗外，蓝天上的鸽哨声又"呜——呜——"传来。

童霜威把话续下去，问："九江弃守后，看来日军是要溯江向武汉进攻了，武汉人心还安定否？"

叶秋萍又换上一支香烟吸，说："武汉被炸得更频繁了，机关正在加紧向重庆疏散。为了保卫大武汉，民心倒是热烈的。"

---

① 白下城：南京又名白下。

童霜威将烟蒂撳灭,不满足地问:"共产党在那儿怎么样?"

叶秋萍喷着烟阴阳怪气地说:"国民参政会有了他们七个参政员!二百名参政员中四分之三是我党的同志,其他各党各派和无党无派人士,包括共产党只占四分之一。我们国民党临时全国代表大会四月开会制定的《抗战建国纲领》说得很清楚:'国家至上,民族至上;军事第一,胜利第一;意志集中,力量集中!'反正,一切要集中于国民党!在武汉,他们也热衷于组织什么献金、慰劳。第三厅的一些所谓文化人实际夹杂着些共产党,也在组织什么演剧队、战地文化服务团,还想霸占宣传阵地,办他们的报纸杂志,大吹大擂。这都是他们的拿手好戏。可是,他们并不能为所欲为!可怕的,并不是在我们手掌中的这些活动!"

童霜威担心他会提到冯村,可是叶秋萍却没有提。

童霜威问:"可怕的是什么呢?"

"是在敌占区和他们控制地区里的活动。谁要是看不到这一点,谁就是没有眼光。新四军已经进至南京、镇江苏南地区;八路军在晋、冀、鲁、豫都占了大片地区,像滚雪球似的,共产党用抗战的名义,招兵买马。我们丢失的地方,他们去占据,将来如何得了?总裁对这一点是深为忧虑的!"

童霜威想:是呀,我在黄祁处陆续借来的报纸杂志上早看到过这些消息。看来,都是事实呀!但为什么我们国民党的军队老是吃败仗,"转进"又"转进",不能学学人家共产党呢?……

他正在想,叶秋萍突然话题一转,说:"啸天兄,你我知己,我这次来香港,有件事想找你出面办一办!"

童霜威心里想:他说"有要事相商",葫芦里卖的什么药呢?心情有点紧张,他不喜欢同叶秋萍这类人打交道,脸上装得平静地笑着说:"秋萍兄,什么事呀?"

叶秋萍撳灭半支烟丢进烟灰缸,喝了一口茶,笑容满面:"啸天兄,你是我党的老同志了!我们都应当为党和国家承担兴亡之责,这是无须赘言的。我知道你到香港,又知道你在香港深居简出,我就想到:应当把这件机密告诉你,让你参与,为党国出力!"

海边有"哗—哗—"的潮声传来,似在传达一种难以形容的情意。

童霜威抬头正眼看着叶秋萍,面临的事从天而降,他很不愿意知道叶秋萍这类人物的什么"机密":太出人意料了,什么机密呢?

叶秋萍掏出手帕擤鼻涕,说:"你一定会问:是什么机密?我坦率地对你说,你不必问我是代表谁来香港办这件事的。我不说你也会明白:我来,是想通过你的出面活动同日本方面取得联系,铺一条路,搭一座桥梁。"

童霜威更惊呆了:日本人和知托我穿针引线铺路搭桥,怎么你叶秋萍也来托我铺路搭桥穿针引线?忍不住说:"这事……我干……合适吗?"

"当然合适!太合适了!"叶秋萍拍拍童霜威的手说,"啸天兄,你是日本留学生,可是,你又不是出名的亲日派。你同日本方面容易取得联系,可是不会引人注目。况且,日本人尊敬的可能倒不是那种一向亲日的日本留学生。而且,你这种对抗战基本拥护的日本留学生,无派无系,却有你的地位和声望,甚至有你在法学界的学术地位。你现在又没有公开的政府职务,更重要的是,我们了解到:日方也想试探通过你来穿针引线、铺路搭桥!"

童霜威吸着烟想:看来,我在香港的一举一动,他们都在监视着呢!难道张洪池去季尚铭家和到"六国饭店"活动,都是为了做情报工作,在窥察我和其他人的行动?谁知道呢?我也不想管这些!又想,自从德国大使陶德曼一再在中日之间拉皮条搞和议失败后,怎么现在政府又这么热衷于和平了呢?

正想着,叶秋萍又说:"原来,日本声明过:讲和不以国民政府和蒋委员长为对手,其实是大讹特讹了!军政大权,完全操在老头子手上嘛,别人是毫无实力的。这点,陶德曼清楚,德国劝告了日本,所以宇垣一成外相上台后,就取消了不承认以国民政府为对手的宣言。从这出发,可以听听他们的条件嘛!无论如何,日军的威胁是事实,共产党势力的扩张也是事实。对我们来说,不能不注意残酷的现实,中日以兵戎相见,实属不幸!这实际是萁豆相煎,恢复战前态势岂不是好!"

海上远处,与海平线相接处,有一道明亮的光的长带,是太阳反射于天际的光焰,使云彩变幻多端。

童霜威眼望着海上,喷着烟想:真是交了华盖运了!什么好事都沾不到我,偏叫这些事都降临到我头上来了!日本人找我,我觉得那是汉奸行为,不能干!现在,你叶秋萍也来找我,你的后台是谁?你不说也是明摆在那里!但我能去同日本人勾勾搭搭吗?我能干这种事吗?再说,你们这种干特工的我又不是不了解,你们向来办事是心毒手辣,得了利有了好处是你们自己的;出了事犯了忌就拿人开刀做替死鬼。想叫我为你们火中取栗吗?我才不干这种洗不清的诡秘勾当呢!

他心里不平静地想着,脸上强忍住烦恼,不露声色,说:"目前,抗战呼声正高,如此去做有必要吗?是时机吗?不会遭到反对吗?"

叶秋萍正要说话,张洪池一掀白布门帘,伸头说:"是不是让他们上菜了?"

他来得太不是时候,正是叶秋萍谈到紧要处,他来干扰,叶秋萍大不高兴,把手一挥,像打发叫花子似的说:"走!……"声音凶恶,刚才温文尔雅的表情一下子都不见了。吓得张洪池放下白布门帘,狠狠地赶快退出,像条夹尾巴的丧家犬似的。

童霜威打了个寒噤,心想:他们这种干特务的,都是"两面国"

的人物。张洪池平时像个"无冕之王"似的胡作非为,见到叶秋萍像耗子见了猫;叶秋萍平时轻声细语像个文弱书生,翻脸马上像个杀人不眨眼的凶神。鬼神还是敬而远之的好呀!心里想着,耳里只听叶秋萍说:"中日之间,打了一年多了,双方都未宣战,日本只说是'事变',这就容易转圜。一年多来,损失太大了!你我也都深受战争之苦。所谓抗战呼声之高,主要是共产党在大声疾呼煽动群众。正因如此,更应考虑防共的问题。在这点上,中日利益一致,可以谈得拢的。目前,武汉在我们手中,日本要拿武汉,总要付出代价;我们要保卫武汉,也要付出牺牲。双方能平心静气探讨和平条件,目前自然是个时机。"

童霜威心里为难,叶秋萍历来办事,总是一种居高临下的姿态,仿佛人皆为他所用。这次虽然装得亲热、温和而且尊重,实际也还是一种指挥者的姿态,使童霜威反感。童霜威也忘不了前年十二月西安事变时,叶秋萍的夜访,以及后来的倨傲。那次,童霜威是用一种太极拳式的手段把他对付过去了。今天,怎么办呢?心想:季尚铭家的情况,看来,叶秋萍派去的耳目——张洪池全都会报告他的,自己也不必避讳了,就故作直率地说:"我在此地,因为张洪池的关系,认识了个富商季尚铭……"

叶秋萍点头笑笑,吸着烟说:"我知道。"

童霜威心里打着算盘说:"萧隆吉,想来你是知道的。我在想,他做这件事倒是比我合适。他常在季尚铭家打牌。他一定有这方面的路数。"

叶秋萍把头摇得像个货郎鼓,说:"你有所不知,萧隆吉确确实实是与日方有接触的。他过去在华北时与日方少壮派军人有密切联系。这次来香港之前,在汉口见过某公,某公对他面授过机宜。这些,某公也不是私自办的,曾向最高当局汇报过,认为可以商量,谈判原则也是上边定了交给他的。但他来后,沟通和议的事进展迟缓,更重要的是,他是为另一条线来干这种事的。他们来进行这件事,我们不放心。这件事应当由我们这条线来干!这我已对你把话挑得明明白白了。你看如何?"

童霜威恍然大悟,想:原来如此!这是你怕媾和的事被别人抢了头功呀!可是,我为什么要出面同日本侵略者勾搭为你卖力呢?又想:不过,那个日本人何之蓝,也就是和知少将,既然有了萧隆吉挂钩,为什么又要找我来穿针引线呢?想到这里,正要把心里的疑问提出来,不料叶秋萍已经说了:"啸天兄,据我所知,日本军部派和知少将到香港组织了以'蓝机关'为代号的华南特务机关,主要就是为了沟通中日和议。他们一会儿不以蒋为和谈对手,一会儿又可以以蒋为谈判对手。提的条件,坚持必须首先承认伪满洲国,甚至还提出过要蒋先生下野的无理要求。此一时,彼一时,但是,总裁的底牌是:希望日方恢复'卢沟桥事变'前的状态,日军分期从中国撤退,而以中日共同防共、中日经济提携为交换条件。满洲问题则暂时搁置不谈,这就一时很难谈拢。"

童霜威脸上又露出一种尴尬的表情来了,他厌恶叶秋萍说话时脸上露出的独断独行的表情,点头说:"是呀,我看,很难谈拢!"

叶秋萍以劝解的语调说:"啸天兄,我不是那意思!只要谈,总是慢慢会谈得拢的。尤其是你谈,比萧隆吉这种老牌著名的亲日派不同,更容易谈拢,也使对方有面目一新的感觉。为什么和知又会找你?因为日方也不轻信某一个人,绝不在一棵树上吊死。他们想打开多条渠道,搭起多座桥梁,取得多项成果。我可以告诉你,除了萧隆吉,除了我们在办,汪精卫、何应钦、孔祥熙他们都有亲信在香港活动,进行秘密外交。"

童霜威颇受启发,说:"啊,那,谢元嵩,他?……还有谌有谊、高无量……"

叶秋萍点头笑笑,说:"香港可不是个简简单单的地方啊!也正好有香港这么个场合，可以起内地任何地方无法起到的作用，这是一间后客厅，在这里可以从从容容地谈。啸天兄，你来此做寓公时间也不短了，我可以给你找个好住处，开支一切均不用你操心。在这件事上你尽了力，对党国的贡献就大了。"

童霜威心里想：这件事我是干不得的。我不想沾日本人，也不想沾你们干特务的。心里又怕得罪叶秋萍，说："秋萍兄，承蒙厚爱，理当效劳，但这种事非我之所长，生怕有负厚望。"

叶秋萍摆着手说："不不不，啸天兄，只要你肯办，一定能办好，我让张洪池供你差遣，暗中我们也有人保护你的。"

童霜威想：派些特务监视我罢了！笑着打断他的话说："再说，我最近血压高，心脏常感不适，所以深居简出，很怕交际应酬。"说这话时，心想：万不得已，我生一场政治病找个医院住住院避开一切算了，要省掉多少麻烦事！想到这里，装作头晕的模样，说："同你谈了这么一会儿，头就发晕，心里也发闷。我想，此事待我仔细考虑考虑从长计议如何？"

叶秋萍脸色陡地显得十分难看，也自克制住，将烟蒂扔进痰盂，说："啸天兄，为挽救现局，衷心希望你能为和平奔走。你就勉为其难吧！"

童霜威软绵绵打太极拳似的说："其实，秋萍兄，我这一向来，闲居无事，也常琢磨时局，我同意报上这样一种看法：欧洲局势现在因捷克问题而趋于紧张，英德之间的战争迟早会要爆发。如果爆发，法、苏、美三国势必也要先后卷入。如果欧洲战争爆发，由于德、意、日的结盟，中日战争就会与欧洲战争合流，演变为第二次世界大战。第二次世界大战既然爆发，中国站在美、英、法、苏四大强国一边，就可因人成事取得最后胜利。目前，可以不必急于同日本人媾和，应当……"

叶秋萍摇头说："英国一贯对德国采取绥靖政策，张伯伦夹着洋伞飞来飞去,我看他是不敢同希特勒决一雌雄的。"

童霜威明白叶秋萍的决心已定,自己是无法改变他的主意的,提醒地说:"这样做不会影响蒋先生的名声吧?本月初,他还否认有各国调停之事。那……"

叶秋萍不以为然地微愠着说:"这同各国调停之事有区别。正因如此,才需要你这样的老同志来做这种事了!共党现在高唱要持久抗战,再打下去,势必失地更多,死人更多,损失更大。他们的消息很灵通,他们的人常如水银泻地无孔不入。对了,啸天兄,你以前那个秘书,姓冯的,听说现在也左得很,很可能也是共党分子哩!你要小心,我对你办这件事,只有一个要求,就是要秘密!你必须特别谨慎,如果一旦泄露机密,我们是要否认的。"

童霜威暗忖:是呀,冤大头的事,你叫我来干,混账之至!他准备以此为扶梯好下台阶,仍用软功,笑着说:"秋萍兄,这件事干系太大,听你一说,吓得我不敢问津了!我向来谨小慎微,只求四平八稳,不求出人头地。可以著书立说,不能纵横捭阖。今日我们相聚,就算叙叙旧谊,能在香港见面,也自难得。你就不要逼我太甚吧!"

叶秋萍心里不满,又不好生气发火,只得说:"对对对,该吃饭了!香港仔的海鲜是很出名的。我们今天可以浮一大白,叙叙旧。不过,刚才说的事,你考虑考虑以后,还是答应的好。我是寄予厚望的。"说着,对房外叫了一声:"来人!"

童霜威哈哈笑着点头,说:"心脏和血压都不好,喝不得酒,我就菜陪了!"他这是为自己决心装病作好铺垫。说到这里,见张洪池一掀白布门帘露脸了,叶秋萍做了个手势说:"上菜!"

穿白衣黑裤的女侍,马上来摆酒上菜。

叶秋萍对张洪池说:"你也来!"

张洪池受宠若惊,点头坐下,开始斟酒。

叶秋萍不再说话。童霜威也不再说话。朝海的窗户外,蓝色的海水晃动,海上的一只挂着破布帆的大木船在缓缓起伏驶行。

童霜威默默忽有感触:海是雄壮美丽的,晴朗的天气,海上有五色渲染的云彩,白云像镶嵌在蓝天上;暴风雨天气,电闪雷鸣向海面逼来,海上常是埋葬船舶的坟场。……他也不知道自己为什么此时会有这些想法。叶秋萍在劝酒敬菜。他闷闷夹着一盘炒香螺片吃,香螺片很鲜嫩,滋味极妙。他心里忐忑不安,想:人生真是常有奇遇!想不到来到香港,先有日本人和知来找,现在又有叶秋萍来找,异曲而同工,这算是什么勾当?……

他夹杂着气愤、烦恼,也夹杂着懊丧与灰心,想:人生,真是像在激流中游泳,被卷进漩涡的机会太多了!人生也真是时时会面临选择的考验。其实,我已是老于世故的人了,不能走的路我是坚决不走的,不能干的事我也是坚决不干的!

张洪池也在往他的碟子里敬菜,是番茄酱烹虾段。"香港仔"海鲜馆的菜肴从气派上说比季尚铭公馆差得太多,从滋味上说,确实有独到之处。

叶秋萍举杯邀酒:"啸天兄,喝一点!希望你俯允所请,能沟通沟通!"

童霜威勉强举了举杯,笑着敷衍:"我就象征性地奉陪吧。心脏血压实在耐不得酒了!"对叶秋萍的后一句话未予置理。

他下了决心:回去后就假装患病住院,拿这个挡箭牌来推卸掉这件飞来的挠头"差使"!

三

从"香港仔"回来,童霜威本想装病,以此来推脱掉叶秋萍的要求,谁知回来以后,竟真的病倒了:血压升高,手脚冰凉,头晕目眩,心里发慌。低压一下子升到了一百二十,高压升到了一百八十。先是把在"香港仔"吃的海鲜全呕吐了出来,接着,就躺倒不想起床了。下午家霆回家,吓得心里"怦怦"跳,忙去找附近一家私人诊所的钱医生来出急诊。钱医生是个英国留学生,提个出诊箱带了听诊器、血压表等来后,一量血压,说:"血压太高,要好好注意卧床休息!……"接着,少不了又要到他诊所里验血,透视心脏……开了一批药品服用,敲了一笔竹杠。

本来,童霜威想假装生病,找个私人医院住住,好回绝叶秋萍。既是真的病了,去住私人医院又贵又不方便,就决定在家休息治疗。

过去,童霜威血压曾经有时偏高,也服过降压药物,每每只要服了药血压很快会降下来。这次,可能同心情紧张、焦灼或胆固醇过高有关,再或是不适应香港潮热的气候,血压升高了竟降不下来。童霜威老是觉得身上不适,头晕,有时头颅好像劈开似的疼痛,嘴里又苦又涩。

身体上受到折磨,心理上却有点欣慰:此时真的生了病,倒是帮了大忙,可以解脱叶秋萍的纠缠了。果然,张洪池第二天就来了,显然是来替叶秋萍讨回音的。

童霜威打发他说:"不行啊,我病了!昨天我就说过我人不舒服。我这一病,短期是好不了的!只能静养,不能烦心。请如实为我转告叶先生吧!"

看到童霜威确实病了,床边放着印度的"寿比南"、德国拜耳的"利血平"等等,张洪池当然不好多说什么,坐了一会就走了。

但,三天后,又来了。这第二次来,张洪池带了许多水果、食物来,又提出了叶秋萍的要求。

童霜威仍是摇着头,悲观失望般地说:"不行不行!不要指望我！指望我要误事的！我这病,怕三五个月也好不了！"

　　再隔了十多天,张洪池又第三次来了。童霜威决定用"紧口闭眼法"对付。只说头晕,不能讲话,张洪池也看得出童霜威病情是真,不肯出来为叶秋萍的要求出力也是真,除了提出借五百元的要求外,别的没多说。童霜威没拿钱给他,张洪池心有不释地走了。童霜威心里嘀咕:这混蛋！认识你真是倒霉！他明白:这下子不但是得罪了叶秋萍,也得罪了张洪池了。可是"阎王好见,小鬼难当",为五百元得罪张洪池值得吗？……他决定,如果下次张洪池再来,就借五百元给他,求得个暂时的平安。

　　一个月来,害了病,幸亏有家霆在身边,既靠儿子照顾,也靠儿子排除寂寞。起初二十天,家霆停止了去补习学校上课,整天厮守着父亲,变得似乎更懂事了,处处细心、周到,倒茶、送药、喂饭、读报……他写信告诉在上海的方丽清:爸爸病了！……他静静地坐着,陪着爸爸,让爸爸服了药尽量多睡觉。走起路来,踮着脚尖轻轻地移步。有时,自己拿一张报或一本杂志坐着,看呀看呀。半夜里,总要醒来,看看爸爸,问一声:"喝水吗？"有时,见爸爸精神好一些时,就陪着爸爸谈谈心。

　　近十天,童霜威要家霆去补习学校继续上课。家霆起先不肯,后来,见爸爸确实病情已经减轻了,才答应了。但是,得便总是提前回来。有时回来了,说:"爸爸,我在学校里上着课,忽然感到你在叫我,我就向黄先生说:'我想请假提前回去一下。'黄先生说:'好,你快回去吧！'我就跑回来了。"说这种话时,他那种感情使童霜威内心震动。

　　黄祁有一天抽空来看望过童霜威。童霜威怕他来被张洪池碰到,引起张洪池的注意,很快就催他走了,只是问起他:"你见到过柳忠华吗？"

　　黄祁点头,说:"报社派他到上海去了。听说要去一二个月。

让他采写一个关于上海近况的连载通讯在《港声报》上发表。在港九的上海人很多,都关心孤岛的情况。报纸从生意着眼考虑,发表这样一个连载是很吸引人的。他走得非常匆忙,去后也没来过信。"

现在,童霜威望着窗外想:怪不得忠华自从到报馆去工作后,从未来过。现在我病了,也没来过。他就是在香港,目前我也不希望他来,免得引起张洪池他们注意。童霜威老是有一种预感,觉得很可能张洪池他们,甚至季尚铭和日本人和知他们,都会派人在监视着他。也许有点疑神疑鬼,但谁能说特务机关干不出这样的事呢?在武汉时,因为日机轰炸引起的不安全感,到了香港,现在又开始像鬼影似的笼罩在童霜威心头上了。

二房东太太出现在房门口,问:"童先生,饮唔饮茶?"

童霜威对她笑笑,摇摇头。

这是位好脾气的常带微笑的女人,可惜长得不好看。她虔诚地信着耶稣教,吃饭、睡觉前都能听到她的祷告声,平时很少说话,安静得很,就是脚上拖着木屐有些吵人。饭食,仍由她在操办,听说童霜威血压高,她总是爱做西洋菜鸭肫汤给童霜威喝,说:"清凉的啦!降血压咯!"

二房东太太有时也来同童霜威谈几句,总不外是说生活用品涨价,埋怨二房东先生常常借故不回家,总是在外边胡调、玩女人,还喝酒、赌钱、赌赛马。说香港这地方不好,坏女人太多了,坏朋友和坏去处也太多。童霜威听她谈谈,倒也同情她。但感到:她的苦恼是不好解脱的。她家务劳动繁重,背也微微驼了,两只手粗糙佝偻。她脾气温顺,就是在埋怨郭先生时也是细声细语的。她先生只要回来了,她就加意待候,从不听她吵架责问。童霜威不禁想:唉,方丽清要是像这位二房东太太的脾气,也就好啰!可惜,她自私、吝啬、庸俗、刁钻古怪、目光短浅、无事找事……

半个月前,收到过方丽清一封信,是在收到家霆寄去的信后复来的。信上说:"……知你病,很不放心!本想来港看你,但姆妈最近身体也不好。医生说:血压高只要降下来问题不大。你以前血压也高过,服药后就降了。望快请医生降压!姆妈和雨荪、立荪都说,你还是回上海的好,免得大家心挂两头,也可节省开支。"

童霜威生气地想:她头脑里老是只有她自己!只有钱!只有上海!从不知道为我的政治前途考虑!真是道道地地的妇人之见!

他需要安静,又感到孤独与寂寞,病了以后,寂寞感更重。一寂寞,就会想起死去了的军威,也会想起死去了的柳苇,想起冯村。他将柳苇的照片、军威的遗书都放在那只黑色皮夹内。最初,常翻出来看看。现在,却不愿使自己的情绪波动影响血压的升高,故意避免去拿来看了。他寂寞孤独,想念南京,甚至想到南京潇湘路那七八只书橱和书架上的无数部线装书和洋装书,想到花园里那棵四季桂,想到庄嫂烧的糖醋鱼。

他觉得自己追求过的东西失去得很多,使他懊丧。人生为什么这样捉摸不定?道路为什么总是崎岖不平?

今天,他两眼呆呆望着铁栏杆的窗外。窗外,飘拂着银色的细雨丝。雨,霏霏地下,使人会想起韦庄"江雨霏霏江草齐"的诗句。他尽量使自己什么都不想,可是办不到,最关心的总是摆在眼面前的一个问题:怎么办?住在香港,不安全,麻烦太多。武汉不能去,上海租界上他又不愿去。……天下之大,竟无处可去,无路可走,无计可施了!他只有叹了一口气,又叹一口气。

他想:血压降不下来,同这能没有关系吗?要是谁能为我指点迷津,比给我服用降压药物可有效多了!

他又闭上眼睛,努力使自己排除一切纷扰,使自己能不再思想,进入一种朦胧的状态中去。

外边,雨突然下大了。雨声伴和着远处传来的电车"当当"的铃声、轨道震动声和海上的轮船汽笛声,一起涌进耳中。刹那间,他听到钥匙开门声,二房东太太的木屐刚响,门就开了,他听到家霆那脆亮好听的声音在同二房东太太轻轻招呼,用的是广东话。广东话说得可真有点像广东人说的了。

家霆是他惟一的安慰。儿子回来了,他总是兴奋的。他张望着,家霆已经进房来走近床前了,说:"爸爸,上海有信!"他不说"妈妈有信",说"上海有信",指的就是方丽清的来信。

"好好好!"童霜威接过航空信封来。其实,香港、上海之间,不通飞机,信都是船上邮来的。方丽清老喜欢用红白蓝花边框的航空信封。信封拿在手里,轻飘飘的,童霜威明白:信一定很短!她自从回上海后,从未写过一封长信来。这封信,必然仍是短短的例行公事。

童霜威撕开了信封,抽出信来,一张薄薄的航空信纸,上面写的是:

啸天:

　　病想已痊愈?我一切均好,但极望你下定决心回沪居住。租界上一切都同战前无异,你切勿听信谣言。立荪和雨荪都说这仗要长期打。关于南京潇湘路房子,现由日本兵占住。江怀南在南京办公,很得意,最近要同海上闻人丁筱林之女结婚。本来常来,最近竟不来了。他说有信劝你回来,但未得复,看来是你得罪了他,你应回信才好。你如回来,我想他还是要奉承你,还是会常来的。你还是回来的好!上海物价最近涨了一些,现写一点让你知道。顺问

旅安

丽清

民国二十七年八月九日

下面是一张物价单:西贡米每包二十元,暹罗米每包十八元八角,鸡蛋每元四十个,鸭蛋每元二十个,鲫鱼五角一斤,猪肉三角六分,羊肉四角八分,牛肉三角八分,鸡每只八角——一元二角,鸭一元二角——二元二角。

　　童霜威看了皱眉,一是方丽清开了这笔物价清单使他看了皱眉,这个女人哪,关心的总是钞票!二是信上竟不提一句家霆,也许是她头脑里根本没有家霆,也许是她有意不提家霆。这样的后母!怎么能使家霆对她有感情呢?

　　童霜威又想到了江怀南,眼前出现了江怀南那张既气派又秀气的白净脸。这个无耻的混蛋,看来,他是有心把结婚当作一笔资本用的,要在择偶上获得金钱与地位!现在他是如愿以偿了!海上闻人丁筱林,在上海是有名的青帮头子,在黑社会是有潜势力的大亨。他开设游艺场、舞厅、剧院和赌场,家里仆从如云,雇有保镖。前不久,有的报上说他有同日本军方勾结的征兆,看来,也是做了汉奸了!……江怀南很得意,最近不到方家去了。不去的好!同卖国的汉奸来往干什么?被人知道了对我也不好。丽清要我给他写复信,她真是太糊涂!劝我回上海,我怎么能去呢?

　　想到这里,他深深叹一口气,将信递给家霆,说:"劝我回上海,哼!"

　　家霆接过信去,逐句逐段看了。看完,将信装入信封朝桌上一放,说:"爸爸,江怀南做了汉奸在南京办公了?是跟日本鬼子在一起吧?"

　　童霜威突然想起:上次江怀南来信的事并没有告诉过家霆,也没有把那封信给家霆看过,好在这事并没有瞒儿子的必要,说:"是呀!这个混蛋是做汉奸了!上次他来过信,劝我回南京去!我将信撕了,根本不想复他!"

　　"可是这封信还劝你给他写回信呢!又劝你回上海!爸爸,你千万不要回上海,说什么那儿也是孤岛!"

"是啊,我是不会回去的!"童霜威点头,叹口气,用手帕擦擦汗,说,"你这个母亲,太没有政治头脑了,她就知道精打细算节省钞票。"

家霆热得额上全是汗,鄙夷地说:"爸爸,说实话,我讨厌她!她愚蠢、自私又狠毒!在南京时杀我心爱的鸽子吃,逃难时,她虐待金娣,直到粤汉路上金娣被炸死,使我看穿了她!我对她已经毫无感情。我知道,我这样说,你也许会不高兴。但这是我的心里话,我不愿意骗你!"

童霜威身上也热得淌汗,听了家霆的话汗出得更多。他心里百感交集,用一种无可奈何的目光看着儿子,和稀泥地说:"唉,人总是没有十全十美的,我也知道她对你不好。但是,有什么办法呢?总不能弄得家不像个家呀!"

家霆坐在父亲床边,也叹口气说:"爸爸,我一直在想一个问题:那时,你为什么要同妈妈离婚呢?我没有见过妈妈,冯村舅舅和忠华舅舅都说她好,我也觉得她好!"

童霜威听了儿子的话,心里难受,叹了一口气,半晌才说:"唉,过去的事过去了,一时同你也说不清,说了你也不会懂的。等你将来大了,也许会懂得的。人生,每每是这样,等到我现在这种年岁了,懂的事多了,如果让我再从头开始做人,我可能就会知道怎么做人了。但是,那当然是不可能的事。"说这话时,他心里滋味特殊,不但想起了柳苇生前的一些事和她的死,又想起了柳忠华。他问:"你同你舅舅见过几次面?"

"只见过一次。"家霆坦率地说,"他到黄先生那里,看见了我,对我说:'家霆,我是你舅舅,我叫柳忠华!'……那天,他同我谈得很多。他很有学问。后来,他给报馆派到上海去了。到今天,没见他回来。"

"你们谈了些什么？"

"什么都谈。"家霆抓把扇子扇着风,说,"他问了你和我的情况,要我长大后要像妈妈一样做个爱国的正直的人。我要他多讲点妈妈的事给我听。他说,当时他被捕坐了牢同妈妈不在一起,许多情况不了解,就没有多谈。谈得最多的是抗战。他讲了很多抗战的道理给我听。"

童霜威心里想：唉,人生何其神妙？在两年以前,谁能想到会出现今天这种国共合作的抗战局面？谁又能想到柳忠华会出狱,还能忽而到武汉,忽而到香港,忽而去上海,这么活跃！谁又会料到柳忠华和家霆他们舅甥竟会见面？至于今后,谁又知道会怎样呢？国共关系会怎样？柳忠华会怎样？家霆长大后会怎样？谁知道,谁能说呢？……

想着,想着,他定神地凝望着那扇有着铁栏杆的北窗。窗户外,飘着丝丝细雨,如烟如雾,也不知为什么,心头突然想起一首元人的小令《塞鸿秋》来了：

> 东边路、西边路、南边路。五里铺、七里铺、十里铺。行一步、盼一步、懒一步。霎时间天也暮、日也暮、云也暮,斜阳满地铺,回首生烟雾。兀的不山无数、水无数、情无数。

天气又潮又热又闷,他心头的感情复杂,似乎面临道路的选择,不知所措；又似乎一个长途跋涉者已经十分疲劳,不想往前,又不能退后；又似乎日暮天昏,烟雾障目,看不清前程,望不透远近,心头交织的是一种怅惘空虚的情绪。他懒得再启口,竟闭目养起神来。

家霆见爸爸这样,以为爸爸累了,想休息一会,便不再说话,拿起桌上的一张《南华日报》看起来。就在这时,听到甬道里的敲门声。一会儿,二房东太太在叫："童先生,有客人啦！"

童霜威睁开了眼,家霆说："我去看看！"他马上跑出房去,走到甬道的门边,打开小孔,瞬即喜悦地高声嚷了起来:"啊,舅舅!"

童霜威听清了家霆的话声,知道是柳忠华来了,心里也是一喜,想:啊,他从上海回来了。病得痛苦,闲得无聊,思想苦闷,消息闭塞,使他渴望见到柳忠华,好听他谈谈孤岛见闻和时局去向。

当柳忠华拉着家霆的手进房时,童霜威已经坐起在床上,满面含笑地说:"啊,忠华,你回来了!"

柳忠华气色很好,将被雨淋湿的米黄色风雨衣脱下挂好,只穿一件短袖白衬衫、一条黄咔叽短裤。他走近童霜威床前,掏出手帕拭汗,点头说:"啊,姐夫,你病了?"

家霆懂事地将一把椅子端近床前让舅舅坐下,又去给舅舅泡茶、拿扇子。

童霜威紧握着柳忠华的手说:"这么久没见你,你几时从上海回来的?"他好像今天才发现,柳忠华的两肩是那么宽阔,仿佛他确是一个强有力的能挑起整个生命中艰难重担的人。童霜威欣喜地说:"见你来了,我精神也好了。真想听你谈谈孤岛的见闻哩!"

柳忠华喝着茶摇着扇子说:"你不回孤岛去,是对的。那里是在日寇占领区包围之中,要出租界,过苏州河到华界去,中国人都得向站在外白渡桥桥头两边的日本哨兵弯腰鞠躬!真侮辱人哪!亡国奴的生活,在上海就见到了!从表面上看,除了物价略涨,上海的阔人多数似乎还是像战前在租界上一样地过日子。夜里,南京路、静安寺,仍旧灯红酒绿。舞厅、妓院、影院、餐馆,还是纸醉金迷。但孤岛总是孤岛,逮捕、暗杀的事不少,人们在敌伪威胁下度日。简单来概括上海,那就是:爱国者在作庄严的战斗,魑魅魍魉在为非作歹,奸商大发国难财,醉生梦死的富人依然歌舞升平,穷苦老百姓水深火热。我打算好好在报上写一写哩!"

他说到这里,童霜威问:"你准备写些什么?怎么写?"

柳忠华用手比画着说:"任务是要写十至二十篇《孤岛散记》,

逐日在报上发表,每篇三千字,像个连载。老板要我写香港的人们最关心的有关上海的问题。这当然是吸引人的,有利于报纸的发行和影响。我在上海时,已经动手写了几篇,回来后续写。明天开始,《港声报》就要陆续发表了。以后,我找机会送给你看!"

童霜威思绪纷繁,忍不住说:"忠华,见你来了,我真高兴,有些心里话不禁想同你谈谈。我现在患病是真,但主要还是心病。我的处境很艰难,也很奇特。"说着,将叶秋萍找他的事一五一十地说了。

柳忠华仔细认真地听着他讲,有点愤激地点头说:"姐夫,这件事你处理得很对。我今天刚收到由汉口寄来的一份《新华日报》。你看看这条消息。"

童霜威一看,报上一条"本报重庆消息",标题是:

警惕投降派破坏抗战阵营
——国民党中常委冯玉祥向本报记者发表谈话

内容是说国民党中常委冯玉祥氏在重庆指责:"有人在香港借和平运动,阴谋破坏抗战阵营。"

童霜威看完,心里不禁想起上次同柳忠华见面时,柳忠华说过的话。他想:谁知这是不是我当时提供了那些情况,忠华传到重庆那边去的呢?想着,说:"让冯玉祥放一炮也好,只是,事实上用处恐怕不大。今非昔比,他现在没有兵权和实力!"

柳忠华点头说:"天下没有一劳永逸的事。使人民警惕起来,反对他们这样做,他们也就只敢偷偷摸摸幕后交易,不敢放肆地为所欲为了!"

厨房里继续飘来油煎鲞鱼的香味。家霆刚刚出去告诉房东太太多办一些菜和饭,这时又进房来了,懂事地对柳忠华说:"小舅,你在这吃中饭。"说完,仍静静地坐在一边听着爸爸和舅舅谈话,两只眼晶晶地发亮。

童霜威急切地问:"忠华,你对这大局的看法如何?"他嫌闷热,将白府绸衬衫的纽扣解开了。

柳忠华扇着扇子"噗噗"地响,说:"上次,我谈过:中国的出路,当务之急是挽救国家民族存亡的抗战问题。抗战的胜败,关键在于能不能坚持到底,能不能坚持到底,要看国共两党能不能保持团结合作。抗战要胜利,将是一场持久战。现在,抗战将步入一个相持阶段。取得胜利的正确道路在于团结,在于进步!依靠人民群众!中国幅员广大,要依靠乡村战胜城市。八路军和新四军正在这样做!"

童霜威全神贯注地听着,听完,思索了半晌,点头说:"你说得对!但是,你说将步入相持阶段,而事实上,日寇还在节节推进,我担心广州、武汉迟早都要失守呢。"

柳忠华充满信心地说:"所谓相持阶段,是从全局来看的。一城一地的得失,问题不大,我们要有信心!从全局看,日寇想速战速决灭掉中国或打败中国,它办不到!对峙的局面已经逐渐形成。他战线越是拉长,兵力越是不足,相持的局面也就越是改变不了。"说到这里,他看看家霆,笑着说:"家霆,你听得这么专心致志,懂吗?"

家霆笑了,露出一口洁白整齐的牙齿,两只眼睛亮晶晶的,点头说:"懂!我已经十六岁了!"

童霜威和柳忠华也都笑了。童霜威感慨地说:"战争年代,容易使十六岁的孩子懂得二十六岁时才懂的事啊!"

柳忠华欣慰地说:"中国的希望总在青年和少年们的身上。我曾想过:家霆如果还在南京做小少爷,在潇湘路过那种少爷过的享福生活,说不定对他一生的成长很不利呢!倒是现在,战争年代,他经受了些风霜,吃过些苦头,看到些世事,会在人生的道路上有所得益。"

他的话说得有些哲理。童霜威微微点头,家霆也思索起来。

这时,穿木屐的二房东太太带着笑容端着木盘出现在房门口了,说:"食饭!"她把"食"字念成"习"字的音,"饭"字念成"番"字的音。二房东郭先生常在外边吃喝嫖赌,回来总板着脸不笑,郭太太在家操劳吃苦,见人总是带着笑。

童霜威从床上起来,说:"谢谢你了!"

家霆和柳忠华也忙着上来帮助二房东太太将木头托盘里的菜碗、饭碗和筷、匙、碟子端放到桌上。二房东太太转身走了,童霜威招呼着柳忠华,说:"忠华,吃饭吧!"

二房东太太的饭蒸得很好,几个广东菜色香味俱佳。柳忠华刚同童霜威和家霆坐下动筷,忽然听到外边甬道里响起了敲门声。童霜威捧起饭碗,心里一惊,警惕地听着。家霆已经机灵地放下饭碗跑出房外去了。柳忠华也停止吃饭,注意到童霜威脸上紧张的神色。听到家霆在那里轻声同二房东太太不知说些什么,一会儿进来了,紧张地压着嗓子说:"爸爸,那个坏蛋张洪池又来了!"

童霜威脸色一白又一红,紧张起来,瞪眼考虑了一下,立即对柳忠华说:"就是我对你说过的那个中央社记者张洪池。要注意提防他!"又对家霆说:"快!开门陪他进来!"

柳忠华将刚才给童霜威看的那份《新华日报》折好仍塞进裤袋。家霆刚出去一会儿,就陪着张洪池进来了。外边仍在下雨,张洪池的风雨衣湿漉漉的。一进房,他那两只老是像在生气的眼睛瞅瞅柳忠华,又瞅瞅童霜威,说:"啊,童秘书长,正在吃饭?"

童霜威同他握手,说:"吃饭没有?没吃,在这便饭吧。"

家霆见张洪池身上湿漉漉地滴水,说:"请把雨衣脱下,我给你挂到外边衣架上去。"

张洪池大迈迈地脱下雨衣递给家霆去挂,摇摇头,在一边椅子上坐下,说:"吃了,吃了!"见童霜威没为他介绍柳忠华,向柳忠华自我介绍说:"鄙人张洪池!"说着,递过去一张布纹纸名片,自己又掏出手帕来拭汗。

童霜威似乎疲倦地用手搓着眼睛和脸,招呼着柳忠华说:"吃饭,吃饭!"又搭讪地同张洪池说:"洪池,有什么事吗?"

张洪池说:"秘书长身体好像不错了?"

"今天略微好一点,但还不行。"

张洪池从桌上香烟筒里自己抽出一支香烟来,慢悠悠点火吸烟,扇着扇子,说:"有个人来了,我特地来给你报个信的。"

童霜威嚼着饭,问:"谁来了?"

张洪池脸上似笑非笑,喷着烟说:"管仲辉!"

"管仲辉?"童霜威停止吃饭,完全出于意外。家霆也瞪眼看着张洪池。

"他从汉口飞来。"张洪池一枝一瓣地说,"昨天才到,下榻高罗士打行,三楼210室。"

童霜威搛着橄榄菜炒叉烧肉,问:"他来干什么?"由于叶秋萍和管仲辉是针尖对麦芒,他不愿表露自己对管仲辉那种亲切的感情。

张洪池吸着烟,言外有音地说:"谁知道呢?要人们总是带点神秘色彩的,香港又是个神秘的地方。谁知他来干什么?"说完,吸一口烟摇着扇又说:"我在高罗士打行见到他时,告诉他您在这儿,他托我带口信给你。你们在南京时跟叶先生不都是邻居吗?"

童霜威点头不胜今昔地说:"是啊,那时,玄武门内潇湘路就我们三户人家!"说起这话时,他不禁想到西安事变时的那些戏剧性的旧事和情景来了,心里烦躁,摸出手帕拭汗。

柳忠华始终在闷头吃饭,夹鱼喝汤。他察觉张洪池老是在用两只带邪气的眼瞄着他,吃完一碗饭,不想再吃,放下筷子,坐在一旁,看着家霆吃饭。

张洪池抽人家的烟总是抽到半支就扔了,换上一支烟忽然说:"啊,脸怎么有点熟呢?"他摇着扇子对着柳忠华说:"我们好像在哪里见过面的?贵姓?"

柳忠华平静地答了一个字:"柳!"

张洪池喷着烟问:"在哪里得意?"忽然紧接着说:"啊,我想起来了!你找过谢元嵩,是不是?"

童霜威心里一惊,胁下冒汗,故布疑阵地说:"他跟这里的二房东先生认识,所以我们也认识了。……"说着,感到自己其实大可不必这样说。

家霆虽在吃饭,心里也紧张。只见柳忠华抢先笑着说:"啊呀,对对对,张先生你记性真好!"

张洪池又笑一笑,用两只生气似的眼睛瞅着柳忠华说:"我明白了!你是被派到上海去刚回来的吧?"

柳忠华平静地笑笑,说:"对,你怎么知道的?"

童霜威用手帕擦脸上的汗,解释地说:"你来之前,我正在问他关于上海的近况呢。"

张洪池侧脸吸着烟问:"上海的情况怎么样?"

柳忠华不愿正面回答,依然好像带三分玩笑似的说:"同行之间,哈哈……明天起,我的一些关于孤岛见闻的通讯将在鄙报发表,张先生看后多指教吧。"

张洪池碰了个软钉子,似乎明白谈下去也不得要领,见童霜威和家霆都已吃完饭,便面向着童霜威说:"童秘书长,今天我又特地来,还是为了那件事讨个回音!"

童霜威摇摇头,说:"我病了……"

张洪池笑笑,笑得邪恶得很,扇着扇子说:"我看你身体好多了。其实,老闷在家里也不好,还是该出外活动活动。"

童霜威心情沉重,故意叹口气,说:"我也不想老躺在床上,只是身体不好,血压太高,心脏又常不适,只想静,不想动,不宜用脑,不宜烦心。你回去对叶先生说,我同他是知交,谢谢他的好意,我还是那些老话,不重复了!"

张洪池用两个手指捏灭烟蒂,也不怕烫,说:"童秘书长还是再考虑考虑的好。"

童霜威摇头,说:"其实,那事我是干不了的。香港能人多,有的人既适合干又愿意干,该找这样的人。"他说这话时十分坚决,态度和语气使人觉得不可改变他的决定。

他俩当着柳忠华和家霆的面谈这些话,好似在打哑谜。不知内情的人听不明白头绪,柳忠华和家霆听了,却清清楚楚知道是怎么回事。

张洪池似乎了解事情无望了,说:"那,童秘书长,我走了!天太热,我要去冲凉了。"他放下了纸扇,要走。

童霜威怕太得罪了他,语气平和地说:"洪池,你到内房来一下,我有句话对你说。"说着,起身往内房走。

张洪池紧绷着脸跟着童霜威进房。只见童霜威悄声说:"洪池,你对我一向都好。我生病也蒙你常来探望。我一直感激。这件事上,你给我好好说说,请一定把我的意思带到。我这里……"说着,他去拉开一只小橱的抽屉,将一只装有五百元港币的信封拿出来,塞到张洪池的派力司西装上衣口袋中,说:"早依你说的数字准备了!"

张洪池也不推让,懒洋洋地说了一个字:"行!"补说了一句:"叶先生明天回武汉了。"似乎这一句话就是对童霜威的酬答。又说:"我走了!"他走到外间房里,也不同柳忠华打招呼,只对童霜威说:"再见!"

童霜威说:"家霆,送送客人!"

家霆陪张洪池出去。张洪池从衣架上拿风雨衣出门。家霆送走他,关上门走进房来,说:"这家伙真坏!"

柳忠华说:"干这一行的都这样。"

童霜威有点顾忌和忧虑地说:"你被他认出来了!"

柳忠华笑笑摇头,说:"那倒无妨!我过去的事,在香港只有你和个别人知道。他无奈我何!"

童霜威叮嘱说:"谨慎点好!"

柳忠华点点头说:"别为我担心。说实话,我对你的安全倒有些担心了!"

童霜威气闷,额上冒汗,叹口气说:"是啊,我自己也曾想过,我得罪了日本人,也得罪了叶秋萍他们,谁知会怎样?但,怎么办呢?叶秋萍可能还不要紧,日本人就难说了。"

柳忠华皱着眉也感到为难,说:"至少,暂时最好避一避。比如,你是不是再搬一次家?找个比较秘密的地方隐蔽一下?"

童霜威一脸无奈,说:"战争不知还要打多久,整天不出去,也不是个事呀!我不出去,家霆也还是要出去的。他不能不补习功课,也不能整天猫在家里。"

柳忠华额上露出刀刻的深纹,点头说:"是呀,的确是个难解决的问题。那么,你就再'病'他一段时间,再观察观察。"说着,他朝北窗外望。外边,雨已停歇,那群鸽子又在低低转圈子飞翔了。柳忠华看着鸽群的飞翔,似自言自语地说:"天空,是该让鸽子尽情翱翔的。可是,战争的阴云在天空流荡,疾风暴雨,鸽子也就飞不起来了!……"

他想说的是什么意思呢?童霜威和家霆都没听真切,也没理解。只见他说:"我该走了,姐夫,身体多保重!还是尽量少出去或不出去吧。"

童霜威点头,说:"我感到身体好多了。尤其今天同你谈谈,心里痛快不少。要是有空,常来谈谈吧。我太闭塞了!"

柳忠华点头说好,要去拿风雨衣。家霆亲热地说:"舅舅,我送你!"

　　他陪柳忠华走出去,下楼一直将舅舅送到街上,直到看不见舅舅的背影了,才留恋地回来。在他这种年龄,对人生总是会涂上许多幻想的色彩,对未来也总是寄托了许多期待的。对这个舅舅,自然更有他自己独特的崇拜与敬重。

四

　　上午九点半,皇后大道高罗士打行三楼上,铺着鼠灰色、宝蓝色或褐红色地毯的华丽宽敞的营业大厅里,安静得悄悄无声。

　　紫红色的帷幕将大厅隔成一间间供高贵仕女们喝可可、咖啡等饮料的雅座。窗上,半挂着蜜色透明的网孔纱帘,胡桃木的低矮流线型沙发,配着雅致光亮的苹果木桌几,形成一种雍容华贵的气势。

　　十月底的天气,香港气候宜人。桌上有瓶插的鲜花,色彩缤纷。从外边进来,感到芬芳清爽。这里,从摆设到人物,都闪耀着浓郁的异国情调。有金发披肩袒胸露背美丽得惊人的欧洲贵妇人和名演员,有穿各色西装打着领带和领结的西方绅士、富商,有美洲的船长和阿拉伯的酋长,也有衣冠楚楚的东洋外交官和高等华人……皮鞋踩在地毯上悄然无声,坐在小沙发上喝着饮料的人,互相谈话是用那种高雅的最低的声音,轻不可闻。人虽然很多,却被帷幕分隔遮掩着,并不一目了然。穿白衣戴红色圆帽的仆欧托着银盘,轻巧敏捷地在走动。推着装满各式西点的奶油色四轮分层金属小车的女侍,轻盈缓慢地推着车,从这间厅室走到那间厅室,从这一桌走到那一桌,随着客人指点,用银光闪亮的夹子将各色各式的西点夹到洁白有花边的瓷盘里,端放在桌上供客人食用。

隔日,童霜威同管仲辉通了电话后,约定今晨九时半在高罗士打行见面谈心。

童霜威穿一件灰色毛料夹长袍准时如约来到高罗士打行。摸出金怀表,正是九点半。坐电梯上了三楼,看到大厅进口处一排镀镍的"吃角子老虎"①前,有几个男女,正在把硬币往投币孔里塞,然后摇动机器的钢制手柄。但只见塞钱进去,不见有钱币"哗啦啦"吐出来。童霜威走到铺着拼花长毛绒地毯的左边厅室。这里有丝绸帷幕和色彩雅致的屏风将金色雕花的座位分隔开。童霜威抬头张望,见靠窗的一侧,管仲辉果然菩萨似的坐在一张小沙发上。那是一个双人座位。管仲辉对面的小沙发空着。童霜威走上前去,管仲辉看见了,马上站起身来满面含笑地欢迎。

两人亲切热烈地握手,各自在小沙发上坐下。

刚坐定,穿白衣戴红色圆帽的西崽就来了,彬彬有礼地用银盘送上印着中英文的饮料食谱卡。管仲辉接过来,点了一壶可可,两杯柠檬汁,西崽微微鞠着躬转身走了。

管仲辉穿的是一套深灰色毛料西装,白衬衫上打了个松散的银色黑花点领带。他脸色红润,秃了的头顶闪闪发亮。童霜威感到他比在南京最后一次见到他时,显得胖了。虽然穿的西装,也蒙盖不住他的军人气概。

童霜威暗忖:人说他是福将,一点不错! 西安事变后那阵子,我以为他要倒霉,却没出大事。保卫首都,我当时以为他说不定要在南京马革裹尸,谁知他竟化险为夷,早早平安逃离了南京。现在,看他这副模样,虽非十分得意,也有五分得意,可见此人非等闲之辈!

---

① 吃角子老虎:一种吞食硬币的赌博机器,投入一枚硬币,有时会泻出数十枚硬币,有时却投入几十枚硬币也毫无反响。

童霜威喜欢拿管仲辉同谢元嵩相比。因为他两个都是胖子，两人每逢见面也都一样热情。但童霜威觉得管仲辉比谢元嵩坦率诚恳得多。同谢元嵩相交，心里要时刻提防别上当吃亏。谢元嵩面上好像大大咧咧，实际精于计算非常狡猾。谢元嵩有时也肯帮朋友的忙，分点他的利益给你。但要在不损害他的利益的条件下或有利于他自己的条件下才办。管仲辉则不，他虽然也多计谋和韬略，对朋友有时能表现得很热心，颇讲一点江湖义气。同他相交，一般是不必提防他来给你暗亏吃的。所以，南京潇湘路的邻居在香港客地相逢，童霜威确有一种旧雨重逢渴思畅叙的心情壅塞心头了。

童霜威笑着说："慎之兄，一别经年，真是常常想念啊！"说这话时，他不禁想：现实生活真像个神秘的魔术师，什么出乎意外的事它变不出来呢？

管仲辉红光满面，咧嘴笑着，说："啸天兄，彼此彼此！大约两个月前，我到香港，听一个中央社记者张洪池说你在港，又听说你病了，本要看望你。但接着因急事去广州、武汉了，奔波忙碌，到这次来，才能见面，真想好好谈谈。我们先在这里坐坐。到十二点钟时，一起出外吃中饭。"

童霜威点头，说："好好好！"又叹口气："唉，九天前，我们不战而放弃了广州，五天前，又弃守武汉三镇。战局蜩螗，令人焦灼。见到老朋友，真想先谈谈时局啊！"说这话时，他想起了冯村。武汉失守，冯村不知怎么了？

年轻的白衣红帽的西崽，用银盘托着一把镀银可可壶、两套瓷杯和两盏高脚玻璃杯插着麦管的鲜柠檬汁来了，轻轻地将两套瓷杯和碟子放在童霜威和管仲辉面前，又将两杯柠檬汁也在一人面前放了一盏。然后，举起镀银可可壶给童霜威和管仲辉往瓷杯里斟热可可。斟满了，放下银壶，悄然无声地走了。

管仲辉叹口气,连连摇头,说:"是呀,简直糟透了!这下,广州、武汉我都去不成了!去大后方,我只能径飞重庆了!山河破碎,地盘越来越小了啊!"

　　面前那透明的高脚玻璃杯里的鲜柠檬汁,金黄得可爱,每杯里面放了两颗红宝石似的大樱桃,色彩美极了。透过明亮的玻璃窗瞥视出去,可以看到许多高层的大楼,可以看到一幢金顶闪光的建筑,也可以看到一片灰蒙蒙的鳞次栉比的屋群。下边热闹的街道上,有熙熙攘攘的人流,也有衔尾驶行的汽车。

　　管仲辉用桌上方糖罐里的银夹,夹着方糖放进童霜威和自己的可可杯里。童霜威用麦管吮吸了一口柠檬汁,好酸哪!酸得简直难以忍受。鲜柠檬的芬芳却在嘴舌和鼻孔里停留不散。他放下麦管,问:"你现在,在忙些什么呀?老是这么飞来飞去的?"

　　"哈哈,老朋友了,也不怕你见笑。"管仲辉用右手抹抹光头说,"我成了大腹贾了!有几个朋友鞯伙做点生意,在香港办点孟山都糖精、德国拜耳的西药等等,本来从香港运到了广州和汉口倒还有利可图。现在,只能运到重庆去了!你知道,军界我总有些故旧袍泽和门生,什么事都能帮点忙。但有些事,也需我亲自出面。这不,就只能劳劳碌碌飞来飞去了。"

　　童霜威心里想:唉,他也是不得意呀!不禁说:"其实,抗战军兴,国家正在用人之秋。像你这样的军事人才,理应大展抱负。现在却退而经商,实在令人不平!"

　　管仲辉也用麦管吸了一口柠檬汁,皱皱眉头,说:"咄!真酸!可这对身体对血管有好处。啸天兄,听说你血压、心脏都不好,养了几个月病,现在如何了?"

　　童霜威说:"好些了!白乐天诗云:'举眼风光常寂寞,满朝官职独蹉跎。'我现在是想为抗战出力也无从出起,只好宁静以致远,淡泊以明志。"

管仲辉苦笑笑,说:"是呀,你为我不平,我也为你不平。我又何尝对经商有兴趣?被排挤在外,总不能坐吃山空呀!对抗战来说,我是尽了心力的。别的不谈,让我去参加保卫首都守南京,实际是要我去送命。日本人那样残暴,武器精良,南京是能守得住的吗?幸亏我姓管的祖先积德,逃了出来。但只要回想起这段噩梦,我就心惊肉跳,侥幸自己未成为日寇南京大屠杀刀下的冤鬼。为这一点,今天中午,我们就该聚一聚,饮上一杯。你应当庆贺我大难不死!"

谈起南京,童霜威激动,脑海里像被投入一块巨石搅溅起水花来了,叹口气说:"舍弟军威也参加防守南京,已经牺牲了!"说着,语气表情黯然。

管仲辉连连点头,不禁想起了在撤离南京前同童军威见面谈话的那个夜晚。那晚,在烛光下,他劝童军威收下特别通行证找套便衣逃走。童军威说:"……我已经决定不想活了!我要面对日本侵略者,用我的鲜血换敌人的鲜血!我绝不愿意在此时此地,做一个逃兵!"

想着这些,他惋惜地说:"是啊!战争与和平始终是人类生存和发展史上最重大的一个问题。没有经历过战争的人,是无法真正理解战争的残酷性的。令弟,是一位爱国的好青年,一位真正的军人!我想见见你,也是想把我同他在南京危城中见面的一段经过告诉你。"

"你们在南京当时见过面?"童霜威急切地问。

管仲辉点头,把守南京危城时,在潇湘路见到童军威的那一夜的情况,简单扼要地讲了。他为人比较坦率,倒也不想隐瞒什么,该说的都老实说了。

童霜威听了,想:军威的死,死得壮烈,但实际是存心自杀呀!他有机会能逃离南京而不肯走,他明知南京必沦陷而甘愿牺牲,难道不是有心自杀吗？一个人对许多事看得过于彻底，便会四大皆空。可是人世的矛盾如何解脱？用死就能解脱吗？未必！军威一向爱国，主张抗日，可是又不满现实，对日寇的仇恨加上对国事的郁愤，就使他宁可战死也不想苟且偷生了。多好的手足呀！死得太惨了！"他想着，动感情了，忽地掏出手帕来拭泪，接着，就把冯村带军威血书来的事讲了。

管仲辉默默听着，咂着酸柠檬汁，严肃地点头，说："后来，令弟的情况是不知道了。我一直挂念他，估计他是殉国了！南京城几十万人死在日寇屠刀下，像他那样的爱国青年军人很难幸免。日寇在南京举行入城式，是在大屠杀之后。观看松井石根大将举行入城式的，只有日本兵和鲜血浇溅过的街道、死城。日本军国主义者是有心把中国首都变成地狱的！可恨哪！听你讲了令弟血书的事，我同样难过。我没有尽到责任哪！我是应当强迫他跟我一起撤退的！"

童霜威被管仲辉的话感动了，说："舍弟有个性，决定了的事，谁也休想要他改变。他为抗日殉国，军人如此，是死得其所。这使我增加了对日寇的仇恨！可惜，我不能带兵打仗，又不能担任一官半职致力于抗战，只能赋闲在此养病，心里惭愧。在香港客居，我真够了，颇有进退维谷之感，不知如何是好！"

管仲辉大口喝着热可可，劝童霜威也喝一点，说："你喝喝，这里的可可特别香。"忽然，乐呵呵地说："啸天兄，我常记着'难得糊涂'和'知足常乐'的古训。比如，最高领袖，他是绝不会重用我的，我并不在乎。南京潇湘路的公馆和花园，现在归日本人所有了，我也不在乎。现在客居香港，说是流浪也可以，说是在此养性游览也行。我劝你，达观一些！香港能过神仙似的生活。没有轰炸，没有战争威胁。南京大屠杀不说，最近广州、武汉相继沦陷，又有多少百姓呻吟于铁蹄之下，比起他们，我们是人上之人！"

童霜威又用麦管微微吮吸了一口柠檬汁,牙都酸了,点头说:"此话是真,我确是应当达观一些。"

管仲辉手指间的银勺,缓缓地搅动着杯里巧克力色的可可,瓷杯中央出现了一个很深的漩涡,听童霜威说到方丽清已回上海,说:"其实,回上海租界上住住倒也不错。我内人和孩子战前就到了上海,一直在法租界环龙路住着未动。说真的,我现在,在这里还有点生意可做。如果真正无事可干了,我宁可回上海租界上去一家团聚'嘣嚓嚓'①了!"

童霜威听了他的话,正经地说:"怕不妥吧?内人每次来信都要我回上海去。可是,孤岛在日寇包围中,虽然爱国者很多,汉奸也很猖獗!前些时,《港声报》上连载过一个《孤岛散记》,写得很有意思。像我们去到那里,不安全,也给人以话柄!"

管仲辉哈哈笑了,说:"啸天兄,你是书生之见了!据我所知,中枢要人家眷在上海的很多。简任官以上的留在上海租界上的也不少。像你我这样赋闲的人,悄悄地去,悄悄地住,只要不出头露面,不唱抗日高调,也不进行亲日活动,何怕之有?"

童霜威不想把在季尚铭家遇到日本和知少将和在"香港仔"见到叶秋萍的事告诉管仲辉,说:"唉,天下事,十分复杂。有时候闭门家中坐,祸从天上来。有时候,你不想多事,事情偏会找到你头上来!尤其政界的事更是如此!"

管仲辉豪爽地说:"实话告诉你,我回过上海一次,去时坐的意大利邮轮,回来坐的美国'总统号'邮轮,方便舒适。在上海住了半个月,那里吃喝玩乐照样未变。'会乐里'②灯红酒绿,'仙乐斯'③通宵营业。内人常作方城之戏,我儿子读书的学校办得不错。住

---

① "嘣嚓嚓":指到舞厅里跳舞。
② 会乐里:上海高级妓女集中地。
③ 仙乐斯:上海的一家大舞厅。

在上海比香港舒服,当然比重庆更舒服。日本与德意结成伙伴,美法就会站在一起。尽管慕尼黑协定后欧洲风云险恶,上海的租界总是一种屏障。我们在租界上,想住则住,不想住就走。自由权在自己手里!"

童霜威喝干了杯中的可可,觉得心里也是空荡荡的,说:"孤岛上暗杀等等可怕的事儿太多!"

管仲辉提起银壶给童霜威斟可可,摇头说:"也不算太多,只是偶尔发生。再说,那都发生在一些卷入政治漩涡中的人身上。"

童霜威说:"在大后方的熟朋友,知道我们到了上海,怕不要议论一番吗?"

管仲辉摇头骂了一句"妈拉巴子",说:"那些王八蛋!有了高官厚禄,想得起老子我吗?这个国家,就是断送在他们这些狗东西手上。争权夺利,贪赃枉法,发国难财,抽鸦片烟,娶小老婆,什么坏事不干?他们脑子里根本没有我们这些人。在大后方根本不给我们立足之地!他们有什么资格议论我们?他们口上在叫抗战,暗中始终想同日本勾搭,有的公开送秋波,有的偷偷想卖身。我早有所闻了!"

见他快人快语,说得爽快,童霜威说:"慎之兄,你这些话可有根据?"

一对衣着华丽的中年洋人,冉冉走过。从那碧眼棕发的女人身上,飘来一阵刺鼻的香水味儿,怪异而又有诱惑力。

管仲辉看看那漂亮外国女人窈窕的背影,哈哈一笑,说:"怎么没有?你难道不知道,叶秋萍曾来过香港住了一些日子才飞回去的吗?你难道没听说,有个萧隆吉是代表某公在香港负有与日本人洽商使命的吗?你难道没听说,两广监察使谢元嵩也代表汪精卫在香港有秘密活动的吗?汪精卫又有个代理人叫谌有谊,是个'低调朋友',此人的低调,从南京西流湾周佛海家里弹起,弹到武汉,从武汉又弹到香港。……这些家伙,别看他们在香港花天酒地做寓公,他们同我们不一样。他们都有使命,都有后台。现在,有些人还在这问题上争功,干得可起劲啦!广州、武汉一失守,他们这种活动怕要更加剧烈了。他们有什么资格议论别人的长短?"

童霜威感到管仲辉了解内情,待人诚恳,怕自己不坦率反而有损友谊,就把在山光道季尚铭公馆见到日本人和知以及在"香港仔"同叶秋萍谈话的情况讲了,最后叮嘱:"此话我只告诉了你,不足为外人道也!"

管仲辉听了,轻轻拍着桌子说:"是呀,你既是日本留学生,又是无派无系有声望和学术地位的人,为人又谨慎,他们当然要找你!但是,你拒绝得对!这些混蛋,你什么都不要替他们干!"

推西点车的女侍,将奶油色镀镍的三层四轮小车推到桌前停下。童霜威点了两块奶油泡夫,管仲辉点了两块巧克力夹心饼和一块奶油蛋糕。漂亮的广东女侍,唇膏鲜红,衬得皮肤雪白,微笑着将西点用夹子放进一只蓝花白瓷盘,连同叉子放在桌中央,又轻轻扭动身肢推车走了。

童霜威用银叉挑着"泡夫",吃着,说:"我怕得罪了他们会出事!你看,我的安全有没有问题?"

管仲辉大口吃着巧克力夹心饼,军人气地说:"管他妈拉巴子的!"

童霜威不得要领,又不愿显得自己过于胆怯怕事,转换话题说:"广州、武汉沦陷了,你看这战局如何发展?"

管仲辉思索着说:"可想而知,日本会更加得意。政府里有人也会更加悲观。和平的酝酿会甚嚣尘上。另一方面,真是从军事上看,中国这么大,再多失几个城市,也并不意味着蛇能吞象。在这方面,共产党的一些理论,例如认为抗战将要步入相持阶段,例如主张持久打下去,我倒认为颇有见地。这种理论,日本人一定害怕。日本希望速战速决,办不到就着急。那么,跟他拖吧!哈哈,这办法并不错!"

童霜威点头,问:"共产党现在打游击、建根据地,扩大队伍,常常公布不少他们在华北、江南等地的战绩,可信吗?"

管仲辉笑笑说:"我是反共的,正因为反共,在军事上很了解共产党。江西剿共时,领教过他们。现在,他们同鬼子斗,我看够鬼子受的。他们的势力和地盘必然要扩展,这一点,老蒋不安,汪精卫也不安。他们最善于煽动百姓,队伍滚雪球,可怕得很!我们怕,鬼子也怕!我有时,也找点共产党的报纸看看,那些战讯什么的,当然也吹了牛,但总的来说,可信!比《中央日报》上那些战讯可信!"

童霜威慢悠悠地用麦管吸着酸溜溜的柠檬汁,沉浸在思索中。玻璃窗外,俯瞰三层楼下面车如流水人如潮涌的马路,他下意识地看到:一个头上缠黄布的印度警察——上海人叫"红头阿三",香港人叫作"莫啰差"的,正手持警棍拦着一辆电单车,向那骑在电单车上的一个鼻架黑眼镜身穿皮夹克的年轻人指手画脚,好像是要罚款。一个浑身红色——红上袄、红尖顶帽、红手袋的女人,牵着一条雪白的叭儿狗在过马路。好几个擦皮鞋的"小郎",争吵着要给一个过路的西装客擦皮鞋。一些小贩,卖钥匙扣的,卖樟脑饼的,卖口香糖的,卖拍纸簿的……都正在叫卖。忽然,又都被"莫啰差"驱赶着四下逃散。人世谋生不易,香港谋生似乎更不易啊!

只听得管仲辉独自似惋惜又似愤懑地轻轻自言自语:"国民党要像现在这样下去,非完蛋不可。人家共党有一种致力于国民革命的精神,发奋图强,埋头苦干,就像我们黄埔校歌上说的:'主义需贯彻,纪律莫放松!'国民党呢?四分五裂,乱七八糟,还以老大自居。"

童霜威不禁点头,说:"是啊,国民党里,'八·一三'刚开始那三个月,不少人还好像冒出那么股抗战的热劲来。现在,仅仅一年多,热情确是冷了!"

管仲辉说:"我们何尝不是这样呢?好多活人在中央都是行尸走肉,皮是活的心是死的,干不了好事!令人齿冷!老蒋搞了个三青团,想代替国民党,其实有屁用!从西安事变后开始,我就替国民党算好命了,今后的流年不利啊!"

童霜威在听管仲辉谈到共产党时,头脑里就不禁闪过柳忠华那张营养不良和带着劳瘁神态的面孔,不能不从心底里赞同管仲辉的分析。这时,问:"慎之兄,你说,形势既然如此,我们该怎么办?"

管仲辉哈哈一笑,用麦管吸着柠檬汁咂咂嘴,说:"怎么办?我也不知怎么办。老蒋不会再给我兵权,给了,我也不想去捐躯。你呢?不是C.C.不是改组派,不是政学系,不是西山会议派,自己也没有组织一个青年党或者民社党,甚至在同乡这一点上,你也攀不上关系。于是,人家可以利用你,但谁也不会真正借重你。总之,僧多粥少,好事轮不着我们。最好的办法就是打打小麻将,今朝有酒今朝醉。等着吧,像看戏一样,看看这出戏怎么演下去?"

这番话,童霜威感到受用不了。不但因为触动了他那政治上不得意的心事受用不了,对管仲辉那种虚无的儿戏态度也受用不了。只是多年养成的那种在政见上不与人激烈争辩的习惯,那种轻易不愿透露自己真实看法的作风,使他脸上很平静,表现得好像毫无感受。他只叹着气说了一句似乎带点感情的话:"唉,慎之兄,要是哪天我们又能在南京潇湘路相聚叙谈,就好了!"

管仲辉开朗地咧嘴笑了:"我这人凡事总是乐观的。但愿如此,但愿如此!"

童霜威觉得,话谈得好像差不多了。未来谈之前,抱的企望很大,很想同久别的管仲辉好好谈谈。谈到现在,又觉得失望,心头的抑郁反而更浓。看看怀表,已经十点三刻了,去吃午饭,时间还嫌早。正想再找点话题谈谈,不料抬头偶尔向右边望去,透过低垂的银灰色帷幕和一只放着金钟花盆架的扇形高几,看到在前边那间厅室中央,坐着两个正在谈心喝饮料的中年人,其中一个穿灰色长衫的人,侧影那么熟悉。再仔细一看,啊!这不是那个何之蓝——和知少将吗?

管仲辉突然发现童霜威的眼睛在朝右边张望,又突然发现童霜威的脸色变了,变得苍白起来,也循着童霜威的眼光转脸朝那边一看,嘴里问:"啸天兄,怎么了?"

童霜威紧张得手心出汗,低声说:"慎之兄,我想赶快先走一步了!……先一会儿,我不是告诉过你那个日本人和知的事吗?他……他就坐在那边!"

管仲辉军人脾气地说:"怕他什么!"

童霜威苦笑笑,说:"我还是走的好,还是避一避好!"

管仲辉将领带放正收紧,说:"一块走,吃饭去!"

童霜威毫无这种兴致了,摇头说:"改日相邀吧!慎之兄,你的电话号码我有,我再给你打电话。今天,我就先走了!"

他怕被和知瞥见,急急忙忙同管仲辉握握手,又拱拱手,仓仓皇皇匆匆向下楼的方向走。他不愿坐电梯,怕遇到熟人,顺着楼梯往下走,踽踽地急忙离开高罗士打行,恐惧而又狼狈。

皇后大道上,高楼大厦和豪华的店面构成了色彩绚丽的画面,街道一侧有着阳光,另一侧的阳光被大厦遮住显得阴森。大道上,双层电车驶过,"隆隆"震动;"巴士"和"的士"鱼贯而行,喷出的废气散发着汽油臭。街边的广告牌五颜六色,店橱窗里满放着琳琅满目的货物。一个百货店的大橱窗里站着几具塑胶模特儿:有的穿着斑马线条的套装,有的穿着灯笼袖的格子衬衣和丝纺的长裙,清雅娴丽,高贵脱俗。街道两边,来往着各种肤色、各种服装、各种发型的仕女们,汇成一幅生动斑斓的画面。

童霜威走进拥挤的人流中,远远离开了和知,才感到暂时脱离了恐惧,但仍警惕地东张西望,注视着周围,怕有出其不意的伤害。他心里嘀咕:住在香港,实在是成问题啊!但是,又往哪里去呢?汉口又已经失守了!……

他本想叫一辆出租"的士"回去,正好不远处是去湾仔的电车站,一辆绿色的双层电车开驶过来。他马上走到站上。双层电车停了,他上了上面一层电车,买了到湾仔的票,选择一个空位坐下。电车沿着轨道向湾仔方向行驶时,他从座位上可以看到一些住在邻街二楼的人家屋里的景象:一个烫发的广东年轻女人袒胸在给一个小孩喂奶;一个梳飞机头的中年男人在躺椅上看报;一对中年夫妇似乎正在吵架,女的用手背拭着泪大声在叫:"弊咯!弊咯!"(糟糕!糟糕!)一家人家的屋里开着收音机,播放着也不知是马师曾还是薛觉先唱的广东戏。

天清气爽,是秋初的季候,中午仍有那么一点燥热,走起路来,额上还微微出汗。童霜威回到湾仔住处,刚过十一点半,见家霆已经回来,带来了一卷从黄祁处新借来的报纸杂志放在桌上。二房东太太在厨房里办饭,饭香、菜香很刺激人的食欲。

家霆看到爸爸回来了,很高兴,问:"爸爸,你不说不回来吃中饭的吗?"

童霜威脱去长袍,带着疲乏的神态往床上一躺,盖上一件格子绒睡衣,把在高罗士打行同管仲辉见面后见到和知的情况讲给家霆听了,说:"唉,回到了家,我这颗心才定下来了呢!我感到在香港住着,安全太无保障了。"

家霆关切地听了,也懂得忧虑,说:"爸爸,今天,黄祁先生要我告诉你:舅舅坐飞机到重庆去了。走得太匆忙,所以叫黄先生转告你,要你保重身体,说他到重庆以后再给你写信。"

"他到重庆去了?"童霜威问,"去干什么?"说这话时,他心里布满一种异样的感情。他说不真切是一种什么感情,只觉得自己反不如做一个新闻记者自由,倒是可以一会儿去上海,一会儿去重庆,实实在在干些工作。

家霆回答说:"黄先生说,舅舅去上海回来后在报上写的那些《孤岛散记》,人都爱看,报馆老板说他写得好,派他到重庆去,让他照样再多写些文章在报上发表。"

童霜威点头,心想:是呀,武汉失守了,重庆成了临时首都。在香港的人,都关心重庆的一切。柳忠华去写通讯报道,当然吸引人看。《港声报》的老板,倒是懂得生意眼的!……他不由得叹口气说:"唉,重庆,实在太远了。人地生疏,我也没有实实在在的一官半职,你后母又在上海。前几天来信,又要我回上海。要她划款来,她也拖着不划。唉!……"说到这里,他不由自主地想起了管仲辉说的关于上海的那些话来了。方丽清要他回上海,他觉得这个无知的女人只是单纯从钱出发来考虑问题,不值得听她的。管仲辉的那些话,他却觉得值得好好思索体会一番了。

二房东太太照例地端着托盘来开午饭了。她刚洗过头,打辫的乌黑的长发全部披散在双肩,微笑着将两小钵蒸饭和几只家常便饭的菜:鲨鱼蒸蛋、蒸香肠、叉烧炒芥菜、乌贼鱼炒雪里红,一起放在桌上,说了一句:"食饭!"轻轻地又转身走了。

童霜威起床穿上睡衣,父子俩吃起饭来。吃饭时,家霆突然说:"爸爸,我们搬家吧,你看好不好?"

自从上次柳忠华提出要童霜威搬家到现在,童霜威有时也考虑过搬家的事。又存在着侥幸心理:觉得张洪池这边不会有什么暗害的事;季尚铭与何之蓝他们不知道这地址。搬家麻烦,在这里住着,二房东太太为人不错。再说,如果搬得近,意义不大;如果搬远了,家霆补习功课就不这么方便了。在一动不如一静的思想支配下,就决定暂时不搬。现在,家霆提出了搬家的事,童霜威想:为了安全,再搬一次家倒是应当考虑的。只是原来的那些想法仍在头脑里盘旋,嚼着饭菜,叹口气说:"让我再考虑考虑。"

吃饭时,父子俩都沉默着。默默吃完饭,家霆说:"爸爸,我要去练习歌咏,排演剧目。"这是他补习的那个学校的教师和学生们,为了宣传抗战准备借用浙江同乡会的礼堂演出,也到工厂区去表演一些歌咏舞蹈节目和独幕剧,募捐得到的款项,打算作为劳军的献金或购买奎宁丸等药物送往前方用的。

童霜威看着家霆那兴致很高的表情,点头,说:"好,你去吧。"

自从上午与管仲辉谈话以及见到和知受到惊吓后,他忽然感到血压又有波动,在上升了,很想睡一睡。儿子既然准备外出,他就打算睡个午觉。

家霆本来要出去了,忽然踌躇着说:"爸爸,我想要二十块钱。"

"干什么?"童霜威看着儿子那张聪明秀气的脸问。

"爸爸,你别问,好不好?反正,我是有正当用途的。"

童霜威看得出儿子脸上透露出的是一股正气,相信儿子要这些钱是有正当用途的。像十六岁这种年纪,有时候总还想孩子气地秘密干些什么,不喜欢让父母知道。所以,童霜威去长袍口袋里掏出皮夹,数了二十元,说:"给你。但是用钱要节省!"

家霆点点头,接过二十元港币塞进口袋。他将桌上的碗筷、剩菜一起用托盘装了送到厨房里去给二房东太太,又回来用抹布拭净了桌子。

童霜威坐在床上看着他拭净了桌子,想想不放心,又问:"家霆,你要这二十元干什么?"

这次,家霆倒是不想隐瞒了,说:"楼下街角摆报摊的父女俩,那个女孩长得跟金娣太像了,年岁也相仿。平日,父女俩穿得很破旧,但还乐呵呵的。昨天,不见她父亲了,只见她眼睛哭得红肿,一问,才知那老人病了。金娣死了也快一年了!想到她,我想做一件好事,把这二十块钱给那女孩子,让她给父亲治病,我心上也好受些。"

童霜威听了,叹口气说:"是呀,金娣死了是快一年了,我们到香港也快一年了。"

他懂得儿子正在情窦初开的年龄,也意会到儿子对金娣的感情可能是复杂的。但他什么都没有再说。

家霆自己去洗净了手,又说:"爸爸,我走了,你睡一睡吧。"

童霜威点头,听着家霆出房去,又通过甬道走出门。听到门"乒"地锁上了,家霆下楼的脚步声远去。他站起身来,寂寞无聊地走近那有铁栏杆的窗前,呆呆凝望着窗外淡蓝色的天空和灰蒙蒙的屋群,刚才家霆提起了金娣,使他心里沉重,又忽然有一种被囚禁在牢笼里似的悲哀。

他想看一下家霆新借来的报纸杂志,感到疲乏透了,就不看了,蹒跚着走近床边,打开床头柜的抽屉,抽出那只皮夹,拣出柳苇的照片和军威的血书又看了一遍,心头顿时像灌了铅似的难过。他想:我,其实当初不该投入政治圈子在政治舞台上出现的。做一个律师,做一个大学教授,是一个自由职业者,也许今天的处境和心情会比现在好。我,那时为什么要被高官厚禄吸引着跳入那陷人的旋涡中去呢?

带着悔意,他躺在床上,渐渐睡熟。

做起梦来了!梦中,他好像自己坐着一条小舴艋舟在水上摇摇晃晃,停泊在苏州城西十里那古老的枫桥镇。

天上,弥漫着虬虬缦缦的云幕,下着瓢泼的大雨,刮着凛冽的西风,天色暗将下来了。

忽然,听到一阵悦耳的洞箫声。箫声来自何方?

他撑着一把油纸雨伞,迈步向寒山寺走去。

寺里亮着灯光。步入悬有"古寒山寺"横额的寺门,看见弥勒和韦驮金身像,微露笑容。通过幽暗的林阴小院,看到了有释迦牟尼木雕像的大雄宝殿,这里亮着长明灯,光辉照射。大殿右侧是藏经楼,庑殿内,有五百罗汉像,神态各异。一切都是那样熟悉,是来干什么的呢?

好像是来寻找谁的,对了!是来寻找柳苇的,是来寻找失去了的旧梦来的。

箫声忽然消失,四周一片静谧,不闻人声,却在石阶下听到秋虫唧唧,只有禅房里亮着油灯的颤颤火光。

雨,"哗哗"下着,衣履尽湿了,风卷着雨仍旧向身上扫来。忽然脱口而出吟起诗来:"枫叶萧萧水驿空,离居千里怅难同;十年旧约江南梦,独听寒山半夜钟。"……

这不是清代诗人王渔洋的诗吗?王渔洋在顺治辛丑年间坐船到过这里题过这样的诗呀!

果然,寒山寺的钟声响了。钟声轻敲,声音悠扬,久久不息:"噹!——""噹!——""噹!——"

是谁在敲钟呢?……

迈步走向钟楼,风雨更猛。钟楼已经陈旧衰朽,钟声仍在一下、又一下地响着。折起雨伞,甩一甩伞上的雨水,挤一挤长袍上淋漓的雨水,他拾级登楼。

但是,钟声停了!黑黝黝的,不闻钟声,不见人影。他怀着失望的怅惘心情,从那松动脱榫了的楼梯上,颤颤巍巍摸着黑又走下钟楼。风雨中,突然迎面闻见一股馨香的芬芳,看见一个影影绰绰的人影,掩映在雨中向大雄宝殿走去。那是刚才敲钟的人?

好熟悉的背影,好熟悉的步姿啊!不正是柳苇吗?

记得那一年的秋天,就在这里。

一个早晨,周围寂寂,桂花树旁一泓泉水溅在碎石上,汩汩地将人带入一种恬静的境地。桂花飘香,她手执一枝枫叶,张着那双明澈而又带着梦幻般的大眼,说:"你喜欢枫叶吗?"

"当然!"

"为什么?"她笑着问,拂拂自己的黑发。她那白皙的脸配着黛云似的黑发,衬得火焰似的红枫更艳丽。

"昔人称颂枫叶,说它'非花斗妆,不争春色'。"

"其实,这种颂赞并不高明。"她说这话时,脸上看起来仿佛扑了一层透明的粉,特别开朗高贵,"我喜欢枫叶的不是它的不争春色,而是它能经霜反而红艳。"

…………

现在,他喊着她的名字:"柳苇!柳苇!……"快步冒着风和雨追上去。

遗憾,她没有回头,她仍旧在向前走。刹那间,消失了!不见了!

大雄宝殿里,佛座前的一盏长明灯闪烁着,像飘动的篝火。

涂着金身的菩萨,端视着下方,似傲然又似慈悲,似端重又似无动于衷,似庄严又似愚顽。他仍在叫喊着:"柳苇!柳苇!"

没有一点应声。但,钟声又响了!是从钟楼上传来的。"喳!——""喳!——""喳!——"钟声在灰色、凝滞的空气中发抖,余音不绝。

他转身走出大雄宝殿。外边是漆黑的秋夜。雨已停歇,夜黑风高,人在深邃的夜色中走,像面对着一片黑水洋。向钟楼走去。钟声正在响,颤抖着,一下,又一下……向着钟声,他朝那充满生机而又神秘的一隅走去。

夜色为什么这样浓黑?这样沉重?

浓黑的夜色,从四面八方压迫包裹着他,闷得透不过气来,快要窒息。

忽然,他被一阵"咚咚"的敲门声惊醒,从梦境中醒来。

照例,听到二房东太太的木屐声,又是那固定的广东话在问:"嗨冰个?"

隐约听到外边敲门的人说了些什么。一会儿,二房东太太进来了,说:"童先生,有客人啦!"

他睡眼惺忪,心里一颤。他正在想:梦中浮忆萦绕的总常是退了颜色的往事。一个人如果总爱在回忆中过日子,恐怕就是一种颓唐的迹象了吧?刚才的梦境,尚在记忆中冲击着心脏和血液。此刻的突然来客,又使他踌躇犹豫。他郑重叮嘱过二房东太太:"有客人来,不要乱开门,也不要说有没有姓童的,更不要说在不在家!……"这点二房东太太是聪明的,香港的住户,本来有个防盗的警惕性,她自然照办。

此刻,二房东太太见他发愣,补充着形容两个来客,说:"一个肥佬①,一个好靓②的小姐!"

他点头起床,穿着皮鞋说:"好,我去!"在床头柜抽屉里摸出一副墨晶眼镜戴上,轻轻走出房去。走到甬道里的门旁,轻轻打开了门上那个小孔朝外一望。

戴上了墨晶眼镜,从小孔里张望,外边的人就无从认出在张望的人是谁了。但,就这么一望,他马上关上小孔的遮门,惊呆吓愣了!

啊,看清了! 他的心紧紧揪了起来。站在门外的,竟是季尚铭和浓妆的小麦!

季尚铭那撮为纪念亡妻留蓄的山羊胡子已经剃去,挺着凸出的肚子,穿着笔挺的西装。他身边的小麦,穿一套西方女骑士式的杏黄色紧身衣裤,使她苗条的、富有曲线美的身段,显得更加风姿

---

① 肥佬:粤语,胖男人。
② 靓:粤语,漂亮。

绰约。她涂着玫瑰色的唇膏,黑发披肩,戴一顶红色却尔司登帽。他们来干什么呢?他们竟知道我住在这里了?

童霜威心里慌张,连忙踮脚跑到厨房里,紧张地向正在洗衣的二房东太太说:"请你快去……告,告诉他们!他们找错地方了,这里没有姓童的!把他们打发走!这是两个坏人!……"

二房东太太,两手肥皂水,瞪着眼有点吃惊,点着头说:"好!好!"她准是看到童霜威那副紧张的神态,所以吃惊。她拖着木屐,匆匆又走到门边去。

童霜威站在甬道里,听到二房东太太打开门上那个张望孔,用广东话同门外的季尚铭和小麦交谈。

有些话听不懂,有的听得懂。二房东太太好像在说:"……哎呀,先生,我唔嗨讲大话咯!我伲唔嗨姓童咯!"

一会儿,季尚铭和小麦给打发走了。童霜威回到房里,仍惊魂未定。

他喘着气独自坐在房里的椅子上,看着铁栏杆的窗户外那块狭小的天空,脑子里又想着柳忠华说过的话:"人生就是选择。……但在两条或几条路的面前,必须选择正确的路走!"

历史总是会捉弄人的。历史这东西,即使一页已经翻过去了,人们也总是要说短道长、评头论足、判定是非的!这就是自己写自己的历史时,心里总是战战兢兢的主要原因吧?童霜威不禁问自己:我怎么选择?怎么走呢?

在这种时候,他又想起了冯村,冯村不知怎么了?如果他在身边,有事同他商量,他常会有很好的主意。现在,他不在,同谁可以商量呢?柳忠华又不在,同谁可以商量呢?

他充满了灰暗的情绪,突然想:我可不能冒险在香港等死!我得赶快离开这个是非之地!

五

晴了几天,从早上起,又下起了淅淅沥沥的秋雨。

童霜威摸出金怀表,"克"地揿开表壳一看,是下午四点十五分了。天色阴沉,潇潇雨歇。晚上六点半要上邮船去上海了,只有两个多钟点了。他心里有些焦灼不安,也有离情别绪。

他从椅子上站起来,瞅瞅这一大间分隔为二的住房。在这房里,他带着家霆度过了一段难熬的蜗居生活。房里的家具都是二房东郭先生家的。现在快要离开,他对这些用惯了的家具也产生了感情。

除了随身带的一些杂物外,箱笼行李昨天由黄祁送去托运了。他走近那扇有铁栏杆的窗户,又静静地站住向外凝望。他曾经多少次站立在这囚房似的窗户跟前,眺望外边那些熟悉的房屋、灰墙、油加利树、街道、大海的一角和天空啊!厨房里自来水龙头"哗哗"地响,这使他立刻想起了二房东太太那张憔悴但是和善常带笑容的脸,还有那常常在外边胡调的二房东先生不常出现的酒色过度的脸。

现在,就要向这一切告别了。有没有留恋呢?有,也没有!人,就是这样一种奇妙的感情复杂得使自己常常也莫名其妙的怪物。一种怅惘不安的感情,在童霜威心头荡漾。离开这样一个蹩脚的、狭小的、低层的似乎遭受着幽禁的处所,是带有几分解脱意味的。这种解脱为什么竟不能带来轻松愉快或蓬蓬勃勃的昂扬情绪呢?

家霆怎么还不同黄祁一起回来呢?他去补习学校向黄祁等老师和同学告别,也请黄祁来陪送上船。去了已经半个多小时,也该回来了呀！童霜威看了一遍金怀表，又看一遍，心里始终焦灼着。

家霆在南京潇湘路时那种无忧无虑的童年生活，似乎已经被这场战争提前葬送了。童年那种浪漫岁月，宁静而温暖，如今被一种战争造成的早熟慢慢代替，使他开始了从少年向青年过渡的人生征途。这个十六岁的孩子已经可以派点用场了，船票是让他独自去买的。昨天，他陪黄祁去送行李。现在，又去找黄祁来送行了。他已经有了很强的独立生活能力。来到香港后，他不再是一个享惯了福被别人侍候照顾的小少爷了。那天，当童霜威在上午同管仲辉在高罗士打行见面瞥见何之蓝回来之后，下午，午睡中被叫起来又见到了来登门造访的季尚铭和小麦，童霜威真是吓得魂飞魄散。傍晚，家霆回来了。知道了经过，有主见地说："爸爸，快再搬家吧！舅舅不是劝你搬家的吗？住在这里不安全！"

童霜威左思右想，瞻前顾后，斟酌又斟酌，考虑又考虑，产生了新的打算，摇摇头，说："不，家霆，我决定还是马上到上海去！"

"到上海？"家霆惊讶得几乎要叫起来。他完全出乎意外，瞪着两只深邃傲气的眼睛说："不，爸爸！怎么能回上海呢？你不是说过你不能回上海的吗？舅舅不也劝你别回上海的吗？"提到上海，他就想起了江怀南，想起了日本侵略军，想起了报上看到过的那些暗杀案，又想起了方丽清。就是撇开上海是"孤岛"不说，要他再去同后母方丽清住在一起他也不愿意。

童霜威看着儿子那两只酷似柳苇的眼睛，叹一口气。是呀，儿子说得不错呀！自己本来坚持的绝不回上海的观点，不知不觉已经改变了。这是怎么发生的？怎么改变的？这是政治压力加上经济压力造成的呀！他只得耐心地说："唉，你年岁小。这种事，你怎么能有爸爸考虑得周到呢？照目前形势看，我只有暂时秘密先回上海租界上住一住。销声匿迹，谁也不会知道的。如果留在此地，说不定会有杀身之祸！你前几天看到报上登的那条新闻没有？九龙弥登道一个身份不明的人,被人用利斧暗杀了。香港是个无法无天的地方,谁要想杀我,并不困难！"

家霆默然,心有不甘,说:"搬次家,躲一躲,不让人知道不行吗?"

童霜威摇头:"只要在香港,他们就很容易打听到我在哪里。干特务的,都是千里眼、顺风耳呀!再说,大丈夫不可一日无权,小丈夫不可一日无钱。如今权和钱我都没有。最近你后母不肯汇钱来,来信总是要我回上海,不回去她要断绝我的经济。香港是个拜金之地。我只有先回上海。我以前将经济全交给她管是错误的。回上海后,要从她那里把钱拿些过来,不能让她这样控制我!"

方丽清的来信家霆是看到的。家霆觉得爸爸讲得很实在,倏然对爸爸产生了一种怜悯的心情。但总记着舅舅说的话,忍不住又说:"可是,舅舅说过,你不该回孤岛!"

"唉!"童霜威又吁一口气,"他说的是好话,也有道理,可是那时他不知我现在的处境呀。现在,我的处境危险极了!我有一种预感:如果不走,留在香港准出问题,那时,就悔之晚矣!必须当机立断,不能在此等着出事。"

家霆觉得自己确实是年岁太小了,政治上的事情这么复杂,复杂得自己似懂非懂。去留的问题,同爸爸面临着的危险处境纠葛在一起。在这种时候,是无法扭转也无法否定爸爸的决定的,心里像十五只吊桶七上八下,也像当年在小学里猜谜语猜不出时,那种惶惶惑惑、无计可施的情形。最后,终于说:"爸爸,将这事告诉黄先生,让他跟你商量商量好吗?"

童霜威摇头,说:"不必了!这种事多张扬出去没有必要。我们要秘密地办,秘密地走!"又一想,说:"告诉他也可以。我们走,也还要靠他帮忙,需要他送一送才好。但不必先告诉他。你明天先去悄悄买船票,买好了船票,定了走的日期,然后再告诉他,请他帮忙。我就坚决闭门不出,等着上船去上海了。"

这一夜,父子俩絮絮叨叨,谈得很多很多。主要是童霜威谈,谈管仲辉所说的上海租界上的种种情况,谈从上海到香港现在美国、英国、意大利、荷兰等国都有邮船定期载客往返。

"你不想念谢乐山吗?上次见到谢元嵩,问起过他,你的好朋友在上海租界里上中学。你回上海也可以照样上中学。在香港,一直没上正规学校,十六岁了,拖下去也不好。"童霜威说。

提起"皮猴"谢乐山,家霆自然想念。战前在南京上小学时,放学后常同谢乐山一起骑自行车回家的情景,假期里同谢乐山一起在玄武湖划船、在古台城上奔跑唱歌的情景,一起浮现在眼前。才一年多不见,已经像多年不见了。回上海不知能不能见到他?要是见到他当然高兴。回上海能上中学,也当然是好事。但,回上海对吗?

第二天早上,童霜威拿了一叠港币,将一张香港《大公报》放在家霆面前,指着上边的船期表和英国"亚洲皇后号"邮轮的巨幅广告,给家霆说:"你看,'亚洲皇后号'十一月五日晚上启碇去上海,就买这艘大邮船的二等舱票。报上有售票地点。你一个人去,出门后要四面八方看一看,有没有人盯梢,你胡乱用两个化名,买好两张船票就回来。"

家霆闷闷地点头答应,接着就去买好了船票,心里火辣辣地难受,说不真切是什么原因,觉得复杂得很。舅舅说过爸爸不应当回上海,爸爸本来也说不能够回上海,可是现在爸爸又改变主意了!上海沦陷了,租界成了"孤岛",爸爸去了好吗?到了上海,又要见到讨厌的后母方丽清了!这个害死金娣的女人,同她一起过日子多难熬啊!去到上海,就要离开黄先生和补习学校的那些老师和同学了,真舍不得啊!但是,爸爸已经作了决定,说的也确有理由,留在香港是危险的。九龙弥登道那件暗杀案,死者的照片登在报纸上,血淋淋的,真可怕!何况,经济又成了问题!……他不知如何是好,买了船票,马上去补习学校,悄悄将去上海的事告诉了黄先生。

黄祁让别人代课,由家霆陪同,匆匆赶来见童霜威。他诚恳、坦率、朴素,见了童霜威就劝说:"啊呀,童先生,你要去上海,真没有想到。我觉得,你还是不去上海的好。"

童霜威想不到家霆立刻将去上海的事告诉了黄祁,明白黄祁是来劝阻的,坦率地说:"平心而论,我也并不想去上海,在香港住了这么久,就是为的不想去上海。可是,现在不去不行!我在香港,安全没有保障,有些内情你不知道,我也不便说。反正,处境十分危险,必须当机立断离开这里。我的经济也成问题,只有去上海才能解决。考虑再三,只有一条路——回上海。我也打听了那边的情况,秘密回去,并不出头露面,是不要紧的。我去那里看看,先避避眼前的风险。合适,就住一住;不合适,还可以马上离开再回来。可进可退!"

说这番话时,童霜威有些忐忑慌乱,好像一个做一件事明知错了,偏又只能错下去,可又没决心真的错下去的人那样,心神怔忡不定。

黄祁明白难以再劝说什么,摸出香烟,点火吸着,说:"童先生,就怕你在此地不安全,回去也不会安全。"

童霜威微微强打笑容,说:"我考虑过。可是,人们料不到我会去上海的。这合乎兵法上的策略,叫作'出其不意'。他们会以为我躲在香港,甚至会以为我会去重庆,但不会想到我会去上海。正因如此,我选了一条他们想不到的小道偷偷突围了!只要秘密,安全是无虞的。"

黄祁摇着头,说:"童先生,你还不如去重庆算了!那儿无论如何也比回上海好。一位哲学家说过这样的话：人生就像解方程，运算的每一步似乎都无关大局，但对最终的求解都是必要的。错哪一步都不行。你到上海，我怕是失策。"

童霜威犹豫了一下，似是体味他的话，摇头叹息，说："唉，我不是说过吗？战争不是十天半月就会结束的。重庆遥远，人地生疏，又有轰炸，我也无具体的职务。带着家霆，怎么前去？何况，现在，我经济上拮据，回上海的旅费，还能筹措，去重庆，就不行了！"他没有把方丽清限制经济的情况说出来，可是提起这事心里就生气，就又叹息了一声。

黄祁感到真是难以再劝告什么了，忍不住说："随着战争延长，日寇泥足深陷，粮食、武器、物资等都会日渐短缺。去年开始，苏联从军事上援助中国，日本更感到恐慌。只要坚持抗战，日寇的如意算盘是会完全落空的。抗战要坚持，就要我们每个中国人能坚持。可惜，忠华不在。他如果在，是不会赞成你去上海的。"他慷慨激昂，说这些话时，脸上是遗憾的神态。

童霜威心里也不平静，但说："是啊，我正在盼望他的信呢！我也很想知道重庆的情况。不过，我想：他如果在，知道我现在的处境，也是会同意我去上海的。我去上海，并不是对抗战动摇或者消极，更不是去对日寇投降。这点，我想，你们都该相信。等他将来从重庆回来，你就把我的情况和想法告诉他吧！后会有期，我十分感谢你对家霆的关照和教育，也十分感谢你对我的种种帮助。这些，我都是不会忘记的。"

黄祁不再劝说了，说："那么，既然家霆已把船票买好，我来帮着他办托运行李的事。到十一月五日，我来送你们上船。还有，这里房东的事也由我来办，加付一个月房钱给他们。房子等你们走后再退。"

童霜威自从那天吓了一场，根本不敢外出。想象中，老觉得楼下街上，骑楼下，报摊旁，水果摊和卖鱼生粥及牛奶咖啡面包的小食摊旁，说不定常有人在盯梢。心里对黄祁的热情仗义很感激，点头说："都得拜托你了！房东很好，尤其是二房东太太，对我们真是非常照顾。我现在外出不便。到十一月五号那天，晚上上船时，找好一辆'的士'在门口，你们陪着我下楼，往汽车里一钻。那样，就神不知鬼不觉了！"

昨天托运行李，黄祁就是雇的一辆"的士"，带着一个学生，将托运的箱笼行李等物一起运去办的手续。童霜威细心地将箱子上贴满的许多上海、南京、汉口、香港各地大旅店张贴的五颜六色的招贴纸以及飞机、轮船上贴的托运纸，全部用水浸湿用小刀刮去，怕的是上边有填着"童霜威"的名字，万一托运时引起人注意。黄祁很能干，办事干净利落，很快办完了托运行李的事。

但是，今天，晚上六点半要上船。现在，离上船时间仅仅两个多钟点了，黄祁和家霆怎么还不来呢？

讨厌的冷雨呀！淅淅沥沥，什么时候才能停歇呀？

童霜威来回踱着方步，闻着二房东太太在厨房里烧菜传来的香味，想：这是在香港的最后一顿晚餐了。二房东太太的广东家常便饭办得是出色的。也许是香港这种复杂的社会环境造成的吧，大家都关起门来过日子，互相不打听人家的隐私，也不多过问人家的事情。当然，也许是黄祁同二房东谈过了些什么。二房东太太贤惠能干，对人厚道。等到六点半去上船了，该不该向她告别说几句感谢的话呢？

童霜威有点烦躁，也有点不安。总不至于出什么事吧？家霆该陪黄祁来了呀！

在这种难熬的时刻，他忽然听到了敲门声："笃笃！笃笃！"他急步想去开门，忽然又畏惧了。万一不是黄祁和家霆，是季尚铭他们呢？他立定脚步，斟酌着去不去开门。听见二房东太太的木屐声,那是二房东太太从厨房里走到甬道里去开门了。只听到她那清脆的广东话在问:"嗨冰个?"

童霜威的一颗心像被一只无形的手揪着,祈祷来的千万不要是季尚铭或什么陌生人。只听到二房东太太含笑的声音:"嗬,是你……""喀"的开门声,一阵零乱的脚步声,又听到家霆的声音,人未进房就先叫了起来:"爸爸,黄先生来了!"

童霜威提着的心吊着的胆都放下了,高兴地迎出去说:"啊,你们终于来了!"

黄祁穿着蓝色的半旧风雨衣,头发上湿漉漉的。家霆将一把水淋淋的黑布洋伞倚在屋角,两人进房,家霆就兴奋地说:"爸爸,舅舅来信了!"

黄祁解释地说:"学校里来了两个差人①找麻烦,嫌我们排演抗日的小剧,要敲竹杠,好不容易才打发走。忠华的信,是中午收到的。信是附在给我的信里让转给你的。"说着,递过一封信来。

童霜威急忙招呼着说:"你坐,你坐!"

他心情复杂,有一种如饥如渴的心情。忠华的信怎么不早不迟现在到呢?接过信,匆匆拆开阅读:

姐夫:

我飞抵山城重庆已经数日。这里是陪都,又是抗日大后方的政治中心,充塞着从上海、南京、武汉……沿江各地逃难来的下江人。房屋紧张,租金昂贵,敌机空袭已经开始,防空设施尚待扩建。物价因有奸商囤积居奇,已经波动。商人正与官府勾结,在大发国难财。重庆居,大不易!(童霜威想:是呀!看来,我不去是对的呀!)这里依山傍水,长江与嘉陵江在此汇合。自然环境应该是美丽的,但城市古老破烂,并无美感。现在正是傍晚,从我住处居高眺望,山城白雾蒙蒙,远处云遮南山,眼下江面水汽氤氲,

---

① 差人:香港当时对警察的一种叫法。

街市薄笼轻纱,给我一种浑浑噩噩幽暗沉重之感。在我想象中,这儿应当有强烈的抗战气氛,奇怪的是,气氛与我想象中的相反。(唉!……)我在这里看到了新竖立的"新生活运动"标语牌,同时看到了鸦片、麻将、娼妓、鬼火似的电灯,沿江以木竹棚户构成的散乱肮脏的贫民区。舞场彻夜营业,饭馆灯红酒绿,"前方吃紧,后方紧吃",一点不错。(唉,如何得了!)这里也有极少的公共汽车,人们说它是"一去二三里,抛锚四五回,修理六七次,八九十人推"。市里普遍的交通工具是滑竿和黄包车。两个骨瘦如柴的抬滑竿夫,抬着一个个肥头大耳的官商人士,从低处登上层层石阶攀上高处。破衣烂衫的黄包车夫在坡陡路滑的市区里,几乎经常要趴在地面上狠命挣扎。看到这种场景,使我同时不能不想到香港那种殖民地社会的腐败、贫富悬殊与黑暗,也不能不想到世道的艰难、社会的不平与人间的不公。(左倾者的出现每每就是这么来的!)各机关在武汉失守、长沙大火之前都早已在此开张办公,但依然是礼拜一唱唱党歌做做纪念周,其他日子签到如仪、清茶一杯和报纸一张消磨时日的官僚衙门。贪污成风,特务横行,当年南京城里种种早就存在的腐化弊端,不但原封不动地带到这里,而且正在蔓延发展。这里当然有主张进步、团结、持久抗战的力量。因此,严格来说,重庆仍然是一个光明与黑暗并存,庄严与无耻同在,左与右搏斗,正义与邪恶交锋着的地方。随着抗战的持久,斗争的深化,进步方面的力量将必然在艰苦中变得更加强大,更加得到人民的支持。抗战前途,百姓自然关切。在达官显要之间,却是醉生梦死,今朝有酒今朝醉。武汉、广州沦陷后,日寇诱降正在加速,近卫已发表诱降声明,第一段说:"帝国陆海军,此次仰赖陛下震武棱威,攻陷广州及武汉三镇,戡定中国各要地,国民政府由是降为地方政权。但该政府如仍冥顽不灵,固执抗日容共政策,则在该政府歼灭之前,决不停止军事行动。……"第二段说要"由日、满、支三国相互提携,树立政治、经济、文化等项互相连环之关系。……达到共同防卫,创造新文化,实现经济合作。"第三段说:"至于国民政府,倘能抛弃从来错误政策,另由其他人员从事更生之建树,秩序之维持,则帝国亦不事拒绝。"(看来,这个声明不可能被接受!)那位国民党副总裁、中政会主席、最高国防会议副主席的三点水先生(这指的是汪精卫呀!),正在借武汉沦陷、长沙大火大做文章,认为抗战前途已经绝望,似应让他出面来收拾残局。他叫亲信(不知是谁?)建议组织国家枢密院为最高决策机关,推他为院长,其职权在行政院长之上,可以决定和谈大计。(这句值得注意!)这位亲日派巨擘,目的何在?须拭目而待。进步人士皆认为他是长在抗战阵营里的一个毒瘤,必须及时割去,喊出了一个口号:"主和者是汉奸,汉奸就得滚出去!"凡此种种,我均将在此地的采访广泛开展后,以通讯特写形式在《港声报》上用连载方式加以报道评述。当然,《港声报》虽说是民间的、以无党无派不偏不倚中间姿态出现的报纸,老板要赚钱,也想办成一张有影响报纸提高自己的身价地位,所以有时能适当让报纸说一点真话,暴露一点真相,但这也仅仅是"适当"而已。上次我写的《孤岛散记》,许多都是经过删改才发表的。这次自然同样会如此。老板在我来渝前叮嘱过:"关于共产党的事不要写!我们是中间的报纸,我们的报纸要区别于左派的报纸。"有许多见闻,我想,只能等将来回港后,同你再长谈了。(可惜我要去上海了!他如知道,一定会不高兴的。)

  写了这些关于重庆的拉杂情况,是让你了解这里的真实面貌。但不希望它会影响你的情绪,(唉,怎么能不影响呢!)我要奉告的,就是:即使这里的抗战高潮期——那种抗战刚开始时如火如荼的情绪——正在走向低潮,在另外的地方,抗战的高潮仍将坚持。如果我们全中国四万万同胞每个人思想上抗战的高潮不让它走向低潮,整个抗战就有希望。(是呀!是呀!)抗战正在走向对峙阶段,只要持久进行抗战,我们必定胜利。当我们听到来自湖北、湖南等地许多溃败的消息时,在敌后,到处正有泥淖使侵华的日寇寸步难行,越陷越深!(但愿如此!)你不是让我打听冯村的消息吗?(他怎么了?)我在昨天终于打听到了!他在武汉沦陷前离开了汉口,由报社派往长沙。但长沙大火后情况不明。以后如有消息,当再函告。(唉,唉!但愿吉人天相,愿他平安无事!)

　　此信经黄祁转交。你在香港,安全要注意。如有必要,搬家时可找黄祁帮忙。他热情、朴实,可以信赖。家霆在他那里补习功课并参加一些活动,是很好的。我希望家霆将来成为一个进步、正直、爱国、信仰真理的青年人。

　　匆匆写一些,就此搁笔。因忙,短期内我不再写信了。有事写信给我,可将信交黄祁转我。我在此大约至少滞留一个月。

　　顺祝

旅安

忠华

十一月三日

　　一口气读完长信,童霜威觉得可以思索和咀嚼的地方极多。他特别体味着柳忠华关于高潮和低潮的那一段话。关于重庆,柳忠华的简单描绘符合实际,许多情况,柳忠华就是不写,他也可以想象得出。尽管如此,看了信,他仍不能不感到沉重。

　　黄祁和家霆抬脸望着童霜威,他俩一定早看过这封信了。此刻,黄祁突然又说:"要是忠华兄在,就好了。他是一定不会同意你回上海的。"

　　家霆静静听着,从他那眼神里,童霜威感到儿子的想法同他的老师一样。

　　童霜威下意识地看看怀表,叹一口气,说:"唉,来不及了!实在没有时间再花在踌躇犹豫上面了,马上就要上船。再说,我没有改变我的主意,就是忠华在,我也会说服他的。他也在不放心我的安全呢!"

　　料不到,黄祁竟尖锐地说:"这是不是思想从高潮走向低潮的一种表现呢?"

　　放在从前,倘若有这样的冒犯,童霜威是会冒火的。今天,他没有,他能理解年轻人的好意,他也需要青年人的帮助。再说,他也明白:回上海去是一种不得已而为之的办法。像一个人穷途末路似的,现在,他只有走这一条路。似是选择,实际是无所选择。人生的一切,都能由自己决定吗?回答当然是肯定的。但这种选择有时必须要付出血的代价才行。他如果不去上海,就可能会付出血的代价,这是他害怕的。柳苇当年,是选择了死的。倘若她不选择了死,她就未必会有什么自己驾驭自己的主动权。在生与死的抉择面前——这应当是人生一切抉择中最最基本的选择了,如果一个人,不能毅然地抉择无畏的死,就实际并没有自己决定选择的自由。他虽然不愿回上海,有过种种顾虑,以前方丽清的多次劝告,也未曾动摇过他。但是,目前的处境,政治、经济上的严重压力一起迫来,大局的阢陧,管仲辉那番谈话的冲击,都使他选择了回上海的道路,而且自以为得计。

　　决心是下定了,启程在即,只是,心头并没有欢快,并没有轻松,更没有豪情。为什么偏偏在临行前,又来了柳忠华的信,使自己更加心头淤塞、充满颓丧呢?是的,虽然在回答黄祁说:"就是忠华在,我也会说服他的。"事实上,如果柳忠华真在香港真在面前的话,恐怕未必能说服他吧?他说过:"你充其量只是一个国民党里的中间派!"他信上又说:国民党的抗战高潮期似乎已经过去,转入了低潮。难道,我在他的这些话里没有启示和羞惭?

　　浮想联翩,他不愿再多想,也不愿再多说什么了。他没有回答黄祁的话,只掏出怀表看着时间说:"现在,快五点了,六点半要上船。我说过,是秘密回去,绝不让别人知道。回去以后,万一觉得不行,就一定再来香港。"这样说时,童霜威表现得真诚而有决心。事实上,他也是希望将来柳忠华回来时,黄祁能将这些话转告柳忠华。

雨,停歇了。从有铁栏杆的窗户口望出去,天际仍旧彤云密布。

二房东太太出现在房门口,像每天每餐一样,含着微笑,用托盘将饭菜放在桌上。黄祁和家霆都去帮忙。今晚,是提前开饭。她并且按照嘱咐给黄祁多添了一副碗筷和汤匙碟子。看着她趿着木屐扭身外出,童霜威心里有一种惜别之感。这里,是绝对不可能再住下去了。他招呼着黄祁和家霆说:"吃吧,吃吧!无论如何,六点半钟我们准时上船!"

英国的"亚洲皇后号"大邮船,是一艘航行全球的巨型豪华的四万五千吨级的客轮。

这艘奶油白色的大邮船巨大得像幢巨型建筑物。头等舱在最上层,二等舱在甲板上端,再下面是三等舱,舱底则是四等舱。上了船,四通八达,左转右弯,上上下下,简直会使人迷路。它比美国"总统号"的邮轮巨大,比意大利、荷兰、法国等国的邮船也巨大。

黄祁到楼下附近一家水果行里借用"德律风"雇了"的士",准时将童霜威和家霆送到了船码头。童霜威感到一切安全了,让黄祁回去。童霜威带着家霆持票上了"亚洲皇后号",到了二等舱里。

二等舱的客房里,布置豪华,彩色地毯,丝光窗帘,两只中型的铺着俄罗斯毛毯和洁白被单的钢丝床,另附沙发、书桌、壁橱等全套设备以及浴室、盥洗室。放好随身携带来的小箱子及提包等,一切安置定当,童霜威脱去大衣,松开领带,换上拖鞋,同家霆一起在盥洗室里洗手洗脸。船上仆欧送水来泡了茶喝。童霜威斜倚在沙发上大大松了一口气,对家霆说:"孩子,安全了!近来,我是时刻在恐怖中生活啊!"他这时的心情,除了喜悦和激动,还有隐隐的、仿佛失去了什么的一点惆怅,还有许多对过去和将来的联想。

家霆还是第一次坐这种巨大豪华的海轮,被船舱房里壁上的那些寰球旅游彩色风景画所吸引。这都是些印制品,埃及的金字塔和狮身人面像;法国的凯旋门和枫丹白露的景色;美国黄石公园的美景;英国的伦敦塔和剑桥;意大利威尼斯的水都风光;夏威夷火奴鲁鲁的椰林及草裙舞……他目迷五色,用神秘好奇的眼光到处张望。

他心里很舍不得黄先生。临别时,太匆促了,心里许多话都没能对黄先生讲。回上海去,他也说不出为什么那样不愉快,心里老像梗着什么。他怕见后母方丽清,想起方丽清,他总会想起死去了的金娣。金娣葬在广东坪石那个小站的竹林边已经快一年了。现在,日军铁蹄已经早已践踏那里了!她的坟上该早已绿草萋萋了吧?愿她安息!……想起往事,他心情很坏。现在,上了船,在舒适的二等舱里坐着,他已经被那些寰球旅游彩色风景画吸引,暂时抛开那些不愉快的往事了。他见爸爸坐在沙发上休息,要求说:"爸爸,陪我到甲板上去看看吧?"

巨大的乳白色的"亚洲皇后号"华丽得像一座高层大建筑,停泊在香港海面上,靠近码头,八点钟才起锚启行。家霆多想走出气闷的舱房,到热闹的甲板上去看看哟!那里,海水正在轻轻起伏冲刷着船身;那里,码头上还停留着许多送行的人。他心里想:也许黄先生还在码头上未走呢!

童霜威摇摇头,说:"还是在这里不出去的好。"

他是怕万一船码头或甲板上有认识自己的人,有季尚铭他们的人,或者有叶秋萍他们的人,岂不是"为山九仞,功亏一篑"了吗?

家霆有些失望,扫兴地说:"你不去,那我一个人自己去。"

童霜威不忍心让儿子太扫兴,点头说:"好好好,你去吧。不过,不要走远,听到没有?"

家霆应了一声:"听到了!"已经迈步走出了舱房。

外边,比房里透气得多了。过道里,来来往往的人很多,白种人、黄种人、黑种人,男男女女、老老少少,五颜六色的服饰,使人眼花缭乱。天色还将暮未暮,远方海上带点朦胧,近处一切却透明得清晰可辨。他走到了广阔的甲板上,走近靠向船码头的一面,抬头仰望,可以看到船的一侧高悬着几只大救生船。他立刻想到了《鲁滨逊飘流记》中大船出事故后鲁滨逊坐的那种救生船了。船上预防海上事故的设备真多:过道里有那种沉重的密封式铁门、刷着红白道道的救生圈,还有许多挂在板壁上的叫不出名字的黑铁器具、长柄太平斧、红色的灭火喷液器……这使他对海上航行产生出一种强烈的危险印象,似乎能想象到无际的大海上波涛汹涌,暗礁遍布。

他在前甲板附近的舷梯边上站着,只见船上大菜间和二等舱的旅客们都倚着船栏在向下张望。那是因为船码头上拥挤着许许多多送客的人群,也有许许多多码头工人在搬运大包、扛着大箱成行地在来往装卸。

一个穿着灰色紧身毛衣的广东青年在叫一个穿红衣黑裙的少女:"阿黄,快来睇水鬼!"

"水鬼?"家霆连忙好奇地挤到船栏旁去。

他,瞬即被船下海面上的一幕奇怪的景象吸引住了。

邮船旁的海面上,有三只小舢板,还有两只大木盆船。每只舢板或木盆船上都只有两个人,一个划着桨,一个光着身子只穿一条三角裤的,就是被叫作"水鬼"的人了!十一月间夜晚将降临时分的海风很冷,他们都颤抖着伛偻着身子蹲在船头仰面向上朝着邮船上的乘客做着手势,呼号乞讨。谁将亮闪闪的毫角扔下海去,"水鬼"就"扑通"跃身下海,在碧蓝的海水里,将钱币捞上来,举手向船上的乘客亮出钱币致谢。

　　海水碧绿泛蓝,有时又暗得发黑,银色的毫角和肉色的人体在海水中晃动,色彩对比强烈。天色正由光亮转向昏暗,从甲板船栏旁居高临下地往下看,亮晃晃的毫角扔在海水里,缓缓摇晃着下沉,"水鬼"在海水里的每一个动作都透明透亮,看得清清楚楚。

　　一个高鼻子、棕发碧眼、秃顶的中年洋人,手里拿着一把香港的毫角,一个一个地在扔下海去,引得"水鬼"一个个"扑通""扑通"跳下海去。他身边一个金发的、穿蓝灰条纹西装上衣和红蓝格子花呢裙的妙龄女郎,"咯咯"地笑了又笑。但,看的人多,扔钱的少。也有人往下扔那种不值钱的一个仙的铜币,"水鬼"看见扔下来的不是银色的毫币,就置之不理。一个阔佬似的华侨西装客,胖得挺着大肚子,衔着根雪茄,一股呛人的烟味随风不断飘来,正好刺入家霆的鼻孔,家霆想避也避不开。阔佬似的华侨西装客,正将一小把毫币同时一起扔下去。一下子,五个"水鬼"一起跳入水中,有的跳水时差点碰撞到一起,抢捞得真是紧张,逗得看的人有的哈哈大笑,有的纷纷议论,有的瞪着眼张着嘴,像在看一场角斗。

　　海风吹来,拂动着家霆的头发。家霆看着,觉得新鲜有趣,又觉得一颗心就像那种木盆船在海面上摇摇晃晃。"水鬼"们,在晚风中冻得瑟瑟发抖,捞上来的毫币,有时实际是五个仙的镍币,并不都是毫角。每个人捞到的那么一点钱币,也不过十来个,值多少钱?恐怕还不够两个人在小摊上吃一顿咖喱饭或鱼生粥吧?

　　一个在盆船上的最小的"水鬼",又瘦又矮,划船的是一个白头发的老婆婆。这一老一小竞争不过别人。小"水鬼"刚才又把人家扔下去的铜币当作毫币被骗得白下了两趟水。家霆心里产生出一种怜悯。他身边有几个用剩的毫角,是留下来带到上海做纪念的。他想把这些毫角送给那年岁最小的"水鬼"。他身边有一块手帕,他用手帕包着毫角,瞄准了那一老一小的盆船,将手帕包扔到盆船上去。他不想让那个小"水鬼"再跳水捞取,只想施舍给这可怜的一老一小。白发的老婆婆该是这小"水鬼"的祖母吧?可是,天下事为什么偏偏常会不如人愿呢?手帕包被风一吹,摇摇晃晃没能落到小"水鬼"的盆船上去,落到了离盆船有四五米远的海中,反倒被一个最强壮的在舢板上蹲着的"水鬼",一个猛子蹿到海里,水中捞月似的捞到手了。甲板船栏旁的看客们有的笑了,有的指点,有的在看着家霆。那个抢到了手帕包的"水鬼",打开了手帕包,见到是亮闪闪的几个毫角,得意地向上扬扬手,笑了一笑。

家霆心里失望,没人知道他的心意,连那盆船上的一老一小也不知道他的心意。他有点恨那个强壮的抢到手帕包的"水鬼"。但马上又想到:都是可怜人哪!为什么要怪恨他呢?可惜身边没有毫角了!不然,他会再一次掷个手帕包给那个矮瘦的小"水鬼"的。

天,在不知不觉间更暗下来了,夜色像一种看不见摸不着的神奇的蝉翼似的,使海天之间由淡而深,由稀变浓,慢慢笼罩一切。海风劲吹,虽然到处朦胧模糊,码头上送客的人仍在喧哗,有招手的,有挥动手帕纱巾的。有几个外国人在合唱一首外国歌,似乎是一种告别祝福的歌,唱得凄凉缠绵,引人动情。

甲板上的人,有的已经对"水鬼"捞钱币的把戏看得厌倦了,开始走散,丢钱币施舍的人也更少了。

家霆也不想再看,他回转身来,要从身旁的人缝中挤出去,万万料不到一转身踩在身旁一个人的脚上。这是一个穿黑西装大衣、白衬衫、打着黑领带的胖子。家霆这一脚,踩得很重,将胖子踩得"哎哟"一声。

家霆连忙抱歉地说:"啊,对不起!"仰面一看,却吃了一惊,不由自主地叫了一声:"啊,谢老伯!"

万万没有想到,被他踩了脚的竟是谢乐山的爸爸谢元嵩。

谢元嵩吸着雪茄烟,听家霆脱口而出叫他"谢老伯",打量着家霆,马上也认出是谁了,说:"啊呀,你……你不是童……"他一定是认出了家霆,可是又忘了家霆的名字,马上转口说:"你是我家乐山的好朋友呀!哈哈,你爸爸呢?他……他带你回上海了?他在哪里?"他声音里带着惊讶。

前甲板上的强劲灯光,突然一下子都亮了,亮得耀眼。

家霆一时慌忙,顾不得思索,脱口而出:"就在那里!"他用手一指二等舱自家那间舱房的方向。说出以后,马上后悔了。呀,爸爸讲过,回上海是秘密的,一切都要秘密,能告诉谢元嵩吗?已经说出口了,收也收不回了。谢元嵩,他不是季尚铭、和知,也不是叶秋萍、张洪池,他同爸爸不错,想必不要紧吧?

正在想,谢元嵩已经移步了,说:"好极了!好极了!我正愁旅途寂寞呢,这下太好了!走走走,带我去看看你父亲,去看看他!"

家霆不能不领路了,心里窝囊着,带着谢元嵩,通过一个进口处走向船舱房。

走道里铺着猩红色的地毯,灯光已经到处雪亮。走道里弥漫着浓烈的油漆香和一种闷热的气息。乳白色的"亚洲皇后号"邮船,已经快要启碇离开香港了。走道里有些从舱房出来的外国人,轻轻用英语交谈着向甲板上走去,看样子是要去甲板上看看邮船离开港九的情景。

家霆陪着步履蹒跚的谢元嵩走回房去。到了房门口,扭开门把走进门去,舱房里亮着金黄的灯光,他见童霜威正倚在那张洋红色的小沙发上闭目养神。

家霆叫了一声:"爸爸!"又接着说:"谢老伯来了!"

童霜威把眼一睁,立刻像见了鬼似的,"啊"了一声,站起身来。

谢元嵩似乎发觉了童霜威的愕然和惊怕,哈哈笑着,朗声说:"啸天兄,有缘千里能相会!真没想到啊!……"他一进房,房里就全是哈瓦那雪茄烟味了。

童霜威已经镇定下来,也哈哈笑着说:"哈哈,元嵩兄,真想不到啊!两广监察使怎么监察到这条船上来了啊?……"他心里想:奇怪!他怎么也上了这条船呢?柳忠华说的我们国民党的抗战高潮转入了低潮,难道正是这样?连他这个现任的两广监察使也会去上海了?心里又有些烦恼:回上海是秘密的嘛!家霆太不听话,偏要出去,这不惹了麻烦了?一定是他遇见了谢元嵩,才将谢元嵩带来的!

谢元嵩咧着蛤蟆似的大嘴,同童霜威亲热地握手,哈哈地笑着,说:"要不是碰到公子,就失之交臂了!皇后号邮船,太大了!说不定上面我们的熟人不少呢!可是,如果坐在舱房里不出去,见不到也是很可能的呀!"说着,他在童霜威对面的小沙发上坐了下来。

童霜威本来埋怨家霆将谢元嵩带来,又想:他是两广监察使,现职的官员都能回上海,我一个失意的人物又怕什么?再说,他顶多只会使我吃点经济上的亏,到底还是老朋友,柳忠华在《港声报》谋职的事,托了他,他就帮了忙。像他,在政治上加害于我还是不会的。一路寂寞,也很孤单,同他谈谈,也有好处。这样想着,就释然了。起身撳铃,让仆欧来,对谢元嵩笑容满面地说:"到大餐间去吃饭时还是会碰见的。元嵩兄,你去上海做什么?"

"亚洲皇后号"在鸣笛,邮船要起锚启碇了。家霆想到甲板上去看看船启碇的热闹景象,插嘴说:"爸爸,船要开了,我到甲板上去看看热闹。"

童霜威顾着在同谢元嵩谈话,点点头。家霆心里高兴,像支离弦的箭,转瞬间关上房门走了。

门刚"喀"地一关,童霜威就后悔了:这孩子!万一再碰到别的熟人呢,那多不好!但已经来不及了,皱皱眉,心里有点耿耿。门上有"剥剥"的敲门声,童霜威说:"进来!"

一个年轻的白衣仆欧进来了。

童霜威指指桌上的一只茶叶罐,说:"请用我的好茶叶给客人泡点茶!"

那仆欧彬彬有礼地点头,一会儿,用讲究的茶具给谢元嵩和童霜威泡好了茶放在沙发边的几上,轻轻退了出去。

见仆欧走了,谢元嵩又是哈哈朗笑,跷着腿,吸着雪茄,两只蛤蟆眼瞅着童霜威说:"你知道,我这两广监察使,实际上广西属于桂系的天下,我是不去的。广州沦陷后,我的地盘更小,还有什么可干的?唉,抗日胜利看来希望不大,我辞职啦!既然辞职,就像你以前常爱讲的,无官一身轻,我爱上哪里就可以上哪里。谁无老婆孩子!我的眷属都在上海,我自然要去看看啰。我们是彼此彼此呀!"

童霜威不禁被他说得笑起来了,也跷着腿,捧着茶喝,连声说:"哈哈,是呀,彼此彼此!彼此彼此!"但又连忙说:"不过,我可不认为抗日胜利毫无希望,拖下去,也够日本受的!"

谢元嵩嘴里喷着烟,表现得十分悠闲,笑笑说:"希望?哈哈,渺茫得很哪!"说着,开始喝茶。

童霜威感到需要刺激,从桌上香烟罐里摸出香烟来点火抽了一支,突然说:"元嵩兄,你是汪派圈子里的人,你再否认,也是否认不了的。你我知己,说实话,见了你,我倒想问问:你不会是有什么使命到上海去的吧?"

谢元嵩忽然正色,说:"啸天兄,我早对你说过,我这人最讲个'真'字,说真心话,办真心事,我也是个最重感情、最讲友谊的人。我对你向来坦率!汪派?圈子外的人看我在圈内,圈子内的人向来把我看作是圈子外的人。现在,我这人交的是华盖运,正像中国在交华盖运一样。我是只想清净无为,不想卷入名利场、进入是非地的!"

童霜威听他说得真诚,心里明白:谢元嵩向来有一手本事,他有时说话确也十分坦率,有时从他的脸上,从他的话里,你是无法判断他的真心的,也不追问他了,只是叹口气发抒真情地说:"唉,我才是真的想清净无为哩!去上海,实际是不得已的下策。不去吧,在香港也待不下去,去重庆也有困难。我这次回上海,是秘密的,想隐居一段,闭门不出,养晦读书。"

谢元嵩笑,流露出得意和高兴的神色,说:"哈哈,记得在南京时,我早对你说过:你根本不该沽名钓誉要做什么清官。假如你那时多卖点案子,就是后来下了台,你手里有的是钞票和黄金,谁能不巴结你?你又何愁有什么困难?上海租界上现在仍是十里洋场!你也不必太谨慎。回去以后,我们两家还是来往来往。抗战让他们去抗吧!我们该好好歇歇力了!"

童霜威喝着自己手里的苦茶,心里叹着气,说:"我最关心的其实还是抗战!我个人和全家的命运都系在这上面!"

谢元嵩朗朗打着哈哈,说:"啸天兄,你是书生气十足哇!不要太为那种我们管不着而又无法管的事乱操心。抗战的高潮过去啦!这点你还看不出来吗?我们还是清净无为些的好。抗战的事,前途已经晦暗,让我们的委员长和汪先生他们去操心吧!你我,努力加餐!"

谢元嵩历来有一种亦庄亦谐的脾气。童霜威不去理他说的那些,择自己想了解的问,说:"这一向来,你同汪先生接触得多吗?"

谢元嵩把头摇得像货郎鼓,表示没有接触,似乎这就是肯定的答复。

童霜威心里想:他有时头越摇得凶,事实还偏偏就正是这样。也不想强人所难,装得不介意地说:"相当一个时期以来,他话是说得少了,但最近似乎话又多起来了。你没注意?"

一说,谢元嵩好像引来兴致了,鼻子里哼了一声,说:"我对老汪的看法和对老蒋的看法还是没有变。有人以为汪是个主和派，骂他亲日，骂他想妥协。其实呢？老蒋真是坚决主张抗战的吗？汪是个坦率的人，他历来以当代的李鸿章自命，不怕背个骂名。蒋呢？心里其实何尝不想和日防共。不过，脸上要装得自己像个岳飞而已。此外，蒋是想走英美派的路线，求得英美的支持，想等待国际上的变化。汪先生则看到中日是邻邦，英美这种帝国主义不可靠。要讲他俩的区别，区别就是如此。"

童霜威想：蒋介石这十多年来所作所为确已让人看清了。只不过，西安事变后，抗战军兴，收到了人心，有些人将他恭维成了民族英雄。但打了一年多，老犯战略战术上的错误，老吃败仗，处处暴露出政府的腐败黑暗。叶秋萍之流在香港活动，萧隆吉之流在香港交际，不正证明，谢元嵩说得也有道理吗？至于汪精卫，他历来是不甘寂寞的，历来是要争权的。他自以为在国民党内的资格老，自然不甘心被放在大而无当的次要位置上。谌有谊是汪系的人，一直在香港盘桓。谢元嵩更是汪的心腹，原来在香港，现在突然去上海，刚才这番话又是抑蒋扬汪，这里边单纯吗？未必！……想到这里，沉思起来。

轮船启碇前的汽笛又"呜——"地响了。舱房里安装的小播音器里一个女声开始广播，先用英语，又用法语，然后用的华语。华语先用粤语，又用上海话。意思是说："亚洲皇后号"就要启行，请旅客们注意。

童霜威和谢元嵩都听着广播声，吸着烟，默不作声。

听完，谢元嵩突然说："啸天兄，汪先生对你是很不错的啊！"

童霜威点点头说："是啊！"他想起了在南京找到汪精卫，当上了国大代表的事，也想到了在汉口听汪精卫弹低调以及初到香港时写信给汪而没有得到复信的事。汪精卫不复信，他觉得倒可谅解。但对于汪的一些关于抗战的低调言论，却感到不顺耳也不顺心。在离开香港前的一个长长的阶段里,他甚至对汪精卫反感。今天上船之前,收到柳忠华的信,读到信上谈到汪精卫的一段话时,他是在心头引起共鸣的,深深感到抗战的局面被蒋和汪这些人弄得实在太糟了,因此不禁叹息起来。现在,谢元嵩又突然这么说,他忍不住在点点头以后,坦率地接着说:"可是,汪先生的调子也太低了!他是会影响国民党和全国军民的士气的!"

"亚洲皇后号"开始轻轻地抖动起来。从二等舱舱房的窗洞里望出去,香港那从山上到山下闪烁的灯火,在黑暗中变动着位置,九龙灯火的位置也在移动,敏感的人会觉得船体可能是在一个平面上绕着一个轴心在作匀速旋转。晕船的人,也许就会开始有昏眩和恶心的感觉了。

谢元嵩瞥一眼窗洞外的夜景,摇摇头,说:"广州失守,武汉失守,长沙大火!这么些倒霉的事,叫人哪弹得出什么高调呢?我是反共的!除了共产党唱得出高调,我们国民党唱唱低调就不错了。过去,有远见的人说过:'宁亡于日,不亡于共。'日本只不过想中日合作占点便宜而已,共产党却想杀光有产者,把中国送给苏俄,那就太可怕了!"

童霜威也弄不明白谢元嵩是无知呢还是故作糊涂。本来想说:"你真是乱说!南京大屠杀你难道不知道吗?"但知道说了无用,就忍住未说,想:道不同不相为谋,同他是谈不到一路去了。他的这套理论可怕!难道他回上海是去进行什么秘密勾当的?心里懊悔:唉,我是想秘密去上海的,结果呢?上船就碰到了谢元嵩!这个人哪,不可捉摸,还是闭口少同他谈。回上海后,要少跟他来往,免得惹麻烦。……但却装得毫不介意,打着哈哈说:"元嵩兄,时局的事谈得太多了,让我们还是清净无为吧!你住在几号房里?"

"亚洲皇后号"已经启航,十分平稳,没有什么大的响声和震动,但从感觉上可以觉察得到:轮机正在开动,邮船正在行驶。童霜威掏出金怀表来一看,正是刚过夜晚九点钟。船是准时启碇的。

谢元嵩回答童霜威说:"上边头等舱0012室,离你这里不远,出去转个弯上去就是。"说着,伸懒腰打了个哈欠,说:"走吧,这时餐厅一定正热闹。去坐坐吧,喝点饮料,吃点东西怎么样?这条邮轮上的奶油葡国鸡很好的!"

童霜威摇头说:"我是吃了晚饭上船的,有些困乏了,想早点洗个澡休息。"

谢元嵩也不勉强,说:"有空明天到我那里坐。我带得有'三星斧头'白兰地、白马威士忌。对了,你不大喝酒,我们可以到酒吧去喝维尔趣葡萄汁。"说着,站起身来,要走了。

童霜威也没留他,嘴里只说:"好好好!"将烟蒂扔进痰盂,起身送他出房。刚把谢元嵩送走,只见家霆兴冲冲正由甲板上走回来。

童霜威下意识地问:"船开了?"

"开了!"家霆答,"已经早到海上了。四面漆黑,大海看不到边,海真大呀!真怕人!一望无际!"

童霜威同家霆回到房里,一天的精神紧张,他感到身心都疲劳了。他本来想责怪家霆几句的,怪儿子不该贪玩遇到谢元嵩将谢元嵩带来招惹了麻烦。又一想:责怪孩子有什么意思呢!就不想说什么了,见家霆也在打哈欠,便对家霆说:"困了吗?洗洗脸,洗个澡,今晚早点睡吧!"

家霆摇摇头,又打着哈欠说:"不了,我刚才洗过脸了。我晕船,想吐,我要睡了。"他看看两只华丽舒适的弹簧床,留了一只右边的给爸爸,那只床靠近窗洞,他认为好一些。他开始脱衣,睡在靠里的一只床上去。舱房里空气流通。他觉得有些热,也没盖被,就躺在柔软的床上,闭上了眼睛。

童霜威洗完澡,浑身轻松地换上睡衣,从浴室里出来时,见家霆已经睡熟了。家霆也没盖被,他将毛毯轻轻给儿子盖上。这时,看着灯光下儿子的眉眼神情,简直太像柳苇了。这孩子在他身边,总使他摆脱不了对往事的回忆,总使他想起柳苇。随着,他就想起了柳忠华那封信。信还在西装上衣口袋里,他掏出信来,坐在沙发上,又仔细看了一遍。信上那段关于高潮和低潮的话,他看了两遍。他感到一种刺激,想起先一会儿与谢元嵩的不愉快的谈话,不禁叹了一口气。也不能确切说出自己叹气的那种复杂感情是怎么回事,也许这也包括了自己的决定回上海的事在内吧?他本来是想睡了,可是,看了信,抚今思昔,使他突然消失了睡意。

他又突然想起了家霆睡前那一会儿说的话:"海真大呀,真怕人!一望无际!"

他感到房里郁闷,萌发出一种到甲板上去看看海吹吹风呼吸一下新鲜空气的愿望。此时,已经夜深,海风正大,邮船正在大海中航行,甲板上一定人很少的。天又黑,不怕碰到熟人,他脱去睡衣,穿起西装,着上皮鞋,轻轻踱出舱房,通过走道往甲板上去。

广阔的甲板,大得可以打网球。白天,可以放上几十张圆桌供头、二等舱的客人喝着饮料歇息。现在,这里无人,静悄悄的。天上海上一片墨黑,大海在混沌中吐着腥冷的气息,响着"哗——哗——"的潮声。

庞大的"亚洲皇后号"颤动着,渺小得就像广阔湖水上的一小片树叶,轻飘飘、黑荡荡地在可怕的黑水洋中破浪前进。他走向甲板左侧,在偏僻阴暗的角落里,一连发现两对情侣,都是白种人,伫立着拥抱或接吻,他连忙匆匆走过。

舷帮上,不时传来更加猛烈的浪峰的撞击声,常常訇然作响,那冰冷的海浪就逆着船首耸起白浪。天上,无声地在降落着寒霜,海风很凉。黑暗中,他见船栏上已经有一层薄薄的晶白的霜粒了,用手摸一摸,冷冰冰地刺骨。他倚着船栏,看着神秘浩渺的苍穹和广阔无边深黝无底的大海,忽然又想起了张继《枫桥夜泊》的诗句:"月落乌啼霜满天,江枫渔火对愁眠,姑苏城外寒山寺,夜半钟声到客船。"

诗写的是苏州枫桥,眼前波涛滚滚的海上夜色,用"月落乌啼霜满天"来形容,是多么恰当!而眼前的时局与心情用这句诗的意境来体会,又是多么确切!

当然,这又引起他许多纷乱零碎的记忆了。那是枫桥镇遍布炊烟的黄昏,那是苏州姑娘吴侬软语的卖花声,那是雨花台令人战栗的枪声,那是潇湘路故居不堪回首的秋月……于是,那些已死的、远离的人,那些亲近的和敌对的人,那些在思念中的和惧怕见到的人,都杂乱地流过心头,流过脑际。

他觉得自己是坐着船在向黑黝黝的未可预卜的未来在驶去。会不会是一种十分可怕的未来呢?他蓦然觉得,这夜间漆黑的大海,就像战争一样,使人看了感到可怕。如果在海上翻了船,它能吞没人的生命,给人降临灾难。但是,向着既定目标行驶的船只,可以履险如夷,到达目的地。战争,使许多人家都变成了一叶在时代的汹涌浪涛中漂泊的小舟。他当然不愿成为一艘颠覆的小舟!选择又选择,矛盾和犹豫,时刻交汇在心中,常常总是在人生的漩涡中打转转,常常总是像在黑暗中摸索。如今,回上海,是对还是错?是好还是坏?一切都似乎是未知数。柳忠华的那些话,使他鼓舞,又使他心头产生深深的悔意。

既然赞成抗战,又为什么要在抗战艰难的时期,去上海呢?尤其是一上船就遇见了谢元嵩,听到了他那样一番谈话。从谢元嵩,又忽然想到了当了汉奸的江怀南……他觉得似已有了不祥的预兆。

他充满悔意,无论如何是不该上这条回上海的船的!

海风虽然很大,他依然胸中气闷。死一般的寒夜,他感到孤单。有一次,柳忠华说过:"一个人脱离了人民就会感到孤单!"这话可能是对的。此刻,他想着"夜半钟声到客船"的诗句,心里多想听到一阵响亮的钟声敲破黑夜的沉寂呀!那种钟声,当年他和柳苇在枫桥镇时,曾一同聆听过的。听过寒山寺响亮悠扬的钟声后,不久,东方就透露出一线微光,划破了破晓前浓墨般凝然不动的夜空,天接着亮了!太阳浮浮漾漾、晃晃荡荡跳跃着上升。

他怕这种黑夜的压抑。甚至,如果此刻能够下船,他将立刻带着儿子家霆马上下船离开这黑水洋到有光亮的岸上去。

但是,已经来不及了!他已经在驶向上海的邮船上了。此刻,海上升起了白茫茫的雾气。海风凌厉,劈面而来,滔滔浊浪在天际翻滚,宛如千军万马夹着雷鸣奔骤而至。一片呼啸之声直奔船头而来,浪花激溅,跳跃喧哗。

"亚洲皇后号"邮船,正在黑夜中起伏飘荡着前进。向着沦陷了的上海。此刻,谁要下船都不可能了!一切只有以后再说。以后,是吉是凶?是祸是福?以后,又将有多少选择在等待?谁能预卜……

1980年1月—1983年10月写于山东
1984—1985年初改于成都

失而复得的喜悦(后记)

《月落乌啼霜满天》论理应该早在二十年前就出版的。迟到今天将要纪念"西安事变"五十周年才与读者见面,中间有个失而复得的故事。

二十年前,此书早已写成交由中国青年出版社采用。我是花了整整十多年的业余时间,消耗了所有假日的休息和娱乐写成的。人家看电影逛名胜,我在爬格子;人家打扑克聊天,我将腿拴在写字桌旁;人家一天工作八小时,我长期每天工作十几小时。……好不容易,稿子拿出去后,在开始受到重视的阶段,先是突然降临了"利用小说反党是一大发明"的批示,接着,以后又卷起了"文化大革命"的狂飙。当时,我在山东省的一个重点中学里做行政领导工作,内乱开始,别的辫子揪不住,这部书稿竟使我受尽了摧残,差点"永世不得翻身"。那真是可诅咒的有理讲不清、无罪而使人受难的黑暗岁月。幸亏最后支左的六十军一位副政委点名"解放"了我,稿子却已毁去。十余年的心血一下子片纸无存,灰飞烟灭了!

天下事每每难以料想,"四人帮"垮台,党的十一届三中全会以后,我在山东,突然收到中国青年出版社的一封挂号信,热情索取此稿。一种遇到知音的感觉油然而生,但想起书稿已经不在,不禁唏嘘。我还记得当年中国青年出版社的一些编辑同志对这部书稿所给予的鼓励和所付出的心血。一位编辑同志一再说:"这是百花园中一株独特的花,我希望能成为你的代表作。"稿子早已呜呼哀哉,我只好去信说明情况表示遗憾。哪知,不久以后,又收到人民文学出版社小说南组同志来信询问这部稿子的情况。我仍然依样画葫芦复了一信,说明书稿已经毁于十年内乱。原来,中国青年出版社的一位编辑调到了人民文学出版社,他在小说南组极力推荐这部书稿。于是,耳目灵通的小说南组的有关同志希望我将这部书稿重写出来,并由他作责编。

重写?谈何容易!数不清的日日夜夜!十多斤重的稿纸!要摒弃多少生活乐趣,要损害多少健康,要增添多少白发?

早熟悉明清之际著名史学家谈迁的故事了。他花了二十多年时间完成了卷帙浩繁的编年体明史《国榷》一书,大功告成了,多年的愿望实现了,不料一天夜晚,全部手稿竟被一个撬门入室的小偷窃去。这时他已五十五岁,经历这场横祸后,他伤心而不灰心,发奋重整旗鼓,重编《国榷》,奋斗了近十年,终于又第二次完成了一百零八卷《国榷》。巧的是,人民文学出版社向我提出要求时,我也正是五十五岁!但要我去学谈迁,实在下不了这个决心。

感谢"人文"小说南组的有关同志,有一股锲而不舍的劲头,竟韧韧叮住不放,见面时或写信时总是督促我写,又不时赠送新书,勉励我早日动笔重写《月落乌啼霜满天》。他和南组的其他同志这样给我打气给予支持,使我不禁想:是啊,外国有句格言:"顽强的毅力可以征服世界上任何一座高峰。"乐观的人说:"太阳下去了,还会升起来!"重写这样一部书稿就难得不能逾越吗?

不,必须解答的是:值不值得重写?

经过思考,由于有党中央文艺方针、路线、政策作准绳,我给了自己肯定的答复,决定重起炉灶写出来。

一九八〇年,为重写做准备,我特地到南京、苏州等地跑了一圈。我的一个学生崔晋余是位"苏州通",陪我漫游苏州。我们去了枫桥镇和寒山寺,面对着那条潺潺的古运河,我们谈着张继的《枫桥夜泊》,听着钟声,看着河水静静流淌,想着历史的演变,人事的沧桑。……诗的意境、诗的感情盎然降临,过去、现在与未来都逗起我的遐想,心扉开了!灵魂震惊!我情不自禁了!回去就开始动笔。传说米开朗琪罗在佛罗伦萨庭院里见到一块已经闲置在那儿四十六年的大理石,他提议给他一个机会,利用大理石做点东西。然后,他完成了他的名作《巨人》。我觉得我仿佛也在学他将一块闲置了许多年的"石头"进行雕琢,虽然愚笨、艰难,但充满希望。

我不拘一格地写这部小说,不想走人家的老路落入俗套,也不给自己定什么样的框框。我只是按照自己的心意想写一本中国味儿、中国生活、中国民族精神的长篇,希望能有思想的宏伟和情感的丰满。我力求按照历史唯物主义观点,如实地再现那段多棱多角的历史;按照辩证唯物主义精神,真实地从生活出发,塑造各式各样情况复杂、性格迥异的人物。

清楚地留下印象:后来,许多个淅沥微雨、落叶打窗的夜晚,当我在山东沂河边上的故居里默默执笔重写《月落乌啼霜满天》时,眼前总会出现我这部书未来的责编那张瘦瘦的戴着眼镜、较为严肃的面容,仿佛听到他在催我:"王火同志,快点写吧!……"一次,我去北京,见到他时我对他说:"我已经在重写了!稿子将来完成,一定先请人民文学出版社审处。用,当然好,不用,也绝不介意。虽是你们约的稿子,你们可以不受任何约束。"我这是为了回报人民文学出版社同志们的盛情,也是表达我努力要把它重写好的决心。

记得一九七七年夏秋之交,为了写节振国烈士的长篇传记小说《血染春秋》,我到大地震后不久的唐山深入生活,遇到过一个小插曲。一天,我无意中在烈士陵园发现两部被丢弃在一边的无主的原稿。灯下翻阅,竟在一部抗日战争时牺牲的冀东闻名的包森司令员传记的稿末,发现了红卫兵写的一行歪歪扭扭的小字:"此稿系从黑帮管桦家抄来。"十月里,我做了一件好事,将这两部管桦同志失落的手稿带回北京"完璧归赵"。管桦同志十分高兴。重写《月落乌啼霜满天》时,我有时劳累极了,不禁浩叹:他的稿子失而复得如此容易而幸运;我自己的稿子失而复得为什么这样艰难困苦?

幸好,勤奋耕耘是使失落的东西重新获得的一个好方法。从我答应人民文学出版社重写此稿开始,几个年头过去了,断断续续,苦写苦熬,用极大的恒心和自信心,悄悄埋头拼搏,"太阳下去了,还会升起来!"《月落乌啼霜满天》终于在山东又完成了"初稿"。欣慰之余,我也不免心里感到酸楚:十年浩劫,失去的光阴太多了!浪费的光阴太多了!做过的事又来重做,多么冤枉!不然,能多写多少新作品、多做多少新工作啊!

我沉浸在一种难用言语表述的感慨之中。

感谢人民文学出版社出版这部小说。是它的教育、培养,使它拥有无数的好编辑。拿本书的责编说吧。首先,由于他督促勉励我重写这部书稿,在几年漫长的岁月中给我写过许多封灌注着心血的信;稿子写成以后,他又认真负责地处理了这部长稿,既有预见、胆识,更有决断。去年春天,他与另一位同志到成都,抱娃娃似的带走了《月落乌啼霜满天》的原稿,怕稿件遗失,他们简直不让稿子离身。我真怕那厚重得像巨块水泥盖似的书稿,将他们累得够呛。后来,我看到责编为《月落乌啼霜满天》写的审读意见,端端正正、密密麻麻,足足六张纸,既有宏观的看法,对作品总的评价和倾向性作了论述;又有微观的具体意见,条条款款,一丝不苟。

稿子进行终审时,终审的同志忽患视网膜破裂,这是一种严重的病。他患着可能失明的眼疾赶读我那字迹潦草的大部头手稿,使我深为不安。今年二月,他为交换意见专诚到了成都。因我脑伤未愈,怕麻烦我,既不让人接送,住处都保密。一个下着霏霏细雨的夜晚,他突然踩着泥水来到我的住处。他近视镜下的眼光映着灯光闪闪发亮。一到,寒暄几句,就开门见山谈稿件的优点。看看时间不早,冒雨又飘然走了。次日上午再来,又续谈意见,坦率、真诚、谦虚、亲切。

他们确实既当"参谋",又当"理发匠",诚恳地帮助作者。

于是,《月落乌啼霜满天》,真的"失而复得"了,现在献给读者。整个经过就是这样。

画家画的一幅画或作家写的一部作品,应该都是他"生活中的一章"。有人说过:对一个画家或一个作家不了解,那只可能看到他的作品的一半。正如理解伦勃朗肖像画中的忧伤眼神,首先要理解伦勃朗生活中的悲苦;理解屠格涅夫在《猎人笔记》中为贵族阶级唱的挽歌,首先要了解屠格涅夫自己的经历。无论贤与不肖,道理相同。基于这种论点,我想上面说了一下这部作品的"诞生史",作为了解作者和作品的一鳞半爪,至少还不至于算是多余的话。

作品的好坏,它本身才是最好的推荐或展示。任何文学作品,出版以后,都将凭借自己的质量和价值,在历史的长河里,载浮载沉,来接受不同年代、多层次的读者的检验。这部失而复得的小说会怎样呢?读者愿读吗?会被喜欢和承认吗?会给人以思索、启示和回味吗?

我将张开双臂,敞开怀抱,用心和耳,迎接四面飞来的意见,八方传来的回声。

1986年6月脑伤初痊草于四川成都